Diogenes Taschenbuch 23087

de
te
be

Alfred Andersch

Gesammelte Erzählungen

Diogenes

Umschlagillustration:
Gabriele Münter, ›In Schwabing‹,
1912 (Ausschnitt)

Veröffentlicht als Diogenes Taschenbuch, 1999

40/99/8/1
ISBN 3 257 23087 7

Die Literatur sagt eine Wahrheit,
die sich auf keine andere Weise sagen läßt.
Alfred Andersch

Inhalt

Weltreise auf deutsche Art

Den ersten Gestellungsbefehl seines Lebens erhielt der damals zweiundzwanzigjährige Johann Benedikt Zimmermann im Jahre 1899 in Monastir, wo er als Clerk und Handlanger von Monsieur Perrot, dem Aufkäufer einer lyoner Weingroßhandlung, tätig war. Er drehte unschlüssig das Blatt hin und her, das man ihm in das Zimmer des kleinen Hotels, in dem er wohnte, gebracht hatte, und blickte finster auf die Straße und in den balkanblauen Himmel des neunzehnten Jahrhunderts, der sich über den flachen Rohrziegeldächern der Häuser spannte. Der Brief, von der deutschen Botschaft in Konstantinopel an ihn ergangen, enthielt die unmißverständliche Warnung, sich nicht länger der Dienstpflicht zu entziehen, und war in Ton und Fassung endgültig. Johann Benedikt war wütend, weil ihm das mazedonische Leben gefiel, der Blick auf die Minarette, die Kneipen, in denen man an kleinen Tischen mit Serben, Griechen und Bulgaren dunkelgelben, schweren und öligen Wein trank, der Geruch nach Rosen und Hammelfett, der in den Gassen hing. Als er an Madame Perrot dachte, mit der er in den Nächten schlief, in denen sein Chef sich auf Geschäftsreisen befand, überlegte er, ob er nicht einfach bleiben solle. Sein Verhältnis mit ihr war gerade bis an den Punkt gekommen, wo ihn bereits der bloße Gedanke an ihre raschelnde Unterwäsche und ihr süßes, damenhaftes Gesicht unter den hochgesteckten Haaren unruhig machte. Erst sehr viel später kam ihm Barbara in den Sinn; das Hemd der Angélique Perrot war ihm in jenen Tagen näher als die Röcke der Barbara Weitz aus Kenzingen am Kaiserstuhl, die seine Braut war.

Er blieb in Monastir, um auf Monsieur Perrot zu warten, der sich gerade auf Reisen befand. Am dritten Tage entstieg der ältliche Grandseigneur mit wehendem Paletot und Zylinder der Reisekutsche, die ihn zu den Winzern der Umgebung gebracht hatte. »Ihr Kaiser braucht Sie«, sagte er und drückte Johann Benedikt mitfühlend die Hand. »Hoffentlich nicht gegen Frankreich«, setzte er nachdenklich hinzu. Er machte eine Pause. »Denken Sie an Madame, wenn Sie an Frankreich denken«, bemerkte er dann nachlässig, ohne die Miene zu verziehen. Johann Benedikts sonnenverbranntes Gesicht wurde noch dunkler, und er verbeugte sich tief vor Angélique, die etwas Rouge aufgelegt hatte.

Am nächsten Tag fuhr er mit der Bahn nach Saloniki und schiffte sich nach dem Goldenen Horn ein. Der altersschwache türkische Küstendampfer, auf dem er reiste, legte an einem Pier auf der stambuler Seite an, so daß Johann Benedikt über die Galatabrücke nach Pera hinüber mußte, wo sich die deutsche Botschaft befand. Die Brücke war erfüllt von kreisenden Staubwolken und grellem, flirrendem Sonnenlicht, aus dem fern und verschwimmend das Minarett der Sultan-Achmed-Moschee in den Himmel stach. Zahllose Kinder zerrissen den heißen, gelben Dunst mit ihrem Geschrei und klammerten sich bettelnd an die Schöße von Johann Benedikts schwerem Tuchjackett, unter dem auf der Weste die goldene Uhrkette baumelte. Er trug eine Melone auf dem Kopf, die Schweißtropfen quollen ihm darunter hervor und über den hohen steifen Kragen, und er schwang den Spazierstock zur Abwehr, was den Tumult um ihn zu verdoppeln schien. Müde, verschwitzt und hungrig tauchte er endlich im Gassengewirr auf der anderen Seite unter und fand nach einigem Suchen auch das Botschaftsgebäude. Man befahl ihm, in einem Zimmer zu warten, das bereits ein paar entlaufene deutsche Matrosen, Landstreicher und schäbig aussehende Weltbummler bevölkerten, lauter Leute, welche die Fahndung des Vaterlandes und der Rauch des Schuldbewußtseins, der aus verbrannten Gestellungsbefehlen aufsteigt, deutlich sichtbar hatte verkommen lassen. Unter ihnen nahm er sich in seiner korrekten Kleidung seltsam aus. Nach stundenlangem Warten riß ihn endlich die Stimme eines Sanitätsunteroffiziers scharf und wohl für immer aus Wachträumen, in denen er seinen Gehorsam bedauert und sich in Angéliques seidenhäutige Verwöhnung zurückgewünscht hatte. Eine lange, schikanöse Musterung begann, die am Abend plötzlich abgebrochen wurde. Ein Posten wurde vor die Tür gestellt, und man bedeutete ihnen, die Nacht auf dem Boden des Zimmers zu verbringen. Das auf türkische Weise zubereitete Essen, das man ihnen brachte, war ungenießbar. Am nächsten Vormittag erschien endlich ein Offizier, der die Musterung abschloß. »Sie geben einen guten Matrosen ab«, sagte er zu Johann Benedikt, nachdem er dessen große, kraftvolle Figur gründlich betrachtet hatte. Dieser dachte im stillen einen Augenblick an die kühlen Gewölbe, in denen er das Küferhandwerk erlernt hatte, und daran, daß es nun zwei Jahre länger dauern würde, bis er es zum Kellermeister gebracht hätte, aber dann fügte er sich in das Unvermeidliche und sagte sich, die zwei Jahre würden auch vorübergehen.

Die zum Kommißdienst Tauglichen wurden gleich zu einer kleinen Kolonne zusammengestellt und, von dem Sanitätsunteroffizier und zwei Matrosen eskortiert, in Marsch gesetzt. Wieder ging es über die Galatabrücke, wieder tobten die Kinder, aber diesmal fühlte Johann Benedikt keine Mühen, sondern nur ein leichtes Unbehagen. Sie begannen zu singen und warfen kleine Münzen unter die Kinder. Dann brachte sie eine Jolle an Bord von Seiner Majestät Schiff ›Loreley‹, einer Stationsjacht, die dem deutschen Botschafter in der Türkei diente und deshalb auf der Reede von Konstantinopel lag. Johann Benedikt machte sofort den Schiffskoch ausfindig und gab ihm Geld, worauf dieser mit Frankfurter Würstchen und Sauerkraut herausrückte. Heißhunger hatte Johann Benedikt überfallen, den er nun gierig stillte, in der Kombüse des Smutje verborgen. Erst nachdem er noch drei Flaschen Starkbier getrunken hatte, begab er sich wieder zu den anderen und ließ sich einkleiden. Seinen Zivilanzug packte er sorgfältig in den Koffer, den er bei sich trug, aber die Melone und den Spazierstock konnte er nirgends unterbringen. In einer plötzlichen Aufwallung rannte er an Deck und warf beides mit weit ausholendem Schwung in die Fluten. »Das

Zeug hätte ich brauchen können«, sagte bedauernd ein Maat, der in der Nähe stand, »hättest du es man mir gegeben!« Sie sahen zusammen den merkwürdigen Insignien eines anderen Lebens nach, wie sie, in den Sonnenuntergang hinein, auf den tänzelnden Wellen des Bosporus gegen die Ägäis zu abtrieben.

Am nächsten Tag begann der Dienst. Johann Benedikt wurde in die Rekruten eingereiht, die bei der nächsten Deutschlandreise der ›Loreley‹ einer Schiffsstammkompanie überstellt werden sollten. Da vorläufig von einer solchen Heimreiseorder nicht die Rede war, schliff man sie an Bord. Am meisten verabscheute Johann Benedikt den Teil des Drills, der den hochtrabenden Namen ›seemännische Ausbildung‹ trug, in Wirklichkeit aber fast nur aus Rudern bestand. Er rieb sich dabei auf den harten Bänken der Boote grausam die Arschbacken wund und lief den Rest des Tages mit schmerzendem Gesäß umher. Die Ausbildung an den Geschützen, den kleinzölligen Kanonen der ›Loreley‹, war, damit verglichen, eine Erholung. Am Abend saß er todmüde noch eine Weile auf dem Kojenrand und stierte in eine dunkle Ecke des Mannschaftslogis. Er dämmerte im Rauch seiner Pfeife vor sich hin und fühlte dumpf, wie sein Körper nicht hart und geschmeidig, sondern nur eben stumpf und empfindungslos wurde. Aber er hatte Glück, denn schon nach acht Wochen erschien eines Tages die Erlösung in Gestalt eines Militärarztes, der die Rekruten an Bord der ›Loreley‹ auf ihre Tropenfähigkeit untersuchte. Nach beendeter Musterung – auch Johann Benedikt war natürlich als brauchbar für den Dienst unter tropischen Breitengraden erkannt worden – verließ die Jacht den Hafen von Konstantinopel und steuerte durch die Straße von Gallipoli gen Süden. Ein Gerücht nach dem anderen ging unter der Mannschaft von Mund zu Mund, aber eines Morgens erblickten sie hinter einem zarten Schleier von Frühdunst die Umrisse der Küste Griechenlands. Im Piräus wartete bereits eine Flottille von Truppentransportern, die von Soldaten und Matrosen in Scharen bevölkert waren und alsbald in See stachen. Der lustige Betrieb an Bord, das aufgeregte Treiben von tausend Männern, die nicht wußten, wie ihnen geschah, erstarb in der feuchten Hitze des Suezkanals und des Roten Meeres. Langsam schoben sich die Schiffe an den flachen Rändern der Wüste und an den weißgrauen, wie von einer Pest gefleckten Häuserwürfeln von Ismailia und Aden vorbei, bis endlich der Indische Ozean dem flüssigen Blei eines träge unter der Hitze brodelnden Meeres ein wenig leichteres Blau beimischte, eine Brise aus Palmen und Vanille. Nun gab es keinen Zweifel mehr: der chinesische Krieg war es, der die Zehntausend-Tonnen-Frachter mit ihren von Soldaten besetzten Laderäumen magnetisch an sich zog. Johann Benedikt wunderte sich manchmal, daß er auf der ganzen Fahrt seine Augen meist auf den östlichen Horizont geheftet hielt, an dem eines Tages Singapore auftauchte oder die Küste von Sumatra, während er nur selten den Blick rückwärts wandte, in jene Gegend, in der, wie er wußte, das seit hundert Jahren fast völlig friedliche Europa lag, das er hatte verlassen müssen, um an den Gestaden eines durch und durch dschungelhaften, gefährlichen und kriegerischen Erdteils ausgesetzt zu werden. An einem düsteren Februarabend des Jahres 1900 fuhren sie in die Bucht von Kiautschou ein, in der das ostasiatische Kreuzergeschwader bereits vor Anker lag, in schneeweißer Bemalung mit gelben Aufbauten geradezu finster strahlend.

Sie blieben nicht lange in Tsingtau, sondern wurden mit Schiffen nach der Taku-Barre befördert, wo Lord Seymour das internationale Expeditionskorps aufstellte. Johann Benedikt hätte sich gern in den kleinen Dörfern und Städten um die Mündung des Pei-ho länger umgesehen. Die bunten Uniformen der Matrosen und Soldaten aus England, Frankreich, Deutschland, Rußland, Amerika und Japan glitten durch ein lehmgelbes Meer von geschweiften Dächern, Spruchbändern, undurchdringlichen Gesichtern und lauerndem Schweigen. Aber er wurde sofort einem Zug des deutschen Seebataillons zugeteilt, der die Aufgabe hatte, die im Bau befindliche Bahnlinie von Tientsin nach Peking zu sichern, soweit sie sich in der Hand der

Verbündeten befand. Manchmal gerieten sie in Feuergefechte mit Trupps der Fremdenfeinde, aber im allgemeinen waren die Chinesen ruhige und freundliche Leute, die sie höflich aufnahmen, so daß Johann Benedikt, wenn er darüber nachdachte, weshalb er sich eigentlich in diesem Land aufhielt, zu keiner Antwort kommen konnte, die ihn befriedigt hätte. Verglichen mit den Bewohnern des Balkans etwa, die, seinen Erfahrungen nach, sich einen Streit, den nicht ein Faustschlag oder das gezückte Messer beendete, gar nicht vorstellen konnten, waren diese, in glatte lange Kittel gehüllten, geduldigen Reisbauern ideale Partner für unendliche diplomatische Besprechungen, für Spiele mit verdeckten Karten, für Gespräche und leise Manöver, wie sie Monsieur Perrot hätte führen können. Da wurde irgend etwas falsch gemacht, dachte Johann Benedikt.

Nachts patrouillierten sie in kleinen Trupps an den Gleisen der Bahnstrecke entlang, um Anschläge zu verhindern. In einer der Nächte vernahmen sie in der Ferne verdächtige Geräusche auf dem Bahndamm. Sie lauschten an den Schienen. Schließlich wurden Johann Benedikt und ein weiterer Soldat vorgeschickt, um zu rekognoszieren und zu verhindern, daß die ganze Patrouille in eine Falle ging. Die Nacht war dunkel, und der Nebel schlug feuchte Schwaden von den Feldern auf den Bahndamm hoch. Nach einer Weile sahen sie einen Mann auf den Gleisen liegen. Er lag auf dem Rücken und hatte die Arme über den Kopf hochgeworfen und hinter sich in die Erde verkrallt. Sie beugten sich über ihn. Gerade als Johann Benedikt feststellte, daß dem Mann die Kehle durchgeschnitten war, vernahm er einen zischenden Ausruf und ein Ächzen neben sich und erhielt, noch ehe er sich aufrichten konnte, einen furchtbaren Schlag über den Hinterkopf. Er taumelte zurück, sah den Kameraden über den Toten gestürzt und vor sich schattenhaft die Gestalt eines riesigen Chinesen, der zum neuen Schlag ausholte. Er hatte den Hieb mit der Klinge eines mächtigen altertümlichen Schwertes geführt, und im matten Schimmer des Metalls sah Johann Benedikt die Runzeln eines Urzeit-Hauptes über dem blockhaften, wehenden Schwung des breiten Bauernkittels. Aber sein Bajonett, das er gelockert am Koppel trug, war schneller als der Säbel des Alten, und Johann Benedikt traf ihn so mächtig damit auf den blanken Schädel, daß er ihn bis zur Nasenwurzel spaltete. Eine Blutwelle überspülte seinen Matrosenkragen, und das Schwert des Riesen, der ihn im Tode zu umarmen schien, fiel hinter seinem Rücken zu Boden. Er stürzte hin und der Alte auf ihn, und das war Johann Benedikts Glück, denn der gewaltige Körper deckte ihn, als nun die Partisanen aus dem Dunkel heraus zu schießen begannen. Aber da waren nun auch die Kameraden heran und eröffneten das Feuer. Es waren meist gute Scharfschützen, die in Sekundenschnelle dorthin schossen, wo gerade das Mündungsfeuer einer der altertümlichen Flinten aufblitzte, und da die Chinesen noch nicht gelernt hatten, daß man sich nach jedem Schuß ein paar Meter auf die Seite rollen lassen muß, zählten die Infanteristen im Morgengrauen, als der Spuk sich verzogen hatte, zweiundzwanzig Tote, die in den Gebüschen und Gräben der Umgebung lagen. Sie selbst hatten nur einen einzigen Toten, den Mann, der Johann Benedikt begleitet und den der Säbel des Alten gut getroffen hatte, während er bei dem zweiten Schlag auf dem dikken, weichen Tuch von Johann Benedikts blauer Matrosenmütze ausgeglitten war und sich flach gelegt hatte, so daß dieser mit einer freilich gewaltig anschwellenden Beule davongekommen war. Sie betrachteten den riesigen Körper und verwunderten sich über die schwere, aufgetriebene Brust des Alten und über irgend etwas Weiches, das im Tode den Leib überzogen hatte. Als sie die Leiche untersuchten, entdeckten sie, daß sie ein riesenhaftes altes Weib vor sich hatten. Sie wurden stumm und blickten auf die Hünin hinab. Wie sie so dalag, schien sie tausend Jahre alt zu sein.

Die Sache hatte ein unangenehmes Nachspiel, indem man ihnen nämlich zum Vorwurf machte, daß sie, entgegen einem bestehenden Befehl, die Saboteure nicht lebendig eingebracht hatten. Man ließ eine Massenanklage fallen, aber ein englischer

Militärankläger kaprizierte sich auf den ›Fall‹ Johann Benedikts, da die alte Chinesin, wie sich herausstellte, eine berühmte und lange gesuchte Bandenführerin gewesen war. Das Expeditionskorps sammelte sich um diese Zeit wieder an der Taku-Barre, um sich zu dem berühmten Marsch nach Peking vorzubereiten. In diesem Zustand ungeduldigen Wartens lud sich die Luft wie von selbst mit nationaler Eifersucht und internationalen Reibereien. So fand sich Johann Benedikt eines Tages vor der ersten Instanz, einem überwiegend aus Engländern zusammengesetzten Militärgericht, das ihn zu achtzehn Stunden ›am Rad‹ verurteilte. Das brachte natürlich einen deutschen Einspruch in Gang. Die zweite Verhandlung fand vor einem gemischten Tribunal statt, und ein kleiner japanischer Anwalt war zum Verteidiger des Angeklagten bestellt worden. Er hielt ein Plädoyer von drei Stunden. Johann Benedikt saß stumm auf der Anklagebank und antwortete einsilbig auf die Fragen, die man ihm stellte. Sein breites, ruhiges, wenn auch nicht völlig gutmütiges Gesicht blickte verständnislos auf die Uniformen der hohen Offiziere, die der Verhandlung gespannt folgten. Man milderte das Urteil auf eine Strafdauer von vier Stunden, Johann Benedikt ging nach diesem Spruch in das Barackenlager zurück, in dem das Korps kaserniert war. In den deutschen Unterkünften brütete an diesem Abend eine dumpfe Stimmung des Unmuts. Die englischen Militärpolizisten, die am nächsten Morgen erschienen, um Johann Benedikt zu eskortieren, mußten sich ihren Weg durch eine Woge offener Drohungen bahnen. Sie führten ihn zu einer Kanone, die man inmitten des Lagers aufgefahren hatte, und banden ihn mit Riemen an eines der Räder. Da stand nun der unfreiwillige Weltfahrer und blickte in die Gesichter der Vorbeigehenden, die fast alle von dem Vorgang peinlich berührt waren oder sogar, wenn es Deutsche waren, die Faust in der Tasche ballten. Deutsche Offiziere traten auf Johann Benedikt zu und unterhielten sich ostentativ freundlich mit ihm. So wäre alles für ihn gut zu ertragen gewesen, wenn er nicht zu seiner eigenen Verwunderung sich immer wieder dabei ertappt hätte, daß er an die alte Chinesin denken mußte, die er erschlagen hatte. In diesen Stunden gruben sich ihre Züge unverlöschlich in sein Gedächtnis ein. Sie erschien ihm wie die Urmutter des ganzen Geschlechts der Chinesen, wie ein Weib aus einer alten Sage, das zu töten eine Art Gottesfrevel war. Daß das ausgerechnet mir passieren mußte, dachte Johann Benedikt und empfand die Radspeichen, die sich in seinen Rücken drückten, beinahe als angenehm, als Beginn der Buße für eine Schuld, die er sich nicht erklären konnte. Die Welt wurde immer rätselhafter für ihn.

Er verhielt sich darum schweigsam in dem lärmenden Haufen von deutschen Matrosen und Soldaten, der ihn in die Mitte nahm, als die vier Stunden am Pranger um waren. Im Triumph marschierten sie mit ihm vom Fleck weg zu einem der größten Teehäuser der Umgebung, in dem, wie sie wußten, die englischen Söldner sich besonders gern aufhielten. Sie besetzten das Lokal und nahmen sofort alle Mädchen in Beschlag, die noch frei waren. Eine gespannte Stimmung entstand. Die Mädchen wisperten aufgeregt, und ihre Kimonos raschelten papieren. Dann ging ein untersetzter, stämmiger deutscher Matrose, der kein Mädchen mehr gefunden hatte, auf einen der Briten zu, klopfte ihm auf die Schulter und griff nach dem Arm des kleinen, buntfarbigen Geschöpfs, das der Tommy, ein riesiger schottischer Hochländer, um die Taille gefaßt hatte. Der Schotte holte aus und pflanzte dem Matrosen die geballte Faust ins Gesicht. Das war das Signal. Mit einem gewaltigen Wutschrei entlud sich die deutsche Empörung über Johann Benedikts Erniedrigung, und man machte sich daran, die in der Minderzahl befindlichen Briten systematisch aus dem Teehaus hinauszuprügeln. Sie wehrten sich tapfer, aber endlich mußte auch der letzte von ihnen blutüberströmt das Feld räumen, gefolgt übrigens von den Deutschen, die sich klar darüber waren, daß nun jede Minute die Feldpolizei eintreffen und Verhaftungen vornehmen würde. Die ängstliche Klage einer kleinen Chinesin, deren kunstvolle Frisur gelitten hatte, schwebte noch eine Weile über dem Ort sanfter, doch nun zerstörter Lust, dem verletzten Idyll aus dünnen Porzellanschalen und zarten Reispuderwolken, die in friedlicheren Stunden als eine Art Rauchopfer aufzusteigen pflegten.

Der Vorfall hätte üble Folgen nach sich gezogen, wenn nicht in der gleichen Nacht noch der Befehl zum Abmarsch gekommen wäre. Aber die Verstimmung im englischen Oberkommando über diese Teehausgeschichte war tiefgehend und unheilbar, und die deutschen Matrosen und Soldaten lachten jedesmal verständnisinnig, wenn in den Wochen, die nun kamen, Wochen eines immer trübseliger und aussichtsloser geratenden Versuchs, sich eine Gasse in einen Ozean zu bahnen, dessen Wogen, wenn man sie zerteilt hatte, sich geräuschlos wieder hinter einem schlossen – die germanische Soldateska deutscher Zunge also grinste ein grimmiges ›Aha!‹, wenn in diesen Tagen einer steigenden Misere aus dem Zelt Lord Seymours immer wieder der Befehl erging: "The Germans to the front!" Obermaat Petersen, Johann Benedikts Zugführer, kleidete seinen Unmut über diese zweifelhafte und mit Gefahren verbundene Bevorzugung in eine Schimpfkanonade, die jedesmal mit den Worten schloß: »Hättet ihr geilen Böcke nicht den Tommys die Mädchen lassen können?« So zogen sie schimpfend und lachend durch China, aber langsam wurde aus dem Vorstoß ein Rückzug, auf dem sie Karrees bilden mußten, um sich gegen die anbrandenden Scharen der Bandenkämpfer zu verteidigen. Eines Tages befanden sie sich, statt in Peking, wieder an der Küste, wo sie ein langweiliges Garnisonsleben begannen. Im Juni mußten sie die Taku-Forts erstürmen, und es gab noch einmal eine Expedition ins Innere; sie verlief etwas erfolgreicher als die erste, und sie kamen diesmal, geführt von dem Grafen Waldersee, tatsächlich bis nach Peking. Aber eigentlich war es eine ruhige Zeit. Johann Benedikt, inzwischen zum Maat avanciert, denn er war ein guter Soldat, ruhig und zäh, gehörte zu einem kleinen Besatzungsdetachement in dem Städtchen Kianglin. Es gab nichts zu tun, und er begann damals ein Verhältnis mit einem Mädchen aus dem einzigen Teehaus von Kianglin. Als sie merkte, daß ihn der Tee trübselig stimmte, brachte sie ihm den Geschmack an dem feinen, bitteren Reisschnaps bei, den man gleichfalls in Teeschalen serviert. Aber in Wirklichkeit hatte er Sehnsucht nach einer Flasche badischen Weins, nach dem Kaiserstühler oder dem Blauburgunder, der an den westlichen Abhängen des Schwarzwalds gezogen wird. Er las mit Verlangen die Briefe, die regelmäßig jeden Monat von Barbara eintrafen; sie enthielten ein gleichmäßiges, ruhiges Gefühl und nur selten einen Ausruf von Ungeduld; er selbst schrieb zärtlich-warme Worte nach Kenzingen und freute sich darüber, daß das Jahr 1901 verstrich und der Tag seiner Entlassung näherrückte.

Und wirklich kam eines Tages, Anfang 1902, der Befehl zur Einschiffung für große Teile der in China stationierten deutschen Truppen. Auch Johann Benedikts Einheit befand sich darunter. Er kletterte mit einem Gefühl ungeheurer Erleichterung über die Gangway auf den Transporter. Die Schiffe fuhren wieder nach Singapore, nahmen aber, als sie die Malakkastraße hinter sich gebracht hatten, ihren Kurs nach Südsüdwesten. »Ihr werdet in Daressalam umgeladen«, erklärten die Leute von der Besatzung. »Wir haben Order, von dort nach Kiautschou zurückzukehren, damit der Rest schneller nach Hause kommt.« So überquerten sie denn den Indischen Ozean, an den Seychellen vorbei, und freuten sich, daß ihnen so billig noch ein Blick in den dunklen Kontinent geboten werden sollte. Auf der Reede von Daressalam lag eine ganze Flotte deutscher Schiffe, die alle den Heimatwimpel gesetzt hatten. Johann Benedikt kam mit zwei Zügen des 1. Seebataillons auf den Kreuzer ›Habicht‹. Am Abend durften sie an Land gehen; sie bestaunten die Fremdartigkeit der Bantu-Neger und die Schönheit der Inderinnen, deren helle Sarongs im Schatten der Palmen phosphoreszierten. Die Nacht verbrachten sie an Deck, unter der von Hitze zitternden Dunkelheit des afrikanischen Firmaments, in der die Bordlaternen leise schwankten, bewegt vom Rhythmus der See. Sie erwachten aus seltsamen Träumen erst, als sie sich schon auf hoher See befanden, und gewahrten mit Verwunderung, daß der Bug des Schiffes noch immer nach Süden gerichtet war. Johann Benedikt wurde mit den übrigen Chargen zusammen zum Kapitän gerufen und für den Dienst eingeteilt. »Maat Zimmermann, Sie gehen auf Munitionskammer eins«, sagte der Erste Offizier zu Johann Benedikt. Als sie kopfschüttelnd die Messe verließen, hörten sie an Deck den Ruf: »Alles auf Gefechtsstationen!« Johann Benedikt fühlte sich am Ärmel gepackt. »Sieh mal da hin!« rief einer der Kameraden ihm zu. Er deutete aufgeregt auf den Mast. Da sahen sie alle, daß S.M.S. ›Habicht‹ den Heimatwimpel gestrichen hatte.

Sie fuhren lange und umrundeten allmählich das Kap der Guten Hoffnung. Die Küste bekamen sie nicht zu Gesicht, aber sie errieten die Route daraus, daß das Schiff immer deutlicher auf Nordkurs ging. Die Reise wollte kein Ende nehmen. Eine tiefe Niedergeschlagenheit hatte sich ihrer bemächtigt, sie starrten auf die Wasserwüste. Wenn sie den Kapitän oder die Offiziere fragten, wohin die Fahrt ginge, bekamen sie ein Achselzucken zur Antwort: das Schiff fuhr mit versiegelter Order. Johann Benedikt blickte mit glanzlosen Augen am Morgen in den Aufgang einer gnadenlos gelb brennenden Sonne aus glühendem Sand, am Abend in das purpurdunkle Aufsteigen der Nacht. Nachdem sie etwa zwei Wochen unterwegs waren, tauchte eines Abends weit vor dem Bug eine feine, ebene Küstenlinie aus den Wogen. Zugleich stoppten die Maschinen, und eine tiefe Stille breitete sich aus. »Lüderitzland«, sagte ein Offizier, der neben Johann Benedikt an der Reling stand, und wies nach vorn. Da war nichts als dieser schmale Küstenstrich weit im Osten, über den sich jetzt die Nacht schob, das gleichmäßige Atmen einer aus den Weiten des Ozeans kommenden Dünung, und die Bordwände des Schiffes, gleich einem Abbruch von Felsen vor dem Abgrund eines Kontinents, vor dem Abgrund der Zeit. Rasselnd fuhr der Anker in die Tiefe.

In der Nacht wurden Gewehre und Munition ausgegeben und die Mannschaften für die Landungsboote eingeteilt. Als sich die Nacht im Westen verlor, sahen sie, daß auch die anderen Schiffe inzwischen im Angesicht der Küste vor Anker gegangen waren. Punkt sieben Uhr schwenkten überall die Boote aus und nahmen rasch Fahrt gegen den flachen Strand zu auf. Die Riemen schlugen ins Wasser, und die kleinen schwarzweißroten Fahnen am Heck knatterten im Fahrtwind. Johann Benedikt stand mit den Leuten der Gruppe, die er führte, in einem der Dingis und blickte gespannt auf die Küste, die ein paar Häuser herzuzeigen begann. Auf einmal erlosch sein Bewußtsein im pfeifenden Wirbel der Schüsse, der sie umbrandete. Er duckte sich mechanisch hinter den Körper eines der rudernden Matrosen, der plötzlich das Holz fahren ließ und sich mit einem schweren Aufseufzen über den Bordrand legte. Einer von den Marineinfanteristen stürzte, von einer Kugel getroffen, über Bord. Fast alle Boote gerieten ins Trudeln, weil niemand mehr die Ruder bediente. Mitten in die plötzlich entstehende Stille hinein hörten sie vom Ufer her Triumphschreie. Johann Benedikt tastete im Liegen vorsichtig nach einem der Riemen, andere folgten seinem Beispiel, und so brachten sie das Boot in Richtung zum ›Habicht‹ wieder in Fahrt. Sie hatten drei Tote und mehrere Verwundete, und auch Johann Benedikt begann den Herero-Krieg mit einem Streifschuß am linken Unterarm.

Gegen Mittag fuhren die Kanonenboote und der kleine Kreuzer näher an die Küste heran und eröffneten das Feuer mit ihren Schiffsbatterien. Mit dieser Hilfe glückte ein zweiter Landungsversuch. Gegen Abend hatten sie aus dem Küstensand der Namib die ersten Stellungen ausgehoben. Es war die erste Nacht in vielen Wochen, in der Johann Benedikt nicht mehr an eine mögliche Heimkehr dachte. Er verkroch sich hinter der Brustwehr, lauschte dem fernen Grollen von Gewittern und sah in das Aufzucken der Blitze, die irgendwo weiter im Lande drinnen in die Erde Afrikas schlugen. Sie brauchten bis zum Herbst des Jahres 1903, um den Aufstand der Bondelzwaarts niederzuschlagen, und als sie dies vollbracht hatten, schickte der Häuptling Samuel Maherero aus Okahandja, wo er residierte, seine

Hereros in Schwärmen gegen sie aus. Sie hatten längst die Namib hinter sich gelassen und waren über die Steppe nach Norden geschritten. Die Gnu-Herden wirbelten in der Ferne den Sand der Etoscha-Wüste auf. Mit Gefechten und Märschen ging es das ganze Jahr hindurch bis zur Schlacht am Waterberge. Wieder kam eine Regenzeit mit feuchter Hitze und Gewittergüssen. Johann Benedikt vernahm im Fieber die Nachricht vom Ende Mahereros, doch bis zum Jahre 1905 mußten sie gegen die wilden Scharen Hendrik Witboois kämpfen; in der einsamen, ausgestorbenen Lavawildnis des Naukluftgebirges erreichte sie keine Post mehr. Auch während der ganzen folgenden Regenzeit hörte Johann Benedikt nichts mehr von Barbara. Er trug jetzt einen Südwester, und um sein Gesicht, das abgemagert war, in dem die Augen tief in ihren Höhlen brannten, wucherte ein heller Bart, der Bart eines Menschen, der einmal breit und ruhig gewesen war. Wenn er durch eines der völlig verlassenen Dörfer ging, befiel ihn ein Grauen vor der Stille der halbkugelförmigen Pontoks, die den leeren Viehkral umschlossen. Und mit dem gleichen Gefühl, mit dem er vor Jahren in China die alte Partisanin betrachtet hatte, blickte er jetzt auf die Leichen der erschlagenen Hereros, die im Tode zwischen auseinandergerissenen Lippen die zugefeilten Zähne sehen ließen, indes das sandfarbene Abendlicht ihre ledernen Gewänder und ihren Eisenschmuck überspülte. Aber endlich hatte man die letzten in den Karasbergen und am Großen Fischfluß zusammengetrieben, und unter dem Kommando des Obersten von Deimling wurden sie von den Quellen verjagt, hinweggehetzt mit den Geschoßgarben weittragender und schnellfeuernder Gewehre von den letzten Wasserstellen, die sie noch besaßen. Sie wählten den Dursttod.

Das war wohl der Grund, warum sich Johann Benedikts Gesicht nicht zu einem Lachen verzog, obgleich doch lauter Jubel ihn umbrauste, als er an einem heißen Julitag des Jahres 1906 im Verband der heimgekehrten Schutztruppe über den Jungfernstieg in Hamburg marschierte. Sein Geist verharrte noch immer im Schatten einer Tamariske und lauschte den Klageschreien des verdurstenden schwarzen Volkes, die aus dem wasserlosen Sandfeld Omahehe zu ihm drangen. Er blickte in die Gesichter, spähte die Straße hinab und wunderte sich, daß sich die Welt seit 1899 nicht verändert hatte. Noch immer wehten schwarzweißrote Fahnen von den Häusern, noch immer waren die Gesichter rot und satt, und wie eh und je rafften die Frauen die Röcke zierlich über den Staub.

Nachdem er abgemustert und entlassen war, fuhr er nach Kenzingen, wo ihn Barbara vom Bahnhof abholte. Sie war auch nicht jünger geworden in den sieben Jahren, stellte er fest, aber ihr Gesicht unter den feinen braunen Haaren war noch immer schön und gut, und es befriedigte ihn sehr, daß ihre Zärtlichkeiten mit ihr zusammen fünfundzwanzig Jahre alt geworden waren. Sie bekamen gleich im ersten Jahr ihrer Ehe ein Kind, eine Tochter, und im Jahre 1910 einen Sohn. Johann Benedikt wurde Kellermeister in einer Sektkellerei in Emmendingen. Er prüfte die Weine und beobachtete die Gärung in den Flaschen. In gewissen Abständen trank er sich einen Rausch an. Dann ging er nicht nach Hause, sondern legte sich auf eine Wiese, ließ die Sterne über sich kreisen, und seine Gedanken machten die nächtliche Silhouette des Kaiserstuhls zum Umriß der Taku-Forts. Unbewußt verhütete er damit, daß er vor den Menschen ins Erzählen geriet. Er wurde vielmehr immer schweigsamer, und Barbara meinte, sie hätte ihn jetzt noch lieber als früher, denn sie wußte ja, daß er nicht sprachlos war, sondern nur verschwiegen. An den Sonntagen machten sie manchmal mit den Kindern Ausflüge. Sie besichtigten das straßburger und das freiburger Münster und blickten von der breisacher Höhe aus über das Elsaß und den Oberrhein. Unendlich klar und scharf gezeichnet stand die Nähe aus Weinlaub, Pappeln und hellen, südlichen Häusern vor dem zarten Dunst der Vogesenferne.

Aber am liebsten ging Johann Benedikt in den Sumpfwäldern des Rheinufers spazieren, wo die Mücken in der Hitze ihr Lied sangen und der Efeu sich um die Akazien wand. In der grünen

Wildnis, an einem der lehmbraunen Altwasserarme des Rheins sitzend, vergaß er die Zeit, abwechselnd aus seiner Pfeife rauchend oder ein Lied vor sich hinflötend.

So war das Dasein Johann Benedikt Zimmermanns beschaffen, als ihn im August 1914 der zweite Gestellungsbefehl seines Lebens erreichte.

Diana mit Flötenspieler

Die Gräfin Diane war ungefähr einen Meter neunzig groß. Das ist allerhand für eine Frau. Wenn sie den Strand von Blauort entlangwanderte, von ihren beiden großen Kötern umspielt, kerbte sie für die Fischer draußen am Rand des Korbbaken-Sandes eine lange, dürre Silhouette in den Horizont. In den zweiundsechzig Sommern, die sie auf Blauort zubrachte, hat sie nie etwas anderes getragen als Drillichhosen, in hochschäftige Gummistiefel gezwängt, und eine alte, abgewetzte Lederjoppe. Außer an den heißesten Tagen. Dann legte sie sich splitternackt in irgendeine Sandmulde, aalte sich in der Sonne und vergaß, daß kein Mensch ihr jemals gesagt hatte, sie sei eigentlich gar nicht dürr und gar nicht zu groß für eine Frau. Nur ihr Vater hatte sie manchmal gestreichelt und gesagt: »Kind, du bist zwar eine Bohnenstange, aber du hast eine eigentümliche Schönheit.« In der Tat war ihr magerer Körper von einer durchsichtigen, seidenen Haut umkleidet wie von Gefieder, und wenn sie ging, hatte sie manchmal etwas von einem großen schönen spähenden Vogel an sich, einem Kranich vielleicht. Aber niemand schien das zu bemerken, und wenn es doch jemand gegeben haben sollte, der es bemerkt hat, so hat er es jedenfalls nicht geäußert. Man macht einer Frau, die auf den ersten Blick häßlich ist, ungern ein Kompliment, weil man fürchtet, daß die Courtoisie ihre Mängel eher betont statt mildert. Die häßliche, schöne Gräfin Diane wurde dessen rechtzeitig gewahr und zog sich nach Blauort zurück. Ob das richtig war, kann man nur schwer sagen. Natürlich fand dort überhaupt niemand mehr die Möglichkeit, das zu bemerken, was Dianes Vater als ihre ›eigentümliche Schönheit‹ bezeichnet hatte, denn in den zweiundsechzig Sommern ihres restlichen Lebens – sie ist übrigens beinahe neunzig geworden – sah sie nur noch den Bauern aus Nordstrand, der ihr jedes Jahr die Schafschur besorgte, manchmal ein paar Fischer, die vor Niedrigwasser nicht mehr rechtzeitig den Heverstrom erreicht hatten und die erzwungene Muße benutzten, die Frau Gräfin zu besuchen, um ihren berühmten holländischen Genever zu probieren, dann und wann auch einen Altertumsforscher, der meinte, er könne im Rungholt-Watt noch irgendeinen Tonscherben finden. Wenig Gelegenheit zur Hofmacherei also, aber die Gräfin hatte es ja selbst so entschieden. Sie war eine große Dame und hatte eine Abneigung gegen Gelegenheiten und ein Faible für Entscheidungen. So spielte sich alle Bewunderung für sie in dem kleinen Raum vom Mund bis zum Auge eines jeglichen Krabbenfischers ab, wenn ein solcher, am Rand des Korbbaken-Sandes treibend, ihrer langen, dürren Silhouette ansichtig wurde: daß sich der Mund niemals zu einem spöttischen Grinsen verzog, die Augenwinkel aber sich mit anerkennendem Lachen füllten, war ihr Sieg. Doch weder der Fischer noch sie selbst hatte davon eine Ahnung.

Zwischen den beiden Kriegen verbrachte die Gräfin jedes Jahr die Wintermonate in Rom. Sie haßte ihre holsteinische Verwandtschaft und brachte es nicht über sich, den Winter über zwischen Möbeln zu sitzen, die ihren Geschmack beleidigten, besonders wenn sie an die bauliche Noblesse der Herrenhäuser dachte, in denen sie standen. Seitdem die Retzlaffs alljährlich nach Bayreuth fuhren, hatten sie begonnen, einen Sinn für nordische Mythologie zu entwickeln, und ihre beiden Häuser in der Marsch mit Einrichtungen im Lenbach-Stil ausgestattet, die sie von einem münchner Schreiner bezogen. Diane rettete die besten Sachen – ein paar Friesentruhen und das stille dänische Biedermeier – nach Blauort. Das Haus ihres Vetters Detlev von Retzlaff betrat sie überhaupt nicht mehr, als sie sah, wie nach dem ersten Krieg aus der geschnitzten ›Wotans-Vertäfelung‹ – so nannte sie die münchner Scheußlichkeiten – der Dunst einer niedrigen politischen Konspiration in Räume drängte, in denen vordem die hausbackene Grazie der Musik von Telemann oder Buxtehude dominiert hatte. »Abscheulich«, stellte sie Detlev gegenüber fest. »Du verdirbst die ganze Landschaft mit diesen

Handlungsreisenden. Als ob du nicht genau wüßtest, daß wir für die Bauern an der Küste tonangebend sind!« Detlev hatte versucht sie zu überzeugen, aber ohne Erfolg. Deutlich hatte sie hinter seinen Reden den Ton der Handlungsreisenden vernommen. Es war degoutant! Ein Retzlaff, der redete, als sei er ein Vertreter schlechter Ware, die er ihr um jeden Preis verkaufen wollte. »Entweder komme ich oder diese braune Bagage!« hatte sie abschließend bemerkt. Aber Detlev hatte sich schon zu weit eingelassen. Er war ein Frondeur, wie übrigens die Gräfin auch; aber es ist ein großer Unterschied, ob man eine Fronde beginnt, das Ohr verklebt mit ›Rheingold‹-Klängen, oder frei, den Schrei der Brandgänse über Blauort zu hören.

Im späten Herbst des Jahres 1934 begegnete ihr in Rom ein Mann, der ihr schließlich doch so etwas Ähnliches wie ein bewundernder Verehrer, auf jeden Fall aber ein Freund wurde. Das war der Pater Spontini, der in einem kleinen Olivetaner-Kloster bei der Porta San Paolo lebte, »fuori le mura«, wie er scherzhaft zu betonen liebte. »Auch ich lebe außerhalb der Mauern, Contessa Diana, genau wie Sie auf Ihrer Insel im hohen Norden«, pflegte er lächelnd zu sagen. Diane hatte ihn auf einer Soiree bei den Oriolos kennengelernt. Sie ging gern zu den Oriolos, weil sie wußte, daß der alte Fürst niemals einen Faschisten einlud. Im übrigen mied sie das gesellschaftliche Leben und war in Rom fast so einsam wie auf Blauort, in einer lautlosen englischen Pension in der Nähe der Spanischen Treppe. Aber dafür besuchte sie die kleinen, lärmenden, von Zigarettenrauch erfüllten Kinos und besah sich alle Filme, die es damals in Deutschland nicht mehr zu sehen gab, die Bergner als Zarin Katharina oder die neuesten Chaplin-Streifen. Spontini war ihr als ein Haupt der etruskischen Forschung bezeichnet worden. Sie fand ihn charmant. Er war klein und zierlich, aber ebenso würdevoll wie sie, und da sie sich nicht zu ihm hinabbeugen konnte, er aber nicht zu ihr hinaufsprechen wollte, fanden sie den Ausweg, nebeneinander zu stehen und ihre Worte scheinbar an einen imaginären Dritten zu richten, obschon sich niemand zu ihnen gesellte, in der halben Stunde, die sie in solcher Stellung miteinander verplauderten. Als sie sich trennten, besaß der Pater die Kühnheit, ihr zu sagen, er habe noch nie etwas weniger Etruskisches gesehen als die Contessa. Wobei er auf eine Tonplatte aus Cerveteri wies, bemalt mit Figuren, deren archaische Plumpheit nun wirklich kaum noch zu überbieten war. Die Oriolos hatten die Platte in die Wand einer Nische eingelassen. »Eine Verstorbene wird von einem Dämon entführt, vor ihnen ein Bogenschütze«, erklärte Spontini und entschwand. Diane betrachtete sich die Figuren genau und fand, daß man ihr ein Kompliment gemacht hatte.

Sie traf den Pater, ganz zufällig, an einem der folgenden Tage, als sie gerade den protestantischen Friedhof an der Cestius-Pyramide betreten wollte. »Wohin mit den Blumen?« fragte er ungeniert und deutete auf den Rosenstrauß, den sie trug. »Zu Shelleys Grab«, antwortete sie. »Sie lieben seine Gedichte?« Er wartete keine Antwort ab, sondern begann in einem fließenden, aber merkwürdigen Englisch, die ersten zwei Zeilen der ›Wolke‹ zu rezitieren. Das sehr nördliche, in breiten, verfließenden Wasserfarben angelegte Gedicht hörte sich seltsam an, zwischen den Grabsteinen, unter den Zypressen, aus dem Mund des zierlichen Mönches, dessen Gesicht ein exakt gezeichneter schwarzer Umriß über der weißen Olivetanerkutte war. »Viele Leute haben gute Gedichte gemacht«, sagte die Gräfin, um sich aus der Stimmung zu befreien. »Ihm bringe ich die Blumen, weil er im Meer ertrunken ist.« Tadelnd fügte sie hinzu: »Natürlich ist er zu weit hinausgesegelt.« Und nach einer Pause: »Sind Sie schon einmal zu weit ins Meer hinausgesegelt, Herr Pater?« Spontini schüttelte den Kopf. Er betrachtete sie unauffällig von der Seite, wie sie, übergroß, einem hochbeinigen, spähenden Stelzvogel ähnelnd, zwischen den Gräbern dahinschritt. Sicherlich, dachte er, brachte sie dem toten Engländer die Grabspende dar, weil sie genau wußte, wie es war, wenn man beim Segeln das Land aus den Augen verlor, im gefährlich ziehenden Wasserstrom treibend, das Gesicht den Wolken zugewandt, bis sie sich als Nebelbänke herabsenkten, als kimmerischer Tod. ›Eine Verstorbene wird von einem Dämon entführt‹, dachte er, sich jäh der etruskischen Tafel erinnernd, die ihm zu einem Scherz gedient hatte, zu einem Scherz freilich, mit dem er sie festhielt. Dort oben, wo sie lebt, überlegte er, gibt es leider keinen Bogenschützen, der den Dämon erlegt. Aber mit solchen Gedanken unterschätzte er die Gräfin, die ihr eigener Bogenschütze war, eine Diana der nördlichen Jagdgründe, welche die Enten niemals anders als im Fluge schoß und ausschließlich mit dem Kugellauf ihres Drillingsgewehrs. Sie wechselte das kaum angedeutete Thema. »Und Sie? Was tun Sie hier, auf dem Friedhof der Protestanten?« fragte sie ihn. »Ich wohne dort drüben«, antwortete er und wies auf das niedrige Dach seines Klosters, das hinter der Mauer sichtbar war. »Ich gehe oft spazieren«, sagte er, »und ich wohne gerne in der Nähe der Abtrünnigen.«

»Lieben Sie die Ketzer, wenn sie tot sind?« Er lachte. »Tote Ketzer können viel gefährlicher sein als lebendige«, antwortete er. »Überdies, Contessa, wissen Sie nicht, daß es gar keine Toten gibt?«

Den Beweis für diese Behauptung erhielt Diane erst viele Jahre später, in einer Sommernacht auf Blauort. In den Wintern bis zum Kriegsausbruch machte sie viele Spaziergänge mit Spontini. Auf ihren Wunsch hin zeigte er ihr die wichtigsten etruskischen Funde im Vatikan und im Museum Torlonia, und manchmal mietete sie ein Auto und fuhr mit ihm nach Tarquinia, Orvieto, Chiusi oder anderen Hauptorten jener frühen Kultur. Einmal hatte sie versucht, ihn zum Besuch eines Chaplin-Films zu bewegen, aber er lehnte ab. Doch ließ er sich von ihr Inhalt und Form der Filme, die sie sah, eingehend beschreiben. Während der ganzen Zeit ihrer Bekanntschaft machte der Pater niemals einen Bekehrungsversuch. Er wußte, daß die Gräfin keine Katholikin war, er wußte aber auch, daß sie niemals einen protestantischen Gottesdienst besuchte. War sie überhaupt getauft? Einmal, bei einem Besuch der Tomba del Triclinio, einer der dunklen, rätselhaften Grabstätten von Tarquinia, fragte er sie unvermittelt: »Ist der Graf Detlev von Retzlaff Ihr Bruder?«

»Nein, mein Vetter«, gab Diane verwundert Auskunft. »Warum fragen Sie?«

»Nichts Besonderes«, antwortete der Pater, »ich höre, er hat eine neue Religion erfunden, einen deutschen Glauben.«

»Ja«, teilte die Gräfin mit, »er hat es mir gesagt. Er ist eigens deswegen im vorigen Sommer zu mir auf die Insel gekommen.« Sie lächelte im Geiste über die Formel ›credere al tedesco‹, die Spontini gebraucht hatte. »Und?« fragte der Pater gespannt. »Hatte er Erfolg?«

»Ich habe ihm gesagt, die nächste Flut käme in zwei Stunden und er müsse sich beeilen, wenn er noch mit dem Fuhrwerk zurückwolle. – Man kann nämlich bei Ebbe meine Insel von Nordstrand aus mit der Kutsche erreichen«, fügte sie erklärend hinzu, und sie gerieten in ein Gespräch über die Naturphänomene des Wattenmeers, von denen zu hören der Pater nie müde wurde.

Nach Blauort zurückgekehrt, verfing sie sich im Schlaf hin und wieder in Erinnerungen an die etruskischen Gräber. In ihren Träumen fingen die Figuren der Tomba del Triclinio an, sich zu bewegen. Insbesondere erinnerte sie sich eines Flötenspielers, der sich aus attischer Vasenstrenge plötzlich zu einem zügellosen Tanz erhob. Die Flöte an den Lippen, umtanzte er sie, ein kleiner Mann, den dunkelroten Körper vom weißen Chiton umflattert, und blickte spöttisch zu ihr empor. Manchmal verwandelten sich seine Züge in die Charlie Chaplins oder des Paters Spontini. Dann leuchtete das Bärtchen Chaplins phosphoreszierend im dunklen Gesicht – wie ein Negativ der bekannten Filmmaske –, und die weiße Olivetanerkutte schrumpfte zum kurzen Chiton. »Sie sind viel zu groß für eine Frau«, hörte sie den Pater rufen. »Glauben Sie ruhig auf deutsche Weise«, höhnte Chaplin. Sie selbst brachte kein Wort hervor, ihr Mund war versteinert, und als sie an sich heruntersah, bemerkte sie zu ihrem Entsetzen, daß sie sich in die Mittelsäule der Tomba verwandelt hatte, in einen steinernen, geflügelten Todesgenius mit Beinen, die als Schlangen endigten. Tief unter ihr drehten sich Flötenspieler, Mönch und Clown im Reigen um den Typhon.

In einer Juninacht, im schon weit vorgeschrittenen Kriege, als sie aus einem solchen oder ähnlichen Traum erwachte, zündete sie die Kerze an, die neben ihrem Bett stand, und lag ein paar Minuten ruhig wie eine Tote unter der Decke. Sie war um jene Zeit schon achtzig Jahre alt. Ohne sich zu bewegen, blickte sie auf die mächtige Truhe unter dem Fenster, die sie sich zum Sarg bestimmt hatte. In altem Niederdeutsch hatte der Schnitzer in sie die Worte eingetragen: »Die Friesen sollen frei sein«, eine Satzung aus dem Landrecht der Friesen. »Solange die Winde aus den Wolken wehen und die Welt stehen wird«, vollendete die Gräfin im Geiste den Satz. Im stillen hoffte sie immer noch, daß eine große Flut Blauort und sie selbst hinwegspülen würde. Aber wenn dieser Wunsch nicht in Erfüllung ging, dann war die Truhe noch das Beste. Die Nacht draußen warf von ihren schweigenden Wänden das Echo des fernen, hohen Dröhnens der englischen Flugzeuggeschwader ins Zimmer und an das Ohr der Wachenden.

Diane stand auf und zog sich an. Als sie die Klinke der Haustür hinter sich ins Schloß drückte und im Freien stand, hörte sie die Motoren am hohen Himmel stärker, als tragisch hingegrölte Ballade, in Wellen an- und abschwellend. Sie flogen nach Osten, die ersten Geschwader mußten schon die Küste passiert haben, Diane sah das Mündungsfeuer aus den Geschützen der Flakbatterien bei Husum. Die Nacht selbst lag völlig ruhig in beinahe grellem Mondlicht, das Wasser hatte sich zurückgezogen und die Schlickwüsten und Sände freigegeben, die silbern gleißten oder sich als matter Dunst im Dunkeln verloren. Die Muschelbank an der Nordspitze der Insel grub ihre Krümmung als weißes Kreidezeichen ins schwarze, durchleuchtete Blau. Diane bemerkte eine Unruhe unter den Schafen, die dichtgedrängt auf dem Grasland im Süden standen, und sie hörte vereinzelte

Schreie der großen Silbermöwen, die in Scharen am Südufer nisteten und sonst um diese Stunde schliefen. Als das Geräusch der Flugzeuge dahingeschwunden war, trat wieder Ruhe ein. Die alte Frau lehnte sich an die Hauswand und blickte auf die weiß schimmernden Dolden des Holunders, den sie mit großer Mühe angepflanzt hatte. Dann erst klang die Musik einer Flöte aus weiter Ferne an ihr Ohr. Sie lauschte. Es war kein Zweifel möglich – weit draußen im Watt blies jemand auf einer Flöte. Die Töne, die in der windlosen Nacht nicht verwehten, kamen von irgendwoher aus dem Norden, aus der Gegend des Rungholt-Watts. Nach ein paar Augenblicken überwand die Gräfin eine Anwandlung von Furcht. Sie ging ins Haus und holte sich ihren Stock, aber sie nahm die Hunde und auch ihr Drillingsgewehr nicht mit, weil sie überlegte, daß ein Mensch, der um diese Stunde draußen in der Wasserwildnis auf einer Flöte blies, unmöglich Böses im Schilde führen könne. Sie verließ die Insel vom Nordufer aus und wanderte lange über die festen, geriffelten Sände den Tönen nach. Manchmal brach die Musik ab, dann blieb sie stehen und wartete, bis sie wieder begann. Allmählich konnte sie eine Melodie unterscheiden, die immer wieder probiert wurde, ein paar einfache Takte, die sich bemühten, das englische Volkslied ›Letzte Rose‹ zustande zu bringen. Wenn Diane sich umdrehte, konnte sie keinen Schimmer von Blauort mehr wahrnehmen, zur Rechten hörte sie das Rauschen des nördlichen Heverstroms, in dem das Wasser langsam wieder auflief. Dann tauchte aus dem Dunkel und dem mondenen Bleiglanz der Umriß des alten Sodbrunnens auf, den die große Flut von 1362 übriggelassen hatte, und, auf seiner Kante sitzend, den Rücken ihr zugewandt, die Gestalt eines Mannes.

Als der Sitzende das Knirschen einer Muschel hörte, die unter einem ihrer Tritte zerbrach, wandte er sich um, ließ das Instrument sinken und erhob sich. "Oh, hello", sagte er, als habe er Diane erwartet. "Good evening, Madam!" und gleichfalls auf englisch fügte er hinzu: »Endlich ein Mensch!« Er trug eine lange, ärmellose Lederweste über einer Tuchjacke, und eigentlich war er gar nichts als ein blasses junges Gesicht unter blonden Haaren, das sich, das Staunen der Gräfin spiegelnd, allmählich gleichfalls mit Verwunderung füllte.

»Wer sind Sie?« brachte sie schließlich hervor.

»Captain Miller von der Königlichen Luftwaffe«, antwortete der junge Mann.

»Und warum sitzen Sie hier herum?« fuhr die Gräfin ihn an. »Wissen Sie nicht, daß in einer Stunde die Flut kommt?«

»Flut?« fragte er erstaunt, »aber ich bin doch an der Küste?«

»Unsinn«, sagte sie, »Sie sitzen mitten im Gezeitenmeer, und wenn Sie noch lange auf Ihrer Flöte herumblasen, werden Sie ertrinken.«

»Es ist nicht meine Flöte«, sagte der Hauptmann. »Ich habe das Ding gefunden, als ich vorhin über den Sand ging. Hier, schauen Sie!« Er reichte ihr das Instrument. Es war eigentlich keine Flöte, sondern eine kleine Okarina aus grauem Ton. Diane staunte. Das war ein uralter Gegenstand, unzweifelhaft aus Rungholt stammend, aus der vor sechs Jahrhunderten überspülten Edomsharde; sie hatte ein ganz ähnliches Instrument im Museum zu Husum gesehen. Dieses hier hatte ein paar Bruchstellen, aber jedenfalls konnte man darauf spielen. Sie blickte auf und besah sich den jungen Engländer. Das war ein merkwürdiger Mensch, der da, offenbar schiffbrüchig, den seltensten Fund machte und sich auch gleich damit die Hilfe herbeiblies, die er brauchte, um aus dem Meer errettet zu werden. Vielleicht war er aber gar nicht merkwürdig, sondern einfach nur ein Werkzeug dessen, dem Diane jahrelang Rosensträuße geopfert hatte, die Caprice eines Dichters, den seine Lieder ins Meer getrieben hatten und der nun als Lied aus dem Meer auferstand? Er habe mit seinem Aufklärer irgendwo draußen auf der Nordsee notlanden müssen, berichtete der junge Captain Miller, als sie zusammen auf Blauort zugingen. Der Beobachter sei tot gewesen, fügte er düster hinzu. Die Zeit, bis das Flugzeug versank, habe gerade noch gereicht, das Schlauchboot klarzumachen. Dann sei er drei Tage und zwei Nächte umhergetrieben. Heute war die dritte Nacht, und eine Westdrift hatte ihn auf die Sandbänke des Heverstroms geworfen. In der Meinung, er sei an ein Ufer gelangt, hatte er das Boot zurückgelassen und war in östlicher Richtung weitergegangen. Der alte Sodbrunnen schien ihm seine Annahme zu bestätigen, daß er nun bald auf menschliche Siedlungen stoßen würde. »Und warum sind Sie nicht weitergegangen?« fragte die Gräfin. »Ich habe Sie fast zwei Stunden die Flöte spielen hören.«

»Ich hatte das Ding gerade kurz vorher gefunden«, sagte er, »und es interessierte mich. Außerdem – was habe ich zu versäumen? Hinter den Stacheldraht komme ich noch früh genug.«

Das drängende Wasser benetzte ihnen schon die Schuhe, als sie die Insel erreichten. Der Mond stand jetzt tief am Horizont, aber sein Licht reichte noch aus, daß der Engländer das Haus und die Muschelbank, den Holunder und die Schafe auf dem südlichen Grasland übersehen konnte. »Keine Leute sonst hier außer Ihnen?« fragte er voller Staunen. Im Hause angekommen, gab sie ihm Decken und wies ihm die Bank im Pesel als Schlafplatz an. Bevor sie auf ihr Zimmer ging, sagte sie zu ihm: »Sie können hier bleiben. Solange Sie sich im Watt aufhalten, sind Sie frei. Das ist Friesensitte. Außerdem«, fügte sie mit einem Anflug von weiblicher List hinzu, »können Sie hier ebensowenig Schaden anrichten, als wenn Sie drüben in einem Lager säßen.« Sie wartete keine Antwort ab, sagte nur noch: »Überlegen Sie sich's!« und verließ ihn.

In den folgenden Wochen sprachen sie nur wenig miteinander. Untertags, wenn Diane auf der Insel oder im Watt umherstreifte, manchmal eine Ente oder eine Brandgans schoß oder auch ihre stundenlangen Sonnenbäder nahm, saß der Hauptmann im Hause, um nicht von einem der freilich selten gewordenen Fischkutter aus gesehen zu werden, und las alle englischen Bücher, die er in der Bibliothek fand. Erst in der Dämmerung und in den Nächten ging er aus. Er legte sich eine Sammlung aller Muschelarten zu, die er fand, und brachte von Zeit zu Zeit ein Netz voll Miesmuscheln mit. Aber meistens endeten seine Spaziergänge damit, daß er stundenlang draußen am Sandufer lag und auf der Okarina aus Rungholt spielte. Die sanfte Melodie von ›Letzte Rose‹ begleitete Diane oft in den Schlaf. Eines Nachts stand sie im Traume wieder am alten Brunnen. Wieder glänzte das Mondlicht, und wieder flötete ein Mann, der auf dem Brunnenrand saß, ein Lied. Er trug, wie der junge Miller, ein langes ledernes Koller, aber als er sich umwandte und sich erhob, sah Diane nicht den englischen Flieger vor sich, sondern einen Bärtigen von unbestimmbarem Alter. »Endlich kommst du«, sagte er in altem Friesisch zu ihr, »die Reihe ist an dir.« Er wollte ihr die Okarina reichen. Diane trat einen Schritt zurück. »Nimm sie nur!« sagte der Mann drängender. »Seit der großen Menschentränke spiele ich auf ihr. Wenn die nächste große Flut kommt, wirst du abgelöst, hat der Totenvogel damals zu mir gesagt. – Wie lange ist das schon her!« fügte er wie im Selbstgespräch hinzu. »Seitdem irre ich in diesem wilden Wasser umher, das damals über uns gekommen ist, als wir die Priester zwangen, einer kranken Sau das Abendmahl zu reichen.« Und er begann richtig zu flennen. Diane war angewidert. »Aber wo ist die große Flut, von der du redest?« fragte sie ihn. »Das Meer ist still. Weshalb sollte ich dich ablösen?«

»Doch«, antwortete der Mann schlau, »hör nur in den Himmel hinauf!«

Tatsächlich war der Himmel wieder vom metallenen Röhren der Flugzeuge erfüllt. »Die große Flut kommt diesmal aus dem Himmel!« Unter diesen Worten erwachte Diane und lauschte in die Nacht hinaus. Die Bombergeschwader zogen über die Insel dahin; ihr großes, wildes Singen rauschte durch die Welt. Die alte Frau zündete diesmal keine Kerze an. Sie dachte an ein Gedicht von Shelley, das mit den Worten begann: »Wenn die Lampe erloschen, im Staube liegt tot das Licht.« Dann erinnerte sie sich der Behauptung des Paters Spontini, es gebe keine Toten. Sie lächelte im halben Schlaf. Gab es irgend etwas, was der Pater nicht wußte? Nur hatte sein Wissen einen Haken: er ließ es sich erzählen. Niemals hatte er die schwarzen Riten von

Tarquinia, den Schrei der Totenvögel über dem nördlichen Meer oder das stumme Lachen Chaplins selbst erlebt – die Berichte davon genügten ihm in seiner Zelle. So krümmte sich im Fleisch seines Wissens der stählerne Haken, der ihn dem Leben entriß. Über solchen Gedanken verfiel Diane in diesmal traumlosen Schlaf.

Am nächsten Morgen fand sie auf dem Tisch im Pesel einen Bogen Papier. "Thanks, grand old lady!" stand darauf. »Aber hier zu bleiben wäre Flucht.« Er benutzte Nacht und Niedrigwasser, um nach Nordstrand hinüberzugehen und sich der ersten Küstenwache zu ergeben, schrieb Miller. Die Okarina lag neben dem Blatt.

Diane begriff seine Beweggründe – dennoch bedauerte sie, daß der junge Miller nicht den Sinn der alten Sitte verstanden hatte, in der die Wildnis noch als heiliger Boden lebt. Deshalb starrte sie lange durch das Fenster aufs Meer und trauerte ihrem jungen Gesellschafter nach. Nach trostlosen Minuten erst spürte sie, daß sie frei war, wenn auch teuer freigekauft mit der Münze der Einsamkeit. Die Uhr im Pesel tickte. Die Hand der Greisin schloß sich wie ein Klagegewand um den Leib der Okarina, der, wie sie wußte, noch immer voller Lieder war.

Die Letzten vom ›Schwarzen Mann‹

Der Schmuggler Karl Roland, ursprünglich Student der Philosophie an der Universität Königsberg in Ostpreußen, bis er 1939 zur Infanterie eingezogen wurde, stapfte den zerfurchten Karrenweg von dem Dorfe Brandscheid zum Wald hinauf, über die Ginsterhänge hinweg. Er wußte, daß Lisa ihm nachblickte, von ihres Onkels Haus aus, wo sie zu Besuch war, aber er drehte sich nicht um.

»Da geh' ich nicht mit hinauf«, hatte sie zu ihm gesagt, als er sie aufgefordert hatte, ihn zu begleiten. »Es ist mir zu unheimlich dort oben.«

Es ging auf acht Uhr, an einem Abend im Juli, und hinter der belgischen Grenze war der Himmel ein riesiger Goldschild. Roland schnürte wie ein Fuchs über die Straße, die von Bleialf nach Prüm führte. Auf der anderen Seite strich er eine schmale Straße entlang, an deren Beginn merkwürdigerweise kein Wegweiser angebracht war.

Er hatte noch den Geschmack des hundsgemeinen Tresterschnapses auf der Zunge, den ihm der Wirt in Brandscheid eingeschenkt hatte, bei dem er den Kaffee losgeworden war. Eine dreckige, düstere Eifelwirtschaft, und sie betrogen ihn natürlich, so nah an der Grenze. Wenn er weiter landein ginge, bekäme er sicher mehr für den Kaffee.

»Was tun Sie denn immer da oben?« hatte der Wirt mißtrauisch gefragt und mit dem Daumen eine Bewegung zur Decke des Schankraums gemacht, als meinte er die und nicht die Wälder auf dem Kamm der Schnee-Eifel. »Schauerliche Gegend, puh!« Und er verschwappte etwas von dem Schnaps, den er Roland eingoß.

»Da oben bin ich am sichersten«, hatte Roland geantwortet und den Wirt angesehen. Er wußte, daß sie seinen Blick nicht mochten, daß sie ihn nicht ertragen konnten und Roland zum

Teufel wünschten, wenn er seine Geschäfte erledigt hatte. Sein Blick, das wußte er, kam aus einer Ferne, die sie nicht einmal ahnten.

»Was tust du überhaupt immer in diesem furchtbaren Wald?« wollte auch Lisa wissen. Sie hatte ein helles Sommerkleid an, auf das große Blumen gedruckt waren, und schob den Wagen, in dem sich ihr Kind befand, durch das Dorf. Sie war wirklich ein elegantes Mädchen, mit einem prachtvollen Damengesicht unter dunklen Haaren, und eine wahre Erholung, wenn man gezwungen war, in der Eifel zu leben.

»Ich wohne da«, pflegte Roland ganz wahrheitsgemäß zu antworten, wenn er mit ihr auf den Ginsterhängen oder Feldwegen spazierenging. »Ich wohne in einem Bunker«, erklärte er ihr. »Sie sind zwar alle gesprengt, aber es gibt da immer noch Kasematten, in denen man ganz gut wohnen kann. Ich habe ein Feldbett drin und einen Tisch und Borde, auf denen meine Sachen stehen. An der Wand hängen sogar zwei Bilder – eine Ansicht von Königsberg und ein Foto von Rita Hayworth, das ich in einer alten Nummer von ›Life‹ gefunden habe. Es ist wirklich ganz gemütlich. Und dort findet mich niemand.«

Das Sträßchen trat aus einer Schonung heraus, und dann begann der Wald. Die Fichten standen dunkel um den Horizont, und davor breitete sich die Fläche mit den Stümpfen der abgeschossenen Bäume. Jedesmal, wenn Roland sie wiedersah, erinnerte er sich an den rauschenden Aufschlag der Granaten, unter dem sie geknickt waren. Die Straße führte oben auf den Kamm hinauf, und von dort aus hatte man einen endlosen Blick über einen Ozean von flachen Tälern und Wäldern, die aus dem Westen herandrängten, von St. Vith und Malmédy. Ein ziemlich geographisches Gefühl. Roland liebte Grenzen, weil an ihnen die Länder unsicher wurden. Sie verloren sich in Wäldern, zerfransten sich in Karrenwegen, die plötzlich aufhörten, in Radspuren, in Fußpfaden, unterm hohen gelben Gras, das niemand schnitt, in Sümpfen, Ödhängen, Wacholder, verrufenen Gehöften, Einsamkeit, Verrat und Bussardschrei. Schnee-Eifel hieß das, Ardennen, Hohes Venn . . .

Es wurde dunkler, aber man konnte noch gut sehen. Überall die Felder aus toten Baumstümpfen und an der Straße die in die Luft ragenden Betonplatten der gesprengten Bunker, beinbleich, knochenbleich ... es war wirklich kein Revier für Lisa, überlegte Roland, sie würde sich fürchten. Übrigens ging sie mit ihm nur am Tage spazieren. Sowie sich die erste Dunkelheit in das Licht mischte, trennte sie sich unter irgendeinem Vorwand von ihm. Sie hatte Angst, er spürte es. Alle hatten Angst vor ihm. Sogar der Herr Pfarrer von Brandscheid hatte Angst, obwohl Roland ihm die Wahrheit gesagt hatte.

Heute nacht hatte er nichts vor. Überhaupt begann der Schmuggel ihn zu langweilen. Er kannte den Weg über Ormont zu dem Wirtshaus in Losheim schon auswendig. In Losheim, auf der belgischen Seite, packte er den Rucksack mit Kaffee voll und schob los, nach Brandscheid oder Hallschlag, Winterspelt oder Kronenburg, wo er für die Ware so viel einhandelte, daß er sich wieder vierzehn Tage auf die faule Haut legen konnte. Er aß noch immer gerne und hatte sich angewöhnt, ein wenig zu trinken. So kaufte er feine Delikatessen in Büchsen und ließ sich von dem Händler in Kronenburg, auch in Hinblick auf Mike, Whisky und Gin besorgen. Der Herr Pfarrer von Brandscheid bestellte für ihn Bücher, meistens Neuerscheinungen, von denen Roland aus der Zeitung erfuhr.

Aber im Grunde hing ihm alles zum Halse heraus. Es war langweilig, weil er dabei nicht die geringste Gefahr lief. Er tauchte in den Dörfern auf wie ein Schatten. Die Grenzer hatten es längst aufgegeben, ihn schnappen zu wollen. Sie wußten auch, daß er irgendwo auf der Schnee-Eifel verschwand, aber das Gebiet war so groß, und eigentlich war es kein Schmugglerstützpunkt. Man wußte nicht, wo noch vermint war. Und auch den Polizisten war es einfach zu unheimlich dort oben.

Wenn Lisa wüßte, daß es gar keine Gefahr mit ihm hatte, dachte Roland. Er würde direkt in Verlegenheit geraten, wenn sie seinen Flirt einmal ernst nähme. Seinetwegen brauchte sie keine Angst um ihre Ehe zu haben. Er hatte nur gehofft, sie würde ihn einmal nach dort oben begleiten und dann versuchen, ihm zu helfen. In jenen alten Sagen, die Fälle wie den seinen behandelten, wurde ja behauptet, daß die reine Liebe eines Mädchens einen Geist, der nicht zur Ruhe kommen konnte, zu erlösen vermochte. Romantische Idee! Jungfrau war sie sowieso nicht. Na, sie reiste ja bald wieder ab. Schade. Ob er es ihr vorher sagte, was mit ihm los war? Unsinn. Nicht einmal der Herr Pfarrer von Brandscheid glaubte es ja.

Die Straße näherte sich dem Waldstück, das ›Schwarzer Mann‹ hieß. Von hier waren es zwei Stunden bis nach Brandscheid im Süden und wieder zwei Stunden bis zum Forsthaus Schneifel im Norden. Dazwischen gab es keine menschliche Behausung. Die Bunker wurden immer mächtiger, und zwischen den Baumstümpfen standen jetzt auch hohe Skelette von Bäumen bleich in der Dunkelheit. Das letzte Licht spiegelte sich in den tiefen Pfützen auf der Straße. Auf einem Kreuz hing ein Stahlhelm, und darunter stand: ›Unbekannter Soldat‹. Roland wußte, daß das nur einer aus seiner Einheit sein konnte, und ging im Geiste jedesmal die Liste durch, wenn er an dem Kreuz vorbeikam.

Er hörte Schritte und sah, wie sich Mike aus der Dämmerung löste und auf ihn zukam.

»Hello, Charlie!« sagte Mike nachlässig und fragte: »Hast du alles?«

»Mhm«, sagte Roland. »Hab' auch Whisky mitgebracht.«

Eigentlich ging er nur noch Mike zuliebe los. Mike hatte in den fünf Jahren seit dem Februar 1945 ganz gut Deutsch gelernt, aber mit seinem amerikanischen Akzent wäre er doch aufgefallen, wenn er sich in die Dörfer gewagt hätte. Er hatte zu jenem Combat-Team von Bradleys Armee gehört, das den ›Schwarzen Mann‹ die ganze Rundstedt-Offensive hindurch gehalten hatte. »Fein!« sagte Mike. »Hast du sonst was erreicht?« Roland schüttelte den Kopf. Er dachte an sein Gespräch mit dem Herrn Pfarrer von Brandscheid.

»Erlösen Sie uns, Herr Pfarrer!« hatte er zu dem geistlichen Herrn gesagt, wie stets, wenn er ihn besuchte. Aber der wurde immer wütend, wenn Roland nur davon anfing. »Sie sind ja verrückt«, sagte er. »Lassen Sie mich mit Ihren Halluzinationen zufrieden! – Alle, die zu lange da oben sind, schnappen einfach über«, setzte er brummend hinzu. »Warum melden Sie die Sache nicht nach oben?« Roland trieb ihn in die Enge. »Fragen Sie doch einmal beim Erzbischöflichen Ordinariat in Trier an!« Der geistliche Herr hatte, wie stets, abgewinkt. »Das ist nicht meine Sache. Ich bete nach jeder Messe für Sie drei Vaterunser. Das ist das einzige, was ich für Sie tun kann.«

So zog sich der Herr Pfarrer von Brandscheid aus der Affäre. Er war schon ein alter Herr, und er vermutete nicht zu Unrecht, daß man ihn sofort pensionieren würde, wenn er mit Rolands Geschichte nach Trier ging. Aber er hatte auch Angst gehabt. Roland hatte die flackernde Angst in seinen Augen gesehen.

Er spürte Mikes Hoffnungslosigkeit. Sie verließen zusammen die Straße und schritten über das sumpfige Gelände. In den Bombentrichtern stand das Wasser. An den Rändern der Trichter wuchs das Wollgras; es schimmerte phosphoreszierend in der Dunkelheit. Das Schild mit der Aufschrift ›Vorsicht, Minen!‹ und dem französischen Wort ›Danger‹ war längst umgesunken und verging im fauligen Grund. Über das tote Baumfeld gingen sie auf die schwarze Mauer des Waldes zu. Der Nachthimmel über ihnen war bleigrau, denn von Belgien her hatte sich Gewölk vor den Mond geschoben.

Unter den Fichten am Waldrand stießen sie auf das erste Skelett. Der Schädel schimmerte aus dem Moosgrund zu ihnen empor. Die Uniform war ganz zerfallen. Roland kniete nieder und befühlte das Eiserne Kreuz, das längst verrostet war. Unter dem Schädel fand er das in Wachstuch geschlagene Soldbuch und blätterte darin. Er hatte es selbst in das Tuch eingefaltet, damit man den Gefallenen identifizieren konnte, wenn man ihn fand. Er ließ die Taschenlampe aufblinken und besah zum tausendsten Male sein eigenes Gesicht. So hatte er vor zwölf Jahren ausgesehen, als man ihn eingezogen hatte. ›Karl Roland‹ stand darunter und in der Spalte Zivilberuf: ›Student‹.

Er löschte die Lampe und erhob sich. Schweigend und düster stand Mike neben ihm und starrte in das Fichtendunkel hinein. Dort drinnen lag Mike.

»Er will uns also nicht begraben lassen?« fragte Mike aus seinem finsteren Brüten heraus zu Roland. Roland zuckte mit den Achseln. »Er hält uns wohl für harmlose Irre«, antwortete er. »Und vielleicht hat er Angst. Sicherlich hat er Angst.«

Als sie den Bunker erreichten, sagte er zu Mike: »Sie glauben alle nicht mehr an Geister.«

Wie in beinahe jeder Nacht spielten sie auch in dieser ein paar Stunden Siebzehn und Vier und tranken Whisky in kleinen Schlucken, ehe sie zu Bett gingen.

Ein Auftrag für Lord Glouster

Im Mittelpunkt Frankfurts, Ecke Hauptwache und Biebergasse, befand sich bis vor kurzem eine Würstchenbude. Man konnte dort Bratwürste, Rindswürstchen oder die langen Frankfurter kaufen und, im Stehen essend, an die Theke gelehnt, das Leben und Treiben betrachten.

Am 13. Juni, mittags um zwölf Uhr, stand Nicolas an der Bude, hatte eine Bratwurst vor sich auf einem kleinen Pappteller und beschmierte sie sich erst einmal mit Senf, weil sie zum Anfassen noch zu heiß war. »Gut, nicht wahr?« sagte ein Mann, der von seiner Wurst schon abgebissen hatte, zu Nicolas. »Aber Sie hätten eine schärfer gebratene nehmen sollen.«

»Egal«, antwortete Nicolas, faltete die Papierserviette und faßte damit die Wurst an. »Solche Würste wie zu meiner Zeit gibt's heute sowieso nicht mehr. Die hier sind ja nur so'n Klacks. Aber damals, in Burgund, das hätten Sie erleben sollen, was das für Würste waren!«

»Ja, damals«, sagte der Mann. »Das kommt nicht wieder.« Dann setzte er wißbegierig hinzu: »Burgund? Hab' ich noch nie gehört. Wo liegt 'n das?« – »Das gibt's anscheinend schon lange nicht mehr«, antwortete Nicolas, etwas kurz angebunden, und sah bewundernd einem langen cremefarbenen Buick-Cabriolet nach, das die Biebergasse entlang fuhr. »Bin neulich mal dort gewesen. Aber das heißt jetzt alles ganz anders: Luxemburg, Belgien, Frankreich.«

Der Mann wurde plötzlich mißtrauisch. »Wann sind Sie denn in ...in ...«

»Burgund«, ergänzte Nicolas höflich.

»Mhm ... also in diesem Burgund gewesen?« fragte er.

»Zuletzt 1445«, sagte Nicolas. »Möchte furchtbar gerne wissen, was aus Burgund geworden ist. Wissen Sie's zufällig?«

Der Mann starrte ihn sprachlos an. »Na«, sagte er dann, »jeder hat so seinen Vogel. Aber Sie haben schon 'nen besonders komischen.« Er schob das letzte Stück seiner Bratwurst in den Mund und zerknüllte dabei wütend die Serviette. »Mich auf den Arm nehmen wollen! Am hellichten Mittag!«

Nicolas sah ihm traurig nach, wie er davonging. Dann befühlte er, während er seine Wurst aß, sanft den Stoff der Riffelsamtweste, die er sich in einem Geschäft in der Goethestraße gekauft hatte. Er hatte sie sich angeschafft, weil sie ärmellos war. Das erinnerte ihn an die Weste aus fein geschmiedeten Stahlketten, die er bei Azincourt getragen hatte. Nicolas war ein ausgezeichneter Degenfechter gewesen und stets lieber mit ärmellosen Stahlwesten ins Gefecht gegangen, weil sie Beweglichkeit verliehen. Er lächelte, während er daran dachte, wie er den Lancaster herausgehauen hatte, der, von Kopf bis Fuß gepanzert, von den Franzosen fürchterlich verdroschen wurde, als ihm der Beidhänder entglitten war. Nicolas' Abneigung gegen schwere Deckung hatte ihn auch veranlaßt, sich einen der kleinen roten MG-Wagen anzuschaffen, den er jetzt vor dem Café Kranzler geparkt hatte. Er war stolz darauf, daß die MG's von der Industrie seines Heimatlandes hergestellt wurden. In die angenehmsten Gedanken versunken, merkte er erst gar nicht, daß ein Herr ihn ansprach.

»Verzeihung«, sagte der Herr, »gestatten Sie mir, daß ich mich bekannt mache. Bernheimer. Doktor Bernheimer.«

Nicolas erwachte. »Glouster«, stellte er sich mit einer leichten Verbeugung vor.

»Oh, ein bekannter Name, mein Lord«, sagte Doktor Bernheimer. »Dann sind Sie sicherlich jener siebente Graf Glouster, der im französischen Feldzug Heinrichs V., so um 1430 herum, spurlos verschwand und niemals mehr auf die Insel zurückkehrte?«

»Allerdings«, bemerkte Nicolas kühl. »Aber woher wissen Sie ...?«

»Ich konnte vorhin nicht umhin, Ihrem Gespräch mit jenem Manne zu folgen, der so böse wurde«, erklärte Doktor Bernheimer, verlegen lächelnd. »Deshalb erlaubte ich mir, Sie anzusprechen. Und als Sie dann Ihren Namen nannten, war es leicht, zu kombinieren. – Ich habe mich ein bißchen mit englischer Familiengeschichte beschäftigt, müssen Sie wissen«, fügte er bescheiden hinzu.

»Ach so«, sagte Nicolas voller Neugier. Er betrachtete den Doktor, der einen grauen, zweireihigen Anzug trug und zwei dick mit Akten und Schriften gefüllte Mappen neben sich auf den Boden gestellt hatte. Erinnert mich irgendwie an den Cusanus, den ich 1440 in Trier traf, nachdem ich ›De Docta Ignorantia‹ gelesen hatte, dachte Nicolas. Gefiel mir sehr, die Lehre von den Gegensätzen in des Menschen Brust – aber der hier bringt sie auch nicht in sich zur Deckung, mit seinem Asketengesicht und den Musikeraugen darin.

Doktor Bernheimer trank indessen eine Flasche Coca-Cola. »Scheußlich heiß heute in der Stadt«, sagte er und schob sich den Strohhut ins Genick.

»Wir können ja irgendwohin rausfahren, zum Baden, wenn Sie Zeit haben«, schlug Nicolas vor.

»Am besten ins Sportfeld-Stadion«, stimmte Bernheimer zu. Sie verstauten sich und die Mappen in dem kleinen Wägelchen, und Nicolas gab Gas, als er in die Kaiserstraße einbog.

»Wissen Sie, mit Burgund kann ich Ihnen helfen«, sagte Bernheimer, als sie über die Mainbrücke fuhren. »Mit Burgund war praktisch schon 1477 Schluß, als Karl der Kühne bei der Belagerung von Nancy fiel.«

»Wer war denn Karl der Kühne?« fragte Nicolas.

»Ach, haben Sie ihn nicht mehr erlebt?« erwiderte Bernheimer verwundert. »Das war der bedeutendste Mann, den Burgund je hatte. Aber militärisch hatte er meistens Pech.«

»Interessant«, sagte Nicolas. »Ich bin leider schon 1445 gestorben.«

»Schade«, sagte Bernheimer mit taktvollem Bedauern in der Stimme, »da haben Sie viel versäumt.« Er besah sich den schmalen, blonden, typisch englischen Nicolas und meinte: »Sehr alt können Sie nicht geworden sein.«

»Immerhin fünfzig«, meinte Nicolas. »Wurde am 13. Juni 1395 geboren. Ich habe heute Geburtstag.«

»Oh, gratuliere! Sie sehen aber jünger aus.«

»Habe mich auf dreißig zurückdatieren lassen, für diesen Besuch.«

Nicolas mußte zurückschalten, weil auf der Sachsenhäuser Seite zwei Lastzüge die Fahrbahn kreuzten. »Sie fahren ausgezeichnet«, sagte Doktor Bernheimer, als der MG den Mainkai entlangschoß.

»Das ist doch keine Kunst«, antwortete Nicolas, während er auf den Geschwindigkeitsmesser blickte. »Omar zu führen, war weit schwieriger.«

»Wer war Omar?« fragte Bernheimer.

»Der Hengst, mit dem ich 1412 zur Armee nach Frankreich ging. Abkömmling eines Arabers, den mein Vater auf einer Reise in Trapezunt gekauft und mit einer friesischen Stute gekreuzt hatte. Bei Orleans hat er mir das Leben gerettet. Wir mußten«, fügte er verlegen hinzu, »die Stadt sehr schnell räumen, wie Sie wissen.«

»Orleans!« rief der Doktor aus. »Sagen Sie, haben Sie die Jungfrau gesehen?«

»Jeanne?« Nicolas warf Bernheimer einen schnellen, düsteren Seitenblick zu. »Allerdings.« Um das Gespräch in eine andere Richtung zu lenken, tippte er auf die ›New York Times‹, die er in die Jackentasche gesteckt hatte, und fragte: »Was wird in Korea?«

»Was wird schon werden!« sagte Doktor Bernheimer ungeduldig. »Die Amerikaner werden Korea halten, wie Ihr damals Calais behalten habt, um euch anderen Zielen zuzuwenden. Korea ist unwichtig. Erzählen Sie mir lieber von der Jungfrau!«

Nicolas gab ihm keine Antwort, sondern bog an der Forsthausstraße in eine Tankstelle ein und stoppte den Wagen. »Zwanzig Liter«, sagte er zu dem Tankwart. Während das Benzin nachgefüllt wurde und der Mann Wasser und Öl prüfte, saß Nicolas ganz still am Steuer. Er hatte den Benzingeruch gern, so gern wie den Geruch des Fettes, mit dem sie in den Feldlagern in der Pikardie die Rüstungen geschmiert hatten. Aber als sie dann wieder fuhren, war der Fahrtwind, der ihm in den Haaren spielte, mit dem Siegeswind von Azincourt und dem Fluchtwind von Orleans nicht zu vergleichen.

»Jeanne aber hätte Korea sehr ernst genommen«, sagte er nach einer Weile zu seinem Begleiter. »Ich sah sie zuletzt in Rouen, als sie zur Verbrennung geführt wurde. Darnach ritt ich davon«, setzte er sehr leise hinzu.

»Deswegen also sind Sie nicht mehr nach England zurückgekehrt?« fragte der Doktor.

Nicolas schwieg. »Es war ein Auftrag«, sagte er endlich.

»Die Jungfrau hat Sie beauftragt? Haben Sie mit ihr gesprochen?«

»Nein, nie. Das erstemal sah ich sie in Orleans, als Siegerin. Ihr Gesicht war ganz hell und wie eine Erscheinung. Es flog an mir vorüber. Darnach habe ich sie in Rouen gesehen, bei den Verhandlungen. Man brauchte nicht mit ihr zu sprechen, um von ihr einen Auftrag zu erhalten.«

»Ah, ich verstehe. Und wie lautete der Auftrag?«

»Geh aus allem heraus, sagte sie, bleib ganz für dich, und bereite alles vor!«

»Was sollten Sie denn vorbereiten?« fragte Doktor Bernheimer verwundert.

»Jeannes Wiederkehr natürlich«, sagte Nicolas.

»Sie meinen, sie kommt zurück?«

»Noch ist es nicht ganz an der Zeit«, antwortete Nicolas. »Aber sie wird kommen.«

»Und haben Sie den Auftrag ausgeführt?«

»Ich bin damals nach Osten geritten«, berichtete Nicolas. »In Frankreich konnte ich mich ja nicht niederlassen. Aber im Luxemburgischen, das damals zu Burgund gehörte, fand ich ein kleines Kloster, in dem ich unterkam. Dort las ich die Schriften des Duns Scotus und des Wilhelm von Occam und später die des Nikolaus von Cues. Deswegen erstaunt mich das hier nicht allzusehr«, fügte er hinzu und deutete auf die Landschaft aus Alleebäumen, Tankstellen, Hochspannungsmasten und Eisenbahnschienen. »Universalia sunt nomina«, grinste er plötzlich. »Die Ideen sind nichts als Worte, verstehen Sie, wenn man damit mal anfängt, dann kann man mit den Realien machen, was man will – dann ergibt sich alles andere von selbst.«

»Dann kann man die Welt verändern«, bestätigte der Doktor.

»Aber mit der Realität, die Jeanne heißt, haben die Herren nicht gerechnet«, sagte Nicolas mit grimmiger Genugtuung. »Jeanne stand nicht in ihren Plänen, nirgends, und weil ich das entdeckte, während ich über den Büchern langsam an der Schwindsucht starb, in einem kleinen Kloster im gottverlassenen, weltbegrabenen Ardennerwald, war ich in der Lage, an Jeannes Wiederkehr zu glauben.«

»So haben Sie also den Auftrag erfüllt.« Bernheimer nickte, indes der Wagen vor dem Eingang zum Sportfeld-Bad hielt.

»Ja«, sagte Nicolas. Der Doktor sah Nicolas an. Nicolas war wirklich typisch englisch. Er erinnerte den Doktor an Aufnahmen, die man von dem Obersten Lawrence gemacht hatte.

»Ich hole schon die Tickets«, sagte Doktor Bernheimer. »Parken Sie inzwischen das Auto!«

Während er zur Kasse ging, fühlte er, daß sich alles verändert hatte. Es lag etwas Neues in der Luft. Gar kein Zweifel – in irgendeinem Domremy bereitete sich die Jungfrau vor. Ihre jungen Paladine, Leute wie dieser Glouster, hatten sich bereits um sie geschart. Ihre Degen schrieben das Wort ›Orleans‹ unsichtbar an den Himmel Europas.

»Zwei Eintrittskarten«, sagte er.

»Weshalb denn zwei?« fragte das Fräulein an der Kasse. »Erwarten Sie noch wen?«

Doktor Bernheimer sah das Fräulein an und wandte sich um. Der große betonierte Parkplatz vor dem Stadion war vollständig leer, leer unter der glühenden, weißen Mittagshitze.

Richtig, dachte der Doktor, es war ja noch nicht ganz an der Zeit, hatte Glouster gesagt. Und mit einem freundlichen und eigensinnigen Lächeln sagte Bernheimer zu dem Kassenfräulein: »Geben Sie mir trotzdem zwei!«

Vollkommene Reue

Das Confiteor und den Introitus, das Gloria, die Lesung des Evangeliums und das Credo hatte er hinter sich. Er war beim Hauptteil der Messe angelangt. Nachdem er sich zum Altar geneigt und den Stein geküßt hatte, wandte er sich um und sprach, die Hände leicht erhoben, das Dominus vobiscum.

Er sah, wie sie sich setzten. Obwohl er seit zehn Jahren die Messe zelebrierte, gelang es ihm immer noch nicht, das eine oder andere Gesicht zu unterscheiden, die Menschen verschwammen vor seinen Augen. Warum eigentlich kann ich die Leute nicht ins Auge fassen, dachte er, obgleich sie mir zur Gewohnheit geworden sind? Gewohnheit ist übrigens gut. Haben nicht sie sich an mich gewöhnen müssen? An meine selbstsichere, glatte, routinierte Art, mit der ich sie mir vom Leibe halte? Trotzdem kann ich die Leute nie unterscheiden. Scheint immer noch eine Art Lampenfieber zu sein. Er hörte des Ministranten »Et cum spiritu tuo«. »Oremus«, vollendete er hastig. Die Kirche, die einzige Kirche der Stadt, die völlig heil geblieben war, nahm das Wort glatt in ihr mondänes Barock auf. Sie schmiegte sich eihaft, perlgrau, von goldenem Altar- und schwarzem Schattengekurv durchzogen, um seine Aufforderung zum Gebet. Draußen hätte ich das sagen sollen, dachte er, draußen, wo die Trümmer sind. Seit gestern halte ich diese Kirche nicht mehr aus. Eigentlich ist sie mir schon die ganze Zeit auf die Nerven gegangen. Ich habe nur nie gewußt, warum. Ich werde um Versetzung in irgendeine arme Pfarrei eingeben. Meine Oberen werden mich nicht verstehen. Aber darf ich denn dem Domkapitel angehören, nachdem dieser Mensch meine Sicherheit erschüttert hat? Nicht meinen Glauben, aber mein Gewissen.

Er hoffte, sich in das Opferungsgebet vertiefen zu können, während er das Velum vom Kelch nahm und die Patene mit der

Hostie emporhob. Doch die Gewohnheit ließ sein Gesicht ohne Ausdruck. Zweitausendmal habe ich bestimmt die Messe gelesen, überlegte er. Welch ein Wunder, daß ich heute nicht an die gleichen Dinge denke, an die ich noch gestern während der heiligen Handlung gedacht habe. Heute denke ich nur an ihn. Gestern, registrierte er kurz, habe ich noch an den Artikel gedacht, den Pater Eugen von den Jesuiten für seine Zeitschrift haben will, an den Bericht über die Studientagung für den Herrn Kardinal, an die Politiker, die zu mir kommen, weil sie hoffen, von mir Geheimnisse aus dem erzbischöflichen Ordinariat zu erfahren, zuletzt sogar an das ausgezeichnete Mittagessen beim Prälaten Maier, zu dem ich jeden Samstag eingeladen bin. Gestern war Samstag. Heute aber denke ich nur an diesen Mann, der gestern nachmittag bei mir war.

Er schritt zur Epistelseite des Altars und goß Wein in den Kelch, den ihm der Ministrant hinreichte. Seine Lippen murmelten die Formel: »O Gott, der Du die Würde der menschlichen Natur wunderbar geschaffen und noch wunderbarer erneut hast«, wobei er dem Wein einen Tropfen Wasser hinzufügte. Dann glitt er in der Geborgenheit des Ornats zur Mitte des Altars zurück, machte mit dem Kelch das Zeichen des Kreuzes und stellte ihn auf das Korporale.

Unweit der Kirche spielte das kleine Mädchen in den Trümmern eines zusammengestürzten Hauses. Es konnte die sonntagsstillen Straßen nicht sehen, denn es war über einen Berg von Ziegeln und Geröll geklettert und saß nun auf einem ebenen Plätzchen, das es sich selbst vor ein paar Tagen freigelegt hatte. Hier kann ich fein spielen, dachte es, hier stört mich niemand. Ich werde Landpartie mit meinem Holzwagen spielen. In Bunzlau haben wir immer Landpartien gemacht. Aber nur mit Mutti. Pappi war Soldat und nie da. Ich will eine Landpartie mit Pappi machen. Ich muß ein Pferd vor den Wagen spannen. Da nehme ich einfach einen Ziegelstein, das ist ein dickes Pferd. Gut, daß Ulli mir nicht zuschauen kann, sonst würde sie mich auslachen:

»Ein Ziegelstein kann doch kein Pferd sein.« Da ist ein Stück Mörtel, das sieht aus wie ein Mensch, das soll Pappi sein. Ich stelle es in den Wagen. So, jetzt geht's los. Hü-hott, willst du gleich ziehen! Der Stein ist zu groß, ich kann ihn nicht anfassen, ich muß einen kleineren suchen. Der dort ist recht. Jetzt wirst du vor den Wagen gespannt. Du mußt Pappi und mich ziehen. Wohin wollen wir zuerst fahren? Dorthin, zu dem Steinhaufen, der soll das Riesengebirge sein. Pappi erzählt mir immer vom Riesengebirge. Dort gibt es den Rübezahl. Hoffentlich gibt es den Rübezahl nicht. Pappi wird mich beschützen. Mit dem kleinen Stein geht es gut. Ich hätte eine Schnur mitnehmen sollen, um ihn an die Deichsel zu binden. Das eine Rad rollt nicht richtig. Schade, daß Mutti nicht da ist, sonst könnte sie mitfahren. Wie der Baum dort drüben rauscht! Hoffentlich kommt kein Gespenst aus ihm heraus!

»Ich habe meine kleine Tochter geschlagen«, hatte der Mann, der Vater mit den verwirrten Augen, zu ihm gesagt. »Ich habe sie sehr hart ins Gesicht geschlagen. Ich bin gekommen, es Ihnen zu beichten. Aber ich fühle, daß es keine Verzeihung dafür gibt.« Zuerst ist er mir wie einer jener sanftmütigen Wahnsinnigen erschienen, die es manchmal zu uns treibt, dachte der Priester, während er die Hände über die Schale hielt und der Ministrant das Wasser aus der Karaffe über sie rinnen ließ. »Mit den Unschuldigen will ich meine Hände waschen«, flüsterte der noch immer ausdruckslose Mund, aber die Augen hatten zu glänzen begonnen, weil sie in jenes andere Gesicht blickten, das sich ihm gestern dargeboten hatte. Er hörte den Vater sagen: »Ach, Sie hätten dieses ganz zerstörte Gesicht sehen sollen. Sie hat nicht einmal geweint. Sie müssen wissen, daß ich sie bis dahin noch nie geschlagen hatte.«

Plötzlich wurde er sich bewußt, daß er die Worte von den ›Männern voll von Blutschuld‹ sprach, die der Aufopferung an die Dreifaltigkeit vorangehen. Gab es diese Männer nicht überall? Waren sie nicht auch heute in seiner Kirche versammelt, schnellen Schrittes und ohne Reue nähergetreten, aus den zerstörten Häusern heraus und über die geschundenen Straßen hinweg in den graugoldenen, eiförmigen Raum gekommen? Was waren das für Menschen, welche die Kirche bevölkerten? Mörder, die Bomben gestreut hatten, Frauen, die schlimmer waren als die Huren – sie verkauften sich nicht einmal, sie waren nur einfach untreu –, Reiche, die wußten, daß ihr Reichtum Verbrechen war, Priester, welche die Sakramente spendeten, als müsse dies so sein: das Heilige, von der Gewohnheit ausgestreut unter Empfangende, die nicht mehr fragten. Aber ich verachte ja die Menschen, korrigierte er sich. Es sind viele unter ihnen, die immer wieder ein echtes Verlangen zum Tisch des Herrn treibt. Doch wann ist mir einmal einer begegnet, der so wie dieser Mensch sich einer untilgbaren Schuld bezichtigte? »Vielleicht hat Ihre kleine Tochter etwas Böses getan?« hatte er dem Mann endlich erwidert. »Und wenn Sie ihr Unrecht zugefügt hätten? Sie bereuen es doch, wie ich sehe. Warum sollte Ihnen nicht verziehen werden?«

»Die Kirche verzeiht die großen Verbrechen«, war die Antwort gewesen. »Aber wie belanglos ist das! Es sind die kleinen Handlungen, die das Leben eines Menschen zerstören. Hören Sie mich an!«

Jene Worte ›Betet, Brüder!‹, die er der Menge zuzurufen hatte, rissen ihn aus seinen Überlegungen, aber das darauffolgende lange Lob- und Dankgebet der Präfation und der Beginn des Kanons ließen ihm wieder Zeit, sich ungestört seinen Gedanken hinzugeben. Im Kanon war alles Geschaffene und die Anliegen aller Menschen eingeschlossen. Auch das Anliegen dieses Mannes, sein dringliches Flüstern?

So, jetzt sind wir beim Riesengebirge angekommen. Ich muß eine Kirche bauen, das ist Kloster Grüßau, wo ich immer mit Mutti hingefahren bin. Pappi fährt nie mit mir wohin. Aber er kann nichts dafür, es gibt ja keine Wagen und Pferde mehr. Kloster Grüßau, das war eine schöne Kirche. So schöne gibt es hier gar nicht. Sind alle kaputt. Da war ich mal mit Mutti drin. Die Orgel hat gespielt, ganz laut. Vorn war der Pfarrer, und sein Kleid war wie Gold. Ein Junge in einem weißen Kleid hat ihm einen Becher hingehalten. Ich habe gefragt, was in dem Becher ist. Wein, hat Mutti gesagt. Trinkt er den Wein? habe ich gefragt. Nein, hat Mutti gesagt, er verwandelt ihn in das Blut vom Herrn Jesus. Aber man kann doch aus Wein nicht Blut machen. Wir sind nicht lange in der Kirche geblieben. Dann sind wir noch ein Stück ins Gebirge hineingefahren. Im Wald war der Rübezahl. Hoffentlich fängt es nicht zu regnen an. Es sind immer mehr Wolken gekommen. Ich muß Pappi einen Regenmantel anziehen. Da liegen Blätter von dem Baum, die kann ich dafür gebrauchen. Aber jetzt muß ich erst die Kirche bauen. Für die Türme muß ich Steine nehmen, die noch recht weiß sind. Die in Grüßau waren auch weiß. Jetzt hab' ich meine Schürze schmutzig gemacht. Pappi wird schimpfen. Ob man die Puppe reparieren kann? Hoffentlich kann man die Puppe reparieren, damit Pappi nicht mehr so traurig ist. Jetzt ist die Kirche fertig. Die sollte Pappi sehen! Aber ich darf ihm nicht sagen, daß ich hier spiele, sonst wird er böse. Er will nicht, daß ich allein bin. Ich soll mit den anderen Kindern spielen, sagt er. Aber ich spiele viel lieber allein. Hü-hott! Pappi, fall nicht um! Das Pferd ist wild.

»Ich hatte ihr eine Puppe geschenkt. Eine sehr schöne Puppe, wie man sie heute nur auf dem Schwarzen Markt bekommt. Noch nie hat sie eine Puppe besessen, obgleich sie schon sieben Jahre alt ist. Wir sind vor drei Jahren aus dem Osten geflüchtet und sehr arm. Darum war es ein so großes Opfer für mich, die Puppe zu kaufen. Wir leben allein, meine Tochter und ich. Wir kommen sehr gut miteinander aus. Meine Frau ist mir im vorigen Jahr davongelaufen. Sie war noch sehr jung, und ich habe sie nicht festhalten können. Als Priester werden Sie von diesen Dingen nicht viel verstehen.«

Die betenden Lippen hielten einen Augenblick im Sermon

inne, um bestimmte Personen oder Meinungen in das Gebet einzuschließen. Als sie in ihrem Gemurmel fortfuhren, das von unterdrücktem Husten, huschenden Schritten und Kleidergeraschel begleitet war, stellte sich auch die Stimme des Vaters sofort wieder ein:

»Jedenfalls bin ich gezwungen, meine Tochter viele Stunden am Tag allein zu lassen. Manchmal achtet die Nachbarin auf sie. Aber ich kann ihr die Aufsicht nicht oft zumuten. Dann sitzt das Kind allein in dem Zimmer, das man uns zugewiesen hat, oder es spielt in den Trümmern. Ich bin als Schalterbeamter in einem Postamt untergekommen. Den ganzen Tag denke ich daran, was die Kleine gerade machen mag. Haben Sie sich schon einmal ein einsames Kind vorgestellt, Hochwürden? Doch ich wollte Ihnen von der Puppe erzählen. Als ich gestern abend nach Hause kam, sah ich meine Tochter in der Dämmerung auf ihrem kleinen Stuhl am Fenster sitzen. Sie hatte der Puppe den Kopf abgerissen und war gerade dabei, die Holzwolle, mit der ihr Leib ausgestopft ist, zu untersuchen. Da packte mich ein sinnloser Zorn, und ich habe sie geschlagen. Aber sie hat nicht einmal geweint.«.

Er vernahm die Schelle des Ministranten. Mechanisch machte er das Kreuzzeichen über den Opfergaben. Mein Gott, dachte er, nun beginnt die Wandlung, und ich bin gar nicht vorbereitet, weil dieser Mann mich aufhält. Er hörte ihn sagen:

»Sie hat der Puppe den Kopf abgerissen. Ich habe sie dafür ins Gesicht geschlagen. Wer wird mich schlagen? Wer wird den schlagen, der mich schlägt? Warum kann Gott nicht einmal aufhören, uns zu verzeihen? Es geht ja immer so weiter. Zuletzt wird Gott der Geschlagene sein.«

Gleich werden Brot und Wein in den Leib und das Blut verwandelt sein, dachte er, aber kann ich damit den Sündern die Vergebung spenden?

Jetzt kommen die ersten Tropfen. Darum hat der Baum vorhin so gerauscht. Das Regengespenst kommt aus dem Baum.

Schnell den Mantel für Pappi. Die Blätter halten nicht recht. Ich muß aus den Stengeln einen Knoten machen und einen Grashalm herumlegen. So, jetzt halten sie. Nun müssen wir ganz schnell fahren, wie damals, als wir vor den Russen geflohen sind. Da war der Pappi auf einmal da. Er hatte noch die Uniform an. Lauf schneller, Pferdchen! Wir müssen nach Hause. Aber wir sind immer weiter fort von zuhause gefahren. Schade, daß die Mutti nicht mehr bei uns ist. Ich werde Pappi das Stück Mörtel bringen mit dem Regenmantel. Es hat einen Kopf wie ein Mensch. Da wird er wieder froh sein und lachen. Ob er heute wieder mit mir Eis essen geht? Aber ich darf nicht naß nach Hause kommen. Ich will mich dort in den Kellereingang stellen, bis es zu regnen aufhört. Aber nur ganz vorn hin. Drinnen ist es ganz finster, und ich fürchte mich. Was wohl alles da drin sein mag?

Das Kind stand, hellfarbig und schmal, vor dem dunklen Ausschnitt des Kellereingangs, den man freigeschaufelt hatte, und wartete auf das Ende des Regenschauers, der mit grauschwarzen Wolken über den Herbsthimmel zog. Die Puppe aus Mörtel und das Holzwägelchen hatte es an sich gepreßt.

Die Brandungswelle der Verwandlung hatte ihn in ihre schäumenden Strudel gezogen. Gleich würde er ans Ufer prallen. Da war es schon. Dreimal ertönte die Schelle des Ministranten, als der Priester das Knie beugte und mit beiden Armen die konsekrierte Hostie emporhob.

»Sie hat der Puppe den Kopf abgerissen; sie war so vertieft in ihr Spiel und wußte gar nicht, was sie tat. Und ich habe deswegen ihr Gesicht zerstört. Es gibt keine Absolution dafür!«

»Warum sind Sie dann zu mir gekommen? Nur, um mir das zu sagen? Sie sind hochmütig. Sie sind so hochmütig, daß Sie glauben, die Gnade Gottes könne Ihre Sünde nicht umfassen. Übrigens haben Sie recht; ich kann Ihnen die Absolution nicht erteilen, wenn Sie die Gnade nicht wollen.«

Da ist er gegangen. Dieser Mensch in den Trümmern, dieser

Flüchtling, der glaubte, Gott würde an ihm das Wunder tun, die fortzeugende Kette von Schuld und Sühne zu unterbrechen, indem er ihn in der Schuld beließ. Sein Blick war fassungslos vor Entsetzen, so, wie die Augen seines Kindes gewesen sein mögen, als er es schlug. Ihm, gerade ihm hätte ich die Vergebung aufzwingen müssen. Ich sollte ihm nachlaufen bis ans Ende der Welt, bettelnd, er möge die Verzeihung annehmen. Einmal ist das Gesicht eines Menschen auf mich zugekommen, dachte der Priester. Und ich habe es nicht erkannt. Ich habe es nicht erkannt. Ich bin nicht wert, hier zu stehen. Und doch habe ich heute zum erstenmal wieder die Messe gelesen. Die Messe. Gelesen. Seine Stimme war tonlos, als er abermals ins Knie sank und den Kelch erhob. »Das ist der Kelch meines Blutes, des neuen und ewigen Bundes, das Geheimnis des Glaubens«, sagte seine tonlose Stimme in das Schweigen der Kirche hinein. Aber sein Geist schrie: »Gott! Warum schlägst Du uns?«

Blaue Rosen

Als sie in das Palmenhaus eintraten, wußte Joachim immer noch nicht, wann das Fräulein von Demski nach Berlin zurückfliegen würde. Die Flugzeuge waren immer überfüllt, und die Berliner liefen in Frankfurt herum, besorgten sich Bescheinigungen und verhandelten auf dem Flugbüro. Joachim hatte keinen Sinn für Improvisationen; er war an Pläne gewöhnt. Aber Bettina schwieg sich wieder einmal gründlich aus.

Mit dem Palmenhaus hatte er offensichtlich Eindruck auf sie gemacht. Sie blieb überrascht stehen und sagte: »Joachim – das Leben!« Das war wieder so eine Bemerkung von ihr, mit der er nichts anfangen konnte.

Nebenan, im Palmgarden-Club, übte jemand auf dem Klavier ›In the mood‹. In der lauwarmen Stille hörte man das Geplätscher eines spinnwebdünnen Springbrunnens. Joachim zündete sich eine Zigarette an; er holte das Päckchen aus den Tiefen seiner viel zu weit geschnittenen Tweedjacke. Es war angenehm, ein Päckchen Zigaretten aus einer Jacke zu holen, in der man sich so in Sicherheit und zu Hause fühlte. Auch die bewegungslose Schwüle im Palmenhaus war sympathisch, nach dem kühlen Märzwind draußen. Das mexikanische Mooskraut, das den Boden bedeckte, wirkte plüschgrün und beruhigend auf ihn. Wie das Fräulein von Demski darauf reagierte, konnte er nicht genau feststellen. Die meisten Besucher waren fotografierende Amerikaner mit hessischen Mädchen in Times-Square-Aufmachung. Giftgrüne Mäntel unter Lord-Howe-Palmen, hohe schwarze Stöckelschuhe mit Sklavinnenbändern um die frankfurter Fußgelenke, Nylonstrümpfe neben Flamingoblumen, Kopftücher. Bettina versank in die Betrachtung einer Chusan-Palme. Vielleicht war sie aber auch mit ihren Gedanken ganz woanders.

»Berlin ist etwas enger geworden, wissen Sie! Ängstlicher und enger«, sagte sie. »Aber Platz und Leute zum Spielen sind immer noch da.«

»Sie!« sagte Joachim vorwurfsvoll. »Sie! Warum kannst du dir nicht angewöhnen, du zu sagen?«

Er fand den Geschmack der Zigarette fad.

»Ach!« sagte sie. Sie ging wie gewöhnlich einen halben Schritt hinter ihm. Sie hatte eine kreiselnde, zögernde Art zu gehen, mit Schritten zur Seite, die Joachim zwangen, aufzupassen, wo sie sich gerade befand, damit seine Worte nicht ins Leere verflogen.

»Was für Leute übrigens?« fragte er.

»Oh, viele Leute! Ich sehe sie selten, aber manchmal rufen sie mich an und fragen: ›Wie geht es dir, Herzchen?‹«

»Herzchen!« äffte er sie nach.

»Das hat doch nichts zu bedeuten«, erwiderte sie.

»Herzchen«, sagte Joachim. »Ich liebe dich!«

»Freundlich, freundlich«, meinte sie. »So aus der Hand ...«

Der Goldfischteich war von australischen Baumfarnen und Fieberbäumen umstanden. Man konnte auf einzelnen Steinen über ihn hinweggehen. Die Amerikaner fotografierten die Fische. Der Klavierspieler übte weiter Boogie-Woogie-Rhythmen. Das Fräulein von Demski hatte den Mantel abgelegt. Es trug eine gelbe Bluse, einfach ein gelbes Stück Stoff, das vorne zu einem Knoten verschlungen war, und darunter einen braungebrannten, schlanken Hals. Joachim hatte die Bluse ›Sonnengeflecht‹ getauft. Er war sehr stolz darauf, einen so passenden Namen gefunden zu haben. Er hatte den Eindruck, daß er auf irgend etwas, was sie beschäftigte, nicht eingegangen war.

»Wie ist es in Berlin?« fragte er. »Wolltest du nicht davon erzählen?«

»Sicher«, sagte Bettina, »wir müssen uns einmal zusammensetzen und alles ganz gründlich besprechen.«

»Danke«, antwortete Joachim. »Ich bin ein Elefant.«

»Ihr habt etwas Parsivaleskes an Euch«, sagte sie. »Sehr hübsch ist das.«

»Der Elefant Parsival«, sagte er vergnügt und bitter.

»Das Licht geht immer schon so früh aus«, erzählte Bettina. »Mit der Heizung ist es auch nicht berühmt. Gut, daß irgendwo noch Palmen gewärmt werden. Es gibt so eine Art Nährmittelersatz. Mit Mandelgeschmack. Und Kartoffelpuder. Ihr solltet Euch das einmal ansehen!«

Er schmiß seine Zigarette weg und ärgerte sich. Sein großer, etwas gestaltloser Körper spielte pathetische Schlaksigkeit. »Ihr!« sagte er. »Euch!«

War er ihr nicht in den zwei Tagen sehr nahegekommen? Vor einer Stunde hatte sie noch ganz still und schlank in der Mitte des Zimmers gestanden und sich zum erstenmal von ihm küssen lassen – eine plötzlich in Regungslosigkeit gebannte Gazelle. Eine etwas abgemagerte berliner Gazelle. Es war ihm entgangen, daß er nur die Worte gehört hatte, die ihn betrafen.

»Das war doch kein Anlaß zu besonderer Herzlichkeit«, meinte sie deshalb, aber begütigend.

Er steckte es ein. Sie warfen einen Abschiedsblick auf das grüne Gewucher. Droben, über den riesigen Lanzenschäften der Bananenblätter, sah man durch das trübe Glas den Märzhimmel. In der Vorhalle, wo die tropische Trockenflora wuchs, Agaven, Yuccas und Araucarien, gefiel es Bettina gleich besser. Es war nicht mehr so heiß. Sie setzten sich auf eine Bank neben einen stark duftenden, gelben Blütenstrauch. Ein älterer amerikanischer Offizier kam vorbei und roch an den Blüten. "It's a relief", seufzte er und sog tief den Duft ein. Seine Begleiterin, eine elegante Matrone, erinnerte ihn daran, daß diese Sträucher jetzt in Georgia im Freien blühten. Auf die Bank gegenüber setzten sich ein Corporal und eine Dame. Beide waren jung, schwarz, rassig, Halbweltjugend aus guten Familien. Mit spanischen Brocken in seinem Englisch schilderte der Soldat einen botanischen Park in Kalifornien.

"There we have roses", sagte er. "Acres of acres!"

"Oh, roses!" meinte sie bewundernd. Deutscher Akzent.

"Just roses", sagte er freudig. "White roses, red roses, yellow roses, blue roses ..."

“Blue roses?” unterbrach sie ihn, ungläubig lächelnd.

“Ye-ah!” erwiderte er gereizt. “Blue roses!”

Sie brachen beide in ein Gelächter aus. Dann gähnte er laut. Als sie vor sich hinsah, entschuldigte er sich, und sie lachten wieder, über seine Entschuldigung.

»Sie wollen Dollars haben«, sagte Bettina plötzlich.

Joachim schrak auf. »Wer will Dollars haben?« fragte er.

»Diese Leute mit den Dakotas. Man kann den Flugplatz nach Berlin jetzt nicht mehr mit D-Mark bezahlen. Man muß Dollars haben.«

»Mhm«, machte Joachim. »Wir sind beim Thema.«

»Aber die gute Miss Webster auf dem AOA-Büro hat mich gerade noch hineingeschmuggelt. Ich fliege morgen früh.«

Er sagte nichts.

»Etlicher Feinsinn wird durch Pünktchen angedeutet«, bemerkte Bettina.

»Ich liebe dich!« sagte Joachim.

»Sie sollten wirklich mal nach Berlin kommen«, meinte Bettina. »Solche Herren aus der Luft erfahren gleich viel mehr als das Volk am Boden.«

Er gab den Kampf um die Anrede auf. »Wollen Sie noch in die Gewächshäuser gehen?« fragte er. »Dort wachsen meine Lieblingspflanzen. Westindische Passifloren – das ist nichts als ein gelbliches Stengelgeäst mit ein paar Blättern dran. Und Coelogynen, winzige Orchideen aus dem Himalaya.«

Nervös und verloren fühlte er am weichen blauen Tuch ihres Mantels, der neben ihm auf der Bank lag, wie die Zeit verströmte. Er wußte, daß er Bettina nicht mit Coelogynen und Dendrobium halten konnte.

»Werden Sie schreiben?« fragte er.

»Ich fürchte, es wird eine Art Feldpostkult werden«, erwiderte sie. »Und außerdem habe ich Angst. Ich habe Angst vor Ihren großen und runden Vokabeln.«

Er dachte angestrengt nach. Diese Blockade! Bettina flog nach Berlin und war weg. Die zwei schönsten Tage seines Lebens waren vorbei. Mozartisch schwereloses Passiflorengerank eines Flirts. Eine Liebe im Glashaus. Draußen war es anders. Draußen war Berlin. Kälte und Kartoffelpuder. Dort mußte sich das ›Ich liebe dich‹ anders anhören. Radikaler. Seltener.

»Eine Riesenschweinerei, diese Blockade!« sagte er. Er überlegte. Auch das war noch falsch. Es war nicht die Blockade. Es waren die Vokabeln. Sie hatte recht. ›Blaue Rosen‹ und ›Ich liebe dich‹ – wenn man Dingen, die es nicht gibt, einen Namen verlieh, war man schlicht und einfach ein Lügner.

Sie nahm ihm die Worte aus den Gedanken. »Joachim«, sagte sie und faßte mit der Hand nach seinem Arm. »Du mußt nur bedenken, daß nicht alles Unglück in der Liebe durch die Blockade kommt.« Das war der Preis, den er für das ›Du‹ zahlen mußte. Das Fräulein von Demski war nicht billig zu haben. Es kostete eine runde Summe: die Wahrheit.

Im Freien sah man nur wenige Leute. Es war noch kühl. Eine etwas üppig geratene Dame trug ihr neues purpurnes Corduroy-Cape spazieren. Ihr Hund rannte ihr nach, ein Mops, ein wirklicher Mops. Bettina lachte.

»Ein Palmenmops!« sagte sie.

Morgen ist sie nicht mehr da, dachte Joachim. Zu blöd.

Cadenza Finale

Äpfel, gelb, gelb, gelb, rot: ›Goldreinetten‹ – frisch und etwas langweilig im Geschmack. Gelb, frisch, rund. Gelbes Kreisendes. Ging durch die Sperre: »Wo sind die Telefonzellen?« – »Drüben – dort!« – »Danke!« Trübe Bahnhofshalle in Köln. Triste Lichtbrühe von draußen.

Immer dasselbe, wenn ich nach Köln kam. Ich warf das Zehnpfennigstück in den Apparat. Weil ich den Hörer nicht gleich abhob, fiel die Münze durch. Bin zu aufgeregt, dachte ich. Blöde sonnenhaft Kreisendes – wegwischen, weg, weg, weg! Realität! So. Nahm dann den Hörer auf, ehe ich das Geld in den Schlitz steckte. Wählte langsam und sorgfältig die Nummer: sieben, drei, vier, sieben, sechs, null.

Schade, daß sie nun die Hände vom Flügel nimmt und an den Apparat geht. Hände auf Tasten und Hände auf Hörer zugleich, musizierende und hörende Hände zugleich: Illusion – in der Materie gibt es keine Aufhebung von Raum und Zeit, Kunst allein macht das. Aber wenigstens der verklingende Ton und das Klicken der sich hebenden Telefongabel sind eins, *können* eins sein, falls die Passage Pedal hatte. [Falsch beobachtet: wenn man den Fuß vom Pedal nahm, war der Ton gleich weg.]

Hörte also das Läuten bei ihr in der Wohnung. Der Apparat steht im Flur, auf einer kleinen Kommode, über der ein Spiegel hängt. Summton in Abständen: in der Wohnung ein schrilles Läuten. Mitten hinein in die Etüde. Chopin vielleicht oder Beethoven. Nein, zu Hause spielte sie andere Sachen. Nur in den Konzerten das offizielle Zeug. Zu Hause das Verbotene, Hindemith, Schönberg, Bartók, und das Unerwünschte, Debussy, Ravel, Franck. Natürlich auch Czerny.

Ich sah an meiner Uniform runter. Hatte den Wäschebeutel mit meinen Sachen auf den Boden der Telefonzelle gestellt. Nun hatte das Summen sich schon dreimal wiederholt. Dachte: Sie ist nicht da. Sonst wäre sie schon längst am Apparat. Merkwürdig: Telefon läutet in leerer Wohnung. Vielleicht habe ich falsch gewählt? Ich drückte auf die Gabel, vernahm das Freizeichen, die Münze rollte durch, ich nahm sie wieder auf und warf sie ein drittes Mal ein: sieben, drei, vier, sieben, sechs, null. Wieder in Abständen der Summton.

Als ich die Tür der Zelle hinter mir schloß, fror ich. Übernächtig. Nina ist auf Tournee, dachte ich. Vor dem Bahnhof stand, wie immer, der Dom. Gebirgig und dumm. Nichts von der faltigen Lieblichkeit der Elefanten. Sollten lieber den Dom zusammenschmeißen anstatt Sankt Gereon, Sankt Maria im Kapitol, Sankt Aposteln, Sankt Pantaleon, Sankt, Sankt, Sankt ... Kam von Berlin. Hatte Ecke Kurfürstendamm und Joachimsthalerstraße ein Haus brennen sehen. Da es kein Wasser gab, ließ man es ruhig und knisternd herunterbrennen. In den Häusern ringsherum schliefen sie. Der Angriff hatte von Mitternacht bis vier Uhr früh gedauert. Dienstreise. Jagte nach einem Zug heraus aus Berlin. Mittags endlich einer, nach Köln. Nina. Natürlich keine Zeit zum Anmelden gehabt. Zwecklos. Entweder war sie da, oder sie war auf Tournee.

Na, vielleicht ist sie doch nur was einkaufen gegangen? Aber der Junge mußte dann doch zu Hause sein. Ist vielleicht mit? Dezembermorgen 1943. Ich ging die Straßen zum Heumarkt entlang. Das Wetter war kalt, grau. Neblige Luft, Watteluft, zärtliche Luft, zärtliche westliche Nina-Luft. Tombeau de Couperin. »Sommer – Sommer!« hatte Dohle wärmend zu Nina gesagt, wenn sie in der Winterluft durch Köln gingen. Nette Galsworthy-Parodie. Sie hatte ihn immer an der Kunstschule abgeholt.

Von Groß Sankt Martin fehlte die Turmspitze. Erinnerte: war einmal mit Nina dagewesen. Sie hat mir die Kirche gezeigt. Sie geht aber auch in Kirchen, weil es Kirchen sind. Hat dort ein paar Minuten gebetet. Ganz kleiner, dunkler Kirchenraum unter einem riesigen Turm. Mystische Wabe unter romanischen Gesteinsmassen. Wäre jetzt am liebsten rübergegangen und hätte darum gebetet, daß ich Nina treffe. Komisch: kann beten, obwohl ich an nichts glaube. Wirkt sogar meistens. Aber jetzt keine Zeit. Muß jetzt einfach nichts als hinfahren. Linie 16 ab Heumarkt.

[Stelle übrigens die Wirksamkeit des Gebets nicht gern auf die Probe, falls die Unsicherheitsfaktoren zu groß sind. Bei dieser Überlegung ertappt, merkte ich, daß ich an Ninas Anwesenheit nicht glaubte. Korrigierte mich rasch: Sie ist da. Sie ist da. Sie ist da. Wunsch ins Bewußtsein übertragen heißt, ihn der Erfüllbarkeit näherbringen, vor allem aber: Katastrophenstimmung auflösen ist wichtig. Wendet das Geschick. Solche Vorgänge in der Gehirnrinde sind säkularisierte Formen des Gebets. Grenzen an Aberglauben. Aberglaube ist der Glaube der Gottlosen. Andere machen es anders. Dohle, der nie über Religion sprach, hatte stets einen Rosenkranz in der Hosentasche.]

Sah den Unteroffizier zwanzig Schritt vor mir und nahm rasch die Hand aus der Manteltasche. Quatschte mich Gott sei Dank nicht blöd an. Mußte ihn aber grüßen, den Idioten. Vorbei, erledigt. Bekam rasch die Straßenbahn. Stellte mich in eine Ecke der hinteren Plattform des ersten Wagens, guter Blick aus dem Fenster, konnte so alles sehen, den ganzen Weg.

Sind ja öfter zusammen in die Stadt und wieder in ihre Wohnung gefahren, besonders in den ersten Tagen. Saßen oft die ganze Strecke stumm nebeneinander und sahen uns nur an. Die Leute haben uns bestimmt für verrückt gehalten. Oder ich bot meinen Platz an, wenn der Wagen voll wurde, und stand dann neben ihr und sah auf ihr braunes Haar hinab. Direkt lyrisch. Braun-lyrisches Violinen-Haar. Der Rhein war breit und gelbgrau wie immer.

Damals, als ich das erstemal kam, hatte Dohle gerade Sonntagsurlaub. War von seiner Flakbatterie bei Düsseldorf 'rübergekommen. Die Straßenbahn fuhr aus der Stadt 'raus. Es kam der Gutshof, den Dohle gemalt hatte. Intensiv hingeschmiertes Aquarell. Hing bei ihr im Studio, wo der Flügel stand. Sie war im Badezimmer und schrubbte die Wanne. Dohle hatte sich auf die Kante der Wanne gesetzt und erzählte ihr einen Graf-Bobby-Witz, den, der gar kein Ende nehmen will, bis schließlich der Graf den Bericht über das Verhalten seiner Freundin Mizzy mit den Worten beendet: »Schrecklich, schrecklich – diese Ungewißheit!« Stefan, zirka sieben Jahre alt, führte mich 'rein. »Das ist mein Sohn«, erklärte sie. Ich sah es gleich. Das gleiche kleine, braune Gesicht, fest, mit den Winkeln der Heimlichkeit da und dort. Aber bei ihr die Masse dieses tönenden Haares darüber und dahinter. Störte ich Dohle? Ich hatte mich telefonisch angemeldet. Er hatte sich in der Hand und beschnupperte mich bloß so.

»Nächste Station Rodenberg«, rief der Schaffner aus. Würde also alles wiedersehen, dachte ich. Nur Nina nicht. Tournee. Sitzt vielleicht grade in München und probt mit den Philharmonikern Beethoven. Behauptet deutsche Kultur gegen Bombenangriffe. Nachher Tafelrunde bei General M. mit Abhören ausländischer Sender. Beraten feierlich, ob und wann, und wenn ja, wie, wenn nein, warum nicht. Kommt alles vom Beethoven-Hören. Sollten sich mehr Strawinsky zu Gemüte führen und die Kanalratte Hitler kaltblütig krepieren lassen. Strawinsky ist die kalte, artistische Aktion. Immerhin schützte Beethoven Nina ein wenig. Die ersten Takte im Andante des G-Dur-Konzerts neutralisierten für ein paar Stunden die Wirkung ihres Lippenstifts. Alles kleine Landser-Überlegungen, mußte ja abends in meine Kaserne weiterfahren.

Oder erst morgen früh, falls Nina da war? Stieg aus. Die Station mit dem Wartehäuschen und den schimmernden Gleisen war unverändert. Auch ich. Hatte noch immer die Uniform an. Der Krieg dauerte ewig. Ich ging den Bach entlang, der aus einem Betonrohr hervorschoß. Sein Wasser war milchig trüb, mit Schaum bedeckt. Der Weg war feucht. Die Häuser des Villenvororts standen im nebligen Dunst zwischen den verhängten Bäumen. Die Häuser mit den toten Dezembervorgärten, ins Schweigen versenkt. Auf der anderen Seite ging ein Mädchen mit einer Einkaufstasche. Nina hatte mich diesen Weg zur Straßenbahn begleitet, am Ende meines ersten Besuchs. War aber März damals, sonniger Tag. Hatte sie noch eine Zeitlang beobachten können, wie sie zwischen den Bäumen verschwand und wieder zum Vorschein kam. Sie trug damals ihren Schafspelzmantel, stumpfe Farbe, ein schlankes Vogeltier, das wegging. Sie hatte sich nicht mehr umgesehen. Dohle saß indessen auf der Terrasse im Liegestuhl und schlief sicher noch, betrunken wie er war.

Gelb Kreisendes. Else, das Dienstmädchen, war gerade dabei gewesen, draußen im Garten Wäsche aufzuhängen. Unvermutet warmer Märztag. Hatte Nina eine Flasche Grappa zu übergeben von einem in meiner Kompanie, der sie kannte. Bekamen damals in Nordfrankreich komischerweise das italienische Zeug in der Kantine. Du mußt sie besuchen, hatte er gesagt, so eine Frau triffst du selten. Wenn zwei im Kommiß allein waren, sagten sie sich solche Sachen. Ich kannte den Namen nur von Plakaten und war neugierig. Dohle stürzte sich mit Geheul auf den Grappa. Er selbst hatte Whisky mit, natürlich nur deutschen, aber nicht so ohne. Nina zog die Schürze aus, und wir setzten uns auf die Terrasse. Sie trank wenig. Stefan holte Mineralwasser für sie, Dohle und ich tranken den Whisky pur. Ich hielt mich zurück, aber Dohle fing gleich furchtbar zu saufen an. Stefan legte sich bäuchlings auf eine Matratze am Boden und las in einem Karl-May-Band. »Ich will auch Schnaps!« sagte er. Nina gab ihm ein Likörglas voll Mineralwasser. Dohle hatte dicke, schwarze, glatte Haare und ein festes, dunkles, römisches Gesicht. Brille aus dickem schwarzem Horn. Ich kam aus der Pikardie, dem großen, schweigenden Land mit den endlosen Chausseen und den derben, zweirädrigen Bauernkarren darauf, mit den leeren, weiten, arkadenumstarrten Plätzen von Arras, den Kneipen von Bapaume. Else brachte einen neuen Korb Wäsche. Sie hatte eine Art österreichischer Morbidezza um den Mund, obwohl sie kölnisches Platt spricht. Dohle hatte den Schallplattenapparat neben sich und legte immer wieder eine Platte auf, mit der er Nina an irgend etwas erinnerte, was sie und er gemeinsam hatten. Das Stück hieß "Where the lazy river goes by" [Foxtrott, Ray Noble und sein Orchester, E. G. 3879, O. A. 02162, Electrola GmbH., Berlin]. Der faule Fluß floß also vorbei, indes wir tranken und die Sonne schien. Ich rauchte meine Pfeife und fand Dohle sehr sympathisch. Er gefiel mir. Sah auf Ninas Hände, die Musik machen konnten. Drinnen, in ihrem Studio, stand der Flügel offen. Redeten über Literatur. Politisch war alles klar unter uns. Zitierte ihnen George:

»Und alle Jugend sollt ihr Sklaven nennen,
Die heut an weichen Klängen sich berauscht,
Mit Rosenketten überm Abgrund tändelt.
Ihr sollt den Dolch im Lorbeerstrauße tragen,
Gemäß in Schritt und Klang der nahen Wal.«

Dohle lachte, und Nina sagte: »Jetzt weiß ich auch, warum ich George nicht mag.« Na, ich mag ihn ja auch nicht, aber ich lasse mich doch manchmal beeinflussen und denke mir, daß was an ihm dran sein könnte. Aber das »Gemäß in Schritt und Klang« ist einfach fürchterlich.

[Man sollte nie völlig in den Kategorien der Gesellschaft aufgehen, in der man sich befindet. Auch wenn sie einem noch so sympathisch ist. Widerspruch ist alles. George-Zitat war Einbruch aus einer fremden Welt. Wollte das. Wollte Ärgernis erregen. Nichts langweiliger als Übereinstimmung. Gegensatz forcieren, wenn nötig. Übrigens eine Art intellektueller Verführung. Wohltönend Fremdes in kleinen Dosen für Nina. Andere Horizonte zeigen schadete nie.]

Dohle war dann einen Moment banal, als er fragte: »Kennen Sie Thomas Wolfe?« Ich: »Ja.«

Pause.

»Schätzen Sie ihn?« Na so was! Aber ich mochte Dohle fast noch mehr darnach.

Stand auf, um mir ein wenig die Beine zu vertreten. Sah das offene Notenheft auf dem Flügel liegen. Ging hinein und sah es mir an. ›Serenade in A‹ von Strawinsky. Fand Bleistiftkorrekturen darin.

»Sie korrigieren Strawinsky?« rief ich auf die Terrasse hinaus.

»Nicht Strawinsky«, sagte sie und kam zu mir herein. Sie zeigte mir den Druckvermerk. »Das ist die erste Ausgabe. Schlampig gedruckt. Sehen Sie hier«, sie deutete auf ein paar Notenköpfe, »da ist ein Taktwechsel von sechs Achtel zu sieben Achtel nicht notiert, so etwas ist bei Strawinsky ausgeschlossen. Es hat mir einige Mühe gemacht, das herauszufinden.«

So. Das also war Nina. Kniete sich in Partituren rein. Sie spielte mir die Stelle in den beiden Fassungen vor. Es war ganz klar, sie hatte recht.

»Darauf kommt es natürlich an«, sagte sie.

»Für euch Interpreten«, sagte Dohle von draußen.

»Wie meinst du das?« fragte Nina.

»Überschätzung des Handwerks, der Finessen. Dem Strawinsky war das ganz wurscht, als er's schrieb. Schrieb's einfach. Nachher stimmte es.«

»Ist dir aber doch nicht gleich, ob du eine Farbe so setzt oder so, oder?« fragte Nina gespannt.

»Natürlich nicht«, antwortete er. Ich hörte, wie der Korken ›Pflopp‹ machte, als er die Grappa-Flasche öffnete.

»Ist aber nicht *gearbeitet,* wie du meinst.«

»Sondern?«

»Ah!« stöhnte er. »Scheußlich schönes Zeug!« Die Flasche klirrte leise, als er sie absetzte. Dann: *»Ausgeatmet, hingeatmet* muß es werden. Du spielst ja auch am besten, wenn du *spielst.«* Sie: »Aber *genau* spielen muß man!« Doch das geschah schon am Rande. Sie warf die Haare zurück und sah mich an. Das dauerte eine Zeit. Sehe mich noch am Flügel stehen.

»Hören Sie!« sagte sie und begann etwas aus der Serenade zu spielen, zuerst das Klirren der Grappa-Flasche, in A variiert, dann ein absteigendes Glockenspielmotiv, spröde und präzis erinnert, wie es einer anschlug, der in einem Hause Le Corbusiers die Türme von Kasan nicht vergessen konnte. Und endlich das Klavier wieder Schlaginstrument, akzentuiert und rein. Reine, süße, fern dröhnende Phantasie in der wilden Schönheit von Ninas Spiel. »Cadenza finale«, sagte sie zwischendurch. Kannte die Serenade nicht. Dachte an das Zauberglockenspiel im ›Feuervogel‹. »Ganz anders als im ›Feuervogel‹«, sagte ich. Sie nickte. Ich sah ihr zu. Sah, wie Stefan draußen unhörbar aufstand und fortging. Else war wohl auch gegangen. Wäsche hing in der Sonne. Dohle rührte sich nicht. März.

Nina löste alles in einer A-Tonika auf und ging wieder auf die Terrasse hinaus. Ich nahm einen Apfel aus der Schale, die auf dem kleinen Tisch stand. Biß hinein. Hellgelber und rötlicher Apfel. Goldreinette. Biß zuerst ins Rötliche. Frisch. Frisch, aber eine Spur zu wenig süß und sauer, der Geschmack war nicht voll genug, nicht alles erfüllend. Trat kauend unter die Tür. »Oh, geben Sie mir auch einen!« sagte Nina. Ich nahm zwei Äpfel und warf sie den beiden zu, erst Nina, dann dem Maler. Sie fingen sie gut. Dohle hielt die auffangende Handfläche über dem Grammophon. Der Apfel traf genau in sie hinein, er hatte ihn, aber die Hand schlug dabei ein wenig nach unten. Da zerbrach die Platte 'Where the lazy river goes by'.

Wirbelndes Gelb, durch den März gezielt. Dohle wandte sich gequält ab. Nina stand jäh auf, kniete vor ihm nieder und küßte ihn. Kuß, von ihrem Haar versteckt. Ich kaute noch an dem Apfelstück, das ich im Mund hatte, und schluckte es schnell runter. Blöd, wie zerbrechlich Schallplatten sind. Mir tat's sehr leid. Als Nina sich erhob, sah ich, daß sie lächelte. Sie ging hinein, und dann hörten wir, wie sie den ›Lazy River‹ spielte. Sie machte einen kleinen Trauermarsch daraus.

Dohle, erinnerte ich mich, als ich in die Straße einbog, an deren Ende Ninas Haus stand, Dohle, armes Schwein! Waren ja in der gleichen Lage: sie spielte Klavier, und wir fuhren in die Kasernen. Ihr Trauermarsch nutzte ihm nichts; das einzige, was er damals brauchen konnte, war meine Grappa-Flasche. Plötzlich war dann Stefan ins Zimmer gekommen und hatte gerufen: »Es brennt!« Lief wieder hinaus, und Nina und ich ihm nach.

Rannten zu dritt die Villenstraße entlang und sahen das Feuer, das, von leichtem Wind getragen, sich gierig durch ein winterdürres Gehölz fraß. Aber die Büsche waren schon so vom Saft des Frühlings durchzogen, daß nur das dürre Gras zu ihren Füßen brannte, wenn auch die Flammen manchmal hoch hinauf züngelten. Stefan drängte sich erregt an Nina. »Hast du das Feuer angelegt?« fragte sie. [Nina hatte eine Art Zweites Gesicht.] »Ja«, sagte Stefan, »nur ein ganz kleines, und auf einmal brannte alles.«

Endlich das Haus! Großes Zweifamilienhaus. Sie wohnt im Parterre. Die Jalousien waren nicht heruntergelassen. Besagte aber nichts. Wußte, daß sie auch in ihrer Abwesenheit die Jalousien nicht herunterließ. Fenster, hinter deren toter Spiegelung sich nichts bewegte. Sah von der Straße aus ein Bild an der Wand hängen. Es hatte immer dort gehangen. Öffnete die Haustür.

Die Klingel an ihrer Wohnung war ein schwarzer Knopf in einer runden weißen Scheibe. Meine Hand, die zu ihm tastete, steckte in einem fadenscheinig gewordenen graugrünen Wehrmachthandschuh. Hörte das kurze Läuten. Tönte aus der Wohnung zu mir nach draußen wie aus einer hallenden Gruft. Nichts. Lautlosigkeit als Antwort. Vernahm in der tiefen Stille aus dem ersten Stock das surrende Geräusch eines Staubsaugers. Läutete noch einmal. Nichts. Natürlich. Wartete noch eine Weile. Ging dann die paar Stufen zum Hauseingang hinab und stand wieder auf der Straße.

Hatte einen Moment Mitleid mit mir selbst. Stand da, irgendein Soldat in einem weiten, schlecht sitzenden Soldatenmantel. Sentimentalität. Ging ums Haus herum. Die Terrasse. Dachte, Dohle säße noch da. Wußte dabei, daß er gefallen war. Hatte einen Bombensplitter in die Brust bekommen. Konnte mir ihn gut vorstellen, wie er da lag, mit dem dunklen, römischen Männer- und Künstlergesicht, etwas gequält, wie seinerzeit im Liegestuhl. War ihm wohl vorbestimmt. Durfte er dort, wo er jetzt war, malen und Grappa trinken? Floß der faule Fluß an ihm vorbei? Es war unwahrscheinlich.

Schob Totenklage und Selbstbedauern von mir weg. Sollte

Nina nicht mehr Klavier spielen, nur weil es mich gab? Kleinkarierte Überlegung. Ging den Weg zurück. Konnte abends in der Garnison sein, in den Kasernen, Bau drei, zweiter Stock, Stube zwölf, belegt mit zehn Mann. Wartete dort auf Frontabstellung. Dieser Krieg dauerte ewig. Ich hatte mich schön in meinen Krieg eingebuddelt und wartete auf nichts mehr. Bekam Briefe von Nina. Manchmal sah ich sie sogar. So ging es doch den meisten. Ich sah sie ja, wie sie in den Luftschutzkellern hockten und in den Kasernenstuben. Lauter Räume ohne Ausgang. Ein Krieg ohne Tür. Die Länge eines Krieges, die Länge eines Lebens war ganz nebensächlich. Man lebte für ein paar Minuten, in denen man ein absteigendes Glockenmotiv hörte. Cadenza finale. Ein Glockenspiel von Igor Strawinsky. Der Feuervogel kauerte sich in eine Ecke und hörte zu. Lebe wohl! Ich sagte es und sah in den Himmel, der graue Luft ohne Ende war: Leb wohl!

Mit dem Chef nach Chenonceaux

Für den Fahrer hatte Herr Schmitz als ersten Gang eine ›Terrine du Chef‹ bestellt – »Sie essen doch gern 'ne Suppe vorher, Jeschke!« –, aber man servierte zu ihrer Überraschung eine kalte Platte aus Geräuchertem, Wurst und Gänseleberpastete; der Garçon, vom Doktor herbeigerufen, erklärte in miserablem Deutsch, die befrackten Achseln leicht angehoben, dies sei in der Tat das Gewünschte. »Terrine«, grollte Herr Schmitz, »ich hätte geschworen, das wär 'ne Suppe!« Sie sprachen alle drei nicht Französisch, Herr Schmitz, der Fahrer und Doktor Honig, Französisch war des Doktors große Bildungslücke, aber Herr Schmitz hatte, als er ihn engagierte, großzügig erklärt: »Ist auch unnötig, der französische Markt ist für uns nicht interessant, Textil können die selber, da machen wir keine pöblik reläsch'ns« [er hatte ›pöblik‹ gesagt und ›relations‹ mit einem Kehlkopf-R ausgesprochen] – doch gerade weil er sich an dieses Zugeständnis erinnerte, empfand Doktor Honig es jetzt als Manko, daß er seinem Chef nicht behilflich sein konnte.

Jeschke, hager und schwärzlich, sicherlich überzeugter Kartoffelesser, musterte finster die Platte, gab aber nach einigen Versuchen zu, die Leberwurst sei ausgezeichnet, was angesichts seiner sonstigen Schweigsamkeit bemerkenswert war und Herrn Schmitz veranlaßte, seinen Appetit nicht weiter zu zähmen und sich Proben aus Jeschkes Horsd'œuvre zu fischen; er forderte auch den Doktor auf, Jeschke zu entlasten, aber Honig zog es vor, seine Weinbergschnecken abzuwarten und, bis sie kamen, den beiden Männern zuzusehen: dem steif aufgerichteten dürren Jeschke, der keinen Knopf seiner grauen Livreejacke öffnete und mit der Gabel von oben her im Aufschnitt stocherte, und dem in gesundes festes Fett verpackten Herrn Schmitz, der halb über seinem Teller lag und es fertigbrachte, zu reden, fast unablässig und dabei ganz gescheit zu reden, und dennoch intensiv und genießerisch zu essen, nicht etwa wie ein dicker Mann – auf eine so einfache Formel war er nicht zu bringen –, sondern ein Mann, der sich viele Jahre hindurch sorgfältig und nur vom Besten ernährt hatte, was, wie der Doktor überlegte, etwas ganz anderes ist als ein Mann, der sich vollfrißt. Übrigens hatte Herr Schmitz, ehe sie in die ›Anne de Beaujeu‹ eintraten, den Doktor gefragt, ob er sich sozial deklassiert fühle, wenn der Fahrer mit ihnen esse, und Honig hatte geantwortet, es sei schon eine ziemliche Zumutung, aber er wolle sich damit abfinden. Herrn Schmitz konnte, ja mußte man ironische Antworten geben, er haßte glatte Zustimmung – »Ich mag keine Ja-Sager um mich« –, und das war es, was den Umgang mit ihm erträglich, wenn auch ein wenig anstrengend machte.

Nach dem Essen fuhren sie über die Porte d'Orléans aus Paris heraus, in Herrn Schmitz' Dreikommazwo-Liter-BMW, Doktor Honig saß vorn neben dem Fahrer und Herr Schmitz hinten allein; die Polsterung war aus schwach zitronenfarbenem Leder, und Paris, draußen, hinter den Scheiben aus sorgfältig mit einem Kunststoffschwamm gereinigtem Sicherheitsglas, Paris war vergammelt, wie Herr Schmitz melancholisch meinte. Gestern, in Versailles, war Herr Schmitz beinahe explodiert, als er den Zustand des Schlosses gesehen hatte. »Nee«, hatte er gemeint, »so vergammeln darf man dat Ding nicht lassen.« Er nannte das Versailler Schloß »dat Ding«. Der Doktor hatte etwas von delikater Patina gesagt, aber Herr Schmitz hatte den Einwand nicht gelten lassen. »Das ist keine Patina«, hatte er entgegnet, »das ist Dreck. Wenn die Leute wirklich ihre Geschichte erhalten wollen, dann müssen sie das Ding so erhalten, wie es von Ludwig dem Vierzehnten gemeint war, nämlich neu, dann muß es funkeln, als sei es gestern gebaut.« Der Doktor hatte an Herrn Schmitz' funkelnde krefelder Fabriken gedacht und innerlich »aha!« gesagt, aber obgleich er Herrn Schmitz' Ansicht so entwaffnend fand, daß ihm gar nichts dazu einfiel, machte er – denn Widerspruch mußte sein – dennoch ein paar Bemerkungen über Schönheit und Verwitterung, über Ästhetik und Geschichte. Herr Schmitz war unbeugsam geblieben. »Kann schon sein, daß Sie's schön finden, wie es ist«, meinte er, »aber nur, weil Sie sich nicht vorstellen können, wie's ausgesehen hat, als es neu war.« Und dann hatte er ausgepackt: er wußte alles über die Technik des Gebäudeanstrichs im Hochbarock; der Doktor hatte gestaunt.

Na, das kann ja heiter werden, dachte der Doktor, während sie Paris hinter sich ließen. Frankreich, gesehen mit den Augen eines Deutschen-Wunder-Mannes, der da hinter ihm saß, allein im Fond eines funkelnden schwarzen Autos, auf schwach zitronenfarbenem Leder, aber nicht nur im Autofond allein, sondern überhaupt von einem unbestimmten Air des Alleinseins umgeben, das er offenbar nur schwer ertrug, denn er hatte den Doktor zu dem verlängerten Wochenende mitgenommen, weil er Gesellschaft brauchte. Deshalb in erster Linie. »Kommen Sie«, hatte Herr Schmitz gesagt, »lassen wir die Koofmichs mal zu Hause, und machen wir uns ein paar schöne Tage!«, aber Doktor Honig wußte, daß er nicht als Begleiter ausgewählt worden war, weil Herr Schmitz ihn sympathischer fand als die anderen Herren seines ›Führungsstabs‹. Der Chef lebte ganz gern mit den Leuten zusammen, die er ›die Koofmichs‹ nannte, wenn er auch zu einer Schlösser- und Kathedralenfahrt lieber denjenigen seiner Mitarbeiter aufforderte, den er dafür bezahlte, daß er was von Kunst verstand. [»Von Form«, pflegte der Doktor zu widersprechen, wenn er Herrn Schmitz ein Plakat von Huegi vorlegte und der Chef es mit den Worten genehmigte: »Na, von Kunst müssen Sie ja mehr verstehen als ich« – aber er konnte es Herrn Schmitz nicht abgewöhnen, von Kunst zu sprechen, sowenig er sich dagegen zu wehren vermochte, daß die Kollegen, die ›Koofmichs‹ und die leitenden Ingenieure, ihn den ›Kunst-Honig‹ nannten.] Nein, Herr Schmitz fand ihn weder sympathischer noch unsympathischer als die anderen Leute seiner Umgebung, Herr Schmitz war allein, aber er war es ungern, er hatte keine Freunde, aber er brauchte Gesellschaft, man hatte keine Freunde, man hatte Domestiken, einen fürs Auto, dachte der Doktor, und einen für die Kunst, und man erzog sie sich zum Widerspruch, weil kein Erfolg möglich war in einer Welt, die zu allem, was man tat und dachte, ja sagte. Wenn man so erfolgreich war wie Herr Schmitz, so war man dazu verdammt, im Fond seines Autos allein zu sitzen.

Es blieb natürlich eine offene Frage, warum Herr Schmitz dann nicht lieber mit einer Frau reiste. Daß er nicht mit seiner eigenen Frau reiste, war ohne weiteres zu verstehen: Herrn Schmitz' Frau war eine Gattin; sie verließ nur ungern ihr mit falschem Chippendale eingerichtetes Haus. Merkwürdiger war schon, daß Freundinnen Herrn Schmitz nicht nachzuweisen waren. Jedesmal, wenn Doktor Honig über diese Seite des Wesens seines Chefs nachdachte, sah er unwillkürlich auf dessen Hände: sie waren kurzfingrig, aber feingeformt und von blasser, zarter Haut überspannt; sie paßten nicht zu dem wohlgenährten, erfolgreichen Körper des Mannes – oder waren sie seine Tastinstrumente, die Fühler seines Erfolgs? Nur eine fast unmerkliche Härte jedenfalls unterschied sie von Damenhänden.

An der Kathedrale von Chartres hatte Herr Schmitz nichts auszusetzen. Schade war nur, dachte der Doktor, daß sie eine halbe Stunde zu spät hinkamen, abends, als der späte Oktoberhimmel schon grau geworden war, so daß die große Fensterrose nicht mehr recht leuchtete. Und außerdem war es seit heute morgen eiskalt, der Wind war fast unerträglich, und der Doktor spürte, daß er einen schweren Schnupfen vor sich hatte, während er die Figuren am Portail Royal bewunderte. Er trachtete danach, schnell wieder ins Auto zu kommen, aber Herr Schmitz war unermüdlich; begeistert umrundete er den vom Wind umpfiffenen Bau. Das Hotel in Tours hingegen war, obwohl première classe, so offenkundig vergammelt, daß Herr Schmitz vor dem Anblick der grauen, vor Alter brüchigen Voilegardinen und der fleckigen Tischdeckchen in den Zimmern sofort in den Speisesaal flüchtete, ein Speisesälchen eigentlich, ein Eßkabinett, im Stil der Touraine gehalten und mit einem blitzenden, glühenden Grill ausgestattet. Sie aßen Rebhühner à la chasseur. Den ersten, vom Kellner empfohlenen Wein wies Herr Schmitz zurück, er war ein im Fond harter, nachträglich überzuckerter Loire-Wein, aber Herr Schmitz war kein naiver deutscher Tourist, dem man einen solchen Wein anbieten konnte, er war der Sohn eines Mannes, der an der Mosel einige ausgezeichnete Lagen besessen hatte, und der Kellner begriff sogleich, daß er keinen Parvenu bediente, und brachte einen leichten, trockenen Barsac – »Kellertemperatur, nicht auf Eis!« hatte Herr Schmitz befohlen –, der auf sanfte Weise in ihnen zu blühen begann, nachdem sie ihn eine Weile tranken. Herr Schmitz redete wieder, wieder sprach er fast unablässig und dabei ganz gescheit, diesmal über Weine, über deutsche und französische Weine, er wußte alles über Weinbau, Weinpflege, Weinstockbeschnitt, Weinhandel und Namensgebung. Der Doktor nahm, in das leichte Fieber seines beginnenden Schnupfens eingehüllt, kaum auf, was Herr Schmitz an Fakten vor ihm ausbreitete, er staunte nur wieder, denn er, Honig, war ein Mann, der viel von Literatur und Kunst, von Public relations und Werbung verstand, aber wenig von Fakten. Herr Schmitz schloß sein Referat unvermittelt mit den Worten: »Reisen kann man eigentlich nur noch in Frankreich.«

»Na«, sagte Doktor Honig zweifelnd, »und wie ist es mit Spanien?« Man brauchte Herrn Schmitz nur ein Stichwort zu geben, um ihn zu einer längeren Rede zu veranlassen; er behandelte also eine Weile Spanien, ehe er sagte: »Frankreich ist viel feiner, vornehmer, stiller.« Überrascht konstatierte der Doktor die echte Besorgnis in Herrn Schmitz' Stimme, als der Chef hinzufügte: »Wenn sie's nur nicht weiter vergammeln lassen!«

Im Hotel aß Jeschke übrigens nicht mit ihnen zusammen. Der Doktor erfuhr einiges darüber, wie Chauffeure in Grand-Hotels lebten: sie bekamen kleine, aber komfortable Zimmer in den oberen Stockwerken und aßen feste Menüs in eigens für sie reservierten Räumen. Herr Schmitz beurteilte die Güte von Hotels nach der Güte des Essens, über das Jeschke ihm Rapport erstatten mußte. »Wenn Jeschke sagt, daß sein Essen nicht gut war, dann können Sie das Hotel ruhig abschreiben«, erzählte er dem Doktor, »ein Hotel, das daran spart, taugt auch sonst nichts.«

Als sie gegen elf Uhr nach oben gingen und sich vor Herrn Schmitz' Zimmer voneinander verabschiedeten, sah der Doktor durch die schon halb geöffnete Tür, wie Jeschke – noch immer in streng geschlossener Livree – dabei war, Herrn Schmitz' Nachtutensilien auszubreiten. Am Morgen bezahlte Jeschke die Hotelrechnung; er trug in seiner Brieftasche Herrn Schmitz' Reisekasse und verwaltete sie auf die gleiche sichere und schweigsame Weise, mit der er den schweren BMW fuhr. Eigentlich bin nur ich der Domestike, dachte der Doktor, während er mit heißem Kopf eine schlechte Nacht verbrachte, Jeschke ist etwas ganz anderes – ein Diener ist ein Mann, der mit seinem Herrn zusammenlebt, es ist ein Fall von Symbiose, wie die Verbindung von Regenpfeifer und Krokodil, man muß sehr reich sein, um einen Diener besitzen zu können, und Herr Schmitz war in der Tat ein reicher Mann, er war weder mittelreich, wie so viele, noch superreich, wie einige von den neuen Reichen, deren Bilder man in den Illustrierten sah – er war ein sehr reicher, ein richtig reicher Mann. Er war ein Krokodil.

Beim Frühstück hatte der Doktor einen dicken Kopf, er war ganz benommen von Fieber, Schnupfen und Halsschmerzen, aber draußen war ein kalter, sonniger Morgen, der ihm guttat, als sie in Tours spazierengingen. Die Kathedrale sah hoch und schlank aus, und die Palais im Kathedralenviertel lagen still und herbstlich hinter alten Hofmauern, durch deren Pforten Nonnen und Gärtner gingen. Die Loire floß breit und sandgelb an Tours vorbei. Sie verließen es und fuhren nach Chenonceaux. Herr Schmitz äußerte sich zu Chenonceaux weder pro noch contra, am stärksten interessierte ihn in dem langgestreckten Saal, unter dessen Fenstern der Cher hindurchfloß, eine Tafel, auf der geschrieben stand, daß hier im Ersten Weltkrieg Verwundete gepflegt worden waren. Er fand den Saal als Lazarett denkbar ungeeignet. Offenbar konnte Herr Schmitz sich einen Saal voller Verwundeter vorstellen, er vermochte das Stöhnen von Kranken in einem leeren, ungeheizten Schloß zu hören. Doktor Honig mußte sich gestehen, daß ihn selbst diese Erinnerungstafel zu keinem Nachdenken veranlaßt haben würde, wenn sein Chef sich nicht darüber verbreitet hätte. Schade, dachte er, weil er es vorgezogen hätte, mit Herrn Schmitz über Diane de Poitiers zu sprechen, über die er ausgezeichnet informiert war; es hingen ein paar schöne Porträts der Schule von Fontainebleau im Schloß.

Anschließend Amboise, danach Chaumont, und zum Mittagessen waren sie in Blois. In Amboise interessierte sich Herr Schmitz für Lionardos Wohnhaus weit mehr als für das Schloß hoch oben auf dem Felsen; die Modelle von Lionardos Apparaten regten ihn zu einigen fachmännischen Ausführungen an. Im Schloßhof von Chaumont fragte ihn der Doktor, den das Fieber in einen Zustand der Gereiztheit trieb, ob er diese Art Architektur nicht auch an sämtlichen Villen im Rheinland studieren könne, aber Herr Schmitz verstand diesmal die Ironie nicht, sondern ließ durchblicken, daß er den Loire-Stil noch in seinen Kopien aus der Gründerzeit bewunderte, was Honig um so merkwürdiger schien, als der Chef überall etwas auszusetzen fand. Besonders das Schloß in Blois war natürlich wieder völlig ›vergammelt‹, weil es altersschwarz und düster auf die Schieferdächer der Stadt und auf den flachen, trägen, chinesischgelben Fluß hinabblickte. Am Nachmittag fuhr Jeschke sie nach Chambord und weiteren Schlössern. Es war immer kälter geworden, ein eiskalter Wind pfiff über die Touraine hin, und jedesmal, wenn er aus der leicht und angenehm geheizten Limousine stieg, um wieder ein Schloß zu besichtigen, befürchtete der Doktor, seine Erkältung könne sich zu einer Lungenentzündung steigern. Er beneidete Jeschke, der nichts zu besichtigen brauchte, sondern beim Wagen bleiben, eine Tasse Kaffee trinken oder sich bei den Andenkengeschäften herumtreiben konnte, während er, Honig, mit dem Chef Sehenswürdigkeiten nach Sehenswürdigkeiten zu ›machen‹ hatte. Herr Schmitz war unermüdlich, und unermüdlich teilte er die Monumente von Frankreichs Vergangenheit in ›vergammelte‹ und gutgehaltene ein. Er rechnete, und er wurde im Laufe des Nachmittags immer melancholischer, weil die Summe seiner Addition dessen, was hier zu tun war, denn doch alles überstieg, was er erwartet hatte. Die Franzosen hatten sich in ihrer Vergangenheit zweifellos mit Bauten übernommen.

In Chambord gerieten sie beinahe aneinander. Der Doktor war starr vor Entzücken über den Manierismus der Dachlandschaft des Schlosses, die Bilder gewisser Surrealisten erschienen vor seinem geistigen Auge und verschmolzen mit Abbildungen aus dem Stundenbuch des Duc de Berry; Franz der Erste hatte in ein Fenster von Chambord die Worte geritzt ›Souvent femme varie‹, und das alles imaginierte ihm einen Plakatentwurf für Herrn Schmitz' krefelder Kunstseiden, den er sofort nach seiner Rückkehr mit Huegi in der Schweiz besprechen würde. »Wissen Sie, was Chateaubriand über die Dächer von Chambord gesagt hat?« fragte er Herrn Schmitz.

Der Chef schrak aus der düsteren Betrachtung einiger mit rohen Brettern vernagelter Fensterhöhlen im Parterre des Schlosses auf. »Was hat er denn gesagt?« fragte er.

»Chambord gleicht einer Frau, deren Haare vom Wind in die Höhe geweht werden«, rezitierte der Doktor, sozusagen stehend, freihändig, denn er hatte es vorhin in einem Prospekt gelesen.

»Quatsch«, sagte Herr Schmitz schroff. »Sie sollten sich lieber mal den Zustand des Schlosses ansehen!«

Der Doktor fühlte mit Besorgnis, daß eine Art persönlicher Antipathie gegen ihn, Honig, sich in die Stimme seines Chefs eingeschlichen hatte. »An dem Ding haben zwölf Jahre lang ständig zweitausend Arbeiter geschuftet«, fügte Herr Schmitz hinzu, »Frankreich hat geblutet für dieses Schloß. Wissen Sie, daß dieser König – wie hieß er doch gleich? ...«

»Franz der Erste.«

»... daß dieser Kerl einen eigenen Finanzausschuß gegründet hat, der das Land ausplünderte, damit das Ding gebaut werden konnte?« Der Doktor wußte es natürlich nicht, und Herr Schmitz grollte: »Das interessiert mich mehr, als was so ein paar Literaten und Kunsthistoriker verzapfen. Manierismus! Die sollen lieber dafür sorgen, daß das Ding nicht so herunterkommt.«

Cheverny, das in der Dämmerung leuchtend, von einem dunkelrot glühenden Park umgeben, auf gepflegten Rasenflächen stand, versöhnte ihn ein wenig mit dem im allgemeinen so ›vergammelten‹ Zustand der französischen Geschichte. ›Vergammelt‹, dachte der Doktor, als er erschöpft neben dem Fahrer saß, auf der Fahrt nach Bourges, ein Slang-Ausdruck mit einem ganz alten germanischen Wortstamm, ›gamla‹ heißt in den skandinavischen Sprachen ›alt‹. Warum läßt er das Alte nicht einfach vergammelt sein, dachte der Doktor erbittert, während er, wieder heftig fiebernd und mit benommenem Kopf, in die vorbeihuschende Dunkelheit starrte. Sie hatten seit gestern abend zwei Kathedralen und elf Schlösser ›gemacht‹; der Doktor kicherte leise und nervös vor sich hin: er, der sonst einen angenehm versnobten Reisestil sorgsam kultivierte, hatte nie gedacht, so etwas könne ihm jemals passieren.

Im Hotel in Bourges entschuldigte er sich gleich bei Herrn Schmitz und legte sich zu Bett. Er nahm zwei Aspirintabletten, aber es gelang ihm nicht, einzuschlafen, das Fieber hielt ihn in einem Zustand von betäubter Wachheit. Das Zimmer, in dem er lag, war groß und dunkel, obwohl er die Vorhänge zurückgezogen hatte, denn die Straße draußen, im nächtlichen Bourges, war finster; nur der rote Laternenrhombus eines Tabakbistros warf einen schwachen Reflex an den Plafond. Gegen zehn Uhr klopfte es, und Herr Schmitz kam herein, um nachzusehen, wie es seinem Begleiter ging. »Schwitzen Sie's mal aus«, sagte er, »dann sind Sie's morgen früh los!«

»Ich komme nie ins Schwitzen«, sagte der Doktor, »ich kriege immer nur Fieber, leichtes bis mittleres Fieber, und dann verschwindet es wieder.«

»Richtiges Fieber und dann richtig schwitzen wäre besser«, sagte Herr Schmitz. Er seufzte und zog einen Stuhl heran. Offenbar schien er noch etwas auf dem Herzen zu haben.

»Ich war noch eine Stunde draußen«, sagte er.

»Mein Gott«, sagte der Doktor, »hatten Sie immer noch nicht genug?«

Herr Schmitz überhörte die Frage. »Ich habe das Palais von einem Mann namens Jacques Cœur gesehen«, berichtete er. »Es war trotz der Dunkelheit ganz gut zu erkennen. Ich habe im Guide nachgesehen und festgestellt, daß Jacques Cœur der Schatzmeister von Karl dem Siebenten war – diesem Kerl, den die heilige Johanna auf den Thron gesetzt hat. Stimmt's?«

Der Doktor nickte. »Jacques Cœur war ein Großkapitalist. Er hat Karl dem Siebenten das Geld für seine Kriege gegen England besorgt.«

»Sehen Sie«, sagte Herr Schmitz, »es ist doch gut, zu wissen, daß die heilige Johanna von irgendwem finanziert worden ist. Das macht sie ja nicht kleiner. Aber jemand mußte auch das Geld für die Idee aufbringen. Immer muß es Leute geben, die Geld aufbringen, damit aus Ideen Wirklichkeit wird.«

Er brachte den Gemeinplatz hervor, als hätte er soeben die ungeheuerlichste Entdeckung gemacht. Der Doktor hätte gern gelacht, aber an dem schweren Mann, der da bei ihm am Bett saß, in einem dunklen Hotelzimmer in Bourges, war auf einmal etwas Lastendes, Trauriges zu spüren; Herr Schmitz saß da wie ein Trauerkloß, und der Doktor lachte nicht, aber er beschloß, die Gelegenheit zu benutzen und sich für die zwei Kathedralen und elf Schlösser zu rächen.

»Und für welche Ideen«, fragte er scharf, »bringen Sie Geld auf?«

Aber er hatte Herrn Schmitz unterschätzt. Der Trauerkloß hob zwar die Achseln, aber er hatte eine Antwort.

»Zeigen Sie mir eine heilige Johanna«, sagte er, »und ich finanziere sie.«

Am nächsten Morgen ging es dem Doktor etwas besser. Die

Straßen von Bourges waren von kleinen Mädchen in schwarzen Schulkitteln überschwemmt, und die beiden Männer gingen, den warmen, lebendigen Strom aus Geschrei und Geflüster teilend, zur Kathedrale, die, einem riesigen vergammelten Elefanten gleichend, der sich auf seine Knie niedergelassen hat, in der Stadt lagerte. Die Kathedrale von Bourges war in der Tat das Vergammeltste, was sie auf ihrer ganzen Reise zu Gesicht bekommen hatten, aber es war dem Doktor unerträglich, daß Herr Schmitz es aussprach, denn die Kathedrale war andererseits zauberhaft in ihrem Verfall, sie war zu groß in ihrer Elefantenmüdigkeit, als daß ein Kapitalist und Deutscher-Wunder-Mann, ein Kunstseidenfabrikant und krefelder Krokodil, sich um sie zu sorgen brauchte. Der Doktor erinnerte sich an seine Verpflichtung zum Widerspruch und fragte Herrn Schmitz, warum er das Bauwerk nicht einfach bewundere.

»Na, hören Sie mal«, sagte der Chef erstaunt, »das tue ich doch. Aber man darf nicht allzusehr loben, was man liebt.«

Jetzt erst begriff der Doktor. Während sie die Kirche betraten, dachte er voller Grimm daran, daß Herr Schmitz von Paris bis Bourges alles heruntergemacht hatte, was sie sahen. Und warum? Weil er es nicht ertrug, daß die Dinge, die er liebte, alt und dreckig geworden waren, in verwahrlosten Parks verkümmerten und aus leeren Fensterhöhlen starrten, dunkel und rissig und abbröckelnd und schweigend vergingen, von keinem Funkeln aus krefelder Fabriken getroffen und erhellt wurden, und auf einmal wußte der Doktor, daß Herrn Schmitz' Traum ein Traum von funkelnden Fabriken und funkelnden Schlössern war, eine Phantasmagorie aus glänzenden deutschen Fabriken und nagelneuen französischen Kathedralen, eine Tapisserie, in der Gegenwart und Geschichte aus strahlenden Kunstseidenfäden ineinander gewoben waren, glänzend und für alle Ewigkeit gemacht: Krefeld und Versailles.

Aber es gab keine heilige Johanna mehr. Nirgends ließ sich auch nur der kleinste Fetzen eines Mythos entdecken, den Herr Schmitz hätte finanzieren können. Glühend und tief das

Ensemble der Glasfenster von Bourges – Herr Schmitz sah es nicht. Sein Blick hing am verstaubten Grabmal des Jacques Cœur. Als sie die Kathedrale verließen, wartete bereits die Limousine, in deren schwarzem Lack man sich spiegeln konnte, ein mit schwach zitronenfarbenem Leder ausgeschlagener Sarg. Jeschke hatte ihn prachtvoll gewienert.

In der Nacht der Giraffe

Am 29. Mai, nachts um elf Uhr, zur gleichen Zeit also, als ich in einem kleinen Restaurant in der Rue Saints-Pères zu Abend aß, setzte sich ein ungefähr fünfundzwanzigjähriger Algerier, dessen Namen ich nie erfahren habe, an einen Tisch, der vor einem Café in der Rue Monge stand, um auf meinen Freund Pierre Grange zu warten. Der junge Algerier hatte sich das Café sorgfältig ausgesucht; er konnte von seinem Platz aus die Kreuzung der Rue Monge, Rue Cardinal-Lemoine und der Rue des Boulangers, in der Pierre wohnte, und den Ausgang der Metro-Station Cardinal-Lemoine kontrollieren. Er trug nichts bei sich als drei neue Zehntausend-Franc-Noten, die er von dem Agenten einer französischen Faschisten-Organisation erhalten hatte; sie steckten in einem abgegriffenen dünnen Lederetui in der Brusttasche seines schwarzen Buschhemds; in der rechten Hosentasche hatte er etwas Silbergeld und ein Päckchen Zigaretten; außerdem befand sich in einer länglichen Tasche, die er sich selbst an die Innenseite des rechten Beins seiner braunen Manchesterhose genäht hatte, ein Messer mit einem fünfundzwanzig Zentimeter langen Stichel, der vierfach gerillt war, ein Stilett also, das in einer fast nadelscharfen Spitze endete. Wie alle jungen Nordafrikaner war er für unsere Begriffe unglaublich mager; schmal, sehnig, klein und dunkel saß er vor dem Café, er hatte sich einen Pinard bestellt und sofort bezahlt, die weiße Zigarette leuchtete in seinen braunen Händen; in sich zusammengesunken, vollkommen ruhig und ein wenig schmutzig saß er da und wartete. Ehe er hierher gekommen war, hatte er von einem der großen Farbigen-Cafés am Boul Mich aus mit dem Agenten telefoniert und erfahren, daß mein Freund Pierre im Deux Magots saß; der Agent hatte gemeint, es könne spät werden, bis Pierre Grange nach Hause käme, also wartete der Algerier gleichmütig. Natürlich hatte ich von seiner Existenz keine Ahnung, während ich in dem Lokal in der Rue Saints-Pères saß, ein Schnitzel, Pommes frites und Salat aß und dazu die neueste Ausgabe der ›New York Herald Tribune‹ las, aber nach allem, was dann in dieser Nacht geschah, kann ich mir die Warterei dieses gekauften dreckigen kleinen Subjekts ohne weiteres vorstellen. Gerade als ich mit dem Essen fertig war, kurz nach elf Uhr also, begannen draußen die Autos zu hupen. Wir, das heißt die vier oder fünf Gäste, die in dem Restaurant saßen, und der Wirt horchten auf, denn in Paris ist nachts absolutes Hup-Verbot. Die Autos hupten alle das gleiche Signal, zwei lange und drei kurze Töne. Der Wirt ging zur Tür, blickte auf die Straße und sagte: »Eine Demonstration.« Ich bezahlte, klemmte mir die Zeitungen unter den Arm und ging hinaus. Die Luft draußen war schwül.

Am gleichen Abend des gleichen Tages, des 29. Mai, genau gesagt: um 19 Uhr 26, fuhr der lange alte Citroën des langen alten Generals in den Hof des Elysée-Palastes ein, durch jenes Tor, das nur für den Besuch ausländischer Staatsoberhäupter geöffnet wird. Genau 24 Stunden vorher hatten zwischen dem Platz der Republik und der Bastille 350 000 Menschen dagegen protestiert, daß dieser Besuch Wirklichkeit würde. Einer der Diener des Präsidenten der Republik öffnete die Wagentür, aber der General stieg noch nicht aus, sondern beugte sich ein wenig vor und fragte seinen Chauffeur: »René; wie lauten die neuesten Parolen?« – »De Gaulle ins Museum!« sagte der Chauffeur. Das hassen sie am meisten an mir, dachte der General, daß ich nicht in ihre Zeit passe. Sie begreifen nicht, daß die Zeit sich dem anpaßt, der sie macht. Aber ich werde ein König in Frankreich sein. Übrigens hat sich seit der Zeit der Könige gar nichts geändert. Die Könige Frankreichs stehen immer zwischen den Hugenotten und der Liga, zwischen der freiheitlichen Opposition und den militärischen Bandenführern. Die Hugenotten erwarten die Bartholomäusnacht von mir, aber ich bin kein blutjunger König, der einen eisgrauen protestantischen Admiral ermorden läßt, ich bin selber eisgrau, und ich achte diesen kleinen Juden, der gestern die Massen über die Bastille geführt hat. Er ist es gewesen, der die Ehre Frankreichs in Indochina gerettet hat. Er ist unter seinen Leuten sicherlich genauso allein wie ich unter den meinen. Dennoch muß ich ihn bekämpfen. Der Papst kann kein Ghibelline sein. Aber den Häuptern der Liga werde ich die Güter entziehen lassen, dachte der General grimmig. »Und weiter?« fragte er. Er bemerkte, daß sein Chauffeur eine Sekunde zögerte. »Los, René, ich will wissen, was man über mich sagt!« Der Chauffeur sagte: »Die Giraffe in den Zoo!« Er blickte in den Spiegel, aber er konnte keine Bewegung im Gesicht des Generals erkennen. Ein dummes Wort, dachte der General, es kann unmöglich von dem klugen kleinen Juden kommen, der kleine Jude mußte wissen, was begann, wenn man damit anfing, Giraffen in den Zoo zu sperren. Wenn man alte lange Generale einsperrte, dann sperrte man auch kluge kleine Juden ein, dann sperrte man bald alle ein, die nicht in die Zeit paßten. In diese Zeit, dachte der General verächtlich, während er endlich ausstieg. Trotzdem bin ich natürlich zu groß. Er empfand seinen langen Körper als eine Last, während er die Treppe des Palastes emporstieg. Er hat wirklich etwas von einer Giraffe, dachte der Chauffeur bewundernd, während er zusah, wie sich sein General, am Ende der Treppe angekommen, zu dem Präsidenten der Republik hinabbeugte, der dort oben schon eine Weile gewartet hatte.

original-manuskriptseiten von prousts ›à la recherche du temps perdu‹ in den schaufenstern der librairie la hune. dazu korrekturfahnen mit seinen autorkorrekturen; er hat an den rändern ganze abschnitte neu hinzugeschrieben. gegenüber in der montana-bar der amerikanische smart set des 6. arrondissements: hauptsächlich elegante schwule. juliette-gréco-schatten auf den unteren lidern brillanter mädchen. die seriöse journaille im le village. milchkaffeefarbene halbnegerin in brauner lederjacke, nur die schenkel leuchtend in auf die haut geklebten weißen hosen, von drei männern begleitet. kenny clarke am schlagzeug im club st-germain-des-prés, mit einem französischen meisterpianisten, vor fünf gästen, die flasche coca-cola zu tausend francs. sartres wohnung, ecke rue bonaparte, ist hell erleuchtet. der deux-magots-kiosk funkelnd wie ein juwel in der blauen nacht aus schwankenden straßenlaternen. marianne legt ihren kopf unter die guillotine und löst selbst das fallbeil: die karikatur des ›punch‹ als titel der neuesten ›express‹-ausgabe. tomatenrotes alfa-romeo-cabriolet in der rue st-benoît eingekeilt. grüne getränke, weiße getränke, grüne getränke auf den tischen in der taubenblauen nacht aus gelben caféhausscheiben. aber die häuser und die kirche, von straßenlaternen überflackert, samtbraun und gefiedergrau. die oberfläche von paris entspricht der tiefe von paris. arthur adamov geht bekümmert den boulevard entlang, im gespräch mit martin flinker. was wollen sie, sagt der siebzigjährige buchhändler, einer der gejagten des jahrhunderts, zu adamov, man kann gar nicht genug historische ereignisse erleben.

»Sie erinnern sich doch, Fayard, daß ich mit Chaban-Delmas in Algerien war?«

»Jetzt, wenn Sie es sagen, erinnere ich mich, Grange. Das war in der Zeit, als Chaban-Delmas Verteidigungsminister unter Gaillard war.«

»Ganz recht. Und das ist erst drei Monate her.«

»Also im Frühjahr waren Sie in Algerien?«

»Im Februar.«

»War es eine hübsche Reise?«

»Fayard, ich habe Sie nicht um eine Unterredung gebeten, um Ihnen zu erzählen, ob der Februar in Algerien ein hübscher Monat ist oder nicht.«

»Sondern?«

»Haben Sie schon einmal den Namen Léon Delbecque gehört?«

»Wollen Sie mich auf den Arm nehmen, Grange?«

»Ich habe nur gefragt, weil man den Namen Delbecque so wenig in der Pariser Presse liest. Nicht einmal in Ihrem Blatt, Fayard.«

»Man weiß, daß Delbecque den Putsch in Algier vorbereitet hat, aber man kann es ihm nicht nachweisen.«

»*Ich* kann es ihm nachweisen.«

»Ach!«

»Sie scheinen nicht gerade wild auf Informationen zu sein, oder täusche ich mich?«

»Grange, Sie machen sich falsche Vorstellungen vom Journalismus. Aber schießen Sie mal los! Ich weiß, daß Sie ernst zu nehmen sind. Sie sind über das Marine-Ministerium in die Begleitung von Chaban-Delmas gekommen, nicht wahr?«

»Ja, komisch. Ich bin ja nur Zivilangestellter im Ministerium, Sie wissen, daß es für mich ein Brötchen-Job ist, der mir Zeit läßt für meine Zeitschrift und die Theaterkritiken für Ihre Zeitung, aber irgend jemand kam auf die Idee, mich einem Konteradmiral als Aktenträger nach Algerien mitzugeben.«

»Sie halten das für einen Zufall?«

»Natürlich.«

»Ich glaube, Sie unterschätzen das Marine-Ministerium. Aber fahren Sie fort.«

»Ich hatte auf der Reise Gelegenheit, Delbecque kennenzulernen. Wie Sie wissen, war er der persönliche Assistent des Ministers. Ihn zu beobachten, war so interessant, daß ich schließlich überhaupt nichts anderes mehr gemacht habe.«

»Und was haben Sie gesehen?«

»Überall, wo wir hinkamen, hielt Delbecque Geheimkonferenzen mit den örtlichen militärischen und zivilen Beamten ab. Der Minister hielt eine offizielle Rede, während sein Assistent inoffizielle Anweisungen gab.«

»Nun, das ist bekannt. Das wissen wir alle.«

»Aber man kann es ihm nicht nachweisen?«

»Die Leute vom Wohlfahrtsausschuß in Algier erzählen es

jedem, der es wissen will, und Delbecque denkt nicht daran, diese Redereien zu dementieren.«

»Aber es bleibt ein Gerücht?«

»Ja, es ist das typische Kulissen-Geflüster – eine Sache für den Klatsch von heute und die Historiker von morgen.«

»Das braucht es nicht zu bleiben.«

»Grange, machen Sie es nicht so spannend. Ich weiß bereits seit fünf Minuten, daß Sie mir den Nachweis von Delbecques Tätigkeit fix und fertig servieren wollen.«

»In der Tat, Fayard. Ich habe eine genaue Aufstellung über fast alle Zusammenkünfte Delbecques mit den Namen aller Beteiligten gemacht.«

»Wissen Sie auch, was dabei gesprochen wurde?«

»Nein. Den Rest überlasse ich den Journalisten. Es handelt sich um einen Kreis von ungefähr hundertfünfzig Personen.«

»Und was soll ich also tun?«

»Die Liste veröffentlichen!«

»Was versprechen Sie sich davon?«

»Aber ich bitte Sie, die Liste ist der exakte Nachweis für die Vorbereitung des Putsches von langer Hand.«

»Welche Hand meinen Sie?«

»Sie stellen merkwürdige Fragen. Alle Eingeweihten wissen, daß Delbecque der Vertrauensmann von Jacques Soustelle ist. Und jeder Mensch in Frankreich weiß, daß Soustelle der politische Einpeitscher de Gaulles ist. Meine Liste wird beweisen, daß der General selbst die Aktion gegen die Republik hat vorbereiten lassen. Der große Schweiger von Colombey, der tadellose Ehrenmann, der wartet, bis er gerufen wird – im besten Falle ein politischer Drahtzieher wie jeder andere. Im schlechtesten Falle ein politischer Verbrecher gegen die Legalität der Republik.«

»Ich werde Ihre Liste nicht veröffentlichen, Grange.«

»Und warum nicht?«

»Weil wir soeben in der Redaktion beschlossen haben, der Giraffe eine Chance zu geben.«

»Sie meinen, daß Sie sich zum Opportunismus entschlossen haben?«

»Also nehmen wir einmal an, Grange, die Veröffentlichung Ihrer Liste hätte die Wirkung, die Sie sich davon versprechen – was wäre die Folge?«

»Das kann man sich doch sehr leicht vorstellen – der Mythus de Gaulle wäre zerstört. Oder sagen wir: leicht beschädigt.«

»Richtig! Und genau das ist es, was wir nicht wollen. Wenigstens jetzt nicht.«

»Interessant! Ich habe Sie noch nie für die Mythen Partei ergreifen hören, Fayard. Sie sind ein linker Bürger, Ihr Blatt ist ein linksbürgerliches, bis jetzt haben Sie immer für die Vernunft optiert.«

»Der Mythus spielt eine objektive Rolle in der Politik.«

»Aber wenn man ihn entlarven kann ...«

»Er muß sich selbst entlarven. De Gaulle muß seine Legende selber zerstören.«

»Und wenn er uns nicht diesen Gefallen tut?«

»Dann ist sein Mythus echt.«

»Sie meinen, dann wäre de Gaulle ein Ehrenmann?«

»Wir müssen ihm die Chance geben, zu beweisen, daß er einer ist.«

»Obwohl meine Liste beweist, daß er bereits gegen die Regeln der Ehre verstoßen hat?«

»Es besteht die Möglichkeit, daß er ein Spiel mit hohem Einsatz spielt, ein Spiel für uns, ein Spiel gegen die Delbecques.«

»Aber das ist eine Illusion.«

»Und wenn es keine wäre?«

»Dann wäre alles falsch gewesen, was Sie und Ihre Zeitung bisher vertreten haben, Ihr Gerede von Demokratie und Volksherrschaft, von der Bedeutung des allgemeinen Wahlrechts und von der Durchschaubarkeit der Politik. Dann wäre Politik das, was Ihre konservativen Gegner lehren: eine Sache von Personen, der Ehre oder Unehre des sich niemals wandelnden menschlichen Charakters, eine Leidenschaft oder eine Machenschaft, eine Folge von Affären zwischen Cliquen, ein Gewebe geheimer Vorgänge, die Tätigkeit von Eliten oder Banden, die alle Entscheidungen schon getroffen haben, ehe der Bürger – Ihr Bürger, Fayard! – auch nur den Schatten einer Möglichkeit hat, Einfluß zu nehmen. Gewiß, ihm bleibt es, die Wasserversorgung von Bordeaux zu finanzieren oder nicht zu finanzieren, aber die Entschlüsse des Generals de Gaulle finden ohne ihn statt.«

»Sie haben ganz falsche Vorstellungen von der Rolle der öffentlichen Zustimmung oder Ablehnung, Grange.«

»Ich lerne eben, daß das öffentliche Votum offenbar dazu bestimmt ist, immer zu spät zu kommen.«

»Es bereitet auch manchmal vor. Daß de Gaulle an die Macht gelangen kann, ist die Folge eines öffentlichen Votums.«

»Vor dem Sie kapitulieren. Das Ihr Blatt vielleicht selbst manipuliert hat.«

»Was wollen Sie – wir respektieren das Votum. Wir stellen uns niemals gegen Entwicklungen, die nicht aufzuhalten sind. Wir halten innerhalb der Entwicklungen unsere Prinzipien aufrecht, unsere Auffassung von Freiheit und Menschenwürde ...«

»Phrasen, Fayard!«

»Sie sind noch nicht dreißig, ich bin fünfzig. Sie können mich ruhig beleidigen, Grange.«

»Das werde ich auch. Von jetzt an werde ich Sie und Ihresgleichen ununterbrochen beleidigen.«

»Es wird Ihnen nichts helfen. – Übrigens, warum gehen Sie mit Ihrer Liste nicht zu Ihrem Freund Sartre oder zur ›Humanité‹?«

»Sie wissen sehr genau, daß sie dort nicht zehn Prozent der Wirkung hätte, die sie bei Ihnen ausüben würde. Sie müßte von einem so würdigen, so objektiven Blatt veröffentlicht werden wie Ihrem bürgerlichen Respektsorgan, Fayard.«

»Sie haben natürlich recht. Sie sind intelligent, Grange, Sie haben das Zeug, sich in den Mechanismus der Macht einzuleben. Ich möchte Ihnen einen besseren Rat geben.«

»Welchen?«

»Verbrennen Sie die Liste! Verbrennen Sie sie nicht nur – vergessen Sie sie auch.«

»So weit geht also Ihre Angst vor de Gaulle?«

»Ich habe keine Angst vor de Gaulle. Vielleicht habe ich Angst vor den Delbecques. Aber im Augenblick habe ich nur Sorge um Sie.«

»Besten Dank!«

»Sie haben ein sehr gefährliches Papier in der Tasche, Grange. Vielleicht wird es eines Tages ein wertvolles Papier sein. Aber niemals wird es so wertvoll sein, daß irgend jemand dafür stirbt.«

»Darauf kann ich nichts erwidern, Fayard.«

»Ich weiß. Leben Sie wohl!«

»Adieu, Fayard!«

Während ich den Boulevard St-Germain entlang ging, kamen immer mehr Autos hupend auf der Fahrbahn aus Richtung Concorde. Sie hupten alle das gleiche Signal, die ersten fünf Noten von Beethovens Fünfter Symphonie, die Winston Churchills und Charles de Gaulles Siegessignal während des Krieges gewesen waren, wie ich am nächsten Morgen in der ›Herald Tribune‹ las. Aus ihr erfuhr ich auch, daß der Siegestaumel der Gaullisten in jener Nacht auf den Champs-Elysées ausgebrochen war, ein spitzer Begeisterungsschrei, ausgestoßen von Damen mit weißen Handschuhen, ein wildes Aufröhren junger Geschäftsleute, die Revolution der Autofahrer, wie Pendennis im ›Observer‹ trocken bemerkt hat. Die politische Geographie von Paris ist einfach: auf den Champs-Elysées werden die Siege der Autofahrer gefeiert, in St-Germain-des-Prés wird ihnen widersprochen, in Menilmontant herrscht Schweigen. Zu den drei kurzen und zwei langen Tönen der Hupsignale sollte gedacht werden: ›Al-gé-rie fran-çaise‹. Es war eine glatte Provokation des intellektuellen Bezirks. Alleg hatte das Buch über seine Folterung durch die Fallschirmjäger geschrieben, Sartre hatte es kommentiert, Allegs Buch und Sartres Kommentar waren verboten worden, der junge Mathematiker Audin war in der Folter der Paras gestorben – und St-Germain-des-Prés stand an den beiden Straßenrändern seines Boulevards und pfiff und schrie gegen die Autohupen an, dunkel sich bewegend vor den hellen Scheiben und den zuckenden Lichtreflexen seiner Cafés. Es ging auf halb zwölf, ich steuerte durch die Tumulte den Deux-Magots-Kiosk an, um nachzusehen, ob das gaullistische Plakat noch an der Rückseite hing, aber es war abgerissen und lag zertreten und beschmutzt im Rinnstein. Um diese Zeit war es an der Kreuzung Rue Monge/Rue Cardinal-Lemoine, wo der junge Algerier saß und auf meinen Freund Pierre wartete, schon ziemlich still. Ich sah Pierre vor dem Deux Magots sitzen, Solange neben ihm, und ging zu den beiden hin. Neben Pierres Tisch waren drei Amerikanerinnen auf Stühle gestiegen, um die Krawalle auf der Straße besser sehen zu können, eine Lady von vierzig Jahren, die gut in Form war und nach Geld roch, mit zwei ziemlich miesen Töchtern, und ein paar junge Franzosen blödelten mit ihnen herum und riefen ihnen spöttisch zu: »Mesdames – die Revolution«, während die Kellner schon am Abkassieren waren. Der Patron und die Kellner des Deux Magots waren erfahrene Leute, und auch ich bin ein erfahrener Mann, ich habe ein paar kleine Straßenkampf-Erfahrungen aus Deutschland, und ich taxierte, daß die Polizei spätestens in einer halben Stunde da sein würde. Sie würde genau von der Linie Deux Magots hinüber zum Royal aus den Boulevard zu räumen beginnen, und die Cafés mußten bis dahin ihre Läden dicht haben, sonst würden sie ein bißchen demoliert werden. Ich teilte Pierre meine Beobachtungen mit, aber da erst bemerkte ich, daß er sehr still war, er saß nachdenklich da. Ich fragte ihn, was los sei, und schließlich erzählte mir Solange von Pierres Gespräch mit Fayard. »Hör mal«, sagte ich zu Pierre, »Fayard hat aber recht, was die Gefahr betrifft, in der du schwebst. Was willst du dagegen tun?« »Fayard ist das Böse«, sagte Pierre, ohne meine Frage zu beantworten, »nicht de Gaulle ist das Böse, nicht einmal die Paras, die Alleg gefoltert haben, sondern

Fayard. Fayard oder die Taktik, die taktische Toleranz, die Technik des Kompromisses.« Plötzlich ergriff er mich am Arm und rief: »Die Demokratie ist das Böse.« Ich sagte: »Du spinnst, erstens ist Fayard nicht die Demokratie, und zweitens könnte Fayard in dieser Sache sogar recht haben. Demokratie ist eine Technik des Kompromisses, natürlich nicht des faulen, sondern des schöpferischen Kompromisses«; aber Pierre unterbrach mich und sagte: »Ihr seid alle Phraseure, ich will meine Liste veröffentlichen.« In diesem Augenblick ging es auf dem Boulevard mächtig los, die Massen strömten auf die Fahrbahn und umzingelten die hupenden Autos. »Kommt«, sagte ich zu Pierre und Solange, »wir gehen bis zur Ecke Rue Dragon, da können wir seitlich abhauen, wenn die Polizei kommt.« Aber Pierre schüttelte den Kopf und blieb sitzen und Solange natürlich mit ihm. Ich stand auf. Wenn ich vor etwas Schiß habe, dann vor der Polizei, ich habe mir dieses Gefühl in Deutschland angewöhnt, und nach allem, was man von der pariser Polizei hört ... Indessen hatte der junge Algerier, der auf Pierre wartete, seinen zweiten Pinard bestellt und bezahlt. Hinter ihm, im geöffneten Innenraum des Cafés, hörten der Wirt und ein paar späte Gäste die letzten Radionachrichten. Wenn es jemals einen Menschen gegeben hat, der nur einfach dasitzen konnte, ohne das geringste zu denken, dann war der junge Algerier in jener Nacht dieser Mensch. Er wartete und dachte nichts. Er befühlte von Zeit zu Zeit sein Messer. Das Nichts und das Messer, von Radionachrichten umspült, warteten auf Pierre.

Nachdem der Präsident der Republik den General gebeten hatte, die neue Regierung Frankreichs zu bilden, verließ der General den Elysée-Palast um 21 Uhr 14 und begab sich zu dem Schriftsteller André Malraux, seinem engsten Berater und Vertrauten. Malraux, bis etwa 1937 das geistige Haupt der Linken in Frankreich, Teilnehmer am Kantoner Aufstand und am Spanienkrieg, während jener Zeit Verfasser von Schlüsselwerken des zwanzigsten Jahrhunderts, darnach im politischen und literari-

schen Hintergrund mit kunstgeschichtlichen Studien beschäftigt, traf sich mit dem General in dessen Pariser Hauptquartier, Rue de Solferino No. 5, und fuhr dann mit ihm zusammen zum Landhaus eines Freundes an der Marne, kein Reporter vermochte dem Fahrer des Generals und einer Polizei-Eskorte zu folgen, die Nacht des 29. Mai war dunkel, Malraux, scharf und elegant wie immer, hörte de Gaulle zu, sie saßen sich am Kaminfeuer gegenüber, sie waren allein. »Es ist vollkommen richtig, daß Sie die Stimmen der Sozialisten verlangt haben«, sagte Malraux. Der General: »Ich habe zu Mollet gesagt: ›Gut, ich gehe in die Regierung, aber Sie gehen mit mir!‹« Sie lächelten beide verächtlich, nachdem der Name Mollet gefallen war. »Natürlich wissen Sie, daß es darauf ankäme, nicht Mollet, sondern Mendès-France in die Regierung zu nehmen«, sagte Malraux. De Gaulle nickte. »Ich habe Pierre Clostermann gebeten, bei Mendès-France zu sondieren«, berichtete Malraux, »Sie wissen, die beiden sind eng befreundet; Mendès-France war während des Krieges Oberleutnant in Clostermanns Staffel.« Der General hörte mit Vergnügen den Namen des großen Jagdfliegers. »Und wie ist das Ergebnis?« »Vorläufig noch negativ«, antwortete Malraux. Es wird auch negativ bleiben, dachte Charles de Gaulle, Mendès-France kann alles akzeptieren, sogar meine Politik, aber was er nicht akzeptieren kann, ist das Lothringer Kreuz, Mendès-France ist ein jüdischer Liberaler, und ich bin ein katholischer Konservativer, also sind wir Feuer und Wasser. Aber Malraux, der den Marxismus und die Sakramente hinter sich hatte, dachte: Wenn es eine Rettung gibt, eine Rettung vor den Schlägertrupps der Kommunisten und den Folterungen der Fall-schirmjäger, eine Rettung vor der Machtlosigkeit der Parlamente und der Korruption der Presse, dann ist es das Bündnis der großen Konservativen und der großen Liberalen, das schweigende Zusammenspiel der Geister von links und rechts, die Vereinigung der Eliten gegen die Trägheitsgesetze der Massengesellschaft. Ich werde die alte Geheimpolitik wiederherstellen, dachte de Gaulle, die Politik, die es einem Mann erlaubt, ein Charakter zu bleiben, und deshalb muß Mendès-France mich bekämpfen, denn Mendès-France will nicht das Geheimnis, sondern die Freiheit. Er weiß genau, daß im Innern des Geheimnisses das Gesetz ist, das niemals sich wandelnde Gesetz des Ewigen, das Lothringer Kreuz, so wie ich weiß, daß im innersten Kern des Gedankens der Freiheit die Anarchie lebt, der Augenblick, in dem das Gesetz zerstört wird, Prometheus, der das Feuer vom Himmel holt. In einer Stunde wie dieser, dachte Malraux, muß das Unmögliche geschehen: das Unvereinbare muß vereint werden, so, wie diese Deutschen es an ihrem 20. Juli 1944 vereint haben. Nur daß die Deutschen das Unmögliche zu spät getan haben; wir Franzosen werden es zur rechten Zeit tun. Dies wird meine historische Aufgabe sein: ich werde die Eliten der Freiheit in das Lager der konservativen Macht führen, ehe das Nichts die Freiheit und die Macht überwältigt. In ein Gespräch über die taktischen Schritte der nächsten Tage vertieft, hingen der Dichter und der General ihren Träumen nach. Gegen 23 Uhr brach de Gaulle auf und erreichte seinen Landsitz Colombey-les-Deux-Eglises nach Mitternacht, am 30. Mai um 1 Uhr 47.

sehr leise, das geräusch, das die seine macht, während sie sich an den pfeilern des pont neuf reibt. *eine benachbarte kirchturmuhr schlug halb elf.* ein bahnhof: verneuil l'étang. durch das geöffnete zugfenster die vogelstimmen, glockenhaft über den verwunschenen teichen. *einige taxis fuhren saumselig vorbei, und die dromedare waren noch nicht alle heimgekehrt.* limonaden-kiosk im weißen licht unter den schwarzen stämmen des tuileriengartens, *in der ferne konnte man den präsidenten der republik bemerken, der mit einer taucherausrüstung bekleidet war. ihn begleitete der könig von griechenland, der so jung zu sein schien, daß man lust verspürte, ihn lesen lernen zu lassen.* der komiker jacques tati öffnete das fenster seiner wohnung und richtete seinen rasierspiegel so, daß der reflex der runden scheibe auf den käfig eines kanarienvogels, ein stockwerk tiefer, fiel: der vogel begann zu singen, die astralaugen des toten tachisten wols besichtigten die japanischen marderhaar-pinsel im geschäft von santelier, ecke rue bonaparte und quai voltaire. *eine junge hetäre folgte ihnen und bot ihnen ihre dienste an.* ein sekretär des präsidenten der republik öffnete einen brief der witwe des gefolterten mathematikers audin. *es regnete handschuhe, die von einem scharfen novemberwind davongetragen wurden.*

»Pierre!«

»Ja?«

»Ich weiß, was du jetzt denkst.«

»Nein, davon hast du keine Ahnung.«

»Doch, du denkst, daß du Schluß machen wirst.«

»Na schön, du hast recht. Aber ich habe es nicht gern, wenn du in meine Gedanken kriechst, Solange.«

»Ich kann nicht aufhören zu denken, bloß weil es dir nicht paßt.«

»Man sollte aber aufhören können zu denken.«

»Das sagst ausgerechnet du!«

»Bin ich vielleicht ein starker Denker?«

»Du bist intelligent und intensiv, Pierre.«

»Danke. Ich bin augenblicklich nicht in Stimmung, dir deine Liebeserklärungen zurückzugeben.«

»Es war keine Liebeserklärung. Es war einfach eine Feststellung. Ich liebe dich gar nicht. Habe ich dir jemals gesagt, daß ich dich liebe?«

»Nein. Aber du machst gerne die Liebe mit mir, oder irre ich mich?«

»Ich finde dich angenehm. Du bist taktvoll und klug, und ich mag an dir, daß du nicht aufhören kannst zu denken. Nicht einmal im Bett.«

»Würdest du mich lieben, wenn ich in gewissen Momenten nicht mehr denken würde?«

»Vielleicht.«

»In Zukunft werde ich dir diesen Gefallen tun.«
»Gehört das zu deinem Programm?«
»Willst du in diesem Ton weitermachen?«
»Ja, noch ein paar Minuten, wenn es dich nicht stört.«
»Warum?«
»Weil ich dich nicht mag, wenn du nicht intelligent bist, Pierre. Du bist heute abend nicht intelligent.«
»Du gibst also Fayard recht?«
»Siehst du, wie dumm du bist! Nein, natürlich ist Fayard ein Opportunist. Aber flüchten, nur weil es die Fayards gibt?«
»Gut, nennen wir es also Flucht, obwohl es ein falsches Wort für das ist, was ich tun werde, weil mir plötzlich die Schuppen von den Augen gefallen sind.«
»Du meinst, weil in deiner Leitung plötzlich Kurzschluß ist.«
»Deine Duschen sind nicht immer sehr charmant, Solange.«
»Ich bin Pariserin. Wir sprechen nicht so wie die Leute aus Bordeaux, die Helden der Gascogne.«
»Also gut, ich werde so nüchtern sprechen wie möglich. Ich werde dir einfach eine Rechnung aufmachen ...«
»Dein Programm?«
»Meine Konsequenz. Ich stelle dir drei Fragen ...«
»Ich bin gespannt.«
»Kann man mit den Kommunisten gehen?«
»Nein.«
»Mit de Gaulle?«
»Nein.«
»Mit den Fayards?«
»Nein.«
»Da es nur diese drei Möglichkeiten gibt, steigt man aus. Das ist es, was du Flucht nennst. Es ist mein Programm. Ich flüchte nicht. Ich steige einfach aus.«
»Es gibt noch eine andere Möglichkeit.«
»Welche?«
»Du könntest Pierre Grange bleiben. Ein Mann, der denkt und ausspricht, was er denkt.«

»Aussprechen, was ich denke? Ich kann nicht einmal eine Liste veröffentlichen, eine notwendige Information geben.«

»Es würde völlig genügen, zu denken und zu sprechen. Zum Beispiel mit Fayard.«

»Würde ich damit etwas ändern können?«

»Nein.«

»Also!«

»Ich denke an die Anekdote von Picasso, von der du so entzückt warst. Er sagte, wenn er seine Bilder gleich nach dem Malen in Kisten verpackte, würden sie die gleiche Wirkung haben wie an den Wänden von Ausstellungen.«

»Gut, ich werde meine Gedanken in Zukunft in Kisten verpacken. Obwohl sie sicher nicht so wertvoll sind wie ›Guernica‹.«

»Vielleicht würde es schon genügen, wenn du sie mir sagtest?«

»Genau das habe ich vor. Wir werden zusammen am Strand von Lacaneau meine wertvollen Gedanken in Kisten verpacken, die dort angespült werden.«

»Wo?«

»In Lacaneau-Océan. Es liegt nördlich von Arcachon am Atlantik.«

»Aha, bei Bordeaux. Der geschlagene Held der Gascogne kehrt in seine Heimat zurück.«

»Lacaneau hat die größte Düne Frankreichs. Der Strand ist bei Ebbe einen bis zwei Kilometer breit. Man muß sich beeilen, wenn man draußen ist und die Flut kommt. Und es ist kilometerweit ganz einsam. Du wirst das braunste Mädchen in Lacaneau sein.«

»Du mußt den letzten Satz in den Konjunktiv setzen.«

»Warum?«

»Weil ich nicht mitkommen kann. Ich habe keine Zeit. Ich habe mindestens noch bis Mitte Juli an den Aufträgen für Magnard zu arbeiten.«

»Könntest du das nicht auch in Lacaneau tun?«

»Ich fürchte, mir fällt in Lacaneau nichts ein.«

»Das ist nicht der Grund.«

»Du hast recht. Es ist nicht der Grund. Ich habe einfach keine Lust, dir zuzusehen, wie du die Rolle des geschlagenen Löwen spielst, der seine Wunden leckt. – Wovon willst du eigentlich leben?«

»Ich werde meinen Vater anpumpen.«

»Das hast du noch nie getan.«

»Aber jetzt werde ich es tun.«

»Armer Pierre, du bist wirklich angeschlagen. Aber ich eigne mich nicht zur Krankenpflegerin. Ich liebe dich, wenn du intelligent und intensiv bist, wenn du nicht aufhörst zu denken und zu sagen, was du denkst.«

»Also liebst du mich doch?«

»Habe ich das gesagt?«

»Gerade eben.«

»Ich muß mich versprochen haben. – Übrigens, vielleicht gibt es einen Grund, warum auch ich möchte, daß du nach Lacaneau gehst. Wenn es stimmt, was Fayard gesagt hat, von der Gefahr, in der du dich befindest, dann wäre es gut, irgendwohin zu gehen, wo dich niemand vermutet. Ich habe ein bißchen Angst um dich, Pierre!«

»Komm, gehen wir, sie machen schon die Lichter aus.«

»Ja, dein deutscher Freund hat recht. Sie erwarten die Polizei.«

»Ob die Polizei es wagen wird, auf die Leute hier einzuschlagen?«

»Sie muß es, wenn sie die Straße räumen soll. Und sie wird den Befehl dazu haben.«

»Es ist ein Skandal. Oh, ich könnte . . .«

»Du wirst es dir abgewöhnen müssen, empört zu sein. Es paßt nicht mehr in dein Programm. Du mußt jetzt so taub und leer sein wollen wie eine Muschel am Strand von Lacaneau.«

»Du hast recht. Aber wenn es mir nicht gelingt?«

»Nimm für alle Fälle ein Retourbillett!«

»Hübsch, dein Pariser Zynismus, Solange!«

»Oh, Himmel, begreif doch, wie ich mich freuen würde, wenn du wieder zurückkämst, Pierre!«

Die Leute von St-Germain-des-Prés umringten die Autos, die ›Algérie française‹ hupten, aber sie wurden nicht tätlich gegen die Insassen, sondern sie begannen, mit ihnen zu diskutieren, sie schrien und lachten. Der Boulevard war von Menschen überströmt. Ich stand dort, wo die schmale dunkle Rue Dragon einmündet, und konnte von meinem Platz aus den Tisch beobachten, an dem Pierre und Solange saßen. Ich sah, wie die Lichter des Deux Magots und des Flore, des Royal St-Germain, der Brasserie Lipp und des Calvet gelöscht wurden, und ich dachte, hoffentlich bleiben Pierre und Solange nicht zu lange sitzen, sonst sind sie nachher in der Frontlinie. Ich atmete auf, als sie sich endlich erhoben. Es war ein paar Minuten nach zwölf. Ziemlich genau zur gleichen Zeit muß der Algerier seinen Platz vor dem Café an der Rue Monge verlassen haben. Das Café machte spätestens Mitternacht zu, weil so spät in jener Gegend nichts mehr los war. Der Cafetier wird den Kerl um zwölf Uhr einfach hinausgeschmissen haben, wenn er nicht von selber gegangen ist. Der Algerier hat bis dahin genug Zeit gehabt, sich einen günstigen neuen Standplatz zu wählen. Während Pierre und Solange schräg über den Boulevard St-Germain zu mir herüberkamen, sich durch die Massen drängend, muß der Algerier die menschenleere Kreuzung Rue Monge/Rue Cardinal-Lemoine überquert und sich in den ganz in Schatten getauchten Ladeneingang der Metzgerei gestellt haben, die sich direkt neben dem Eingang der Metro-Station befindet. Jeder, der, aus der Metro kommend, in die Rue des Boulangers will, muß an dieser Metzgerei vorbei. Ich verlor Pierre und Solange aus den Augen, aber nach ein paar Minuten tauchten sie vor mir auf. Pierre hielt Solange an der Hand, um sie in dem Gewühl nicht zu verlieren, das wirkte ein bißchen rührend, denn Solange ist eigentlich nicht der Typ Frau, der an der Hand gehalten werden muß. Sie ist von sportlicher Eleganz und verdient ziemlich viel Geld mit ihren ausgezeichneten Stoff-Entwürfen für Magnard. Aber ich bemerkte, daß die beiden nur zögernd ihre Hände trennten, als sie schließlich neben mir auf dem Trottoir standen. In diesem Augenblick kam die Polizei, eine Escadre von mindestens drei Hundertschaften, in großen grauen Mannschaftswagen, in Jeeps, von Motorrädern umflitzt. Das Geschwader stoppte, und in der sekundenlangen Stille hörte man das Klirren von Eisen und Glas, mit dem ein Jeep auf den vor ihm haltenden Mannschaftswagen auffuhr. Ein vielstimmiger Schrei des Hohns folgte aus den Massen, die auf die Gehsteige drängten. Die Brigade fuhr langsam weiter, kreiste in einer fächerförmigen Bewegung von uhrenhafter Präzision über den Place St-Germain-des-Prés, rollte aus und rastete in den drei Seitenstraßen ein. Die beiden letzten Wagen hielten auf der Mitte der Kreuzung und entließen aus ihrem Inneren eine Schar von Marionetten in Ledergamaschen und Käppis, die nach Reglement ausschwärmten und ihre Holzknüttel wirbeln ließen – die berühmte, genau exerzierte Attacke der pariser Polizei. Ich sah sie nur noch verwischt, denn der ganze Boulevard hatte in einer einzigen hypnotisierten Bewegung zu laufen begonnen; ich konnte gerade noch verhindern, daß wir mitgerissen wurden, ich zog Pierre und Solange schnell in den finsteren Schacht der Rue Dragon, wir liefen ein Stück in sie hinein, hielten an und wandten uns um. Im Ausschnitt der Gassenmündung sahen wir die Vorbeiflüchtenden, aber nicht die Polizei, sie führte, wie ich schätzte, ihren Angriff sicherlich nicht tiefer als dreißig Meter in den Boulevard hinein, ihr genügte die konzentrierte Bewegung in einem kleinen Raum, um eine zentrifugal zerstreuende Wirkung auszuüben. »Sandkastenspiele«, sagte ich zu Pierre. »Mit preußischer Kühle beobachtet«, sagte eine Stimme neben uns. »Ja, aber es handelt sich um pariser Stabsarbeit«, erwiderte ich und reichte Jacques Mondello, dem Philosophen, die Hand. Mondello stand unter der Tür seiner kleinen Buchhandlung in der Rue Dragon, der Laden war dunkel, nur im Hintergrund brannte eine kleine Lampe unter einem grünen Glasschirm. »Kommt herein!« sagte Mondello, und wir traten ein und setzten uns an den quadratischen Tisch, vor die bis an die Decke reichenden Bücherregale. Dem Fenster gegenüber erblickte ich im ungewissen Licht der Nacht die schmutzig-weiße Wand des Verlages, der während des Krieges illegal die Schriften von Vercors und Eluard gedruckt hatte und der jetzt die Bücher von Samuel Beckett und Alain Robbe-Grillet und das nun verbotene Buch des gefolterten Henri Alleg herausbrachte. Mondello bemerkte sogleich, was ich vorher im Deux Magots nicht gespürt hatte: daß Pierre stumm war. Sie sprachen eine Weile miteinander, ehe uns die Unruhe und die Müdigkeit wieder nach draußen trieben. Vielleicht war der einzige Mensch, der in jener Nacht nicht unruhig und müde war, der junge Algerier. Bewegungslos lehnte er im Schattenschwarz an der Tür der Metzgerei neben dem Metro-Eingang und wartete.

Ehe er in seinem Bett im Schlafzimmer zu Colombey-les-Deux-Eglises einschlief, dachte der lange alte General noch einmal an die Pforte des Elysée-Palastes, das nur für Staatsoberhäupter bestimmte Tor, das er sich hatte öffnen lassen, weil er an die Macht des Zeremoniells glaubte, an die magische Wirkung von Riten, an die Suggestion von Gesten. Er pflegte vor den Massen seine langen Arme in einer großen, feierlichen, langsamen Gebärde über seinem Kopf auszustrecken; dadurch wurde er noch größer, als er ohnehin war. Sie mögen mich ruhig Giraffe nennen, dachte er, das Tier, das hoch über der Steppe steht. Befriedigt dachte er an das Schauspiel, das ihm dargebracht worden war: die Zeremonie des vollendeten Staatsstreichs, der sich in glänzenden Ringen konzentrisch von der Peripherie her dem Mittelpunkt Paris näherte, in dem er, de Gaulle, stand, unbewegt. Er rührte keinen Finger, aber dennoch war es sein Staatsstreich, würdig seiner Gedanken und Vorstellungen. Auch ein coup d'état hatte seine besondere Art von Ästhetik, die sogar die Gegner bewunderten, auch wenn sie vielleicht nicht die Meta-

pher von den konzentrischen Kreisen gebrauchten, sondern von einer Schlinge sprachen, die um den Hals der Republik gelegt worden war. Sie vergaßen dabei nur, daß er, de Gaulle, die Republik war; er würde keine Schlinge zuziehen. Ich bin der Felsen der Legitimität, nicht der Henker der Freiheit, dachte er pathetisch. Und dann taktisch: Ich werde Trinquier und Thomazo an die Front schicken, damit ich Servan-Schreibers Blatt verbieten kann, wenn es die Armee beleidigt. Ich werde mit den Faktionen, mit der Liga und den Hugenotten spielen wie mit Bällen. Ich werde die Kapitalgruppen hinter Mendès-France mit den Kapitalgruppen hinter Reynaud fusionieren. Das Kapital hat eine einzige Ehre: das Interesse; ich werde es an seinem Interesse packen wie einen Soldaten am Portepee. Etwas unbehaglich dachte er an seine eigenen Interessen, das Kapital seiner Familie lag in Beteiligungen an algerischen Banken. Er wußte, daß das Geld die einzige Macht war, die ein König in Frankreich zu fürchten hatte. Aber wenn man dieses Prinzip änderte, traten andere Mächte an die Stelle der Macht des Geldes. Der Terror einer Ideologie zum Beispiel. Der General de Gaulle wußte in jener Nacht noch nicht, daß vielleicht um die gleiche Stunde ein großer und guter Mann, der nichts von der notwendigen Ästhetik des Staatsstreichs geahnt hatte, in Budapest sein Todesurteil empfing.

lacaneau-océan: die wellen, die herzmuscheln, die sandkristalle, der wehende wind. *selbst wenn heute nicht klar vor augen steht, für was man sich schlagen muß, so wissen wir doch, ohne jeden möglichen zweifel, gegen wen nicht zu kämpfen unmöglich ist. unmöglich und von heute an.* das ultramarinblau des meeres und die helle lasur des himmels. whiskyflaschen und vasen aus atlantis, an den strand geworfen. *sich gleich zu schlagen oder sich später zu schlagen – das ist die einzige alternative, die denen offensteht, die sich vor den befehlen der legionäre nicht beugen können.* krebsgerippe, der tod, geäderte kiesel, das schweigen, das papierene rauschen der wogen, die unendlichkeit. *die zukunft beginnt heute.*

»Ich bewundere Ihren Glauben an das, was die Leute Ihnen über Demokratie erzählt haben, Pierre. Ich hätte Sie für klüger gehalten. Die Funktion der Öffentlichkeit, nicht wahr? Die reinigende Macht der Presse, eh? Man veröffentlicht einen Mißstand – schon ist er nur noch halb so mißlich. Zum mindesten hat derjenige, der ihn veröffentlicht, sein Gewissen gereinigt. Er kann sich mit dem nächsten Mißstand beschäftigen.«

»Angenommen, Fayard würde meine Liste veröffentlichen, so hätte das doch eine Wirkung.«

»Ja, de Gaulle wäre vielleicht – vielleicht, Pierre! – gezwungen, ein paar Erklärungen abzugeben. Ihre Liste und seine Erklärungen – Sie und de Gaulle hätten den Umfang historischer Dokumente um ein paar nicht sehr wichtige Seiten vermehrt.«

»Wäre es nicht möglich, Mondello, daß meine Liste die Republik sehr wirksam warnen würde? Wenn man nachweist, daß de Gaulle ein Putschist ist ...«

»... läßt sich der Präsident der Republik vielleicht dazu bewegen, de Gaulle nicht die Regierungsbildung anzuvertrauen, nicht wahr?«

»Es wäre logisch.«

»Und Sie in der Rolle des David, der Goliath gefällt hat.«

»Sie können mir heute nacht keine Illusionen mehr nehmen, Mondello. Aber spielen wir die Idee einmal durch: also gut, ich bin David. Meine Schleuder sollte eigentlich wirksam sein.«

»Jetzt habe ich Sie da, wohin ich Sie haben will. Wissen Sie, worin der Unterschied zwischen Ihnen und David besteht?«

»Erklären Sie ihn mir!«

»David hat eine wirkliche Schleuder gebraucht, während Sie einen Artikel veröffentlichen wollen, der nachweist, wie böse Goliath ist.«

»Aber der Artikel *ist* meine Schleuder!«

»Das ist Ihr Trugschluß! Er ist nichts als ein Stück Literatur.

Diese Art Literatur – die Literatur als Presse – hat eine gewisse Berechtigung, so lange sich die Mächte im Gleichgewicht befinden. Oder wenn die Demokratie sich entwickelt: Zola im Fall Dreyfus. Aber wenn die Politik in den Raum der reinen Macht tritt, ist es aus damit. Dann ist die Presse und ihre Literatur nur noch eine Fußnote zu den Prämissen der Macht. Sie, Pierre, sind ein Opfer gewisser falscher Lehren über die Demokratie. Zu diesen Irrlehren gehört der Glaube an die Presse und an die unmittelbare Wirkung der Literatur. Man hat Ihnen gesagt, Freiheit sei identisch mit Pressefreiheit ...«

»Und ist das vielleicht nicht wahr?«

»Es ist eine Illusion, mit der man Gutgläubige täuscht und sie veranlaßt, zu schreiben und zu lesen, anstatt zu handeln, selbst wenn ein Gegner vor ihnen auftaucht, für den Worte wie Freiheit, Schreiben und Lesen überhaupt nicht existieren. Man delegiert das, was man zu tun hätte, an die Presse. Handeln – das bedeutet: irgendwo fließen Lettern aus einer Setzmaschine.«

»Ich danke Ihnen, Mondello, Sie befreien mich von meiner letzten Hemmung.«

»Hemmung wovor?«

»Ich steige aus. Ich habe es vorhin schon Solange mitgeteilt.«

»Was, Sie wollen jetzt kneifen, Pierre?«

»Sie überzeugen mich doch selbst von der Nutzlosigkeit alles dessen, was ich bisher gedacht habe. Oder nicht?«

»Aber doch nur, damit Sie sich überlegen, ob nicht etwas getan werden könnte, das Sinn hat.«

»Es gibt nichts dergleichen. Wir leben in einer Welt der falschen Alternativen. Ich kann keine der Faktionen wählen, die heute miteinander kämpfen. Auch nicht das kleinere Übel. Das kleinere Übel ist für mich das größte. Ich gebe zu, daß ich bis heute abend an eine dritte Kraft geglaubt habe: die Öffentlichkeit. Sie haben mir diese Illusion genommen.«

»Ihre Rechnung geht sauber auf, Pierre. Eine Spur zu sauber.«

»Ich kann Ihnen nicht helfen, wenn Ihnen mein Resultat nicht paßt.«

»Sie wischen den Rest aus, der übrigbleibt.«

»Welchen Rest?«

»Das Böse, Pierre! Sie haben ganz vergessen, daß das Unrecht übrigbleibt, auch wenn Sie aussteigen. Sie können einfach weggehen, niemand hält Sie auf – aber irgendein Alleg wird weitergefoltert werden, vergessen Sie es nicht, dort, wo Sie sich aufhalten werden.«

»Herrgott, Mondello, ich gehe doch, weil ich das Unrecht nicht ändern kann.«

»Sie können es! Sie treffen es doch überall an; gerade Sie haben eine besondere Begabung dafür, überall auf die Brutalität zu stoßen. Ich frage Sie, Pierre Grange, warum haben Sie Léon Delbecque in Algier nicht mit dem Revolver in der Hand gestellt? Sie sind Reserveoffizier, Sie wissen mit Waffen umzugehen.«

»Ah, das ist es, worauf Sie hinauswollen!«

»Allerdings. Statt das Nächstliegende zu tun, haben Sie eine Liste angefertigt, und weil man sie Ihnen nicht abnimmt, bricht für Sie eine Welt zusammen.«

»Oh, ich vergaß. Jacques Mondello, der Philosoph der direkten Aktion. Leider bin ich kein Anhänger des individuellen Terrors.«

»Ja, Sie kapitulieren lieber vor dem großen allgemeinen Terror.«

»Sie meinen also, man muß töten können, wenn man dem Unrecht begegnet.«

»Ja, natürlich.«

»Heißt das nicht die Kette des Unrechts verlängern?«

»Machen Sie sich keine Sorgen um das Unrecht! Es bleibt ewig. Aber Sie können es manchmal unterbrechen, die Kette zerreißen, so daß es eine Weile dauert, bis sie wieder geschweißt wird.«

»Ich fürchte, unsere Unterhaltung wird zu abstrakt. Ich spreche jetzt von mir: ich habe eine Weile an die Kraft des Wortes geglaubt. Es war ein Irrtum, ich gebe es zu. Aber töten kann ich nicht. Jetzt wissen Sie, warum ich weggehe, Mondello.«

»Und wenn man Sie in die Zelle führte, in der Alleg gefoltert wird – könnten Sie auch dann nicht auf die Folterknechte schießen?«

»Vielleicht. Ich weiß es nicht.«

»Ich achte Ihren Entschluß, Pierre. Vielleicht ist es gut für Sie, wenn Sie eine Weile fortgehen. Fortgehen, um zu erkennen, daß Freiheit nicht bedeutet, irgendeine Ideologie wählen zu können, sondern das Unrecht zu zerreißen, wo immer man es trifft.«

»Und woran erkennt man es?«

»Man erkennt es immer und sofort, verlassen Sie sich darauf. Es gibt ein ganz sicheres Erkennungszeichen des Unrechts: dort, wo nichts mehr Sie auffordert, zu schreiben, wo nur ein einziger Gedanke Sie beherrscht: zu handeln, nichts als zu handeln: dort ist es, wo das Böse herrscht.«

»Mondello, geben Sie der Literatur denn gar keine Chance mehr?«

»Nicht *der* Literatur, die Sie meinen, Pierre. Jener Sekundär-Literatur, die sich für die Geschichte selbst hält, weil sie sich aufregt und diskutiert. Sie ist nur Symptom, nichts weiter. Große Literatur tut etwas anderes: sie breitet lange und langsame Entwicklungen vor, sie streut in ein paar Gedanken und ein paar Formen Samen aus, die die Welt erneuern und sie an etwas Altes erinnern: Augustinus hat das getan, Pascal, Spinoza, Marx, Kafka, ja, nehmen Sie den ›Schlag ans Hoftor‹, diese wenigen Seiten Prosa nehmen keinen Einfluß auf die Zeit, aber sie verändern die Welt. Ein paar Dinge sind absurd geworden, seitdem diese Geschichte unter uns ist . . .«

»Es ist spät, Mondello, ich muß gehen. Welche Bücher empfehlen Sie mir mitzunehmen, in meine Klausur?«

»Keine! Aber vergessen Sie nicht – oh, wie werden Sie mich komisch finden! –, also, vergessen Sie nicht, die Zeitungen zu lesen, Pierre!«

Nachdem wir Mondello verlassen hatten, gingen wir noch einmal zur Place St-Germain-des-Prés, auf dem die Polizei Kordons gebildet hatte. Jede halbe Stunde wurden die Absperrmannschaften abgelöst. Hinter den Kordons standen die Leute des Viertels in Massen und sahen zu, wie die Polizei die gaullistischen Autohupen zum Schweigen brachte, indem sie mit den Holzknütteln die Scheiben der Autos einschlug. Auch wir standen herum und trafen jeden Menschen. Nach zwei Uhr bröckelte die stumm gewordene Demonstration ab; die Polizei hatte sich zurückhaltend benommen, sie war klug gewesen und hatte gewartet. Der Algerier stand immer noch im Ladeneingang des Metzgers, Ecke Rue des Boulangers. Die fortschreitende Zeit gab ihm ein Problem auf: Pierre Grange konnte nun nicht mehr mit der Metro kommen, sondern nur noch zu Fuß oder mit dem Taxi. Wenn er mit dem Taxi kam, so würde er wahrscheinlich bis vor das Haus in der Rue des Boulangers fahren, in dem er wohnte; in diesem Falle hatte der Algerier umsonst gewartet, denn er konnte sich nicht vor das Haus stellen, Pierre würde ihn sehen, und ehe das Taxi fort war, konnte Pierre schon im Haus sein. Der Algerier konnte sich nicht entschließen, seinen Platz zu wechseln. Wir nahmen ein Taxi und setzten zuerst Solange vor ihrer Wohnung in der Rue d'Assas ab. Pierre und Solange küßten sich, aber Pierre ging nicht mit Solange hinauf. Wir fuhren den Jardin de Luxembourg und die Rue des Ecoles entlang, die in die Rue Monge mündet. An der Kreuzung Rue Monge/Rue Cardinal-Lemoine klopfte Pierre an die Scheibe, und wir stiegen aus. »Ich fahre nicht gerne bis vors Haus«, sagte Pierre. Er hatte eine Abneigung gegen Conciergen und haßte es, kontrolliert zu werden. Wir bezahlten den Taxifahrer. Das Auto fuhr davon, und wir standen einen Moment lang schweigend auf der völlig einsamen Kreuzung.

Zwei Uhr siebzehn. Der lange alte General schlief. Das Geheimnis des Erfolgs der großen alten Staatsmänner ist sehr einfach: sie schlafen leicht ein. Sie können überall und in jeder

Situation leicht einschlafen, zu einem tiefen, kurzen und erquikkenden Schlaf. Sie schlafen während Autofahrten, auf diplomatischen Konferenzen und in ihren Betten. Die Welt ist angefüllt mit schlafenden Staatsmännern.

die pfeifenden geräusche des morseapparats im funkwagen der polizei-escadre wie signale vom mond. aus richtung comédie française ein räuspern, wahrscheinlich von racine. ein hund, der an den sockel von diderots denkmal pißt. geruch von veilchen.

Wir gingen über den von schwankendem elektrischem Licht, aber auch vom Mond beleuchteten Platz der Kreuzung auf die Ecke der Rue des Boulangers zu. Die Fenstergesimse zeichneten sich schwarz auf den Fassaden der grauen alten Häuser ab. Als wir an dem Eingang der Metro-Station vorbeikamen, blickte ich in den Treppenschacht hinab; ich konnte die weißen Emailschilder mit dem Wort ›Poussez‹ an den Türen lesen. Ich wußte, daß die Türen dunkelgrün waren. Um diese Stunde mußten sie geschlossen sein.

Der General erinnerte sich im Traum eines Wortes von Malraux. »Die Sprache Ihrer Reden und Memoiren«, hatte Malraux zu ihm gesagt, »ist wundervolles altes klassisches Französisch. Ihr Stil ist der Stil von Montesquieu.« Jetzt wiederholte Malraux seine Worte, im Traum des Generals, über dessen Gesicht ein Lächeln glitt.

portillon automatique. der süßliche brodem in den schächten. carnets für den hades. die eingänge im jugendstil, von guimet entworfen, ranken aus eisen. donnernde züge über den styx, hinter dem portillon automatique.

In diesem Augenblick brach der Algerier aus seiner Deckung vor. Er hat sicher nicht damit gerechnet, daß Pierre einen Begleiter bei sich hatte, aber er mußte den Überfall riskieren. Es war ein Glück für Pierre, daß ich in jener Nacht der Giraffe sein Gast war. Vielleicht habe ich den Algerier um einen Sekundenbruchteil früher gesehen als Pierre, ich sah ihn, wie man einen Schatten sieht, aber was nicht zu einem Schatten paßte, war der matte Schein eines Gegenstandes, der, während ich Pierre zur Seite riß, in den Ärmel seiner Jacke fuhr und den Stoff mit einem kurzen krachenden Geräusch aufriß, ehe er auf das Fleisch von Pierres Arm traf.

Einer der Hunde des Generals stöhnte im Schlaf, wachte auf, gähnte und schlief gleich wieder ein. Die Hand des Generals glitt von der Bettdecke und hing eine Weile über der Kante des Bettes, bis sie sich wieder auf der Brust des Generals mit der anderen Hand zusammenfand, wie zu einem Gebet. Der General schlief immer, als wäre er aufgebahrt – der König von Frankreich auf einem Katafalk. Aber noch schlief er nicht in der Kathedrale von Reims.

> entscheiden sie sich! sie können die faust ballen, wenn auch nur in der tasche, oder sie können versuchen, die frequenz des menschlichen auges zu erweitern. die empörung oder eine neue sorte blau im spektrum – aber entscheiden sie sich!

Ich glaube, daß der Schmerz, den das Stilett in Pierres Oberarm verursachte, Pierre gerettet hat. Es riß ihn in eine scharfe und augenblickliche Bewußtheit, die ihn veranlaßte, mit der rechten Hand nach dem Handgelenk des Algeriers zu greifen und es abzuknicken; seine Faust pflückte das Stilett wie eine Frucht aus der geöffneten Handfläche des Algeriers, der in die Knie brach, als ihm Pierre das Messer mit einer Bewegung von automatischer und besinnungsloser Härte in die Brust stieß. Dann knickte er nach hinten um und stürzte über den Stufen der Metro-Treppe zusammen. Er rutschte noch ein Stück nach unten, ehe er liegenblieb. Wir liefen hinab und blickten ihn an, aber er war völlig stumm; in seinen weißen gebrochenen Augen war ein Widerschein des Laternenlichts von der Straßenkreuzung. Pierre zog ihm das Messer aus dem Leib und warf es die Stufen hinab; es schlug klirrend an die Türen der Metro-Station. Dann gingen wir leise und eilig die Rue des Boulangers entlang bis zu Pierres Haus. Als ich ihm oben in seiner Wohnung den Arm verband – er blutete heftig –, murmelte ich: »Das gekaufte dreckige kleine Subjekt!« Pierre sprach fast nichts, aber gegen Morgen, als schon das trübe Licht eines Regentags über die Dächer der Ile St-Louis kroch, die man von seiner Wohnung aus überblickt, sagte er: »Das war meine Liste nicht wert.« Sein Gesicht war bleich, und als ich ihn ansah, wußte ich, daß er von Lacaneau-Océan, oder wohin immer er ging, nicht mehr zurückkehren würde.

Drei Phasen

Etwas Bier war verschüttet worden; es bildete einen Flecken auf der dunkelbraunen Tischplatte. Ich paßte auf, daß die ›Rote Fahne‹, die ich las, nicht feucht wurde. ›Paulanerbräu‹ stand an den Wänden. / Die zweite Stacheldrahtpalisade war nun auch bald fertig, und morgen sollten die gestreiften Sträflingsanzüge ausgegeben werden. / Manche arbeiteten schon vierzehn Tage auf dem Soldatenfriedhof; sie hatten kein Glück gehabt und waren nicht zu Transporten in andere Lager eingeteilt worden. / Die Genossen saßen auf den Wirtshausstühlen und unterhielten sich nur halblaut. Sie lauschten auf die Geräusche von der Straße. / Während des Abendappells war die Aufstellung einer Strafkompanie verkündet worden; auch mein Name war unter denen, die man dazu eingeteilt hatte. / Den ganzen Tag lang, an dem ich verhört wurde, hoffte ich, daß morgen ein Transport gehen würde, damit mir der Friedhof erspart bliebe. / Die Bierflecken gefielen mir nicht; sie hatten gar nichts mit den sauberen Lenin- und Upton-Sinclair-Bänden zu tun, die ich mir jeden Monat kaufte, wenn ich etwas Geld verdient hatte. Es war bedrückend, hier zu sitzen und zu warten. / Der SS-Mann Waldbauer kam nach dem Appell in die Baracke. Er meinte, es würde wohl nicht so schlimm werden, und sammelte wieder die Briefe ein, die er heimlich für uns aufgab. / Wir sollten nach Neapel gebracht werden. Auf dem in der Hitze flimmernden Meer sahen wir Schiffe liegen, aber es waren nicht die für uns bestimmten Transporter. / Heini Sauerland, der in jenen Tagen Pol-Leiter der KPD in Neuhausen war und zum Bezirkskomitee gehörte, hatte aufgehört, auf dem Klavier den ›Roten Wedding‹ zu spielen. Mit seinen halbblinden Augen las er ein Schriftstück; er hielt es ganz nahe an sein Gesicht. Das Licht im Gasthaus ›Volkartshof‹ war trüb. / Willi Franz hatte sich damals noch nicht in seiner Zelle erhängt, aber er spielte bereits so schlecht

Schach, daß ich ihn mit Leichtigkeit schlug. Wir legten das Brett immer auf einen Baumstumpf vor der Baracke. / Wenn man auf dem Friedhof arbeitete, wurde man von Negern bewacht, erzählten die, die dort gewesen waren. / Die meisten Genossen trugen schlechte Kleider, aber sie hatten gute Köpfe, und jeder von ihnen war ein Charakter für sich. Ich hatte Lenins ›Materialismus und Empiriokritizismus‹ gerade durch; alles war ganz klar: Bewegung war auch bloß Materie, und es gab keinen Gott. Nur die Bierflecken und das trübe Warten paßten nicht dazu. / Vor zwei Stunden war ein Transport von hundert Juden aus Nürnberg ins Lager gekommen; sie richteten sich gerade in ihrer Baracke ein. / In der Nacht vorher hatten deutsche Maschinen einen Angriff auf Anzio geflogen. Die Lampen um das Lager waren erloschen; wir hatten flach auf der Erde gelegen und Decken um den Kopf gewickelt, als Splitterschutz. Es war aber nichts passiert. / Wenn die Türe aufging, kam ein Stoß kalte Luft in die Gasthausstube herein. Wir waren damals, im Beginn des Winters 1932/33, schon fast illegal.

Vormittags hatte man uns die Haare abgeschnitten. Das gab den Pessimisten Auftrieb, die behaupteten, wir würden lange Zeit im Lager zubringen. Einem jungen Juden hatte man die Haare nicht völlig abgeschnitten, sondern ihm drei Streifen von der Stirn zum Hinterhaupt durch sein dichtes schwarzes Haar rasiert. Wir sahen unsere kahlgeschorenen Köpfe an und zogen uns gegenseitig auf. Wir hatten die Situation noch immer nicht ganz begriffen. / Am nächsten Morgen setzten sich tatsächlich die Kolonnen in Bewegung. Wir verließen die Cages und bestiegen Lastautos, die vor dem Lager auf uns warteten. Die Fahrer der Lastautos waren Neger. Sie ließen die hinteren Planken der Autos herunter und riefen "Come on". Wir stiegen widerwillig hinauf und stellten uns eng zusammen. Zwei Negerposten kletterten zu uns herauf, setzten sich auf die wieder geschlossenen Planken und legten die Karabiner vor sich auf die Knie. Dann fuhren die Trucks los. / An jenem Abend warteten wir auf einen Aufmarsch, den die SA angekündigt hatte. Wir selbst wagten schon lange keine Demonstrationen mehr. Die kurzen, illegalen Stoßdemonstrationen des Jugendverbandes waren vom ZK verboten worden, weil sie ›sektiererisch‹ waren. Das waren Aktionen gewesen, bei denen sich die Genossen der Jugend nach geheimer Order in einem Parteilokal trafen. Auf ein Signal hin bildeten wir eine Marschformation und zogen durch einige Arbeiterstraßen. / Nachdem man uns die Haare abgeschnitten hatte, ließ uns der SS-Mann Steinbrenner im Stechschritt an einer Gruppe seiner Vorgesetzten vorbeimarschieren. Mittags, in den Baracken, kam das Gerücht auf, Hans Beimler sei in das Lager eingeliefert worden und sogleich in den Dunkelarrest gekommen. Er war der Führer der KPD in Bayern. Wir waren voller Spannung. / Die Sonne war schon am Morgen stechend und grell. Die Straßen, auf denen die Lastautos fuhren, waren holperig, und das Gelände war ganz verwüstet. Am Eingang des Friedhofs warteten viele Negersoldaten auf uns. Ein weißer Offizier überwachte die Ausgabe der Spaten, Schaufeln und Pickel. / Wir trugen die rote Fahne mit uns und riefen Parolen wie: »Arbeiter, kämpft gegen die Notverordnungen!« »Hinein in die KPD, die Partei der Arbeiterklasse!« und »Nieder mit den Hitler-Faschisten!« Nach ungefähr zehn Minuten hörten wir in der Ferne das Heulen des Überfallkommandos und stoben auseinander. Von solchen Aktionen war im ›Volkartshof‹ keine Rede mehr. Wir saßen nur herum und hatten Bier bestellt, damit der Wirt auf seine Rechnung kam. Wenn die SA uns angriff, würden wir kämpfen. Aber nur ganz wenige von uns hatten wirklich gekämpft, ich meine physisch. Ich unterhielt mich mit Schmeller, einem Musikstudenten, über die Hegelsche Dialektik. Die Formel These-Antithese-Synthese war ganz einfach zu begreifen. Man brauchte nur das Beispiel mit dem Ei heranzuziehen. Die Sprengung der Eierschalen war der bewaffnete Aufstand. Aber ich hatte das unklare Gefühl, daß alles zu einfach war. / Unter dem Wort ›Strafkompanie‹ konnte sich niemand etwas Genaues vorstellen. Wir sollten am nächsten Morgen in die Baracke kommen, in der es keine Holzpritschen gab, so daß wir mit den Strohsäcken auf dem Betonboden liegen würden. Und das im April. Aber damit würden wir fertig werden. Jeder, der zur Strafkompanie gehörte, war rasch von einem Nimbus umgeben. Wir fühlten, daß wir eine Elite bildeten. Der Himmel über dem Lager war noch hell. Wo die Sonne unterging, mußte Dachau liegen. / Wir wurden in Arbeitskommandos eingeteilt und verstreuten uns truppweise im Gelände. Über dem Friedhof hing süßlicher Leichengeruch. Wir begannen, Gräber auszuheben. Die Kalkerde war trocken und hart. Sie träufelte in Schollen von den silbern glänzenden Spaten. / Plötzlich war es mir ziemlich klar, daß wir nie wieder so ruhig zusammensitzen würden in der Gaststube des ›Volkartshofs‹ mit ihren Paulanerbräu-Plakaten an den Wänden. Nie wieder würde Sauerland die letzten Beschlüsse des Zentralkomitees erläutern und die Funktionäre, die reden konnten, aufstehen und das Wort ergreifen, einer nach dem anderen. Am Straßenausschank holten Kinder das Bier in Krügen für das Abendessen. Während draußen der kalte, trockene Winterwind um die Ecken der Arbeiterhäuser fuhr, las ich in den verschütteten Bierlachen die Nachricht von Tod und Einsamkeit. Aber ich wartete immer noch auf einen Boten, der laut verkündete, daß nun Ernst gemacht würde. / Die Juden würden nicht lange bleiben, dachten wir. Es waren lauter Kaufleute und Ärzte und Rechtsanwälte. Sie konnten unmöglich unter uns bleiben. Bis jetzt waren nur wir Kommunisten im Lager gewesen. Die Juden sahen aus den Fenstern ihrer Baracke. Sie waren still und hatten gute Anzüge an. Um sechs Uhr holte man zwei von ihnen zum Wassertragen. Steinbrenner kam ins Lager und schrie: »Goldstein! Binswanger!« Sie mußten eine Wassertonne ergreifen und gingen mit Steinbrenner vors Tor. / In der schrecklichen Hitze wurden Wasserkanister herumgereicht, aber das Wasser schmeckte nach dem Chlor, mit dem es desinfiziert worden war, dem Chlor, mit dem man auch die Leichen bestreut hatte, und angewidert setzte man den Becher nach wenigen Schlucken wieder ab. Wenn wir die Arbeit unterbrachen und aufblickten, sahen wir die hölzernen

Kreuze rings um uns, in riesigen quadratischen Feldern. Als wir eine Reihe Gruben ausgehoben hatten, wurden wir zum Füllen der Säcke geführt.

In diesem Augenblick hörten wir draußen das Getrappel eiliger Schritte, und dann flog die Tür auf, und Bertsch erschien in ihrem Rahmen. Wir fuhren hoch, denn das Gesicht des langen Hans Bertsch war völlig von Blut überströmt, und er schrie: »Die SA!« Er hatte eine Kopfwunde, und das Blut floß ihm über seinen abgeschabten grauen Wintermantel. Bischoff, der schon viel Bier getrunken hatte – es hieß, er sei der Leiter des verbotenen Roten Frontkämpferbundes –, brüllte: »Mir nach!« Einige zogen Stahlruten und Schlagringe aus ihren Jacken und drängten mit ihm zusammen auf die Straße. Bertsch indessen stützte sich mühsam auf die Theke. Er war kalkweiß und blutrot im Gesicht, ein Metallarbeiter, der seit zwei Jahren stempelte, und das Gasthaus war dunkel, trüb, eine münchner Arbeiterwirtschaft, Zellenlokal der KPD, mit Bierflecken auf den Tischen. Ehe wir Bertsch beisprangen, ging sein Blick durch uns hindurch und brach sich an den Fenstern, hinter denen sich die Dämmerung durch die Straßen der Jahre wand.

An diesem Abend hörten wir zum erstenmal den Laut von Schüssen, die uns galten. Wir alle standen an der Mauer, an der Goldstein und Binswanger erschossen wurden. Der peitschende Knall überfiel uns, als wir zwischen den Baracken und Brettern saßen und unsere Abendsuppe löffelten. Er ließ unsere Gespräche verstummen, aber die Suppe aßen wir zu Ende. Nur die Juden aßen nicht weiter; sie waren noch nicht so ausgehungert wie wir. Goldstein und Binswanger kamen nicht zurück, obgleich wir warteten und manchmal flüsternd nach ihnen fragten. Am nächsten Morgen standen wir im Karree. Die SS-Männer trugen lange, graue Statuenmäntel im dunklen Nebel-April, und eine Stimme sagte über uns hinweg: »Auf der Flucht erschossen!«

Wir bekamen Gummihandschuhe und hohe Gummistiefel, damit wir uns nicht infizierten. Von einem Sackstapel nahmen wir lange, weiße Leinensäcke und warfen sie uns über die Schultern. Die Leichen lagen in langen Reihen auf einer Fläche in der Mitte des Friedhofs. Von ferne waren es nur unförmige, klumpige, mit Chlor bestreute Massen. Auf diesem Friedhof sammelte man die Toten, die man auf dem Schlachtfeld von Nettuno fand. Viele von ihnen hatten schon wochenlang herumgelegen. Sie waren blauschwarz geworden und in den Zustand der Gärung übergegangen. Sie stanken. Einige, die noch nicht so lange tot waren, zeigten noch hellere Haut in den Gesichtern und unter den Fetzen ihrer Kleidung. Manchen fehlten die Arme oder die Beine oder auch die Köpfe, denn sie hatten im Feuer der Land- und Schiffsartillerie gelegen. Die Fliegen sammelten sich um sie in schwärzlichen Trauben. Die steigende Sonne löste die Leichenstarre immer mehr und machte die Körper weich und gallertartig. Schwarzer Saft rann aus ihnen. Wir stopften die schwammigen Massen in die Säcke. Den Draht am Ende verlöteten wir. Dann trugen wir die Säcke auf Bahren zu den Gräbern und warfen sie in die Gruben. Sie schlugen klatschend unten auf.

Grausiges Erlebnis eines venezianischen Ofensetzers

Giuseppe Rossi, der Ofensetzer und Kaminspezialist, war hereingekommen, gestern abend, in Ugos Bar und hatte einen Grappa bestellt. Alle, die zu Ugos Bar gehörten, mochten Giuseppe gern, obwohl er etwas unheimlich aussah, mit seinem bleichen, mageren Gesicht und den schwarzen Rissen darin. Giuseppe hatte keine Falten im Gesicht, sondern Risse. Er sah aus wie einer, der viel mit Eisen arbeitet, vor allem aber sah er aus wie das Innere eines Kamins, wie eine dieser Höhlen, die bleich und verwischt sind und in deren Spalten und Mauerfugen sich der Ruß absetzt. Giuseppe kannte viele von diesen geheimen Gängen in Venedigs Häusern.

»Seit wann trinkst du denn eigentlich Schnaps?« hatte Ugo ihn erstaunt gefragt. »Kenn' ich ja gar nicht an dir!«

Alle sahen, wie Giuseppe sich schüttelte, nachdem er einen Schluck von dem Grappa getrunken hatte.

»Mein ganzes Abendessen hab' ich heute wieder ausgekotzt«, sagte er.

»Geh zum Doktor!« hatte Fabio gemeint, »wenn du was am Magen hast.« Man kann es Giuseppe Rossi nicht ansehen, ob er krank ist, hatte er überlegt; er sieht so bleich aus wie immer.

»Ich war für heute nachmittag zu den Salesianern in San Alvise bestellt«, sagte Giuseppe, anstatt Fabios Aufforderung zu beantworten.

»Hat das was mit deinem Unwohlsein zu tun?« fragte Ugo.

»An der Pforte erwartete mich einer, der war so groß wie du«, sagte Giuseppe, zu Ugo gewendet. »Aber er sah ganz anders aus. Er sah aus wie der liebe Gott persönlich.«

»Einen lieben Gott gibt's nicht«, sagte Ugo gekränkt und beinahe wütend. Seine weiße Goliathschürze bewegte sich heftig, aber seine Pranken spülten die Gläser so zart wie immer.

»Den hat's noch nie gegeben. Und wenn's ihn gibt, dann möchte ich nicht so aussehen wie der.«

»Nachher hab' ich gemerkt, daß er der Prior ist«, erzählte Giuseppe. »Er führte mich ins Refektorium und sagte mir, der Kamin zöge seit ein paar Wochen nicht mehr richtig, der Rauch drücke in den Saal. Als wir im Refektorium standen, kam der Kater herein«, fügte er hinzu.

»Ein Kater?« fragte Fabio verwundert, weil Giuseppe Rossi eine so alltägliche Sache so betont vorbrachte.

»Ein gelbes Riesenvieh«, antwortete Giuseppe. »Ich kann diese gelbe Sorte Katzen nicht leiden.«

»Weil sie keine Weiber haben, die Schwarzen, haben sie Katzen«, sagte Ugo.

»Er strich erst um den Prior herum. Die Salesianer tragen diese glatten schwarzen Kutten. Es sind eigentlich keine Kutten, es sind Soutanen.« Nachdenklich sagte er: »Die Salesianer sind sehr gelehrte Patres. Der Prior sah aus wie ein sehr gelehrter Herr.«

»Ich denke, er sah aus wie der liebe Gott, den es gar nicht gibt?« warf Ugo spöttisch dazwischen.

»Ja, wie der liebe Gott und wie ein sehr gelehrter Herr. Er sah nicht aus wie . . .« Fabio bemerkte, daß Giuseppe einen Moment zögerte, ». . . wie Petrus.«

»Aha«, sagte Ugo, »und davon ist dir also schlecht geworden?«

»Aber nein«, sagte Giuseppe. »Kannst du nicht warten?« Er war mit seinen Gedanken so sehr bei seiner Geschichte, daß er die Verachtung in Ugos Stimme überhaupt nicht bemerkte. »Der Kater«, berichtete er, »strich einmal mit seinem ekelhaften Gelb um die Soutane des Priors herum, und dann stellte er sich vor den Kamin und schrie mit seiner widerwärtigen Stimme den Kamin an. Natürlich habe ich zu diesem Zeitpunkt gar nicht darauf geachtet, es fiel mir erst nachher auf. Ich sah mir den Kamin an, es war kein richtiger, ganz offener Kamin mehr, sondern sie hatten einen dieser eisernen Ventilationskästen eingebaut und ihn nach oben dicht gemacht, bis auf eine Klappe über dem Feuerrost, der Kamin mußte also ziehen. Ich fragte den Prior, wie lange sie den Kasten schon drin hätten, und er sagte ›Drei Jahre‹, und da sagte ich, dann wären wahrscheinlich nur die Rohre und die Öffnung, die durch die Mauer nach außen führe, hinter dem Kasten, verschmutzt. Er sagte, das habe er sich auch gedacht. Ich fragte ihn, was hinter der Mauer sei, und er antwortete ›Der Rione‹, und die Öffnung sei mindestens drei Meter über dem Wasser in der Wand, man käme von außen nicht dran. Ich sagte, wenn das so sei, dann müsse ich den ganzen Kasten herausnehmen. Ich solle nur das machen, was ich für richtig halte, sagte er, aber ich solle mich beeilen, sie könnten kaum noch essen im Refektorium vor Qualm. Und während der ganzen Zeit, in der wir uns unterhielten, schrie das gelbe Vieh von Zeit zu Zeit vor dem Kamin herum. Wenn nicht dieser vornehme Pater Prior dabei gewesen wäre, hätte ich ihm einen Tritt gegeben.«

Alle, die gerade in Ugos Bar waren, hörten jetzt Giuseppe zu. Der Ofensetzer trank den Grappa aus und schüttelte sich wieder. Ohne ein Wort zu sagen, schob Ugo ihm ein Glas Rotwein hin.

»Ich untersuchte den Kasten. Bei solchen Kästen sollte nur die Basis mit dem Feuerrost einzementiert sein und der Kasten soll darauf gesetzt und gut eingepaßt werden, so daß man ihn jederzeit abnehmen kann. Aber die meisten machen es falsch und schmieren auch um die untere Fuge des Kastens Zement. Stümper!« Er schwieg einen Augenblick erbittert, ehe er fortfuhr: »Ich fing also an, den Zementkranz unten wegzuschlagen. Der Prior war hinausgegangen, aber ein paar Mönche waren hereingekommen und sahen mir bei der Arbeit zu, weshalb ich den Kater nicht hinausjagen konnte, der sich ein paarmal wie ein Verrückter benahm und den glatten Eisenkasten hinaufwollte. Er war so groß wie ein Hund ...«

»... und so fett wie ein Schwein«, unterbrach ihn Ugo. »Er war sicher so fett wie alle diese fetten, kastrierten Kloster-Kater.«

»Nein«, sagte Giuseppe, »er war überhaupt nicht fett. Er war auch bestimmt nicht kastriert. Alles an ihm war Muskeln, und er war so groß wie ein mittlerer Hund, und auf einmal bekam ich Angst vor ihm. Ich mußte ihn auf einmal ansehen, und als ich sein Gesicht sah und seine Muskeln, da sah ich, daß ich ihn nicht hätte verjagen können. In diesem Augenblick bemerkte ich, daß wieder der Pater Prior neben mir stand, obwohl ich nur seine Füße sehen konnte, denn ich kniete unter dem Kamin-Balken, und ich hörte, wie er sagte: ›Was hat das Tier nur?‹ ›Vielleicht wittert es Mäuse‹, hörte ich einen von den Mönchen sagen. Ich mußte grinsen, da unten, in meinem Kamin, und ich wollte schon etwas sagen, aber der Prior nahm es mir ab. ›Unsinn‹, sagte er, ›wenn eine Katze Mäuse wittert, verhält sie sich ganz still.‹ Ich dachte, das ist nicht nur ein gelehrter Herr, sondern ein Mann, der wirklich etwas weiß. Man kann sehr gelehrt sein und doch nicht wissen, wie eine Katze sich benimmt, wenn sie ein Mäuseloch findet.«

»Mach weiter!« sagte Ugo. »Wir wissen schon, daß er der liebe Gott persönlich war.«

»Ich hatte den Zementkranz bald losgeschlagen und richtete mich auf, um den Kasten herauszuheben, aber das war gar nicht so einfach, er war schwer und das Eisen war eingerostet und ich brauchte eine ganze Weile, bis ich ihn richtig gelockert hatte. Während der ganzen Zeit stand dieses gelbe Vieh neben mir, ich sage, es stand, es saß nicht, wie eine normale Katze, die auf etwas wartet, sondern es stand auf gestreckten Beinen, und ich sah, daß es die Krallen herausgestreckt hatte. Ich bat einen der Mönche, mir zu helfen, den Kasten wegzurücken, und während wir ihn anfaßten und begannen, ihn zur Seite zu schieben, mußte ich nun doch dem Kater einen Tritt geben, weil er nicht von meinen Füßen wegging. Er flog ein paar Meter in den Saal hinein, richtete sich fauchend wieder auf und sah mich an, als wolle er sich auf mich stürzen.« Giuseppe Rossi unterbrach sich. »Ich glaube, ich sollte doch nicht weitererzählen«, sagte er. »Es ist zu unappetitlich.«

»Wir sind hier alle sehr zart besaitet«, sagte Ugo und blickte auf die Männer, die vor dem Bar-Tisch standen. »Und vor allem haben wir es sehr gern, wenn einer mitten in einer Geschichte aufhört.«

»Nun bring schon die Leiche hinter deinem Kamin heraus!« sagte Fabio. »Wir sind darauf gefaßt.«

»Keine Leiche«, sagte Giuseppe. »Wir hatten also gerade den Kasten weggerückt, der Mönch und ich, da sah ich schon, daß die Luftöffnung nach draußen ganz verstopft war. Der Kamin konnte nicht mehr ziehen, so verstopft war sie. Mit Stroh und allerhand Dreck. Und ich merkte, daß sich etwas darin bewegte. Zuerst konnte ich nichts erkennen, weil der Luftschacht ganz dunkel war von all dem Zeug, das sich darin befand, aber dann sah ich etwas Spitzes, Helles, das sich bewegte. Eine Rattenschnauze.«

Er griff nach dem Weinglas, aber er trank nicht daraus, sondern setzte es nach einer Weile wieder auf die Zinkplatte des Tisches.

»Ich zog mich ein wenig zurück«, fuhr er fort, »und war gerade dabei, dem Prior zu sagen, was ich bemerkt hatte, als der Kater auch schon heran war. Er schoß wie eine Kugel auf die jetzt freigelegte hintere Wand des Kamins zu, und ich dachte, er wäre mit einem Satz im Luftschacht drin, aber statt dessen bremste er ganz plötzlich ab und duckte sich unter dem Loch auf dem Boden, er lag mit dem Bauch auf dem Boden, hatte seine Vorderpfoten ausgestreckt und den Kopf nach oben gerichtet, während sein Schwanz ganz gerade von ihm abstand. Er war völlig unbeweglich, und ich glaube, die Mönche und der Prior und ich, wir alle waren genauso erstarrt, denn im Eingang des Schachts war eine Ratte erschienen ... eine Ratte, sage ich ...«

Der Ofensetzer starrte auf die Wand hinter Ugo, und Fabio hätte sich nicht gewundert, wenn in seinen Pupillen das Doppelbildnis der Ratte, die er gesehen hatte, erschienen wäre.

»In meinem Beruf hat man häufig mit Ratten zu tun«, sagte Giuseppe. »In meinem Beruf und in einer Stadt wie der unseren.

Aber ihr dürft mir glauben, wenn ich sage, daß ich so ein Trumm von einer Ratte noch nie gesehen habe. Sie stand da oben, im Eingang ihres Lochs, und sie füllte das Loch völlig aus. Wie sie jemals hinter dem Ofen herausgekommen ist – denn sie muß ja nachts herausgekommen sein –, ist mir völlig schleierhaft. Na, jedenfalls sie stand da oben, ihr Fell war nicht grau, sondern weiß, ein schmutziges, scheußliches Weiß, und der gelbe Kater stand unter ihr und stieß ein Knurren aus. Aber während ich nicht den Kopf wegdrehen konnte, sagte der Pater Prior zu einem der Mönche ›Pater Bruno, holen Sie eine Schaufel!‹ Und er fügte hinzu: ›Schließen Sie die Türe, wenn Sie hinausgehen und wenn Sie wieder hereinkommen!‹ Ich muß schon sagen, der Mann hatte die Ruhe weg.

Dann ging alles sehr schnell, und ich kann euch sagen, die schwarzen Soutanen der Mönche tanzten nur so an den weißen Wänden des Refektoriums entlang, als die Ratte herunterkam. Ich bin auch gesprungen, und nur der Pater Prior ist ganz ruhig stehen geblieben und sah sich die Sache an. Die Ratte machte zuerst einen Fluchtversuch, aber der Kater hatte natürlich ganz schnell seine Krallen in ihrem Rücken, und da entschloß sie sich und griff ihn an. Sie hatte einfach keine andere Wahl. Jetzt, wo sie im Saal war, konnte man sehen, wie groß sie war. Sie war natürlich nicht so groß wie der Kater, aber für eine Ratte war sie enorm groß. Sie war ein Ungeheuer, sie war ein schmutziges weißes Ungeheuer, fett und rasend, und der Kater war ein Ungetüm, ein gelbes, widerwärtiges, muskulöses Ungetüm. Habt ihr schon mal gesehen, wie eine Ratte eine Katze angreift?«

Niemand gab ihm eine Antwort. Ugo hatte mit seinem ewigen Gläserspülen aufgehört, und alle sahen angeekelt auf das bleiche Gesicht des Ofensetzers.

»Sie kommen von unten«, sagte er. »Diese da drehte sich um und wühlte sich mit ein paar Bewegungen unter den Kater und verbiß sich in seinem Hals. Der Kater raste wie ein Irrsinniger ein paarmal durch den Saal, aber er bekam die Ratte nicht von seinem Hals weg, und zuerst schoß das Blut aus seinem Hals wie eine kleine Fontäne hoch, aber dann sickerte es nur noch, und er konnte nichts anderes tun, als die Kopfhaut und die Rückenhaut der Ratte mit seinen Krallen und seinen Zähnen aufreißen. Das Katzenblut und das Rattenblut versauten den ganzen Saal. Ein paar von den Mönchen schrien geradezu vor Entsetzen.«

»Mach's kurz!« sagte einer von Ugos Gästen, und ein anderer: »So genau wollten wir's nicht wissen.«

»Ich hab' euch ja gewarnt«, erwiderte Giuseppe. »Ich bin auch schon fertig. Nur von dem Prior muß ich noch etwas erzählen. Als wir es beinahe nicht mehr ausgehalten hätten, hörten wir Schritte auf dem Gang, und der Pater Bruno kam mit der Schaufel herein. Er blieb erschrocken stehen, als er sah, was vorging, aber der Pater Prior war mit ein paar Schritten bei ihm und nahm ihm die Schaufel aus der Hand. Ich hatte gedacht, er wolle die Schaufel, um die Ratte damit totzuschlagen, aber er tat etwas ganz anderes. Er schob die Schaufel unter die beiden Tiere, die jetzt in der Mitte des Saales miteinander kämpften, sie kämpften nun schon langsamer, ineinander vergraben, die Schaufel war zu klein, um die beiden verrückten Riesenviecher zu fassen, aber sie ließen nicht voneinander ab, und so hingen sie rechts und links von der Schaufel herunter, das eine ekelhaft gelb und das andere dreckig weiß und beide von Blut überströmt, und der Prior schrie uns plötzlich an ›Steht doch nicht herum! Öffnet ein Fenster!‹ und ich riß eines der großen Fenster im Refektorium auf, und der Prior trug die Schaufel zum Fenster und kippte die Tiere hinaus. Wir hörten das Klatschen, mit dem sie unten auf das Wasser des Kanals aufschlugen. Keiner schaute hinaus, nur der Prior, und dann drehte er sich wieder zu uns um, gab dem Pater Bruno die Schaufel zurück und sagte ›Waschen Sie das Blut ab!‹, und zu den anderen sagte er: ›Holt Eimer und Besen, damit wir das Refektorium schnell wieder sauber kriegen!‹, und zu mir sagte er ›Glauben Sie, daß Sie den Kamin heute abend in Ordnung haben?‹ und ich sagte ›ja‹ und fing gleich mit der Arbeit an, aber eine Weile später mußte ich hinaus auf die Toilette, weil es mir hochkam.«

»Salute«, sagte Ugo, »ich gebe eine Runde Grappa aus. Wer will keinen?« Niemand sagte nein, und Ugo stellte die Gläser auf den Tisch.

»Das ist ein Mann, der Prior«, sagte Giuseppe, »er ist nicht nur gelehrt, er weiß auch wirklich etwas, und nicht nur das: er tut auch etwas. Er war der einzige von uns, der sich die Sache ansah und im voraus wußte, was zu tun war, und etwas tat.«

»Kurz und gut – ein Mann wie der liebe Gott. Du brauchst es nicht noch einmal zu betonen«, sagte Ugo.

»Ihr werdet es komisch finden«, sagte Giuseppe Rossi, der Ofensetzer, »als er so ruhig im Saal stand, mit gekreuzten Armen, während die Viecher herumtobten und wir von einer Ecke in die andere sprangen, da dachte ich einen Moment lang: das ist kein Mensch.«

Spät in der Nacht ging Fabio mit Giuseppe nach Hause. Rossi wohnte in der Nähe von San Samuele, so daß sie ein Stück weit den gleichen Weg hatten. Als sie sich verabschiedeten, vor der Türe, hinter der sich seine Werkstatt befand, sagte der Ofensetzer unvermittelt: »Er ist aber doch ein Mensch.«

»Du meinst den Prior?« fragte Fabio. Ohne eine Antwort abzuwarten, fügte er hinzu: »Sicherlich ist er ein Mensch.«

»Er äußerte etwas Seltsames«, sagte Giuseppe. »Als ich ging, gab er mir die Hand und fragte: ›Geht's Ihnen wieder besser?‹, und als ich nickte, sagte er bedauernd: ›Diese unvernünftigen Tiere!‹ Und dann fragte er mich: ›Finden Sie nicht, daß Gott den Tieren etwas mehr Vernunft hätte verleihen können?‹«

Fabio stieß einen Laut der Verwunderung aus.

»Nicht wahr, das ist doch eine merkwürdige Frage?« sagte Giuseppe.

»Für einen Mönch ist sie ungewöhnlich«, stimmte Fabio zu.

»Und dabei sieht er aus wie ein wirklich frommer Mann«, sagte Giuseppe. »Ich wußte nicht, was ich ihm antworten sollte, und er hat auch, glaube ich, keine Antwort erwartet. Aber ich frage mich jetzt, Fabio, ob man fromm sein kann, richtig fromm, und doch nicht alles für richtig zu halten braucht, was Gott tut.«

Die Nacht war, wie die Nächte in Venedig sind: still. Still, aber nicht tot. Fabio hörte das Wasser des Canalazzo an den Landesteg von San Samuele klatschen.

»Ich weiß es nicht«, antwortete er.

Folgen eines Schocks

Es begann damit, daß ich durch die Nacht fiel. Die Nacht pfiff an mir vorbei, die Nacht vom 3. auf den 4. Mai 1944, oben war sie eine ganz klare Sternennacht, unten war sie leicht dunstig, wie ich feststellte, als ich den Fallschirm zusammenraffte, auf einem Rodungsstück am Rande eines Waldes bei Hildesheim, nachdem ich ein paar Sekunden auf dem Boden, dem Boden aus Gräsern und Moos, liegengeblieben war, nach dem Aufschlag. Man schwebt ja nicht, man saust doch ziemlich, auch wenn der Fallschirm sich geöffnet hat, man schlägt auf und ist einen Moment lang betäubt, vielleicht auch von dem Schock, den man beim Absprung erlebt hat, dem Sprung aus einer Luke in einen Abgrund von dreitausend Metern, und den Sekunden, die dann folgen, den Sekunden, ehe der Fallschirm sich öffnet, in denen die Nacht an einem vorbeipfeift. Ich habe nur noch wenige Schreckträume seither, weil ich einen der ältesten Schreckträume der Menschen verwirklicht habe.

Bedenken Sie, daß man dies freiwillig tut! In keiner Armee der Welt wird man dazu gezwungen, mit dem Fallschirm abzuspringen; man hat sich freiwillig dazu gemeldet. Die, die es tun, meinen, sie täten es aus Vaterlandsliebe, aus dem Wunsch nach Heldentum. Aber die Situation, in die sie sich begeben, ist viel zu phantastisch, um noch irgend etwas mit so einfachen Gefühlen wie Vaterlandsliebe und Heldentum gemein zu haben. Ein Mensch, der aus einem sich in rasender Fahrt befindenden Flugzeug in einen unermeßlichen Abgrund springt, das ist doch einer, der aus allem stürzt, was er gewußt hat, aus so kleinen umgrenzten Dingen, wie sie ein Volk oder eine Idee sind. Er stürzt aus Zeit und Raum heraus. Denken Sie daran, wenn Sie davon hören, daß Fallschirmjäger sehr tapfere Soldaten und sehr gemeine Folterer sind! Wer zu diesem Sprung ins Nichts fähig ist, ist auch zu allem anderen fähig, zu jeglicher Größe, zu jeglicher Niedrigkeit. Ich sage dies nicht, um die sehr spezielle Niedrigkeit, die ich begangen habe, zu entschuldigen.

Ich bin übrigens nicht einmal ›im Verband‹ abgesprungen, wie die Fallschirmjäger sagen, sondern ganz allein. Ich war auch gar kein Fallschirmjäger, sondern ich gehörte der Gegenspionage an, und ich trug einen grauen Zivilanzug, einen Regenmantel und braune Halbschuhe, obwohl ich damals den Leutnantsrang der Royal Air Force hatte. Ich hatte drei flache C-Rationen Verpflegung und einige deutsche Lebensmittelkarten und deutsches Geld und ausgezeichnet gefälschte Ausweispapiere in meinen Taschen und eine Adresse in meinem Kopf. Es war die Adresse eines Mannes, der zwischen Hildesheim und Hannover für uns einen Sender betrieb. Ich hatte den Auftrag, Näheres über den Standort von ein paar sehr wichtigen industriellen Spezialanlagen in der Umgebung von Hildesheim zu erkunden, und wenn mir das gelungen war, sollte ich zu dem Mann mit dem Sender gehen, der meine Angaben nach England melden würde. So war das. Der Auftrag war ganz klar, wenn auch nicht einfach. Ich hatte auch Generalstabskarten des Gebietes bei mir, das ich sondieren sollte. Ich wußte recht genau, wo ich gelandet war.

Ich fand eine Vertiefung unter niedrigen Fichten, im Unterholz, in die ich den Fallschirm verstecken konnte, aber es hatte keinen Zweck, mitten in der Nacht loszugehen, ein einsamer Mann auf einer Landstraße in der zweiten Nachthälfte wandernd wäre viel mehr aufgefallen als einer am Tage, so legte ich mich auf die Fallschirmseide, wartete bis gegen Morgen und dachte über meine Situation nach. Ich gehöre nicht zu den Leuten, die ›einen gewissen Abstand zu den Ereignissen‹ brauchen, um sich klar darüber zu werden, was mit ihnen passiert ist. Im gleichen Augenblick, in dem etwas mit mir geschieht, fange ich auch schon an, über das Geschehnis und seine Bedeutung für mich zu reflektieren.

Während jener Nachtstunde stellte ich fest, daß ich mich in einer für mich recht charakteristischen Situation befand. Es war typisch für mich, daß ich allein gesprungen war, und in einem Zivilanzug. Ich war in der Lage gewesen, mich zu einer Spezialtätigkeit in der Armee zu melden, weil ich in Oxford Deutsch studiert hatte. Ich hatte in Oxford Deutsch studiert aus dem Wunsch, mich mit meiner deutschen Mutter vollkommen fließend und fehlerfrei unterhalten zu können. Meine deutsche Mutter war eine edle, dunkelblonde, asthenisch-zarte und vollkommen fehlerfreie Frau. Weil meine Mutter so war, wie sie war, bin ich so geworden, wie ich bin. Sie können alles Nähere über die Entstehung einer Veranlagung wie der meinen in der analytischen Fachliteratur nachlesen. Meine Mutter ist übrigens tot; sie ist während des Krieges gestorben, zu der Zeit, als ich in Deutschland in einem Offiziersgefangenenlager saß. Aber ich greife vor. Als der Krieg ausbrach, war ich achtzehn Jahre alt. Er brach genau in dem Augenblick aus, in dem ich vollständige Klarheit darüber gewonnen hatte, daß ich nicht zu den Normalen gehörte. Weil ich nicht zu den Normalen gehörte, habe ich Deutsch gelernt, und weil ich mich damals, am Ende meiner Pubertät, als auserwählt und ausgestoßen empfand, habe ich mich zum Counter Intelligence Corps gemeldet. Ich wollte nicht zum großen Haufen der Normalen. Ich lache über Leute, die die Kausalgesetze leugnen. Mein Schicksal ist die Folge einer lückenlosen, einer automatischen Kette von Kausalitäten.

Ich geriet also in eine Tätigkeit, wie sie für Einzelne, für Abgesonderte bereitliegt, aber merkwürdigerweise habe ich nie Geschmack an der äußersten Steigerung des Dienstes gefunden, zu dem ich mich gemeldet hatte: ich meine den Fallschirmabsprung. Man hat mich dafür trainiert, aber ich mußte jedesmal vor dem Sprung Aufputschungsmittel nehmen, um dafür in Form zu kommen. Auch in jener Nacht habe ich Tabletten geschluckt, und deshalb lag ich hellwach und in einem Zustand zwischen Betäubtheit und äußerster Erregung auf der Fallschirmseide, im Unterholz, und wartete auf das Morgengrauen. Ehe ich aufbrach, zwang ich mich mit ein paar Zigaretten zu einer Ruhe, die keine war.

Ich fand die Landstraße nach Hildesheim sehr rasch und nach einer Weile ein Schild mit der Angabe, daß es noch sieben Kilometer bis zur Stadt seien. Nach ungefähr zwei Kilometern kam ich in ein Dorf, das eigentlich kein Dorf mehr war, sondern eine Industriesiedlung. Die Siedlung und die Fabrik, die zu ihr gehörte, waren in der Nacht, noch vor meinem Absprung, von einer Bomberstaffel der Amerikaner angegriffen worden – ich hatte übrigens, vor meinem Absprung, die Feuer mehrerer Brände in der Gegend gesehen –, ein Drittel des Ortes war zerstört, die ganze Bevölkerung war auf den Straßen, um die noch brennenden oder nur noch rauchenden Gebäude herum, ich fiel in dem Tumult nicht auf, oder jedenfalls glaubte ich, nicht aufzufallen, ich erinnere mich sogar noch, daß ich vor einem Hause mithalf, Möbel und allerhand Hausrat zurechtzustellen, die ein paar Männer aus dem brennenden Inneren holten. Ich ging weiter und kam zu einer großen Zementbaracke, oder vielmehr zu dem, was von ihr noch übriggeblieben war, Sanitätsautos hielten davor, aus dem Keller der Baracke hörte ich lautes Jammern, ich ging hinein und schritt über Zementschutt ein paar Stufen hinab in den Keller, in dem in einer langen Reihe tote Arbeiterinnen lagen, während ihre Kolleginnen, die sie überlebt hatten, vor ihnen knieten und in einer fremden Sprache klagten oder beteten. Wie ich aus dem Reden der Leute entnahm, die betroffen vor den Toten standen, waren es Russinnen, Zwangsarbeiterinnen, die in der Fabrik beschäftigt waren, die von unseren Bomben Getöteten brauchten nun nicht mehr zu arbeiten, sondern sie lagen, zwanzig bis dreißig junge Frauen, in einer langen Reihe still auf dem Boden des Kellers; über ihre Körper waren Decken geworfen, und ihre Gesichter starrten grau und bleich mit noch geöffneten Augen auf den nackten Plafond des Kellers.

Ich verließ den Keller und den Ort, das Wetter war sehr schön, ein strahlender Morgen im Mai, der in unerträglichem Gegensatz zu den grauen Gesichtern der toten Frauen stand, die Erregung kehrte zurück, ich faßte das Erlebnis als böses Vorzeichen auf. Bedenken Sie, daß ich den größten Teil des Krieges in einem geheimen, sehr verborgenen Ausbildungszentrum des Nachrichtendienstes verbracht hatte, ich hatte wenig von den Bombenangriffen auf England gesehen, ich war nicht naiv, aber ich hatte in der Vorbereitung auf die Aufgabe, die mir eines Tages gestellt werden sollte und die mir nun gestellt worden war, doch an einer Vorstellung von etwas Abenteuerlichem gehangen, und nun enthüllte sich mir gleich zu Beginn, daß ich keineswegs an einem Abenteuer teilnahm, sondern an etwas furchtbar Sinnlosem. Ich war nicht darauf gefaßt.

Nach einer Stunde Marsch gelangte ich in die Stadt Hildesheim. Kennen Sie Hildesheim? Es ist eine hübsche, saubere, nicht sehr große Stadt. Ich kam durch Vororte mit Einfamilienhäusern, die in kleinen Gärten lagen, und dann in zusammenhängende Straßenzeilen aus größeren Häusern, ich ließ mir Zeit, studierte die Auslagen der Geschäfte, in denen aber nicht viel zu sehen war. Obwohl sie große Ähnlichkeit mit den Kriegsauslagen englischer Geschäfte hatten, kam mir alles sehr fremd vor, ich befand mich in der Fremde, und ich ging immer langsamer, ich begann zu bummeln, um mich in die fremde Atmosphäre einzuleben, ich sagte mir, ich müsse mit ihr verschmelzen, um nicht aufzufallen, plötzlich ertappte ich mich bei dem Gedanken, daß ich nahezu ein Deutscher werden müsse, wenn ich erfolgreich durchführen wollte, wozu man mich beauftragt hatte. Besonders der Anblick der Leute auf den Straßen brachte mich auf solche Gedanken. Vor den Geschäften standen Frauen Schlange, und in dem Zustand der Erregung, in dem ich mich befand, wurde ich die Vorstellung nicht los, daß sie ebensogut, wie sie hier hintereinander standen, bald nebeneinander tot auf dem Boden von Kellern liegen würden. Ich hatte ja gesehen, daß dies möglich war. Schließlich drang ich in den mittelalterlichen Kern von Hildesheim ein. In seinem Inneren fand ich ein Haus, das Ähnlichkeit mit den Fachwerkbauten englischer Landstädte hatte, aber es war viel größer als sie, es hatte nichts Kleines, Idyllisch-Hübsches, Anheimelndes, sondern es war ein großes, ein richtiges Haus, ausgewogen in seinen Verhältnissen, Körper und Giebel waren von einer kunstvollen Komposition aus schwarzen Balken und weißgetünchter Ziegelwand überzogen, die Balken waren dekorativ geschnitzt und bemalt, das Wetter von Jahrhunderten hatte an ihnen gearbeitet, sie waren dunkel und kostbar geworden, das Haus war ein herrliches Zeugnis deutschen mittelalterlichen Geistes, schwer, würdevoll und phantastisch, im Schaufenster eines Ladens daneben hingen Postkarten, auf denen las ich den Namen des Hauses: es hieß Knochenhauer-Amtshaus, ich trat auf den Platz zurück und betrachtete es, ich lehnte mich an den Brunnen vor dem Haus und sann darüber nach, warum ein so makelloses Haus einen so abscheulichen Namen trug, hieß der Mann, der es gebaut hatte, so, oder war es das Haus einer Handwerkergilde gewesen, einer Gilde von Metzgern oder Folterknechten? Der Name lag plötzlich wie ein Makel auf dem Haus, aber während ich noch über den Widerspruch zwischen dem Haus und seinem Namen nachdachte, traten zwei Männer in Zivil auf mich zu und verhafteten mich.

Offenbar ist mir schon mein Aufenthalt in jenem brennenden Dorf zum Verhängnis geworden. Ich hatte dort mit dem oder jenem ein paar Worte gewechselt, und einem von ihnen muß mein englischer Akzent aufgefallen sein. Er war schuld daran, daß man lange gezögert hat, mich auf den Raid nach Deutschland zu schicken; seinetwegen wollte man mich ein paarmal zur Truppe, zum großen Haufen, versetzen; es bedurfte einiger diplomatischer Künste, damit ich bei der Spionage bleiben konnte und schließlich losgeschickt wurde; vom militärischen Standpunkt aus war es unverantwortlich, daß man meinem Drängen nachgegeben hat, aber natürlich habe ich nicht das Recht, meinen Vorgesetzten einen Vorwurf zu machen. Wie mir Inspektor Kramer, dem ich verdanke, daß ich noch am Leben bin – und an was für einem Leben! –, bestätigte, hat von jenem Ort aus ein Unbekannter die Leitstelle der Geheimen Staatspolizei in Hildesheim angerufen und empfohlen, sich für mich zu interessieren. Kramer hat mir auch erzählt, daß die meisten Anzeigen, die sie gegenwärtig erhielten, anonym seien. Er war in dieser Hinsicht gänzlich zynisch. In einer vollständig ausgebildeten Diktatur, mit deren Zusammenbruch zu rechnen ist, so meinte er, lebe die Bevölkerung in einer unbewußten Gewissensspaltung. Zu den Aufgaben einer vollkommenen Diktatur gehöre es, diese Spaltung im Unterbewußtsein zu fixieren.

Zunächst freilich war ich ein toter Mann, als man mich vor dem Knochenhauer-Amtshaus verhaftete. Es war klar, daß ich nach allen völkerrechtlichen Regeln erschossen werden würde. Ehe man an die Vorbereitungen ging, das Urteil zu vollziehen, wurde ich jedoch verhört und, als ich nicht sprechen wollte, gefoltert. Darauf war ich vorbereitet worden. Ich fand die Art der Folterung primitiv. Sie bestand im Grunde in nichts weiter als in Schlägen. Man schlug mich mit Fäusten, mit Stöcken und mit schweren Peitschen. Wenn man nicht gleich im ersten Schock versagt, erreicht man dabei sehr rasch jene Grenze, an der man unempfindlich wird; der Schmerz erreicht ein solches Maß, daß der Körper nicht mehr fähig ist, es zu registrieren. Die deutsche Methode der Folterung ist nicht kalt genug, sie ist eigentlich nicht sadistisch, sondern in ihr lebt sich nur eine dumpfe Wut aus, die darauf ausgeht, die Knochen und die inneren Organe zu zerschlagen; im Grunde will man nicht mehr als den Feind töten. Sadismus ist etwas anderes; für den Sadisten ist die Folter Selbstzweck, Kunst, Raffinement, eine Form des Genusses; am Ende des sadistischen Aktes steht fast immer die sexuelle Befriedigung, das Opfer wird, ehe man es tötet, geliebt. Halten Sie sich die Ohren zu, wenn Sie solche Enthüllungen nicht vertragen! Ich will damit nicht sagen, daß meine Folterknechte es nicht genossen, mich zu schlagen. Aber sie waren nicht intelligent genug, in mir das Opfer zu sehen: sie sahen mich nur als Feind. In ihnen war nichts als der schreckliche Automatismus der Hypnose, in der sie lebten, der Hypnose durch die Ideologie, der sie folgten und in der sie nichts mehr wahrzunehmen vermochten als den Feind, der zu vernichten war. Weil sie so dumm waren, widerstand ich ihnen.

Als sie mit mir fertig waren, kam Inspektor Kramer. Er sprach kaum fünf Minuten mit mir, als ich auch schon begriff, wie absurd es war, in blutbesudelten Kellern zu liegen und sich quälen zu lassen. Kramer war ein großer, vollblütiger Mann mit weißblonden Haaren, auch seine Augenbrauen und seine Gesichtshaut waren weiß, er war intelligent und zynisch und vollblütig, er war das Leben selbst, und das Leben ist, wie Sie ja wissen, intelligent, zynisch und bluterfüllt. Weil das Leben so ist, wie es ist, hasse ich es heute. Aber damals machte mir Kramer in wenigen Gesprächen klar, daß es dumm von mir war, dem Leben zu widerstehen; weniger durch das, was er sagte, als durch die Art, wie er war, spürte ich, wie wertvoll es sein würde, am Leben zu bleiben. Kramer appellierte an meine Intelligenz; und einer Verführung mit diesem Argument habe ich niemals widerstehen können, wenigstens damals nicht. Erst ganz zuletzt, als er erreicht hatte, was er wollte, ließ er einen Augenblick lang die Maske fallen; er lehnte sich in seinen Stuhl zurück, und sein weißhäutiges Gesicht, seine farblosen Augen unter den weißblonden Augenbrauen, sie nahmen einen harten, triumphierenden Ausdruck an. Niemals habe ich etwas so Merkwürdiges, so Paradoxes gesehen: ein Gesicht, das sich entspannte, indem es hart wurde. Als er die Maske aus Leben, die er mir vorgehalten hatte, entfernte, erblickte ich die eiserne Konstruktion eines Apparates, eines Automaten, dem ich ein Pennystück gespendet hatte, damit er funktionieren konnte. Er grinste nicht einmal. Er blickte mich nur metallen an, während ich nach der schäbigen Packung Leben griff, die er für meinen Penny rasselnd ausgespien hatte. Er verpflichtete mich als V-Mann der Gestapo. Ich wurde in ein Offiziers-Gefangenenlager gebracht, aus dem ich Informationen zu liefern hatte. Dort nahm ich sofort mit einem Colonel Wilcox, der als rangältester Offizier Lagersprecher war, Rücksprache und enthüllte ihm meine Lage. Er war nicht sehr erbaut davon, aber wie die Dinge nun einmal lagen, konnte er mir seine Hilfe nicht versagen. Er und ein kleiner Kreis englischer und amerikanischer Offiziere lieferten mir halbwegs glaubwürdiges Material, mit dem ich die Erfüllung meines Auftrags vortäuschen konnte. Die Kameraden fanden schließlich so viel Spaß an der Sache, daß sie zweimal fingierte Fluchtversuche veranstalteten, die ich dann zu ›verraten‹ hatte. Allerdings wäre ich wohl kaum über die Runden gekommen, wenn der Krieg noch lange gedauert hätte. Nach unserer Heimkehr ging Colonel Wilcox mit mir zu meiner Dienststelle, um mich zu rehabilitieren. Mein Vorgesetzter, Major Roberts, dankte ihm für seine Erläuterungen. Als ich mit Wilcox zusammen den Raum verlassen wollte, bat er mich, noch einen Augenblick zu bleiben. »O'Malley«, sagte er, nachdem sich die Tür hinter Wilcox geschlossen hatte, »da ist noch ein Punkt, den Sie vielleicht aufklären können.«

Ich sagte »Bitte, Sir?« und sah ihn fragend an, obwohl ich genau wußte, was jetzt kommen würde.

»Dieser Sender, zu dem Sie sich begeben sollten, wenn Sie Ihre Feststellungen gemacht hatten ...« Ich sehe Major Roberts noch vor mir sitzen, eisengrau und kühl, wie er sich unterbrach, seine Pfeife weglegte, und wie er schließlich fortfuhr: »Dieser Sender also schwieg, eine Woche, nachdem Sie gesprungen waren. Der Mann, der ihn bediente, ist am 12. Mai von den Deutschen erschossen worden. Eine Woche, nachdem Sie gesprungen sind. Haben Sie dazu irgend etwas mitzuteilen?«

Ich erinnere mich noch sehr genau, daß Roberts mich nicht ansah, als er diese Frage an mich stellte. Ich wußte, daß es keinen Sinn gehabt hätte, ihm von dem zu berichten, was mir zugestoßen war, an jenem Tag, nachdem ich gesprungen war, von dem Anblick der toten russischen Mädchen, vom Knochenhauer-Amtshaus, später von der Folter und von dem Gesicht Kramers, der Molluske Leben über einem Stein, der ich erlegen war, von all den Unwägbarkeiten, die nicht in der Rechnung dieses Auftrags gestanden hatten, und die ich wie ein Löschblatt aufgesogen hatte, weil meine Natur mich dazu treibt, Unwägbares zu empfinden. Noch einmal und zuletzt: ich sage dies nicht, um mich zu entschuldigen. Obwohl Sie vielleicht versuchen, mich zu verstehen, während für Roberts irgend etwas dergleichen gar nicht in Frage gekommen wäre. Er sah vielmehr zum Fenster hinaus, in das Blaugrau des Abends einer londoner Straße. Er sah mich nicht an, weil seine Frage für ihn nur eine Routinefrage war. Genau wie ich, wußte er die wahre Antwort auf seine Frage. Aber so gut wie er, kannte ich die Spielregeln der Gesellschaft, in der wir lebten, die Gesetze der englischen Gesellschaft, nach denen ich meinen Charakter als Gentleman nicht zurückgewonnen hätte, wäre meine Antwort die Wahrheit gewesen. In dieser Hinsicht war der Major Roberts sehr viel machtloser als der Inspektor Kramer. Der Inspektor Kramer konnte mir für einen Penny Information das Leben schenken, während der Major Roberts mir nicht einmal für den Schatz einer Beichte die Ehre hätte zurückgeben können. Ich stamme aus einer katholischen Familie, daher weiß ich, daß man ein Verbrechen beichten und danach die Absolution empfangen kann. Man kann es beichten, es bereuen, dafür Buße tun und danach wieder ein Christ sein. Aber es ist ausgeschlossen, nach einem Verrat wieder ein Gentleman zu werden. Nicht einmal der Tod löst diesen Bann. Daher war es gleichgültig, was ich Roberts auf seine Frage antwortete, und so sagte ich: »Nein, Sir, ich habe dazu nichts mitzuteilen.«

»Schon gut«, sagte er. »Auch die Akten der Gestapo geben darüber keinen Aufschluß.« Er hob weder, noch senkte er seine Stimme, als er fortfuhr: »Sie erhalten morgen Ihre Entlassungspapiere. Sie können gehen.«

Er ist sitzengeblieben, während ich hinausging, er nannte meinen Namen nicht mehr, er hat mir nicht die Hand gegeben. Ich verließ ein halbes Jahr später England, und ich habe es nie wieder betreten.

Das Meer

Sie nahmen Rücksicht, sie sahen darüber hinweg, daß er sich nicht an ihren Gesprächen beteiligte, sie machten keine Bemerkungen. Sie wußten alle, daß Irma ihn verlassen hatte, sie hatte einige Jahre mit ihm zusammengelebt; vor ein paar Tagen war sie fortgegangen, zu einem anderen, sie lebte nun in dessen Haus. Aldo schlug mit dem stumpfen Hammer den Verputz herunter, er fiel in großen grauen Brocken neben seine Füße, sie renovierten ein Haus am Rande von Francolino. In der Mittagspause hörte er sie miteinander reden. Carlo sagte, er wolle nach Deutschland gehen, er habe das elende Leben hier satt. Filippo sagte: »Wir sind zu viele hier.« Weil Winter war, saßen sie in der Baracke. Nach der Pause zog Aldo seinen Mantel an und ging fort. Er hörte, daß Carlo hinter ihm her rief, aber er drehte sich nicht um, sondern ging auf der Landstraße nach Francolino hinein und bis ans andere Ende, bis zu seinem Haus, das auf der Deichkrone stand. Während er ein paar Sachen in seinen alten kleinen Koffer tat, floß der Po an seinen Augen vorbei, wenn er durch das Fenster sah, grau und träge unter Winternebeln.

Antonioni hatte Irmas Weggehen vage motiviert. Irma und Aldo hatten sich nicht heiraten können, weil Irma mit einem Mann verheiratet war, der nach Australien ausgewandert und dort verschollen war. Vor ein paar Tagen hatte sie die Nachricht erhalten, daß dieser Mann gestorben war. Sie war frei. Es stellte sich heraus, daß sie Aldo nicht mehr liebte, daß sie schon lange ein Verhältnis mit einem anderen hatte. Irma ging also fort, weil sie Aldo nicht mehr liebte: das war ein Motiv. Aldo hingegen hatte nicht aufgehört, Irma zu lieben, und für diese Tatsache gab Antonioni keine Gründe an, es war sozusagen die Voraussetzung seines Films, die von ihm nicht weiter analysiert wurde. Wenn man wollte, konnte man die Gründe für Aldos über viele Jahre anhaltendes Gefühl aus dem Wesen und der Erscheinung Irmas erklären: sie war eine stolze, eine unabhängige, eine freie Frau, die nicht in der Lüge leben wollte. Sie war Aldo als Persönlichkeit überlegen. ›Band Liebe zwei Wesen‹, dachte Fabio, sich eines Gedichtes von Shelley erinnernd, ›wird das festere zuerst ihrer bar, das schwächere ist erlesen, zu erdulden, was sein einst war.‹

Aldo ging auf dem Damm entlang den Po abwärts, weil er auf diese Weise Francolino, den Ort, in dem er erniedrigt worden war, am schnellsten verlassen konnte. Er verließ den Damm und bekam auf der Landstraße ein Auto, das ihn nach Osten mitnahm. Er erreichte Occhiobello, das schon im Ferraresischen liegt, und fand dort Arbeit in seinem Beruf als Maurer. In Occhiobello lernte er eine Näherin kennen, eine ordentliche, gut aussehende, humorvolle Person, die ihn an sich zog, übrigens ohne ihn eigentlich angeln zu wollen; sie hatte eher ein wenig Angst vor der Ehe. Sie wohnte bei ihren Leuten in einem Haus, das, wie das seine, am Po stand, nicht gerade auf der Deichkrone, aber gleich hinter dem Damm. Der Strom war hier noch mächtiger als bei Francolino. Eines Abends traf Aldo in einer Wirtschaft einen Mann aus Francolino, einen Camionfahrer, der ihm erzählte, daß Irma geheiratet hatte.

Er sagte, es sei eine große Hochzeit gewesen. Antonioni hatte alles mögliche getan, um zu zeigen, warum die Sache zwischen Aldo und der Näherin Elvia schiefging. Elvia hatte eine junge Schwester, einen Backfisch, die sich aus Neugier in Aldo verliebte. Antonioni zeigte Aldo, wie er, ruhelos und unbefriedigt, sich kleinen ›actes gratuits‹ ergab, sinnlosen Berührungen, wie Fabio sie sehr wohl kannte. Es gab keine Szenen; Elvia war schließlich ganz froh, Aldo wieder loszuwerden. In der Figur Elvias, der sympathischsten, klarsten, heitersten Figur seines Films, führte Antonioni einen Menschen vor, der das Drama, in dem Aldo lebte, die dramatische Voraussetzung von Aldos Geschichte, niemals erleben würde. Elvia würde eine sympathische heitere alte Jungfer werden. Ich werde eines Tages ein alter

Junggeselle sein, dachte Fabio, und vielleicht nicht so heiter wie Elvia.

In der großen ferraresischen Ebene, unter dem wässerigen Winterhimmel, blieb Aldo bei einem Mädchen, dem eine Tankstelle gehörte. Der Vater des Mädchens war ein alter, etwas verrückter Mann, und Aldo half dem Mädchen. Sie war eine Hübsche, sie war hübscher als Irma, sie war sinnlich und sie war wunderbar im Bett. Aldo hatte Glück. Nur der Vater störte sie. Er hatte eine Mitgliedskarte der ›Federazione Anarchistica‹ in der Tasche, er war vollkommen einsam, es gab am Unterlauf des Po keine Anarchisten mehr, wie in der Toscana. Er beging verrückte Dinge, eines Tages griff er einen Nachbarn an, der sich gerade daran gemacht hatte, ein paar Bäume zu fällen. Virginia sagte zu Aldo: »Es ist besser, wir bringen ihn ins Ricovero.« Sie stand vor der Kommode, während sie es sagte, sie sagte es wie beiläufig, aber Aldo warf ihr einen schnellen Blick zu, er wußte, wie es gemeint war. Wieder eine, dachte er haßerfüllt, die einen Mann wegschickt, weil er ihr lästig geworden ist. Die Tankstelle befand sich in der Nähe von Porto Tolle, an der neuen Straße von Ravenna nach Venedig, und sie brachten den Alten in das Altersheim von Ravenna. Virginia wollte es so. Aldo betrachtete die alten Männer, die in den kalten Korridoren des Ricovero saßen und warteten. Der alte Anarchist war gerne auf der Ebene um Porto Tolle umhergestreift.

Antonioni war es darauf angekommen, zu zeigen, daß die Beziehung Aldos zu Virginia der Liebe so ähnlich war wie nur möglich. Hätte Aldo Irma vergessen können, so wäre er einer vollkommenen Täuschung erlegen, ja vielleicht wäre es ihm möglich gewesen, Virginia trotz ihres kleinen Charakters zu lieben. Den letzteren Schluß verneinte Fabio nach einigem Nachdenken, nicht so sehr wegen Virginias Charakter – die Möglichkeit der Liebe hing nicht von den Fehlern oder Vorzügen der Liebenden ab –, sondern weil er wußte, daß ein Ersatz nicht langsam in etwas Echtes umgebildet werden kann. Man konnte eine Täuschung erkennen und versuchen, das Beste aus ihr zu machen – das Geheimnis der meisten guten Ehen! –, aber es war auf die Dauer ausgeschlossen, sich darüber zu täuschen, daß man nicht der großen Liebe begegnet war. Ich zum Beispiel, dachte Fabio, bin ihr nicht begegnet, aber ich habe mich auch nicht entschließen können, irgendeine meiner Täuschungen zu fixieren. Er hatte, so überlegte er, mit Aldo das eine gemeinsam, daß er unfähig war, mit einer Illusion einen Kompromiß zu schließen; aber sie verhielten sich so aus genau entgegengesetzten Gründen: Aldo, weil er die große Liebe kannte, Fabio, weil er sie nicht kannte.

Aldo kam herunter. Er geriet unter die Tagelöhner-Banden, die im Mündungsgebiet des Po hausen, ein merkwürdiges Volk von Saisonarbeitern, mit leeren Mägen auf den Beginn der Meliorationsarbeiten im Frühjahr wartend, in Clubs lebend, die ›Grüne Katze‹ oder ›Laterna magica‹ hießen, östlich von Pomposa, in Bunkern, in Hütten. Aldo fing ein Verhältnis mit einer Hure, mit einer ›prostituta di campagna‹ an, die eine Hütte in den ›Foci‹ hatte, auf einer Sandbank neben einem der trägen Deltaarme des Po, er tat nichts mehr, er spielte Karten, er ging fischen. An den Hungerabenden erzählte ein Mann namens Gualtiero Geschichten aus Venezuela: die alten Geschichten von der Flucht ins Paradies. Wenn der Hunger unerträglich wurde, stand Andreina auf und ging fort; meistens gelang es ihr, etwas Geld zu verdienen.

Am Ende der Stationen seines Dramas führte Antonioni Aldo in ein schwarzes Paradies ohne Scham, als wolle er ihm beweisen, daß sein Drama auch dort noch nicht endete, wo es mit allen Konventionen der Liebe vorbei war. Schließlich hätte Aldo sagen können, daß seine ganze Affäre nicht so wichtig sei, wenn es möglich war, die Beziehungen zwischen den Menschen auf eine so einfache Weise zu regeln, wie die Tagelöhner der Emilia sie übten. Aber Antonioni ließ Aldo hartnäckig an der Idee seiner Liebe festhalten, was immer auch die Ethnologen der primitiven Stämme, der Gesellschaften im Urzustand, dazu sagen mochten. Fabio bewunderte Antonionis Eigensinn. Eines

Tages kam Aldo darauf, daß Andreina ihm treu war. Das hatte damit, daß sie noch immer mit jedem schlief, der ihr Geld gab, oder auch mit jedem armen Teufel, der es brauchte, nichts zu tun. Er entdeckte ganz einfach, daß sie ihn gern hatte, daß es ihr unangenehm war, daran zu denken, er könne einmal fortgehen, daß sie bereit war, jedes Leben mit ihm zu führen, wenn es nur ein Leben mit ihm war. Als Aldo erkannte, was mit Andreina los war, trat er aus der Hütte und ging lange in den ›Foci‹ umher, auf Steppen und Sandbänken, von denen aus er das Meer erblickte. Dann fuhr er nach Francolino zurück und tötete sich vor Irmas Augen, indem er sich von einem Turm stürzte. Sein Fall endete in dem Schrei der Frau, die er geliebt hatte.

Dieser Aldo war für Fabio der fremdeste aller Menschen. Fabio sah ihm zu, als beobachte er einen Polarforscher, der sich über Grönlands Inlandeis bewegte. In einem Gebiet, das für Fabio terra incognita war, ging Aldo so sicher umher, als wandle er im Traum. Es gelang Fabio nicht, seine Besessenheit zu verachten. Aldo kannte etwas, was Fabio nicht kannte.

Aber wenn ich kennengelernt hätte, was Aldo kannte, überlegte Fabio, woran hätte ich es erkannt? Woran erkennt man die Liebe? Er suchte nach dem richtigen Wort, es konnte nur ein einziges Wort für das Wesen der Liebe geben, und er fand das Wort: es hieß Abhängigkeit. Dieser Mann, Aldo, war in die Abhängigkeit geraten als in sein Schicksal, die Liebe hatte ihn dorthin getrieben, wo die Freiheit endete, ein für allemal. Es hätte natürlich noch die Möglichkeit für ihn gegeben, einfach aufzuhören zu lieben. Aber er hatte nicht einmal daran gedacht, und wenn er daran gedacht hatte, dann wie an eine große entsetzliche Öde. Weil seine Abhängigkeit für ihn das einzig Lebendige auf der Welt war, nahm er das Bild der großen grauen Flut zuletzt in seine Augen, nicht als ein Zeichen der Freiheit, sondern der Vergeblichkeit.

Es muß entsetzlich sein, dachte Fabio, die Abhängigkeit in der Liebe zu erfahren. Er dachte daran, daß er fast fünfzig Jahre alt war. Das also ist mir erspart geblieben. Er fand den Satz nicht heiter, er fand ihn nur auf eine triviale Weise lustig. Er versuchte, einen besseren Satz dafür zu finden, aber er fand nur den einen: das fehlt mir.

Ein mieser Typ

Der Berg aus Glas, in dem die Züge einlaufen. Die Lichthöhlen im blaugrauen Schattengebirg. Die Höhlen für: Blumen, Bier, Lippenstifte, Zeitungen, Frankfurter, Fahrkarten, Salamisemmeln, Taschentücher, Auskünfte, Joghurt, Handgepäck, Kölnisch Wasser, Aborte, Ratschläge der Freundinnen junger Mädchen, Fürstenhochzeiten auf Farbfilm. Ich sehe meiner Hand zu, wie sie aus dem Dämmerlicht des Bergwerks heraufkommt und sich, die grellweiße Resopalplatte der Kiosktheke entlang, der Tasse nähert, kaum merklich zitternd, wie immer. Vor drei Jahren ungefähr haben meine Hände angefangen zu zittern. Nur das ist wichtig in meinem Leben: daß meine Hände zittern. Alles übrige interessiert keinen und auch mich nicht, zum Beispiel, wie ich mit Zeug handle, das nichts wert ist, wie ich mich aushalten lasse, wenn ich ein dummes Luder finde, wie ich manchmal sogar arbeite, um nicht kriminell zu werden, wie ich in einem Dachverschlag in der Elbestraße schlafe, meistens am Tag, und für fünfzig Mark im Monat. Das ist billig. Heute bin ich für meine Verhältnisse früh aufgestanden. Daß ich es nicht riskiere, richtig kriminell zu werden, zeigt, was für ein Typ ich bin. Sie hauen mich manchmal an, nachts in den Lokalen, aber ich lehne immer ab, tue so, als arbeitete ich nur auf eigene Rechnung, die intelligentesten von ihnen durchschauen mich sicherlich, aber sie lassen mich in Ruhe, weil sie wissen, daß ich sie nicht verpfeife. Ich verpfeife niemanden. Manchmal holt man mich aufs Polizeipräsidium und fragt mich aus, aber ich sage nicht, was ich weiß. Mit meinen Papieren lege ich den Beamten immer die Verleihungsurkunde des EK I auf den Tisch. Dann stellen sie ihre Routinefragen und lassen mich wieder gehen.

Es gibt einen einzigen Augenblick jeden Tag, während dessen Dauer ich mich gut fühle: wenn ich aus der ekelhaften Helligkeit, unter der ich schnell weggegangen bin, weil ich mir einbilden kann, sie könne jeden Moment auf mich herunterfallen wie ein Stein, in die Dämmerung des Glasgebirgs eintauche. Ja, das ist ein guter Augenblick. Er dauert so lange, bis mich meine Hand daran erinnert, daß sie zittert. Sie zittert nicht sehr heftig, und ich kann die Kaffeetasse ergreifen. Wenn ich irgendeinen Gegenstand ergriffen habe, hören meine Hände auf zu zittern. Damals, vor drei Jahren, als sie mit dem Zittern anfingen, bin ich gleich zum Arzt gegangen. Er fragte, ob ich viel rauche. Fünfzig bis sechzig am Tag, sagte ich. Er pfiff durch die Zähne. Ihr EKG ist miserabel, sagte er, dafür, daß Sie fünfunddreißig sind, aber wenn Sie weiter keine Beschwerden haben, kann ich vorläufig nichts machen. Schränken Sie erst einmal das Rauchen ein! Er verschrieb mir Myocardon! Ich habe ein Jahr lang wenig geraucht, höchstens zwanzig pro Tag, aber das Zittern hat nicht aufgehört. Jetzt rauche ich wieder so viel wie früher. Das Zittern ist übrigens nicht schlimmer geworden; ich zittere eben, kaum merklich, aber gleichmäßig.

Ich trinke den Kaffee, esse ein belegtes Brot, dann überlege ich mir, ob ich fortfahren soll. Das ist auch ein Grund, warum ich die Zeit, bis es dunkel wird, im Bahnhof verbringe: man kann mit dem Gedanken spielen, abzureisen. Ein paarmal bin ich schon weggefahren, nach Hamburg, nach Köln, aber es war überall dasselbe: ein Bahnhof und draußen widerwärtige Helligkeit. Da ist es schon besser, in Frankfurt zu bleiben, wo ich viele Kumpels kenne und eine Schlafstelle habe.

Ich kaufe mir eine Zeitung und setze mich auf eine Bank im Bahnpostamt, um sie zu lesen. Papier ist leicht, es ist kein Gegenstand, so daß meine Hände nicht aufhören zu zittern, während ich die Zeitung halte und lese. Daran kann ich feststellen, wie wenig sie zittern: ich kann die Zeitung gut lesen. Wenn ich eine Nachricht aus Algerien oder dem Kongo lese und zugleich die Hand betrachte, die das Blatt hält, so verbinde ich das leicht zitternde Bild des Krieges, das die Buchstaben in mir hervorrufen, so lange mit dem Bild der Hand, die den Krieg fortwährend in eine (immerhin noch gut lesbare) Bewegung verwandelt, bis sich das Zittern endlich in das feste Rütteln verwandelt hat, mit dem vor sechzehn Jahren meine damals völlig sicheren Hände die Munitionsgurte in das SMG schoben. Vielleicht sollte ich aufhören, Zeitungen zu lesen. Nein, es wäre nutzlos. Ich würde tausend andere Vorwände finden, um mich daran zu erinnern, daß ich mit neunzehn SMG-Schütze in einem Fallschirmjägerregiment war, Gefreiter und Träger des EK I.

Die Männer-Aborte im Frankfurter Hauptbahnhof sind alt und geräumig, ein Labyrinth aus hohen, schmutzig weiß gekachelten Pissoirs, WC's und Waschräumen. Wir halten uns da im Vorraum auf oder bei den Lavabos, wo es nicht so stinkt. Immer gehen welche weg, und andere kommen dafür, aber ungefähr ein Dutzend sind wir immer dort unten, während der Nachmittagsstunden, bis es dunkel wird. Es gibt richtige Kriminelle unter uns, aber auch solche wie mich, die sich nicht mit heißen Sachen befassen. Nur Heinis dulden wir nicht; wenn wir merken, daß ein Neuer ein Heini ist, sagen wir ihm, er solle verschwinden. Wir unterhalten uns da hauptsächlich über Kerle, von denen man Ware bekommt zum Umsetzen, aber auch über Kino, über Weiber, über Chancen woanders, über die Legion, ob man ins Ausland gehen soll. Manche waren schon überall. Ich werde nicht ins Ausland gehen, das steht fest. Ich habe nicht einmal Lust, es mir anzuschauen.

Untereinander nennen wir uns Kumpels. Die sind nun also meine Kumpels. Wenn der dritte Zug meiner Kompanie damals nicht hops gegangen wäre, hätte ich meine alten Kumpels behalten. Dann wäre ich jetzt nicht auf die hier angewiesen, die ja doch alle miese Typen sind wie ich selber. Aber ich verlor die alten Kumpels, als ich den letzten Gurt verfeuert hatte, damals bei Cassino; der Kamerad, der bis zum vorletzten Gurt die Spritze bedient hatte, war schon tot, als die Polen heran waren und mich schnappten. Sie setzten mich sofort auf einen Jeep und fuhren mich zu ihrem Stabsquartier. In einem Korridor mußte ich warten, und ein paar italienische Kinder standen um mich herum. Ein Junge sagte irgend etwas zu mir, ich hörte erst gar nicht hin, bis ich erfaßte, was er sagte. Er sagte: Jetzt wirst du erschossen. Ich blickte den Jungen an. Dann wurde ich vor einen polnischen Offizier geführt. Sie haben Ihre Einheit gedeckt, als sie sich absetzte, sagte er, geben Sie uns die Auffangstellungen an, dann behandeln wir Sie als Kriegsgefangenen. Er legte mir eine Karte vor. Ich habe zuerst wie blind darauf gestarrt.

Am nächsten Tag übergaben mich die Polen den Amerikanern. Sie haben überhaupt keine Gefangenen erschossen, sondern lieferten sie ganz nach Vorschrift den Amis aus. Ich kam in ein Sammellager. Ein paar Tage später traf ich dort zwei aus meinem Zug. Sie hatten mich für tot gehalten. Sie waren die einzigen beiden Überlebenden des Zuges, weil sie die Auffangstellungen noch nicht erreicht hatten, als sie dort schon Zunder bekamen. Ich hatte sie in Verdacht, daß sie absichtlich zurückgeblieben waren, um in Gefangenschaft zu geraten, aber ich sagte nichts. Warum ich meine alten Kumpels verloren habe, ist also klar. Aber warum meine Hände plötzlich zu zittern angefangen haben, kann ich mir nicht erklären. Zuerst das feste Rütteln der Munitionsgurte, dann dreizehn Jahre Pause, dann, vor drei Jahren, der Beginn des Zitterns. Was für eine Scheiße!

Ich verlasse die Aborte und gehe hinauf. Es ist dunkel draußen, ich könnte mich also aus dem Bahnhof entfernen. Man hat mir unten die Adresse eines Mannes gegeben, der ein paar Armbanduhren umsetzen möchte. Das Geschäft eilt, aber ich trödle noch eine Weile im Bahnhof herum. Der Weihnachtsbaum in der Schalterhalle brennt noch immer, obwohl die Feiertage vorbei sind. Das Schattengebirg ist inzwischen schwarzblau geworden. Die Lichthöhlen darin funkeln stärker. Nirgends ist es so schön wie hier. Zögernd bewege ich mich auf den Ausgang zu.

Ein Liebhaber des Halbschattens

I

Seine Mutter brauchte heute lange, bis sie fertig wurde; das war eigentlich merkwürdig, weil sie sonst eine Flinke war; mit ihren dreiundsiebzig Jahren war sie noch immer die alerte, zielbewußte kleine Dame, die sie ihr ganzes Leben lang gewesen war. Ihr Zögern hätte Lothar Witte also auffallen müssen, aber es fiel ihm nicht auf; erst am Nachmittag, kurz ehe das Unglück bei Barrentin geschah, sollte er erfahren, welche Bewandtnis es damit hatte, daß seine Mutter, ganz gegen ihre Gewohnheit, an jenem Morgen im Haus herumgetrödelt hatte, ehe sie endlich erschien und den Gartenweg der frohnauer Villa entlang auf den Opel zuging, in dem Lothar, nachdem er schon vor einer Viertelstunde ihre beiden Koffer eingeladen hatte, halb ungeduldig, halb dösend saß und auf sie wartete. Er saß und starrte auf die mit Laubgrün verhängte frohnauer Villenstraße, auf das hellgrau verputzte, langweilige Haus, in dem er bis zum Ende des Krieges gewohnt hatte und in dem seine Mutter wohnen geblieben war – sie vermietete den Hauptteil jetzt an andere Leute –, und es war ihm deutlich bewußt, daß er auf die Jahre mit Melanie starrte, ohne etwas Besonderes zu empfinden; schon seit ein paar Jahren konnte er, wenn er nach Berlin kam, zu seiner Mutter hinausfahren und in diesem Hause umhergehen, ohne daß ihn die Erinnerung an Melanie zu überstürzten Aufbrüchen trieb, wie in den ersten Jahren nach jenem Oktobermorgen im Jahre 47, an dem Melanie so ganz und gar unwiderruflich abgereist war. Vierzehn Jahre später war das eben ausgestanden, mußte es wohl ausgestanden sein, wenn Lothar hier sitzen und dösend warten konnte, wenn er nicht auf der Stelle den Motor anließ und abfuhr. Aber er dachte gar nicht daran, dachte überhaupt nur flüchtig an Melanie, so, wie er schon lange aufgehört hatte, Richard Brahm, Melanies Mann, gegenüber ihren Namen zu erwähnen; eines Tages hatten sie beide, wie auf Verabredung, ihren Melanie-Kult beendet, gaben sie ihre Versuche, das Andenken der Verschwundenen zu zelebrieren, auf, und ihr Schatten – ein Schatten, so durchsichtig und leuchtend, wie nur die zarte, braunhäutige, sich mit Vorliebe in dünne Stoffe aus sehr reinen, hellen, fast ausgebleichten Farben kleidende Melanie ihn werfen konnte – war nur noch in ihre Gespräche geraten, wenn sie hinsichtlich der Kinder irgendeine Entscheidung zu treffen hatten. Dann war Brahm von Hannover nach Göttingen gekommen und hatte sich sorgenvoll mit Lothar beraten; die Kinder waren schwierig und kostspielig gewesen, die beiden Männer hatten es immer wieder mit neuen Schulen versucht, aber es hatte nie geklappt, die Kinder waren ein Kreuz. Übrigens waren sie es seit einiger Zeit nicht mehr; sie waren erwachsen geworden und halfen sich selber weiter – so war denn auch diese Seite der Angelegenheit erledigt. Doch nicht einmal daran dachte Lothar Witte an jenem Morgen; abgesehen von den Augenblikken, in denen die Erinnerung an die überaus peinliche Szene in Professor Tilius' Vorzimmer, gestern nachmittag, wiederkehrte – und Lothar hatte bereits eine Technik entwickelt, sie zu vergessen –, war dies überhaupt ein angenehm problemloser Morgen, gestört höchstens von dem Verlangen nach Alkohol, das Lothar peinigte; da seine Mutter sich immer noch im Hause aufhielt, trank er schließlich einen Schluck Cognac aus der Reiseflasche, die im Handschuhfach lag. Er spürte fast sofort die Wirkung; plötzlich genoß er den Blick auf die vollkommen leblose Straße, ihr lichtloses Sommergrün, in das sie eingehüllt war, ihr Pflaster aus kleinen graublauen Steinen, das nichts spiegelte und auf dem kein Schatten sich abzeichnete, das sich auf nichts weiter bezog als auf sich selbst, ein trockenes und sauberes Pflaster in Frohnau bei Berlin, stumm unter einem Dach aus Allee- und Villenlaub, das den Himmel verhängte.

Endlich sah er seine Mutter aus dem Haus treten; klein und kerzengerade näherte sie sich. Sie hatte ein dunkelgraues Jakkenkleid an, über dem scharf angewinkelten linken Unterarm lag ihr Regenmantel, während sie mit der linken Hand ihre uralte Ledertasche und ihre Handschuhe trug. Wie preußisch sie wirkt, dachte Lothar, während er ihr im Sitzen die Türe offenhielt und sie beobachtete, wie sie schnell und genau den Gartenweg entlangging, wie sie nicht vergaß, mit einer knappen Bewegung die Pforte hinter sich zu schließen, ehe sie auf den Wagen zutrat, eine Spur schuldbewußt, weil sie zu ihrem eigenen Erstaunen ihren Sohn hatte warten lassen, so daß sie, wie immer, wenn sie sich unsicher fühlte, ihrem Gesicht einen Ausdruck gab, der noch hochmütiger war als sonst. Aber sie ist gar nicht hochmütig, dachte Lothar, sie wirkt nur so, weil sie diese straffe kleine Figur hat, und eine Nase, als stamme sie von den Quitzows oder Kottwitz ab – dabei stammte sie nur aus einem Pfarrhaus im havelländischen Luch –, und einen Mund von der Gemessenheit eines Wappenspruchs. »Sie sieht genau so aus, wie man sich die Witwe eines preußischen Oberstleutnants vorstellt«, bemerkten Lothars Freunde in der Regel, wenn sie bei ihr eingeführt worden waren, worauf Lothar trocken zu replizieren pflegte, der Oberstleutnant selbst, sein Vater, habe hingegen überhaupt nicht preußisch ausgesehen. »Sondern wie?« fragte dann mitunter einer, worauf Lothar manchmal eine Fotografie hervorkramte, die den alten Herrn im polnischen Feldquartier zeigte, kurz vor dem Gefecht bei Szamotuly im September 1940, in dem er gefallen war – eine mächtige und zerfließende Gestalt, die Lothar so sehr ähnelte, daß der Freund betreten auf das Bildnis blickte. Es war nämlich auf eine unklare Weise bedenklich, einen gealterten Lothar in der Uniform eines hohen Infanterieoffiziers wiederzuerkennen, wie er nicht ohne Arroganz etwas betrachtete, was ihm offensichtlich mißfiel. Mochte es der Krieg sein, das falsche Verhalten eines Soldaten oder einfach nur das Wetter – der ältere Witte, dessen einziges Kind Lothar aus unaufgeklärten Gründen geblieben war, blickte kurz vor seinem Tode auf das, was das Leben ihm gerade vorführen mochte, genau so, wie Lothar in gewissen Momenten einen Freund betrachten konnte: mit kaltem, abweisendem Interesse.

»Wo hast du so lange gesteckt?« fragte Lothar, während er seiner Mutter half, sich im Auto zu etablieren.

»Ach, nichts Besonderes«, erwiderte sie, etwas verwirrt.

Er hörte nicht genau hin und ließ sich damit abspeisen, daß sie, nachdem sie sich wieder gefaßt hatte, hinzufügte: »Ich habe eine Zeitlang nach meinen Handschuhen suchen müssen.«

Als sie die Tegeler Chaussee entlangfuhren, dachte Lothar wieder an die Cognacflasche und nahm sich vor, sie bei nächster Gelegenheit unauffällig aus dem Handschuhfach zu holen und in seine Jackentasche zu stecken. In der Ferne lagen die Fabriken von Siemensstadt flach und deutlich unter einem Himmel von fast weißem Grau. Ein angenehmer Tag, dachte Lothar. Er liebte schattenloses, neutrales Wetter. Die Fahrt nach Hamburg würde hübsch werden bei solchem Wetter. Seine Mutter wollte Verwandte in Hamburg besuchen, und er hatte sich angeboten, sie hinzubringen, da er Semesterferien hatte und der kleine Umweg nach Norden ihn reizte. Auf der Fahrt durch die Mark und das südliche Mecklenburg würde er, nach Jahren wieder, Gelegenheit haben, Stücke der Landschaft zu sehen, die einmal von so großer Bedeutung für ihn gewesen war.

Seine Mutter hatte den Vorschlag, wenn auch zögernd, angenommen. »Du weißt, ich mache mir nichts aus Autofahrten«, hatte sie erklärt, aber Lothar wußte, daß sie Angst hatte, er würde unterwegs anfangen zu trinken.

»Du könntest mir endlich erzählen, wie dein Gespräch gestern ausgegangen ist«, sagte sie. »Bekommst du die Berufung nach Berlin?«

Lothar schüttelte den Kopf. Er mußte sich eine Weile auf den Verkehr konzentrieren, dann sagte er: »Sie wollen mich nicht haben.«

2

Er sah sich, nachdem er diesen Satz ausgesprochen hatte, wieder in jenem Café am Kurfürstendamm sitzen, in dem er gestern nachmittag gewartet hatte, bis es an der Zeit gewesen war, zu Professor Tilius zu gehen. Obwohl die Sonne schien, saß er nicht an einem der Tische im Freien, sondern im Inneren, allerdings nicht im dunklen Hintergrund des Raumes, sondern noch am Rande der großen geöffneten Fenster, so daß er das Leben auf der Straße beobachten konnte, aber eben nicht wie ein Höhlentier, dessen in der Tiefe glosende Augen man schließlich wahrnimmt, sondern unauffällig in einer neutralen Zone, in der Licht und Schatten sich durchdrangen, im Bereich des Halbschattens, in dem er gut denken konnte. Er sah sich die Frauen an, die an den Flaneurstischen unter der großen gestreiften Markise saßen, blickte auch denen nach, die auf dem Boulevard vorbeigingen, erwog, ob er eine Bekanntschaft machen solle, aber der Cognac, den er trank, hatte ihn bereits in seinen Bann geschlagen; er saß schwer auf seinem Stuhl, ein paar Zeitschriften, die er gekauft hatte, auf dem Tisch vor sich; er hatte einen Blick in sie hinein tun wollen, konnte sich aber nicht entschließen, sondern dachte über das Thema seiner göttinger Vorlesungen nach, unterbrochen von gelegentlichen Seitenblicken auf weibliche Erscheinungen; Segmente von Kleidern und Haaren mischten sich in Aspekte gewisser Gedankengänge des Amaury de Bêne, der im Jahre 1206 gestorben war, der Satz ›Omnia unum, quia quidquid est, est deus‹ erschien plötzlich auf dem Hintergrund eines Gelb, das aus einem berliner Schneider-Atelier hervorgegangen war und von einer schwarzen Modefrisur umströmt wurde wie von Wind; dazu traten Überlegungen der Art, wieviel besser es sein würde, in Berlin zu leben, anstatt in Göttingen. Das Provinzielle Göttingens störte Lothar nicht, aber es war so, daß Göttingen ihn einfach nichts anging, selbst wenn er es sich gelegentlich mit Lichtenberg illuminierte. Auch Lichtenberg wäre eine Berliner Professur schließlich lieber gewesen als ein Leben in Göttingen. Lichtenberg war in Göttingen ein toter Mann, während Fontane in Berlin merkwürdigerweise immer noch lebte, und es tat seiner Anwesenheit keinen Eintrag, daß die Wege nach Neuruppin oder in den Dosse-Bruch schändlicherweise verschlossen waren. Lothar, in einem milden Kaffehaus sitzend, gedachte seiner zurückhaltenden, nüchternen Lieblingsschriftsteller, indem er sie vor einen Prospekt aus Avenuen und Kiefernlandschaften stellte; schließlich brachte er ein Blickverhältnis mit einem hübschen dunkelblonden Mädchen fertig, das schräg links von ihm an einem Tisch im Freien saß, gab es jedoch nach ein paar Minuten auf und versank aufs neue in Trägheit. Beklommen gestand er sich wieder einmal ein, daß auf dem Grunde seiner Neigung zur Nüchternheit, zum gebrochenen Licht, etwas lag, was dieser Neigung widersprach; seine großen Halbschattenmomente erkaufte er sich regelmäßig mit Alkohol, mit einem Hang, der, auch wenn er nicht jedesmal in einen Rausch ausartete, ein Hang zu etwas ganz und gar Wüstem war. Er bestellte sich noch ein Glas Rémy-Martin – das dritte – und trank es langsam aus, ehe er sich erhob, weil es fünf Uhr geworden, die Sonne erloschen und die Zeit gekommen war, die Universität aufzusuchen.

Bereits im Korridor traf er den feisten, kleinen, von allen Hunden gehetzten Tilius, neben dem Lothar sich ausnahm wie ein würdiger, seinen Studien und dem Wein ergebener Provinzprälat, der irgendeiner Sache wegen bei einem schnellen, wendigen Monsignore aus der Kardinalsuite zu antichambrieren hat. Im Geiste nannte er Tilius einen philosophischen Windmacher, geschickten Auswerter, Kompilator von Ideen anderer, Verfasser von Büchern mit erregenden Titeln, glänzenden Verhandler, Taktiker im Getriebe der Institutionen, Karrieristen – Lothars akademischer Kollegenhaß erfand in bezug auf den Dekan der philosophischen Fakultät immer neue Definitionen –, und sein Gespräch mit ihm verlief genau so, wie er es sich vorgestellt hatte, mit betont freundlichem Empfang, herzlichem Hereinziehen ins Dekanszimmer, an der Sekretärin vorbei – »schön, mein lieber Witte, daß Sie sich wieder einmal anschauen lassen!« –, mit Tilius' geübter Suada und Lothar Wittes ebenso geübter, in ironischem Ton vorgebrachter, scheinbar gar nicht ernst gemeinter Frage nach einer möglichen Berufung in die berliner Fakultät, so sorgfältig nach der akademischen Regel, daß Tilius nicht einmal eine direkte Ablehnung auszusprechen brauchte. In diesen Vorgang eingelassen ein schneller Wortwechsel, in dem es Ernst wurde, in dem – und sie wußten es beide – die Entscheidung fiel, nachdem Tilius gefragt hatte: »Worüber werden Sie im nächsten Semester lesen?« »Über einige Ausformungen der Spiritualenbewegung im späten dreizehnten Jahrhundert«, gab Lothar Auskunft. »Ramon Lull, Olivi und andere.«

»Sehr interessant«, sagte Tilius, aber Lothar spürte doch, wie sein Gesprächspartner unangenehm berührt war. Tilius nahm sich zusammen. »Ein ziemlich abseitiges Thema«, meinte er, »aber Sie werden sicherlich gewisse Parallelen zur heutigen Situation ...«, er brach ab, weil er sah, wie Lothar durch ein majestätisches Kopfschütteln bereits seine Antwort gab.

»Im Gegenteil«, sagte er, mit jener Ironie eines regierenden Fürsten, die ihm von seinen Kollegen stets so übelgenommen wurde, »mich reizt es gerade, Lagen zu zeigen, deren Bedingungen mit nichts anderem verglichen werden können. Überhaupt interessiert mich an einem Vorgang nur, zu untersuchen, inwiefern er einzigartig ist.«

Es war das Stichwort, mit dem Tilius sich aus der Affäre ziehen konnte, und Tilius ergriff es und begann, über die berliner Situation zu extemporieren. Lothar hörte kaum zu, das Gespräch war schon zu Ende, er hatte sich selbst als Einzelgänger abgestempelt, als jener ewige Privatdozent, dessen geistesgeschichtliche Studien gelegentlich Aufsehen erregten, im ganzen aber doch zu ›abseitig‹ waren, um eine ordentliche Professur zu rechtfertigen. In Rezensionen nannte man ihn entweder einen ›begabten, oft genialen Außenseiter‹ oder, ins Abschätzige gewendet, einen ›bedeutenden Kopf, der sich in kleiner Münze ausgibt‹. Als Lothar bemerkte, wie sich in Tilius' Stimme etwas

Schuldbewußtes und damit Ungeduldiges mischte, erhob er sich, um sich zu verabschieden. Der einzige Unterschied zwischen dieser Unterhaltung und den Gesprächen, die Lothar in vergangenen Jahren mit Tilius geführt hatte, bestand darin, daß er heute ein heftiges Verlangen spürte, in Berlin bleiben zu können. Noch seine letzte Bewerbung vor zwei Jahren war ihm als eine Herausforderung des Schicksals erschienen, wenn er an Melanie dachte, und die Ablehnung der Universität hatte ihn erleichtert aufatmen lassen, weil er damals angenommen hatte, nicht zusammen mit seinen Erinnerungen in dieser Stadt leben zu können. Das schien nun vorbei zu sein, und mit Bedauern dachte er daran, daß ihm Berlin verschlossen war. Vielleicht werde ich ein Gesuch machen, mich hier als Privatdozent niederlassen zu dürfen, dachte er noch vage, als ihn Tilius durch das Vorzimmer zur Türe begleitete.

Nachdem er sich bereits von dem Professor verabschiedet hatte, drehte Lothar sich in der geöffneten Türe wieder um, halb entschlossen, Tilius noch ein Wort wegen seiner privaten Um-Habilitierung zu sagen. Er erblickte die Sekretärin, wie sie lächelnd in Tilius' Zimmer sah und dabei die Gebärde des Trinkens machte. Lothar starrte sie einen Moment entgeistert an, er begriff nicht sogleich, sie wurde seiner Anwesenheit gewahr, und ihr Gesicht lief blutrot an, während die Gebärde ihrer Hand erstarb. Kalt vor Entsetzen ging Lothar den Universitätskorridor entlang. In der Halle unten mußte er sich einen Augenblick hinsetzen; er war weiß um die Nase herum.

3

Den Aufenthalt am Grenzkontrollpunkt Staaken benutzte Lothar dazu, die Cognacflasche aus dem Handschuhfach zu nehmen. Seine Mutter war bereits auf die Baracke der Grenzpolizei zugegangen, während er damit beschäftigt war, die Koffer aus dem Auto zu heben, und nachdem er mit einem halben Blick beobachtet hatte, wie sie in dem Gebäude verschwunden war, holte er die Flasche hervor, nahm verstohlen einen Schluck zu sich und steckte sie danach in seine Jackentasche. Ein Polizist sah ihm dabei zu, aber gleichgültig; Lothar konnte aus seiner Haltung nicht erraten, was er dachte. Unter den Blicken des Mannes trug er die Koffer in die Baracke. Die Vopos kontrollierten pedantisch und schweigsam das Gepäck, fanden aber in den Koffern seiner Mutter nichts, was sie zu Fragen veranlaßte; nur bei dem Inhalt von Lothars Aktenmappe – Bücher, Aufzeichnungen – hielten sie sich etwas länger auf und tauschten unter sich halblaute Bemerkungen aus, ehe sie ihm die Mappe mit dem Ausdruck einer gewissen Aufmerksamkeit zurückgaben. Am Ausgang instruierte sie ein Beamter über die Geschwindigkeitsbegrenzungen auf der Strecke und gab Lothar einen Merkzettel, auf dem angegeben war, innerhalb welchen Zeitraums er sich bei dem Kontrollpunkt Ludwigslust zu melden habe. Der Tag war noch immer sommerlich, bedeckt und hellgrau, als Lothar die Koffer wieder ins Auto lud. Nachdem seine Mutter eingestiegen war, bat er sie, noch einen Augenblick zu warten, und suchte die Toilette auf. Dort trank er noch einmal aus der Flasche, ehe er zum Auto zurückkehrte. Er spülte seinen Mund mit Wasser aus, aber nachdem sie schon eine ganze Strecke gefahren waren, sagte seine Mutter zu ihm: »Du hast getrunken, Lothar!«

»Nur einen kleinen Schluck Cognac, Mama«, erwiderte er. »Ich hatte ein flaues Gefühl im Magen.«

Er wußte, wie sie nun angestrengt darüber nachdachte, ob sie so weit gehen solle, die Flasche von ihm zu fordern, um sie bis zum Ende der Reise in Gewahrsam zu nehmen, aber er kannte seine Mutter sehr gut und setzte darauf, daß sie sich zu einer solchen Erniedrigung ihres Sohnes nur im äußersten Notfall entschließen würde, und er behielt recht. Aber vielleicht schwieg seine Mutter auch nur, weil ihnen – sie fuhren gerade an den nauener Kasernen vorbei – ein Truppentransport entgegenkam, Lastautos, in denen russische Soldaten standen. Obwohl es Sommer war, trugen sie lange Mäntel. Unbeweglich standen sie auf den Autos, ihre breiten Stahlhelme auf den Köpfen.

Als sie vorbei waren, wurde die Straße sehr still. Die Abstände, in denen sie anderen Autos begegneten, wurden immer länger. Lothar spürte, daß der Alkohol sich zwischen ihn und die Dinge – die Dinge im Auto und die Dinge außerhalb des Autos – gelegt hatte; er nahm sie, in seinen Fahrersitz zurückgelehnt wie in einen Theatersessel, aus einer gewissen Distanz wahr, was ihm ein trügerisches Gefühl von Sicherheit verschaffte; aber da er sich eben nur die Nase begossen hatte, war er sich durchaus klar darüber, daß seine Sicherheit ihren Grund in der ruhigen, fast unbelebten Straße hatte und in der herabgeminderten Geschwindigkeit, zu der ihn die Vorschrift zwang. Immerhin war es angenehm, die Wassergräben, Torfpyramiden und Birkenwege, an denen sie vorbeifuhren, aus einer Art königlichen und scharfsichtigen Abstands zu erblikken; Lothar nahm sogar den feinen Torfstaub wahr, der über dem Land lag; wie hatte Fontane ihn genannt? Lothar grübelte eine Weile, bis er sich erinnerte: als schnupftabakfarben hatte Fontane ihn bezeichnet.

»Das Luch!«, rief Lothar plötzlich. »Mama, denk mal, wir fahren durch das Luch.«

»Unsinn«, sagte seine Mutter, »wir fahren auf Friesack zu. Das havelländische Luch liegt südlich von hier, und das Wustrauer Luch nördlich, in der Nähe des Ruppiner Sees.«

Sie kennt hier Weg und Steg, dachte Lothar, Kunststück, sie ist ja hier aufgewachsen; wie hieß das Kaff doch gleich, in dem ihr alter Herr als Pastor geamtet hatte? Stechow.

»Sollen wir nach Stechow fahren, Mama?« fragte er. »Es kann höchstens zwanzig Kilometer von hier sein.«

»Um Gottes willen«, wehrte sie erschrocken ab. »Mach keine Dummheiten, Lothar! Ich möchte diese Reise nicht in einem Zonengefängnis beenden.«

»Aber es wäre doch hübsch«, sagte er, um sie noch ein wenig in Aufregung zu versetzen, »wenn wir nachsehen würden, ob das Pfarrhaus noch steht, und die alte Kirche.«

»Es wäre gar nicht hübsch«, erwiderte sie. »Es wäre degoutant.« Sie schwieg; nach einer Weile sagte sie, das Thema abschließend: »In meinem Alter lebt man in Erinnerungen. Aber man läßt sich nicht mehr gerne an die Wirklichkeit erinnern.«

Sie griff nach ihrer Handtasche, und Lothar hörte, wie sie mit Papier raschelte.

»Tu mir den Gefallen«, sagte sie, »und iß einen Bissen.«

Lothar blickte auf ihre Hand, mit der sie ihm ein halbes belegtes Brot reichte. Sie war mager, und ihre Haut war mit braunen Altersflecken gesprenkelt. Er nahm das Brot und biß hinein. »Ich weiß, du verträgst einen Schluck«, sagte sie, »aber es ist besser, du ißt etwas dazu.«

Er wußte, daß sie das Gegenteil von dem dachte, was sie sagte. Er wußte, sie dachte, daß er, wie alle Alkoholiker, keine zwei, drei Schlucke Schnaps mehr trinken konnte, ohne duhn zu werden. Deshalb gab sie ihm das Brot. Lothar fühlte den körnigen und butterigen Geschmack auf der Zunge, aber der Schinken, der zwischen den Scheiben lag, erfüllte ihn mit Ekel. Schon nach den ersten Bissen spürte er, wie das Brot ihm etwas von der kalten, klaren Stimmung wegnahm, in die der Cognac ihn versetzt hatte, und er legte die Scheibe angewidert neben sich auf den Sitz. Mit einem halben Blick nahm er wahr, wie seine Mutter ihn enttäuscht ansah und sich dann abwendete. Sie blickte auf die Landschaft, die er im vorgeschriebenen Tempo an ihr vorbeiziehen ließ. Wenn sie nicht so preußisch wäre, dachte er, dann würde sie jetzt weinen.

»Ich kenne das Luch lange nicht so gut wie du«, sagte er, um sie abzulenken und um ihr das Gefühl zu geben, er sei völlig nüchtern, »aber dafür kenne ich die Ruppiner Schweiz.« Er machte eine Pause, und nun begann er sich zu erinnern, während er Namen rezitierte: »Rheinsberg, Lindow, Zernikow, den Menzer Forst, den Molchowsee ...«

Seine Mutter fiel ihm in die Rede. Sie begann einen Kindervers zu rezitieren, den sie Lothar gelehrt hatte, als er noch sehr klein gewesen war. »Ist's norderwärts in Rheinsberg Näh'?« sagte sie, »ist's süderwärts am Molchowsee?«

»Ist's Rottsiel tief im Grunde kühl«, fuhr Lothar vergnügt fort, während seine Mutter schwieg und ihn glücklich ansah, »ist's Kunsterspring, ist's Boltenmühl? Ist's Boltenmühl, ist's Kunsterspring? Birgt Pfefferteich den Zauberring?«

Sie brachen beide in Gelächter aus über die komischen, unbeholfenen und zierlichen Namen und über die Tatsache, daß sie sich nach so vielen Jahren noch gemeinsam an den Vers erinnerten, den sie längst für versunken gehalten hatten.

Lothar schwieg als erster, weil die Namen ihn plötzlich an das Härteste an Melanie erinnerten; ja, die Namen besaßen eine Kraft, welche die Wirklichkeit nicht mehr aufbrachte, wie der Anblick der frohnauer Villa heute morgen bewiesen hatte. Die Wirklichkeit jenes Hauses hatte kein Gefühl mehr in ihm ausgelöst, während ihn die bloße Nennung von Namen wie ›Rheinsberg‹ oder ›Molchowsee‹ am Steuer des Opel fast erstarren ließ, ihn für einen Augenblick beinahe blind machte, denn die Namen erinnerten ihn an gewisse havelländische Spaziergänge mit Melanie, an Momente aus exotisch brauner Haut und Seide aus verschossenen reinen Farben, an Gesprächsfetzen, Schilfbuchten, Blicke, knarrende Kiefern, wehende Haare, an den Widerschein eines Schattens. Wie hatte seine Mutter vorhin gesagt? »Man läßt sich nicht gerne an die Wirklichkeit erinnern.« Sie war weise geworden, seine Mutter. Sie wollte das väterliche Pfarrhaus nicht wiedersehen. Sie wollte sich ihre Erinnerung nicht töten lassen.

Friesack kam ihnen unverändert vor, hinter ein paar SED-Transparenten wie stehengeblieben, wie erstarrt in einer Pose aus den Jahren vor dem Krieg, trotz eines Denkmals für Gefallene der Roten Armee, an dem ein russischer Posten Wache stand. Aber sonst: das Pfarrhaus, die Schule, das Schulzenamt, der Krug. Nichts Glitzerndes. Der Eck- und Kramladen mit einem kleinen Mohren und einer Girlande von Schwefelfäden in seinem Schaufenster. Sonst nur Dunkelrot, altes Lehmgelb, niedriges Grau unter dem hellgrauen Himmel. Ein Städtchen in der großen preußischen und slawischen Ebene. Vorbei.

Lothar geriet in Unruhe, wie immer, wenn er spürte, daß die Wirkung des Alkohols nachließ. Stöße einer faden Ernüchterung rissen ihn dann aus dem Dunst von Geborgenheit, den der Schnaps um ihn gewoben hatte. In der Gegenwart seiner Mutter konnte er nicht zur Flasche greifen und den beginnenden Kater hinunterspülen. Auf der stillen Straße hinter Friesack versuchte er krampfhaft, die überlegene Stimmung festzuhalten, die der Cognac ihm einzuflößen pflegte, aber einzig die quälende Schärfe der Erinnerungen, die sich als Ortsnamen bei ihm gemeldet hatten, brachte es fertig, ihn von der Öde abzulenken, die sich in ihm ausbreitete. Stücke jener Zeit, die Lothar manchmal ironisch als seine ›heroischen Jahre‹ bezeichnete, glitten an ihm vorbei wie die Landschaft aus Torfbrüchen, Roggenfeldern, Eichenkratt, aus der sie sich erhoben, und ein unbezähmbarer Wunsch, jene Jahre wiederzufinden, jene Jahre und Melanie wieder an sich zu reißen, ein unvernünftiger Gedanke, gespeist aus halbem Rausch und halber Nüchternheit, ließ ihn sich in einem Augenblick auf der Straße hinter Friesack daran erinnern, daß in ein paar Kilometern eine Chaussee nach Norden abzweigte, durch das Rhin-Luch nach Neuruppin.

Er legte sich einen Plan zurecht, wie er seine Mutter ablenken würde, und als er von weitem schon die Straßengabel mit ihren Schildern wahrnahm, griff er wieder zu der Stulle und begann zu essen. Kurz vor der Kreuzung ließ er sie, wie unabsichtlich, fallen, und während seine Mutter sich bückte, um sie aufzuheben, indessen er am Steuer beschäftigt war, hatte er bereits den kritischen Punkt passiert und die Landstraße, die von der Interzonen-Chaussee abbog, eingeschlagen. Er sagte »Danke«, als sie ihm das Brot zurückreichte, nachdem sie es auf ihre penible Weise gesäubert hatte, und danach beobachtete er sie scharf aus den Augenwinkeln. Da sie selten Autoreisen machte, fiel es ihr nicht auf, daß die Straße schmaler geworden war, und sie nahm auch Abschnitte, die mit Kopfsteinen gepflastert waren, ja sogar ein offenes Sandstück, gleichmütig hin, bemerkte nur einmal, die Straße würde schlechter, schien jedoch keinen Argwohn zu schöpfen. Sie kamen durch mehrere Dörfer. Erst als sie an einem Dorfausgang auf ein Schild ›Neuruppin 15 Kilometer‹ stießen, wurde sie unruhig.

Sie griff nach Lothars Arm und sagte: »Wir sind auf der falschen Straße.«

Er antwortete nicht sogleich, und sie rüttelte nun an seinem Arm. »Auf der richtigen Straße kommen wir doch nicht nach Neuruppin«, sagte sie. »Du bist ganz falsch gefahren.«

Lothar spürte fast nichts mehr von der Wirkung des Alkohols, aber gerade in solchen Momenten war er stets erbittert wie über einen Verlust, erbittert und hemmungslos, und so machte er nicht einmal den Versuch, die Täuschung noch eine Weile zu verbergen.

»Ich fahre schon richtig«, sagte er ärgerlich. »Ich will einen kleinen Umweg machen.«

»Kehr sofort um, Lothar!« sagte die alte Dame, als sie begriffen hatte. Sie saß nun hoch aufgerichtet neben ihm. »Du weißt, wir sind registriert. Wenn wir nicht rechtzeitig an der Kontrolle sind ...«

Sie brach ab, aus einem Gefühl der Würde, wie Erwachsene, die bemerken, daß sie die starrköpfige Ungezogenheit eines kleinen Jungen nicht sogleich brechen können, achselzuckend, doch nicht unverletzt, und voller Trauer.

»Nur ein ganz kleiner Umweg«, sagte Lothar, »wir kommen immer noch rechtzeitig zum Kontrollpunkt in Ludwigslust.«

Aber seine Mutter schwieg und er wußte, sie saß nach dem Augenblick ihrer Empörung nun sehr klein und ängstlich neben ihm. Ich benehme mich miserabel, dachte Lothar, ich werde drehen und zurückfahren; aber statt dessen fuhr er weiter.

Sie passierten Neuruppin, ohne angehalten zu werden. Beim Fontane-Denkmal standen zwei junge Polizisten und sahen dem Auto träge nach. Die kleine Stadt lag mit ihren weiten Plätzen leer im bleichen Mittag. Am Wall schlug Lothar die Chaussee ein, die zum Müritzsee führte, ins Mecklenburgische, weil seine Erinnerung sich allmählich auf ein Waldstück versammelte, das in der Nähe eines Dorfes namens Klink lag und dort ein Seeufer bildet, an dem er einmal einen Nachmittag mit Melanie verbracht hatte. Er hätte ebensogut nach Rheinsberg oder zu einem halben Dutzend anderer Orte fahren können, denn die ganze Gegend war belebt von Erinnerungen an Ausflüge mit Melanie – manchmal allein mit ihr, manchmal in Begleitung ihres Mannes und der Kinder, wenn Richard Brahm sich mühselig hatte überreden lassen, mitzukommen –, aber aus irgendwelchen Gründen, vielleicht aus purem Zufall, hatte sich Lothars Gedächtnis in der letzten Viertelstunde auf jenen Nachmittag an einem See bei Klink kapriziert, und so lenkte er den Opel weiter nach Norden.

Als sie sich wieder in der freien Landschaft befanden, blickte er in den Rückspiegel, um sich zu vergewissern, daß ihnen kein Auto folgte. Die Chaussee war vollständig leer.

Er hörte, wie seine Mutter etwas sagte, aber er faßte, ganz in seine Gedanken versunken, die Worte kaum auf.

»Das wird ein böses Ende nehmen«, sagte sie. Ihre Stimme, spröde und alt, zerbrach die Worte wie Reisig.

4

Lothar erkannte den Platz, den er suchte, nur mit einiger Anstrengung wieder, eigentlich nur daran, daß er den See von rechts her schimmern sah, als er den Wald hinter Klink erreicht hatte. Er stoppte, um sich zu orientieren. Der Wald war, wie damals, als er mit Melanie hier gewesen war, hoher Buchenwald mit glatten Stämmen und hellgrünen Blättern, Blättern, die noch etwas von ihrer Frühlingshelligkeit behalten hatten, und der See schimmerte dort, wo das Unterholz am Waldrand den

Blick freigab, von rechts herauf, aber trotzdem schien irgend etwas sich verändert zu haben. Lothar schob es schließlich auf die Art der Annäherung: mit Melanie war er zu Fuß vom Dorf Klink her gekommen, eine Badetasche tragend, während er heute mit dem Auto angereist war – das ergab eine Verschiebung der Perspektiven. Außerdem, so erinnerte er sich, war der Vorkriegstag mit Melanie ein windiger und sonniger Tag gewesen, während heute stilles, bedecktes Wetter herrschte; seinerzeit hatte der See geblitzt, indes er heute nur eben schimmerte, graublau unter einer warmen Luft, die gestockt schien wie Milch in einer Schüssel. Lothar fand die Schneise wieder, die er mit Melanie zum See hinunter gegangen war; er lenkte das Auto hinein und fuhr vorsichtig auf ihr entlang. Es gelang ihm, den Wagen am Ufer so hinter ein paar Büschen zu parkieren, daß er von der Straße aus nicht gesehen werden konnte. Während des ganzen Manövers gab seine Mutter keinen Laut von sich; als er den Motor abgestellt hatte, stieg sie ruhig aus, breitete ihren Mantel über einen Baumstumpf, stellte ihre Handtasche daneben, setzte sich und betrachtete den See, der nicht sehr groß war, aber doch immerhin so groß, daß er einen Eindruck von Weite vermittelte. Am gegenüberliegenden Ufer waren Felder und Laubwälder zu sehen, aber keine Häuser. »Es ist fast schon mecklenburgisch hier«, sagte Lothar, »obwohl wir noch in der Mark sind.« Aber seine Mutter erwiderte nichts darauf.

Lothar erinnerte sich, daß er ganz genau den gleichen Satz seinerzeit zu Melanie gesagt hatte, aber diese Erinnerung war nur ein mechanisches Einrasten seines Gedächtnisses; sie ergab kein Bild von Melanie, obwohl er sich angestrengt bemühte, es sich vor den Hintergrund des Ortes zu projizieren, an dem er sich befand. Schließlich zog er die Flasche hervor und prüfte sie. Er hatte sie gestern in Berlin gekauft, es war eine handflache, leicht gewölbte Viertelliterflasche französischen Cognacs, und sie war noch bis über die Hälfte gefüllt; in Anwesenheit seiner Mutter setzte er sie nicht einfach an den Mund, sondern er goß den Cognac in den Aluminiumbecher, der als Schraubverschluß diente, und trank ihn vorsichtig leer.

Sie hörten schon von weitem das Geräusch eines Autos, das sich näherte, und hielten den Atem an. Lothar wandte sich um und blickte zur Straße hinauf, aber er konnte keine Spur von dem Auto erblicken, während es vorbeifuhr; die Büsche nahmen ihm jegliche Sicht.

»Wir sind in voller Deckung«, sagte er, während das Geräusch sich entfernte und sich neuer Motorenlärm ankündigte. Diesmal mußte es ein Lastauto sein, das mit schwerem Schüttern an ihnen vorbeikam. Aber danach wurde es stumm, sie waren wieder allein, und der lautlose Tag lag unbewegt im milchigen Licht, über Wasser und Schilf.

Die Situation und das Wort ›Deckung‹ lösten vage und abenteuerliche Gedanken in Lothar aus. »Wir sind Partisanen«, sagte er, und sein Gesicht verzog sich zu einem halben Grinsen. »Beinahe fühle ich mich wie ein Soldat«, sagte er, nach einer Pause. »Eigentlich komisch, daß ich ganz friedlich durch den Krieg gekommen bin, findest du nicht?«

Seine Mutter schwieg noch immer hartnäckig, und er fuhr fort, laut zu denken, ohne sich um sie zu kümmern; schon begann der Alkohol, sich wieder in ihm zu verteilen wie eine leichte, seinen Geist beruhigende Last. »Glänzend durch den Krieg gekommen«, sagte er, den ihm wohlbekannten preußischen Kasino-Jargon markierend, indem er die g's als jot's akzentuierte und die Schlußsilben der Verben verschluckte, »nie Soldat gewesen, immer die Stellung gehalten, immer 'ne ruhige Kugel geschoben«. Er wußte, wie sehr diese Tour seine Mutter erbitterte, aber es befriedigte ihn eine Weile, sich boshaft zu zeigen, bis er plötzlich damit aufhörte. »Zum erstenmal in meinem Leben liege ich irgendwo in Deckung«, sagte er nachdenklich und ratlos.

Sein Vater hatte nicht von ihm verlangt, er solle Berufsoffizier werden, sondern er hatte die geistigen Interessen seines Sohnes respektiert. Als dann sein ganzer Stand ins Zwielicht geraten war, hatte Lothar ihn erpreßt: dank der Beziehungen seines alten Herrn war Lothar vom Militärdienst freigestellt worden.

»Ich war ein Drückeberger«, sagte er, »und ich habe Papa gezwungen, mir dabei zu helfen. Erinnerst du dich noch?«

Sie sprach noch immer nicht. Lothar wußte, wie sehr er sie verletzte, indem er sie an diese Dinge erinnerte. Der Verfall des älteren Witte war schließlich zu einem nicht geringen Teil das Werk seines Sohnes gewesen; Lothar hatte seinen Vater zu einem Akt der Korruption veranlaßt, wie er einem Offizier auf keinen Fall anstand; dem Regime gegenüber konnte der Alternde noch die Maske eines preußischen Oberstleutnants wahren, aber sie war zerfallen, als Lothar ziemlich rücksichtslos an das empfindliche Gewissen ihres Trägers appelliert und seinen Wunsch, sich zu drücken, im Kreis der Familie zu einer politischen Frage hochgespielt hatte. Vielleicht war so der Blick entstanden, den jene vor dem Gefecht bei Szamotuly gemachte Fotografie von Lothars Vater zeigte: ein mißfälliger und arroganter Blick, ein Blick voll kaltem und abweisendem Interesse, ein gebrochener Blick.

Seine Mutter raffte sich endlich auf, etwas zu sagen. »Wollen wir nicht weiterfahren?« fragte sie. »Laß uns zurückfahren, Lothar, so schnell wie möglich! Wenn wir Glück haben und uns die Polizei nicht anhält, dann kommen wir vielleicht noch rechtzeitig auf die Chaussee nach Hamburg zurück.«

»Es wäre besser gewesen, Papa hätte mich nicht freistellen lassen«, sagte Lothar. »Wenn er gewußt hätte, was ich tun mußte, nur, um nicht Soldat werden zu müssen!«

Sie hatten ihm erlaubt, sich zu drücken, und weil er Historiker war, hatten sie ihn zum Dienst im Kriegsarchiv verpflichtet. Als Soldat, dachte Lothar, ins Schilf des Klinker Sees starrend und leicht alkoholisiert, wäre ich wenig mehr als ihr Opfer gewesen; als Archivar war ich ihr getreuer Diener. Er wischte, wie immer, die Erinnerung an gewisse Dokumente weg, die er damals gelesen hatte. Er hatte sie gelesen, benommen von Schauder, und dann hatte er sie katalogisiert. Er war weder ein

Täter noch ein Opfer gewesen, sondern einer, der sich von der Tat wie vom Opfer drückte; aber man hatte ihm nicht erlaubt, sich gänzlich zu drücken, sondern ihn gezwungen, die Summe der Leiden wenigstens zu registrieren. Er war ein Buchhalter der Unmenschlichkeit gewesen: die schäbigste aller Rollen.

»Alles, was du getan hast, hast du Melanies wegen getan«, sagte seine Mutter. »Du warst ein Drückeberger, um ihr nah zu sein. Du hast dich ins Kriegsarchiv kommandieren lassen, um in Berlin bleiben zu können, bei Melanie. Sie war dein böser Geist.«

Er blickte sie überrascht an. Noch nie hatte seine Mutter sich erlaubt, in dieser Weise von Melanie zu sprechen. Sie hatte nicht nur niemals so von Melanie gesprochen, ihre Taktik war es vielmehr gewesen, überhaupt nicht zu seinem Verhältnis mit Melanie Brahm Stellung zu nehmen. Was bewog sie auf einmal jetzt, da alles vorbei war, zu reden?

»Dabei war Melanie gar nicht böse«, sagte sie. »Ich habe sie immer gern gemocht. Eigentlich war sie eine gute Frau.« Sie machte eine Pause und rang sichtlich um den passenden Ausdruck. »Ich meine damit«, sagte sie schließlich, »sie war zur Güte veranlagt. Ihr habt sie nur falsch behandelt, du und Brahm. Vielleicht wäre sie bei euch geblieben, wenn sie nicht gesehen hätte, daß alle eure Entschlüsse schließlich von ihr abhingen.« Wieder schwieg die alte Frau, ehe sie fortfuhr: »Vielleicht wäre sie dir nach dem Krieg nicht fortgelaufen, wenn du dich ganz einfach als Soldat hättest einziehen lassen. Sie hat gespürt, daß du ein verlogenes Leben auf dich genommen hast, nur, um dich nicht von ihr trennen zu müssen. Glaub mir, das verträgt keine Frau, und Melanie schon gar nicht!«

Lothar konnte die Stimme nicht mehr ertragen, und nicht mehr die Worte, die sie bildete. Er ging eine Strecke am Seeufer entlang und legte sich in eine geschützte Mulde aus trockenem Kieselboden. Dort begann er endgültig zu trinken, langsam, regelmäßig und in kleinen Schlucken, die er im Mund zergehen ließ.

5

Man fuhr damals noch nicht Auto; jedenfalls in den Kreisen, zu denen Brahm und Lothar Witte gehörten, besaß man damals, vor dem Krieg, keine Autos, und so kamen Lothar und Melanie zu Fuß vom Bahnhof des Dorfes Klink her, wohin sie mit dem Personenzug gefahren waren, nachdem sie in Rheinsberg übernachtet hatten. Lothar trug – aufs neue erinnerte er sich ganz deutlich daran – eine Tasche aus dunkel- und hellbraun gestreiftem Leinen, in dem sich ihr Badeanzug und ihre Toilettenutensilien befanden, und er grübelte, während er den Geschmack des Cognacs auf seiner Zunge zergehen ließ, darüber nach, wo jene Stütze seines Gedächtnisses wohl geblieben war; wahrscheinlich lag sie, angestaubt, verschossen und unansehnlich, auf dem Speicher der frohnauer Villa. Er hielt sich ganz still in seiner Kiesmulde und wartete ab, aber in jenem fernen, windigen und sonnigen Tag, dessen Gegenwart er sich herbeiwünschte, blieb zu seiner Verwunderung die Badetasche der einzige Gegenstand, der sich bewegte, der lebendig war, während die ebenso genaue Erinnerung daran, daß Melanie bei diesem Ausflug ein sportliches Kleid aus steingrauer Waschseide getragen hatte, belanglos erschien: eine mechanische Notiz, weiter nichts. Seine Mutter hatte recht: Schauplätze aufzusuchen, war nicht die rechte Form, um Erinnerungen zu beschwören. Der Abstecher in die nördliche Mark war so nutzlos, wie er gefährlich war.

Es war also ausgestanden, Lothar rekapitulierte sich die Feststellung, die er schon am Morgen, im Auto auf seine Mutter wartend, getroffen hatte: daß vierzehn Jahre später eben alles ausgestanden war, ausgestanden sein mußte: Melanies Flucht und die Jahre vorher und jeder einzelne Moment dieser Jahre.

Er fragte sich, ob er noch zu nüchtern sei, um seinem Gedächtnis den Dreh zu geben, den es nötig hatte, damit die Türe sich aufschlösse, hinter der Melanie stand und – vielleicht! – auf ihn wartete; er trank deshalb wieder aus der Flasche, aber es half nichts, und er wußte schon, während er trank, daß es nichts nützte, wenn er sich vollaufen ließ: es gab überhaupt keine Türe, weil es nicht einmal eine Wand gab, die ihn von Melanie trennte. Es gab nur einen großen leeren Raum um ihn, einen Raum, der dadurch gekennzeichnet war, daß Melanie in ihm vollständig abwesend blieb.

Wie oft in solchen Fällen, versuchte Lothar, sich auf die Sprünge zu helfen, indem er begann, Daten zu registrieren: im Jahre 1938 war es eine dreiundzwanzigjährige Melanie gewesen, die mit ihm an den Klinker See spaziert war – er hatte sie im Februar 38 auf einem privaten Kostümfest in irgendeiner Grunewaldvilla kennengelernt –, sie war damals schon im dritten Jahr mit Richard Brahm verheiratet und hatte das Jahr zuvor ihr erstes Kind bekommen, den kleinen Andreas, der jetzt vierundzwanzig Jahre alt war, der inzwischen ein paar Semester Soziologie und Volkswirtschaft und Geschichte studiert hatte, um sich schließlich unentschlossen und lustlos und hochtalentiert bei irgendeiner Europa-Behörde in Brüssel beschäftigen zu lassen. Die Daten begannen, sich über dem Strohgelb der Feldergevierte, der Quadrate aus Laubwaldgrün auf dem jenseitigen Ufer des Klinker Sees in Gruppen zu ordnen. Als der Krieg ausgebrochen war, ein Jahr nach dem 38er Ausflugssommer mit Lothar, war dann Lothars Sohn Günther geboren worden, ein Junge, der sich merkwürdigerweise für praktische Fragen interessierte, Typografie erlernt hatte und, mit seinen zweiundzwanzig Jahren, schon als grafischer Fachkaufmann arbeitete. Mitten im Krieg, 1943, gab es dann noch einmal ein Kind, Richards Tochter Marianne; sie war nun achtzehn Jahre alt, ähnelte ihrer Mutter und würde nächstes Jahr ihr Abitur machen. Das hörte sich an, dachte Lothar, als sei alles ganz glatt gegangen mit den Kindern, aber in Wirklichkeit war es eine harte Sache für Richard und mich, die Kinder waren so schwierig, wie Kinder nur sein können – gibt's überhaupt Kinder, die nicht schwierig sind? –, aber unsere sind schon besonders kompliziert gewesen, und eigentlich sind sie es noch, aber sie sind nun groß und helfen sich selbst weiter. Es war ein Kreuz gewesen mit den Kindern. Lothar trank wieder, und dann dachte er, dieser See sei wirklich schon eher mecklenburgisch als märkisch, ehe er dachte: es muß ein wunderbares Gefühl für Melanie gewesen sein, drei Kinder und zwei Männer zu verlassen. Sie war zweiunddreißig, als sie im Oktober 47 verschwunden war, spurlos. Die Kinder waren damals zehn, acht und vier Jahre alt gewesen. Sie hat uns ganz schön im Stich gelassen, dachte Lothar, sie ist jetzt sechsundvierzig; wie fühlt sich eine Frau mit sechsundvierzig, wenn sie sich erinnert, daß sie irgendwo drei Kinder hat, drei Kinder, von denen sie nichts weiß? Während er trank, war sich Lothar im klaren darüber, daß er Melanie haßte.

»Komm, wir wollen schwimmen gehen«, sagte Melanie zu ihm, und er wunderte sich nicht einmal darüber, daß er sie nun doch plötzlich neben sich hatte. Sie saß neben ihm, in ihrem weißen Badeanzug, hielt ihre an den Körper gezogenen Beine umschlungen und spähte auf das Wasser hinaus.

»Ich möchte noch einen Moment warten«, hörte er sich sagen. Er blickte an seinem nur mit einer Badehose bekleideten großen Körper hinab, dessen Fleisch schon damals eine Tendenz zum Zerfließen hatte. Lothar war nicht dick, aber sein mächtiger Körper hatte etwas Ungestaltes; niemals hatte er Konfektion tragen können. Unter dem grauen heißen Wolkenlicht betrachtete er seine Haut, die nicht bleich war, sondern fast farblos, die farbig ungenaue Haut seines großen, trägen Körpers, dem es immer einen Angang bedeutete, sich seiner Muskeln zu erinnern, der sich gerne zurückzog, reglos blieb. Sein schweres Fleisch wollte noch einen Moment warten, ehe er sich ins Wasser stürzte, aber als er zu Melanie hinübersah, bemerkte er, daß das Licht gewechselt hatte, es war nun nicht mehr das neutrale Halbschattenlicht einer gleichmäßigen, hohen Wolkendecke, unter der es dunstig heiß gewesen war, heute den ganzen Tag, sondern es war das ostwindtiefe Leuchten jenes dreiundzwanzig Jahre alten Tags, das aus Tafelstücken von ultramarinblauem Himmel, Weizenchromgelb und dem indonesischen Batikbraun von Melanies Beinen, Armen und Schultern zusammengesetzt war, mit dem weiß ausgesparten Fleck ihres Badeanzugs darin – eine Gouache wie vom frühen Pechstein. Melanies Haare hingen ihr, zu einem Pferdeschwanz gebunden, den Rücken hinab. Ihre ganze Haltung war ein einziges Spähen, eine gespannte Gier nach dem Element, und so blieb Lothar nichts anderes übrig, als sich zu erheben. Sie tänzelte ihm förmlich voraus, über den schmalen Strand aus runden Kieseln, warf sich mit einem Schrei in die vom Wind dunkel überflogene Flut und begann, auf dem Rücken zu schwimmen, lautlos und fischhaft seidig. Einmal im Wasser, wurde auch Lothars Körper geschmeidig, wurde zum Körper eines langsamen, eleganten, schweren Wassertiers. Er schwamm weit in den See hinaus und betrachtete von dort aus das Ufer, den Buchenwald und die Flut, in der sich weiße Wolken spiegelten, langhingezogen.

Unvermutet tauchte Melanie neben ihm auf, sie war eine Strecke unter Wasser geschwommen und schüttelte nun die Tropfen aus ihren glatten dunkelbraunen Haaren. Wortlos umschwammen sie sich eine Weile, bis Melanie sagte: »Hier muß es tief sein.« In ihre Augen trat eine schnelle, unvernünftige Angst, und sie schwamm näher zum Ufer, wo sich die Angst verlor und sie sich noch lange im Wasser umhertrieben.

Als sie nachher am Ufer lagen und ihre Körper in der Sonne trocknen ließen, sagte Melanie nicht, was sie in späteren Jahren manchmal gesagt hatte: »Schade, daß Richard nicht dabei ist.« Zu einer solchen Bemerkung war ihre und Lothars Bekanntschaft damals, im Sommer ihres ersten Jahres, noch zu jung gewesen; auch wenn vom ersten Augenblick an ihr Arrangement zu dritt selbstverständlich gewesen war, so bedauerte es Melanie sicherlich nicht, daß Richard Brahm keine Neigung zu Landschaften und Wanderungen hatte, sondern mit Melanie lieber gelegentlich eine Nacht in einer Bar verbrachte, um ungestört mit ihr über seine Geschäfte reden zu können, die Geschäfte eines versierten und verwegenen Kaufmanns, der es liebte, Produktivkräfte zu entfesseln. Melanie hatte Sinn für beides:

für die ›Black-Bottom‹-Bar sowohl wie für den Klinker See, für Richards Geschäfte ebenso wie für Lothars introvertiertes und gespanntes Verhältnis zur historischen Wissenschaft. Die beiden Männer hatten sich wortlos verständigt, nachdem sie herausgefunden hatten, daß sie Sympathie füreinander empfanden; auch ihre politische Einstellung verband sie miteinander, und instinktiv spürten sie, daß in ihrem Vertrag über Melanie etwas lag, was dem Zug der Zeit zu Macht, Gewalt und Besitz, zu Unterdrückung und gemeinem Hang nach Unfreiheit widerstand. Aber die Zeit wurde dunkler, auch wenn es Tage wie diesen gab: Liebestage an Ostwindufern.

»Eines Tages werde ich euch aber verlassen, dich und Richard«, sagte Melanie. »Ganz bestimmt werde ich euch verlassen.«

Lothar griff wieder nach der Flasche. Die Luft war nicht mehr angenehm halbschattig, sondern nur noch schmutzig hellgrau, weißgrau, ekelhaft farblos. Seine Mutter saß noch immer auf ihrem Baumstumpf, streng und bekümmert; er konnte sie sitzen sehen, durch Gebüsch hindurch, unbeweglich. – Dann war wieder der andere Tag da, das Deckfarbenbild.

»Warum?« fragte er. »Was fällt dir ein? Du hast keinen Grund dazu.«

Sie lagen nebeneinander, Lothar auf dem Rücken und Melanie auf dem Bauch; sie hatte den Kopf auf ihre verschränkten Arme gelegt und grübelte in ihre Armbeuge hinein, dann hob sie ihn hoch, blickte über den Wald hin und sagte: »Der Krieg wird kommen. Und nach dem Krieg wird eine ganz andere Zeit kommen. Wenn die andere Zeit kommt, werde ich euch verlassen.«

Er spürte die runden Kiesel unter seinem Rücken. Auch damals hatte er schon getrunken, wenn auch mit Maßen. Er erinnerte sich nicht, was er Melanie geantwortet hatte. Übrigens hatte sie solche und ähnliche Bemerkungen öfters gemacht; er hatte ihr also eigentlich nichts vorzuwerfen – sie war von Anfang an ehrlich gewesen. Er hatte keinen Grund, sie zu hassen.

Trotzdem haßte er sie. Er war jetzt so betrunken, daß er wieder einmal wußte, warum er sie haßte: weil er niemals herausbekommen hatte, weshalb sie ihn und Richard Brahm und die Kinder verlassen hatte, 1947, im Oktober.

Richard und Lothar hatten diese Frage während der Jahre, in denen sie noch über Melanie gesprochen hatten, zum Gegenstand beinahe wissenschaftlicher Erörterungen gemacht. Natürlich erwogen sie als erstes, ob ein anderer Mann die Ursache von Melanies Entschluß war, aber sie hatten nicht eine einzige Spur gefunden, die in eine solche Richtung wies. War es Lothars Trunksucht, Richards verwegene Geschäftemacherei, die sie schließlich verstörte? Melanie war keine Frau, die einen Mann nicht so, wie er war, akzeptierte oder ablehnte, und sie hatte Richard und Lothar angenommen, hatte mit ihnen gelebt und die Vorzüge ihrer Schattenseiten begriffen: die wilde Großzügigkeit, die in Lothars Hang zum Alkohol, in Richard Brahms riskanten Spekulationen zutage trat. War es also wirklich nur eine Art von heftiger und naiver Lebensneugier, von beinahe stummem Glauben daran, daß mit einer neuen Zeit ein neues Leben begonnen werden müsse, was Melanie zu ihrem Absprung bewegte? Lothar konnte es nicht glauben. Nicht einmal die Tatsache, daß sie trotz aller Bemühungen der beiden Männer, sie aufzustöbern, gänzlich unauffindbar blieb, hatte seinen Unglauben erschüttert.

Hatte also seine Mutter recht? ›Vielleicht wäre sie bei euch geblieben, wenn sie nicht gesehen hätte, daß alle eure Entschlüsse schließlich von ihr abhingen.‹ – ›Alle eure Entschlüsse‹ – das hieß im Denken seiner Mutter natürlich: der Entschluß Lothars, seinen Vater zu einer unredlichen Handlung zu zwingen, das bedeutete für sie: die verächtliche Melancholie, die den Oberstleutnant Witte in den Soldatentod getrieben hatte. ›Sie hat gespürt, daß du ein verlogenes Leben auf dich genommen hast, nur, um dich nicht von ihr trennen zu müssen.‹ Ja, sie hatten das wohl getan: ein verlogenes Leben geführt, Lothar als Buchhalter des Todes, und auch Richard, der schließlich mit dem Krieg Geschäfte gemacht hatte. Aber hatte Melanie sie verlassen, weil sie um ihretwillen etwas auf sich genommen hatten, oder aus einem noch viel tieferen Grunde, den seine Mutter nicht begreifen konnte: weil in Melanies blinde Vorstellung von einer ganz und gar neuen Zeit Lothar und Richard nicht hineinpaßten, weil das Neue, das sie im Abgrund der dunklen Zeit erwartete, nicht mit zwei Männern geteilt werden konnte, die sich mit dem Alten die Hände schmutzig gemacht hatten? Ob sie nun wohl im Neuen lebt, in der reinen Zeit, dachte Lothar. Ich lebe noch immer in den alten Verhältnissen. ›Zum erstenmal in meinem Leben liege ich irgendwo in Deckung‹, hatte er vorhin gesagt. Aber das stimmte nicht. In Wahrheit hatte er sein ganzes Leben lang in Deckung gelegen. Er blickte um sich. In Preußen lag man immer in Deckung. Hoffentlich hatte Melanie da, wo sie jetzt lebte, das Neue gefunden, in dem sie sich frei und aufrecht bewegen konnte.

Er wollte aufstehen, um seine Mutter zur Rede zu stellen, sie noch einmal zu fragen, wie sie dazu käme, Melanie in einem Atem als ›bösen Geist‹ und ›gute Frau‹ zu bezeichnen, aber die Schwere des Alkohols hielt ihn fest. Melanie war längst verschwunden, und nur einmal noch erblickte er sie, wie sie am Ufer stand. Sie hatte ihr Kleid wieder an, ein Kleid aus steingrauer, verschossener Waschseide, sie stand barfuß, mit dem Rücken zu Lothar, am Ufer und wrang ihren weißen Badeanzug aus. Ihre Haare glänzten naß und glatt, offenbar war sie noch einmal im Wasser gewesen.

Eine Bewegung aus Schlankheit und Südseebraun – einem an norddeutsche Sommerseen versprengten Tahitibraun –, aus steingrauer Seide und Sehnsucht nach einer neuen Zeit rann über ihren Körper wie Wasser, geschmeidig und feucht. Lothar, betrunken am Waldrand sitzend, spürte, wie diese Geste die tiefste Absicht seines Lebens, seinen Wunsch, ein Leben in angenehmem Halbschattenlicht zu verbringen, reglos im stillen Licht zu verweilen, zu beobachten, nachzudenken, ein für allemal vernichtete. Ein sekundenschneller Bewegungsablauf, der aus nichts bestand als aus Hautbräune und Wasserleuchten, war mächtiger gewesen als der Zug, der in seinem Charakter am stärksten ausgebildet war. Das Bild zerging – Melanie hatte sich nicht mehr zu ihm umgewendet –, und Lothar blickte auf die Flasche, in der sich noch immer ein Rest Cognac befand. Auch das da besaß Gewalt über ihn, hatte seinen Hang zu einem Dasein in diskreter, unauffälliger Beleuchtung, seinen Vorsatz, sich in neutralen Zonen aufzuhalten, zerstört.

Es gelang ihm schließlich, sich zu erheben. Er verschloß die Flasche und steckte sie in die Tasche. Da er bemerkte, wie betrunken er war, ging er bis zum Wasserrand, benetzte seine Hände und schöpfte auch Wasser, das er sich übers Gesicht schüttete. Er trocknete sich mit dem Taschentuch ab. Dann ging er zu seiner Mutter zurück, wobei er sich Mühe gab, nicht zu schwanken. Sie sah zu ihm auf.

»Was hast du eigentlich gemeint«, fragte er, »vorhin, mit dem, was du über Melanie sagtest?«

Es gelang ihm, den Satz zusammenhängend herauszubringen, aber er wußte nicht, daß in seinem Ton der rauhe, tiefe Klang der Trunkenheit lag, der Klang einer betrunkenen Drohung.

Seine Mutter fürchtete sich nicht. Sie stand auf.

»Gib mir die Flasche, Lothar«, sagte sie. »Du hast genug gehabt.«

Es sah einen Augenblick aus, als wolle er sie schlagen. Natürlich hätte er sie niemals geschlagen, nicht einmal im schlimmsten Rausch, aber die Szene sah wüst aus, zerfahren und häßlich im hellen, heißen, sonnenlosen Licht.

»Ich bin ganz in Ordnung«, sagte Lothar wütend. »Ich bin kein Kind mehr. Ich bin nicht mehr dein Kind.«

6

Sie achtete überhaupt nicht auf sein Gerede.

»Ich habe vor ein paar Tagen einen Brief bekommen«, sagte

sie, »einen Brief von Melanie. Das ist der Grund, warum ich dich heute früh warten ließ, Lothar, nicht weil ich noch meine Handschuhe zu suchen hatte. Ich stand herum und überlegte, ob ich den Brief mitnehmen sollte, um ihn dir zu geben.«

Es gab für Lothar auf einmal nur noch die Gestalt seiner Mutter. Sie trug ein unauffälliges graues Jackenkleid, eine rechte Witwenkleidung, aber es kam ihm vor, als sei sie aus greller Pappe ausgeschnitten und auf einen Grund von weißem Papier geklebt. Die Welt um seine Mutter herum war leer und weiß.

»Und?« fragte er gespannt. »Hast du ihn mitgenommen?«

Er sah, daß sie nickte. Nachdem er sie eine Weile angestarrt hatte, sagte er: »Gib ihn mir!«

»Gib mir die Flasche«, sagte sie, »und versprich mir, daß wir sofort zurückfahren! Dann gebe ich dir den Brief.«

Er schwankte, als er einen Schritt vorwärts tat und nach der Tasche griff, die immer noch neben dem Baumstumpf auf dem Stein- und Grasboden stand. Während er sich bückte, spürte er das Gefühl von kreisender Schwere in seinem Kopf.

Es geschah etwas Merkwürdiges: seine Mutter begann, um die Tasche zu kämpfen. Während er das alte braune Lederding schon in den Händen hielt, klammerte sie sich daran und begann stumm daran zu zerren. Sie sah ihn dabei verzweifelt an; auch in ihren Augen lag etwas Zerrendes, ein Ausdruck der Verzweiflung und wilder, ratloser Erniedrigung. Lothar hatte seine Mutter noch nie außer sich gesehen; er war so überrascht, daß er beinahe für einen Augenblick nüchtern wurde. Verblüfft ließ er die Tasche fahren.

Sie standen sich noch gegenüber, Lothar mit offenem Mund, seine Mutter schwer atmend von der Anstrengung, einem Betrunkenen ihre Tasche entrissen zu haben, als es im Ufergebüsch raschelte. Im Bruchteil einer Sekunde trat in ihre Augen Wachsamkeit, und Lothar wandte sich um, während seine Mutter an ihm vorbei auf eine Stelle im Gebüsch starrte, an der eine Bewegung sich ankündigte.

Dann trat ein Mann hervor. Er war untersetzt und ihnen

beiden auf der Stelle unsympathisch, obwohl er sich als freundlich erwies. In mecklenburgischem Platt sagte er: »Ich hab was gesehen, als ich auf der Straße lang ging. Dachte mir, da steht'n Auto.«

Er trug einen blauen Anzug, als ginge er zu einer Festlichkeit oder zu einer Beerdigung, und auf dem Kopf eine Schiffermütze. Aufmerksam und fachmännisch betrachtete er das Auto, besonders das Nummernschild.

»Sie kommen aus dem Westen«, stellte er fest.

»Ja«, sagte Lothar, »wir sind auf der Reise zu Verwandten.«

Der Mann nickte. Er hatte ein glattes, fettes und festes Gesicht. Trotzdem es heiß war, schien er in seinem blauen Anzug nicht zu schwitzen. Seine Augenbrauen waren weißblond, seine Augen von kaltem Porzellanblau, und seine Lippen waren ein wenig aufgeworfen; Lothar hatte das Gefühl, daß der Mann mit seinen Lippen schmatzen konnte.

»Wo wollen Sie denn hin?« fragte er, so beiläufig, daß Lothar spürte, wie er dahinter schmatzte.

Lothar war überrumpelt von der Frage; er brauchte ein paar verhängnisvolle Sekunden zu lang, um sich in seinem Rausch zu sammeln; schließlich brachte er den nächstbesten Namen heraus, der ihm einfiel: Prenzlau.

Der Mann nickte, sichtlich befriedigt darüber, daß er seine Opfer in den Händen hatte.

»Prenzlau«, sagte er. Er wog den Namen im Geiste ab. »Da sind Sie aber ganz falsch gefahren, wenn Sie von der Chaussee nach Berlin kommen. Sie sind ja viel zu weit westlich. Warum sind Sie nicht über Oranienburg gefahren?«

»Wir wollten einen kleinen Umweg machen«, erwiderte Lothar.

Es mußte sich jetzt sogleich herausstellen, ob der Mann ein Feind war oder nicht. Lothar war gefaßt darauf, daß er im nächsten Moment einen Polizeiausweis herausziehen würde.

»Umwege sind gefährlich«, sagte der Mann. Und nach einer Pause fügte er hinzu: »Bei uns!«

Die Spannung war noch immer nicht gelöst. Der Mann zog sie in die Länge, indem er zum Wasser ging, einen flachen Stein aufhob und, nachdem er ihn geworfen hatte, zusah, wie er ein paarmal über die Fläche schnellte, ehe er versank. Offenbar war er ein Meister im Steine-Flitschen. Das ist ein geiler Hund, dachte Lothar, betrunken wie er war, ein geiler Hund von einem Spitzel. Er blieb aufrecht stehen und bemühte sich, bewegungslos zu bleiben, um dem Mann nicht zu verraten, in welchem Zustand er sich befand. Seine Mutter stand regungslos da, in ihrer knappen und hochmütigen Haltung, die ihr zur zweiten Natur geworden war.

Der Mann kam zurück.

»Wenn Sie lieber nach dem Westen zurückwollen«, begann er, und er fuhr rasch und überlegt mit der gleichmütigen, Diskussionen abschneidenden Erwägung fort, »weil Sie sich verfahren haben«, um seinen Satz mit dem Vorschlag abzuschließen, »dann gibt es einen guten Weg von hier aus.«

Lothar atmete erleichtert auf. Sogar seine Mutter machte eine Bewegung, die verriet, daß ihre Spannung sich löste. Der Mann war also kein Feind, im Gegenteil, er war ein Helfer. Kein sehr freundlicher Helfer, denn er blieb kalt, er schien in einer Art von kaltem, schmatzendem Genuß zu registrieren, wie der Schrecken, den seine Anwesenheit verursacht hatte, abnahm – aber immerhin.

Er trat dicht an Lothar heran. »Fahren Sie noch ein kleines Stück weiter«, sagte er, »aber nicht bis Barrentin.« Er sprach, ohne die Stimme zu senken, aber er machte sie tonlos. »Vor Barrentin geht eine Straße links ab, zum See. Über den See gibt es eine Fähre. Von der anderen Seite aus sind Sie nach ein paar Kilometern wieder auf der Interzonen-Chaussee.«

»Keine Vopos?« fragte Lothar. Er tat sich keinen Zwang mehr an.

In die harten, porzellanblauen Augen des Mannes geriet eine Dunkelheit aus Haß. Aber er nahm sich zusammen, hob nur die Schultern und sagte: »Wenn Sie Pech haben!« Er war ein Helfer.

Das merkwürdige ist, dachte Lothar in seiner Alkohol-Hellsicht, daß er mir nicht sympathischer geworden ist, seitdem ich das weiß. Aber ein unsympathischer Helfer ist besser als ein sympathischer Feind, dachte er; man kann sich seine Freunde nicht aussuchen.

»Und der Fährmann«, fragte er, »wie ist der?«

»Der Fährmann ist in Ordnung«, sagte der Mann.

Es gab keinen Grund mehr, weitere Fragen zu stellen, aber Lothar blieb immer noch stehen, weil er sich genierte, dem Mann zu zeigen, was mit ihm los war. Bei dem ersten Schritt, den er tat, würde der Mann bemerken, daß er kaum noch auf den Beinen stehen konnte.

»Danke«, sagte er schließlich, »danke für den Rat!«

Der Mann wandte sich wortlos ab, ging wieder ans Ufer und begann aufs neue mit dem Steine-Flitschen. Lothar stolperte buchstäblich bis zur Wagentüre, riß sie auf und fiel auf den Fahrersitz. Das Auto hatte in der Hitze gestanden, und Lothar brach der Schweiß aus. Er kurbelte die Scheiben herunter, ehe er den Motor anließ. Seine Mutter folgte ihm langsam nach und ließ sich neben ihm nieder.

Der Mann hatte mit dem Steine-Flitschen aufgehört; er stand ein paar Schritte entfernt und sah Lothar zu.

»Kann ich irgend etwas für Sie tun?« fragte Lothar ihn. »Brauchen Sie etwas? Geld zum Beispiel? Westgeld?« Das Angebot kam unbeholfen über seine Lippen, mit der Grobheit des Betrunkenen; Lothars Abneigung gegen den Mann entlud sich darin.

»Lothar!« sagte seine Mutter.

Der Mann sah ihn nur an, kalt, porzellanblau und fett. Die Schiffermütze saß ganz gerade auf seinem dicken Katerkopf. ›Der Fährmann ist in Ordnung‹, hat er gesagt, dachte Lothar, aber er selber ist nicht in Ordnung. Irgend etwas war an dem Mann, was ganz und gar nicht in Ordnung war. In der Tiefe seiner Trunkenheit begann Lothar plötzlich, sich vor dem Mann zu fürchten, ehe er das Auto in Gang brachte. Langsam und rumpelnd fuhr es in die Schneise. Im Rückspiegel konnte Lothar den Mann nicht mehr sehen.

Als er den Wagen kurz anhielt, ehe er aus der Schneise auf die Straße einbog, sagte seine Mutter: »Laß uns lieber den Weg fahren, den wir gekommen sind, Lothar!«

»Aber warum?« fragte Lothar. »Sein Tip ist erstklassig, wenn er stimmt.«

Erst jetzt fiel ihm auf, daß seine Mutter während der Begegnung mit dem Fremden kein einziges Wort gesprochen hatte. Sie war die ganze Zeit über wie erstarrt gewesen.

»Ich habe ein ungutes Gefühl«, sagte die alte Dame.

Lothar zuckte die Achseln. »Durch Neuruppin kommen wir kein zweites Mal, ohne daß die Vopos uns aufhalten.«

Noch während seine Mutter sagte: »Jetzt wäre es mir fast lieber, wir bekämen mit der Polizei zu tun ...«, bog er schon nach rechts ein, in die Richtung, die der Mann ihm gewiesen hatte. Er beschleunigte die Fahrt des Autos. Weil er betrunken war, fuhr er übertrieben korrekt; er hielt den Wagen scharf rechts an der Grenze der Bankette; sein Blick lag starr auf der Straße, die weiter durch den Wald führte, der für Lothar nur aus diffusem, grünem Buchenlicht bestand, durch das eine exakt gezeichnete graue Straße führte. Kein Auto begegnete ihnen. Einmal kamen sie an einer Frau vorbei, die einen Karren zog, auf den Reisig gehäuft war.

Erst nach einer ganzen Weile erinnerte er sich wieder an die Angelegenheit mit dem Brief. Der Gedanke an Melanies Brief kam so schlagartig zu ihm zurück, daß seine Aufmerksamkeit sogleich von der Steuerung abgelenkt wurde und er mit dem Auto auf die linke Straßenseite geriet. Er korrigierte die Abweichung, ehe er fragte: »Warum hast du mir den Brief nicht schon in Berlin gegeben?«

»Er ist an mich gerichtet«, antwortete seine Mutter, »und für mich bestimmt. Ich weiß gar nicht, ob es Melanie überhaupt recht ist, daß ich ihn dir zum Lesen gebe.«

»Lächerlich!« Seine Stimme wurde grob, nuancenlos. »Eine

von Melanies Finten. Natürlich will sie mit Richard und mir Verbindung aufnehmen. Sie macht es nur spannend.«

Er fühlte, daß er verrückt war vor Begierde nach dem Brief. Es war unerträglich, diesen Brief in Griffweite in der Handtasche seiner Mutter im Auto zu wissen. Nur ein letzter Rest von Selbstachtung hinderte ihn, den Opel anzuhalten und seine Mutter zu bitten, sie möge ihm den Brief geben. Um sich dafür zu rächen, daß er sich beherrschen mußte, begann er, seine Mutter anzuklagen.

»Sie macht es wie damals«, sagte er höhnisch, »als sie immer lange freundliche Gespräche mit dir führte, wenn sie mich besuchen kam, in Frohnau, weißt du noch? Sie wußte, daß ich rasend wurde, während sie mit dir plauderte, daß ich auf den Moment wartete, wo sie zu mir in mein Zimmer kam, aber sie zog das in die Länge, sie machte Konversation mit dir. Sie hat es nie ausgesprochen, aber ich glaube, sie verachtete mich ein wenig, weil ich als erwachsener Mann noch immer mit meiner Mutter zusammenlebte.« Um das Maß voll zu machen, fügte er hinzu: »Vielleicht ist das auch ein Grund, warum sie mich verlassen hat: weil ich mich bis übers Kriegsende hinaus nicht von dir getrennt habe.«

»Ja«, sagte seine Mutter, und wäre er nicht betrunken gewesen, so wäre ihm die ganz unbetroffene Sachlichkeit ihres Tons aufgefallen, »vielleicht hättest du dich rechtzeitig von mir trennen und Melanie zu dir nehmen sollen. Fort auch von Richard.«

Aber Lothar hörte nicht hin. Plötzlich wurde er sich dessen bewußt, daß er ein Ortsschild passiert hatte, auf dem ›Barrentin, 2 Kilometer‹ zu lesen gewesen war, und daß kurz vor dem Pfahl mit dem Schild eine unbezeichnete Straße nach links abging. Er hielt den Wagen mit einem Ruck an. ›Aber nicht bis Barrentin‹, hatte der Mann gesagt. Lothar blickte zurück; der Pfahl war noch zu sehen. Vorsichtig begann er, das Auto zurückzusetzen. Das Manöver war fast zu viel für den Grad von Rausch, den er sitzen hatte; er brachte das Auto nur in Schlangenlinien bis zur Einmündung der Straße zurück. Einmal, als der Opel beinahe quer auf der Straße stand, blieb Lothar ein paar Sekunden erschöpft am Steuer sitzen: er fühlte sich völlig duhn und brütete dumpf vor sich hin.

Ein Viertelliter Cognac, dachte er, das ist eigentlich gar nichts, aber ich bin blau wie eine Haubitze, wie alle Gewohnheitstrinker, die nicht immun werden gegen den Schnaps, sondern im Gegenteil immer wehrloser. Zwei, drei Schlucke werfen mich jetzt schon um, dachte er trostlos, in die Tiefen des Waldes starrend, ehe er sich wieder aufraffte. Seine Mutter beobachtete ihn schweigend.

Die Straße nach dem See, über den eine Fähre führen sollte, war schmal und ungeteert, ein weißes Forststräßchen. Es war Nachmittag, das Licht hatte sich verändert, der Himmel, der über den Bäumen zu sehen war, schimmerte immer noch gleichmäßig weiß, aber die Strahlung, die durch ihn hindurchging, war gebrochen, ein angenehmes Grau hatte sich ausgebreitet, das beinahe nach Regen aussah. Melanie ist also zurückgekehrt, dachte Lothar, vorerst mit einem Brief, aber sie ist zurückgekehrt, ich werde den Brief lesen, sowie wir die Interzonenchaussee erreicht haben werden; er fühlte sich nun gelöst und beherrscht, er setzte sich ein Ziel: die Fähre, dann die paar Kilometer durch den Dossebruch – was für ein wunderbarer Rat, den der Mann am Klinker See ihm gegeben hatte –, dann die Straße nach Hamburg. Auf der Straße nach Hamburg angekommen, würde er den Opel kurz anhalten und Melanies Brief lesen. Es war nur natürlich, daß er sich aus solchem Anlaß an Melanies Abschied erinnerte. Sie hatte ihn angerufen, an einem Morgen im Oktober 47, gleich nach dem Frühstück, und ihn gebeten, zu ihr zu kommen. Richard befand sich auf einer Geschäftsreise und Andreas und Günther waren in der Schule, nur die vierjährige Marianne befand sich bei Melanie in der Wohnung. Melanie hatte ihn gebeten, den Vormittag auf Marianne aufzupassen, mittags käme eine Zugehfrau und am Abend wäre Richard wieder zurück, hatte sie gesagt, aber am Vormittag habe sie niemanden für das Kind, und sie müsse verreisen.

Lothar war aufgebracht gewesen. »Warum«, fragte er, »wohin?« »Ich muß verreisen«, hatte Melanie geantwortet, »einfach verreisen, ich weiß nicht, ob ich zurückkomme.« Sie hatte schon ihren Tuchmantel an und bürstete noch einmal ihre Haare zurück, während sie im Flur stand. Ihr Koffer stand gepackt da, und sie war aus der Wohnung gegangen, ohne noch einmal nach der Kleinen zu sehen, die im Wohnzimmer spielte. Auch Richard Brahm hatte in jener Zeit, 1947, mit seiner Familie recht beengt gewohnt. Lothar war ins Wohnzimmer gegangen und hatte auf die Straße geblickt, auf der Melanie in ein wartendes Taxi gestiegen war. Das Taxi fuhr fort und ließ die ruhige Mietshäuserstraße im berliner Westen, in der die Brahms damals gewohnt hatten, vollständig leer. Lothar hatte sich abgewendet und sich auf einen Sessel im Wohnzimmer gesetzt; er hatte damals lange der kleinen Marianne zugesehen, die ruhig, und ohne sich von Lothar stören zu lassen, mit ihren Bauklötzen spielte. Es war die Zeit gewesen, in der es wenig Spielsachen für Kinder gab.

7

Die Straße endete bei einem großen Holzplatz am Seeufer. Geschälte Buchenstämme lagen umher, und der Boden war mit Rindenabfällen bedeckt, auf denen die Reifen des Opel ein prasselndes Geräusch machten, als Lothar fast bis zum Rand des Wassers fuhr. Er sah das Tau, das über den See gespannt war, der hier etwa fünfhundert Meter breit sein mochte. Die Fähre lag am jenseitigen Ufer, eine Art Floß, wie Lothar erkennen konnte, nachdem er ausgestiegen war. Auch an diesem See gab es keine Häuser, jedenfalls von dem Punkt aus, an dem Lothar stand, konnte er keine Häuser sehen; nur die Esse einer Ziegelei ragte über den Wald, ziemlich weit nördlich.

Lothar machte aus seinen Händen einen Trichter und rief: »Hol über!«, aber nichts rührte sich. Er rief noch einmal.

Schließlich ging er zum Auto – seine Mutter hatte ihren Platz darin nicht verlassen – und drückte auf die Hupe. Ihr Klang hörte sich häßlich an, trocken und quälend. Ein Mann kam drüben zum Vorschein, er trat aus dem Wald und stieß, ohne sich zu beeilen, das Floß mit einer Stange vom Ufer ab. Die Fähre war durch zwei Seile mit dem Tau verbunden, und Lothar beobachtete, wie der Fährmann das Floß ohne Ruder an dem Tau entlangzog. In dem grauen Nachmittagslicht war der See so leise, daß es schien, als bewege sich die Fähre überhaupt nicht. Lothar blickte auf die Binsen, die das Ufer, wo er stand, einfaßten; spärlicher Schaum hing unbewegt zwischen ihnen, kein Windzug brachte die Holz- und Borkestückchen, die auf der erstarrten Haut des Wassers lagen, ins Treiben. Lothar wartete mit glasigem Blick; er hätte am liebsten den Rest Schnaps getrunken, der noch in der Flasche war, aber er war nun matt vom Trinken und konnte sich nicht einmal mehr dazu aufraffen.

Der Mann brauchte zehn Minuten, um den See zu überqueren, und er erwies sich im Näherkommen als eine hagere, lange, nach Wendenart in graue Leinwand gekleidete Gestalt. Er richtete kein Grußwort an Lothar. Die Stämme des Floßes waren mit Brettern gedeckt, und der Fährmann legte, nachdem es aufgelaufen war, zwei Planken aus, um es dem Auto zu ermöglichen, auf das Deck zu gelangen. Danach blieb er auf dem Floß stehen und sah Lothar zu, wie er das Auto manövrierte.

»Eine primitive Angelegenheit«, sagte Lothar zu seiner Mutter, während er den Motor anließ, »so was gibt es nur noch hier im Osten.« Insgeheim war er begeistert von der einfachen Floßfähre, dem wendischen Fährmann, dem geheimnisvoll verborgenen See.

»Willst du nicht lieber aussteigen?« fragte er.

Sie schüttelte den Kopf. Lothar blickte sie flüchtig an, und er fühlte sich wieder unbehaglich, als er ihr verschlossenes Gesicht sah. Er begriff, daß sie das Auto als einen Schutz empfand; alles an dieser Reise mußte ihr unheimlich vorkommen, und sie wollte nun in dieser Blechhöhle verweilen bis alles vorbei, bis sie wieder in Sicherheit war. Ich habe mich benommen wie ein Schubiak, dachte er.

Der graue Flößer hatte die Laufplanken genau in die Spurweite des Opels gelegt, und Lothar gelang es, das Auto schon beim ersten Anlauf auf das Deck zu bringen. Erleichtert darüber, daß er sein Können gezeigt hatte, stieg er aus. Der Mann hatte bereits die Bretter eingezogen und die Fähre in Gang gebracht. Zu seinem Erstaunen sah Lothar bereits eine rasch wachsende Wasserfläche zwischen sich und dem Ufer. Lautlos liefen die Halteseile der Fähre mittels Rollen auf dem Tau entlang. Der Mann brauchte nicht mehr zu tun, als mit seinen beiden Armen eine schiebende Bewegung am Tau auszuführen, die, obwohl das Floß jetzt mit dem Auto belastet war, nicht viel Kraft zu erfordern schien. Während der Zieharbeit stand er vom Deck abgewandt und blickte über den See, aber er schien ihn nicht zu sehen.

Lothar stellte sich zu ihm und begann, ihm beim Ziehen zu helfen. Das Tau fühlte sich hart und glatt an. Der Mann machte zum erstenmal den Mund auf.

»Lassen Sie das!« fuhr er Lothar an. »Das können Sie nicht. Wenn einer das Ziehen nicht gelernt hat, bringt er den Prahm in Unordnung.«

Lothar nahm erschrocken die Hände vom Tau. Übrigens hatte er tatsächlich gespürt, daß eine flatternde Bewegung durch das flache Schiff gegangen war, nachdem er an das Tau gefaßt hatte. Dann überlegte er, wie die Stimme des Fährmanns geklungen hatte. Sie hatte sich angehört wie die Stimme eines sehr alten Mannes. Der Mann war hager und lang, und er sah aus wie ein alter, aber nicht wie ein sehr alter Mann.

Der See war nun in seiner vollen Länge zu überblicken, nach Süden ging er in Schilfwildnisse über, in eine Bruchlandschaft, die von einzeln stehenden Kiefern überragt war, nach Norden war er eine Buchenbucht. Ganz fern konnte man unter Laub das Rot von Gehöften sehen: das mußten die Häuser von Barrentin sein. Kein Kirchturm zeigte sich; auch die Esse der Ziegelei war verschwunden. Der Nachmittagssee glomm im brandenburgischen Sommerlicht: lautlos, versponnen und silbern. Nur die Rollen machten ein kleines Geräusch.

»Wir sind aus dem Westen«, sagte Lothar. Das Schweigen des Mannes ärgerte ihn, und er wollte ausprobieren, ob er es brechen konnte. Wie alle Betrunkenen, wollte er reden.

Er bekam keine Antwort. Dergleichen Mitteilungen schienen den Grauen nicht zu interessieren. Lothar hatte es übrigens erwartet. Er versuchte es mit einer direkten Frage.

»Wie lange sind Sie hier schon Fährmann?«

Der Flößer sah ihn nicht an. Er arbeitete verächtlich und stumpfsinnig weiter. Aber er bequemte sich zu einer Antwort.

»Mehr als fünfzig Jahre.«

Lothar gab sich Mühe zu rechnen, und es gelang ihm, die Zahl 1910 zu finden. Das Kaiserreich, die Republik, die Schrekkensherrschaft, der Kommunismus. Die Systeme. Er muß bald siebzig sein. Deshalb klingt seine Stimme so sehr alt, dachte Lothar. Mit einer märkischen Fähre durch vier Systeme gekommen.

»Waren Sie Soldat?«

»Im ersten Krieg, ja«, erwiderte der Mann, »im zweiten nicht mehr.« Er würgte noch etwas hervor, eine Sache, die ihm wichtig erschien. »Im zweiten war es gut, daß einer hier war. Als die Leute anfingen zu flüchten ...« Er brach ab, verstummte.

Wie immer, wenn er duhn war, hatte Lothar Erleuchtungen. Geschichte schreiben, dachte er, nachdem man die Aussagen eines solchen Mannes protokolliert hat. Man muß ganz andere Quellen aufschließen als Gesandtenberichte, Briefwechsel, Memoiren. Wie stellen sich vier Regierungssysteme, vier Denkformen von Herrschaft, auf einem weltverlorenen Floß in der Tiefe der Mark Brandenburg um die Mitte des zwanzigsten Jahrhunderts dar? Material für eine Doktorarbeit! Wenn ich Doktoranden hätte, würde ich sie aus den Archiven in die frische Luft jagen, zu solchen Leuten. Er wurde sich wieder einmal mit Bitterkeit der Tatsache bewußt, daß er keine Doktorarbeiten zu beurteilen hatte. Er war Privatdozent, mit abseitigen Themen befaßt, Spezialist für gewisse Züge der mittelalterlichen Geistesgeschichte, in die These verrannt, er habe an einem historischen Vorgang zu zeigen, inwiefern er einzigartig sei, stiller Gelehrter also, stiller Schnapstrinker, Liebhaber von Halbschatten, und als Mann offenbar ein Versager, denn sonst hätte Melanie ...

Er war dabei, diesen Gedanken zu Ende zu denken, um sich danach zu erinnern, daß Melanie jetzt vielleicht zurückkehrte, und er wollte am Schluß seiner Überlegungen zu seiner Mutter ans Wagenfenster treten, um ihr von dem siebzigjährigen Fährmann zu erzählen, der seit 1910 hier Dienst tat – die Geschichte eines solchen Lebens hätte ihrem Stolz auf Preußen wohlgetan –, als er wieder eine flatternde Bewegung spürte, die durch die Fähre ging; sie teilte sich zuerst seinen Füßen mit, die plötzlich unsicher wurden. Er stand am Ende der Fähre und blickte immer noch auf das Ufer zurück, das sie verlassen hatten, es war nun schon weit entfernt, sie mußten sich über der Mitte des Sees befinden, und weil das flattrige Gefühl in seinen Füßen nicht sogleich aufhörte, trat er einen Schritt zurück und wandte sich um.

Es ist möglich, daß Lothar Witte schon im gleichen Augenblick, in dem er sich umwendete, wahrnahm, wie das Auto, in dem seine Mutter saß, dem vorderen Rand der Fähre zurollte. Es ist möglich, aber wahrscheinlich ist es nicht. Möglich ist nur, daß die Netzhäute seiner Augen den Opel abbildeten, wie er tatsächlich ins Rollen geraten war, wie er langsam, beinahe zart dahinrollte, jedoch, da die Strecke, die er zurückzulegen hatte, äußerst kurz war, in einer Zeitspanne, die kaum gemessen werden kann, so schnell ging dieses langsame Rollen vor sich, den Rand der Fähre erreichte, wo er mit den Vorderrädern ins Wasser tauchte und sich dann, kopflastig, vornüberneigte, um mit einem schnellen Gurgeln zu verschwinden. Aber das Bild auf Lothars Netzhaut scheint nicht sogleich als Nachricht an sein Gehirn weitergegeben worden zu sein – dazu war es doch wohl zu weit entfernt von allem, was Lothar damals für Wirklichkeit hielt. Es paßte nicht in das Leben, das er gelebt hatte, das vielleicht trotz des Schnapses und trotz seiner Leidenschaft für eine Frau eher ein diskretes Leben gewesen war. So ist es zu erklären, daß Lothar, nachdem er in die Knie gebrochen war, weil nach dem Wegkippen des Autos ein mächtiges Schwappen die Fähre erfaßt hatte, eine Weile kniend verharrte und, die Hände auf die nassen Bretter gestützt, auf allen vieren also, auf den Platz starrte, auf dem der Opel gestanden hatte. Er war weg, aber es war nicht möglich, daß er weg war.

Dem grauen Fährmann ging es übrigens ähnlich. Er hatte gemerkt, daß etwas nicht in Ordnung war, weil die Fähre sich auf einmal nicht mehr ziehen ließ, aber er war zu langsam, um sich sogleich umzuwenden, und dann hatte das große Schwappen ihn gezwungen, sich am Tau festzuhalten. Weil er sich am Tau festhalten konnte, war er nicht hingestürzt wie Lothar. Kaum, daß er noch gesehen hatte, wie das Auto im Wasser verschwand. Als die Bewegung der Fähre zum Stillstand kam, sah auch er, daß das Auto verschwunden war. Er ließ das Tau los und blickte stumm über das leere Deck. Die Seilrollen knirschten noch ein paarmal auf dem Tau hin und her.

Erst als der alte Mann bemerkte, daß Lothar sich erhob und ein paar Schritte zum Decksrand hin machte, ging er auf ihn zu und packte ihn am Arm.

»Es hat keinen Zweck«, sagte er, »der See ist hier hundert Meter tief.«

Lothar hatte gar nicht die Absicht gehabt, ins Wasser zu springen, einen Rettungsversuch zu machen, er wollte nur auf die Stelle blicken, an der das Auto versunken war, wobei er sich sogleich sagte, daß es vielleicht gar nicht mehr die Stelle war, vielleicht hatte die Fähre sich inzwischen so weit bewegt, daß sie den Ort schon hinter sich hatten. Er lief zur anderen Seite und blickte hinab: das Wasser war überall gleichmäßig dunkelgrün. Er war noch unfähig, schon zu denken, daß dort unten die Leiche seiner Mutter lag, aber nichts hätte ihn bewegen können, dieses Wasser mit irgendeinem Teil seines Körpers zu berühren.

»Kann die Frau schwimmen?« hörte er den Fährmann fragen. »Wenn sie schwimmen kann, kommt sie vielleicht noch hoch.«

Lothar wandte langsam seinen Kopf in die Richtung des Sprechenden. Dieser alte Mann schlug ihm also vor, sich vorzustellen, daß dort unten seine Mutter einen Versuch machte, sich durch das Wagenfenster zu zwängen, um vielleicht noch nach oben zu tauchen, daß sie sich in einem letzten verzweifelten Versuch gegen das Ersticken wehrte, gegen das Eindringen des Wassers in ihre Lungen. Er setzte sich auf die Planken der Fähre und krümmte sich zusammen.

»Nein, ist unmöglich«, sagte der Mann, der plötzlich begriff, was er gemeint hatte, in seinem Platt und mit seiner sehr alten Stimme. »In der Tiefe ist die längst tot.« Und nach einer Pause fragte er: »War das Ihre Mutter?« Er zog dann die Fähre weiter. Sie war leichter geworden, und nach wenigen Minuten legten sie am jenseitigen Ufer an. Lothar blieb auf dem Floß sitzen.

»Ich geh' jetzt nach der Rettung telefonieren«, sagte der Mann.

Lothar blickte auf. »Warum haben Sie eigentlich nicht gemerkt, daß ich betrunken war«, fragte er scharf. Er sprach jetzt mit dem Fährmann wie mit einem Untergebenen. »Warum haben Sie nicht bemerkt, daß ich die Handbremse nicht angezogen und keinen Gang eingeschaltet habe, als ich das Auto auf dem Floß hatte?«

»Ich versteh' nichts von Autos«, sagte der Mann trocken. Er sagte noch irgend etwas, aber Lothar hörte ihm schon gar nicht mehr zu. Er blickte über das Wasser hin. Erst nach einer Weile, erst als der Mann längst verschwunden war, formte sich in Lothars Gehirn endlich die Nachricht, die als Bild so lange auf der Oberfläche seiner Augen gelegen hatte. Es war nicht das Bild des rollenden Autos, nicht der Sturz des Wagens in die Tiefe, noch das weiße blasige Gurgeln im Dunkelgrünen, das es aufgerührt hatte, sondern es war das Gesicht seiner Mutter, das ihn für den Bruchteil einer Sekunde angestarrt hatte, ehe der Opel, indem er kopfüber verschwand, es mit sich nahm. Seine Mutter mußte sich auf ihrem Sitz herumgedreht haben, als sie das Rollen des Autos gespürt hatte. Sie hatte keine Zeit mehr gefunden, einen Schrei auszustoßen, sie hatte sich nur einfach umgewendet, höchst verwundert wahrscheinlich und vielleicht noch nicht einmal erschrocken, sie hatte auf Lothar geblickt, als wolle sie ihn um ein Wort der Aufklärung bitten, eher erstaunt als entsetzt, und so war sie verschwunden, eine unausgesprochene Bitte an ihren Sohn auf den Lippen. Lothar konnte sich an den Ausdruck ihres Gesichts genau erinnern. Am Ufer des Barrentiner Sees, auf den Planken der Fähre hockend, begann es, zu einem Teil seiner Vergangenheit zu werden, und er begrüßte den Einzug des letzten Gesichts seiner Mutter in sein Gedächtnis, indem er anfing zu lachen.

In der Dämmerung trafen die Rettungsmannschaften aus Wittstock ein. Sie führten Tauchgeräte mit sich. Auch eine Ambulanz war dabei. Ein Arzt gab Lothar, der immer noch lachte, eine Spritze. Als sie ihn ins Auto hoben, schlief er schon.

8

Er überwand seinen Nervenschock ziemlich schnell. Sie brachten ihn in ein berliner Gefängnis und behandelten ihn, weil sie nicht recht wußten, woran sie mit ihm waren, als politischen Untersuchungshäftling. Die Einzelzelle war Tag und Nacht beleuchtet, so daß er wenig Schlaf fand. Um halb elf Uhr nachts erhielt er zwei Decken und durfte sich hinlegen. Es war verboten, das Gesicht und die Hände zu bedecken, und sie weckten ihn, wenn er es im Schlaf unbewußt doch getan hatte.

Er machte ein paar Versuche, ihnen zu erklären, warum er sich abseits der Interzonenchaussee herumgetrieben hatte, aber sie sahen ihn verständnislos an. Während einer Vernehmung erklärte ihm der Untersuchungsrichter, das Auto sei gehoben worden und es würde beschlagnahmt werden.

»Was ist mit meiner Mutter?« fragte Lothar.

»Sie ist beerdigt worden«, erwiderte der Richter, »auf dem Friedhof in Wittstock.«

»Wir haben ein Familiengrab«, sagte Lothar, »im Herrnhuter Friedhof, am Blücherplatz.«

»Sie können ja später die Umbettung veranlassen«, schlug der Richter vor.

Ein paar Tage später brachten sie ihm die Gegenstände, die im Auto gefunden worden waren, hauptsächlich Dinge, die seiner Mutter gehört hatten, darunter ihre braune Ledertasche. Man sah es den Sachen an, daß sie lange im Wasser gelegen hatten und gewissenhaft getrocknet worden waren – sie wirkten wie Präparate, wie Ausgrabungsfunde, mumifiziert.

In der Handtasche fand er Melanies Brief; das Couvert war mit einem Zensurstempel versehen worden. Lothar betrachtete den Brief, er las die Adresse seiner Mutter, von Melanie mit der Hand geschrieben, ihre Schrift schien sich wenig verändert zu haben. Die Tinte war von der Feuchtigkeit da und dort zerlaufen. Ohne ihn gelesen zu haben, zerriß er den Brief sorgfältig in kleinste Fetzen.

Drei Wochen später entließen sie ihn. Tilius hatte, über Kollegen in der Humboldt-Universität, geschickt interveniert. Sie brachten ihn in einem Auto zum Brandenburger Tor, wo Tilius, der benachrichtigt worden war, Lothar in Empfang nahm. Der Tag war kühl und regnerisch. Tilius zeigte sich bei dieser Begegnung von seiner besten Seite, ohne alle Dekansallüren, ohne geübte Suada, eher schweigsam und sichtlich von Lothars Unglück betroffen. Als sie im Taxi saßen, sagte er: »Der ostberliner Staatsanwalt wird die Akten nach dem Westen schicken. Sie werden noch einen Prozeß wegen fahrlässiger Tötung durchstehen müssen. Aber Sie werden ziemlich sicher Bewährungsfrist bekommen«, fügte er hinzu. Lothar bat darum, ihn am Bahnhof Zoo abzusetzen. Ehe er ausstieg, sagte Tilius zu ihm: »Können Sie nicht das Trinken sein lassen, Witte!« Er sprach wie ein Mann zu einem anderen Mann, so, wie es sich gehörte.

Lothar erkundigte sich am Bahnhof nach dem Fahrplan der

Interzonenzüge. Er entschloß sich, am nächsten Vormittag nach dem Westen zurückzufahren. Dann suchte er einen Makler auf und beauftragte ihn, den Verkauf der frohnauer Villa in die Wege zu leiten. Das Haus war hypothekenfrei, und der Makler stellte ihm eine Masse Geld dafür in Aussicht; Lothar rechnete sich aus, daß er sich mit dem Geld ein paar Jahre von der Universität zurückziehen konnte, um sein Buch über Amaury de Bêne zu schreiben. Er ging den Kurfürstendamm entlang und landete schließlich im Bristol. Die Terrasse des Bristol war mit Infrarotstrahlern geheizt, Lothar saß auf einem der mit Kissen bezogenen Korbstühle und sah, im Schatten der Markise, auf den kühlen Kurfürstendamm hinaus. Die Frauen trugen farbige Schirme über den verregneten Boulevard. Nach den Gefängniswochen, in denen er nichts zu trinken bekommen hatte, wartete Lothar ungeduldig auf den Cognac, den er bestellt hatte. Er trank vorsichtig und nicht mehr als zwei Gläser. Dann ging er fort, um sich ein Hotelzimmer für die Nacht zu suchen.

Opferung eines Widders

I

Im vergangenen Jahr war ich viel auf Reisen. Mitte Februar fuhr ich in die Schweiz, um meine Tochter abzuholen, die Elfjährige. Meine Frau hatte sie Ende Januar nach Montana gebracht, in ein teures Kinderheim, und nach einer Woche riefen wir an, um sie zu fragen, wie es ihr ginge. Als sie meine Stimme hörte, brach sie in Tränen aus. »Warum weinst du, Bohnenstange?« fragte ich. Sie ist in ihrem zehnten Jahr sehr gewachsen. »Wenn du so weiterwächst«, ziehe ich sie manchmal auf, »bekommst du später einen Bohnenstangen-Mann und Bohnenstangen-Kinder.« Sie weine aus Freude, stieß sie hervor, weil alles so schön sei. Es klang nicht sehr überzeugend. »Willst du nach Hause?« fragte ich. »Sollen wir kommen und dich abholen?« – »Nein«, sagte sie, »es ist doch so schön.« Sie zog das Wort ›schön‹ auf unnatürliche Weise in die Länge. Nachdem sie sich etwas beruhigt hatte, erzählte sie, zwei Kinder im Heim hätten Scharlach bekommen. Meine Frau und ich waren alarmiert. Ich ließ mich mit Madame Rollin verbinden; sie sagte, die beiden Scharlachfälle seien tadellos isoliert und Monika ginge es ausgezeichnet, sie sei das lustigste Kind im Heim und bei glänzendem Appetit. Nach ein paar Tagen riefen wir noch einmal an, und Monika weinte wieder und diesmal sagte sie, es wäre ihr lieber, wenn sie nach Hause könnte. Meine Frau sprach auch mit ihr; nachdem sie eingehängt hatte, dachte sie nach und meinte schließlich, wahrscheinlich habe Monika Heimweh und mache deshalb ein bißchen Theater. Ich wußte, daß sie recht hatte, aber ich tat so, als hätte ich eine Ahnung von etwas Schlimmerem. Während ich meinen Koffer packte, spürte ich, wie meine Frau über meine Beziehungen zu Monika nachdachte, aber sie sagte nichts. Wahrscheinlich dachte sie auch, es wäre besser, ich würde einmal zu Klaus nach Frankfurt fahren; ich weiß, sie hält es nicht für richtig, daß ich Klaus ignoriere, aber wenn sie mich von Zeit zu Zeit bittet, ihn aufzusuchen, so enthält ihre Stimme keinen Ton des Vorwurfs. Ich rechne ihr das hoch an. Sie hat vor ein paar Jahren angefangen, Porzellan zu sammeln, und seither ist eine Veränderung mit ihr vorgegangen. Es scheint, als interessiere sie sich für familiäre Dinge nicht mehr so besonders. Mir ist das sehr recht; es schafft eine angenehm kühle Atmosphäre im Haus. Übrigens irrt sie sich, wenn sie vermutet, ich hätte einen Vater-Tochter-Komplex Monika gegenüber. Ich fand nur, Heimweh wäre schon schlimm genug, und man könne ja nie wissen, was in einem Kinderheim vorgehe. Aber es war seltsam, daß ich überhaupt so empfindlich reagierte. Früher hätte ich die Sache auf sich beruhen lassen, nicht aus Gleichgültigkeit, sondern weil es einen Instinkt gibt, der einem rät, gewisse Dinge sich entwickeln zu lassen, nicht einzugreifen. Seit einiger Zeit habe ich diesen Instinkt verloren. Als ich in Köln in den TEE-Zug nach Basel stieg, habe ich zum erstenmal ganz deutlich gefühlt, daß er mir abhanden gekommen ist. Es beunruhigt mich sehr, daß ich mich jetzt in manchen Situationen überempfindlich benehme, aber ich kann nichts dagegen machen.

In Basel nahm ich den Schnellzug, der über Lausanne Anschluß ins Wallis hat. Als ich in Montana ankam, war es schon dunkel. Die Luft dort oben ist fast immer überklar und prikkelnd. Ich mache mir nicht viel aus dem Wallis, aus seiner Sekt-Luft, seiner ewigen Kristallklarheit, in der es keine Nebel und Zwischentöne gibt. Konstante Hochdruckgebiete langweilen mich ziemlich schnell. War es möglich, daß auch Monika das Gleiche empfand? Noch dazu macht eine solche Luft in fünfzehnhundert Metern Höhe seelisch unstabil. Ich ging gleich ins Kinderheim. In Anwesenheit von Madame Rollin, der Pflegerinnen und der Kinder wagte Monika nicht, mir in die Arme zu stürzen, aber sie stand zitternd vor Freude neben mir. Sie war braungebrannt. Ich überzeugte mich, daß wirklich keine Scharlach-Epidemie ausgebrochen und überhaupt alles in Ordnung war. Madame Rollin lächelte, als ich Monika gleich mit mir ins Hotel nahm. Wir aßen sehr wohlerzogen miteinander zu Abend. Ich horchte Monika aus, aber sie hatte nichts Aufregendes zu berichten. Die Zwölfjährige, mit der sie das Zimmer geteilt hatte, parfümiere sich schon, erzählte sie. Ich brachte nicht mehr heraus; es gab wohl auch nicht mehr zu sagen; was mochten kleine Mädchen, die Parfüm probierten, miteinander reden oder tun? Ich wußte es nicht, würde es nie erfahren. Monika ging brav auf ihr Zimmer, und als ich eine halbe Stunde später nachschaute, schlief sie schon, entspannt und friedlich. Sie hatte, mit elf Jahren, ein paar perfekte hysterische Szenen hingelegt, um ihren Willen durchzusetzen, aber nun war sie wieder ein Kind. Einer ihrer beiden kleinen Zöpfe stand senkrecht vom Ohr ab. Morgen früh würde ich das Zimmermädchen bitten müssen, ihr die Zöpfe neu zu binden, ehe wir abreisten. Ich hatte viel Verständnis für ihre Hysterie. Zuviel vielleicht. Auf der Heimreise, der Höhenluft entronnen, die sie seelisch unstabil gemacht hatte, las sie zwei Bücher aus und knabberte Schokolade, während ich darüber nachdachte, warum ich so viel Verständnis für sie aufgebracht und zwei Tage meiner Zeit für sie geopfert hatte, obwohl ich geschäftlich gerade besonders beansprucht war. Als der Zug in Frankfurt hielt, nahm ich mir vor, mich doch demnächst einmal um Klaus zu kümmern.

2

Nach diesem ersten Anfall einer nervösen Sentimentalität, wie ich sie bisher bei mir nicht kannte, hatte ich dann im Mai, in Holland, ein sehr merkwürdiges Erlebnis. Ich besitze Anteile einer Fabrik meiner Branche – Feinpapiere –, in Alphen, und wegen der Entwicklungen auf dem Gemeinsamen Markt war es nötig geworden, über eine richtige Fusion zu verhandeln. Geschäftlich schadet es mir übrigens keineswegs, daß mein Nervensystem offensichtlich reizbarer geworden ist als früher; im Gegenteil. Direktor de Vries brachte mich nach Schluß der Besprechungen an den Zug, in das nahe gelegene Leiden. Gewöhnlich mache ich die Strecke Köln–Alphen mit dem Auto, aber ich besaß damals keines, weil ich den Mercedes schon weggegeben und den Lancia noch nicht erhalten hatte. Nachträglich erscheint mir auch dieser Wechsel in der Automarke als eine Folge der neuen und mich beunruhigenden Vorgänge in meinem Gefühlsleben. Ehe sie eintraten, schwor ich auf Stabilität und robuste Fahreigenschaften und nichts sonst, aber ich erinnere mich noch genau, wie die große vogelglatte Lancia-Flaminia-Limousine, seit ich sie zum erstenmal sah, zu einer fixen Idee bei mir wurde. Der schwere solide Bursche in meiner Garage genügte mir auf einmal nicht mehr; ich war versessen auf ein Auto, bei dem ich Lust bekam, es zu streicheln, wenn ich es irgendwo erblickte.

Wir kamen zu früh in Leiden an – es war drei Uhr und mein Zug ging erst kurz nach vier –, und de Vries führte mich in der Stadt herum, die nicht sehr groß ist und so holländisch wie nur möglich. Als wir den Rapenburgwal entlang gingen, geschah es. Der Rapenburgwal ist eine Grachtenstraße, das heißt, in der Mitte ist ein grüner Kanal, an dem Linden stehen, und an seinen beiden Seiten führen Straßen, die gerade so breit sind, daß sie die Fahrbahn für ein Auto bilden können. Von Zeit zu Zeit setzt eine Brücke über den Kanal, auf dem schwarze Lastkähne liegen. Die Häuser zu beiden Seiten des Rapenburgwals sind groß, alt und wunderbar gepflegt; einige von ihnen sind Paläste aus Hollands goldenem Jahrhundert. Diese Häuser nun – das meine ich, wenn ich sage: es geschah –, diese Häuser flüsterten. Ich hörte nicht mehr, was de Vries sagte, sondern schlug den Kragen meines Regenmantels hoch und schlich geistesabwesend und geduckt an den flüsternden Häusern entlang. Obwohl ich angestrengt lauschte, konnte ich kein Wort von dem Geflüster der Häuser verstehen, aber daß sie ganz leise miteinander sprachen, stand außer Frage. Ich erlitt einen Angst-Schock, weil ich natürlich sofort an den Ausbruch einer Geisteskrankheit bei mir dachte, an das erste Auftreten einer Zwangsvorstellung. Man kann ja geisteskrank werden, wie man Krebs bekommt, oder Leukämie. Am Ende des Rapenburgwals angelangt, fragte de Vries mich, ob ich mich nicht wohl fühle, ich sähe plötzlich so bleich aus. Ich sagte, es ginge mir gut, obwohl mir der kalte Schweiß im Rücken stand.

Es gelang mir, mich von de Vries schon in der Schalterhalle des leidener Bahnhofs zu verabschieden. Ich ging auf den Bahnsteig, bestieg aber meinen Zug nicht, sondern wandte mich, als er abgefahren war, wieder dem Ausgang zu. Nachdem ich geprüft hatte, daß de Vries' Wagen vom Platz vor dem Bahnhof verschwunden war, eilte ich verstohlen zur Altstadt von Leiden zurück. Ich betrat den Rapenburgwal und stellte fest, daß ich mich nicht geirrt hatte. Die Häuser flüsterten noch immer. Ich ging nun langsam und vollkommen gefaßt die Gracht entlang. Trotz meiner Furcht zwang ich mich von Zeit zu Zeit, stehenzubleiben und die Häuser zu betrachten. Sie besaßen grüne und schwarze und dunkelrote Türen mit glänzend polierten Türklopfern aus Messing, und ihre großen weiß umrandeten Fenster waren in Mauerwerk aus rostigen Backsteinen eingelassen. Sie sahen fremd aus. Ich hatte in der Nacht vorher, in dem Hotel in Alphen, einen Traum gehabt, an den ich mich nicht mehr erinnern konnte, außer an den Umstand, daß ich während seiner Dauer nackt und dabei am ganzen Körper von dunkelgrüner Hautfarbe gewesen war. So fremd wie die Häuser, so fremd war ich mir selbst in jenem Traum erschienen. Die Häuser flüsterten übrigens nicht mehr, sondern sie hatten begonnen zu singen. Sie sangen leise, mit rauhen, monophonen Stimmen. Ihr Gesang klang geschlossen und einheitlich und drohend. Der Himmel über ihnen war von blasser stiller Bläue, ein typischer niederländischer Mai-Himmel. Von Zeit zu Zeit fuhren Autos an mir vorbei. Ich fürchtete mich. Ohne Zweifel war ich das Opfer einer Zwangsvorstellung.

Ich bog in einen Durchgang ein, an dessen Ende ich Bäume

sah, und geriet in einen öffentlichen Park. Der Nachmittag war inzwischen spät geworden. Ich setzte mich auf eine Bank und begann, kleine holländische Zigarren zu rauchen. Sie beruhigen mich. Ich rauche entweder schwarze Zigaretten, Gauloises, oder, besonders wenn ich mich entspannen will, diese kleinen mattbraunen Sumatra-Zigarren. Während ich rauchte, wurde ich mir nach und nach klar über das, was ich wollte. Ich wollte in Leiden bleiben. Es war ein heftiger Anfall eines ganz klaren und gierigen Wunsches, für die Welt verlorenzugehen. Ich mußte mir zuerst ein Hotelzimmer nehmen; danach würde ich versuchen, eine Wohnung in einem der Häuser des Rapenburgwals zu mieten, denn es war unumgänglich nötig, hinter das Geheimnis ihres Gesangs zu kommen, mit ihrem Geflüster zusammen zu leben. Der Anfall ebbte nach einiger Zeit ab. Ich überlegte, daß es schwierig sein würde, spurlos zu verschwinden. Bedeutungslosen Menschen gelingt dies vielleicht, aber ich bin ein führender Industrieller in meiner Branche, einigermaßen vermögend, und mit dem behaftet, was man Tradition, Familie, Hintergrund nennt. Schließlich begann ich, meine Umgebung wieder wahrzunehmen. Ich saß in einem sehr schönen Garten mit alten Bäumen, blühenden Büschen und sanftfarbigen Tulpenbeeten. Junge Menschen, die Mappen trugen, gingen darin hin und her. Beim Weggehen stellte ich fest, daß ich mich im Garten der Universität von Leiden befand. Die Häuser auf dem Rapenburgwal hatten aufgehört zu flüstern und zu singen, als ich in der sinkenden Dämmerung meinen Weg zum Bahnhof einschlug.

3

Von Halluzinationen so bedenklichen Charakters bin ich seither Gott sei Dank verschont geblieben. Immerhin genügte diese eine schon, mich gleich nach meiner Rückkehr zu einem Besuch bei Professor Thiele in Frankfurt zu veranlassen. Thiele ist seit

Jahren mein Arzt; er ist ein Internist von internationalem Ruf, aber nicht seiner Berühmtheit wegen gehe ich zu ihm. Ich habe wenig Vertrauen zu Ärzten, ich setze überhaupt, je älter ich werde, in Menschen immer geringeres Vertrauen, aber bei Thiele fand ich heraus, daß er sich durch einen Wechsel in der Stimmlage verrät, wenn er etwas Ernsthaftes gefunden zu haben glaubt. Das ist ein großer Vorteil; die meisten Ärzte sind perfekte Lügner. Thiele untersuchte mich und schien sehr erfreut zu sein. »Sie sind schlank geworden, Herr Jonen«, sagte er und nickte beifällig. Ich hatte ein paar Jahre lang Fett angesetzt, und ich blicke auf diese Zeit mit Widerwillen zurück. Vor zwei Jahren begann ich, fast von einem Tag auf den anderen, mein Leben umzustellen; ich hielt ohne große Anstrengung eine ziemlich ausgetüftelte Diät ein und begann, zuerst vorsichtig, dann schärfer, Tennis zu spielen. Seitdem habe ich fast allen Bauch verloren, aber ich bin als Typ trotzdem noch immer ein eher schwerer Mann, kein Leichtgewicht. Mit dem EKG war Thiele nicht besonders zufrieden, aber er sagte, wenn ich keine Beschwerden hätte, gäbe es keinen Grund zur Beunruhigung. Es klang aufrichtig. Er meinte, ich solle mit dem Rauchen vorsichtig sein. Ich erzählte ihm mein leidener Erlebnis. Er hörte mir sehr aufmerksam zu und trommelte danach eine Weile mit den Fingern auf der Schreibtischplatte. »Die Wechseljahre«, sagte er schließlich, »die Wechseljahre des Mannes. Da kann so was schon mal vorkommen. Ein bißchen früh bei Ihnen, Herr Jonen. Sie werden doch erst in zwei Jahren fünfzig.« Ich hörte genau auf den Ton, in dem er sprach, konnte aber nichts Besonderes entdecken. »Wie steht's denn mit dem Beischlaf?« fragte er. »Alles in Ordnung?« Er erwartete wohl selbst nicht, darauf eine Antwort zu erhalten, denn er fügte gleich hinzu: »Sie können sich ja mal analysieren lassen, wenn Sie wollen. Wär' vielleicht gar nicht so dumm, in Ihrem Fall.« Diesmal hatte seine Stimme etwas Lauerndes, tückisch Beobachtendes. Thiele ist doch ein Tiger von einem Arzt: er liegt auf der Lauer und springt im richtigen Moment den Patienten an. »Da kommt nur

Zürich in Frage«, verfügte er und gab mir die Adresse eines zürcher Psychoanalytikers. »Kostet Sie ein kleines Vermögen«, sagte er, »aber es zahlt sich aus.«

Als ich wieder unten auf dem Trottoir der Taunus-Anlage stand, war ich erleichtert. Im großen und ganzen war ich gesund, von den üblichen Abnutzungserscheinungen abgesehen. Die seelischen Extravaganzen, denen ich seit einiger Zeit ausgeliefert war, rührten nicht von irgendeiner organischen Erkrankung her. Konsultationen in Zürich, zu ihrer Aufklärung und Beseitigung, kamen überhaupt nicht in Frage; ich fühlte mich alt genug, selber mit meiner kleinen Neurose oder was es war fertig zu werden.

Im gleichen Augenblick spielte mir meine frisch erworbene Empfindsamkeit einen neuen Streich. Ich erinnerte mich an Klaus, und ich entschloß mich, ihn aufzusuchen. Ich komme oft nach Frankfurt, und jedesmal denke ich daran, daß Klaus hier lebt, aber bisher habe ich es, trotz der Bitten meiner Frau, die ihn von Zeit zu Zeit besucht und ihm Geld zusteckt, abgelehnt, ihn wiederzusehen. Angeblich studiert er hier, aber wie ich ihn kenne, hört er nur wahllos Vorlesungen und lebt von Gelegenheitsarbeiten und der undurchsichtigen Gunst seltsamer Freunde. Er macht krumme Sachen. Er ist hochbegabt, er erledigt alles, wofür andere zwei Stunden brauchen, in zehn Minuten, und zwar gut, und er macht krumme Sachen. Er macht sie so nebenbei; in Wirklichkeit möchte er große und gerade und gute Sachen machen. Er hat keine Ausdauer. Er ist eigentlich immer traurig, eine ziellose und unbezähmbare Traurigkeit erfüllt ihn, aber er ist traurig, ohne sentimental zu sein, und er kann deshalb sehr lustig und witzig und unterhaltend sein. Auf Parties ist er sicherlich ganz groß. Als er genug von uns hatte, als es zu Hause nichts Neues mehr für ihn zu entdecken gab, ist er weggegangen, ein halbes Jahr vor dem Abitur. Zuerst blieb er nur eine Woche verschwunden, er kam zurück, ziemlich reumütig sogar, aber vier Wochen später ging er endgültig. Ich habe ihn beim zweitenmal nicht mehr gesucht und auch meine Frau gebeten, ihn nicht zu suchen. Er hat sich einen Sommer im Süden herumgetrieben, und dann hörten wir von Bekannten, er habe sich in Frankfurt etabliert. Schließlich hat er auch uns wieder ein Lebenszeichen gegeben. Es schien ihm ziemlich dreckig zu gehen.

Während ich im Taxi saß, wunderte ich mich, daß ich überhaupt seine Adresse im Kopf hatte. Aber ich hatte nicht nur seine Adresse im Kopf, sondern ihn selber, ganz so wie er ist. Ich fühlte mich gereizt und hatte ein ungutes Gefühl. Die Leipziger Straße erwies sich als eine laute, von der Straßenbahn durchklingelte und schäbige Kleinbürgerstraße. Von meiner Frau wußte ich, daß er im Keller des Hauses Nr. 73 wohnte. Der Keller war als technisches Büro aufgemacht, aber er war staubig und machte einen verlassenen Eindruck. Ich entdeckte Klaus in einem Verschlag am Ende des Kellers. Er lag noch im Bett, obwohl es gegen zwölf Uhr Mittag ging, aber er war so schnell auf und angezogen wie ein Schatten. Er gab kein Zeichen von Überraschung von sich, als er mich sah, aber er schien wirklich erfreut zu sein. »Oh, Vater, du bist es!« sagte er. Wir gingen ein paar Minuten die Leipziger Straße entlang und den gleichen Weg wieder zurück und unterhielten uns über seine Studien. Ich tat so, als nähme ich sie ernst. Klaus ist groß und mager und schwarzhaarig; noch in den schäbigsten Klamotten sieht er elegant aus. Ich ahne nicht, woher er sein elegantes Aussehen hat; von mir gewiß nicht. Ich fragte ihn nach Mädchen aus, aber offensichtlich hatte er keines, das ihn besonders beschäftigte. Während ich mit ihm auf und ab ging, wußte ich, daß ihm unter keinen Umständen und mit gar keinem Mittel zu helfen war; aber zugleich hatte ich das sichere Gefühl, bei diesem Jungen etwas versäumt zu haben, unwiderruflich versäumt. Es war ein scheußliches Gefühl. Ich gab ihm zwei Hundertmark-Scheine, und er nahm sie auf die genau richtige Weise: ohne eine Spur von Unterwürfigkeit und ohne Arroganz, ganz einfach lautlos erfreut. Er zündete sich eine Zigarette an; ich sah ihm zu und bemerkte, wie seine Hände zitterten. Wir sprachen noch eine Weile, auf der Straße stehend, über alles mögliche, und die ganze Zeit über zitterten seine Hände. Es ging mir an die Nieren; früher, ehe ich diese Anfälle von Reizbarkeit hatte, wäre mir der Anblick von Klaus' zitternden Händen nicht so an die Nieren gegangen. Ich muß wohl mehr oder weniger unzurechnungsfähig gewesen sein, weil ich nicht auf die Idee kam, ihn zum Mittagessen einzuladen. Statt dessen floh ich. Ich verabschiedete mich hastig, nahm eine Straßenbahn und fuhr in die City zurück.

4

Nach Köln zurückgekehrt, erzählte ich meiner Frau von meinem Besuch bei Klaus. Sie hörte mir, wie es ihre Art ist, scheinbar unbewegt zu. Seitdem sie angefangen hat, Porzellan zu sammeln, ist sie kühl geworden. Kühl und glatt. Es war nach dem Abendessen und wir saßen in dem großen living-room unseres Hauses in Thielenbruch. Ich habe das Haus vor sechs Jahren von einem modernen Architekten bauen lassen, und meine Frau hat es sehr geschmackvoll eingerichtet, nicht in der üblichen Mischung aus Knoll International und Barock, wie man sie heute überall findet, sondern durchgehend mit ein paar alten rheinischen Stücken, Eifeltruhen und Schränken aus der jülicher Gegend, den Resten unseres beiderseitigen Familienbesitzes. Die Sachen wirken in einem modernen Haus nicht mehr schwer, sondern nur ruhig und wertvoll. Der Vater meiner Frau war Ziegeleibesitzer in Rheine; sie stammt also auch aus einer alten Industrie-Familie, aus einer Industrie, die, wie Papier, mehr ein Gewerbe ist als eine Industrie. Sie ist klein und mager und immer tadellos angezogen; seit ein paar Jahren haben ihre Haare angefangen grau zu werden, und sie färbt sie daher diskret auf, nach einem dunklen Rot hin. Sie ist noch immer recht angenehm anzusehen, wenn man davon absieht, daß sie fast gar kein Kinn hat; früher ist mir das nicht so aufgefallen, jetzt stört es mich immer mehr. Außerdem trägt sie zuviel Schmuck; er gibt ihr etwas Glitzerndes und Klirrendes, das mich nervös macht.

»Nett von dir, daß du endlich einmal den Weg zu Klaus gefunden hast«, sagte sie, als ich meine Erzählung beendet hatte. Mir lag eine scharfe Erwiderung auf der Zunge, aber in diesem Augenblick kam Monika herein, schon im Pyjama, um gute Nacht zu sagen. Sie schmiegte sich an mich und begann mit ihrer großen Gute-Nachtsage-Zeremonie, die sie jedesmal anstellt, damit sie noch etwas aufbleiben darf. Unser living-room – Wohnzimmer kann man solche Räume ja nun wirklich nicht mehr nennen – besitzt ein riesiges Fenster, und während Monika Schulgeschichten erzählte, blickte ich auf die roten Leuchtbuchstaben der großen Brauerei Wulle in Dellbrück. Als ich unser Haus bauen ließ, war es noch gänzlich von Wald umgeben; vor zwei Jahren hat die Stadt den Wald im Südosten abholzen lassen, seitdem sehen wir nachts immer aus unserem großen Aussichtsfenster auf die roten Reklamebuchstaben. Es ist zum Lachen, daß man ein Haus für eine Viertelmillion baut, um dann in der Nacht nicht mehr die Sterne zu sehen, sondern das rot glänzende Wort Wulle.

»Monika, du mußt nun wirklich ins Bett gehen«, sagte meine Frau, und Monika verabschiedete sich gehorsam und ohne in der Zärtlichkeit ihrer Küsse einen Unterschied zwischen meiner Frau und mir zu machen. Sie ist ein kluges Kind.

Als sie gegangen war, sagte ich zu meiner Frau: »Du hast mir nie erzählt, daß Klaus' Hände zittern. Wenn ich es mir recht überlege, so hast du mir überhaupt nie erzählt, wie es wirklich mit ihm steht.«

»Zittern seine Hände?« fragte sie erstaunt. »Ich habe das nie bemerkt.«

Seit mehreren Jahren habe ich Affären mit anderen Frauen, Damen aus unserem Bekanntenkreis. Solche Episoden entwikkeln sich regelmäßig aus den Parties, die wir besuchen oder selbst geben, wie es Usus ist. Im Anfang haben dergleichen

Verhältnisse immer viel Reiz; eine fremde Frau – das ist etwas Geheimnisvolles; die Sache beginnt stets mit einem gewissen Flair, wenn man auch meistens kein großes Risiko eingeht, in unseren Kreisen. Ich weiß nicht, ob dieses Leben-und-leben-Lassen bei uns ein Ausdruck von Kultiviertheit ist oder eine ganz besonders vertrackte Art von Barbarei. Professor Thiele hätte ich übrigens auf seine Frage eine ganz klare und beruhigende Antwort geben können. Später bin ich gewöhnlich froh, wenn solche Angelegenheiten vorbei sind; die längste von ihnen hat einmal ein halbes Jahr gedauert, und ich bewahre noch sentimentale Erinnerungen an sie. Ob meine Frau von diesen Dingen etwas bemerkt, ahne ich nicht; anzumerken ist ihr jedenfalls nichts. Ihr Porzellan-Hobby scheint sie völlig zu beschäftigen. Irgend jemand hat mir einmal erklärt, daß eine Sammler-Leidenschaft leicht etwas Abgründiges bekommen kann.

»Ach, weißt du«, hörte ich meine Frau lachend sagen, »Klaus ist ein wunderbarer Schauspieler. Wenn er will, versteht er es glänzend, Mitleid zu erregen.«

Ich brachte es nicht fertig, sie anzusehen, so haßte ich sie in diesem Augenblick. Statt dessen blickte ich auf die Vitrine mit ihrer Porzellansammlung, die links von unserem großen Aussichtsfenster steht, etwas abgerückt von der Wand, so daß man um sie herumgehen und alle Stücke von allen Seiten betrachten kann. Meine Frau sammelt hauptsächlich Chelsea, hat aber auch einige gute Stücke Alt-Berlin. Ich kann diesem Zeug nichts abgewinnen, im besten Falle finde ich es freundlich, aber es hat meine Frau nicht freundlich gemacht, sondern nur kühl und glatt. Einmal habe ich den Versuch gemacht, ihrer Manier eine neue Wendung zu geben, indem ich auf einer Auktion bei Boerner für sie ein chinesisches Stück ersteigerte, das mir auf den ersten Blick ins Auge stach – einen sehr alten, jadegrün glasierten, liegenden Widder, mächtig und kolossal einfach, ohne alle Verzierungen. Sie hatte ihn sehr bewundert. »Aber weißt du«, hatte sie gesagt, »das ist natürlich nicht Porzellan, sondern Ton.« Immerhin hatte sie den Widder in ihrer Sammlung geduldet, oder vielleicht hatte sie nur nicht gewagt, ihn zu entfernen, um mich nicht zu verletzen. Seitdem lagerte er in sich gekehrt, drohend und fremdartig inmitten der zierlichen europäischen Porzellane.

Ich stand plötzlich auf und ging zu der Vitrine hinüber. Der kleine Schlüssel stak, ich öffnete die Türe und nahm den Widder heraus.

»Was machst du da?« hörte ich meine Frau sagen, mit einer leisen und schrillen Stimme.

»Ich bin auch ein Schauspieler«, sagte ich. »Wie Klaus«, sagte ich, »vielleicht nicht ganz so wunderbar.«

Ich sah sie noch immer nicht an, aber ich wußte, daß sie aufgestanden war und starr mit dem Rücken zum Fenster, hinter dem das Wort Wulle rot leuchtete, stand und mich beobachtete.

Ich schmetterte den Widder mit voller Wucht zu Boden. Der Boden unseres living-room ist mit grauen Steinplatten ausgelegt, und dort, wo ich stand, war kein Teppich. Der Widder zerfiel in tausend Stücke. Wenn man ein Stück Ton zu Boden wirft, zerbricht es nicht: es zerkrümelt förmlich. Der Widder war nicht zerbrochen; er hatte sich in ein Häufchen Tonkrümel aufgelöst, er war auf einmal – wie soll ich das sagen? –, er war auf einmal nicht mehr da. Er war verschwunden wie durch Zauberei.

Jetzt sah ich meine Frau an. Sie stand noch immer starr da. Ihre linke Hand hatte sie, zur Faust geballt, vor den Mund gepreßt. Auf diese Weise konnte ich gar nicht mehr sehen, daß sie überhaupt kein Kinn hat. Noch einen Moment stand sie so, dann ging sie schnell hinaus. Ihr Schmuck klirrte.

Ich betrachtete noch eine Weile den Platz, wo sie gestanden hatte, und dann blickte ich wieder auf die Tonkrümel zu meinen Füßen, und plötzlich mußte ich lachen. Ich hatte etwas getan, worüber sich die Karikaturenzeichner lustig machen: ich hatte mit Geschirr geworfen. Daß mein Geschirr eine zweitausend Jahre alte chinesische Grabbeigabe war, die in kunstgeschichtlichen Werken abgebildet worden ist, änderte nichts daran, daß ich mich benommen hatte wie eine Witzblattfigur.

Ich ging in die Küche, holte einen Handbesen und eine Schaufel und kehrte die Krümel zusammen. Dann leerte ich eine Zigarrenschachtel und tat die Überreste des Widders hinein. Ich ging in mein Arbeitszimmer – dort schlafe ich auch – und verbarg die Schachtel hinter ein paar Büchern. Ich nahm ein Luminal. Ich bin nicht nur überempfindlich geworden, dachte ich, ich bin nicht nur Besitzer einer bildschönen kleinen Neurose, die bis zu geistigen Störungen geht, jetzt fange ich auch noch an, regelrecht hysterisch zu werden. Ich durchlebte ein paar deprimierende Minuten, ehe das Luminal wirkte.

Die Existenz des Lodovico Gonzaga

Die Gonzaga wohnten immer mit ihren Pferden zusammen. Sie waren Leute mit nicht eigentlich sinnlichen, sondern nur leicht aufgeworfenen Lippen – Lippen, deren obere und untere Begrenzungslinien die Zeichner reizten, und starken, empfindlichen Nasen. Der Turm für den Aufgang der Pferde im Castello di Corte besaß eine Wendeltreppe aus sehr flachen, sehr breiten, hellrötlichen, kaum gebrannten Backsteinen, körnig und seinerzeit mit Sand bedeckt, weich unter den Hufen der schnaubenden, erhitzten, wahnsinnsäugigen Gäule, deren Köpfe von den Knechten nach rechts gerissen wurden: so kamen sie, an Lodovico vorbei, der ihnen vorausgeeilt war, um ihren Aufgang im Turm nicht zu versäumen, die Wahnsinnsaugen ihm zugewandt, die Woge der starken, schweißbedeckten Büge, so kamen sie in den Saal, aus der Moor-Ebene, in der die Dörfer unter Schilf und Weiden verrotteten, über den Deichweg zwischen den Mincio-Seen, auf denen die Blätter der Wassernuß schwammen, mit Winterdunst behangen, mit der Stummheit der roten Sumpfstadt, in den Turm, an Lodovico vorbei, der mit leicht aufgeworfenen Lippen, starker, empfindlicher Nase, kalten, brennenden Augen auf die Pferde starrte, so kamen sie in den Saal, wurden von den Knechten abgerieben, standen auf Stroh, fraßen, misteten. Der Gonzaga ging an ihnen vorbei, zwei Türen weiter, in sein Schlafzimmer, zog sich um, speiste, konferierte mit den Humanisten, mit dem Piccolomini-Papst, ließ sich von Alberti Antiken zeigen, zog sich zeitig zurück, lag eine Weile wach neben der Frau, im Kerzenlicht bewegte sich der Schimmel, den Mantegna ihm an die Wand des Schlafzimmers gemalt hatte, der riesige Schimmel neben der Gonzaga-Hochzeit, Lodovico stand auf, die Frau neben ihm bewegte sich im Schlaf, er nahm die Kerze, ging zwei Türen weiter, in den Saal mit den Pferden, sprach eine Weile mit einer Fuchsstute, die er besonders liebte, sie hörte ihm aufmerksam zu, dann blieb er an den Fenstern stehen, löschte die Kerze, blickte auf die fahlen Mincio-Seen, die echolose Stadt unter einem dünnen Wintermond, fühlte die Drohung, die von den Pferden ausging, wußte nicht, daß seine Nachfahren einmal den Palazzo del Te bauen würden, aber er spürte schon den Giulio Romano voraus, ahnte, daß die späten Gonzaga die Pferde neben ihre Orgien malen lassen würden, ging wieder ins Schlafzimmer, legte sich hin, das weiße Pferd phosphoreszierte im Dunkel, der Schimmel neben der Gonzaga-Hochzeit, aber noch war er nichts als ein mächtiges Tier, bezwungen von den strengen Figuren des Mantegna. Er hörte, wie eines der Pferde sich niederließ, zwei Türen weiter. Die leicht aufgeworfenen Lippen Lodovicos bewegten sich, betend.

Die Arktis Seiner Lordschaft

Eine geringe Menge Tabaks des Herrn J. J. Carreras, 7 Wardour Street, London W., zerbröselnd und in meine Pfeife stopfend, entschließe ich mich endgültig, die Geschichte, die ich erzählen möchte, ziemlich umständlich zu erzählen. Ich habe Lord Dufferins ›Briefe aus hohen Breitengraden‹, in denen er seine Reise nach Island, Jan Mayen und Spitzbergen im Jahre 1856 beschreibt, und alles, was ich sonst noch über Seine Lordschaft in Erfahrung bringen konnte, mehrere Monate lang auf meinem Schreibtisch und in meinem – ich gebe es zu – eher schwerfällig arbeitenden Gehirn hin und her bewegt, ehe ich zu vermuten begann, es müsse sich da ganz einfach um ein ins Unendliche verlängertes Seemannsgarn handeln, einen langen Stremel, der vom Verschwinden der Seele eines ehrenwerten Lords hinter der Packeisgrenze handelt. Mein diesbezüglicher Verdacht begann zu keimen, als es mir immer unmöglicher wurde, mich mit dem Bild des jungen Lords, der seine Reise als erstklassigen Sport betreibt, zufriedenzugeben, sondern ich an seiner Stelle immer öfter den alten Lord auf den Planken des Jacht-Schooners ›Foam‹ erblickte. Aber erst in diesem Augenblick, in dem ich den Tabak mit einem Streichholz in Brand gesetzt habe, bin ich meiner Sache völlig sicher. Merkwürdig, wie viele Pfeifen man braucht, ehe man an die eine gerät, bei der es klappt. Ich finde keinen anderen als diesen einigermaßen kaltschnäuzigen und mir unangenehmen Ausdruck, es ›klappe‹ etwas, um zu bezeichnen, daß ich nicht nur annehme, die Lebensangelegenheiten Dufferins begriffen zu haben, sondern auch zu wissen glaube, wie man sie anfaßt. Ein Seemannsgarn zum Beispiel muß man langsam und ordentlich abspulen. Am Ende wird sich herausstellen, ob mich meine Pfeife nicht betrogen, ob es wirklich geklappt hat, oder ich nur eine Klappe riskierte.

Wie dem auch sei – ich beginne das Ankerspill meiner Geschichte nicht gleichzeitig mit dem des Schooners zu drehen, der am 7. Juni 1856 von dem nordschottischen Hafen Oban zu seiner Fahrt in die Arktis auslief, sondern ich nehme die Feder dort auf, wo sie meinem Lord wieder einmal entglitten ist, über vierzig Jahre später, bei einem seiner vielen fruchtlosen Versuche, seine Memoiren zu schreiben. Der Grund, warum Lord Dufferin keine Memoiren hinterlassen hat, ist denkbar einfach; er fand seinen Altersstil unerträglich hölzern und langweilig. Nun gibt es eine Menge Persönlichkeiten des öffentlichen Lebens, die der Umstand, daß sie nicht schreiben können, keineswegs daran hindert, ihre Autobiographien abzufassen. Dufferin besaß, im Gegensatz zu ihnen, ein lebhaftes Gefühl für literarischen Stil, ja geradezu literarisches Talent; seine jugendlichen ›Briefe aus hohen Breitengraden‹ zeigen ihn als ausgezeichneten Schriftsteller. Über den Ursprung dieser Begabung und ihre Wirkung auf das Leben Dufferins wird noch einiges mitzuteilen sein. Aber eben dieses Talent, von dem ihm im Alter immerhin noch die Fähigkeit geblieben war, zu empfinden, ob ein Satz, den er schrieb, lebendig oder tot war, brachte ihn am Ende zu dem Entschluß, alle Entwürfe zu den ›Dufferin-Papers‹ zu vernichten und seinen Freund Sir Alfred Lyall zu bitten, statt ihrer eine offizielle Biographie zu schreiben, die drei Jahre nach seinem Tode – Dufferin starb im Jahre 1902 – erschien.

Der Vormittag des 8. Mai 1898 eignet sich besonders gut dazu, Lord Dufferin zum erstenmal einen Augenblick lang in seinen persönlichsten Umständen zu beobachten, weil er an diesem Tag einen wahrhaft säkularen Grund vorschützen konnte, nicht mehr an seinem Schreibtisch verweilen zu müssen: Gladstone war in der Nacht vom 7. auf den 8. Mai gestorben. Die Herbert Gladstones waren so freundlich gewesen, bereits am Morgen einen Boten zu seinem Butler zu schicken, damit er die Nachricht nicht aus der ›Times‹ zu erfahren brauchte; sie erschütterte ihn tief, und er beschloß, nach dem Frühstück in den Club zu gehen. Dufferin frühstückte übrigens seit einigen

Monaten allein; seitdem Lady Dufferin begonnen hatte, ihm wegen seiner Spekulationen mit der ›London and Globe‹ berechtigte Vorwürfe zu machen, zog er es vor, so früh aufzustehen, daß er den Morgentee in Einsamkeit einnehmen konnte. Der londoner Mai-Morgen war von glänzender Frische; als Dufferin, aus der Half-Moon-Street kommend, in Piccadilly einbog, stellte er fest, daß die Kastanien im Green-Park schon mit dem heftigsten Grün überzogen waren; sie verwischten den Buckingham-Palast dahinter zu einem undeutlichen Grau. Aber auch ohne diesen Sieg des britischen Frühlings über die Residenz der Königin von England hätte sich der Lord kaum zu längeren Gedanken über die Krone stimulieren lassen. Da er Kanzler des Herzogtums von Lancaster, Botschafter in St. Petersburg und Konstantinopel, Generalgouverneur von Kanada, Vizekönig von Indien und ganz zuletzt noch einmal Botschafter in Rom und Paris gewesen war, hatte er seinen Verkehr mit dem Hof auf ein Minimum reduziert; jener ›snob-appeal‹, der ihn im Alter von vierundzwanzig Jahren dazu verleitet hatte, sich zum Lord-in-waiting beim Prinzgemahl ernennen zu lassen, war längst verflogen, nicht zu reden davon, daß auch von seinem damals bereits hochberühmten Charme nicht viel mehr übrig geblieben war als das allerdings ohne Anstrengung bewahrte Air des wahrhaft bedeutenden Gentleman, als der er, aufrecht und fast einen Meter neunzig groß, in einem dunkelgrauen Anzug aus der Savile Row, einen Bowler-Hat auf dem Kopf und den streng gerollten Schirm in der Hand tragend, Piccadilly entlang schritt.

Flüchtig und nicht ohne eine Spur von Bitterkeit dachte er daran, wie die Queen Gladstone überlebt habe, obgleich sie im selben Jahre wie dieser, 1809, geboren war. Er war weit davon entfernt, der Königin den Tod zu wünschen, aber es verstimmte ihn, anläßlich der Nachricht von heute morgen wieder einmal konstatieren zu müssen, daß es zu den Gepflogenheiten von Königinnen gehörte, ihre ergebensten Diener zu überleben. Er kannte auch den Grund dafür; sie besaßen die der Gesundheit zuträgliche Gabe, die Staatsgeschäfte nicht ganz so wichtig zu nehmen wie eben jene. Oder sie nahmen sie auf eine andere Art wichtig; so, wie man das Geschäft der Kinderaufzucht und -erziehung betreibt, also eigentlich ohne jenen politisch-historischen Sinn und Ehrgeiz, der die Männer verzehrt. Nicht Machiavellismus war es, sondern eine Fähigkeit, die, wie Lord Russell, Dufferins Lehrmeister, einmal zu ihm bemerkt hatte, darin bestand, Geschichte betreiben zu können, als handele es sich um Biologie, die Viktoria fähig machte, die Staatsmänner des Empire auszuwechseln und gegeneinander auszuspielen, wie es ihr zur Aufzucht der Nation gerade dienlich erschien. Der ständige Wechsel von der Politik Gladstones zu der Politik Disraelis war keine Historie monarchistischer Entscheidungen gewesen, sondern Folge der Maßnahmen einer alten Dame, die über England regierte wie über einen Kindergarten. Gladstone hatte versucht, diese Politik des Kindergartens zu durchkreuzen, indem er danach strebte, immer größeren Teilen des Volkes das Wahlrecht zu verschaffen, aber Dufferin wußte, wie jedermann, daß die Epoche nach Viktoria benannt werden würde, nicht nach dem Schotten mit dem großen, wie aus Elfenbein geschnitzten Kopf. Es war eine Ungerechtigkeit. Dufferin war stets ein Anhänger der Politik Gladstones gewesen, und er ließ sich auch heute nicht, gerade heute nicht, von dem Trugbild des Ideals einer weiblich-geschichtslosen Politik narren; wie öfters in den letzten Jahren, vermutete er auch in diesem Augenblick – er hatte die Fahrbahn von Piccadilly überschritten und ging an den Bögen der Ritz-Fassade entlang –, daß die Königin nicht einmal ahnte, welchen Gesetzen sie folgte, wenn sie ihre scheinbar autonomen matriarchalischen Entscheidungen traf. Da war Gladstone den Geheimnissen des Mechanismus, der die Uhr der Geschichte ticken ließ, denn doch genauer auf der Spur gewesen.

Die Seele dieses Schotten war sicherlich ohne den geringsten Verzug zu Gott aufgefahren, vorausgesetzt, es gab jenen Gott, zu dem Gladstone von frühester Jugend an die engsten Beziehungen unterhalten hatte. Dufferin blieb an der Ecke der St. James Street stehen und blickte vage in die breite Piccadilly-Schlucht hinein, die an ihrem Ende, gegen Circus hin, in einem goldgrauen Schatten- und Sonnenfilter verschwamm. Ich bin fast sicher, daß er in diesem Moment von den Vorübergehenden, mindestens aber von einigen Damen, die sich zu Einkäufen bei Fortnum & Mason begaben, bemerkt wurde, weil es ja selten vorkommt, daß man einen älteren Herrn von blendendem Aussehen und deutlicher Distinktion in einem Zustand erblikken kann, der an Traumverlorenheit grenzt. Gladstones Gott, so überlegte der Lord, stellte eine Art von höherem Wesen dar, wie es sich ergeben würde, wenn es möglich wäre, den Erzbischof von Canterbury zu überirdischer Vollkommenheit zu entwickeln. Dieser Gentleman-Gott, das Club-Ideal der High Church, war das Ergebnis von Gladstones klassischen Studien und seiner Lektüre aller zweiundzwanzig Bände der Werke des heiligen Augustinus gewesen, und zweifellos wäre es ihm gelungen, alle religiös gesinnten Briten von diesem Leitbild zu überzeugen, wenn nicht, zu seinem feinen und hohen Ärger, der Kardinal Newman in einem Englisch, das dem Stil Gladstones weit überlegen war, vorgeschlagen hätte, den vollkommenen Gentleman als einen Mann zu definieren, der niemals Schmerz zufüge, nicht einmal um den Preis, selber Leiden erdulden zu müssen. Lord Dufferin hatte den Kardinal, der vor acht Jahren gestorben war, sehr geschätzt und die Unterhaltung mit ihm gesucht; Newmans klassische Studien waren nicht weniger gründlich gewesen als diejenigen Gladstones, aber sein leidensfähiger und mithin ein wenig schmutziger Gott war nicht durchaus Ergebnis von Lektüre gewesen, sondern aus Erfahrungen hervorgegangen, mystischen Erfahrungen vielleicht – Dufferin ließ sich das ihm fatal klingende Wort nur widerwillig einfallen –, den Erleuchtungen von Newmans berühmtem Fieber in Leonforte auf Sizilien. Newmans Gott war Dufferin sympathischer als Gladstones Gott, aber beide waren sich der Existenz ihrer himmlischen Partner zu sicher gewesen, als daß

Dufferin einem von ihnen gänzlich hätte zustimmen können. Da Dufferin, ohne die Marine-Karriere eingeschlagen zu haben, dennoch seiner innersten Natur nach Seemann war – ich erinnere an diese seine Eigenschaft, für die ich noch nicht einmal begonnen habe, den Beweis zu führen –, konnte er sich sein Verhältnis zu Gott nicht anders vorstellen als im Bilde jenes norwegischen Seefahrers, der im Jahre 864 Island entdeckte, noch ehe er es erblickte. Er hatte nur auf Gerüchte gehört oder war von der Vorstellung besessen gewesen, es müsse da noch Land geben, während er im Nebel von den Shetlands nach Norden kroch, bis der Sott um seine drachenförmige Galeere so dicht wurde, daß er die Ruder einziehen ließ. Dann erst ließ er die drei geweihten Raben fliegen. Die ersten beiden kehrten zurück, flügellahm, aber der dritte entschwand nach Norden, und er sah ihn niemals wieder, nicht einmal auf dem isländischen Kap, auf dem er zum erstenmal gerastet haben muß und das der Mann entdeckte, weil er seinem Raben folgte. Gott war für Lord Dufferin ein fremdes Land, dessen man nicht sicher war, nach dem man höchstens Raben aussenden konnte. Und auch dann war es ausgeschlossen, sich vorzustellen, wie das Ding aussehen würde, das hinter den Nebelbänken lag. Dufferin erinnerte sich, während er noch immer, auf seinen Schirm gestützt, im steinernen londoner Canyon, im Anblick von graugoldenem Licht stand, mit Vergnügen daran, daß er, im Gegensatz zu jenem alten Norweger, bei seiner Annäherung an Island vor zweiundvierzig Jahren Glück gehabt hatte. Er konnte sich nicht mehr die Formen der Vorgebirge von Guldbrand Syssel ins Gedächtnis rufen, die im Schönwetterlicht eines bis ins Unendliche durchsichtigen Himmels unter einem Schneevulkan lagen, aber mit einer fast schmerzenden Klarheit erschien ihm auf einmal das Bild einer schlafenden Eidergans, die hundert Yards vom Schiff entfernt auf der blauen Seidenstille des Meeres geruht hatte, den Kopf ins Gefieder versteckt. Und er konnte sich aus seiner träumerischen Haltung erst lösen und sich der sanft abfallenden St. James Street zuwenden, als er im Geiste wie damals in der Wirklichkeit, nach Doktor Fitzgeralds schon im Anschlag liegenden Gewehrlauf gegriffen hatte, um ihn zu senken; der Lord war ein ebenso leidenschaftlicher Jäger wie der Doktor, aber in jener Stunde war es ihm notwendig erschienen, den Lebensschlaf des weißen Vogels nicht stören zu lassen.

Der Club war an diesem Vormittag bemerkenswert gut besucht; die Gladstone-Neuigkeit führte sie zusammen. Dufferin unterschied Granville, Derby und Lyall und – zu seinem Mißvergnügen – einen der Direktoren der ›Chartered Company‹; er hatte den Eindruck, daß einige Köpfe sich ihm zuwandten, und er wußte, warum: für sie war er das lebende Monument der Ära Gladstone, der Mann, der, obwohl er siebzehn Jahre jünger war als der Verstorbene, um die Entlassung aus seinem Pariser Botschafterposten ersucht hatte, als vor vier Jahren der damals fünfundachtzigjährige Gladstone zum letztenmal die Regierungsgeschäfte niedergelegt hatte – er war immerhin viermal in seinem Leben Premier gewesen. Man hatte sich damals über Dufferins Resignation gewundert, denn man wußte, daß das Verhältnis zwischen ihm und Gladstone durchaus nicht störungsfrei gewesen war; nicht ohne eine gewisse Genugtuung erinnerte sich der Lord, die Köpfe des St. James Clubs musternd, an Gladstones langjähriges indigniertes Schweigen, als jener zum erstenmal die Erfahrung gemacht hatte, daß der fünfte Baron und spätere erste Marquis von Dufferin and Ava durchaus bereit gewesen war, der Königin den Ring zu küssen, für Posten, die er aus der Hand seiner, Gladstones, Gegner empfing. Wahrscheinlich, dachte Dufferin, ahnten diese Herren, in deren Mitte er gleich ihnen in einen Ledersessel versank, heute zum erstenmal, daß er sehr genau begriffen hatte, warum es für ihn notwendig gewesen war, sich bei Gladstones Abgang deutlich zu erklären und den Dienst zu quittieren.

Sicherlich gibt es nichts Vergesseneres als gewisse Leute und Entwicklungen im 19. Jahrhundert, und es ist auch für den Fortgang dieser Geschichte nicht nötig, den Leser mit den Einzelheiten der britischen Kabinettspolitik zwischen sagen wir

1850 und 1890 zu befassen. Das bisher Erzählte überlesend, sehe ich, daß man mich ohnehin des Historismus zeihen wird und damit einer Neigung, die mir von den Gebildeten unseres Jahrhunderts kaum nachgesehen werden wird. Ich beeile mich also, zu erklären, daß es völlig genügt, zu wissen, wie sich in jenen Jahrzehnten zwei Männer als Grundfiguren menschlicher Konstitution begegneten und aneinander maßen. Der eine war ein sephardischer Jude, dessen Großvater aus Venedig nach England eingewandert war, schrieb sein Leben lang Romane, trug Brillanten, führte die Konservative Partei, wurde von Bismarck hochgeschätzt und breitete das britische Weltreich aus; der andere war ein Schotte von altem Stock, glaubte an Gott und an die Gerechtigkeit und infolgedessen an die High Church und die Liberale Partei, brachte seine letzten Jahre damit zu, den Ovid in englische Reime zu übertragen sowie gegen die Massaker zu protestieren, die der Großtürke unter den armenischen Christen veranstaltete, und hielt sich sein Leben lang für überzeugt, das englische Volk habe in feuriger Einsamkeit auf der auserwähltesten aller Inseln zu hausen. Wie man sieht, hatten Bezeichnungen wie ›konservativ‹ und ›liberal‹ damals ungefähr die gleiche Bedeutung wie heute die Begriffe ›rechts‹ und ›links‹, – nämlich gar keine, wenn man bedenkt, daß Benjamin Disraeli, der spätere Lord Beaconsfield, weil er seinem Wesen nach ein Mann des Fortschritts war, im Zeichen der Tories die dynamische Idee der Zeit, den Imperialismus, eilig voran trieb, während ausgerechnet ein so stockkonservativer Typ wie Gladstone hartnäckig für gewisse unveräußerbare Rechte des Menschen – alias: der politischen Opposition – eintrat. Soll ich die Parallele ziehen und darauf hinweisen, daß auch heute wieder Politiker, die als Konservative gelten, dem progressiven Einfall des Jahrhunderts, der Atomspaltung, auf allen Lebens- und Todesgebieten hastig zustimmen, während die Liberalen und Linken eher geneigt sind, dem Rad der Geschichte in die Speichen zu greifen und mithin als die wahren Konservativen betrachtet werden müssen? Ich tue es nicht und wende mich sogleich von der Semantik historischer Begriffe ab und wieder Seiner Lordschaft zu, die inzwischen nach der ›Times‹ gegriffen hatte. Die Zeitung war noch nicht in der Lage gewesen, die Nachricht von Gladstones Tod zu bringen, und statt dessen wie üblich gefüllt mit Berichten über die Aktivität von Cecil Rhodes und der ›Chartered Company‹ in Afrika. Dufferin las sie mit Widerwillen. Er wußte, was herauskam, wenn man Leuten vom Schlage Mr. Rhodes' freie Hand ließ, – man mußte dann Leute von seiner, Dufferins Art, nach einiger Zeit in die Gebiete schicken, in denen der Rhodes-Typ gewirkt hatte. Jede von Dufferins Missionen, ob sie ihn nach Canada, Ägypten, die Türkei oder Indien führte, hatte der Aufgabe gegolten, sanft, aber rücksichtslos zu korrigieren, was die Männer der Tat und Empire-Spezialisten angerichtet hatten. Dufferin ließ die ›Times‹ sinken, Mr. Rhodes war nicht nach seinem Geschmack, aber da er den Dienst quittiert hatte, war er entschlossen, sich über ihn und seinesgleichen nicht heftiger zu ärgern, als es seiner Gesundheit zuträglich war. Doch wäre seine Aufregung vielleicht größer gewesen, wenn er geahnt hätte, daß sein ältester Sohn zwei Jahre später zum Ruhme der ›Chartered Company‹ bei Ladysmith fallen würde.

Aufblickend, nahm er das Porträt seines Großonkels, Admiral Sir Henry Blackwood wahr, der die ›Euryalus‹ bei Trafalgar kommandiert hatte. Sir Henry hatte das Bild dem Club, dessen Mitglied er gewesen war, testamentarisch vermacht. Auch Dufferins Vater, Price Blackwood, der vierte Baron Dufferin, hatte die Marinelaufbahn eingeschlagen, jedoch, da er bereits 1841 verstorben war, es in ihr nicht sehr weit gebracht. Aug in Auge mit dem Admiral, sah sich der Lord unvermittelt an die jahrhundertelange – im St. James Club allerdings ein wenig nachgedunkelte – seemännische Tradition seiner Familie erinnert, was ihm in diesem Augenblick, in dem er seine Beziehungen zu Gladstone und zur Geschichte seiner Zeit überprüfte, einigen Trost bot, ja ihn geradezu absolvierte, denn plötzlich kam es ihm vor, als müsse er bei dem Geist des Mannes, der sich so rücksichtslos in die Geschichte hineingeworfen hatte, um Absolution für ein Versäumnis nachsuchen, dessen Natur er nicht genau ergründen konnte, dessen Vorhandensein er jedoch deutlich empfand. Obwohl Dufferin sich weder mit der Vererbungslehre noch mit der Milieutheorie beschäftigt hatte – beide Theorien waren ein beliebter Gesprächsgegenstand in der gebildeten Welt der neunziger Jahre –, schien es ihm möglich, sich die Tatsache, daß er sich der Historie gegenüber relativ neutral und jedenfalls nicht als Politiker verhalten hatte, damit zu erklären, daß er von Herkunft und Wesen Seemann war oder es mindestens hätte sein sollen. Flüchtig kam ihm der Gedanke, ein so zeitloser Beruf wäre für ihn der richtige gewesen. Immerhin war er nicht Politiker geworden, sondern Diplomat, ein Beruf, der mit dem des Seemanns sogar eine gewisse Ähnlichkeit hatte, überlegte der Lord, denn auch als Diplomat segelte man mit dem Winde oder gegen ihn und nutzte Strömungen aus, vermied Klippen und Untiefen, war man von Naturkräften abhängig, wenigstens zu der Zeit, als Lord Dufferin seine kurze, aber überaus brillante nautische Vorstellung gegeben hatte. Er erhob sich und bat Lyall durch ein Zeichen, mit ihm hinauszugehen; während er in die Club-Bar wechselte, erinnerte er sich daran, daß es noch einen weiteren Grund gab, der ihn veranlaßt hatte, sich der eigentlichen Politik fernzuhalten oder sogar eine staatsmännische Karriere anzustreben. Diese Erinnerung war von sehr undeutlicher Art, mehr ein Gefühl als ein Gedanke. Dufferin wußte, daß er irgend etwas sehr Wichtiges vergessen hatte, aber das dem Gedächtnis Entschwundene fiel ihm nicht ein und blieb peinlich in seinem Unterbewußtsein. Dergleichen Mahnungen machen zerstreut und können einem Menschen den ganzen Tag verderben.

Er bestellte Sherry. Sir Alfred war einigermaßen überrascht, als Dufferin mit ihm nicht das Thema erörterte, das heute in aller Munde war, sondern ihm statt dessen die einigermaßen abstruse Geschichte eines Individuums erzählte, das in jener Epoche vorkam, die Seine Lordschaft, wie Lyall und alle Welt wußte, als seine Heldenzeit betrachtete. Ich muß hier gestehen, daß ich Lyalls ›Life of Lord Dufferin‹ nicht kenne, mithin auch kein Bild von Dufferins offiziösem Biographen entwerfen kann. Das ist ärgerlich, ich gebe es ohne weiteres zu. Es ist um so ärgerlicher, als ich nicht zu jener neueren Schule von Erzählern gehöre, die nicht nur nichts mehr erzählen wollen und infolgedessen Helden und Handlungen, Stoffe und Themen aus ihren Büchern hinauseskamotieren, sondern es auch Balzac verübeln, den Pickel auf der Nase des Vaters von Eugenie Grandet geschildert zu haben. Ich würde zum Beispiel nichts lieber schildern als den Pickel auf der Nase von Sir Alfred Lyall, vorausgesetzt, ich wüßte, er habe da einen gehabt, und wenn ich es nicht tue, so aus dem einzigen Grunde, weil ich es eben nicht weiß. Bare Unkenntnis ist auch die Ursache dafür, daß ich nicht einmal von der körperlichen Erscheinung Lord Dufferins ein genaues Bild zu geben in der Lage bin – dem aufmerksamen Leser wird dieser Mangel nicht entgangen sein. Tatsache ist, daß ich kein Porträt Dufferins auftreiben konnte. Man wird einwenden, ich hätte dann eben warten sollen, bis es mir gelungen sei, eines zu erhalten, vielleicht, nein sicher, hätte ich sein Bild in allen Lebensaltern gerade in Sir Alfreds Biographie aufgefunden, die man mir im Lesesaal der Bibliothek des Britischen Museums ohne weiteres ausgehändigt hätte. Zu meiner Entschuldigung kann ich nur anführen, daß ich gerade eines nicht mehr konnte: länger warten. Ich gehöre nicht zu den Leuten, die etwas schreiben müssen, weil ›es ihnen auf den Nägeln brennt‹, ganz einfach deshalb nicht, weil ich mit brennenden Nägeln auf den Händen nur schiefe Bilder zustande brächte, aber ich muß, wie ich zu Beginn angedeutet habe, eine Geschichte dann zu erzählen anfangen, wenn sie in meiner Pfeife zu entbrennen beginnt. Dann gibt es kein Halten mehr, und wenn man mich daran hindert oder wenn ich die richtige Pfeife verpasse, dann bin ich ungenießbar. Auf so schwache Weise muß ich mich dafür rechtfertigen, daß ich Sir Alfred Lyall überhaupt nicht schildere und mich mit dem Schatten des Körpers des Lords begnüge; was

Lyall betrifft, so glaube ich immerhin nicht ganz fehlzugehen, wenn ich annehme, er sei ein guter Zuhörer gewesen – das muß man doch wohl sein, wenn man das Zeug zum Biographen hat. Oder zum Leser. Immerhin wird man es Lyall nicht verübeln, wenn er eher amüsiert als mit hohem Interesse zuhörte, wenn er insgeheim an Lord Dufferins zweiundsiebzig Jahre dachte, als dieser an einem Tage, der dem Gedenken William Ewart Gladstones vorbehalten schien, statt dessen von einem gewissen Ebenezer Wyse zu erzählen begann, der Dufferin während seiner arktischen Reise als Schiffsführer, als ›Master‹, gedient hatte. Mr. Wyse, so berichtete der Lord, habe die eigentümliche Gewohnheit an sich gehabt, nicht wie ein britischer Seemann auszusehen, sondern wie die Kreuzung zwischen einem deutschen Studenten und einem Commis voyageur. Dufferin hatte ihn, ohne ihn zu kennen, auf Empfehlung eines glasgower Kauffahrers angeheuert, weil sein eigener erprobter Master wegen Krankheit plötzlich ausgefallen war, und er war, wie er sagte, nicht wenig erstaunt gewesen, als in dem Hebriden-Hafen Stornaway, wo er auf den Neuen wartete, mit dem Paketboot aus Glasgow ein Mann gekommen war, der sich eine Cereviskappe über das linke Ohr gestülpt hatte und ferner einen grünen Jagdrock, eine grell karierte seidene Weste, helle Beinkleider und plumpe Wellingtonstiefel trug – eben besagter Ebenezer Wyse. Lyall, selber durchaus kein junger Mann mehr, fühlte sich durch den Wortschatz, den Dufferin verwendete, Worte wie ›Kauffahrer‹, ›Paketboot‹, ›karierte seidene Weste‹ oder ›Wellingtonstiefel‹ sowie durch den Namen Ebenezer, wider Willen gefesselt und in eine Zeit zurückversetzt, an die er sich kaum noch erinnern konnte: Häfen, angefüllt mit einem Mastenwald von Segelschiffen. Er rechnete, fand heraus, daß die Welt sich seit fünfzig Jahren ungeheuerlich verändert hatte und zugleich, daß es seinem Gesprächspartner ein leichtes war, sich in jene alte Welt zurückzuversetzen. Sein besonderes Mißtrauen, fuhr der Lord fort, habe die goldene Uhrkette erregt, die sich auf Mr. Wyses Seidenweste in zahllosen Festons hin und her zog, bis sich herausgestellt habe, daß ihr Träger jedes Recht besaß, auf sie stolz zu sein.

Denn Mr. Wyse hatte die Kette als Preis und Symbol dafür erhalten, daß er in einem gewissen Augenblick ein Schiff mit Ketten nach der St.-Pauls-Manier umwunden hatte ... aber nein, ich bin nun doch des Plusquamperfektes müde, zu dem mich der Stil einer indirekt erzählten Erzählung, oder, wie man sie neuerdings benennt: einer Rückblende, zwingt, und lasse, ganz gegen meine ursprüngliche Absicht und auf die Gefahr hin, in meine Geschichte einen feinen und unheilbaren Riß zu bringen, Dufferin in direkter Rede fortfahren. »Stellen Sie sich vor«, so begann Seine Lordschaft, zu Lyall gewandt, – denn so stelle ich mir eben vor, daß Dufferin ein Seemannsgarn abzuspulen begann –, »daß zu Beginn der Fünfziger Jahre von Australien große Nachfrage nach kleinen Flußdampfbooten bestand, deren Lieferung von gewissen schottischen Compagnien unternommen wurde. Die Schwierigkeit war nur, wie man solche gebrechliche Theekessel über den Ozean bringen solle? Mit Todesverachtung gingen fünf, eins nach dem andern, ab, aber jedes kam zu Schaden, noch ehe es den halben Weg bis zum Äquator zurückgelegt. Das sechste war noch allein für einen letzten Versuch übrig; im Falle seiner Ankunft würde die dafür zu erlangende Summe den bereits erlittenen Verlust gedeckt haben, obgleich die Mannschaft, welche dieser tollen Speculation als Opfer gefallen, nicht wieder in's Leben zu rufen war. Doch sogar die spruechwörtliche Tollkühnheit des Seevolks reichte nicht mehr aus, zweimal war das Boot bemannt worden und zweimal sank der Mannschaft im Augenblick der Abreise der Muth; da trat mein Freund von der Kette hervor und erbot sich, den Befehl des Schiffes zu übernehmen. Im Anfang der Reise ging alles nach Wunsch, ein günstiger Wind – die Dampfmaschine war verpackt und das Boot unter Segel – trieb das Fahrzeug in unglaublich kurzer Zeit, Tausende von Meilen südlich vom Cap, als eines Tages, während es vor dem Winde herlief, der Mann am Steuer, von einer Sturzwelle geschreckt, die dem hinteren Theile des Schiffes zu drohen schien, das Ruder fahren ließ; pfeilschnell drehte sich das Schiff und Tonnen von Wasser stürzten auf das Verdeck. Sobald die erste Verwirrung nachgelassen hatte, zeigte es sich, daß der Stoß ein paar eiserne Platten gespalten hatte und daß das Fahrzeug auf bestem Wege zu sinken war. Die Mannschaft war so entsetzt, daß sie nach kurzer Berathung beschloß, ihre Zuflucht zu den Booten zu nehmen, und alles drängte sich aufs Hinterdeck, um zu hören, ob der Master etwas von dem Schiffe mitzunehmen wünschte. Wyse erkannte die Tollheit, über tausend Meilen von irgendeiner Küste entfernt, in offenen Booten das Land erreichen zu wollen, er gab daher vor, daß er aus der Kajüte seinen Compaß, Chronometer etc. holen wolle, kam aber gleich darauf mit einem Revolver in jeder Hand zurück, und schwor, den Ersten niederzuschießen, der es wage, Hand an die Boote zu legen. Diese Geistesgegenwart rettete Aller Leben. Bald darauf ließ das Unwetter nach, durch Umwinden des Schiffes mit Ketten [St. Pauls Manier] wurde der Leck theilweise wenigstens gestopft, der Dampfer erreichte den Ort seiner Bestimmung, und wurde ein paar Tage nach seiner Ankunft für 7000 Pfund Sterling verkauft. In Anerkennung des Dienstes verehrte die Compagnie Mr. Wyse bei seiner Rückkehr eine goldene Uhr und die Kette, die er eben so glorreich auf der carrierten Weste trug.«

Ich habe Orthographie und Interpunktion unverändert gelassen, denn ich will sogleich eingestehen, daß es mir leichtfiel, Lord Dufferins Erzählweise zu kopieren, habe ich sie doch wörtlich seinen ›Briefen aus hohen Breitengraden‹ entnommen, und zwar der deutschen Ausgabe, die im Jahre 1860 im Druck und Verlag von Friedrich Vieweg und Sohn zu Braunschweig erschienen ist. Es wäre mir nun ein leichtes, etliches Feinsinnige über den Gebrauch von Zitaten in der modernen Literatur und die daraus entstehende Kunstform der Montage zu bemerken, aber es scheint mir der Sache dienlicher zu sein, wenn ich mitteile, daß ich Lord Dufferin zitierte, weil es mir, nach kurzer Überlegung, klar war, ich könne seine Schilderung des wahrhaft erstaunlichen Transports eines Flußdampfers von Schottland nach Australien doch nicht übertreffen. Wie knapp und lebendig, wie in jeder Hinsicht kompetent er die naive frühindustrielle Miniatur zu zeichnen und zu kolorieren versteht! Was für einen souveränen Gebrauch er etwa vom Plusquamperfekt macht, das mir immer so große Schwierigkeiten verursacht!

Auch Sir Alfred Lyall hatte die stilistische Qualität von Dufferins Erzählung genossen, aber ohne sie bewußt wahrzunehmen; zu seiner Zeit gehörte es noch zur selbstverständlichen Bildung der Persönlichkeit, sich leicht und fesselnd ausdrücken zu können. Hingegen hatte er aufgehorcht, als Dufferin von einer »tollen Spekulation« sprach und die toten Matrosen erwähnte, die ihr zum Opfer gefallen waren. Im Gegensatz zu Dufferin beschäftigte sich Lyall nicht nur mit Vererbungslehre und Milieutheorie; auch die Ideen der kürzlich gegründeten Fabian Society, die sich mit den Grundlagen der Ordnung und infolgedessen auch mit dem Wesen der Spekulation beschäftigten, auf denen und aus dem etwa auch ein solches Eiland aus literarischem Kolonialstil, ›Times‹-Geraschel und Sherry-Duft beruhte und aufgestiegen war, wie es der St. James Club darstellte –, auch diese Ideen waren bereits bis zu ihm gedrungen. Doch war es ihm heute nicht um so prinzipielle Gedankenverbindungen zu tun gewesen; er hatte vielmehr, als das Wort ›Spekulation‹ fiel, sogleich kontrolliert, ob die Stimme dessen, der es in den Mund nahm, dabei zitterte. Sie tat es nicht, und dies, obgleich es ein offenes Geheimnis war, daß Lord Dufferin in den letzten Jahren begonnen hatte, zu spekulieren, und zwar auf das ruinöseste. Jedermann wußte, daß die Manipulationen der ›London and Globe‹, die der Lord in seiner Eigenschaft als Chairman deckte, in völligem Gegensatz zur Untadeligkeit von Dufferins Vergangenheit als Diplomat standen. Lyall fühlte sich daher in seinem Witterungsvermögen, in dem Schnüffelinstinkt seiner biographischen Spürnase betrogen, als Dufferins Stimme bei dem Wort ›Spekulation‹ nicht zitterte, und er überhörte infolgedessen auch, daß der Lord ihm eine Erklärung für das scheinbar so unmotivierte Auftreten von Mr. Ebenezer Wyse lieferte: Wyses Abenteuer, so sagte der Lord, sei sicherlich eines der letzten Abenteuer gewesen, das die Dampfschiffahrt habe liefern können; danach sei die Marine eine Angelegenheit von Berechnungen und Fahrplänen geworden und aus diesem Grunde für ihn, Dufferin, kein annehmbarer Beruf mehr. Wenn Lyall aufgepaßt hätte, so wäre ihm aus dieser Bemerkung die unterirdische Beziehung klar geworden, welche die scheinbar so weit entfernten Figuren Gladstones und Wyses im Leben Seiner Lordschaft miteinander verband; aber Lyalls Talente waren die Talente eines Verfassers von offiziellen Biographien, zur Führung von Geheimtagebüchern war er nicht der geeignete Mann, und so überhörte er denn Dufferins Hinweis auf eine seiner wichtigsten Lebensentscheidungen. Dufferin hatte sich für die Diplomatie entschieden, weil sie ein Beruf war, in dem sich die Technik nicht änderte. Die Technik nicht und nicht einmal der Stil – Kenner meinen, die Berichte Dufferins aus St. Petersburg oder Rom unterschieden sich in nichts von den Relationen irgendeines venezianischen Gesandten aus dem siebzehnten Jahrhundert; allerdings hatte der Lord über ihnen die Frische seines literarischen Talents und damit die Fähigkeit, seine Memoiren selber schreiben zu können, eingebüßt.

Übrigens fiel es Lyall nicht schwer, das abrupte Auftauchen der Wyse-Story auf Senilität zu schieben, denn gleich darauf versank Lord Dufferin vor seinem leeren Sherry-Glas in langanhaltende Geistesabwesenheit. Erst die Frage Lyalls, ob er sich nicht wohl fühle, brachte ihn wieder zu sich; er stand auf, verabredete sich mit Lyall zum Mittagessen im ›Ivy‹ und verließ, Geschäfte vorschützend, den Club.

Lord Dufferin verließ also den Club. Ich wage es, diesen Satz niederzuschreiben, wohl wissend, daß ich damit den Spott und die Verachtung der den Ton unserer Jahre angebenden Geister auf mich ziehe, die es mit einem französischen Dichter und Schöngeist namens Paul Valéry halten, welcher – übrigens nur kurze Zeit, nachdem Dufferin den St. James Club verließ –

erklärt hat, ein Satz wie »la marquise sortit à cinq heures« beweise die Absurdität und das Ende aller erzählenden Prosa, ihre endgültige Unterlegenheit im Vergleich zur Poesie; die Notwendigkeit, in Verfolgung des Fadens einer Erzählung einen Satz von so letzter Trivialität zu Papier bringen zu müssen, reize ihn zum Lachen, ja erfülle ihn geradezu mit Schauder und halte ihn ein für allemal ab, sich einer so niedrigen Beschäftigung wie dem Schreiben von Romanen hinzugeben. Ich bin da ganz anderer Ansicht. Erstens einmal meine ich, der Mitteilung, die Marquise sei um fünf Uhr fortgegangen, könne bedeutende poetische Schönheit innewohnen, ja ich finde den inkriminierten Satz, auch wenn man ihn gänzlich aus dem Zusammenhang einer Erzählung entfernt, wunderschön; »la marquise sortit à cinq heures« – diese Worte zergehen mir auf der Zunge, und ihr Geschmack könnte mich dazu verführen, ein Gedicht zu schreiben [wie ich überhaupt zwischen dem Schreiben von Gedichten und dem Schreiben von Romanen höchstens einen quantitativen Unterschied zu machen geneigt bin – oh, ihr Manen Hölderlins und Shelleys, verwandelt euch jetzt nicht in Erinnyen, ich weiß schon, daß es ›reine‹ Lyriker gibt! Und übrigens auch ›reine‹ Prosaisten!]. Zweitens aber scheint jener Valéry zu übersehen, daß gerade in der Zwangsläufigkeit, mit der in seiner Erzählung der Satz erscheinen muß, die Marquise sei um fünf Uhr fortgegangen, der Sinn alles Erzählens aufleuchtet. Denn in einer Erzählung – vorausgesetzt, sie verdiene diesen Namen – erscheint eine solche Mitteilung niemals zufällig, ja nicht einmal willkürlich, nämlich aus dem Plan, den der Schriftsteller sich zurechtgelegt hat. Sie erscheint vielmehr genau dann, wenn das Schicksal der Marquise gar nichts anderes mehr erlaubt, als um fünf Uhr fortzugehen. –

Tochter

Herr Dr. med. Richard Wenger, Leiter der Röntgen-Abteilung einer Klinik in Davos, und seine Tochter Thérèse kamen gegen elf Uhr vormittags in Calais an. Sie hatten den Schnellzug genommen, der Basel um null Uhr fünfzig verläßt, und die Nacht in einem Liegewagen-Abteil verbracht. Aus Sparsamkeit, aus erzieherischen Gründen und weil Thérèse in den Weihnachtsferien mit dem gleichen Zug und in der gleichen Klasse reisen, Strecke und Art des Reisens also kennenlernen sollte, hatte Dr. Wenger kein Schlafwagenabteil erster Klasse bestellt. Übrigens hatten sie Glück gehabt, nur ein einziger Fahrgast war während der Nacht zugestiegen, in Metz, hatte sich, ohne das Licht anzuzünden und so leise wie möglich, auf eine der oberen Bänke gelegt und den Zug bereits in Lille wieder verlassen.

Nach der Abfahrt hatte Dr. Wenger noch eine Weile die ›Times‹ gelesen. Er hatte das Blatt im Basler Bahnhof gekauft, um nachzusehen, was in London los war. Vielleicht würde er an dem einen Abend, der ihm blieb, wenn er Thérèse in Oxford abgeliefert hatte, ins Theater gehen.

Sie lagen sich auf den unteren Bänken gegenüber, er und Thérèse, mit Wolldecken zugedeckt.

»Es hat was von einer Skihütte, findest du nicht?« hatte er gesagt.

»Ich kann Skihütten nicht leiden«, hatte Thérèse geantwortet.

Ehe er die Leselampe löschte, hatte er zu ihr hinüber gesehen. Sie schlief schon. Sie hatte sich zur Wand hin gerollt, und er sah von ihr nur die Masse ihres dunklen Haars, das ihr immer solche Schwierigkeiten bereitete, mit dem sie Kämpfe ausfocht.

Sie brauchte auch diesen Morgen lange Zeit, um sich zu frisieren. Als sie aus dem Waschraum kam, fragte sie: »Seh' ich ordentlich aus, Daddy?«

»Bildhübsch!« sagte Wenger.
»Ich und hübsch!«
»Gut – also, du bist häßlich.«
»Nein«, erwiderte sie, »häßlich bin ich auch nicht. Ich bin nur einfach nicht besonders hübsch.«
Sie standen im Gang, und Thérèse ließ sich durch die Landschaft draußen von dem Thema ihres Aussehens ablenken. Sie war begeistert von den handtuchschmalen Häusern, die an den Chausseen zwischen St-Omer und Calais standen.
»Das sind Häuser!« rief sie. »Nicht so blöd wie alle die Chalets in Davos.«
»Findest du unser Haus blöd?« fragte Wenger. »Es ist doch auch ein Chalet.«
»Ach, Daddy«, sagte sie, »ich find unser Haus wunderbar, besonders innen. Wenn es nur kein Chalet wäre! Chalets sind so spießig.« Sie unterbrach sich höchstens eine Sekunde. »Mammi und du, ihr seid überhaupt keine Spießer. Und ich versteh ja, daß man sich in Davos nichts anderes bauen lassen kann. Herrlich, das flache Land hier! Ich möchte später in einem Land wohnen, das ganz flach ist.«
»Du mußt einen Holländer heiraten«, sagte Wenger, »oder einen Russen.«
»Russen kann man nicht heiraten«, stellte Thérèse fest. »Außerdem will ich nicht einen Mann heiraten, bloß weil er in einem flachen Land lebt. Ich will irgendeinen Mann heiraten und zu ihm sagen: Los, ziehen wir dorthin, wo es flach ist!«
»Und wenn er nicht will?«
»Das hab' ich doch schon vorher herausgebracht, ob er für flach oder fürs Gebirge ist.«
Das Wetter wurde immer schöner, je mehr sich der Zug der Küste näherte. Auf dem Bahnsteig in Calais spürten sie den Wind.
Thérèse deutete auf das Fährschiff und rief: »Daddy, ist das unser Schiff?«
»Ja«, sagte Wenger, »aber schrei bitte nicht immer so laut ›Daddy‹!«

Die Leute, unter denen sie zur Paßkontrolle gingen, schienen überwiegend Engländer zu sein, und es war Wenger peinlich, daß Thérèse ihn so laut, daß sie es hören konnten, mit *daddy* anredete. Der Kosenamen war bei den Wengers wegen des Doktors Anglophilie in Gebrauch genommen worden, aber hier, in Calais, unter einem Publikum aus reisenden Engländern, störte es ihn plötzlich. Sie würden ihn für einen dieser amerikanisierten Deutschen halten, während er bloß ein anglophiler Schweizer war. Aber er konnte schließlich nicht herumlaufen und ihnen den Unterschied erklären.

Als sie einen Rundgang durch das Schiff machten, stießen sie auf einen Hippie. Er hatte sich im Rauchsalon niedergelassen und war damit beschäftigt, den Inhalt eines großen schmutzigen Seesacks um sich auszubreiten. Seine Haare fielen ihm bis auf die Schultern, er trug glänzende Ohrringe und einen langen Schaffellmantel mit der Innenseite nach außen.

Wenger beobachtete, wie Thérèse sich bemühte, den Hippie nicht anzustarren, wie sie schnell weiterging, während die meisten Leute stehenblieben und den jungen Mann ungeniert betrachteten. Thérèse hatte noch nie einen Hippie gesehen, außer in den Illustrierten und auf den Hüllen ihrer *Beatles*-Platten. In Davos gab es keine Hippies.

Das Wetter war so klar, daß sie, als sie auf Deck standen, die englische Küste sehen konnten.

»So ein Wetter habe ich noch auf keiner Überfahrt gehabt«, sagte Wenger. Er fragte sich, ob er nicht ein leicht diesiges Wetter, bei dem die Kreideklippen von Dover erst allmählich aus dem Dunst auftauchen würden, dieser Klarheit vorzog. Der Kanal erschien ihm heute wie eine Bühne, von der man den Vorhang zu früh aufgezogen hatte.

»Man sollte nie anders als mit dem Schiff nach England reisen«, sagte er. »Man muß spüren, daß man auf eine Insel kommt.«

Er ärgerte sich über die gedankenlose Pädagogik seiner Bemerkung. Vielleicht war diese lange Reise für Thérèse gar nicht das Richtige. Nach einer solchen Reise würde sie sich in Oxford endlos weit weg von zu Hause vorkommen. Sie würde zum erstenmal von daheim fort sein, und dann gleich über einen für sie so unübersehbaren Raum entfernt. Schließlich war sie gerade erst sechzehn geworden! Er hätte mit ihr fliegen sollen; mit dem Flugzeug gelangte man binnen einer Stunde von Zürich nach London; es hätte für Thérèse ausgesehen wie nichts.

Sie blickte über das Hafenbecken auf das Meer. »Schade, daß Mammi das nicht sehen kann!« sagte sie.

Auch Wengers Frau war Ärztin. Sie führte eine gutgehende kinderärztliche Praxis. Richard und Madeleine Wenger konnten nur im Frühsommer zusammen verreisen, wenn es in Davos ganz still war. Sie fuhren dann meistens ein paar Wochen nach Sardinien, immer in das gleiche Hotel. Sie schwammen, oder sie machten Ausflüge in die Berge, ließen das Auto stehen und gingen in die Macchia hinein, wo sie eine Weile stumm saßen und den Zikaden zuhörten. Anfang Oktober war Frau Dr. med. Wenger unabkömmlich.

»Sie hat es schon gesehen«, sagte Wenger. »Ich habe ja deine Mutter in England kennengelernt.«

Sie hatten beide den röntgenologischen Kurs von Professor Matthew am *Hospital for Sick Children* besucht, 1947, als sie eigentlich schon fertige Ärzte waren; Wenger war dann an der Röntgenologie hängengeblieben, seine Frau an der Kinderheilkunde. Sie war Welschschweizerin, kam aus einer Arztfamilie in Nyon; sie heirateten 1948. 1949 kam ein Sohn zur Welt, der auf den Namen Ulrich getauft wurde, er machte gerade die Matura; zwei Jahre später Thérèse, bei der Madeleine darauf bestand, daß sie diesen französisch akzentuierten Vornamen erhielt, nach ihrer Großmutter, die eine Persönlichkeit gewesen sein mußte. Thérèse wurde es nie müde, Geschichten von Thérèse Badiou aus Nyon zu hören; ihre Mutter konnte Geschichten erzählen, besonders wenn sie sich dabei der französischen Sprache bediente.

Der Himmel war so blau, weil ein scharfer Ostwind wehte, und Thérèse wurde seekrank, nicht so stark, daß sie sich übergeben mußte, aber doch so, daß sie nach unten verschwand. Als Wenger einmal nach ihr sah, fand er sie im Rauchsalon; sie lag mit geschlossenen Augen auf einem Sofa, unweit von ihr saß der Hippie und klimperte auf seiner Gitarre. Sie war noch blasser als sonst; bleich ruhte ihr Gesicht in dem dunklen Nest ihrer Haare. Kurz vor Folkestone kam sie wieder zum Vorschein, frisch zurechtgemacht und gerade noch rechtzeitig, um die Kreideklippen bewundern zu können, die als hohe, starre und durchsichtige Wellenzüge nach Norden geisterten.

Sie stellten ihre Uhren um eine Stunde zurück. »Maximal«, sagte Thérèse, »jetzt haben wir eine Stunde gewonnen.«

Als sie in dem Zug nach London saßen, hielt sie nach dem Hippie Ausschau, der aber nirgends zu erblicken war. Erst kurz vor Abfahrt kam er den Bahnsteig entlang, in Begleitung eines Polizisten. Er stieg nicht in den Zug ein, sondern wurde in irgendein Büro geführt.

»Daddy!« rief Thérèse. »Hast du das gesehen?«

Wenger nickte.

»Sie haben ihn verhaftet! Warum? Weil er ein Hippie ist?«

»Sicher nicht deswegen. Es muß auch nicht gleich eine Verhaftung sein. Vielleicht behalten sie ihn nur zu einer Kontrolle zurück. Ich glaube, sie kontrollieren das Gepäck solcher Leute ganz genau.«

»Wegen Rauschgift, nicht wahr?«

»Du bist ja sehr gut informiert!«

»Er hat bestimmt kein Rauschgift. Er hat mir alles gezeigt, was in seinem Seesack ist.«

»Thérèse!« sagte Wenger. »Ich denke, dir war schlecht?«

»Mir war auch schlecht. Ganz furchtbar schlecht. Ich habe mich höchstens zehn Minuten mit ihm unterhalten, dann habe ich mich hingelegt.«

»Sprach er denn Deutsch?«

»Er sprach Französisch. Nicht sehr gut, aber es ging. Er ist den ganzen Sommer in Frankreich und Nordafrika gewesen. Er hat mir etwas geschenkt.«

Sie öffnete ihre Handtasche, zog eine kurze Kette aus Muscheln hervor und reichte sie ihrem Vater.

»Kaurimuscheln«, sagte Wenger, »hübsch!«

Er gab sie ihr zurück. Sie blickte noch eine Weile auf die Kette, legte sie nicht sofort in ihre Handtasche zurück.

»Es muß furchtbar sein«, sagte sie, »das ganze Jahr so herumzuvagabundieren. Er sagte, für ihn gäb's kein Zuhause mehr. Er will auch gar keins, sagt er.«

Wenger sah ihr zu, wie sie die Kette schließlich wegtat. Sie trug ein braunes Jackenkleid aus einem sehr guten Geschäft für Sportmoden in Davos. Unter der Jacke hatte sie einen dünnen hellblauen Pullover an. Die Sachen standen ihr sehr gut, doch eine Muschelkette, auch wenn sie hübsch war, würde nicht zu ihnen passen. Thérèse sah gepflegt und wohlerzogen aus, aber nicht hausbacken. Obwohl ihre Mutter nicht elegant war – sie verkörperte eher den Madame-Curie-Typ –, verstand sie es doch, dem Kind etwas von dem genfer Chic der übrigen Frauen ihrer Familie zu geben. Dr. Wenger fand, daß seine Tochter erfreulich aussah.

Während der Fahrt durch Kent lebte sie wieder auf. Sie war entzückt von den Weiden, den Herbstbäumen, den Bauernhäusern mit ihren spitzen, spiralig gedrehten Türmchen.

»Das sind alte Hopfen-Magazine«, erklärte ihr Wenger. »Heute wohnen meistens Menschen aus London darin, Künstler, Schriftsteller und ähnliche Leute.«

»Herrlich!« sagte Thérèse. »Sieht es bei Oxford auch so aus?«

»Oxfordshire ist eigentlich noch schöner. Großzügiger. Das Themse-Tal wird dir sehr gefallen. Du mußt dir auch einmal den Park von Schloß Blenheim ansehen. Solche Bäume hast du noch nie gesehen.«

»Ich werde alles malen, wenn es mir gefällt.«

»Hoffentlich!«

Thérèse war im Kunstunterricht des Gymnasiums in Davos

immer die Beste gewesen. Im vergangenen Winter hatte sie in einem Schüler-Wettbewerb den ersten Preis gewonnen. Das Thema des Wettbewerbs hatte gelautet *Davos im Jahr Zweitausend*, und Thérèse hatte eine großartige, wenn auch ein wenig beängstigende Vision von Skipisten gemalt, die als Abgründe zwischen Wolkenkratzern angelegt waren. Das Bild war in einem Schaufenster der Schweizerischen Volksbank ausgestellt worden, und die Leute blieben davor stehen und betrachteten es, zuerst amüsiert, dann eher betreten.

Leider versagte sie in Mathematik vollständig, und der Direktor der Schule hatte den Wengers trocken mitgeteilt, daß Thérèse die Matura nie schaffen würde. Sie wäre zwar auch sprachlich begabt, nicht nur künstlerisch, gewiß, aber für Fächer, bei denen es auf rein rationales Denken ankäme, sei sie total ungeeignet.

Die Eltern waren von Thérèses künstlerischer Anlage überrascht. »Ich habe einen Onkel, der malt«, hatte sich Frau Dr. Wenger erinnert, »aber nur als Hobby.« Sie hatten sich erkundigt, was da zu tun sei, und es war, nach einem Gespräch mit dem Zeichenlehrer, beschlossen worden, Thérèse zum Vorkurs der Zürcher Kunstgewerbeschule zu schicken. Aber der Kurs begann erst an Ostern, und bis dahin sollte Thérèse Englisch lernen, denn sie hatte bisher nur Latein und Französisch gehabt. Wenger war der Ansicht, in dieser Zeit nicht Englisch zu können, sei eine Art von Analphabetismus. Er hatte Briefe geschrieben, Prospekte durchgesehen und Referenzen eingeholt, bis er sich zu einer Schule in Oxford entschloß, die sich St. Sidwells Hall nannte. Seine Frau schien von der Idee nicht ganz so entzückt zu sein wie er.

»Wir finden doch hier in Davos sicher jemand, der ihr Privatstunden gibt«, hatte sie eingewendet.

»Das ist nicht dasselbe, wie wenn sie in England Englisch lernt!«

»Aber meinst du nicht, daß sie noch ein bißchen zu jung ist?«

»Tausende von Mädchen ihres Alters gehen mal ein halbes Jahr nach England.«

Sie hatte nichts mehr erwidert. Thérèse selbst schien sich auf England zu freuen.

»Wenigstens brauche ich diesen Winter nicht skilaufen.« Sie wandte den Kopf – Pferde standen auf einer Weide, eine Wolke in der Farbe einer Teerose hing über ihnen –, und sie wollte das Bild, an dem der Zug vorbeifuhr, so lange wie möglich betrachten.

»Tust du's denn wirklich so ungern?« fragte Wenger.

»Ich hasse es!«

»Aber wir zwingen dich doch gar nicht dazu!«

»Was soll man denn sonst tun?« meinte sie. »Im Winter. In Davos. Aber es ist zum Kotzen!«

»Du sollst solche Ausdrücke nicht gebrauchen!«

»Entschuldige Daddy! Es ist mir nur so rausgerutscht. Wird es hier viel Schnee geben?«

»In Südengland gibt es meistens überhaupt keinen.«

»Das ist maximal!«

»Wart nur ab, wenn es hier erst einmal wochenlang regnet und nebelt. Dann wirst du dich nach Davos sehnen.«

»Nie, nie wird mir der Regen und Nebel zuviel werden! Regen und Nebel hab' ich viel lieber als Sonne und Schnee!«

Dann kam Süd-London, die unübersehbaren Ketten der Reihenhäuser, die Themse.

Sie fuhren mit dem Taxi in das Hotel in der Curzon Street, in dem Wenger immer wohnte. Er fand es jedesmal verwohnter vor; es begann schon beinahe schäbig zu werden. Er war vor drei Jahren zuletzt in London gewesen. Sie hielten sich nicht lange in ihren Zimmern auf, sondern gingen schnell wieder hinaus, in den hellen Spätnachmittag.

Thérèse geriet außer sich über die Kürze der Miniröcke der Mädchen in Piccadilly.

»Mensch, Daddy!« sagte sie.

»Ich bin ja ein Mensch«, sagte Wenger, »aber vielleicht solltest du es nicht so ausdrücklich betonen.«

Er gab sich überlegen, aber er gestand sich ein, daß diese Mode auch ihn verwirrte.

Thérèse schien diesmal seine Zurechtweisung kaum gehört zu haben. Sie wurde immer unglücklicher.

»Ich kann meine ganze Garderobe wegwerfen«, sagte sie.

»Bist du verrückt?« Wenger war jetzt wirklich empört. »Du bist besser angezogen als alle diese Mädchen hier.«

Thérèse blieb stehen. Sie weinte fast. »Spießig bin ich angezogen!« sagte sie. »Spießig, spießig, spießig!«

Zum erstenmal bedauerte Wenger es, daß er nicht seine Frau überredet hatte, Thérèse nach England zu bringen. Madeleine würde sich jetzt in ihrer freundlichen Art mit dem Mädchen unterhalten, auf Einzelheiten ihrer Garderobe eingehen, Änderungen an dem einen oder anderen Kleid erwägen, das Kind beruhigen. Er, als Vater und Mann, hatte einfach keine Lust, mit seiner Tochter ein Gespräch über Modefragen zu führen. Während er nicht umhin konnte, mit dem Blick den Umrissen eines Paars Beine bis weit die Oberschenkel hinauf zu folgen – es spiegelte sich noch dazu in dem Schaufenster eines Ledergeschäfts, vor dem es stehengeblieben war –, dachte er, daß es ihm äußerst unangenehm wäre, wenn Thérèse in einem solchen Aufzug herumliefe.

Sie fing sich übrigens schnell wieder, hängte sich bei ihrem Vater ein und begann, an der großen Straße Gefallen zu finden. Sie traten bei Fortnum & Mason ein, schlenderten in dem weichen Prunk des Geschäfts umher, kauften eine Büchse Tee. Für Piccadilly Circus war es noch zu hell. Sie suchten Carnaby Street. Wenger hatte Thérèse versprochen, mit ihr in die Carnaby Street zu gehen, und er wollte das schnell hinter sich bringen. Sie fanden die enge Gasse und traten in verschiedene Läden ein. Als sie wieder einmal aus einem herauskamen, sagte Thérèse: »Das meiste ist doch Kitsch.«

Sie war sehr enttäuscht. Sie hatte in den Plakaten, Knöpfen, Teekannen, Kleidern gekramt, zuerst begeistert, dann immer gleichgültiger.

»Fortnum & Mason ist auch Kitsch«, sagte sie, »aber echter Kitsch.«

Es gab auch keine Beatles-Platten, die sie nicht schon hatte. Immerhin fanden sie eine Masse Platten von Bob Dylan, die es in Davos nicht gab. Sie kauften eine mit dem Titel *John Wesley Harding*.

»Bob Dylan ist ohnehin besser als die Beatles«, sagte Dr. Wenger. »Von den Beatles sind nur die Texte wirklich gut, die Musik ist es nicht, während bei Bob Dylan die Texte und die Musik gut sind.«

Thérèse erwiderte nichts. Ihr genügte von den Beatles schon die Musik. »Das ist auch ein Grund, warum du Englisch lernen mußt«, hatte der Doktor ihr zu Hause ein paarmal erklärt, wenn er sie in ihrem Dachzimmer im Wengerschen Chalet vorfand, wie sie sich eine Beatles-Platte vorspielte. »Du verstehst ja die Texte gar nicht. Dein Mitsingen ist reine Hochstapelei. Du hast überhaupt keine Ahnung von dem, was du da singst.«

Er hockte sich dann manchmal zu ihr auf den Boden und übersetzte ihr einige der Lieder-Texte. Zuerst hatte er mit Beat-Musik nichts anfangen können, er war ein altmodischer Jazz-Liebhaber, aber nachdem er sich und Thérèse einige der Texte übersetzt hatte, mußte er doch, wie er sich eingestand, gespannt zuhören.

Zum Abendessen gingen sie in ein Restaurant am Shepherds Market, das Wenger schon kannte. Es hatte sich nicht verändert. Wenger fühlte sich abgespannt, was zur Folge hatte, daß er an die Klinik denken mußte, an seine Arbeit. Beim Dessert begann er unvermittelt von einem Fall zu erzählen, der ihn noch kurz vor seiner Abreise beschäftigt hatte.

»Eine scheußliche Geschichte!« Es gelang ihm nicht, sich zu stoppen. »Es handelt sich da um einen Kollegen, um einen älteren Arzt. Er kam zu mir und klagte über Schmerzen in der Brust, an einer bestimmten Stelle. Er bat mich, ich solle ihn einmal anschauen, ein paar Aufnahmen machen.«

Es schien Wenger, als höre Thérèse nicht sehr aufmerksam zu

– auch sie mußte ja ziemlich müde sein –, aber er erzählte weiter, weil er, wie er annahm, die Geschichte mehr sich selber erzählen wollte.

»Ich machte also die Aufnahmen, und als sie entwickelt waren, hatte ich Angst. Das Ergebnis war verheerend. Wenn man solche Aufnahmen bekommt, hat man gewöhnlich keine Schwierigkeiten, die Patienten sind Laien, sie können die Bilder nicht beurteilen, man redet irgend etwas. Aber in diesem Fall wurde mir direkt schlecht, wenn ich an den Moment dachte, an dem ich diesem Mann die Aufnahmen zeigen mußte. Er ist Arzt, und noch dazu ein sehr guter, er würde sofort sehen, wie es mit ihm stand.«

Wenger nahm wahr, daß Thérèse ihren Löffel hatte sinken lassen, obwohl sie mit ihrem Eis noch nicht zu Ende war. Es hätte jetzt keinen Zweck mehr gehabt, aufzuhören.

»Aber man erlebt Überraschungen. Er kam, sah sich die Bilder an und sagte, das sähe ja alles sehr gut aus, die Verschattungen seien harmlos und so weiter. Ich war platt. Unglaublich, wie sich Menschen manchmal täuschen können, wenn sie sich täuschen wollen.« Er unterbrach sich, ehe er sagte: »Ich war sehr erleichtert, wie du dir denken kannst.«

»Bist du sicher«, fragte Thérèse, »daß er nicht nur so getan hat? Vielleicht hat er sich nur vor dir zusammengenommen?«

»Unmöglich. Ich habe ihn genau beobachtet. Es war ein perfekter Fall von Selbsttäuschung.«

»Wie lange hat er noch zu leben?«

»Drei bis sechs Monate.«

»Vater«, fragte Thérèse, »wär' es nicht besser gewesen, du hättest ihm die Wahrheit gesagt?«

Es war die Frage, die alle Laien stellten, wenn man ihnen solche Fälle schilderte. Weshalb man sie besser nicht schilderte. Man geriet dann nur in uferloses Gerede über die Verantwortung des Arztes und ähnliche Themen. Man hatte Kranke zu behandeln, man war nicht dazu da, letzte Fragen zu beantworten. Zum Glück gab es auf sie Routine-Antworten.

»Das ist ein sehr schweres Problem, Kind!« sagte er.

Das *Kind* fügte er hinzu, weil ihm erst während er sprach, aufgefallen war, daß sie dieses Mal *Vater* zu ihm gesagt hatte, nicht *daddy*. Er fühlte, daß sie mit ihm unzufrieden war. Immerhin aß sie das Eis zu Ende.

Es war sonst nicht seine Art, in der Familie aus der Praxis zu erzählen. Nur mit Madeleine tauschte er manchmal Erfahrungen aus. Warum hatte er heute abend gegen diese Regel verstoßen? Auf dem Weg ins Hotel wurde er eine Verstimmung nicht los.

Er hatte sich für die Reise so viel Zeit genommen, daß er Thérèse einen Tag lang London zeigen konnte, ehe das Trimester in Oxford begann. Er begann mit Lincolns Inn Fields und dem New Square, weil er Thérèse zu genau kannte, um nicht zu wissen, daß er sie für London nicht gewinnen konnte, wenn er mit dem Trafalgar Square oder dem Buckingham-Palast anfing. Doch richtete er es so ein, daß sie um elf Uhr *Changing-the-Guards* sahen, denn Thérèse hatte als Kind nicht nur eine Schwäche für Puppen, sondern auch für die Zinnsoldaten ihres Bruders Ueli gezeigt, und tatsächlich konnte sie sich vom Anblick der pflaumenblauen Umhänge und der roten Federbüsche der Royal Horse Guards auf ihren schönen Pferden kaum trennen.

Aber als sie dann Whitehall entlanggingen, schwärmte sie doch nicht von stilreinen georgianischen Plätzen und Kavallerie, sondern von den Rolltreppen der Untergrundbahnhöfe, die sie benutzt hatten – »Die gehen ja unheimlich tief hinunter!« rief sie aus – und von den vielen Farbigen auf Londons Straßen.

»Gibt es in Oxford auch Inder und Neger?« fragte sie.

»Ich glaube ja«, sagte Wenger. »In Oxford studieren viele Farbige.«

Er wußte, daß sie die ganze Zeit an den morgigen Tag dachte und daß sie sich anstrengen mußte, fröhlich zu erscheinen. Er ersparte ihr Westminster Abbey und das Parlament und schlug den Weg durch den St. James Park zum Hotel ein, vorbei an den

Enten und Pelikanen und an der Fassade des Buckingham-Palastes. Am Nachmittag Kings Road. Thérèse war von Kings Road nicht ganz so enttäuscht wie von Carnaby Street; immerhin gab es hier doch ganze Gruppen exzentrisch gekleideter junger Männer und Mädchen. Sie sah sich nach dem Hippie von gestern um, entdeckte ihn aber nicht. Dr. Wenger überlegte, wie er sich verhalten würde, wenn er in ein paar Wochen die Nachricht bekäme, Thérèse sei aus dem Internat in Oxford ausgerissen und habe ein Leben unter dem Publikum der Kings Road begonnen; er neigte manchmal dazu, sich Katastrophen vorzustellen. Sie beendeten ihren Spaziergang, als es schon dämmerte, in stillen Straßen in Chelsea, in denen es Künstler-Ateliers gab, verwilderte Vorgärten und Häuser, in denen Carlyle und Oscar Wilde gewohnt hatten.

»Ich muß heute immer an meinen Vater denken«, sagte Wenger. Sie hatten sich auf eine Bank in den Anlagen am Cheyne Walk gesetzt, nachdem sie auf die Themse geblickt hatten, die graugelb gewesen war.

»Er war jähzornig und sehr krank«, sagte er. »Ich glaube, er hätte dich sehr gern gehabt. Er hatte drei Söhne und keine Tochter.«

»Wir waren zuletzt sehr arm«, sagte er. »Ganz furchtbar arm, so, wie du es dir gar nicht vorstellen kannst. Es war Onkel Hans, der mich studieren ließ, nachdem Vater gestorben war.«

»Manchmal möchte ich, wir wären auch arm«, sagte Thérèse. »Ich mag an den Beatles nicht, daß sie reich geworden sind.«

»Wünsch es dir lieber nicht!« Er kam wieder ins Erzählen, wie gestern abend. »Ich erinnere mich, wie wir einmal an meinem Geburtstag in die Stadt gingen, mein Vater und ich. Ich hatte ein paar kleine Geschenke bekommen, und am Nachmittag wollte Vater mit mir in den Zoo gehen. Unterwegs kamen wir an einem großen Kino vorbei, in dem ein Film lief, von dem damals ganz Basel sprach, *Kapitän Scotts letzte Fahrt.* Alle meine Klassenkameraden waren drin gewesen, nur ich nicht – wir hatten einfach nicht das Geld dazu. Mein Vater merkte, wie ich auf das Plakat starrte, er blieb plötzlich stehen und sagte: ›Also, du kannst es dir aussuchen. Entweder wir gehen jetzt zusammen in den Zoo, oder ich laß dich diesen Film ansehen.‹«

Thérèse, neben ihm, fuhr auf. »Daddy«, sagte sie, »du bist doch hoffentlich mit ihm in den Zoo gegangen!«

Er schüttelte den Kopf. »Nein. Das ist es ja. Ich hab mir von ihm das Kinobillett kaufen lassen, es kostete so viel wie zwei Eintrittskarten in den Zoo, und dann haben wir uns verabschiedet, und er ist mit der Straßenbahn nach Hause gefahren. Wir wohnten damals in Riehen.«

Thérèse saß starr aufgerichtet neben ihm, den Blick auf die Eisenkonstruktion der Albert Bridge gerichtet, die ein schwarzer Bänder-Knäuel war, den irgend jemand unordentlich in den Abendhimmel gestopft hatte.

»Ich hatte überhaupt keine Freude an dem Film«, sagte Wenger. »Die ganze Zeit über, während ich in dem Kino saß, dachte ich daran, daß er gerne mit mir in den Zoo gegangen wäre. Es geht mir heute noch nach.«

»Großvater war Kaufmann, nicht wahr?« Thérèses Stimme war anzumerken, daß sie die Frage nur stellte, um irgend etwas zu sagen.

»Ja, aber ein erfolgloser. Er glaubte immer, er sei ein großer Geschäftsmann, aber er war nicht einmal ein kleiner.«

Wieder in der Kings Road, gerieten sie in eines der billigen Kettenrestaurants. Noch am gestrigen Abend hatte Wenger einen Kollegen angerufen, mit dem er befreundet war. Dr. Sullivan hatte gesagt: »Ihr müßt unbedingt morgen abend zu uns kommen; wir können euch nur nicht zum Abendessen einladen, weil wir mitten im Umzug sind.« Wenger hatte abwehren wollen, aber Sullivan hatte keinen Widerspruch geduldet; sie hatten sich vor Jahren auf einem Kongreß in Amsterdam kennengelernt, und es hatte sich daraus eine Tagungs- und Kollegenfreundschaft entwickelt; die Sullivans hatten die Wengers einmal in Davos besucht.

In dem Restaurant brach Thérèses Depression aus. Sie aß

nichts, starrte auf die nächtliche Kings Road hinaus und sagte: »In London würde ich umkommen.«

Dr. Wenger gab es auf, der chemischen Zusammensetzung des Schnitzels, das man auf einem Bakelit-Teller vor ihn hingestellt hatte, auf den Grund zu kommen.

»Unsinn!« sagte er, in einem Versuch, sich optimistisch zu geben. »Ich habe dir nur zu viel gezeigt.«

Das Haus in Hampstead war verstellt von Kisten, Körben und mit Tüchern verhängten Möbeln, zwischen denen der große Dr. Sullivan mit seinen immer etwas verstrubbelten Haaren und seine sehr kleine Frau standen.

»Ihr wechselt schon zum zweitenmal die Adresse, seitdem wir euch kennen«, sagte Wenger.

»Das ist doch nichts Besonderes«, sagte Sullivan verwundert, während er Wein eingoß. »Das Haus ist zu groß geworden für uns, seitdem die beiden Jungen studieren. Wir haben es verkauft und uns ein kleineres genommen, das viel günstiger liegt.«

Wenger überlegte, daß es für ihn und seine Frau eine ungeheure Sache wäre, ihr Haus zu verkaufen.

Die Sullivans sprachen Deutsch. Mrs. Sullivan war eine deutsche Emigrantin. Sie lud Thérèse sogleich für das erste Wochenende, das die Schule in Oxford ihr freigeben würde, zu sich nach London ein.

Dr. Sullivan hatte zu diesem Abend auch den älteren seiner Söhne, der in Oxford studierte, befohlen – to call in for roll-call, wie er sich augenzwinkernd militärisch ausdrückte –; John könne Thérèse vielleicht Nützliches mitteilen, meinte er.

Während er sich mit Mr. und Mrs. Sullivan unterhielt, warf Wenger manchmal einen Blick auf Thérèse und den jungen Mann, die miteinander Französisch sprachen. Sullivans Sohn war klein, leise, ruhig, selbstbewußt. Wenger beobachtete, wie das Amüsierte und Herablassende, das er Thérèse gegenüber zuerst an den Tag gelegt hatte, allmählich aus seiner Haltung verschwand.

Im Taxi zum Hotel war Thérèse aufgekratzt. »Er sagte, ich

spräche sehr gut Französisch«, sagte sie. »Er ist im Christ Church College, er studiert Volkswirtschaft. Sein Trimester beginnt am Montag, und er sagte, er würde am Nachmittag in meine Schule kommen und nach mir sehen, um das Schlimmste zu verhüten. Daddy, was meint er nur damit?«

»Hast du ihn nicht gefragt?«

»Doch, aber er hat es mir nicht sagen wollen. Er will mir sein College zeigen.«

»Da kannst du dir gratulieren. Es ist eines der schönsten in Oxford.«

»Weißt du, was er noch sagte? Mein College sei bei den Studenten sehr beliebt, wegen der vielen Mädchen, die dort wohnten.«

»Hoffentlich wirst du noch zum Lernen kommen«, sagte Wenger, den ›steilen Vater‹ spielend, als den er sich manchmal gab, wobei er in seine Stimme einen Ton zwischen Ironie und Drohung zu legen verstand. Heute ließ er die Drohung weg, denn es freute ihn, daß der Abend Thérèse in bessere Stimmung versetzt hatte.

Sie wunderten sich darüber, wie schäbig und verrottet der Bahnhof von Oxford war. In der Unterführung zum Ausgang verfiel der Beton der Wände. Es roch schlecht. Wenger war früher zweimal in Oxford gewesen, einmal zu einer Tagung, das andere Mal als Tourist, aber er war jedesmal mit dem Auto gereist, und er schüttelte den Kopf, als er sah, wie die schöne Stadt ihre Bahnreisenden empfing. Thérèses Koffer, die sie in Basel aufgegeben hatten, waren eingetroffen. Sie mußten lange auf ein Taxi warten. Über das Gelände des Güterbahnhofs hinweg sahen sie einige der berühmten Türme blaugrau im Gegenlicht stehen. Das Taxi brachte sie durch einen Villenbezirk zur Schule. Wenger hatte schon zu Hause auf dem Stadtplan des Blue Guide nachgesehen, wo sich die Schule befand, und zu seinem Bedauern festgestellt, daß sie nicht im Stadtkern, im Bezirk der mittelalterlichen Colleges lag, sondern an einer breiten Ausfallstraße nach Norden.

»Mit dem Bus wirst du immer in ein paar Minuten in der Stadt sein«, sagte er. Thérèse antwortete nicht, blickte stumm auf die Vorgärten, die kleinen Villen.

St. Sidwells Hall erwies sich als ein Komplex aus zwei etwas größeren Backsteinvillen in neugotischem Stil. Im Eingangsraum herrschte ein Durcheinander aus Koffern und Mädchen. Die Sekretärin im Anmeldebüro war freundlich, aber trocken. Sie sagte, Wenger und seine Tochter sollten sich zu Miss Maverdine ins Nebenhaus begeben. Miss Maverdine war jedoch nicht aufzutreiben. Im Nebenhaus befanden sich die Schlafräume, und die Mädchen gingen darin umher und suchten sich ihre Betten selber aus. Einige von ihnen waren von ihren Müttern begleitet, die meisten waren jedoch allein. Wenger fand sich hier endgültig fehl am Platze; zweifellos wäre es richtiger gewesen, dachte er, wenn seine Frau Thérèse nach Oxford gebracht hätte. Thérèse kam mit einem deutschen Mädchen ins Gespräch, und sie belegten Betten nebeneinander.

Wenger wechselte ein paar Worte mit der Mutter dieses Mädchens, einer Dame aus Baden-Baden.

»Ich habe mir die Schule etwas anders vorgestellt«, sagte er.

»Das kann man wohl sagen«, erwiderte die Dame, nicht hochmütig, eher bekümmert.

Die Räume waren sauber, aber hoffnungslos verwohnt. Um die Wände zog sich bis zur halben Höhe ein brauner Ölanstrich, und in den Holzfußböden waren tiefe, immer wieder überbohnerte Kratzer zu sehen. Die Kleiderschränke und die Gardinen schienen aus dem gleichen graugewordenen und brüchigen Material zu bestehen.

»Ich glaube, es ist am besten, du richtest dich erst einmal ein, und ich komme in zwei Stunden und hole dich ab«, sagte Wenger. Er war darauf gefaßt, daß Thérèse antworten würde: »Hier bleibe ich nicht«, aber sie äußerte nichts dergleichen. Ehe er ging, sprachen sie noch eine Weile über praktische Dinge.

Wenn sie sich weigern würde, zu bleiben, hätte ich einen sehr schweren Stand, dachte er, während er mit einem Taxi zum

Mitre-Hotel fuhr. Er hatte sich auf das alte Hotel gefreut, aber als er in seinem Zimmer am Fenster stand und auf die High Street hinausblickte, entdeckte er auf einmal, daß er sich gar nichts mehr daraus machte.

»Weißt du«, sagte er, als er Thérèse abholte, »ich glaube, wir sind mit unseren Schweizer Vorstellungen hergekommen. Du weißt ja, wie eine Internatsschule dieses Ranges bei uns in der Schweiz aussehen würde.«

Er sagte *dieses Ranges,* wobei er, unhörbar seufzend, an die Kosten dachte. St. Sidwells Hall war keineswegs billig; Dr. Wengers Anglophilie kam ihm in diesem Falle teuer zu stehen.

»Ja«, sagte Thérèse, »ich war doch vor zwei Jahren zu diesem Sommerkurs in Montana, erinnerst du dich noch? Da sah es anders aus.«

»Ich hätte es wissen und dich darauf vorbereiten müssen«, sagte Wenger. »Englische Internatsschulen sind bekannt dafür, daß sie ein bißchen unordentlich, aber dafür sehr gemütlich sind.«

Immerhin, dachte er, könnten sie den Teppich einmal ersetzen. Oder ihn ganz weglassen und dafür einen ordentlichen Boden legen. Sie saßen in der Eingangshalle und warteten auf einen Bescheid des Büros, wann sie mit der Direktorin sprechen könnten. Die Direktorin der Schule hatte sich bis jetzt nicht gezeigt, schien sich in merkwürdiger Verborgenheit zu halten.

Thérèse gab nicht zu erkennen, ob sie St. Sidwells Hall wenigstens etwas Gemütliches abgewann. Aber sie mußte ihre Koffer inzwischen ausgepackt haben, denn sie hatte sich umgezogen. Sie trug jetzt ein moosgrünes Wollkleid, das sie blaß machte. Thérèse war von blassem Typ, aber jetzt wirkte sie noch blasser als sonst. Hell, in der Farbe von Taubnesselblüten, bewegte sich ihr junges Gesicht zwischen ihrem dunklen, harten, schwer in Form zu bringenden Haar und dem Kleid aus einem Grün, das nicht leuchtete. Außerdem hatte sie die Umgebung ihrer Augen wieder einmal zu stark geschminkt;

Wenger stellte es mit Mißfallen fest, sagte aber nichts. In Davos pflegte er sie zu kritisieren, wenn sie mit blau gefärbten Lidern vor ihm erschien. Sie benahm sich vernünftig, möglicherweise verdächtig vernünftig, wie Wenger fand.

»Sie haben Platten«, erzählte sie, »auch Beat-Platten. Und natürlich Fernsehen. Und ein Sprachlabor. Die Mädchen sind zur Hälfte Engländerinnen, die sich hier auf die Matura vorbereiten. Im Internat sind nur Mädchen, aber zum Unterricht kommen auch Jungen. Miss Maverdine ist übrigens sehr nett. Sie ist die Haus-Vorsteherin. Sie hat Pat und mich gleich zu einer Tasse Tee eingeladen.«

»Wer ist denn Pat?«

»Eine Amerikanerin. Ich bin zu ihr aufs Zimmer gezogen. Sie ist prima. Wir sind zu dritt, Pat, ich und ein italienisches Mädchen, aus Florenz. Du, die ist vielleicht schön! Ein so schönes Mädchen hast du noch nie gesehen, Daddy!«

Wenger liebte es nicht, von seiner Tochter auf die Schönheit anderer Mädchen hingewiesen zu werden. Er ging nicht darauf ein.

»Na«, sagte er, »du bist auch nicht so ohne.«

»Neben so einer bin ich gar nichts!« sagte Thérèse.

Ihr Vater beschloß, die Gelegenheit auszunützen. »Du bist natürlich viel hübscher«, sagte er, »wenn du deine Augen nicht so malst.«

Ihre Antwort klang gereizt. »Du solltest sehen«, sagte sie, »wie die hier sich anmalen. Ich kann doch nicht als einzige so spießig herumlaufen.«

»Ich finde es spießig, wenn sich alle anmalen.«

Es war keine Unterhaltung für einen Mann. Zum Glück unterbrach sie die Sekretärin, um ihnen mitzuteilen, daß die Direktorin in zehn Minuten zu sprechen sei. Sie wohne gleich um die Ecke.

Sie gingen in das Zimmer hinauf, in das Thérèse umgezogen war, weil er ja morgen früh abreisen und nicht noch einmal nach St. Sidwells Hall kommen würde.

»Du mußt doch Mammi erzählen können, wie ich wohne«, sagte sie.

Die Schule war jetzt fast leer. In dem Zimmer hielt sich nur das italienische Mädchen auf, das hastig vom Bett aufsprang, auf dem es gelegen und gelesen hatte. Es war wirklich eine Schönheit, sehr jung, dunkel und von mattem Schliff, aber Dr. Wenger konnte in dieser Umgebung nichts anderes als väterliche Gefühle aufbringen.

Thérèse hatte sich in einer Ecke neben dem Fenster etabliert. Auf dem Kleiderschrank lagen ihre Koffer. Jedes Mädchen hatte einen kleinen Tisch, aber während auf den Tischen der beiden anderen noch ein wildes Durcheinander herrschte, war Thérèses Tisch schon aufgeräumt. Sie hatte eine Anzahl Blei- und Farbstifte in eine Tasse gestellt, und daneben stand die Blechbüchse, in der sie auch zu Hause ihre Farbtuben aufbewahrte. Ein neuer Zeichenblock verdeckte das von vielen Schülergenerationen abgenutzte Holz der Tischplatte. An der Wand hatte Thérèse mit einem Zellophanstreifen ein Foto ihrer Eltern und ihres Bruders befestigt. Wenger betrachtete es; es zeigte ihn, seine Frau und Ueli bei einer Rast während einer Parsenn-Wanderung, sie saßen unter einer Tanne und unterhielten sich, das Bild war von Thérèse geknipst worden.

»Ich werde dafür sorgen«, sagte er, »daß auch Ueli dir so oft wie möglich schreibt.«

Er sah, daß sie die Kette aus Kaurimuscheln über einen Bettpfosten gehängt hatte.

Mißfällig nahm er wieder den braunen Ölanstrich der Wände wahr. Er rechnete sich im Geiste schnell die Einnahmen und die mutmaßliche Rendite der Schule aus und fand, daß das Institut sich freundlichere Farben leisten könnte, auch wenn diese dann etwas häufiger erneuert werden müßten.

In einer Stube voller Bücher, Bilder und Porzellan mußten sie eine Weile auf die Direktorin warten. Durch das Fenster sahen sie in einen schmalen Garten, in dem Dahlien blühten, die sorgfältig an Stöcke angebunden waren. Die Direktorin wurde auf einem Rollstuhl hereingefahren; zu seinem Entsetzen sah Wenger, daß sie keine Beine hatte. Dort, wo sich ihre Beine hätten befinden müssen, lag ein Wollplaid. Ein Unfall wahrscheinlich, dachte Dr. Wenger. Als Arzt konnte er beurteilen, welchen Leiden – der Blutzirkulation beispielsweise – diese Dame nach einer Totalamputation beider Beine ausgesetzt war. Mrs. Eldon war eine Frau mit einem stolzen blassen Gesicht unter hochgesteckten Haaren. Natürlich kannte und schätzte sie die Schweiz; sie würde Thérèse besonders gut im Auge behalten. Liebenswürdig und kalt unterhielt sie sich eine Weile mit Thérèse auf französisch. Sie fragte Wenger, ob er auch mit der Universität Oxford zu tun habe.

»Ich habe Bekannte im Medical Department«, antwortete er. Er wollte hinzufügen, daß er sie diesmal nicht aufsuchen würde, unterließ es aber, denn er hatte plötzlich das Gefühl, es würde Thérèse nicht schaden, wenn Mrs. Eldon den Eindruck gewann, er unterhielte enge Beziehungen zu Kollegen in Oxford.

»Die Schule hat ständig Kontakt mit der Universität«, sagte Mrs. Eldon.

Sie bot Tee an, aber Wenger hielt es für geboten, sich zu verabschieden, und sie klingelte und ließ sich hinausrollen, so daß Wenger und Thérèse noch kurze Zeit in dem Zimmer allein blieben, ehe sie gingen. Sie starrten stumm auf die Dahlien im Garten und auf das Porzellan.

Es war also der Kummer dieser Dame, dachte Wenger, als sie zum Bus gingen, daß ihre Schule kein Universitäts-College geworden war. Aus irgendwelchen Gründen hatte St. Sidwells Hall nie den richtigen College-Status erhalten und mußte deshalb eine Vorbereitungsschule bleiben. Aber er teilte Thérèse seine Vermutung nicht mit, sondern sagte nur: »Eine enorme Leistung, in diesem Zustand eine Schule zu leiten.«

Thérèse nickte nur, und er glaubte zu beobachten, daß sie bei dem Gedanken an die Frau ohne Beine die Schultern hochzog. Seltsam, dachte er, daß einem Mrs. Eldon noch etwas anderes als Mitgefühl einflößt.

Sie stiegen am Carfax aus. Um vier Uhr am Nachmittag waren die Straßen, die sich hier kreuzten, von Menschen überfüllt. Wenger überlegte, daß Thérèse eigentlich erst jetzt in Oxford ankam; er ging mit ihr St. Aldates entlang und führte sie in den Innenhof des Christ Church College. Silbergrau und niedrig standen die gotischen Häuser um den weiten und leeren Hof.

»Viel zu zeigen brauch ich dir hier nicht«, sagte Wenger. »Das wird ja der junge Sullivan besorgen, wenn er sein Versprechen hält.«

Die Erinnerung an dieses *date* hellte Thérèses Gesicht auf. Sie berührte Wengers Arm, weil drei Neger-Studenten über den Tom Quad geschlendert kamen.

Wenger hatte plötzlich den Einfall, ihr nicht so viele alte Bauten, sondern lieber die Wiesen an den Flüssen zu zeigen. Er fand den Ausgang zu Christ Church Meadow, und sie gingen unter dem hohen Herbsthimmel zur Themse. Die Hausboote der Colleges lagen in dem olivgrauen Wasser des Flusses, aber sie sahen aus, als würden sie nie benützt.

Hier waren sie gänzlich allein. Thérèse blieb stehen, betrachtete die aus bleifarbigem Papier geschnittene Silhouette der Stadt jenseits der Wiesen.

»Hier ist es schön«, sagte sie. »Hier werde ich oft herkommen und malen. Oder vielleicht nur lesen.«

Sie trug einen hellen Regenmantel über ihrem grünen Kleid, und sie hatte die dunklen Haare mit einer Schleife aus brauner Seide festgebunden, damit sie hielten. Ihr Gesicht, in dem die Backenknochen hoch saßen, war blaß wie immer, aber von den farbigen Schatten der Oktoberbäume so belebt und ausgehöhlt, daß Wenger zu erkennen glaubte, wie dieses Kind in ein paar Jahren als Frau aussehen würde.

Sich vorzustellen, dachte er, daß es Thérèse überhaupt nicht geben würde, wenn wir seinerzeit wirklich auf sie verzichtet hätten. Thérèse war in eine für ihn und seine Frau schwierige Zeit hineingeraten, Madeleine war in dem Jahr zuvor schwer krank gewesen, und beruflich ging es ihnen als armseligen Assistenzärzten nicht gut; eine neue Schwangerschaft war so ungefähr das letzte, was sie damals brauchen konnten. Er hatte seine Frau gebeten, in den Eingriff einzuwilligen, und sie hatte schließlich nachgegeben; aber dann hatte der Chirurg, der ihnen den Gefallen tun wollte, plötzlich verreisen müssen, und während seiner Abwesenheit war Madeleine anderen Sinnes geworden.

So gab es also Thérèse, mit der er jetzt, sechzehn Jahre später, unter den tief hängenden Weiden am Cherwell entlangging.

Auf dem Uferweg gelangten sie beim Magdalen College in die Stadt zurück. Thérèse bewunderte den Glockenturm. Sie las den Namen des College von einer Tafel am Eingang ab.

»Es wird *Madlen* ausgesprochen«, sagte Wenger.

»Dann werde ich Mammi eine Postkarte mit diesem College drauf schicken«, sagte Thérèse.

Sie wirkte zerstreut, während sie die *High* entlanggingen, doch blieb sie vor einem Schaufenster stehen und bewunderte die darin ausgestellten Schals in den Farben der verschiedenen Colleges. Vor einem Modegeschäft geriet sie beim Anblick eines Kleides, das in einer Vitrine lag, in Ekstase.

»Daddy!« rief sie.

Sie betrachtete es lange und sagte dann: »Es kostet nur sieben Pfund. Darf ich es mir kaufen?«

»Du bist übergeschnappt!« Wenger unterließ eine Kritik des Kleides, nannte es nicht, wie er gern getan hätte, ein Minifetzchen in Popfarben, sondern bemerkte nur: »Ich habe dir zehn Pfund als Taschengeld gegeben. Wenn du dieses Kleid kaufst, bleiben dir noch drei Pfund für den ganzen Monat.«

»Ich komm bestimmt damit durch!«

Er wußte, daß sie nicht damit durchkommen würde. Thérèse war nicht der sparsame Typ, sowenig wie ihre Mutter. Wenger hatte daran nichts auszusetzen, er mochte keine sparsamen Frauen. Eine Frau mußte verschwenden können, nicht gerade so, daß es einen ruinierte, doch immerhin auf die Weise, daß man niemals auf den Verdacht kam, man lebe mit einer billigen Frau.

Aber natürlich war es ein Unding, daß Thérèse sich an ihrem ersten Tag in Oxford ein Kleid kaufen wollte. Schließlich und endlich gab es gewisse Grundsätze, Verhaltensregeln, nach denen man beispielsweise für die Reise von Basel nach Calais nicht den Schlaf-, sondern nur den Liegewagen gebucht hatte. Wenger war erstaunt, daß er trotzdem einen Augenblick lang erwog, Thérèse das Kleid zu schenken. In einem Moment, den er später als einen lichten bezeichnete, begriff er, daß sie gerade heute ein Kleid brauchte, und vielleicht gerade dieses. Der Moment ging vorüber. Thérèse benahm sich vernünftig, klagte nicht weiter, zeigte nicht einmal Resignation, sondern blickte nur gelangweilt in die bereits erleuchteten Räume der Warenhäuser und Einheitspreisgeschäfte, an denen sie entlanggingen, nachdem sie in die Cornmarket Street eingebogen waren.

Es war Zeit, eine Tasse Tee zu trinken. Das Lokal, in das sie eintraten, war überfüllt von Frauen, die eingekauft hatten, und – obwohl das Trimester noch nicht begonnen hatte – von Studenten. Wenger wäre am liebsten gleich wieder hinausgegangen, aber sie fanden noch zwei Plätze. Sie saßen beengt zwischen Tischen und Leuten, konnten sich kaum rühren. Als Wenger Tee bestellte, goß ihnen die Kelinerin, ohne weiter zu fragen, Milchtee in große, dickwandige Tassen.

Sie besahen sich das Getränk.

»Die Engländer trinken Tee mit Milch«, sagte Wenger.

»Das Essen heute mittag war übrigens maximal«, erzählte Thérèse. »Kalbsbraten mit Kartoffelbrei und Salat, und danach Pudding.«

»Mein Gott«, sagte Wenger, »das hättest du mir auch schon etwas früher erzählen können.«

»Es ist so unwichtig«, sagte Thérèse.

Wenger fand die Bemerkung und den Ton, in dem sie geäußert wurde, altklug.

»Die Schule ist nicht das, was wir uns vorgestellt haben«,

sagte er, »aber ich glaube, du wirst sie gemütlich finden. Auf eine typisch englische Weise gemütlich.«

Er sah sich in dem Lokal um. Es bestand aus nichts als aus Tischen und Stühlen. Die Wände waren kahl, und es herrschte das helle graue Licht von Neon-Lampen. Ich hätte mit Thérèse ins *Mitre* gehen sollen, dachte er, da hätten wir auch Tee bekommen. Als er sie wieder anblickte, sah er, daß sie Tränen in den Augen hatte.

»Kleines«, sagte er, »du wirst doch Weihnachten schon wieder bei uns sein!«

Er fühlte sich völlig hilflos. Das Lokal war auch wirklich zu schlimm. Thérèse griff sich mit dem Daumen und dem Zeigefinger in ihre Augenwinkel, eine für sie typische und harte Geste, wenn sie einen Tränenausbruch zurückdrängen wollte. Eine Geste wie diese machte sie zur erwachsenen Frau. Als sie ihre Hand zurückzog, hatte sie sich wieder gefaßt.

»Ja«, sagte sie, »in den Ferien werd ich euch immer besuchen kommen. Aus Oxford, aus Zürich.«

Dagegen war so gut wie nichts zu sagen. Wenger wollte einwenden, daß sie auch an den Wochenenden nach Hause kommen würde, wenn sie erst einmal in Zürich studierte, ab Ostern, Zürich lag schließlich nur drei Zugstunden von Davos entfernt, aber er äußerte nichts dergleichen, sondern gab statt dessen blindlings dem Wunsch nach, auszusprechen, was er dachte.

»Man kann nicht immer zusammen bleiben«, sagte er.

Danach fühlte er zu seinem Entsetzen, daß er es war, dem die Tränen kamen. Panik breitete sich in ihm aus; Himmel, dachte er, wenn jetzt nicht ein Wunder geschieht, werde ich gleich weinen, das ist doch verrückt, seit meiner Kindheit habe ich nicht mehr geweint, hoffentlich merkt Thérèse nichts.

Seine Arme und Beine wurden starr, sein ganzer Körper geriet in einen Krampfzustand, um zu verhindern, daß ihm dies zustieß: eine hysterische Szene in einem öffentlichen Lokal, noch dazu in einem englischen. Es gelang ihm, seinen Kopf abzuwenden.

»Vater«, hörte er Thérèse sagen, »ich hab's doch gar nicht so gemeint.«

Er sah in die Dämmerung hinaus, die zwischen den Häusern der Cornmarket Street hing; nach einiger Zeit brachte er es fertig, wahrzunehmen, daß sie blaugrau war.

Als es ihm endlich möglich war, sich wieder seiner Tochter zuzuwenden, hatte er sich entschlossen.

»Also gut«, sagte er, »wenn du willst, nehme ich dich morgen wieder mit nach Hause.«

Thérèse erwiderte nichts; sie schüttelte nur, kaum merklich, den Kopf. Sie stand auf und ging hinaus; als sie zurückkehrte, waren ihre Augen etwas weniger dunkel umrändert, ihre Lider nicht mehr so blaugefärbt wie am frühen Nachmittag.

Das Abendessen im *Mitre* verlief friedlich, harmonisch, so, als befänden sie sich auf einer der Ferien-Reisen der Familie Wenger. An allen Tischen in dem kleinen Speisesaal des Hotels fanden Abschiedsessen statt, saßen Studenten im Kreise ihrer Angehörigen, die sie nach Oxford gebracht hatten.

»Schade, daß ich nicht noch einen Tag bleiben kann«, sagte Wenger. »Ich hätte dir gerne noch mehr von Oxford gezeigt.«

»Es ginge gar nicht«, sagte Thérèse verständig, »wir haben morgen schon den ganzen Tag Unterricht.«

Ich könnte durchaus noch einen Tag bleiben, dachte Wenger. Er hatte den Flug nach Kloten erst für übermorgen früh gebucht. Zu Thérèse hatte er schon im Zug nach Calais gesagt, er habe noch einiges Berufliche in London zu erledigen. Er wußte jetzt, daß solche Vorwände nicht nötig gewesen wären; so gut wie er hatte sie begriffen, daß diese Reise schon zu lange dauerte.

Sie gingen noch eine halbe Stunde durch die nächtliche Stadt, die voller Schatten war. Thérèse hängte sich bei ihm ein. Unter den hohen Mauern der St. Peters-Kirche und des Queens College standen Blöcke von Dunkelheit zwischen den Laternen, doch über den Höfen von All Souls hing plötzlich der Vollmond, ein schwerer Geist. Geschichte umgab sie, und Geschichten. Unzählige Stimmen erzählten unzählige Geschichten, tonlos, abgetrennt für immer, nur die Lippen bewegten sich noch. Wenger wußte nicht recht, was er daraus machen sollte. Was hatte er zu Thérèse gesagt? *Man kann nicht immer zusammen bleiben.* Gut, aber war es nötig, daß er sie an einem so fremden Ort zurückließ, so weit von zu Hause, in einem Zimmer mit braunem Ölanstrich, unter der Obhut einer Frau ohne Beine? Es war absurd. Er spürte, wie Thérèse fröstelte, fand aus dem schwarzen und silbernen Labyrinth hinaus und in der Broad Street ein Taxi.

Sie bestellte Grüße an die Mutter, den Bruder, gab ihm einen Kuß, ehe sie ausstieg. Er sah sie noch auf den Eingang der Schule zugehen, während das Auto wendete.

Er verbrachte einen Tag in London damit, daß er durch Straßen ging, in Schaufenster starrte, Menschen betrachtete. Er hielt sich zwei Stunden in einer Buchhandlung auf, kaufte einiges. Um fünf Uhr rief er die Schule an, ließ sich mit Thérèse verbinden.

»Hallo!« hörte er sie sagen.

»Miss Wenger«, sagte er.

»Daddy!« Sie schien sich riesig zu freuen.

»Wie ist es?« fragte er.

»Maximal«, sagte sie. Sie rief ihm eine Folge unzusammenhängender Mitteilungen zu. Offensichtlich war sie ausgefüllt. Vielleicht hatte er sich umsonst Sorgen gemacht.

»Was hast du gerade gemacht, als ich anrief?«

»Ich spiele Pat gerade die Bob Dylan-Platte vor, die wir in London gekauft haben. *John Wesley Harding*. Mensch, ist das eine Platte! Pat erklärt mir die Texte. Sie ist maximal!«

Alles war in bester Ordnung. Sie plauderten miteinander, ehe sie noch einmal Abschiedsgrüße tauschten. Dennoch wartete Wenger, bis sie aufhängte, ehe er selber den Hörer auflegte. Sie trennte die Verbindung wirklich nicht sofort. Wenger hörte sie atmen, und er legte seine Hand schnell und vorsichtig auf die Sprechmuschel, damit Thérèse nicht seinen Atem hören konnte.

Als sie schließlich aufgehängt hatte, legte er sich auf das Hotelbett und starrte zur Zimmerdecke empor, auf deren weißer Fläche nichts zu sehen war. Überhaupt nichts.

Nach dem Abendessen, das er im Hotel einnahm, entschloß er sich, ein Kino in der Oxford Street aufzusuchen, in dem der Film *Ulysses* nach dem Roman von James Joyce lief. Er hatte die Anzeige in der *Times* angekreuzt, vor zwei Tagen, im Liegewagen; jetzt hatte er nicht mehr die geringste Lust, irgendwo hinzugehen, aber er gab sich einen Ruck; man konnte nicht einen Abend in London in einer Hotelhalle vertrödeln. Im Taxi überlegte er, daß er Joyces Buch vor zwanzig Jahren gelesen hatte, er war zuerst angeekelt gewesen, bis er nach einiger Zeit entdeckte, daß es ihm in der Erinnerung immer köstlicher erschien. Wenn er es gelegentlich zur Hand nahm, um hinter das paradoxe Geheimnis einer solchen Wirkung zu kommen, blieb er jedesmal ratlos vor den aufgeschlagenen Seiten sitzen; die kühlen, immer wieder in Zynismus ausbrechenden Sätze schienen in keinem Zusammenhang mit der Stimmung zu stehen, die sie bei ihm hinterließen, einer Stimmung von Dunkelheit, Nacht, Wind, Melancholie. Merkwürdigerweise schien der Regisseur des Films ähnlichen Empfindungen unterlegen zu sein, denn er hatte etwas ganz und gar Dunkles inszeniert. Natürlich war es ein unsinniger Einfall gewesen, das Buch überhaupt verfilmen zu wollen; es war nicht mehr herausgekommen als eine Folge scharfgeschnittener und finsterer Szenen, die schließlich in Molly Blooms großen Monolog mündeten. Die Darstellerin der Molly Bloom entsprach ziemlich genau der Vorstellung, die Dr. Wenger von dieser Figur hatte. Je länger sie sprach, desto mehr wurde das Bild auf der Leinwand nichts weiter als ein Körper, ein Bett, eine Nacht, Dinge, aus denen die großen obszönen Worte in den Kino-Saal an der Oxford Street strömten, in dem zweitausend Menschen saßen und kaum noch atmeten, in dem sie die Dichte der Wörter empfanden. Plötzlich begann Dr. Wenger sich zu fürchten. Er hörte nicht mehr auf die Stimme, er sah nur noch die dunklen, sich bewegenden Bestandteile des Bildes, sie erinnerten ihn an die Nacht, gestern, in Oxford, an den Abgrund der Queens Lane, die silbernen Schattenhöfe von All Souls unter dem Mond, und er hatte auf einmal die Vision, daß er Thérèse in einer Welt von Gespenstern ausgesetzt hatte, von steinernen Gästen und Golems, Wiedergängern, Weißen Frauen, Vampiren und Frankensteins. Ja, Oxford war Frankenstein, und Thérèse befand sich in der Gewalt der Sprache von Schatten. Er sprang auf und drängte sich durch die Reihe hinaus. Er mußte Thérèse sofort zurückholen.

Er beruhigte sich nicht, weder in der großen, glitzernden Oxford Street, mit ihren Menschenmassen, noch in den stillen Straßen, in die er abbog, auf dem Weg ins Hotel. Einmal blieb er stehen und betrachtete sich selbst in einem Schaufenster, in dem die Lampen schon gelöscht waren: einen mittelgroßen Mann im Regenmantel, ohne Hut, mit der Neigung, dick zu werden, dennoch einigermaßen trainiert. Das Bild gab nichts her. Röntgenaufnahmen gaben etwas her, dachte er, oder Filme nach Büchern von Joyce. Spiegel oder bloße Fotos zeigten nichts, weder Väter noch Gespenster, nur leere Hüllen.

Doch gab es am nächsten Morgen nur noch den Spiegel, vor dem er sich rasierte. Die Maschine von Heathrow in die Schweiz flog um neun Uhr, die Pflicht rief, und Dr. med. Wenger mußte sich mit dem Packen beeilen.

Die erste Stunde

Das Ding, das der Pförtner krachend hinter ihm ins Schloß warf, war weder eine Pforte noch ein Tor, sondern nichts weiter als eine große eiserne Türe, ein stählernes Rechteck, das man in eine Mauer aus Ziegelsteinen eingelassen hatte.

»Na denn alles Gute, Ehlers!« hatte der Pförtner zu ihm gesagt.

»Herr Ehlers, wenn ich bitten darf!« hatte er geantwortet.

Dann das Krachen der Türe. Es störte ihn nicht. Er war es gewöhnt. Dort drinnen gab es entweder die Totenstille oder den Krach. Es gab dort nur schmetternde Türen, hallende Schritte, das Rasseln der Blechgeschirre, Gebrüll. Dazwischen die Stunden, in denen nichts zu hören war. Nichts. Nur in der Werkstatt erzwang die Arbeit die festgelegten Geräusche von Hobel und Säge, die Mitteilungen in Wörtern, die Zeichen und Blicke.

Als das Krachen vorbei war, lauschte er auf das, was hier draußen zu hören sein würde. Er vernahm das Singen einer Motorsäge in der Ferne, das wieder verging, nachdem es sich in einen unerträglich hohen Ton hineingesteigert hatte.

Auf seiner Seite zog sich die Mauer lang hin. Auf der anderen Seite standen alte, vierstöckige Mietshäuser. Die Straße war leer, mit Ausnahme von drei Autos, die in weiten Abständen voneinander geparkt worden waren. Sie sahen aus, als ständen sie schon seit Jahren da.

Fünfzig Meter weiter rechts unterbrach sich die Straße, um eine andere Straße einzulassen. Er las die verwitterten Frakturbuchstaben des Namens der Eckkneipe, die er aus den Berichten der Rückfälligen kannte: *Zur frischen Quelle.* Alle oder fast alle gingen als erstes in diese Kneipe, wenn sie entlassen wurden.

Jetzt kam eine Frau um die Ecke. Sie trug eine Einkaufstasche. Ihr Wintermantel machte sie unförmig. Da er noch immer vor der eisernen Türe stand, blickte sie mit ihrem versorgten Gesicht neugierig zu ihm hinüber. Er starrte zurück, worauf sie wegsah und eilig in einem Hauseingang verschwand. Die Häuser hier hatten keine Türen, sondern große offene Eingänge, dunkle Durchgänge zu Hinterhöfen.

Er dachte: Montag, der 12. Januar 1970, vormittags zehn Uhr.

Das Wetter war grau, und es war nicht sehr kalt. Wenigstens regnete es nicht. Während der letzten Jahre war es seine größte Sorge gewesen, daß es an diesem Tag regnen würde, daß das Wetter ihn zwingen würde, schnell wegzugehen, vielleicht sogar zu laufen, sich irgendwo unterzustellen, eilig das nächstbeste Café zu suchen. Regenwetter hätte alles verdorben.

Er begann endlich damit, fortzugehen, so langsam wie möglich.

Sie hatten ihm einen neuen Anzug und einen neuen Mantel gegeben, weil ihm die Kleider, die er vor zwanzig Jahren ausgezogen hatte, nicht mehr paßten. Er war damals, mit siebenunddreißig, eher schmächtig gewesen, zwar groß, aber von hagerer Größe, während er jetzt ein schwerer, umrißloser Mann war.

Er hatte beanstandet, daß die Hosenbeine des Anzugs zu eng geschnitten seien.

»Die sind ja wie Röhren«, hatte er gesagt.

»Man trägt sie jetzt so«, hatte der Kalfaktor in der Kleiderkammer geantwortet. »Du würdest direkt auffallen, wenn du in deinen weiten alten Buxen daherkämst.«

Außerdem paßten sie eben im Bund nicht mehr. In seine alte Jacke war er kaum noch hineingekommen.

Er bekam auch ein neues Hemd, neue Wäsche und Socken, eine blau und braun gestreifte Krawatte, die ihm nicht gefiel, und neue Schuhe. Sie waren vorne spitzer als seine früheren Schuhe, die einen Augenblick lang plump und ausgetreten neben den neuen standen, ehe der Kalfaktor sie in eine Kiste warf. Den Hut, den man ihm anbot, lehnte er ab, bat statt dessen um einen Schirm. Mit Hilfe eines Streifens Leukoplast, den er schwarz übermalte, brachte er ihn nachher, in seiner Zelle, in eine eng gerollte Form. Von seinen alten Sachen behielt er nur einen schwarzen Wollschal.

Er ging auf die andere Straßenseite hinüber, an den Häusern entlang. Vor einem Parterrefenster blieb er stehen, um eine Vase und einen Topf mit Alpenveilchen zu betrachten, die auf dem Fensterbrett standen. Die Vase war bauchig geschwungen, mit einem lila Blumenmuster bemalt, staubig, und sie hatte einen Sprung. Die Alpenveilchen waren wie Alpenveilchen. Er blickte so lange auf diese beiden Gegenstände, bis er bemerkte, daß hinter dem Fenster, in dem gläsernen Grau der Voilegardinen schattenhaft ein Mann stand, der gleich ihm die Vase und die Cyklamen betrachtet haben mußte und ihn jetzt anstarrte. Er trug einen dunkelgrauen Mantel und einen schwarzen Wollschal, er hatte die Hände in die Manteltaschen gesteckt und in die Beuge des linken Unterarms den Griff eines eng gerollten Regenschirms gehängt. Von seinem Gesicht war nicht viel zu erkennen, es schien ein monotones, vielleicht schon erschlafftes Gesicht zu sein, nur die Nase hob sich mit ihrem schmalen geraden Rücken deutlich ab, hatte der Veränderung widerstanden. Und seine Haare waren noch dicht; er trug sie nach rechts gescheitelt. Während der letzten Wochen hatte er sie wieder wachsen lassen dürfen. Sie waren seinerzeit schwarz gewesen. Seine neuen Haare waren eisengrau.

Er wandte sich ab. Von hier aus, nicht mehr unmittelbar unter der Mauer stehend, konnte er die Gebäude des Zuchthauses überschauen. Er hielt sich nicht lange damit auf. Da die Zellen alle um den Innenhof des quadratischen Haupttrakts herum angeordnet waren, wußte er, daß er von hier aus sein Zellenfenster nicht sehen konnte. Deswegen hatte er auch niemals einen Blick auf die Straßen um das Zuchthaus werfen können; es hätte nichts genützt, sich an den Gitterstäben hochzuziehen, in der Hoffnung, etwas anderes erblicken zu können als andere Zellenfenster. Wenn er es trotzdem manchmal tat, dann nur, um den Himmel zu betrachten, besonders wenn interessante Wolkenbildungen zu vermuten waren oder wenn ein Platzregen auf die Dächer niederging. Während der letzten Jahre hatte er ganz auf diesen Klimmzug verzichtet; er war ihm zu mühsam geworden.

An der Ecke angelangt, las er die Namen auf den Straßenschildern. Die Straße, welche die Mauer entlangführte, hieß Angerstraße, die andere, die in sie mündete, Poelnitzstraße. Er wiederholte die Namen ein paarmal, und nicht nur lautlos, im Geist, sondern mit halblauter Stimme: »Angerstraße, Poelnitzstraße.« Diese Namen waren die ersten Worte, die er sprach. Das Licht in den Straßen, unter dem grauen Winterhimmel, zwischen den alten Zinshäusern, war fleckig braun, mit Strichen aus Kreide darin, aus Kohle.

Genugtuung erfüllte ihn, wenn er daran dachte, daß er es fertiggebracht hatte, die Begleitung abzulehnen, die man bei diesem Gang für unerläßlich gehalten hatte.

»Selbstverständlich beschaffen wir Ihnen ein Zimmer und eine Arbeitsstelle, ehe Sie uns verlassen«, hatte der Direktor zu ihm gesagt, als er ihm mitgeteilt hatte, die lebenslängliche Haft sei auf zwanzig Jahre verkürzt worden. »Und wir geben Ihnen jemand mit, der Sie hinbringt.«

»Ich will niemand dabei haben, wenn ich hier rauskomme«, hatte er geantwortet.

»Tut mir leid, aber es ist Vorschrift!« Die Stimme des Direktors war sogleich wieder scharf geworden. Vielleicht ärgerte er sich auch, weil der Mann, dem er sogar einen Stuhl angeboten hatte, keine Spur von Freude oder Dankbarkeit darüber zeigte, daß er begnadigt worden war.

»Ich geh hier entweder allein raus oder gar nicht!«

Er wußte, daß diese Sturheit, die sie noch dazu bei ihm nicht gewohnt waren – sie kannten ihn nur als einen schweigsamen, sich in alles fügenden Typ –, seine Entlassung um einige Wochen verzögert hatte. Die zwanzig Jahre wären schon Ende November vorbei gewesen, nicht erst im Januar. Schließlich hatten sie nachgegeben. Er wußte, daß sie ihn nicht länger behalten konnten. Er war überhaupt nicht begnadigt worden.

Zwanzig Jahre waren einfach die längste Zeit, die ein Lebenslänglicher absitzen mußte. Von Verkürzung konnte da gar keine Rede sein.

Sich vorzustellen, er würde nun neben irgendeinem Kerl, den sie ihm mitgegeben hatten, durch diese Straßen gehen müssen! Möglicherweise gezwungen sein, sich mit ihm zu unterhalten!

Dieser Begleiter hätte ihn wahrscheinlich gefragt, ob er in der Eckkneipe, vor der er stehengeblieben war, ein Bier trinken wolle. Solche Leute, Sozialfürsorger oder was sie waren, hielten sich für psychologisch geschult, hatten Verständnis. Seine Antwort, er sei kein Kneipengänger, wäre natürlich günstig aufgenommen worden, aber dafür, daß er hier eine Weile herumstand und die Texte auf den Brauerei-Schildern sorgfältig und flüsternd las, würde so einer nicht viel Geduld aufgebracht haben. Nicht so viel Zeit, wie er brauchte.

Er riß sich schließlich los und ging, noch immer langsam, zögernd, die Poelnitzstraße entlang, die genau so aussah wie die Angerstraße. Einmal drehte er sich um und blickte auf die Mauer und das Zuchthaus zurück. Zuletzt sah er sie vom Ende der Poelnitzstraße aus, jetzt schon kleiner, die dunkelrote Mauer und den Teil des zementgrauen Klotzes, der die Straßenbreite bedeckte, als kalte eindimensionale Fläche, als rot-graue Fahne, die im Hintergrund von zwei Reihen alter Zinshäuser hing. Er ging um die Ecke, da war alles verschwunden. Er kehrte bis zur Ecke zurück, vergewisserte sich, daß alles noch da war, erst dann bog er endgültig in die dritte Straße ein, deren Namen er ebenfalls ablas, doch sogleich wieder vergaß. Unterwegs war er ein paar Leuten begegnet. Er bemerkte, daß sie ihn musterten, und er beobachtete, wie sie alle den Blick senkten, wenn er sie unverwandt ansah.

Diese Slum-Vorstadt, dieses Zuchthausviertel war genau so, wie er es sich vorgestellt hatte. Es hatte ihn nicht enttäuscht. Erst als er im Ausschnitt des Endes jener dritten Straße eine horizontale und schnelle Bewegung wahrnahm, ein graues Wischen, das zugleich Bild und Geräusch war, spürte er, daß er an etwas Neues geraten würde, an eine Sache, die er nicht kannte. Er hatte im Zuchthaus darum gebeten, den Stadtplan einsehen zu dürfen, und er wußte, daß er jetzt auf eine breite Ausfallstraße gelangte, auf der er ein paar hundert Meter nach links gehen mußte, um den Endhaltepunkt der Straßenbahn zu erreichen. Aber auf dem Plan, den ihm der junge Referendar erläuterte, der seine Entlassung leitete – der Direktor hatte sich nicht mehr blicken lassen –, war diese frühere Chaussee als ein breiter weißer Streifen eingetragen, der in ihm seltsamerweise den Eindruck von Ruhe und Leere erzeugt hatte.

Was für ein Irrtum! Das also hatte er verpaßt! 1948, als sie ihn eingeliefert hatten, war der Verkehr ganz anders gewesen, ein lockerer Lärm, der kam und wieder verging, nicht dieses gleichmäßige Rauschen. Sie hatten jetzt schönere Autos, glattere, schlüpfrigere, und die Lastwagen waren Bässe, singende Ungetüme, dunkel und stumpf. Einen Augenblick lang zwang er sich dazu, diese ganze, von Bewegung überflutete Straße zu bewundern. Das stereotype Aufblitzen der Überholzeichen, die länger verweilenden Takte der Bremssignale woben eine Art Lichtmusik rot durch das Grau der laufenden Stränge. Schließlich hatte er dergleichen noch nie gesehen; er hatte davon überwältigt zu sein. Dies hier war der Vormittagsverkehr einer nicht einmal besonders großen Stadt! Statt dessen blickte er kalt auf den Betrieb. Er fragte sich, ob er bloß deswegen nichts als Widerwillen empfand, weil er die Entstehung dieser Auto-Welt verpaßt hatte. War er neidisch? Er wußte es nicht. Er erinnerte sich daran, daß der junge Referendar zu ihm gesagt hatte: »Passen Sie auf, Herr Ehlers, wenn Sie rauskommen! Seien Sie vorsichtig! Sie kommen in eine ganz neue Welt.« Der junge Mann hatte ihn immer, und in ganz selbstverständlichem Ton, als ›Herr Ehlers‹ angesprochen. Hatte er, wenn er von einer neuen Welt sprach, diese monoton vorbeitreibenden Blechhöhlen gemeint, in denen Menschen saßen, die aus nichts bestanden als aus den Umrissen ihrer Oberkörper?

Wenn er im Weitergehen nicht zur Straße hin blickte, so blieb die Welt noch eine Weile alt: die gleichen Häuser wie vorhin, und dort, wo sie endeten, ein freier Platz, von hohen und leeren Pappeln umsäumt, auf dem eine altertümliche Straßenbahn wartete, Triebwagen und Anhänger, blaßgelb angestrichen. Sie war genau so, wie er sie erwartet hatte: blaßgelb und fein gezeichnet, an einer Endhaltestelle, in einer Schrebergartenlandschaft mit Pappeln.

Er überlegte, ob er in den Triebwagen oder den Anhänger einsteigen solle, entschied sich dann doch für den Triebwagen, blieb aber auf der hinteren Plattform stehen.

Im Inneren saßen zwei Frauen. Als die Schaffnerin auf ihn zutrat, sagte er: »In die Stadt, bitte!«

Er hatte sich diese Formel vorher zurechtgelegt. Sie würde erfahren und beiläufig klingen. Aber sie funktionierte nicht.

»Wohin denn in die Stadt?« fragte die Schaffnerin.

»Na, ins Zentrum eben«, antwortete er. Er hatte es falsch angefangen. Er senkte den Kopf und kramte in seiner Manteltasche nach Kleingeld, zog ein Zweimark-Stück hervor.

»Fahren Sie bis Nicolaiplatz mit!« sagte die Schaffnerin nach einer Pause, in der sie ihn angesehen haben mußte. »Da sind Sie mitten in der Stadt. Ich werd' Ihnen Bescheid sagen, wenn wir da sind.«

Sie hatte wohl öfter solche Passagiere wie ihn. Hier draußen gab es nichts als die Vorstadt und das Zuchthaus. Die Leute in den Vorstadtstraßen hatten ihn auch gleich erkannt. Solange man ihm noch ansah oder wenigstens vermuten konnte, woher er kam, war er noch nicht wirklich entlassen.

»Vielen Dank!« sagte er.

Sie gab ihm Geld heraus. Erst als sie durch das Wageninnere ging, wagte er es, sie zu betrachten. Er schätzte sie auf Dreißig, fand sie hübsch.

Wenn sie wüßte, dachte er, daß sie die erste Frau gewesen ist, mit der ich seit zwanzig Jahren ein paar Worte gewechselt habe!

Die letzte, mit der er gesprochen hatte, vor zwanzig Jahren, war die Tochter seiner Zimmerwirtin gewesen. Er hatte sie umgebracht. Eines Tages, als er es nicht mehr aushalten konnte, hatte er nach ihr gegriffen. Sie hatte angefangen zu schreien. Er hielt ihr den Mund zu, aber sie hörte nicht auf zu schreien, bis er seine Hände um ihren Hals legte.

Die winterlichen Schrebergärten, dann, noch ehe die Häuser begannen, ein erster Blick auf die Förde, an der die Stadt lag. Er sah Schiffe an Kais liegen, gegenüber die Hügel mit Villen und Baumkronen.

Er hatte eine oder zwei Minuten lang gar nicht begriffen, daß sie tot war, als sie in seinen Armen hing. Er hatte sie geschüttelt, an eine Ohnmacht geglaubt.

Im Verlauf der zwanzig Jahre hatte er sich darin geübt, dem Bild zu begegnen, wenn es wiederkam. Er schob es nicht von sich fort. Er hatte auch damit gerechnet, daß es sich in dieser ersten Stunde einstellen würde. Übrigens hatte es sich zu seinem Erscheinen einen ungünstigen Moment ausgesucht; er konnte geradezu beobachten, wie es in der Windstille über der Januar-Bucht ausbleichte, dann ganz verschwand.

An den Haltestellen stiegen Leute ein, die ihm keinerlei Beachtung schenkten. Allmählich stand er eng gepreßt unter ihnen, schweigend wie sie. Die Schaffnerin rief den Bahnhof aus. Eigentlich hätte er hier aussteigen müssen. Man hatte ihm eine Arbeitsstelle in Kiel und eine Fahrkarte dorthin besorgt. Sie erwarteten von ihm, daß er sich ohne Verzug nach Kiel begab.

Da er über ein Jahr in der Wohnung gelebt hatte, billigten sie ihm nicht Totschlag zu, sondern verurteilten ihn wegen Mordes. Nicht gerade vorsätzlichen, aber doch Mord, ein Triebverbrechen, wie sie sich ausdrückten. Damals wäre er durchaus einverstanden gewesen, wenn man ihn aufgehängt hätte, aber nur kurze Zeit später war er ihnen doch dankbar dafür, daß sie die Todesstrafe abgeschafft hatten. Er bildete in sich ein klares Verhältnis zu seiner Tat aus. Einmal war er mit einem juristisch gewieften Mitgefangenen darüber ins Gespräch geraten, der zuletzt ausgerufen hatte: »Und dafür lebenslänglich! Mensch, du mußt einen Idioten von Anwalt gehabt haben!«

»Sie hätte gelebt«, hatte er erwidert.

Nachdem fünfzehn Jahre verstrichen waren, hatte er sich bei dem Direktor gemeldet und gefragt, ob seine Strafe abgekürzt werden könne.

»Hm, Mord«, hatte der Direktor gesagt, »und aus Triebgründen. Ich kann ja mal anfragen.«

Er hatte einen Fehler begangen.

»Herr Direktor«, hatte er gesagt, »ich habe, während ich hier bin, drei Leute kennengelernt, die wegen Beihilfe zum Mord in zweitausend, dreitausend und siebzehntausend Fällen verurteilt waren.«

» Und? Was wollen Sie damit sagen?« Der Direktor war bekannt dafür, daß er wegen jedem Dreck in einen gereizten Ton verfiel.

Er hatte es ihm so sanft wie möglich zu erklären versucht: »Diese Leute sind lange nach mir gekommen und lange vor mir wieder gegangen.«

»Also wenn Sie mir so kommen...« Damit war die Unterredung beendet gewesen. Er hatte nichts mehr von seinem Gesuch gehört, bis fünf Jahre später, bis er eben dran war.

Die Schaffnerin trat auf die Plattform und gab ihm ein Zeichen. Er nickte. Als der Wagen hielt, half sie ihm dabei, aus dem Gedränge zur Türe zu finden. Sie behandelte ihn fast wie einen Invaliden.

Nachdem er ausgestiegen war, wartete er auf dem Bürgersteig, bis die Straßenbahn abgefahren war. Er wollte ganz sichergehen, daß diese Schaffnerin verschwunden sein würde, ehe er die ersten Schritte tat.

Der Nicolaiplatz war nur ein schmales längliches Rechteck, das eine lange Straße unterbrach, offensichtlich die Hauptstraße dieser mittelgroßen Stadt. Er steckte die Hände wieder in die Taschen, ließ den Schirm von seinem linken Unterarm hinabhängen, maß die Straße mit den Blicken aus. Überall Menschen, aber man konnte nicht von einem Menschenstrom sprechen. Autos fuhren an ihm vorüber, nicht so viele wie vorhin auf der

Ausfallstraße, aber doch ganz schön viele, mehr, als er gewohnt war. Er gebrauchte in Gedanken tatsächlich den Ausdruck *gewohnt sein,* obwohl er doch alle Gewohnheiten verloren hatte, sie sich erst wieder angewöhnen mußte.

Hier würde ihn nun endlich niemand mehr kennen oder erkennen.

Er ging los, nach links, weil in dieser Richtung die Straße länger und belebter war, blieb aber gleich vor einem Zeitungsstand stehen. Das gehörte zu den Szenen, die er sich am genauesten vorgestellt hatte: an einen Zeitungsstand treten und eine Zeitung kaufen. Es gab auch im Zuchthaus Zeitungen, aber man mußte schlau sein, um in ihren Besitz zu kommen, die Wärter anbetteln oder komplizierte Jagden nach ihnen veranstalten; das Zuchthaus war vor allem auch ein Labyrinth. Übrigens hatte er sich den Zeitungskauf zu einfach vorgestellt; er hatte nicht damit gerechnet, daß er, ehe er sich endlich entschloß, die Zeitung zu verlangen, eine Weile benommen auf die Titelblätter der ausgehängten Illustrierten starren würde, die mit den farbigen Bildern nackter oder fast gänzlich entblößter Frauen bedruckt waren. Darauf war er nicht gefaßt gewesen. Seit wann gab es das denn? Zu seiner Zeit hatte es solche Bilder in kleinen schmierigen Magazinen gegeben, die der Zeitungshändler an einer versteckten Ecke des Standes aufhing. Jetzt hingen sie groß über die ganze Schauwand des Standes, am belebtesten Platz der Stadt. Es war verrückt. War das die neue Welt, vor der ihn der junge Referendar gewarnt hatte? Er sah sich vorsichtig um: die Leute gingen an dem Stand vorbei, beachteten die Bilder gar nicht. Sie mußten verrückt geworden sein. Oder vollendete Heuchler. Wahrscheinlich beides: verrückte Heuchler.

Als er spürte, daß der Mann in der hölzernen Bude ihn beobachtete, kaufte er hastig eine Zeitung. Er las die Überschrift: *Biafra am Ende.* Das Wort *Biafra* sagte ihm nichts.

Er steckte die Zeitung in die Tasche. Um diese Zeit arbeitete er sonst in der Schreinerei des Zuchthauses. Mittags würde er wieder in seiner Zelle sitzen. Nach ein paar Jahren hatten sie ihm erlaubt, Bilder in der Zelle aufzuhängen. Er hatte nur ein einziges an die Wand geklebt, eine Meereslandschaft, die er aus einer Zeitschrift ausgeschnitten hatte. Auch einen Radioapparat hatten sie ihm schließlich bewilligt, ein altes Ding, das blechern tönte und das er fast nie andrehte. Er las viel, abends, ehe sie um acht Uhr das Licht abschalteten, und an den Sonntagen. Um sechs Uhr wurde geweckt. Während der ganzen Jahre hatte er nur zweimal geschrien, geweint und an die Türe gehämmert. Sie waren gekommen und hatten ihm eine Spritze gegeben.

Jetzt ging er eine Hauptstraße entlang, an Leuten vorbei, unter einem gleichmäßig grauen Himmel, an einem nicht sehr kalten Tag.

Er hatte um zehn Uhr noch vierhundertdreiundzwanzig Mark und siebzig Pfennige besessen. So viel hatten sie ihm ausgezahlt, nach zwanzig Jahren Arbeit. Die Straßenbahn hatte achtzig Pfennige gekostet und die Zeitung vierzig.

Für den Auftritt von Mädchen in Miniröcken hatte er sich präpariert. Aus den Zoten der Gefangenen, die erst während der letzten Jahre gekommen waren, hatte er erfahren, daß es sie gab. Sie erschienen ihm zum erstenmal auf der Fläche der großen Schaufensterscheibe eines Möbelgeschäfts, vor dem er stehengeblieben war. Er wollte sich schon umdrehen, aber sie hielten inne, fingen miteinander zu schwätzen an, eine Bande erwachsener Schulmädchen, so daß er am besten stehenblieb und auf die Scheibe starrte, um sie unauffällig beobachten zu können. Nur eine hatte so lange und schlanke Beine, daß sie ihm gefiel; die anderen hätten seiner Meinung nach ihre Schenkel besser bedeckt gelassen. Hinter ihnen fuhren die Autos über die Schaufensterscheibe. Er sah die Autos, die Mädchen, andere Leute, sich selbst, die Möbel. Er zwang sich, die Möbel zu betrachten. Die meisten gefielen ihm. Sie arbeiteten jetzt viel mit Furnieren aus weißem Polyester. Der Kunststoff wurde auf wertlose Bretter aus Holzmasse geklebt; man zahlte, wie er gehört hatte, heute für den Entwurf, nicht für das Material. Auch er hatte schon die dünnen weißen Tafeln unter das Messer des Querschneiders gelegt. Wenn man die Teile auf Tischplatten, Schranktüren oder Regalbretter klebte, entstanden glatte Stücke. Im Spiegel einer Frisierkommode, in der Tiefe des Raums, zeigten sich auf einmal sehr deutlich die langen schlanken Beine des hübschen Mädchens, verschwanden wieder. Er war Büroangestellter gewesen, Buchhalter in einer Maschinenfabrik; man hatte ihn auch im Zuchthaus in einem Büro beschäftigt. Nach zwei Jahren hatte er darum gebeten, als Schreiner angelernt zu werden. Sie hatten ihn zuerst ausgelacht, mit Neununddreißig konnte niemand noch ein so schwieriges Handwerk lernen. Er war fest geblieben, immer dringender geworden. Ein paar Jahre später war er einer der besten Schreiner. Er pflegte zu sagen, daß er gestorben wäre, wenn er weiter Büroarbeit hätte verrichten müssen; vor allem konnte er sich nicht vorstellen, daß er nach seiner Entlassung imstande wäre, seine Tage in einem Büro zu verbringen. Als er sich endlich umwandte, gingen die Mädchen gerade auseinander. Sie gingen auf dem Trottoir weiter, nahe am Bordstein, an den Autos entlang, oder sie überquerten die Fahrbahn. Er bemerkte, wie alles zusammengehörte: die Blechhöhlen mit den sitzenden Oberkörpern darin, die wandernden nackten Schenkel, die Schaufenster, in denen die Autos und die Schenkel sich spiegelten, die Waren hinter den Spiegeln, die, wenn man sie nur fest ins Auge faßte, die Spiegelbilder, die sich vor ihnen bewegten, auslöschten.

Vor einem Tabakladen, die ausgestellten Pfeifen betrachtend, überlegte er, ob er wieder anfangen sollte zu rauchen. Im Zuchthaus hatte er es sich abgewöhnt. Er verschob seine Entscheidung auf später.

Er sah viele Frauen, die ihm gefielen. Eine Frau kam für ihn jedoch nicht mehr in Frage. Er war ja auch mit Siebenunddreißig noch Junggeselle gewesen, warum sollte er mit Siebenundfünfzig heiraten oder auch nur irgendein festes Verhältnis anfangen? Außerdem hatte er keinen Erfolg bei Frauen. Sie hatten nichts gegen ihn, weder mochten sie ihn, noch mochten sie ihn nicht. Irgend etwas mußte an ihm sein, was sie kein Interesse für ihn aufbringen ließ. Um dies festzustellen, hatte er allerdings nur zwei Jahre Zeit gehabt, von 1947 bis 1949. Vorher war er Soldat und Kriegsgefangener in Rußland gewesen. Möglich, daß ihn jetzt einige Frauen in Betracht zogen. Er war ein Mörder. Sie würden sich täuschen. Er war wirklich kein Triebverbrecher. Im Zuchthaus hatte er nur selten onaniert. Sein Mord war nichts gewesen als ein dummer Zufall mit einer schreienden Puppe.

Schluß damit! Er hatte sich verwirren lassen. Gerade das hatte er vermeiden wollen. Er ging durch eine Seitenstraße zur Förde hinunter, überschritt vorsichtig die Uferstraße, auf der die Autos wieder dichter und schneller fuhren. Ein Auto blieb dicht neben ihm stehen, der Mann, der darin saß, kurbelte das Fenster herunter und rief: »Mensch, hamm' Se schon mal was von Zebrastreifen gehört?«

Er sah das verbissene Gesicht. Ehe er etwas sagen konnte, war es schon wieder weg. Von der anderen Straßenseite aus sah er sich um, entdeckte er, was jener gemeint hatte: das Gitter aus gelben Streifen auf der Fahrbahn, die Signal-Ampeln daneben.

Er trieb sich im Hafengelände herum, in dem es ruhig zuging, sah Schauerleuten zu, wie sie Kisten, die ein Ladebaum aus einem grauen Frachter hob, auf dem Kai stapelten. Zwischen den Schiffen lag das Wasser der Förde. Das Wasser und der Himmel sahen so aus, als würde es bald zu schneien anfangen. Ach was, dachte er, ich versteh' doch gar nichts mehr vom Wetter.

Hier war es, wo ihm das Zuchthaus zum erstenmal als Puppenhaus erschien. Er sah es auf einmal sehr klein vor sich, als Spielzeug, über das er sich beugen konnte, um den Zwergen, den Hutzelmännlein zuzusehen, die durch Miniaturgänge trabten, an winzigen Zellen vorbei, in denen andere Zwerge unbewegt saßen, verhutzelt und durch nichts mehr zu erlösen.

Auf dem Rückweg zur Hauptstraße blieb er vor einem Reisebüro stehen, beeindruckt von den ausgestellten Bildern. Konnten sie jetzt wirklich überall hin reisen? Das Büro war so voll von Menschen, daß er es wagte, einzutreten. Er stellte sich in eine der Gruppen und hörte zu, wie ein Mann eine Reise nach Marokko kaufte, ein Mädchen einen Ski-Urlaub in der Schweiz. Dann trat er unauffällig beiseite, nahm Prospekte von einem Tisch, faltete sie in der Mitte, ging hinaus. Bei ihm würde es noch lange, vielleicht Jahre dauern, bis sie ihm erlaubten, ins Ausland zu reisen.

Er zog die Zeitung aus der Tasche, fügte die Prospekte hinzu, behielt alles in der Hand. Mit der Zeitung und den Reisedrucksachen, mit dem eng gerollten Schirm, mit den Röhrenhosen, dem dunklen Mantel und dem schwarzen Schal sah er jetzt aus wie einer von ihnen, das fühlte er. Seine Haare waren eisengrau, aber dicht und nach rechts gescheitelt, und sein Nasenrücken war noch immer schmal und gerade. Er überlegte, daß er trotz seines Alters annehmbar aussehen würde, wenn nicht sein Gesicht, wie das Fleisch seines ganzen Körpers, jede Bedeutung verloren hätte. Es war erschlafft.

Er fand endlich, was er die ganze Zeit schon gesucht hatte: ein großes Café. Als er eintrat, sah er, daß es aus zwei ineinander übergehenden Räumen bestand, von denen der hintere höher lag als der vordere; man erreichte ihn über zwei Stufen. Das Café war nur locker besetzt. Er entschied sich für den vorderen Raum, wollte nicht tiefer eindringen, zog seinen Mantel aus, setzte sich nahe an eines der Fenster. Er roch den süßen warmen hellen Duft des Cafés. Die runde Platte des Tisches, an dem er saß, war aus bräunlich-rötlichem Marmor. Auf dem Tisch standen ein Aschenbecher und eine Zuckerdose aus übersilbertem Porzellan. Man stellte also den Zucker jetzt einfach so hin.

Die Kellnerin kam zu ihm. Sie trug ein blaues Kleid und eine weiße Schürze. Er bestellte eine Tasse Kaffee.

Während er wartete, zog er den Zettel aus der Jackentasche, auf den die beiden Adressen in Kiel getippt waren: seine Arbeitsstelle und sein Zimmer. Er war fest entschlossen gewesen, nicht nach Kiel zu fahren – das hatte zu seinem Programm gehört, wie der Satz ›Ich geh' hier entweder allein raus oder gar nicht‹ und der Satz ›Herr Ehlers, wenn ich bitten darf‹. Weil sie Kiel gesagt hatten, hatte er sofort Hamburg gedacht. Wenn er sich dort selber eine Arbeitsstelle verschaffte, konnten sie ihm nicht viel anhaben, höchstens mit verschärfter Polizeiaufsicht drohen. Plötzlich gab er seine Absicht auf. Da er in einer Schreinerei arbeiten, in einem möblierten Zimmer wohnen würde, war es gleichgültig, ob sich diese Schreinerei, dieses Zimmer in Kiel oder in Hamburg befanden. Er konnte ja später wechseln, mit ihrer Einwilligung. Je unauffälliger er sich verhielt, um so eher gaben sie ihm vielleicht einen Paß. Ja, er würde nachher zum Bahnhof gehen und mit dem nächsten Zug nach Kiel fahren.

Da er es abgelehnt hatte, irgend etwas aus dem Zuchthaus mitzunehmen, mußte er sich vorher ein paar Sachen besorgen: Seife, ein Rasierzeug, Wäsche und Socken zum Wechseln, einen kleinen billigen Koffer, in den er alles hineinlegen konnte.

Die Kellnerin brachte den Kaffee. Sie nahm die Tasse von einem Tablett und stellte sie vor ihn auf den Tisch. Sie setzte ein silbernes Kännchen mit Rahm daneben.

Die Tasse war aus gelblichem Porzellan. Sie trug ein blaues Dekor – irgendwelche Ranken. Neben der Tasse lag ein versilberter Löffel auf dem Unterteller. Der Kaffee war tiefschwarz, am Rande bräunlich. Rauch stieg aus ihm auf; er roch gut.

Er nahm den Löffel von der Untertasse, legte ihn daneben, auf den kastanienfarbenen Marmor.

Auf dem Stuhl links von ihm lag sein Mantel. Er hatte die Zeitung und die Reiseprospekte daraufgelegt. An der Lehne des Stuhls hing sein Schirm.

Zuerst drehte er die Tasse, einmal, zweimal, sah ihr zu, wie sie sich drehte, blaue Ranken um einen schwarzen Kreis, auf Kastanienrot.

Dann schob er sie von sich fort, bis an den jenseitigen Rand des Tisches. Sie wirkte nun schattenhaft, im Gegenlicht. Autos fuhren hinter ihr vorbei.

Er bemerkte das blaue Kleid, die weiße Schürze neben sich.

»Schmeckt Ihnen der Kaffee nicht?« hörte er die Kellnerin sagen.

»Doch, doch«, sagte er, belästigt. »Bringen Sie mir ein Stück Schokoladentorte!«

Als sie gegangen war, zog er die Tasse wieder zu sich heran, berührte den Kaffee immer noch nicht.

Die Schokoladentorte kam.

»Bringen Sie mir eine andere Tasse Kaffee!« sagte er. »Der da ist schon kalt geworden.«

»Sie müssen diese Tasse aber bezahlen.«

»Ja, ja, schon recht!«

»Warum haben Sie ihn denn kalt werden lassen?« fragte sie.

Er sah zu ihr auf. Sie war eine Frau von vierzig oder mehr Jahren, mit einer hochgetürmten Frisur. Jedenfalls war sie nicht nur eine Kellnerin. Sie leistete Widerstand.

»Nur so«, sagte er. »Weiß selber nicht warum.«

Sie schüttelte den Kopf, aber freundlich. Irgendwie schien ihr die Antwort zu genügen, vielleicht nur, weil sie so leise gegeben worden war.

Er aß die Schokoladentorte. Er hatte sie nicht nur bestellt, um für eine Weile mit der Tasse allein sein zu können. Schon auf dem ganzen Weg hierher hatte er sich vorgenommen, ein Stück Schokoladentorte zu essen. Sie schmeckte ungefähr so, wie er sich den Geschmack von Schokoladentorte vorgestellt hatte.

Die zweite Tasse Kaffee sah genauso aus wie die erste.

Er goß etwas Rahm hinein, beobachtete, wie die Rahmwölkchen in dem Kaffee aufstiegen, sich verteilten. Dann zog er die Zuckerdose heran, entfernte das Papier von zwei Stücken Zukker und schob die Würfel vorsichtig in die Tasse. Er nahm den Löffel und rührte um. Das alles tat er nicht nur, weil er wußte, daß die Kellnerin jetzt in einiger Entfernung von ihm stand und ihn aus den Augenwinkeln beobachtete.

Nachdem er den Kaffee getrunken hatte, entfaltete er die Zeitung, versuchte, darin zu lesen. Es gelang ihm nicht.

Statt dessen schaute er zum Fenster hinaus.

Jetzt hätte er gern geraucht. Er hätte sich in dem Café eine Packung Zigaretten kaufen können. Er konnte sich später nie erklären, warum er nicht auf diese einfache Idee gekommen war.

JESUSKINGDUTSCHKE

Für Walter Heist

Das ist nur eine Platzwunde«, sagte Carla, während sie Marcels Schädeldecke untersuchte. »Nur oberflächlich.«

Sie schob seine schwarzen Haare auseinander und prüfte den Verlauf der Wunde, so gut es im Licht der Laterne ging. Marcel stand an den Lampenpfahl gelehnt, Blut rann ihm in zwei Bahnen über das Gesicht, er wischte es vorsichtig weg, wenn es ihm in die Augen drang.

»Er muß verbunden werden«, sagte Carla zu Leo. »Am besten bei mir in der Klinik. Ob wir hier irgendwo ein Taxi auftreiben?«

Carla war Medizinstudentin. Sie diente gerade ein Praktikum ab, im Moabiter Krankenhaus.

»Du solltest erst einmal nach Hause, dich umziehen«, sagte Leo. »Du mußt ja bis auf die Haut naß sein.«

Sie schüttelte den Kopf. »Nicht nötig«, sagte sie, »der Mantel hat das meiste abgehalten. Ich hab in der Klinik Sachen zum Wechseln.«

Ihre Haare, die genauso schwarz waren wie die von Marcel, klebten ihr am Kopf. Sie trug einen hellen Regenmantel, der mit einem Gürtel geschlossen war.

Während sich Leo zwang, das Blut zu betrachten, wie es in Marcels Bart sickerte, hörte er hinter sich die Schritte der Demonstranten, die durch die Kochstraße abzogen. Sie liefen nicht mehr, weil die Polizei nur bis zur Ecke Charlottenstraße angegriffen hatte. Der Wasserwerfer dort war noch immer in Tätigkeit, obwohl die Straße schon leer war. Leo, sich von Marcel und Carla abwendend, sah dem Strahl zu, wie er von den Scheinwerfern jenseits der Mauer illuminiert wurde. Plötzlich wurde er abgedreht. Sekundenlang herrschten nichts als Schweigen und der schwarze Glanz der nassen Fahrbahn. Dann erst wurden die Polizisten im Hintergrund der Straße sichtbar, es wimmelte von ihnen, nichts wie Helme und Mäntel um das Pressehaus, hinter dessen Fenstern alle Lichter brannten. Ungefähr hundert Meter vor dem Wasserwerfer, fast schon an der Ecke zum Checkpoint Charlie, lag ein Mann auf dem Bürgersteig, mit dem Gesicht nach unten. Ein Zivilist, anscheinend ein Arzt, den die Polizisten durchgelassen hatten, die in mehreren Ketten den Sektorenübergang zernierten, ging auf den Liegenden zu.

Möglich, daß trotz der Tumulte ein paar Taxis vor der U-Bahn-Station Kochstraße stehen, dachte Leo, aber in diese Richtung gehen hieße der Polizei direkt in die Fänge laufen.

»Kommt!« sagte er. »Am Askanischen Platz gibt es Taxis.«

Sie waren unter den letzten, die den Schauplatz verließen. Als sie durch die Anhalter Straße gingen, war die Nacht irgendeine April-Nacht in Berlin, kühl und leer. Jedesmal, wenn sie in einen Lichtkreis gerieten, stellte Leo fest, daß Carla Marcel aufmerksam beobachtete; offenbar befürchtete sie, das Blut würde auf einmal zu quellen beginnen, hell und in Strömen.

Am Grün-Rondell des Askanischen Platzes stand eine einzige Taxe. Der Fahrer hatte einen Arm aufs Steuerrad gestützt und den Kopf in die Hand gelegt, er schien zu schlafen, aber als Leo schon die Hand am Türgriff hatte, sagte er, ohne seine Stellung zu verändern: »Lassen Se man die Pfoten wech! Ick fahre keene Studenten.«

Wie immer, wenn ihm etwas Derartiges zustieß, dachte Leo zuerst einmal an seine Bärenkräfte, daran, daß viele seiner Bekannten ihn einen Bullen nannten. So, wie er gebaut war, würde er den Mann mit einem einzigen Griff aus seinem Auto heben. Aber als er schon nach der Türe neben dem Fahrersitz greifen wollte, fiel ihm ein, wie er vor einer halben Stunde versäumt hatte, den Schlag abzuwehren, der Marcels Kopf getroffen hatte.

»Wir haben einen Verletzten bei uns«, sagte Carla. »Er muß so schnell wie möglich behandelt werden.«

Der Mann gab keine Antwort, sondern kurbelte nur das Wagenfenster hoch. Sie sahen, wie er nach dem Mikrophon seines Sprechfunkgeräts griff.

»Gehen wir zum Halleschen Tor!« schlug Leo vor. »Mit der U-Bahn bis Wedding und dann umsteigen nach Putlitzstraße.«

»Und dort müssen wir noch mal in die U-Bahn umsteigen«, sagte Carla. »Wenn wir zu Fuß durch den Tiergarten gehen, sind wir schneller da.«

Leo mußte ihr recht geben. Er wäre nur gerade jetzt gern mit der U-Bahn vom Halleschen Tor nach Wedding gefahren. Auf dieser Strecke fuhren die Züge unter der Friedrichstraße längs durch Ostberlin, ohne zu halten. Das Licht in den meistens fast leeren Waggons wurde schwächer, man saß in einer achromatischen Dämmerung, in der die Stationen auftauchten, gelb gekachelte Wolken. Stadtmitte, Französische Straße, Oranienburger Tor. Auf den Bahnsteigen standen immer zwei Volkspolizisten nebeneinander, die Gewehre über die Schultern gehängt.

Sie gelangten an den Landwehrkanal, wandten sich nach rechts. Reichspietschufer, las Leo. Die Nacht sollte eigentlich nach Mord riechen, dachte er, nach Köbis und Reichspietsch, nach Liebknecht und Luxemburg, von Rechts wegen sollte sie eine nach Hilfe schreiende Nacht sein, aber sie war nur schlecht beleuchtet und aprilen, das Wasser des Kanals stand dicht und nichtssagend zwischen den hellen Steinböschungen, manchmal fuhr ein Auto durch die schwach sich bewegenden Lichtkreise, die auf dem Boden der Uferstraße lagen.

Rechts stand jetzt wieder die Mauer, manchmal nur als kurzes Verbindungsstück zwischen den Wänden von Lagerhäusern, dann wieder in längeren Fronten. Sie folgten ihr, indem sie in die lange verlassene Straße nach Norden einbogen, die Linkstraße. Hinter der Mauer ein diffuser Lichtschein; das machte die Seite, auf der sie gingen, noch dunkler.

In der Linkstraße tat Marcel zum erstenmal wieder den Mund auf.

»Lukács' Kritik an Bucharin ist doch falsch«, sagte er. »Bucharin hat einiges schon damals gesehen, was Lukács eben noch nicht gesehen hat.«

»Sag mal«, fragte Leo, »hast du etwa den Bucharin aufgetrieben?«

»Ja«, sagte Marcel, »bei dem Antiquar in der Flensburger Straße. Ich dachte, ich seh' nicht recht. Die deutsche Ausgabe von 1922.«

»Mensch!« sagte Leo. »Wann kann ich sie kriegen?«

»Vorläufig noch nicht. Wir machen erst mal ein Seminar darüber.«

Marcel studierte Soziologie. Nachdem das Institut aufgeflogen war, bestimmten die Studenten einstweilen die Seminar-Themen.

»Bucharin sieht als einziger die Rolle der Technologie«, erklärte Marcel. »Er sagt: ›Jedes gegebene System der gesellschaftlichen Technik bestimmt auch das System der Arbeitsverhältnisse zwischen den Menschen.‹ Und gerade deswegen greift Lukács ihn an. Er behauptet, Bucharin identifiziere die Technik mit den Produktivkräften...«

»Was nicht einmal so falsch wäre.« Leo unterbrach ihn. »Bei uns in der Architektur sind beide identisch, möchte ich behaupten.«

»Na schön«, sagte Marcel, »aber Bucharin geht nicht einmal so weit. Er sagt nur, daß die Entwicklung der Gesellschaft von der Entwicklung der Technik abhängt. Und Lukács nennt das einen ›falschen Naturalismus‹.«

Sie hörten plötzlich auf zu sprechen, weil ein Polizei-Jeep neben ihnen hielt. Der Polizist, der neben dem Fahrer saß, sprang heraus und kam auf sie zu.

»Darf ich um Ihre Ausweise bitten!« sagte er.

»Warum denn?« fragte Leo. »Dürfen wir hier nicht gehen?«

»Wenn Sie Schwierigkeiten machen wollen, können Sie gleich einsteigen!« sagte der Beamte.

Leo holte seinen berliner Personalausweis heraus und reichte ihn dem Mann. Als Studenten waren sie daran gewöhnt, ohne Grund kontrolliert zu werden; sie trugen darum immer Ausweispapiere bei sich.

Der Polizist sah Marcel an. »Was ist denn mit Ihnen los?« fragte er.

»Er ist gestürzt und hat sich den Kopf aufgeschlagen«, sagte Carla.

»So«, sagte der Polizist. »Einfach so gestürzt.«

»Nein«, sagte Carla, »nicht einfach so gestürzt, sondern gestürzt. Das gibt es. Ich arbeite im Moabiter Krankenhaus, und wir bringen ihn gerade dorthin.«

Sie gab ihm ihren westdeutschen Paß. Er zog ein Notizbuch hervor und begann, ihre Namen einzutragen.

»Sie haben nicht das Recht, uns aufzuschreiben«, sagte Leo.

»Sie würden sich wundern, wenn Sie wüßten, wozu ich das Recht habe«, erwiderte er, ganz ruhig.

Leo spürte, wie Carla ihre Hand auf seine Schulter legte.

»Keine Angst«, sagte er laut. »Ich tu ihm schon nichts.«

Der Polizist sah ihn an. »Sie sollen vorhin einen Taxifahrer bedroht haben«, sagte er.

»Das ist nicht wahr«, sagte Carla. »Er hat sich geweigert, uns zu fahren, und wir haben kein Wort gesagt und sind weggegangen. Kein Wort! Obwohl er gesagt hat, daß er Studenten nicht fährt.« Sie schrie es fast.

Nicht einmal dieser Polizist überhörte es, daß sich hier jemand sein Recht holen wollte. Er ließ von Leo ab.

»Ihren Ausweis noch!« sagte er zu Marcel, während er Carla und Leo die Papiere zurückgab.

Als er Marcels Schweizer Paß sah, wurde er beflissen.

»Wir bringen Sie zur nächsten Unfallstation, wenn Sie es wünschen«, sagte er.

»Ich wünsche«, sagte Marcel, »daß Sie auch meinen Namen noch in Ihr Buch schreiben.«

»Das ist nicht nötig«, erwiderte er.

Marcel schnappte seinen Paß von den Fingern des Polizisten weg, drehte sich um und ging weiter.

Den Kerl einfach stehenlassen war nicht nur ein guter Abgang gewesen, dachte Leo, als er und Carla Marcel folgten, sondern auch die beste Taktik. Wer weiß, was alles passiert wäre, wenn ich noch lange diesem Polypen gegenübergestanden hätte. Ach was, dachte er sofort, das ist Angabe. Ich bin ein Angeber. Gar nichts wäre passiert. Und Marcel weiß es vielleicht. Wenn er vorhin, ehe er den Schlag bekam, noch fähig gewesen ist zu beobachten, was um ihn herum vorging, dann müßte er es wissen. Dann ist er vielleicht so schnell weggegangen, weil es ihm peinlich war, mit anzuhören, wie ich eine Lippe riskierte. Eine Lippe und sonst nichts.

Aber Marcel schien an ganz anderes zu denken. Noch während sie hörten, wie der Jeep hinter ihnen wendete und wegfuhr – das Geräusch hörte sich an wie ein Fluch, der in der Nacht verklang –, setzte er schon ihr Gespräch fort.

»Bucharin hat bestritten, daß man die Geschwindigkeit der gesellschaftlichen Prozesse voraussagen kann«, berichtete er. »Er wollte aus der Soziologie eine Naturwissenschaft machen. Man muß das mal durchdiskutieren. Übrigens sind die meisten bei uns schon gegen ihn. Er ist ihnen zu vorsichtig. Manche sagen sogar, er sei ein Pessimist. Sie stimmen Lukács zu, der natürlich ganz genau das Gefährliche an Bucharin erkannt hat und ihn mit Lenin niederknüppelt. ›Es gibt Revolutionäre, die zu beweisen versuchen, daß es keinen Ausweg aus der Lage gibt. Dies ist ein Fehler. Unbedingt aussichtslose Lagen gibt es nicht.‹«

»Hat Lenin das gegen Bucharin gesagt?« fragte Leo.

»Ach wo, keine Rede. Lukács zitiert es einfach aus irgendeiner Ansprache Lenins, die mit Bucharin gar nichts zu tun hat. Aber es ist genial zitiert. Lukács zitiert immer genial.«

Er blieb plötzlich stehen.

»Leo«, fragte er, »sind wir in einer unbedingt aussichtslosen Lage?«

»Im Gegenteil«, antwortete Leo, »denk doch nur mal daran, was wir schon alles in Gang gebracht haben. Mit nichts als ein bißchen Rabatz in den Universitäten und mit ein paar Demonstrationen. Wir fangen doch grade erst an.«

Er hatte geantwortet, ohne sich zu besinnen, und doch schien es ihm sogleich, als sei er nicht ganz ehrlich gewesen, als habe er Marcel nur beschwichtigen wollen. Aber es war wirklich seine Ansicht, er hatte nicht nur Marcel zuliebe, auf dessen Gesicht sich das Blut schon zu verkrusten begann, so dahergeredet. Um ihn abzulenken, sagte er, während sie schon weitergingen: »Nu laß man Lukács zufrieden! Er hat sehr gute Sachen geschrieben. Kennst du ›Erzählen oder Beschreiben‹?«

Als Marcel verneinte, wollte Leo ihm die Vorzüge von Lukács' ›Erzählen oder beschreiben‹ auseinandersetzen, aber Carla unterbrach ihn.

»Wißt ihr eigentlich«, fragte sie, »wie Bucharin umgekommen ist?«

»Natürlich wissen wir das«, antwortete Leo. »Stalin, die Schauprozesse und so weiter.«

»Wörter«, sagte Carla. »Leere Sprachhülsen: Stalin, Schauprozesse.«

»Was willst du damit sagen?«

»Bucharin hat sich vor Gericht als verbrecherischen Charakter bezeichnet. Er hat Trotzki verleugnet. Am Morgen seiner Erschießung mußte man ein wimmerndes Stück Fleisch aus der Zelle ziehen. Noch das Exekutionskommando hat er um sein Leben angebettelt.«

»Unsinn«, sagte Marcel. »Lies Merleau-Ponty, wenn du wissen willst, wie der Prozeß gegen Bucharin verlief!«

»Ich habe ihn gelesen«, antwortete Carla heftig.

Während sie sich stritten, begann Leo einen Stein zu kicken, der vor ihm auf der Straße lag. Er mußte einfach etwas tun. Diese Nacht wurde zur reinsten Katastrophe. Er rannte eine Weile hinter dem Stein her, kickte ihn immer weiter, dann blieb er stehen und wartete.

»Warum bist du eigentlich bei uns?« hatte er Carla einmal gefragt, kurz nachdem er sie kennengelernt hatte, vor ungefähr einem Jahr. Sie hatte ganz klare Auskünfte geben können. Ihr Vater, Chefarzt an einer Klinik in Duisburg, Chirurg – auch Carla wollte Chirurgin werden –, war in seiner Jugend einmal kurze Zeit in einem Konzentrationslager gewesen. Er hatte Carla eine ziemlich primitive, aber wirksame Theorie des Widerstandes beigebracht. »Wir haben damals alle gekuscht«, pflegte er zu sagen, »alle, ohne Ausnahme. Wir ließen uns einfangen wie die Hasen. Niemand, ich wiederhole: niemand ist auf die Idee gekommen, daß man gegen Gewalt Gewalt setzen könnte. Niemand hat gekämpft, ich meine wirklich gekämpft, mit der Waffe in der Hand. Es ist doch aussichtslos, hieß es immer. Du bist nur ein Mädchen, Carla, aber halte dich an die, die kämpfen, wenn sie vor der Gewalt stehen!« Der alte Herr – er war übrigens erst in den Fünfzigern – verhielt sich auch jetzt konsequent; er schrieb seiner Tochter verständnisvolle Briefe, diskutierte mit ihr jedoch taktische Fragen, um sie vor ausgesprochenen Dummheiten zu bewahren. Carla ist ein klarer Fall, dachte Leo, sie besitzt ein perfektes Über-Ich, ihren Vater. Auf Carla ist Verlaß. Auf Carla ist viel mehr Verlaß als auf alle, die zu uns kommen, weil sie ihre Eltern spießig finden.

Sie gingen noch immer an der Mauer entlang, aber schräg links von ihnen lag jetzt die Philharmonie, Scharouns steinernes Zelt, das Leo stets bewunderte, wenn er es erblickte. Von weißem Licht umsponnen, machte es die Mauer zu irgendeiner Mauer.

»Entschuldigt«, sagte Marcel, »aber ich glaube, ich muß mich mal eben einen Moment hinsetzen.«

Er setzte sich auf das Trottoir. Carla kniete sofort neben ihm.

»Leg dich hin«, sagte sie, »und atme ein paarmal tief durch!«

Er streckte sich aus, und Carla schob ihren Arm unter seinen Kopf. Leo sah ihre nassen Strümpfe und Schuhe.

»Herrgott, Carla, du holst dir noch was«, sagte er.

Sie schüttelte nur den Kopf und beobachtete Marcels Atemzüge, während sie seinen Kopf hoch stützte, damit die Wunde nicht wieder zu bluten begann.

Leo schlenderte umher. Es war ihm peinlich, daß er nichts zu tun hatte. Nach einer Weile entdeckte er die Schrift an der Mauer. Die Mauer war hier von der Philharmonie her schwach ausgeleuchtet.

»Menschenskinder«, rief er, »kommt mal her!«

Marcel hatte sich schon wieder aufgesetzt. Carla stützte ihn beim Aufstehen. Sie gingen dorthin, wo Leo stand. Gemeinsam lasen sie die Inschrift JESUSKINGDUTSCHKE, die irgend jemand mit dicker roter Kreide in einer Zeile und in Großbuchstaben auf die Mauer geschrieben hatte. Da er zwischen den drei Namen keinen Raum gelassen hatte, war aus ihnen ein einziger Name geworden.

»Es gibt doch Irre unter uns«, sagte Leo. Er lachte auf.

Die beiden anderen blieben stumm. Nach einer Weile sagte Carla: »Weißt du, so irre finde ich das gar nicht.«

Marcel starrte finster auf die Buchstaben.

»Alle diese Apostel der Gewaltlosigkeit!« sagte er.

»Na, Dutschke kannst du doch nicht zu denen rechnen«, wandte Leo ein.

»Hör mir mit Dutschke auf!« sagte Marcel. »Er quatscht immer nur vom langen Marsch durch die Institutionen. Mehr ist ihm bis jetzt nicht eingefallen.«

Leo war bereit, über Gewalt und Gewaltlosigkeit zu diskutieren, aber als er sich zum Gehen wandte, erblickte er das Taxi, das auf dem Kemperplatz, neben der Philharmonie stand. Er hechtete los.

Im Auto sackte Marcel zusammen; mit geschlossenen Augen lehnte er in seiner Ecke.

Leo saß vorne neben dem Fahrer. Er drehte sich halb um und streckte seinen Arm nach rückwärts aus, aber Carla ergriff seine Hand nicht.

»Nicht«, sagte sie leise, »nicht jetzt.«

Im Tiergarten war es dunkel. Es war fast so, als führen sie bei Nacht durch eine offene Landschaft.

Leo zog seinen Arm zurück und setzte sich gerade hin. Er hatte heute schon einmal seinen Arm zurückgezogen.

Er sah wieder den Polizisten auf Marcel zukommen, der noch immer methodisch und selbstvergessen Steine warf, auch als die Polizei schon angriff und alle liefen. Es war ganz richtig, daß sie liefen, und außerordentlich dumm von Marcel, daß er stehenblieb und weiter Steine warf. Der Polizist rannte mit erhobenem Knüppel auf Marcel zu, und als er heran war, hätte es eines einfachen Handgriffs von Leo, der neben Marcel stand, bedurft, um ihn außer Gefecht zu setzen. Leo hätte nur den zum Schlag erhobenen Unterarm packen und den ganzen Arm mit einer kurzen, eisern drehenden Bewegung aus dem Schultergelenk kugeln müssen: der Mann hätte sich brüllend vor Schmerzen am Boden gewälzt. Er hatte es nicht getan. Zwar hatte er seinen Arm ausgestreckt, aber zu langsam, in einer berechnet langsamen Geste, von der er wußte, daß sie zu spät kommen würde, und die damit endete, daß er nicht den Polizisten, sondern Marcel am Arm ergriff, nachdem der Schlag ihn getroffen hatte, daß er Marcel herumriß, ihn nach hinten stieß, schleifte, trug, bei welchem Geschäft ihn übrigens die Polizisten in Ruhe ließen. Leo war es schon gewohnt, daß sie ihn nicht angriffen. Er war fast zwei Meter groß, von Gestalt ein Athlet, ein federnder Riese. Er war kein Bulle. Er war aktiver Sportler, hatte sich auf Kugelstoßen und Hammerwurf spezialisiert; der Trainer beschwor ihn, sich weniger mit Politik zu befassen, er sagte, wenn Leo sich ganz auf Kugelstoßen konzentrieren würde, wäre er in einem Jahr in der Weltklasse. Leo trug seine blonden harten Haare kurz geschnitten; mit seinem *crew-cut* und infolge der Art, in der seine Backenmuskeln sein Gesicht umrissen, hielten ihn fast alle zuerst für einen Amerikaner.

»Es war fabelhaft von dir«, hörte er Carla sagen, »daß du bei Marcel geblieben bist und ihn herausgeholt hast.«

Er atmete auf. Sie hatte also nicht beobachtet, was wirklich geschehen war. Außerdem stimmte es ja: er war bei Marcel geblieben. Nur daß er dann Angst bekommen hatte, ganz gewöhnliche physische Angst, und nicht einmal besinnungslose, sondern klare Angst. Er hatte haarscharf berechnet, was kommen würde, wenn er den Angreifer entwaffnet hätte: sie hätten sich zu fünft, zu zehnt auf ihn gestürzt und ihn total zusammengeschlagen. Und Marcel dazu. Den Schlag auf Marcels Kopf zuzulassen, war das kleinere Übel gewesen. Der ganze Prozeß war in seinem Bewußtsein abgelaufen. Es war, wie wenn er manchmal die Kugel nicht stieß, sondern aus seiner Handfläche in den Sand abrollen ließ, weil er festgestellt hatte, daß er nicht richtig atmete oder das rechte Bein nicht kraftvoll genug belastet hatte.

Die Lichtertürme des Hansaviertels. Die S-Bahn-Unterführung. Vor der Klinik mußten sie Marcel überreden, auszusteigen. »Laßt mich doch sitzen«, sagte er, »es ist so schön hier!« Carla sah besorgt aus.

Das Ambulatorium war ein fast leerer Raum. In der Praxis hat sich ergeben, dachte Leo, daß man in einem solchen Raum nicht mehr braucht als ein Untersuchungslager auf Rollen, einen Medikamentenschrank, drei Stühle. Er saß neben Marcel, weil Carla, als sie gegangen war, gesagt hatte: »Setz dich neben ihn! Es könnte sein, daß er umkippt.« Er dachte über rein funktionelle Räume nach. Dieses Untersuchungslager, dieser Medikamentenschrank erinnerten an nichts weiter als daran, daß sie ein Untersuchungslager, ein Medikamentenschrank waren. Solche Dinge, ein solcher Raum entsprachen seiner Vorstellung von Architektur – von Häusern und Räumen, die sich selbst definierten. Sie waren keine Fetische.

»Mir ist grausig schlecht!« Marcel sagte es so selbstvergessen, daß er Schweizerdeutsch sprach; er sagte ›gruusig‹, und das ch in schlecht brachte er ganz als Rachenlaut hervor. Leo sah sein bleiches Gesicht.

Gott sei Dank kam Carla jetzt zurück. Sie brachte einen Arzt mit. Obwohl sie nur ein paar Minuten weggewesen war, hatte sie es fertiggebracht, sich völlig zu verändern. Sie trug jetzt einen weißen Kittel und Turnschuhe, sie hatte ihre Haare getrocknet und gekämmt und dazu noch den Arzt aufgetrieben. Leo hatte sie noch nie in ihrer Arbeitsumgebung gesehen. Sie wirkte hier geschlossener, kompakter, fester als sonst. Er hätte sie gerne angefaßt.

Der Arzt war ein großer leptosomer und infolgedessen sich ein wenig gebeugt haltender Mann, um die Vierzig. Er ging sofort auf Marcel zu, stellte keine Fragen, sah sich nur die Wunde an, betastete sie und beobachtete Marcels Reaktionen. Leo hatte den Eindruck, daß Marcel dem Arzt sympathisch war. Marcel war allgemein beliebt. Er war schon ein Jahr in Berlin, aber er sah immer noch so aus, als käme er direkt aus dem Café Odeon in Zürich. Obwohl er seinen Bart ziemlich struppig wachsen ließ, obwohl er sich große Mühe gab zu verwildern, wirkte er hübsch. Sogar jetzt noch, dachte Leo, sieht sein Gesicht aus, als wäre es von Celestino Piatti entworfen, das Gesicht eines blutenden, bleichen und glühenden jungen Mannes auf einem Buchumschlag. Dabei war Marcel alles andere als ein Modell für angewandte Kunst; er war ein methodischer kleiner Kämpfer, störrisch, hartnäckig, ein Schweizer mit verletztem Rechtsempfinden.

Sie hatten sich in der Bibliothek der Technischen Universität kennengelernt, vergangenen Herbst, während Leo an seiner baugeschichtlichen Examensarbeit schrieb. Er hatte auf seinem Studienplatz eine kleine Handbibliothek angehäuft. Marcel erschien immer erst zwischen elf und zwölf Uhr, nahm rechts oder links von Leo Platz, wenn einer der beiden Stühle noch frei war, und las Zeitungen; gelegentlich schrieb er etwas auf einen Zettel.

»Entschuldige, wenn ich dich störe«, sagte er eines Tages zu Leo. »Bitte, was heißt ›Insulae‹?«

Er deutete auf das Titelblatt von Leos Arbeit. Es war also einfach Neugier gewesen, was ihn veranlaßt hatte, immer den Platz neben Leo aufzusuchen. Er gab es zu.

»Das Wort verfolgt mich«, sagte er, »seitdem ich es bei dir gesehen habe. Schreibst du einfach über Inseln?«

»Nein«, sagte Leo. » ›Insulae‹ hießen die Mietskasernen im antiken Rom.«

»Ein merkwürdiger Name für Häuser.«

»Die ›Insulae‹ waren die ersten Wohngroßbauten. Man grenzte jedes dieser Häuser durch Straßen und Freizonen ab, um die *plebs*, die in ihnen wohnte, kontrollieren zu können. Die größten ›Insulae‹ entstanden unter Nero. Es ist heute so gut wie sicher, daß Nero den neronischen Brand nur veranstaltete, weil er die Slums um das Forum loswerden mußte, die ein Dschungel geworden waren, in dem die *plebs* nicht mehr überwacht werden konnte.«

Sie sprachen im Flüsterton miteinander, wie es in der Bibliothek vorgeschrieben war.

»Bist du in Rom gewesen?« fragte Marcel.

»Ja, den ganzen Sommer«, antwortete Leo. »Ich hatte ein italienisches Stipendium für diese Arbeit.«

Da er, wie alle, Marcel sogleich anziehend fand, fragte er: »Und du, was machst du?« Er deutete, vielleicht eine Spur geringschätzig, auf Marcels Zeitung.

Marcel schob ihm seinen Zettel hin.

»Da«, sagte er, »das hab' ich heute gefunden. Nur heute. In einer einzigen Nummer.«

Leo nahm den Zettel und las erstaunt die Wörter, die Marcel in einer sehr geraden, ordentlichen, die Unterlängen verschlukkenden Schrift geschrieben hatte: *Nichtstuer – Gammler – Störenfriede – Pöbel – SA-Methoden – Krawallgier radikaler Halbstarker – Krawallbrüder – Rädelsführer – Politische Phantasten – Politisches Rowdytum – Provokateure – Halbstarke Wirrköpfe – Mob – Terror – Ausschreitungen – Kriminelle.* In einigem Abstand davon standen noch die Wörter *Die Anständigen* und *hart und konsequent.*

»Ich arbeite an einer sprachsoziologischen Untersuchung über Mordhetze«, flüsterte Marcel. »Titel: *Vor dem Pogrom. Über die Technik der Einrichtung von Ghettos durch Sprache.*«

Leo hatte auf den Zettel gestarrt. »Siehst du die Lage so schwarz?« hatte er gefragt.

»Du etwa nicht?« Auf den Zettel deutend, hatte Marcel gesagt: »Das hier wird zu Mord führen, soviel ist sicher.«

Der Arzt ließ von Marcel ab. Er hob die Achseln. »Wir müssen auf jeden Fall eine Aufnahme machen«, sagte er.

Er bat Leo, Marcel beim Auskleiden behilflich zu sein. »Wir müssen zuerst einmal die Wunde säubern«, sagte er zu Carla. »Ich sehe mal nach, ob OP Zwo frei ist.«

Als er gegangen war, sagte Carla zu Marcel: »Das geht nur mit Teilnarkose. Du wirst überhaupt nichts spüren.« Marcel verhielt sich teilnahmslos; in der Wärme, unter dem grellen grauen Licht ließ er sich gleichgültig ausziehen, ging aber allein in Unterhose und Hemd zum Untersuchungstisch und legte sich darauf. Sie sahen, daß er einen mageren und zierlichen Körper hatte. Carla breitete eine Wolldecke über ihn.

»Es ist also doch mehr als eine Platzwunde?« fragte Leo leise.

»In solchen Fällen besteht immer Frakturverdacht«, sagte Carla.

Sie schüttelte unwillig den Kopf, als Leo sagte: »Du siehst prima aus in deinem weißen Kittel.«

Der Arzt kam zurück und berichtete, der Operationssaal sei in zehn Minuten frei. Er fühlte noch einmal Marcels Puls, dann setzte er sich auf einen der Stühle. Offensichtlich war er müde.

Plötzlich hörten sie, wie er sagte: »Ihr schnappt nach dem Bonbon der Revolution statt nach dem Brot der Reform.«

Leo lag eine scharfe Antwort auf der Zunge, aber er überlegte sich, daß er Carla nicht in Ungelegenheiten bringen wollte. Vielleicht mußte sie sich mit diesem Medizinmann gut stellen. Leo hatte sich auf das Fensterbrett gesetzt, weil es dort am dunkelsten war; in diesem medizinischen Raum kam er sich zu groß, zu klotzig vor.

Es war Carla, die artwortete, ohne sich zu besinnen.

»Wir wollen nur nicht mehr die Scheiße dieser Gesellschaft fressen«, sagte sie.

Leo sah zu dem Arzt hinüber. Würde er irgendein Zeichen des Unwillens, des Ekels von sich geben? Aber er schien es schon gewohnt zu sein, daß Mädchen, die sich mit lang fallenden dunklen Haaren und blassen Gesichtern ein romantisches Aussehen gaben, bedenkenlos skatologische Ausdrücke in den Mund nahmen. Es schien, als zöge er sich wieder in seine Müdigkeit zurück.

»Gesellschaft«, sagte er nach einer Weile. »Es ist doch ganz gleichgültig, in welcher Gesellschaft man lebt. An einer Gesellschaftsordnung ist nur wichtig, ob sie von anständigen oder von unanständigen Leuten gemacht wird.«

»Ach du meine Güte!« sagte Carla.

Leo schaltete sich ein. »Also nur ein paar nette Leute an die Spitze«, sagte er, »und schon haben wir einen anständigen Kapitalismus. Glauben Sie wirklich an so was?«

»Oder einen anständigen Kommunismus«, antwortete der Arzt. »Ja, eigentlich ist das meine Meinung.«

»Eine unbrauchbare Elite-Theorie«, sagte Leo. »Hört sich gut an, wie alle diese liberalen Phrasen, aber ...«

Eine Schwester unterbrach ihn. Sie meldete, der OP-Raum sei vorbereitet. Zusammen mit Carla rollte sie den Tisch hinaus, auf dem Marcel lag. Der Arzt lächelte Leo höflich zu, als er ihnen folgte. Leo bedauerte, daß er ihm das Wort *Phrasen* an den Kopf geworfen hatte.

Sein Vater war noch auf, als er nach Hause kam. Sie bewohnten ein Reihenhaus in Lankwitz, er und sein Vater. Seine Mutter war bei seiner Geburt gestorben. Sein Vater war von 1933 bis 1945 im KZ gewesen, und als er herauskam, hatte er nichts Eiligeres zu tun gehabt, als ein Kind zu machen, an dem die vom Krieg und vom Warten erschöpfte Frau gestorben war. »Wenn sie wüßte, wat du für'n Laban jeworden bist!« sagte Leos Vater manchmal. Er selber war eher klein und mager. Jetzt war er fünfundsechzig und sah aus, als sei er Leos Großvater, nicht sein Vater. Er war Schlosser bei Siemens gewesen; sie hatten ihn vor drei Jahren als Werkmeister pensioniert. Von dem Geld, das er für die Jahre im KZ erhalten hatte, ließ er Leo studieren; zusammen mit den hundertachtzig Mark vom *Berliner Modell* reichte es gerade.

»Ick mache deine zwölf Jahre Oranienburg wieda jut«, hatte Leo einmal gesagt. Zu Hause, mit seinem Vater, berlinerte er.

»Laß man, denk nich dran!« hatte sein Vater erwidert. »So mußte et ehm't kommen.«

In Wirklichkeit war er nicht der Meinung, es hätte eben so kommen müssen. Daß er 1933 Mitglied der Stadtteil-Leitung Wedding der KPD gewesen war, hatte ihn zwölf Jahre seines Lebens gekostet. Seine Ansicht über die Partei pflegte er in dem Satz zusammenzufassen: »In der Theorie war die Partei imma jroß.« Und er fügte hinzu: »Nischt wie allet imma jenau voraussagen, is ooch nich abendfüllend.«

Leo mußte ihm die Demonstration vor dem Pressehaus genau schildern. Er nickte anerkennend.

»Allerhand, wat ihr so fertichbringt!« sagte er. »Und allet so aus der la meng. Ohne Orjanisation, ohne Partei!«

Sie saßen in der Küche. Leo, der seit dem Nachmittag nichts mehr gegessen hatte, aß ein Wurstbrot, trank helles Bier.

»Wenn ick denke, wie jenau wir imma übalecht haben, ehe wir wat riskierten«, sagte sein Vater.

Er rauchte eine gebogene Pfeife, stieß graues Gewölk aus.

»Ob et jut is, det ihr so wenich übalecht? Ick jloobe, ihr wißt janich, mit wem ihr euch da anlecht. Der Rudi Dutschke hat's bestimmt nich jewußt.«

Leo beobachtete, wie das KZ-Trauma seinen Vater förmlich schüttelte.

»Vater«, sagte er, »et hilft allet nischt. Wir müssen unsere Erfahrungen alleene machen.«

»Ick weeß schon«, erwiderte sein Vater, wieder gefaßt. »Nur det ihr jetzt in eure Niederlaje looft, det steht fest.«

Leo hatte keine Lust, über Sieg oder Niederlage zu sprechen; sein Vater hatte ihn auf einen ganz anderen Gedanken gebracht. Wenn eine große revolutionäre Partei, dachte er, zu lange überlegt hatte, ehe sie etwas riskierte, dann durfte auch er möglicherweise einmal überlegen, die Folgen bedenken, das kleinere Übel wählen, anstatt besinnungslos zuzuschlagen, nur weil ein Freund in Gefahr war.

Nur daß eine solche Erwägung natürlich alles veränderte.

Er mußte diese Frage Marcel vorlegen. Wenn Marcel keine Fraktur hat, überlegte er, werde ich morgen zu ihm gehen und ihm erzählen, daß ich den Schlag gegen ihn hätte abwehren können. Er stellte sich vor, wie Marcel reagieren würde.

»Das ist doch ganz unwichtig«, würde er wahrscheinlich sagen. »In jedem Kampf gibt es wechselnde subjektive Situationen.«

Leo würde versuchen, es ihm so geduldig wie möglich zu erklären. »Ich habe Angst vor der Gewalt gehabt«, hörte er sich sagen. »Da kann ich doch nicht mehr dafür eintreten, daß andere die Gewalt anwenden, zu der mir der Mut fehlt. Und zu denen, die du die Apostel der Gewaltlosigkeit nennst, kann ich mich jetzt auch nicht mehr schlagen – sanft sein, weil man feige ist: also nein!«

Was würde Marcel dagegen vorbringen? Leo fielen keine schlagenden Argumente ein, die er Marcel in den Mund legen könnte. Natürlich, Marcel würde einen methodischen Vortrag halten: über die objektive Bedeutung der Gewalt, über die Zersetzung des revolutionären Denkens durch Psychologie. Und das alles nicht einmal, um Leo zu trösten, um ihm über das Peinliche wegzuhelfen, sondern weil er wirklich an die Macht objektiver Erkenntnisse glaubte, daran, daß ihnen gegenüber subjektive Schwächen gar nicht ins Gewicht fielen. Was bedeutete ein einziges sekundenschnelles Versagen in der langen Geschichte der Revolution? Nichts.

Zuletzt würde er seinen geliebten Merleau-Ponty zitieren. »Der euphorische Revolutionär stammt aus der Bilderfabrik von Epinal«, würde er sagen.

Als sein Vater schlafen gegangen war, rief Leo im Krankenhaus an. Es dauerte eine Ewigkeit, bis er Carla an den Apparat bekam.

»Marcel ist in Ordnung«, sagte sie. »Er hat keine Fraktur. Er muß nur zwei oder drei Tage in der Klinik bleiben.«

Sie teilte ihm die Besuchszeiten mit. Er spürte, wie sie darauf wartete, daß er etwas mit ihr vereinbarte. Sie war nicht mehr abweisend wie vorhin.

Nachdem er eingehängt hatte, überlegte er, daß ihm noch einiges an Material für die ›Insulae‹-Arbeit fehlte. Es gab da einige Häuser in Ostia, die er noch nicht untersucht hatte. Sein Vater würde ihm das Geld für die Reise geben. Er brauchte nicht viel.

Ein Vormittag am Meer

Sie hatten sich vorgenommen, im Urlaub früh aufzustehen, schon morgens am Strand zu sein, wenn noch niemand am Strand war, aber statt dessen schliefen sie lange und frühstückten spät. Die Kinder waren schon vor ihnen auf, und sie hörten im Halbschlaf, wie sie in dem Garten hinter dem Haus spielten. Der Garten war weiter nichts als ein Stück gerodeter Waldboden mit ein paar Büschen darauf, von Maschendraht umzäunt.

Nach dem Frühstück ging seine Frau mit den Kindern, zwei kleinen Mädchen von vier und fünf Jahren, zum Strand. Er sah ihr zu, wie sie die große rote Badetasche packte. Sie trug ein kurzes blaues Kleid und Leinenschuhe in der Farbe ihrer Haare, einem verschossenen ausgebleichten Blond. Ihre Arme und Beine waren braungebrannt.

Die Place Gambetta, an der das Haus stand, das sie gemietet hatten, war gar kein Platz, sondern bloß eine weite sandige Fläche, von Kiefern bestanden, unter denen seine Frau und die Kinder davongingen, auf die Düne zu. Die Kiefern warfen lichte Schatten auf sie. Die Kinder drehten sich manchmal nach ihm um und schrien ihm irgend etwas zu. Auch seine Frau wandte sich einmal zu ihm zurück und winkte. Sie trug eine große dunkle Sonnenbrille, die ihr braungebranntes Gesicht noch kleiner und fester machte, als es ohnehin schon war.

Er ging ins Haus, um sich sein Buch zu holen. Das Haus war geschmacklos möbliert, mit neuen, falsch geschwungenen Eisenstühlen und billigen polierten Furnieren. Es kostete für drei Wochen 1500 Francs. Seine Frau hatte es für viel zu teuer gehalten, aber er hatte ihr nachgewiesen, daß sie es sich leisten konnten. Er war Tiefbauingenieur, Angestellter am Bauamt in Dortmund. Alles in allem verbrauchte er für diese Reise an die Atlantikküste, seinen Jahresurlaub, nur wenig mehr als ein Monatsgehalt.

Er ließ sich in einem Liegestuhl vor dem Haus nieder, nachdem er den Sonnenschirm so gestellt hatte, daß er ihm Schatten gab. Er hätte seinen Urlaub lieber nicht in einem Seebad verbracht. Seiner sehr empfindlichen Haut wegen konnte er nicht den ganzen Tag am Strand verbringen. Außerdem langweilte er sich dort, auf einem Badetuch im Sand liegend. Er veränderte immer wieder seine Lage; von Sandkörnern oder der Sonne gepeinigt, sprang er stets von neuem auf, um kurze nutzlose Gänge zu machen. Nur das Baden selbst befriedigte ihn. Aber seine Frau liebte Seebäder, das Meer, und für die beiden kleinen Mädchen war es das beste.

Ehe er zu lesen begann, beobachtete er die Franzosen, die über den Platz zum Strand gingen. Sie erschienen in geschlossenen Familien oder in Kameraderien. Es gab keine Einzelgänger, fast keine einzelnen Ehepaare. In ihrem Auftreten, ihren Stimmen waren sie schärfer, selbstbewußter als die Deutschen. Sie waren eine Nation. Er war froh darüber, daß ihm nur selten der Gedanke kam, einer Nation anzugehören. Die französischen Kinder aus den Ferienlagern im Wald zogen in geordneten Scharen, Lieder singend, über die Place Gambetta.

Er las ein Buch über die Katharer. Das Thema des Katharismus interessierte ihn, seitdem er vor einiger Zeit im Fernsehen einen Kulturfilm über katharische Kultstätten in Südfrankreich gesehen hatte. Die Katharer gaben eine Erklärung für die Existenz des Bösen: sie glaubten, oder vielmehr sie hatten geglaubt, denn sie waren vollständig ausgerottet worden, die Schöpfung sei nicht das Werk Gottes, sondern des Teufels. Er dachte: Wenn ich religiös wäre, wäre ich Katharer. Er hatte das Buch mitgenommen, weil er festgestellt hatte, daß das Seebad, in das sie fuhren, in einem Gebiet lag, in dem der katharische Glaube geherrscht hatte; aber auf seinen Spazierfahrten in das Hinterland hatte er nichts gefunden, was an diese Vergangenheit erinnerte. Vielleicht hätte er sich an einen Heimatforscher wenden müssen, aber dafür sprachen er und seine Frau zu wenig Französisch.

Er las nur wenige Seiten, konnte sich nicht auf die Lektüre konzentrieren. Der Himmel über den Kiefernwipfeln war zu grell, zu hellblau, zu flach. Auch die Badegäste, die Jugendlichen auf ihren Fahrrädern, die Autos paßten nicht zu dem Thema. Er ging in das Haus, trank ein Glas Mineralwasser, obwohl er keinen Durst hatte. Er setzte sich an den Eßtisch, zog seine Reiseschreibmaschine über die Platte aus billigem poliertem Furnierholz heran und schrieb einen Brief an seine Bank. Er war vor der Abreise nicht mehr dazugekommen, seine Zahlungen zu erledigen. Folgende Zahlungen waren zu leisten: DM 231.50 für Licht und Strom im zweiten Vierteljahr 1970, DM 4880.– für Hypotheken-Zinsen plus Amortisation seines Hauses in einer Dortmunder Stadtrandsiedlung, DM 115.20 für die Inspektion seines Autos (VW 1500 bei Kilometerstand 25000), DM 72.80 für Telefon, einige kleinere Ratenzahlungen. Am längsten dachte er über die Zahlung für sein Haus nach. Er hatte, um es erwerben zu können, eine Hypothek von 80000 Mark aufnehmen müssen, zu 8 Prozent, so daß er also halbjährlich 3200 Mark zu zahlen hatte, zuzüglich 2000 Mark Amortisation für jedes Halbjahr. (Der Betrag verringerte sich also mit der Zeit, wenn auch unbeträchtlich.) Seine Frau hatte ihm vor drei Jahren, als er den Entschluß faßte, das Haus zu kaufen, davon abgeraten, doch er hatte ihr vorgerechnet, daß sie – wenn man die Zinsen als Miete betrachtete – monatlich nur DM 533.– bezahlten, nach zwei Jahren Kapital-Abzahlung beispielsweise nur noch DM 480.–. Ja, aber, hatte sie gesagt, du zahlst an Zinsen insgesamt mehr als den Betrag der Hypothek, das Haus kostet dich also mindestens das Doppelte von dem, was sein Bau wirklich gekostet hat. Seine Frau war vor ihrer Heirat Sekretärin gewesen.

Er schrieb die Aufstellung, adressierte den Umschlag, schloß den Brief. Er war stolz darauf, daß er alle seine Zahlungen regelmäßig von den Rücklagen aus seinem Gehalt bestreiten konnte. Er war überhaupt stolz auf sich, auf die vollkommen geordneten, klaren Verhältnisse, in denen er sich befand. Obwohl er nur die Ingenieurschule besucht hatte, nicht die Technische Hochschule, war es ihm gelungen, einen nicht subalternen Posten am Stadtbauamt zu bekommen. Er würde eines Tages ins Beamtenverhältnis übernommen werden. Nach den Examen hatte er ein paar Jahre für private Baufirmen gearbeitet, aber ihre Profitgier widerte ihn an, und er strebte instinktiv nach Sicherheit. Er war der Ansicht, das gesamte Bauwesen, zu dem er auch die Hypotheken-Banken rechnete, müsse, nach Art der Bahn oder Post, in eine große staatliche Behörde verwandelt werden. Aus diesem Grunde war er auch Mitglied der Sozialdemokratischen Partei; obwohl die Pläne der Partei nichts dergleichen vorsahen, fühlte er sich mit seinen Gedanken doch bei ihr aufgehoben.

Er streifte seine Hose ab, zog die Badehose an, dann die Hose wieder darüber. Er schloß das Haus ab und ging, Sandalen an den Füßen, zum Strand. Von der Höhe der Düne aus stellte er, wie jeden Tag, befriedigt fest, daß der Strand zu riesig war, als daß die Badegäste, selbst in der Hochsaison, ihn bedecken konnten. Sie bildeten da und dort Kolonien, lockere, sich ständig verändernde Aggregatzustände aus Körpern und Sonnenschirmen, aber zwischen ihnen blieb die gelbe und weiße Fläche leer; leer verlor sie sich nach Süden und Norden in Horizonte aus hellgrauem Wasserstaub. Das Meer gliederte seinen Saum heute in einige lange, in weiten Abständen sich nähernde Wogen, deren weiß schäumende Kammhöhe er von hier oben aus nicht schätzen konnte; offenbar waren sie nicht gefährlich, denn die Strandwächter hatten am Mast neben ihrer Hütte den grünen Wimpel gesetzt, der das Baden freigab. Er schob einen Augenblick lang seine Sonnenbrille auf die Stirne, um die wirkliche Farbe des Ozeans festzustellen: er war eine einzige stählerne Masse, eigentlich farblos, unter einem Himmel aus Milchglas, so leer und bedeutungslos wie die Kinderschreie, die vom Strand zu ihm heraufdrangen.

Er fand seine Frau und die Kinder an der gleichen Stelle wie immer vor, unter dem blauen Sonnenschirm, den sie gemietet hatten. Die beiden kleinen Mädchen sprangen erfreut auf, als er kam, und er ging mit ihnen eine halbe Stunde lang am Strand spazieren, half ihnen, Muscheln zu finden. Als sie zurückkehrten, hatte seine Frau sich in die Sonne gelegt. Er zog sich aus und setzte sich in den Schatten des Sonnenschirms. Sie unterhielten sich halblaut über die Kinder und über die Badegäste, die in ihrer Nähe saßen oder lagen. Er war fünfunddreißig Jahre alt und im Jahre 1935 geboren. Er kannte seine Frau seit sieben Jahren, also seit 1963, geheiratet hatten sie vor fünf Jahren, sie war jetzt dreißig. Sie war noch immer schlank, und die Farbe ihrer Haare hatte sich nicht verändert; zu einem ›Pferdeschwanz‹ zusammengefaßt, lagen sie in einem verschossenen, ausgebleichten Blond auf ihrem braunen Rücken. Irgendwo hatte er einmal gelesen, eine Frau mit solchen Haaren werde auf französisch eine *fille aux cheveux de lin* genannt, und etwas später hatte er im Radio ein Klavierstück von Debussy gehört, das diesen Titel trug. Er hatte eine Plattenaufnahme davon besorgt, und eine Zeitlang hatten sie sich das Stück häufig zusammen angehört. Er nahm sich vor, die Platte herauszusuchen und sie ihr wieder einmal vorzuspielen, nach dieser Reise.

Sie hatte schon gebadet, so daß er ohne sie zum Wasser ging; nur die beiden kleinen Mädchen liefen hinter ihm her. Er kam an den beiden Strandwächtern vorbei, Polizisten aus Toulouse, die einen Kurs in Rettungsschwimmen gemacht hatten. Sie standen wie immer bewegungslos mit verschränkten Armen und blickten aufs Meer, Götterbilder ohne Hirn. Einer von ihnen sagte zu ihm: »Attention, monsieur!« Er wandte sich um und bemerkte, daß inzwischen der gelbe Wimpel gesetzt worden war, der den Badenden Vorsicht empfahl. Er nickte. Die beiden kleinen Mädchen blieben vor den ersten Schaumgirlanden zurück.

Er sah, daß die erste – oder die letzte! – Woge sich weit draußen und riesengroß brach. Entschlossen ging er auf sie zu; er wollte heute unbedingt schwimmen. Wenn der gelbe Wimpel flatterte, war es eigentlich verboten, zu schwimmen. Er hatte bereits Erfahrungen mit diesen Wellen gemacht und wußte, daß man sie untertauchen mußte, um sie zu überwinden. Eine Weile beobachtete er sie, wie sie hoch über ihm stand. Dann, als ihre inneren Massen sich wieder einmal erhoben, stieß er sich waagrecht in ihre grüne Basis hinein, fühlte eine Sekunde lang die Schwere ihres Sogs, kam aber sofort frei. Er bereitete sich sogleich auf die zweite dieser Wogen vor, durchstieß auch sie und befand sich danach auf dem hohen Ozean, der keine weiteren Schwierigkeiten bot. Sorgfältig schwimmend ließ er sich aus tiefen Tälern auf die Höhen des Wassers tragen. Er wußte, daß er sich, wenn er sich wieder dem Strand zuwandte, in Gefahr begab. Um diesen Augenblick hinauszuzögern, schwamm er immer weiter nach Westen. Er versuchte zu überlegen, wie er bei der Rückkehr mit dem Gegensog der vom Strand zurückflutenden Wassermassen fertigwerden könne, kam aber zu keinem Schluß.

Draußen verwandelten sich die Wogen in eine Dünung, von deren Höhe aus er den Strand als schmalen Strich erblickte, eine dünne zitternde Horizontale aus Schirmen und Schatten, sehr weit weg. Er entschloß sich umzukehren. Er war sehr überrascht, als ihn noch auf offener See, noch lange vor der Zone der Brandungswellen, eine Sturzsee im Rücken traf und ihn in den Katarakt ihres Zusammenbruchs schleuderte. Er schluckte Wasser. Er kam frei, aber nur, um zu erkennen, das bereits die nächste der großen Wände über ihm war. Sie drückte ihn zu ihrem Grund hinab, wo er voller Entsetzen wahrnahm, wie sein Körper sich zu drehen begann. Er verlor die Richtung, einmal spürte er den Sand des Meerbodens, dann war nur noch Wasser um ihn, eine fließende Schwere, seine Augen füllten sich mit der Farbe Grün.

Noch schöner wohnen

Basis

Wer ist Albert Lins, der vergangenen Freitag, den 24. September 1965, Gorteen House, einen Landsitz im westlichen Irland, an der Küste von Connemara, gekauft hat? Zusammen mit Theo Maurer besitzt er die Stahlwarenfabrik Maurer & Lins Aktiengesellschaft, Stuttgart, Hauptproduktionszweig Eimer und Töpfe. Nominelles Aktienkapital DM 200000.–, das den beiden Teilhabern je zur Hälfte gehört. Umsatz 1963: 29,5 Millionen. Umsatz 1964: 31,2 Millionen. Für 1965 wird eine weitere Umsatzsteigerung erwartet. Veröffentlichter Reingewinn 1963: 2,3 Millionen, 1964: 2,7 Millionen. Realer Gewinn in der Bilanz verschleiert (Abschreibungen, Investitionen, Rückstellungen).

Lins und Maurer beginnen 1948 mit einigen zehntausend Mark Eigenkapital in einer kleinen zerstörten Fabrik in Feuerbach. Maurer, Diplomingenieur, Schwabe, übernimmt die Technik, Lins, Sohn eines Berliner Anwalts, selber Dr. iur., das Kaufmännische. Bankkredite, inzwischen zurückgezahlt. Lins hat genaue Vorstellungen von *design,* umgibt die Firma mit führenden *designern,* M + L-Töpfe werden zum Begriff für modernes *design.* Lins und kreative Werbeberater verschmelzen die Produktgestaltung mit der visuellen Kommunikation zum M + L-*image.* Spezielle Vertriebs- und Absatzmethoden: Kredite an Groß- und Detailhändler. Beteiligungen an Zulieferbetrieben. Marktanteil 1964: 32,4%. Anteil des Exports an der Gesamtproduktion: ca. 30%. Ständiger Ausbau der Fabrikationsanlagen, Umstellung eines Teils der Produktion auf Kunststoffe, neues Verwaltungsgebäude im Bau (siebenstöckig, Schalenbeton, soll teilweise vermietet werden). Belegschaft 1948: 36, 1965: 581. Lins setzt gegen Maurer durch, daß

Höchstlöhne gezahlt werden. Werkspensionskasse. Albert Lins gilt als einer der sozialsten Unternehmer in der Bundesrepublik.

Die Privatvermögen der beiden Millionäre sind sowohl in Grundstücken, Häusern wie in Papieren angelegt, bei Lins auch in Bildern. Bargeld befindet sich auf – schwach verzinsten – Depositenkonten bei der Württembergischen Bank, Stuttgart, und der Schweizerischen Bankgesellschaft, Zürich.

Der Gesellschafter-Vertrag bestimmt in Ziffer 5, Absatz b, daß jede Veränderung in den Besitzverhältnissen der Zustimmung beider Gesellschafter bedarf.

British Racing Green

Er bezeichnete die Farbe seines geliebten TR 4, Baujahr 1964, also noch Speichenräder, den die Hafenarbeiter gerade mit Stricken umwanden, nicht einmal sich selbst gegenüber einfach als dunkelgrün, sondern mit jenem Ausdruck, den die Firma Triumph in ihren Katalogen verwendete. Natürlich wußte er, daß man sich über ihn mokierte, wenn er dieses Auto herzeigte.

»Hast du gehört, wie Lins den Wagen nannte?« würde der Geschäftsfreund auf der Heimfahrt seine Frau fragen. Er würde versuchen, die englische Aussprache seines Gastgebers nachzuahmen.

»Träiumph! Britisch räissing grien!«

»Ist er nicht eigentlich schon zu alt für so einen kleinen offenen Sportwagen?«

»Allerdings! Er wird sechzig. Und diese Dinger sind so hart wie Bügelbretter. Für meine Bandscheibe wär' das nichts.« In seiner Stimme würde sich nach dem Spott die Klage über so viel Ungleichheit in der Welt ausbreiten. »Lins ist eben ein Snob«, würde er sagen.

In ihrer Miene, ihrer Haltung würde die Dame zum Ausdruck bringen, daß sie ihrem Begleiter zustimmte, aber insgeheim überlegte sie wahrscheinlich, ob ein Mann, dessen Bandscheiben mit beinahe sechzig noch so intakt waren, daß er einen harten Sportwagen fahren konnte, nicht doch Besseres verdiente als Kritik. In geschäftlicher Hinsicht war der kritische Neid irgendeines Besuchers für Lins ohnehin belanglos; er zog seine TR 4-*show* meistens in der Garage seiner Villa auf dem Killesberg ab, in der neben dem kleinen englischen Schlitten die beiden großen Mercedes-Typen standen, die keinen Zweifel daran aufkommen ließen, daß er *in* war.

Der Ladebaum hob das Auto hoch. Es blieb eine Weile in der Luft hängen, unergründlich grün schwebte es in dem mit Gelb versetzten Blau des Abendhimmels, der sich über dem – leider stinkenden – Liffey und der Stadt wölbte, ehe es im Bauch des Schiffes versank. Hoffentlich verkratzten sie es nicht, dachte Lins. Vom nächsten Jahr an, so hatte man ihm versichert, würde es moderne *car-ferries* zwischen Irland und England geben.

*"In a coign of the cliff between
lowland and highland"*

Um 17 Uhr noch immer hoher Sonnenstand (9° westliche Länge von Greenwich). Er hatte jetzt die Schlüssel von Gorteen House in der Tasche, die der Wirt in Inverbeg besaß, wie er richtig vermutet hatte. Rechts die Bucht von Inverbeg bei Niedrigwasser: Tang als kakaofarbener Schlamm über flachen Felsen. Der Beginn des Parks von Gorteen House: ein dunkles Loch; er mußte seine Sonnenbrille abnehmen. Das Gittertor mit dem verwitterten *For Sale*-Schild (und der immerhin noch lesbaren Adresse und Telefonnummer von Gregory in Dublin), die Lükke neben dem Torpfeiler, durch die er sich vorhin gezwängt hatte. Das milde Licht der rötlichen Kiefernnadeln auf dem Fahrweg hinter dem Tor. Keine Radspur.

Gorteen House kostete 8000 Pfund. Am Donnerstag, dem 23. September, rief Lins von seinem Zimmer im 5. Stock des Shelbourne-Hotel, Dublin, aus Maurer an und bat ihn, die Summe telegraphisch auf das Konto von Gregory zu überweisen. Obwohl Lins die Nachteile des Hauses nicht verschwieg, fand Maurer, es sei für den Preis geschenkt. Allerdings läge es sehr weit ab von Stuttgart. »Anderthalb Flugstunden«, erwiderte Lins. Er würde Maurer erst nach seiner Rückkehr beibringen, daß Gorteen House für ihn nicht bedeutete, nur anderthalb Stunden von der Firma entfernt zu sein. Maurer regte an, irgendeinen Dreh zu finden, mit dem Lins das Geld von der Steuer absetzen könne, durch eine Pro-forma-Beteiligung in Irland vielleicht. Lins gestand sich ein, daß auch er schon daran gedacht hatte, den Erwerb der irischen Immobilie als Investition erscheinen zu lassen. Wenn er beispielsweise jene Teppichweberei in Ballyconneely, die er besucht hatte, in Schwung brachte …? Der Mann hatte zehn Handwebstühle stehen, von denen er nur fünf ausnützte. Lins, der auch gewisse Kenntnisse in Textil-*design* besaß, hatte wenige Teppiche gesehen, die den Vergleich mit den Erzeugnissen dieser Klitsche aushielten. Man brauchte sie nur auf den Kontinent zu bringen, wo sie, mit Hilfe von sorgfältig in Architektur- und Kunstzeitschriften gestreuten Notizen – sie mußten zunächst als Gerücht lanciert werden! –, reißend abgehen würden, auch wenn sie teuer wären (weil Irland immer noch nicht dem Gemeinsamen Markt angehörte). Er ließ den Gedanken an die Transaktion fallen, während er, nachdem er eingehängt hatte, über die Bäume von St. Stephens Green auf die Wicklow-Berge blickte. Weit hinter ihnen, fern im Westen, stand das Haus, das von morgen vormittag an ihm gehören würde. Unterzeichnung des fertigen, durch Handschlag besiegelten Kaufvertrags sofort nach Eingang des Geldes bei Gregorys Bank. Lins beschloß, sich Gorteen House ganz einfach zu leisten, ohne alle Kniffe und Mätzchen. Gorteen

House durfte er nicht zum Gegenstand von Verhandlungen mit dem Stuttgarter Finanzamt herabwürdigen.

Psi-Gamma-Phänomen

»Aber mich entschieden dafür, es zu kaufen, koste es, was es wolle, habe ich mich nicht erst, als ich die Schlüssel bekam und es besichtigen konnte, sondern gleich, als ich es zum allererstenmal sah, als ich wie ein Indianer um das Haus herumschlich und durch die Fenster hineinspähte.«

Auf der Heimreise nahm Lins sich vor, das Gespräch in Stuttgart mit diesem Satz zu eröffnen. Es würde unangenehm werden; darum mußte er Maurer gleich zu Beginn klarmachen, daß der Kauf des Hauses nicht das Ergebnis einer logischen Untersuchung gewesen war, sondern ein prä-logischer Akt, gegen den es keine Einwände gab.

Code civil

Lins wurde 1906 in Berlin geboren. Abitur 1925 (humanistisches Gymnasium). Studium von 1926 bis 1932, Berlin, Heidelberg, Bonn, Wien. Nicht korporiert. Jus, Kunstgeschichte (bei Adolph Goldschmidt und Karl Neumann), Philosophie (bei Nicolai Hartmann und Moritz Schlick). Juristisches Staatsexamen. Doktorarbeit auf dem Gebiet des Urheberrechts. 1933 längerer Aufenthalt in Oxford. 1934–1939 Juniorpartner des Vaters in dessen Berliner Anwaltsfirma. Lins senior ist 1933 der NSDAP beigetreten und übernimmt später Sitz im Vorstand (›Führung‹) des *Deutschen Rechtswahrer-Bundes*. Auseinandersetzungen zwischen Vater und Sohn; der junge Lins »kann mit dem Nationalsozialismus nichts anfangen«, weist seinen Vater auf die Aushöhlung der bürgerlichen Verkehrsformen hin. Arrangiert durch Beziehungen, daß er 1939 zu einer Nachrichten-

Einheit der Luftwaffe (Bodenpersonal) eingezogen wird, und vermeidet bis 1942 Fronteinsatz auf unerwünschten Kriegsschauplätzen durch Teilnahme an Offizierslehrgängen. Afrika-Feldzug. Er gerät als Oberleutnant in englische Gefangenschaft, ohne einen Schuß getan zu haben. Offizierslager (Offiziere brauchen gemäß Genfer Konvention nicht zu arbeiten) in Kanada von Ende 1942 bis Ende 1945. Im Lager weitere kunstgeschichtliche und philosophische Studien (die Gefangenen erhalten Bücher von den Universitäten Montreal und Toronto). Denkpause. Lins borgt sich von einem sozialdemokratischen Mitgefangenen die Marx-Biographie von Franz Mehring und liest sich an der (von Rosa Luxemburg geschriebenen) Darstellung des 2. und 3. Bandes des ›Kapital‹ fest. Er begreift die Gesetze der ständigen Kreisbewegung des Einzelkapitals und der durchschnittlichen Profitrate. Als Jurist sieht er voraus, daß die Rechtsnorm der bei Kriegsende zu erwartenden bürgerlichen Demokratie (Schutz des Privateigentums) es einem gewissen Personenkreis ermöglichen wird, das große Geld zu machen. Die bloß vermittelnde und analytische Tätigkeit eines Anwalts hat ihm nie gänzlich zugesagt. Er nimmt sich vor, in die freie Wirtschaft zu wechseln, mit dem Ziel, Teile des Mehrwerts, seinen innersten Neigungen entsprechend, in freier Kultur anzulegen. Nach seiner Entlassung gelingt es ihm, den in Ost-Berlin gelegenen Hausbesitz seiner Familie (einige Mietshäuser in der Chodowiecki- und der Danziger Straße) noch kurz vor dessen Nationalisierung zu verkaufen. Mit dem Erlös kauft er das anscheinend völlig wertlose Ruinengelände der Fabrik in Feuerbach.

Sinn Fein

Als er das Abbey-Theater verließ, spürte er, daß die Stadt unruhig war. Er hatte eine Vorstellung von *Borstal Boy* gesehen, das er eine Weile für ein historisches Stück aus einem längst vergangenen Freiheitskampf hielt, bis die ersten anti-englischen Zwischenrufe kamen. Er schüttelte den Kopf. Lins hatte nie etwas für politische Erregtheiten übrig gehabt; sich von überwundenen Zuständen aufregen zu lassen, schien ihm absurd. Vor dem *Shelbourne* standen einige Polizisten, das Hotel lag im Dunkeln. Auf seine Frage antwortete man ihm: "They usually smash our windows."«

"At the sea-down's edge between windward and lee"

Das Gittertor mit dem *For Sale*-Schild, das er im Vorbeifahren flüchtig wahrnahm. Links noch immer die Mauer, aber rechts wieder freier Blick auf die Bucht, auf Moore, auf durchsichtige und konische Berge in sieben bis acht Meilen Entfernung. Vordergrund im Grau eines Fähenfells, und blaue Distanz. Leere. Er hielt an. Auf einer Insel lärmten Seevögel. Hinter der Mauer jetzt keine Parkbäume mehr, sondern Rhododendron-Gebüsch und überhängende letzte Rosen. Das Haus war von der Straße aus nicht zu sehen. Er wendete und fuhr zum Gittertor zurück.

Tonspur

Tatsächlich wurden die großen Scheiben der *lounge* eine Stunde später eingeworfen. Die Demonstranten kamen vom Merrion Square, wo sie den Union Jack von der britischen Gesandtschaft heruntergeholt und verbrannt hatten. Lins sah auf den von Bogenlampen überkreisten Schattentumult hinab. Das Zerplatzen großer Flächen aus starkem gespanntem Glas: eine Art greller, schneidender Schrei, dem ein Rieseln folgt, wie von Wasser, welches kleine runde Kiesel befördert. Der Immobilien-Makler Gregory erklärte ihm am nächsten Tag, das *Shelbourne* gelte als Hochburg der Anglo-Iren und Protestanten. Er selbst lehnte es ab, dort etwas zu sich zu nehmen, während sie den Vertragsentwurf durchsahen. "I don't drink this damn'd protestant coffee here!" sagte er. Lins mußte lachen. Das Klirren des metallischen Kanzleipapiers, welches ihm Gorteen House auslieferte, übertönte die Klangsteine der vergangenen Kristallnacht, die ihn bedenklich gestimmt hatte. Schließlich und endlich war der Satz vom verdammten protestantischen Kaffee doch nichts weiter als eine skurrile irische Anekdote, die sich glänzend dazu eignete, in Stuttgart erzählt zu werden.

Désinvolture

Größere Geschäfte schloß Lins ungern in Sitzungen oder Konferenzen ab, sondern bei einem Essen, während einer Ausfahrt oder abends in seinem Haus auf dem Killesberg. Zwar ließ er die offiziellen Verhandlungen in dem von einer Innenarchitektin sehr geschmackvoll ausgestatteten Sitzungszimmer der Maurer & Lins AG stattfinden, verlieh ihnen sogar den feierlichen Charakter eines Konklaves, mit dessen Hilfe er seinen Kontrahenten das Gefühl großer Bedeutung einflößte, sorgte aber dafür, daß die eigentlichen Entscheidungen offenblieben.

Diese führte er überraschend bei Zusammenkünften in kleinem Kreis herbei, scheinbar beiläufig, in angenehmem Privatissimum. Er schuf dann zwischen sich und dem Geschäftsfreund das Air einer Elite, die unter sich war.

Ansprechen des Balles

Er hatte Gregory gefragt, wo man in Dublin am besten Golf spielen könne, und der Makler hatte ihn zu seiner Überraschung in den exklusiven Portmarnock-Club auf der Insel Malahide eingeladen. Gregory spielte besser, und nicht nur weil er den Platz kannte. Nur beim *putting* war Lins ihm überlegen.

Neu war für ihn, daß der Caddy ihm ungefragt Ratschläge gab, die richtigen Hölzer heraussuchte usw.; er wollte es sich schon verbitten, ließ es aber sein, weil er bemerkte, daß Gregory sich mit seinem Caddy ernsthaft unterhielt. Am Ende hatte er es dem Jungen zu verdanken, daß er nicht allzu schlecht abschnitt. Auch Gregory, der beim dritten Loch zu ihm gesagt hatte: »Spielen Sie nicht gegen mich, spielen Sie gegen den Platz!« Gregory war untersetzt, glatzköpfig, braungebrannt, trug eine pfeffergraue Tweedhose, ein verschwitztes Polohemd, uralte Golfschuhe. Einmal brachte er den Ball über eine 400-m-Bahn in zwei Schlägen auf das Grün. Nachher, an der Bar, tönte Lins das Preisproblem von Gorteen House an. Er ließ durchblicken, daß Gorteen House anscheinend unverkäuflich sei und daß er bar zahle. Gregory ließ keinen Cent nach. Er sagte, die Unverkäuflichkeit von Gorteen House sei in den Preis einkalkuliert. Lins brachte die Frage des politischen Risikos ins Spiel, erzählte von dem Plakat, das er in Inverbeg gesehen hatte: *We want land for the poor farmers, not for the idle rich.* Gregory sagte, die Quadratmeile Wasser und Steine, die zu Gorteen House gehöre, wolle niemand. Lins gab auf. Er bemerkte eine Frau, die ihm sehr gefiel, schlank, durchsichtiges Braun, sommersprossig, eine Masse dunklen, nicht sehr langen Haares, kühle helle Augen. Rock und kurze Jacke aus dünnem, anscheinend schon endlos getragenem Wildleder. Unter den Golfspielern des Portmarnock-Clubs wirkte Lins wie aus dem Ei gepellt.

"Walled round with rocks
as an inland island"

Das Haus konnte ja bewohnt sein, auch wenn es zum Verkauf stand. Er hatte lange gehorcht, ob er ein Geräusch vernahm, aber nichts gehört, nicht einmal einen Vogelruf oder das Rauschen von Blättern. Schließlich hatte er es gewagt, einzudringen. Jetzt ging er den Weg auf die Anhöhe zum zweitenmal, noch immer unwillkürlich leise, aber doch sicherer, mit dem Gefühl, das ihm die Schlüssel in seiner Hosentasche verschafften. Vorhin hatte er nur durch ein einziges Fenster, hinter dem die Vorhänge zurückgezogen waren, einen Blick in ein Zimmer tun können. Er hatte einen ovalen Tisch gesehen, umstanden von Sheraton-Stühlen. Ein trockenes Zwielicht; helle Rechtecke an den Wänden, von den Bildern, die man abgenommen hatte. Hinter dem Haus hatte er die Fliegenschwärme aufgestört, die dort über den Sonnentümpeln hingen.

"Compost liffe in Dublin"

Auf den Vertragsabschluß und die Passage wartend, war ihm nichts anderes übriggeblieben, als sich Dublin anzusehen. Er war zweimal im Nationalmuseum gewesen. Er hatte das *Book of Kells* besichtigt. Die Stadt starrte von Schmutz, und der berühmte Liffey stank so infernalisch, daß es unmöglich war, an seinen Ufern spazierenzugehen. Manchmal blieb Lins stehen und betrachtete fasziniert eine von Papierresten, Dosen, Zigarettenkippen, Flaschensplittern übersäte Straße. Die Böden der *basement*-Schächte dienten als Abfallgruben. Durch die Straßen nördlich der O'Connell-Brücke gingen Hunderte von Gestalten aus Nachtasylen. Er flüchtete sich in die georgianischen Viertel, ging an den edlen Backsteinfassaden, den farbigen Türen der Fitzwilliam Street entlang, bis er einmal durch eine Einfahrt in ihre Hinterhöfe geriet, ihren Verfall sah, eine Verwesung aus geteerten Rissen und schwärzlichem Bewurf, eine unschöne Baufälligkeit aus leeren, verrottenden Slum-Werkstätten. Er sah einem Mann zu, der auf einem Kotflügel herumhämmerte.

Lins' Mutter, 1876 geboren, bei Geburt ihres (einzigen) Kindes 30, geborene von Janotte (preußische Hugenotten, kleinster Beamtenadel), lebte jetzt als 89jährige in einem Westberliner Altersheim. Lins war erleichtert gewesen, als sie es abgelehnt hatte, in dem mehr als komfortablen Stuttgarter Haus ihres Sohnes Wohnung zu nehmen. Sie war niemals eine zärtliche Mutter gewesen; keine animalischen Berührungen des Kindes, nicht einmal im Baby-Alter. Die alte Dame, die ausschließlich auf harten Stühlen mit geraden Lehnen sitzt, ist entschlossen, noch viel älter zu werden. 1936 heiratet Lins eine um drei Jahre jüngere Schauspielerin, die auf ihren Beruf verzichtet. 1938 ein Sohn, der weder Neigung noch Begabung für das Geschäft zeigt, sondern Medizin studiert. 1941 eine Tochter, die schreibt und gegenwärtig in wilder Ehe mit einem deutschen Maler in London lebt. Nach der Rückkehr aus Kanada stellt Lins fest, das er keine Lust mehr hat, seine Frau zu berühren. Sie verlangt 1947 die Scheidung und heiratet wieder, einen Pfarrer, mit dem sie in der DDR bleibt. Lins hat 1948, während der euphorischen Gründungsperiode der Maurer & Lins AG, ein Verhältnis mit einer Sekretärin. 1956, als 50jähriger also, heiratet er die 22jährige Tochter eines Schweizer Geschäftsfreundes, die als Volontärin in sein Büro gekommen ist. Der Name *Salome* ist in der Schweiz nicht unüblich. Trennung 1959. Wenn er die Frauen abzählt, mit denen er geschlafen hat, kommt Lins auf die Ziffer elf. Letzter Geschlechtsverkehr – ohne Orgasmus – 1962 mit einem Strip-girl eines Zürcher Nachtlokals. Er war mit ihr an der Bar in ein Gespräch gekommen. Preis: 150 Schweizer Franken. In ihrem Zimmer, im Seefeldquartier, saßen überall riesige Puppen von ekelerregender Süßlichkeit, die das Mädchen, wie es erklärte, über alles liebte.

Maurer würde außer sich sein, wenn er hörte, daß Lins beabsichtigte, sich zurückzuziehen. Um Zeit zu gewinnen, würde er erst einmal von Lins' Häuserfimmel reden. Theo Maurer, obwohl Schwabe, also eigentlich Häuslebauer, lebte nicht, wie Albert Lins, in einem eigenen Haus auf dem Killesberg, sondern in einem, allerdings sehr teuren, Junggesellen-Appartement am Schloßgarten. Dafür hing er um so mehr an der Fabrik, sprach gerne und oft von ihr als von seinem und Alberts Werk, gebrauchte manchmal sogar den Ausdruck *Lebenswerk* und nahm es seinem Kompagnon übel, wenn dieser ihm widersprach und erklärte, es gäbe noch andere Dinge im Leben als Eimer und Töpfe. »I weiß scho'«, hatte Theo einmal streitsüchtig geantwortet, »daß dir deine Bücher und Bilder wichtiger send. Aber du vergischt, daß du dir den ganze Kunschtkram net leischde könndschd ohne unsere Eimer und Töpf'!«

"The ghost of a garden fronts the sea"

Er mußte den grauen Verputz von den Mauern des länglichen einstöckigen Baus abschlagen lassen; darunter würden alte braune Backsteine zum Vorschein kommen, die man durchsichtig schlämmen lassen konnte. Die Fenster waren von dünn geschnittenen Steinbändern eingefaßt, welche aus den Mauern nicht hervortraten, sondern ebenmäßig in sie eingelassen waren; nach den Gesetzen einer Harmonielehre, die, wie er sich sagte, seit zwei Jahrhunderten verlorengegangen war, saßen sie in den Wänden. Das Dach aus unregelmäßigen Schieferplatten, weder zu flach noch zu steil, nicht vorspringend, sondern genau an den Mauerkanten ansetzend, war schadhaft, wies Löcher auf. Der Park hatte sein Ziel, das Haus unter sich zu begraben, noch nicht gänzlich erreicht; es würde nötig sein, ihn roden zu lassen, nur die ältesten Bäume durften stehen bleiben, locker auf Rasenflächen. Er mußte das Haus dem Meer und den Mooren zurückgeben, für die es gebaut worden war. Schatten herausschneiden. Wie beim erstenmal ging er zum Steingeländer der Terrasse, sah auf das Stück Straße hinab, auf dem er den Wagen gewendet hatte.

Überbau I

Schon als Sechzehnjähriger kauft Lins sich von seinem Taschengeld die Reichsdrucke von Rembrandts Landschaftsradierungen. Er besitzt sie heute noch. Aufbau einer Sammlung seit 1946. Lins konzentriert sich auf Graphik, kauft im Laufe der Jahre nur etwa zwei Dutzend Ölbilder. Er legt sich nicht fest, erwirbt sowohl ältere wie neue Kunst, läßt aber ganze Epochen (Manierismus, Rokoko) aus. Wertvollste Stücke der ca. 400 Blätter umfassenden Graphik-Sammlung: eine Radierung von Hercules Seghers, ›Die Stadt mit vier Türmen‹ – Druck in zwei Farben (grün und braunrot) auf einem grün eingefärbten Papier; ferner findet sich in der Luft und im Mittelgrund der Landschaft blaue Farbe –, sowie ein Exemplar des farbigen Holzschnitts ›Mondschein‹ (1. Fassung, 1896) von Munch. Die Sammlung enthält u. a. frühe kolorierte Einblatt-Holzschnitte, Kupferstiche des ›Meisters der Spielkarten‹ und Blätter von Hirschvogel, Piranesi, Goya, Meryon, Vuillard, Ensor, Picasso, Morandi. Lins kauft niemals nach dem Marktwert, sondern nur, was ihm gefällt. Bei Ölbildern ist er nicht ganz so geschmackssicher wie bei Graphik; er besitzt einen schwachen Renoir und einen belanglosen Van Dongen. Sein größter Fehlkauf war ein Riesenschinken des belgischen Surrealisten Paul Delvaux, ›Das Lob der Melancholie‹. Er will versuchen, ihn gegen ein Bild von Oelze zu tauschen. Aber er hat immerhin ein paar gute alte Deutsche, zwei Sironis, die ›Présence d'Esprit‹ von Magritte, einen de Staël und eines der ›Insel‹-Bilder von Valenti. Lins legt keinen Wert auf persönlichen Kontakt mit Künstlern, kauft nicht in Ateliers, sondern ausschließlich bei renommierten Kunsthändlern, auch wenn er auf diese Weise höhere Preise bezahlen muß.

Überbau II

Lins' Bibliothek umfaßt etwa 7000 Bände. Hauptgebiete: Geisteswissenschaften, Prosa, Lyrik. Englische und französische Autoren in den Originalsprachen. Kein Ehrgeiz in Richtung Erstausgaben, Autographen u.dgl. – er bevorzugt vollständige Ausgaben mit kritischem Apparat. Spezialgebiete: Spinoza, französische Literatur des späten 19. Jahrhunderts, Sartre. Unter den Modernen sind Sartre und John Cowper-Powys Lins' Lieblingsautoren. Große kunstgeschichtliche Abteilung. Lins ist stets auf der Suche nach Büchern, in denen die Dinge und die Existenz als vollkommen dinglich und existierend erscheinen und die Wörter und Sätze ›zu den Sachen selbst zurückkehren‹ (Merleau-Ponty, Phénoménologie de la Perception). Lins lehnt instinktiv jede Bedeutungslehre ab, obwohl (oder weil) er im Geschäft semantische Prozesse betreibt (›M + L-*image*‹). Da er vermutet, daß er – obwohl Akademiker – seine diesbezüglichen Gedanken nicht formulieren kann, vermeidet er den Umgang mit Gelehrten und Schriftstellern. Er hat keine religiösen Bedürfnisse.

Überbau III

Das Haus auf dem Killesberg hat Lins 1954 hauptsächlich für seine Sammlung gebaut. Er lebt zu jener Zeit als Junggeselle. Die Kinder befinden sich in Internaten. Von den reichen Leuten in Stuttgart wohnen die meisten auf dem Killesberg. Lins stellt dem Architekten die Aufgabe, das Killesberg-Schema zu durchbrechen: Häuser mit großen Fenstern in nicht sehr großen Gärten, aus denen man über nicht sehr große Gärten auf Häuser mit großen Fenstern blickt. Inhalt: Sitzgruppen, Bodenvasen, Bibliotheken, Barschränke, Stilmöbel, Flügel, Plattenspieler, Fernsehapparate. Der Architekt entwirft ihm: einen kleinen, fast quadratischen Hauptbau, bis zur Höhe des ersten Stockwerks fensterlos, unter dem Dach ein durchlaufender Fensterkranz, innen keine Stockwerke, also ein einziger hoher Oberlicht-Raum, in dem die Bilder über den niedrigen Schränken der Graphik-Sammlung hängen. Zwei Jahre später bezeichnet Salome diesen Raum als Museum, durchquert ihn stets auf Zehenspitzen, haust fast nur in dem nach Süden sich erstreckenden Wohntrakt, richtet sich ein Zimmer über der Garage ein, aus dem sie auf die – wenn auch unbelebte – Straße blicken kann. Da dieser Wohntrakt außer den Schlafzimmern und der Küche einen großen *living-room* enthält, in dem Lins Gäste empfangen kann – er liegt neben dem ›Museum‹, vermittelt zwanglos den Übergang von der Kunst zur Gesellschaft –, wird das Haus im Endergebnis ein typisches Killesberg-Haus. Auf dem Rasen vor dem *living-room* ein mittelgroßer Stein von Barbara Hepworth, dahinter Büsche, dahinter das Haus eines bekannten Anwalts, dessen Dienste Lins und Salome gemeinsam in Anspruch nehmen, als sie sich 1959 scheiden lassen.

Überbau IV

In Lins' Haus wohnt außer ihm nur noch eine ältere (62) Dame, schlank, gut aussehend, die ihm den Haushalt führt. Monatsgehalt DM 2000.–. Ausgezeichnete Köchin. Eigenes Zwei-Zimmer-Appartement im 1. Stock des Wohntrakts, Fernsehapparat, kleines Auto. Zwischen Lins und ihr strikte ›Sie‹-Anrede. Lins graut davor, ihr mitteilen zu müssen, daß er das Haus aufgeben wird. Der Fahrer, der auch den Garten pflegt, lebt in einer Wohnung auf dem Werksgelände; seine Frau kommt dreimal wöchentlich putzen. Lins ist gespannt darauf, wie er das Dienstboten-Problem in Irland lösen wird. Er stellt sich für Gorteen House einen Butler vor.

Nachrichten aus der Gesellschaft

Er hatte einen Platz für das Auto bekommen, aber kein Bett mehr für sich selber. Den uralten Kasten betrachtend, der allnächtlich von Dublin nach Liverpool stampfte, ahnte er, daß ihm eine unangenehme Nacht bevorstand. Das Schiff verließ den Kai erst um acht Uhr. Er ging die Uferstraße entlang, kaufte in der O'Connell-Street Zeitungen und einen Krimi für die Nacht, nahm dann ein Taxi zum *Shelbourne*, um zum vorläufig letztenmal in der Bar etwas zu trinken. Es gab dort nun schon vertraute Gesichter, Männer, die ihn anblickten, potentielle Freunde in Tweed-Anzügen mit goldenen Uhrketten über ihren Westen, die allesamt bereit gewesen wären, ihn über Irland aufzuklären. Einmal war die Frau aus dem Portmarnock-Club hereingekommen, im Reitdreß, von zwei Männern begleitet, Reitern, sie hatte ihn angesehen mit ihren kühlen hellen Augen, vielleicht konnte er später einmal ihre Bekanntschaft machen. Er selber hatte nie geritten; in Gorteen House würde er sich zum erstenmal in seinem Leben einen Hund halten. Er würde sich in Stuttgart bei Fachleuten nach den Eigenschaften der verschiedenen Rassen erkundigen.

Er durfte Maurer als Verhandlungsgegner nicht unterschätzen; er mußte damit rechnen, daß Maurer es zuerst gar nicht mit geschäftlichen Argumenten versuchen würde, ihn von seinem Vorhaben abzubringen, sondern mit der Vermutung, Lins habe die Sache mit Salome nie überwunden und wolle sich deshalb jetzt irgendwo vergraben. Maurer hatte sich noch nie über Lins' gescheiterte zweite Ehe geäußert, aber angesichts der Gefahr, seinen Partner zu verlieren, würde er nicht davor zurückschrekken, unter die Gürtellinie zu schlagen. Lins würde ihm schwören, daß er bei dem Entschluß, Gorteen House zu kaufen, keinen Augenblick lang an Salome gedacht hatte. Ein Achselzucken Maurers. Lins weiß, daß in solchen Fällen immer der Mann als sexueller Versager gilt. Die Ehe eines Fünfzigers mit einer Zweiundzwanzigjährigen. Alle seine Bekannten werden seinen Auszug in das ferne keltische Land genau so kommentieren wie Maurer. Niemand würde ihm glauben, wenn er herumliefe und erklärte, er habe sich mit Salome nach einem Jahr genauso gelangweilt wie sie sich mit ihm. Vielleicht würde es am bequemsten sein, Maurers Vermutung nicht zu widersprechen. Maurer würde noch eine Zeitlang murren, aber sich von Anfang an geschlagen geben. Ein anscheinend unausrottbarer psychischer Mechanismus sorgte dafür, daß von allen Gründen für das Verlangen, das ihn erfüllte, ein romantisch-erotischer den Leuten noch immer als der plausibelste erschien. Lins wollte nicht so billig davonkommen.

»Weißt du«, sagte er zu Theo Maurer, »im Bett, mit Salome, war ich gar nicht so schlecht.«

Irgendwie wollte er Theo klarmachen, um was es ihm ging.

Lang lebe Lord Revelstoke!

Um dieser Stadt zu entrinnen, die auf Abbruch stand, zog er manchmal den TR4 aus der Hotelgarage und fuhr nach Glendalough, in die Wicklow-Berge, ins Boyne-Tal. Dort fand er die Gewißheit wieder, daß Irland zeitlos schön war. Hinter den Hecken, über den Weiden, wasserdurchsponnen, von Pferden umringt, stand der Indianersommer, ein roter Gott in blauen Schleiern. Wie richtig es doch gewesen war, Gorteen House zu kaufen! Gestern, am Tag vor seiner Abreise, war er den Weg über den Klippen von Howth entlanggewandert. Die Schreie der Vögel über dem Meer waren völlig verschieden von den Schreien der Demonstranten gewesen, die er von der vergangenen Nacht her noch im Gehör hatte. Dann tauchte, hinter einer Wegbiegung, die Insel auf. Sie lag, nicht sehr weit von der Küste entfernt, als rötlicher Berg im Meer. Mit dem Fernglas hatte er festgestellt, daß sie leer war, rötlich, baumlos und vollständig leer. Kein Haus. Sie hieß Lambay. Abends, in der Bar, den Blue Guide konsultierend, stellte er fest, daß die ganze Insel einem Lord Revelstoke gehörte und nur mit dessen schriftlicher Erlaubnis betreten werden durfte. Erfreut sah er von seiner Lektüre auf. Deshalb also lag Lambay so leer, so unberührt, so sagenhaft im Meer – sie war ein Privateigentum. Jemand hatte den mythischen Prospekt dieses Porphyrbergs, der dort draußen in der Irischen See lag, auf die einfachste Weise von der Welt gesichert: indem er ihn kaufte. Eingeschlossen in Mahagoni, Messing und Spiegel, trank Lins einen Schluck Whisky auf das Wohl von Lord Revelstoke.

Tresor für Fetische oder Rettung der Kunst?

In der Halle keine Möbel; sie war vollständig leer. Das Licht fiel fast wie in seinem Haus auf dem Killesberg von oben in sie ein, war ein Museumslicht. Aber hier trugen Holzsäulen eine geschwungene Treppe, bildeten einen halben Umgang, weiß, vergilbt, feierlich. Zwischen die Säulen würde er den großen de Staël hängen, die grün-blaue Küstenlandschaft; sie würde dort vertieft leuchten, sich ausnehmen wie ein Bühnenbild. Rechts, an die freie Wand, käme das kleine Dreikönigsbild aus der Donauschule in seinem Kassetten-Rahmen. Im Gegensatz zu dem de Staël mußte es aus der Wand fast plastisch nach vorne gebracht werden, damit die feine Zeichnung zur Geltung kam. In die Halle würde nichts kommen als diese beiden Bilder. Er öffnete die Türen zu den beiden großen Parterre-Räumen rechts und links von der *hall*, ging zwischen ihnen hin und her, zog die Kattunvorhänge beiseite.

Corpus delicti

Lins ist niemals ernstlich krank gewesen. 1958 kurzer Klinikaufenthalt wegen einer akuten Gallenblasen-Entzündung, kurzes Hinfälligkeitserlebnis infolge Bettlägerigkeit erster Klasse, Schlafmitteln, zu viel Lektüre, Starrens aus dem Fenster. Andererseits ist Lins nicht der Typ, der von Gesundheit strotzt. Kein Sport, außer Golf. Keine Neigung zu Sonnenbädern. Schwimmt gerne, würde gern angeln, fühlt sich von allen Kugelspielen (Boccia, Boule, Kegeln) angezogen, ohne sie auszuüben. Macht lange Spaziergänge, am liebsten allein. Verfällt in den fünfziger Jahren eine Weile dem deutschen Laster: zu viel essen, reißt sich plötzlich zusammen und hält mit Hilfe sorgfältiger Diät ein Gewicht von 82 Kilo bei 1,82 m Größe. Nichtraucher. Trinkt nur beim Abendessen, entweder trockenen Bordeaux oder Schweizer Weißweine; vor dem Schlafen, in Gesellschaft, einen oder zwei Whiskies.

L'art pour l'art oder Abschied vom Gerede?

Auch sie waren unmöbliert. Nur in dem kleinen Saal zur Linken standen der ovale Tisch und die Stühle, die er schon von draußen gesehen hatte. Natürlich handelte es sich nur um Kopien von Sheraton-Stühlen. Er berührte die Kaminsimse aus grauem Marmor, eine beschädigte Vase, die auf einem Fensterbrett stand. In dem einen der beiden Räume würde er die Bibliothek unterbringen, mit Regalen, die bis zur Decke reichten, dazu seinen Studiertisch, in dem anderen die Schränke, welche in flachen tiefen Schubladen die Handzeichnungen, die Radierungen, Lithographien und Holzschnitte enthielten. Diese Schränke waren nur einen Meter hoch, so daß er an den – dann weiß gestrichenen – Wänden über ihnen wechselnde Ausstellungen veranstalten konnte. Ausstellungen, die allerdings niemand mehr betrachten würde als er allein. Vielleicht würden ihn dann und wann irische Nachbarn besuchen.

Arthur Byrne, der Wirt des Gasthauses und Hotels in Inverbeg, sah dem deutschen Herrn nach, der sich die Schlüssel von Gorteen House geholt hatte, wie er die Uferstraße überquerte und zu seinem Auto ging. Er war Sportwagen-*fan*, besaß selber einen alten *Lotus*, an dem er unermüdlich herumbastelte, und es interessierte ihn, zu sehen, wie dieser Ausländer seinen TR4 in Gang setzen würde. Natürlich machte er es falsch. Einen Wagen wie diesen mußte man gleich nach dem Anlassen ein paarmal kräftig durchpusten, man mußte den Motor noch im Stehen hochjagen und die Kiste dann schnell, mit einem Ruck, wegziehen, so, daß sie davonschoß. Nicht nur wollte sie so behandelt werden, anderen Falles zuckelte sie, besonders in den unteren Gängen, sondern es machte ja auch das ganze Vergnügen aus, das man an ihr hatte. Wenn man diesen Spaß nicht wollte, konnte man sich ja irgendeine Kutsche kaufen, in der man bequemer saß. Arthur Byrne litt, als er sah, wie der Besucher den Motor erst im Leerlauf langsam und vorsichtig kommen ließ, ehe er den TR4 im Rückwärtsgang bedächtig auf die Straße schob, auf der er davonfuhr, die Bucht entlang nach Norden, im zweiten Gang, höchstens im zweiten Gang. Der Mann war zu alt für sein Auto!

Über den Eindruck nachdenkend, den dieser Deutsche auf ihn gemacht hatte, kam Byrne zu dem Schluß, daß er noch nie einen gepflegteren Menschen gesehen hatte. Maureen war zu ihm ins Büro gekommen und hatte gesagt, jemand wolle ihn sprechen. "A very distinguished man!" hatte sie hinzugefügt, sichtlich angetan. Schon das Englisch des Fremden war makellos gewesen, sozusagen stäubchenfrei, ein Englisch, wie es kein Mensch auf den Britischen Inseln sprach. Er trug einen blauen Blazer und eine graue Flanellhose, Sachen, wie sie viele Engländer in den Ferien trugen, aber an ihm wirkten sie anders: reicher, voller, sie verhüllten den Mann mehr, als daß sie seinen Körper, seinen Knochenbau zeigten. Sie sahen nicht neu aus, nicht parvenühaft, nur waren sie zu kostbar im Stoff, zu gut gearbeitet, zu ... ja eben: zu gepflegt. Ein großer, nicht dicker Mann mit einem nicht gebräunten, sondern leicht gelblich gefärbten Gesicht – Byrne schloß auf eine angegriffene Leber –, mit blauen Augen hinter einer Hornbrille, deren Fassung im oberen Teil schwarz gefärbt war, mit grauen, langsträhnigen, sehr sorgfältig nach hinten gekämmten Haaren. Er schien gut in Form zu sein. Wenn er *fit* war, dann nicht durch angeborene Härte, sondern infolge Massage. Ein Mann, immer wieder überholt, fast ohne Gebrauchsspuren. Was wollte er mit Gorteen House? Arthur Byrne glaubte, ihn warnen zu müssen.

»Die O'Gradys haben das Haus schon vor zwanzig Jahren aufgegeben«, sagte er. »Es ist ziemlich heruntergekommen.«

»Oh, das macht nichts«, erwiderte Albert Lins. »Die Lage ist jedenfalls einzigartig.«

Man konnte nicht voraussehen, was Leute, die derart nach Geld rochen wie dieser Mann, alles anstellen würden, überlegte Byrne. Er erinnerte sich an den englischen Bankier, der Ardmore Castle, diesen Riesenkasten am Meer, gekauft und renoviert hatte, um ihn danach vierzehn Tage im Jahr zu bewohnen.

Natura morta oder Stilleben?

Schlafen würde er oben. Die Schlafzimmer lagen im ersten Stock, dazu eine Reihe Kammern. Eigentlich war das Haus zu groß für ihn, aber er würde alle Räume instandsetzen lassen und einrichten. Die Kinder würden ihn gelegentlich besuchen, vielleicht würde auch Theo Maurer einmal kommen. In jedes der Zimmer würde er eines der Bilder hängen; es würde ein Magritte-Zimmer geben, ein Sironi-Zimmer und so weiter. Der Wirt in Inverbeg hatte ihm erzählt, daß es hier während der Wintermonate fast ununterbrochen regnete. Also würde er den Tag über an seinem Tisch in der Bibliothek sitzen und arbeiten. Vorläufig wich er der Definition des Begriffs *arbeiten* im Zusammenhang mit Gorteen House aus. An den Winterabenden, wenn der Regen das Haus überfloß und die Nacht mit wehenden Schleiern füllte, würde er Patiencen legen. Für Gorteen House war ein Gegenstand unentbehrlich, den er noch nicht besaß: eine Standuhr, die tickte.

Traumzensur

Lins träumt meistens Durchschnittliches: Hemm- und Prüfungsträume. Er muß schnell verreisen, beginnt, seinen Koffer zu packen, kommt damit nicht zu Rande, ist zuletzt unfähig, auch nur einen Finger zu rühren. Oder er geht eine Treppe empor, die niemals endet. Die Prüfungsträume beziehen sich nicht auf Abitur und Staatsexamen, sondern auf geschäftliche Vorgänge: er ist beispielsweise im Traum unfähig, einen Vertrag zu formulieren, den er vor einiger Zeit seiner Sekretärin in zehn Minuten diktiert hat. Häufige und wiederholte déjà-vu-Erlebnisse: Landschaften und städtische Szenerien, die er wiedererkennt, ohne sie je gesehen zu haben. Er hält Freuds Hypothese, bei allen déjà-vu-Träumen handle es sich um den Wunsch, in die Genitale der Mutter zurückzukehren, für falsch. Widerspricht im Geiste auch der Behauptung Freuds, die Traumsprache kenne keine negativen Begriffe; er möchte darauf schwören, daß er in Träumen schon ein paarmal »nein« oder »nicht« gesagt hat. Keine offen sexuellen Träume oder gar Orgasmus im Schlaf. In einem sehr angenehmen, sich von Zeit zu Zeit wiederholenden Traum geht Lins eine auf den Anhalter Bahnhof in Berlin zuführende Straße entlang, die mit Antiquariatsbuchhandlungen besetzt ist, in deren Schaufenstern die exquisitesten Werke ausgestellt sind. Während des Traums sagt Lins sich, daß er sich gar nicht wirklich in dieser Straße befindet, sie aber unbedingt aufsuchen müsse, wenn er das nächstemal nach Berlin käme. Nach dem Erwachen braucht er einige Minuten, um sich, sehr enttäuscht, klarzumachen, daß es die geträumte Straße in Berlin nicht gibt. Einem Traum wie diesem zum Trotz glaubt er nicht, in seinen Träumen erfülle er sich seine geheimen Wünsche; eher neigt er der These zu, die besagt, die Träume kämen, ihn zu strafen.

Aus dem roten Buch von Hergest

Diesen katholischen Kaplan würde er nie vergessen. Die See war wirklich glatt, gelb von dem gelben Himmel im Westen, unter den sich schwarz und nächtlich die Berge zeichneten, die Wicklow-Berge und die Hügel von Meath. Lambay war noch immer ein Berg aus Porphyr. Der Kaplan hatte, ohne sich um die Leute im Salon zu kümmern, seine Soutane ausgezogen; darunter trug er ein weißes Hemd mit rundem Priesterkragen, Hosenträger. Weiß saß er in der Gruppe schwarzer Kleriker und begann, Albert Lins zuzutrinken, als dieser sich in seiner Nähe niederließ. Lins beobachtete, wie die Kleriker ihm zuhörten, obwohl er betrunken war und die Soutane ausgezogen hatte. Er erzählte ihnen eine Sage, die Lins später als eine walisische eruierte: die Geschichte von Ceridwen und Gwion. Manchmal machte er eine Pause und trank Lins zu, der gebildete irische Priester dem gebildeten Fremden. Lins tat ihm keinen Bescheid, sondern blickte weiter in die ›Irish Times‹. Die Touristen hatten längst den abgenutzten Salon des Dampfers verlassen, waren in die Kabinen gegangen, weil ihre Frauen von den trinkenden Iren offen belästigt worden waren; lachend und kopfschüttelnd hatten sie das Feld geräumt. Lins wußte, daß er, wenn er dem Kaplan ein einziges Mal zutrank, die ganze Nacht mit gläsernen Augen in eine niemals endende Redeflut starren würde; er hatte dergleichen schon erlebt, in Gasthäusern in Sligo und Galway, und festgestellt, daß er dem Alkoholkonsum und der rhetorischen Unermüdlichkeit von Kennern der gälischen Mythologie oder Yeats-Spezialisten nicht gewachsen war. Es hatte immer brillant begonnen und als Alptraum geendet. Wenn er in Gorteen House wohnte, mußte er solche Exzesse von sich fernhalten. Nachdem der betrunkene Kaplan erzählt hatte, wie die in ein Huhn verwandelte Ceridwen den in ein Korn verwandelten Gwion verschluckt und davon, in menschliche Gestalt zurückgekehrt, schwanger geworden war, erhob er sich plötzlich, schwankend, und schrie zu einigen Nonnen, die in der entgegengesetzten Ecke des Salons saßen, unflätige Zoten hinüber. Es gab keinen Aufruhr. Die vielen trinkenden und halblaut singenden Männer wandten kaum ihre Köpfe. Die Nonnen saßen schwer und flüsternd im Kreis, die älteste gab schließlich in einem einzigen Herwenden ihres hochmütigen Profils ein Zeichen, das die Kapläne veranlaßte, den obszönen Diener Gottes abzuführen, irgendwohin unter Deck zu schleppen. Nach Mitternacht ging Lins noch einmal an Deck, er sah ein starkes Leuchtfeuer zur Rechten, hielt dafür, daß es das Feuer von Holyhead sein müsse. Er dachte darüber nach, ob es nicht zu riskant war, in ein Land zu gehen, in dem es geschehen konnte, daß ein Priester sich im Erzählen einer Dichtung unterbrach und einigen Nonnen zurief, sie seien Huren Jesu Christi und täten besser daran, sich von ihm vögeln zu lassen. Draußen war es eiskalt, und er mußte wieder hinab in den Gestank nach Bier und Schweiß. Diese Nacht verlief wirklich so unangenehm wie möglich. Manchmal gelang es ihm, einzunicken.

"Here now in his triumph
where all things falter"

Er drang in den Park ein, mußte sich durch Bambus- und Rhododendron-Wildnisse schlagen, die unter den Kiefern und Eichen wuchsen und die Bäume vernichten würden, wenn er den Park nicht ausforsten ließ. Doch würde er Gruppen von Rhododendren stehenlassen, damit ihre roten und violetten Blüten im Mai über dem Rasen, unter dem dunklen Grün der Kiefernnadeln leuchten konnten. Er würde auf einer Bank sitzen und die dann restaurierte, von den Fliegenschwärmen befreite Rückseite seines georgianischen Hauses betrachten. Die Frau des Butlers, die eine blaue Schürze trug, würde aus dem Haus treten, eine Schüssel in der Hand, und nach dem Hund rufen, um ihm sein Futter zu geben. Wo der Park zu Ende war, begann das wilde Land, ein Boden aus Moos und Felsen, baumlos, von verfallenden Steinmauern und Fuchsienhecken durchzogen, von kleinen Seen durchspiegelt, jetzt gelbseidig, weil die Sonne nun doch schon tief stand. (Zwei Tage später zeigte ihm Gregory in Dublin auf dem Katasterblatt, daß eine Quadratmeile dieses Seengebietes zu Gorteen House gehörte.) Er würde also in hohen Gummistiefeln an den Rändern seiner Seen entlanggehen. In einem eigens dafür bestimmten Raum würde er einen Satz Angelruten und Kescher stehen haben und einen Schrank mit Fächern für Haken und Schwimmer, für Schnüre und Vorfächer, für Fliegen, Wobbler und Spinner. Blumen und Forellen. Flechten und Vogelrufe. Regen und Gedanken.

Herzliche Grüße vom Styx

Er schnitt verblühte Dahlien ab, in einem Garten, der weder der Garten seines Hauses auf dem Killesberg noch derjenige von Gorteen House war, doch handelte es sich auf jeden Fall um ein Haus, in dem er ganz allein wohnte. Während er an den Blumen arbeitete, bemerkte er, daß jemand eine graue Karte an die Innenseite der halb offenstehenden Türe geheftet hatte, die aus einem Kellerraum zum Garten führte. Verwundert näherte er sich der Türe und griff nach der Karte, um zu lesen, was darauf stand, spürte aber zu seinem Entsetzen, daß sich eine fremde Hand auf die seine legte und sie gegen die Karte preßte. Im gleichen Augenblick wußte er, daß die graue Karte, auf der übrigens nichts zu erkennen war als ein undeutlicher Stempel, eine Todesdrohung darstellte: sie bedeutete, daß er ermordet werden würde, wenn er in das Haus zurückkehrte. Er wandte sich um, die fremde Hand zu packen, aber sie war verschwunden. Ratlos ging er eine Weile im Garten umher; er umkreiste das Haus, eine Villa aus dem späten 19. Jahrhundert, ohne sich hineinzuwagen. Er entschloß sich, Hilfe zu holen, doch waren die Straßen menschenleer; ein Mann, den er traf, sagte achselzuckend zu ihm, es sei doch alles klar, er würde eben ermordet werden, wenn er in das Haus zurückkäme. Schließlich kehrte er wieder zu dem Haus zurück, durchschritt den Vorgarten und drückte die Klinke der Eingangstüre nieder, die sich sogleich öffnete. Als er erwachte, bemerkte er, daß hinter den runden Fenstern des Salons nicht mehr die Nacht lag, sondern ein Grau wie dasjenige der Karte an der Kellertüre. Er stieg über die Körper von Männern hinweg, die auf dem Boden lagen und schliefen, und ging an Deck, wo er feststellte, daß das Schiff sich schon in der Mündung des Mersey befand. Vom Wasser war nichts zu sehen, da es von niedrigem Nebel bedeckt war, durch den sich, fast lautlos, das Totenschiff schob. Darüber die lichtlose Frühe eines bedeckten Tags, an dessen Rand die Türme von Liverpool hingen wie Denkmäler aus Spinnweben.

"Stretched out on the spoils
that his own hand spread"

Oft auch würde er zum Meeresstrand wandern, einen Taschenkrebs in einem Fluttümpel beobachten, das Anschlagen der Wellen an die Klippen hören, mit dem Fernglas den Kormoranen zusehen, die auf tafelartigen Felsen saßen, sich in einer Sandbucht ausziehen und in dem kalten Wasser unter einem grüngrauen Himmel schwimmen. Wenn er die Weite des Meeres und der Moore satt hatte, würde er zu der Ruine des alten jakobäischen Hauses fahren, die sich in einem Tal versteckte, Coppingers Court, und in dem Bach, der an ihr vorbeifloß, nach dem Fischotter Ausschau halten, den er einmal erblickt hatte, wie er sich unter dem Wasserdost zu schaffen machte, schwarz und schlüpfrig. Von solchen Exkursionen würde er nach Hause kommen, zu seinen Büchern und Bildern, zu seinem streng aufgeräumten Arbeitstisch, auf dem nichts lag als das Buch, in dem er gerade las, und das Heft, in das er sich Notizen machte, vor seine Schränke, aus denen er das Blatt von Italo Valenti ziehen würde, welches herauszusuchen er sich vorgenommen hatte, als ihm die federigen Wasserspuren im Sand aufgefallen waren, vorhin, in einer Bucht von Greatman's Bay. Er würde es herausziehen, betrachten und wieder zurücklegen.

Kassandra

Im Morgengrauen, auf dem Kai in Liverpool, das entscheidende Gespräch mit Theo Maurer. Das Schiff, in dem immer noch alle schliefen, weil sie wußten, daß die Schauerleute nicht vor 7 Uhr mit dem Entladen anfangen würden. Nur Lins war an Land gegangen. Er fror. Er ging in der Lagerhalle hin und her, die zum Pier hin offen war, las die Schilder *Dundalk, Newry, Drogheda.* Der Mersey war vernebelt. Ein merkwürdiges braungraues Licht, in dem Theo ihm voraussagte, er würde sich in Gorteen House zu Tode langweilen, wenn er mit dem Restaurieren und Einrichten fertig wäre. Mit solchen Prophezeiungen zu arbeiten war unfair, weil es gegen sie nichts gab als das ziemlich hilflose und gereizte Behaupten des Gegenteils. Danach ließ er Theo aufs Ganze gehen, konstruierte sich einen Theo, der zu verbalen Schlägen ausholte, die durch keinen schwäbischen Dialekt mehr gemildert wurden.

»Du hast Bücher gelesen und Bilder angesehen. Manchmal hast du mir erzählt, was Sartre geschrieben hat. Oder du hast mir gezeigt, warum eine Linie in einer Zeichnung so verlaufen muß und nicht anders. Das war alles. Als Geschäftsmann – ja, da bist du wer. Als Literatur- und Kunstkenner – ich muß es dir einmal sagen, Albert! – bist du ziemlich langweilig. Und das soll jetzt anders werden, nur, weil du dich selber pensionierst? Du wirst dich langweilen, Albert, weil du ein Langweiler bist.«

In Wirklichkeit würde es mit Theo nur Verhandlungen über Betriebsfragen geben, zuletzt die große Auseinandersetzung über Ziffer 5, Absatz b, des Gesellschaftervertrags, im Beisein von Rechtsanwälten. Manchmal, wenn der Nebel über dem Wasser sich lichtete, sah er frierend zu, wie Kistenbretter, Zeitungen, Orangenschalen mit der Mersey-Tide abtrieben.

»Wenn Attitüden Form werden«

Alles in allem schätzt Lins die Kosten der Wiederherstellung von Gorteen House – die Dachdeckerarbeiten, das Abschlagen des Verputzes und das Neuverputzen, die Maler- und Schreinerarbeiten, die sanitären und Heizungs-Installationen, die Durchforstung des Parks, die Anlage der Gärten – auf 15000 Pfund, also fast das Doppelte des Kaufpreises. Er wird einen örtlichen Architekten hinzuziehen müssen, der die Handwerker und Bauunternehmer der Gegend kennt. Wenn alles fertig ist, wird Gorteen House das feinste kleine *Georgian house* im westlichen Irland sein. Lins wird von der Bezeichnung *Georgian house* den gleichen Gebrauch machen wie von den Wörtern *British racing green,* nur daß es dann niemanden mehr geben wird, der sich darüber spöttisch erregt, ihn einen Snob nennt. Snob wäre er übrigens nur, wenn er das Ganze nachher von Christo verpacken ließe. Für Connemara wäre das noch eine Sensation. Lins liegen solche Aktionen fern. Er ist Mitglied im Kulturkreis des Bundesverbandes der deutschen Industrie.

Bilder aus dem Leben eines Gentlemans auf dem Lande

Versuch der Anlage eines Œuvre-Katalogs Hercules Seghers, der letzte stammte aus dem Jahre 1907 und war vollständig überholt. Dazu waren kurze Reisen nach Amsterdam, München, Wien nötig. Übersetzungen von ›*Weymouth Sands*‹ und ›*A Glastonbury Romance*‹ ins Deutsche – er traute sich das zu – und (von ihm subventionierte) Edition der ziemlich umfangreichen Bände in einem deutschen Verlag. Es war einfach eine Schweinerei, daß es diese Bücher 30, beziehungsweise 40 Jahre nach ihrem Erscheinen noch immer nicht auf deutsch gab. Komparatistische Studien über die Begriffsdefinitionen in den verschiedensten philosophischen Wörterbüchern, die zu einer Art von satirischem Text führen konnten, welcher lediglich aus Zitaten bestand, also keine eigene schriftstellerische Bemühung erforderte. Anlage von Anthologien für den eigenen Gebrauch, beispielsweise eine Sammlung der Beschreibungen von Wolken oder der Begegnungen mit Feuer oder eines Katalogs über die Formen der Entstehung von Bewußtsein. Im Garten wahrscheinlich Konzentration auf eine Iris-Sammlung; die Vorbedingungen (Feuchtigkeit, Boden) dafür mußten in Irland ideal sein. Natürlich ornithologische Beobachtungen, möglicherweise Finanzierung eines Films, wenn er junge Leute fand, die bereit waren, den Film zu drehen, der ihm vorschwebte (Kurven, Einfallswinkel, Flugstudien jeder Art). Geologisches. Inseln. Ein starkes Motorboot. Angeln. Golf.

Members only

Unter den Dockern, die jetzt eintrafen, stellte Lins häufig das Sean O'Casey-Gesicht fest: die gerade Nase, die langen schmalen Lippen, die schrägen Flächen der Wangen, die festen Augen hinter der Brille mit Stahlrändern. Sie trugen graue oder braune

Jacken über weißlichen oder blauen Hosen. Ihre Haare, soweit man sie unter den Schirmmützen sehen konnte, waren grau oder weiß. Sie waren magere ältere Männer, gleichmütig, leise und zäh. Die Flaschen, aus denen sie Tee in Becher gossen, waren aus weißem Email. Über dem Wasser war es hell geworden, ein schwarz, weiß und rot gestrichener Tanker namens *Mountstewart* fuhr vorbei, und in der Ferne leuchteten die Tore von Lagerhäusern in einem intensiven Grün. Lins, durchfroren, übernächtig, hätte auch gerne eine Tasse des heißen Milchtees getrunken, aber er wagte es nicht, sich einer der Gruppen zu nähern. Er gestand sich ein, daß er die Arbeiter der Maurer & Lins AG niemals so betrachtet hatte wie diese Schauerleute in Liverpool. Vielleicht hatte er sie überhaupt niemals richtig gesehen. Plötzlich, auf ein Kommando, das niemand gab, begannen die Docker ihre Arbeit. Der erste Wagen, den sie aus der Dubliner Nachtfähre holten, war ein weißer Mercedes mit einer Nummer von Dar es Salam.

"As a god self-slain on his own strange altar"

Um nicht einmal mehr das Geräusch seiner eigenen Schritte zu hören, setzte er sich auf einen der Stühle. Er sah auf die Terrasse hinaus, wurde sich bewußt, daß die Front des Hauses nach Nordosten blickte, eine seltsame Position für ein Haus an der irischen Westküste, aber es stand auf diese Weise vor dem Westwind geborgen gegen Lee, über den Mooren, deren braun-blaue Sphären von hier aus nicht zu sehen waren, weil das Rosengestrüpp die Aussicht zugewachsen hatte. Es mußte beseitigt werden. Wenn die Sicht frei war, würde er manchmal, von einem Buch aufblickend, einem Flug wilder Schwäne zusehen können, der auf einem Moorstreifen niederging. Der Blick aus dem Zimmer nach draußen entsprach dem Blick von draußen in das Zimmer. Die Rosen, eine hellrote Sorte, vermengten sich mit dem Zwielicht, wie sie sich vorhin, als er noch nicht die Schlüssel von Gorteen House in der Tasche trug, im Glas des Fensters gespiegelt hatten. Hinter gläsernen Rosen hatte er in seine Zukunft geblickt, die in diesem Augenblick schon seine Vergangenheit wurde. Da nichts von ihm bleiben würde, da er, um reich zu werden, die besten Jahre seines Lebens darauf verwendet hatte, eine Fabrik für Eimer und Töpfe herzustellen, da er nicht an ein geistiges Leben glaubte, das als dem materiellen abgewonnenes in einem Winkel existierte, konnte er immerhin als Beobachter in diesem kleinen Saal sitzenbleiben, zusehen, wie sich die Moore mit den Büchern vermischten, wie seine Bilder sich in Vogelflügen befreiten, ob es Sätze gab, die es vertrugen, daß Wolkenschatten auf sie fielen. Die vielleicht ihrerseits Schatten auf die Wolken warfen. Eine vollkommen egoistische Existenz, gewiß. Aber welche andere blieb ihm übrig, da er nicht in der Lage war, selber Wolken und Vogelflüge zu verfertigen? Er sammelte sie nur.

"Death lies dead"

Er hatte gewendet und war zum Gittertor zurückgefahren, nachdem er das *›For Sale‹*-Schild flüchtig wahrgenommen hatte. Schließlich hatte er es gewagt, einzudringen. Dann der Blick in das Zimmer, durch ein Fenster, in dem sich Rosen spiegelten, auf den ovalen Tisch, die Stühle, die Wände mit den hellen Rechtecken dort, wo Bilder gehangen hatten. Gorteen House war ausgestorben. Es war so ausgestorben, daß es nicht einmal mehr den Tod enthielt. Es war leer. Wenn er Gorteen House kaufte und für die zehn oder fünfzehn oder vielleicht sogar zwanzig Jahre, die ihm noch blieben, bewohnte, dann würde eines Tages – zwanzig oder hundert Jahre später – wieder jemand durch diese Fenster spähen, auf ein paar übriggelassene Gegenstände, zwischen denen er gewohnt hatte, und vielleicht das gleiche Gefühl des Nicht-Seins empfinden. Er zweifelte allerdings daran, ob es möglich war, den Besitz testamentarisch so zu sichern, daß er nach seinem Tode unberührt blieb; das Recht des Privateigentums war sehr stark, aber doch nicht stark genug, den toten Eigentümer vor dem lebenden zu schützen; vielleicht war es nur Irland, welches ihm den Gedanken eingab, es könne Titel und Erbteile geben, die ganz einfach vergessen wurden. Immerhin konnte er einen Erben einsetzen, dem er alles hinterließ, sein Vermögen und seine Kunstgegenstände, unter der Bedingung, daß er Gorteen House unangetastet ließ. Aber warum? Nur weil er wußte, daß er keine Spur hinterlassen würde als diese? *Kilroy was here.* Es war dumm. Diese Leute – wie hießen sie doch?, der Wirt in Inverbeg hatte ihren Namen genannt – waren spurlos aus Gorteen House verschwunden. Die O'Gradys. Hier war niemand. Niemand. Das Haus war leer. Leer. Es gab keine Unsterblichkeit. Er wollte Gorteen House unbedingt haben.

Zur Metaphysik der Rente

Lins ist sich im klaren darüber, daß er sich aus einem Besitzer von Produktionsmitteln in einen Kapitalrentner verwandelt, wenn er sich nach Gorteen House zurückzieht. Er überlegt, ob er nicht wenigstens stiller Teilhaber von Maurer & Lins bleiben soll, falls Maurer damit einverstanden wäre. Eine halbe Lösung! Sie würde ihn zwingen, einzugreifen, wenn es sich herausstellen sollte, daß Maurer in Geschäften keine so glückliche Hand bewies, wie er, Lins, sie gezeigt hatte. Störungen dieser Art und die sich aus ihnen ergebenden Aktivitäten würden sein Leben in Gorteen House zu einer Farce machen, und sie würden sich ereignen, denn insgeheim hält Lins sich für unentbehrlich. Er entschließt sich deshalb, seinen Anteil an der Firma in Papieren, Haus- und Grundbesitz, langfristig deponierten Bankkonten anzulegen. Keine Schizophrenie! Es fällt ihm verhältnismäßig leicht, aus dem Kreis der Produzenten in den der Rentner überzutreten. Er sagt sich, daß innerhalb der bestehenden Gesellschaft ein Zustand absoluter Freiheit nur im Besitz einer ausreichenden Rente erreicht werden kann.

Wer ist Albert Lins?

Die Passagiere waren längst gegangen. Auto nach Auto wurde ausgeladen, verließ den Kai. Gegen zehn Uhr stand nur noch Lins, außer sich vor Ungeduld, in der offenen Lagerhalle und sah den letzten Arbeitern zu, wie sie den TR 4 an Land brachten. Wieder ließ der Ladebaum das Auto eine Weile in der Luft hängen, ehe er es vorsichtig auf den Zementboden der Halle setzte. Der Arbeiter, der die Stricke löste, sagte, vom nächsten Jahr an würde es moderne *car-ferries* zwischen England und Irland geben. Lins wünschte ihn zur Hölle, ihn und seine *car-ferries.* Er schalt sich einen Idioten, weil er nicht auf die Idee gekommen war, den Wagen in eine Garage in Dublin einzustellen und nach Stuttgart zu fliegen. Er startete nervös, und der Motor sprang erst beim dritten Versuch an. Das Fahren besänftigte Lins sofort. Wir sehen ihm noch eine Weile zu, wie er Liverpool durchquert, in Warrington frühstückt und dann die Straße nach Wales einschlägt, um dem Verkehr in den Midlands zu entgehen. Dort, irgendwo zwischen den walisischen Hekken, verlieren wir ihn aus den Augen.

Mein Verschwinden in Providence

Vielleicht ein Roman-Entwurf

Für Wolfgang Koeppen

1

Roman als Kassiber. T. entwirft ihn während er in jenem Haus in der Benefit Street gefangengehalten wird. *Ich stecke die Blätter in einen großen Umschlag aus orangefarbigem Packpapier, den ich in Williams Schreibtisch gefunden habe, und schreibe darauf: To whom it may concern.*

2

T. hat Gardner House am Samstag, dem 17. Oktober 1970, vormittags um halb neun verlassen. Seitdem fehlt von ihm jede Spur, wenn man von der Registrierkarte der Avis-Autovermietung auf der Kennedy Plaza absieht, aus der hervorgeht, daß er den an diesem Tag geliehenen Wagen, einen Dodge, nachmittags um vier Uhr zurückgegeben hat. Dem Avis-Angestellten ist an T.s Benehmen so wenig aufgefallen, daß er sich kaum noch an ihn erinnern kann.

3

Die Rechnung für das Ausleihen des Wagens hat T. mit einer Kreditkarte des Diners Club beglichen. Falls er nicht mehr zum Vorschein kommt, muß also der Diners Club für die Kosten aufkommen. Frau T., die in West-Berlin lebt – übrigens seit zwei Jahren von T. getrennt –, weigert sich, T.s verbliebene Rechnungen zu bezahlen.

4

Gardner House, ein anmutiger Backsteinbau aus der Kolonialperiode, dient der Brown-Universität als Gästehaus. *Ich lebte dort ein paar Tage, in einem Zimmer, welches dunkel war von alten Möbeln, einem Himmelbett, Büchern und Heimatzeitschriften aus Neu-England, eingeschlossen in die Einsamkeit des reisenden Schriftstellers.* T. hätte am Montag, dem 19. Oktober, vor den Studenten und dem *faculty-staff* des *German Department* der Universität aus seinen Werken lesen sollen.

5

T. muß darauf hinweisen, daß er keine Spur von ›Vorgefühl‹ empfand, als er die weiß lackierte Türe von Gardner House hinter sich ins Schloß zog. Hingegen beschäftigte ihn *die unvermutete Kälte des 17. Oktober, die den Indianersommer des Jahres Siebzig bis ins Mark gefrieren ließ,* wie er schreibt. *Am Achtzehnten waren die Ahorne nicht mehr so rot, die Eichen nicht mehr so gelb wie am Siebzehnten, wie ich feststellte, als ich in den Garten von Elizas und Williams Haus hinausblickte, hinter einem Fenster sitzend, mit Handschellen gefesselt.*

6

Die historische Schönheit des auf einem Hügel gelegenen Universitätsviertels von Providence – Georgianismus, alte Bäume, Bibliotheken in Schalenbeton –, die T. frierend durchwandert. Lasse ich ihn sich einen Pullover kaufen, ehe er das gestern bestellte Auto abholt? Leider bringt er die Energie dazu nicht auf.

7

T. scheint der Menschenleere und der durch sie hervorgerufenen Monotonie der Straßen amerikanischer Städte große Bedeutung für sein Verschwinden beizumessen. *Sie* (die Straßen) *sind leer von gehenden Menschen. In George- und College Street begegnete mir niemand, während ich auf der Kennedy Plaza, dem Platz vor dem Bahnhof und Mittelpunkt der City, fünf Fußgänger zählte.*

8

T. ist ein (west)deutscher Schriftsteller von mittlerem Bekanntheitsgrad. Er ist mißgestimmt, weil er entdeckt hat, daß er auf der bei solchen Leuten üblichen Lesetour durch die *German Departments* einiger amerikanischer Universitäten von den USA nicht mehr zu sehen bekommt als die *German Departments* einiger amerikanischer Universitäten. Die Reise wird vom (west)deutschen Goethe-Institut finanziert.

9

Das Auto hat er gemietet, um einen Küstenstreifen nahe der Mündung der Narragansett-Bai ins Meer aufzusuchen, wo er, vor 25 Jahren, im Sommer und Herbst 1945, als Kriegsgefangener gelebt hat. *Der Wunsch, diesen Platz noch einmal in meinem Leben aufzusuchen, ist bei mir zur fixen Idee geworden. Wenn ich ehrlich bin, muß ich sagen, daß ich die Einladung nach Amerika nur angenommen habe, um diesen kurzen Ausflug machen zu können.*

10

Das Auto, ein nagelneuer Dodge, besaß ein automatisches Getriebe, so daß es sich immer sofort in Bewegung setzte, wenn ich nicht auskuppelte. Das Glas der Frontscheibe war in seinem oberen Teil blau gefärbt, um dem Automobilisten die Illusion zu geben, er fahre unter einem ewig blauen Himmel dahin. Der Himmel war am 17. Oktober jedoch ohnehin blau, blau über einem von schneidendem Ostwind durchfegten Tag.

11

Einige Wochen später zeigte Eliza ihm die Mappe, in der sie die Zeitungsmeldungen über die (bis jetzt) ergebnislose Fahndung nach T. gesammelt hat. T. fällt ein, daß er am 16. Oktober zwei Hemden, zwei Unterhosen und zwei Paar Strümpfe in eine Wäscherei in der Thayer Street gebracht hat. »Die brauchst du nun nicht mehr«, sagt Eliza lachend und zerreißt den Abholzettel der Wäscherei.

12

Auch T.s Koffer ist ja seinerzeit in dem Zimmer in Gardner House zurückgeblieben. Professor Carver, der über das Verschwinden seines Gastes (Unfall? Verbrechen?) tief bekümmert ist, hat T.s Hinterlassenschaft durch die Polizei sicherstellen lassen. T.s Koffer, der nicht sehr groß, aus einer kastanienbraunen Lederimitation angefertigt und von unauffälliger Eleganz ist, steht nun in einem lichtlosen Lagerraum der Polizei, wo er langsam verstaubt.

13

T. ist erstaunt darüber, daß er, im Auto sitzend, plötzlich überhaupt keine Lust mehr hat, den Ort seiner Kriegsgefangenschaft aufzusuchen. Er ist Mitte Fünfzig. In diesem Alter starke Anfälle von Vergeblichkeit, Sinnlosigkeit, Gleichgültigkeit.

14

Ich bedauerte, daß ich dieses Auto nur benützte, um in Erinnerungen zu wühlen. Schade, daß es nicht mir gehörte und daß ich nicht genug Geld besaß, um mit seiner Hilfe dem Goethe-Institut zu entrinnen. Vielleicht wäre ich dann nach Tallulah gefahren, oder nach Hannibal, statt nach dem Schauplatz einer vergangenen Utopie.

15

Ich fand den Platz, auf dem die weißen Baracken von Fort Kearney gestanden hatten, ohne Mühe, indem ich hinter Saunderstown die von der Hauptstraße abzweigende South Ferry Road entlangfuhr. Sie endet in einem Kiespfad, der sich ziemlich steil zur Bucht hinabsenkt. Eine Fähre gibt es dort nicht, hat es vielleicht nie gegeben.

16

Auf dem Land zu beiden Seiten der South Ferry Road standen keine Villen und Sommerhäuser wie sonst überall an der Narragansett-Bai, sondern alte Gehöfte, verwitterte Holzhäuser in Baumkratt, von nachlässig abgeernteten Feldern umgeben. Sie müssen schon hier gestanden haben, als wir 1945, in Lastautos, die mit Planen verdeckt waren, ins Lager gebracht wurden. Merkwürdig, daß ich mir, als Gefangener zu Füßen der Uferhügel lebend, die mir das Land verbargen, die Umgebung von Fort Kearney immer genau so vorgestellt habe, wie ich sie an jenem Tag im Oktober 1970 endlich erblickte.

17

Nachdem T. diese Stelle Eliza und William vorgelesen hat, an irgendeinem Frühlingsabend 1971 – die Dorrances bestehen darauf, daß er ihnen das unter Tags Geschriebene am Abend vorliest –, unterbricht William ihn. »Ich vermute«, sagt er, »das ist der Unterschied zwischen deiner damaligen und deiner jetzigen Gefangenschaft. Die Umgebung unseres Hauses kennst du doch recht gut, nicht wahr?«

18

Auf dem Gelände, wo wir uns jeden Morgen über einen auf der Küchenbaracke angebrachten Lautsprecher durch eine Duke Ellington-Version von ›Oh Lady be good‹ hatten wecken lassen, stand jetzt ein modernes recreation center der University of Rhode Island. Es war um diese Jahreszeit bereits geschlossen, und kein Mensch war zu sehen. Der alte Pier, unten am Ufer, war unverändert; so dunkelbraun, wie er immer gewesen war.

19

Ich ging zum Ufer hinab. Ich blickte, nach 25 Jahren, wieder auf: den weißen Leuchtturm in der Mitte des Fahrwassers, die niedrigen Hügel der Conanicut-Insel gegenüber, die Öffnung der Bucht zum Meer. Ich empfand nichts.

20

»Armer Kerl«, sagt Eliza – *unvergleichlich, wie sich in ihrer dunklen Stimme Wärme und Spott mischen können* –, »sollen wir noch einmal mit dir dort hinausfahren? Vielleicht warst du nur in schlechter Form? Ach ja«, fährt sie fort, sich an William wendend, »laß uns einen Ausflug mit ihm zu seinem alten Lager machen!«

21

Mein altes Lager hatte mir seinerzeit viel, ja alles bedeutet. Ich hatte mir von dem Wiedersehen mit ihm einen sensationellen Erinnerungs-Effekt erwartet. Immerhin habe ich mich, nach der Epoche des Herzklopfens, in der Klausur von Fort Kearney darauf vorbereitet, Schriftsteller zu werden.

22

»Besten Dank«, erwidert T., »nie wieder!« Hier möglicherweise der Ort für die erste Rückblende: die persönlichen Verhältnisse des noch nicht dreißigjährigen T. Interpolation seiner Beziehung zu N., die nach seiner Rückkehr verschollen bleibt?

23

Mich N.s erinnernd, hob ich am Kieselstrand ein kleineres Exemplar jener Muschel auf, von der ich seinerzeit ein sehr großes in meinem Seesack nach Europa geschleppt habe, um es ihr zu schenken. Aber sogar N. blieb mir an diesem Tag so gleichgültig wie der Ort, an dem ich mich befand. Vielleicht lag es am Wetter, an diesem eiskalten Wind unter einem blauen Himmel, einem präzis geschnittenen Tag ohne Luftperspektive?

24

Außerdem habe ich in Fort Kearney, in dem keimfreien Raum dieses schönen Gefangenenlagers, die Demokratie erlernt. »Demokratie«, sagte Professor Smith, »Demokratie ist eine Technik des schöpferischen Kompromisses.« Es leuchtete mir ein.

25

Ich frage mich, ob ich T. auch diejenigen Sätze in seinem Manuskript vorlesen lasse, die sich auf Eliza beziehen, also z. B. den Satz: *Unvergleichlich, wie sich in ihrer dunklen Stimme Wärme und Spott mischen können,* oder die einschlägigen Passagen in den späteren Kapiteln. Vielleicht spart er sie beim Vorlesen aus, aus Scheu oder aus Rücksicht auf William. Es wäre aber besser, wenn er den Mut aufbrächte, sie nicht zu unterschlagen.

26

Selbstverständlich interessiert sich Eliza sofort für N., fragt T. nach ihr aus. Die vorhin erwähnte Rückblende ergibt sich also organisch aus der Erzähl-Handlung. Später trägt T. in sein Manuskript ein, daß Eliza die erste Frau sei, bei der er sich nicht durch seine Erinnerung an N. blockiert fühle.

27

Ich fuhr noch bis Point Judith und blickte von dort aus auf den offenen Ozean. Dabei fielen mir die mondhellen Nächte auf dem Truppentransporter ›Samuel Moody‹ ein. »Die Delphine werden vom Phosphoreszieren der Bugwelle angelockt«, erklärte mir ein Matrose, als ich mich über den Stern beugte, während der Überfahrt von Boston nach Le Havre, in einer Novembernacht, als der Krieg vorbei war.

28

T. ißt in einem Fischrestaurant in Matunuck zu Mittag, pendelt dann langsam durch Herbstwälder und an Seen vorbei nach Providence zurück, liefert das Auto um vier Uhr ab, unterschreibt einen Diners Club-Scheck über 25 Dollar und will sich zu seinem vorübergehenden Domizil, Gardner House, begeben. Auf dem Weg dorthin kommt er, Ecke College- und Benefit Street, am Athenäum vorbei und tritt, da er es geöffnet findet, ein. Das Athenäum, erbaut 1838, eine der ältesten Privatbibliotheken Amerikas, ist ein von Efeu überwucherter kleiner dorischer Tempel.

29

Theodor W. Adornos eingedenk, der einmal zu mir gesagt hat, bei Proust betrete man heiligen Boden – eine immerhin bemerkenswerte Metapher aus dem Munde des stets ein wenig ängstlichen, doch niemals feigen Helden der *Kritischen Theorie* –, scheint mir für Poe recht zu sein, was ihm für Proust billig war. Mit solchen Gefühlen jedenfalls lasse ich T. im Athenäum umhergehen; es war der Schauplatz einer von Poes Amouren. Die Bibliothekarin, die er nach Poe-Erinnerungen befragt – sie zeigt ihm die handschriftliche Widmung des in der American Review vom Dezember 1847 anonym erschienenen Gedichts ›Ulalume‹ an Sarah Helen Whitman –, läßt keinen Zweifel darüber aufkommen, daß sie das Benehmen Poes gegen diese schöne, reiche und angesehene Dame aus Providence unmöglich findet, wobei ihr Blick kurz die engen Nischen aus alkoven-artigen Bücherschränken streift, die in dunklem Mahagoni-Glanz eine Galerie über dem Erdgeschoß füllen.

30

Die Postkarte, die T. vom Athenäum aus nach Bargfeld, Kreis Celle, Haus Nr. 37 geschrieben hat – *»Weißt Du Näheres über die Beziehungen Poes zu Mrs. Whitman?«* –, ist sein vorläufig letztes Lebenszeichen. Die Polizei von Providence hat aus diesem Grunde bei den Bewohnern der Häuser, die in der Nähe der Bibliothek stehen – also auch bei den Dorrances –, nachgefragt, ob ihnen an einem Samstag im Oktober ein Mann von etwas über Mittelgröße, blasser Gesichtsfarbe, grauen Haaren, eine randlose Brille tragend, mit einem hellen Regenmantel bekleidet, aufgefallen sei. Als besonderes Kennzeichen hat Inspektor Osborne erwähnt: »Ein Europäer, der spazierenging.«

31

Eliza verspricht T., sich nach der Sarah Helen Whitman-Episode im Leben Poes zu erkundigen. Natürlich frage ich mich, ob ich T. überhaupt diese und andere ästhetische Abschweifungen in seinen Kassiber aufnehmen lasse, doch gehört für mich beispielsweise die Erwähnung des Gedichtes ›Ulalume‹ zu den Gründen, aus denen T. zum Gefangenen der Dorrances wird. *It was night in the lonesome October of my most immemorial year.*

32

Als ich aus dem Athenäum fortging, ließ ich mich trotz der Kälte von einem Abendhimmel aus Rauch-Rosa dazu verleiten, ein Stück die Benefit Street entlang zu schlendern. Die weißen, schokoladefarbenen, hellblauen und kupferroten Holzhäuser aus dem 18. und frühen 19. Jahrhundert mit ihren klassizisti-

schen Türeinfassungen und Giebeln, mit ihren Mullgardinen hinter den kassettierten Schiebefenstern und ihren Backsteinkaminen waren aber auch zu schön. In dieser Straße, die wie geschaffen war für einen Corso, befand ich mich, wie überall in den sehenswertesten Teilen der Oberstadt von Providence, vollständig allein.

33

Ecke Benefit- und Hopkins Street stieß ich auf ein Haus, das nicht nur schön war, sondern geheimnisvoll, weil es in allen seinen Teilen, auch den Fenster- und Türeinfassungen, in einem Rot gestrichen war, dem man Schwarz beigemischt haben mußte. Sogar sein Gartenzaun war in dem gleichen Rot gehalten. Die Bewohner dieses Hauses hatten sich entschlossen, hinter einer düster brennenden Monochromie zu leben.

34

»Siehst du«, sagt Eliza zu William, nachdem T. ihnen diese Stelle vorgelesen hat, »ich hab' dir immer gesagt, daß dieses Rot die Leute abschreckt.« – »Wir haben das echte Faluner Rot nur genommen, weil uns die Restauratoren dazu geraten haben«, erklärte William. »Es ist eine Farbe, die Holz konserviert.«

35

»Mich hat es gar nicht abgeschreckt«, sagt T., »im Gegenteil.« *Ich tat sogar etwas für neu-engländische Verhältnisse sicherlich Unerhörtes: ich öffnete das Gartentor und näherte mich dem Haus. Als alles still blieb, begann ich, um das Haus herumzugehen, ließ mich jedoch von einem Kräutergarten ablenken, in dessen Mitte eine Sonnenuhr stand, welche die Aufschrift trug: A garden that might comfort yield.*

36

»Du kannst dir ja denken, wie wir erschrocken sind, als wir dich da draußen umhergehen hörten«, erzählt Eliza. »Wir traten leise ans Fenster, und ich höre noch, wie William sagte: ›Er sieht eigentlich recht anständig aus‹.« – »›Er ist bestimmt nicht von hier‹, habe ich erwidert.«

37

Wer mich kennt, weiß, daß ich nicht an die Vorsehung, an das sogenannte Schicksal glaube, sondern hartnäckig die Ansicht vertrete, das Leben jedes Menschen sei eine Mischung aus Determiniertheit und Zufall. Ich füge dieses negative Glaubensbekenntnis in meine Nachricht ein, um nicht den Verdacht aufkommen zu lassen, ich betrachte mein Verschwinden in einer Stadt, die auf deutsch Vorsehung *heißt, nämlich in Providence, der Hauptstadt des kleinsten amerikanischen Bundesstaats, Rhode Island, als einen Vorgang von tiefer symbolischer Bedeutung. Aus der Tatsache, daß ich in Providence verschwunden bin, läßt sich nicht mehr herauslesen, als daß ich in Providence verschwunden bin.*

38

So muß es unbedingt als Zufall betrachtet werden, daß Eliza Dorrance die Türe öffnet und T. einlädt, das Haus zu besichtigen und eine Tasse Tee zu nehmen. Weder hat sie T. jemals vorher gesehen noch mit seinem Auftauchen am 17. Oktober 1970 um fünf Uhr am Nachmittag gerechnet. Determiniert ist die Szene jedoch von der Kälte dieses Tags, von der Menschenleere der Benefit Street und von einem Blick des Einverständnisses, den Eliza und William gewechselt haben, ehe Eliza zur Türe ging.

39

Eliza muß um die Vierzig sein, zirka 1,65 m groß, schlank (jedoch nicht zu sehr), sportlich, klaräugig, offen, heiter, einen sehr reinen, durchsichtigen Teint besitzen, die Haare (welche Farbe?) meistens hochgesteckt tragen. T.s Libido wird im Verlauf des Romans immer stärker von dem Verlangen nach Eliza besetzt. Zeigen, daß es sich dabei nicht um einen Vorgang handelt, der nur dadurch zustande kommt, daß T. keine andere Wahl hat.

40

Als ich Eliza folgte, erinnerte ich mich daran, wie ich mit meiner Frau einmal vor ein großes, tief in seinen Park verstecktes irisches Herrenhaus geraten war. »Wenn der Besitzer jetzt ein Fenster öffnete«, sagte meine Frau, »und uns zuriefe, einzutreten, seine Gäste zu sein, könnte er an uns den perfekten Mord begehen. Kein Mensch auf der Welt weiß, daß wir an diesem regnerischen Abend, auf der Fahrt von Cork nach Limerick, vor dieses Haus geraten sind.«

41

»Und trotzdem bist du, ohne im geringsten zu zögern, in unsere Mörderhöhle hereingekommen«, kommentiert Eliza diese Erinnerung. »Ich hatte wohl zu viel über amerikanische Gastfreundschaft gehört und gelesen«, erwidert T. »Na und«, wirft William ein, »haben wir sie dir vielleicht nicht gewährt?«

42

Beim Tee erzählte ich den Dorrances von meinem Ausflug zu dem früheren Fort Kearney, gab ihnen auf diese Weise einen Abriß meines Lebens. Ich beklagte mich darüber, daß ich, anstatt zu schreiben – ich sei gerade jetzt in bester Stimmung zum Schreiben, behauptete ich –, diese akademischen Rezitations-

abende zu geben hätte. Ich weiß nicht, was mich veranlaßte, so ausführlich über mich selber zu reden, vielleicht Elizas ausgezeichneter Rum-Tee?

43

»Dispensieren Sie sich doch einfach!« sagte William. »Übrigens kenne ich Professor Carver gut; er wird es Ihnen nicht übelnehmen, wenn Sie absagen. Es gibt keinen amerikanischen Literaturprofessor, der Schreiben nicht für wichtiger hält als Vorlesen.«

44

Geduzt haben wir uns erst vom nächsten Morgen an. In der englischen Sprache bedeutet Duzen ja nur, daß man sich mit dem Vornamen anredet. Ich bin nie auf die Idee gekommen, William und Eliza mit ›Bill‹ und ›Liz‹ anzureden.

45

Die Existenz von William Dorrance vorläufig noch unklar. Welchen Beruf könnte er ausüben? Auf jeden Fall sind beide Dorrances von Haus aus vermögend, gehören stillgelegten Zweigen von Industrie-Familien an, leben von Kapital-Renten.

46

William Dorrance ist mit T. gleichaltrig. Beide sind also ungefähr fünfzehn Jahre älter als Eliza. *Eliza trug an jenem Spätnachmittag ein Kleid aus dünnem gelbem Gestrick, mit einem braunen Seidenpullover darunter.*

47

Es war inzwischen dunkel geworden; Eliza hatte die Lampe angezündet. William sagte: »Ich werde Ihnen das Haus morgen zeigen, bei Tageslicht.« Ich faßte bei dieser Bemerkung keinen

Argwohn, nahm nur an, daß ich morgen wiederkommen dürfe, was mir, noch vorbewußt, Elizas wegen angenehm erschien.

48

William trug, genau wie ich, eine Jacke aus Tweed und graue Flanellhosen. Er ist jedoch nicht, wie ich, Pfeifenraucher. Auch ist er etwas größer als ich, von knochig-faseriger Konstitution, mit brillenlosen blauen Augen (während meine bebrillt und braun sind).

49

Um vor William nicht bloß als reisender Interpret meiner selbst zu erscheinen – ich hatte plötzlich das Gefühl, mich erklären zu müssen –, sagte ich, daß ich diese Reise auch unternommen hätte, um mir einen kleinen Nebenverdienst zu verschaffen. Die Ertragsrechnung eines Schriftstellers von mittlerem Bekanntheitsgrad. Ohne es zu wollen, habe ich damit die Dorrances in ihrem Entschluß bestärkt.

50

Die Dorrances dürfen nicht Literatur-Leser im üblichen Sinn sein. T. findet in ihrem Hause jedoch eine umfangreiche Sammlung von Märchen, Sagen, Mythen vor. Ihre Lieblingsgeschichten: Das Bergwerk zu Falun (William), Rip van Winkle (Eliza).

51

Es täte mir sehr leid, sagte ich, daß ich meine Gastgeber zu meiner Lesung am Montag nicht einladen könne; da sie nicht Deutsch sprächen, wäre es für sie sinnlos und aufs äußerste langweilend, die Veranstaltung zu besuchen. »Ihr Lese-Abend«, erwiderte William, »wird nie stattfinden.« Ich sah ihn erstaunt an.

52

Unter den Tat-Motiven der Dorrances könnte ihre Kinderlosigkeit einen hervorragenden Platz einnehmen. Der Roman muß die Ursachen dieses Versagens und ihre Folgen darstellen. Rückblende also: die Ehe der Dorrances.

53

Eigenartige Hypothese von Isador Coriat und Sigmund Freud zur Kinderlosigkeit von Lord und Lady Macbeth. »Danach wären Lady Macbeth ... und ihr Gemahl ... psychologisch ein und dieselbe Person; es wäre ein Beispiel für das Zerlegen (Dekomposition) in zwei Personen, wie es in der Mythologie bekannt ist, eine Methode, die auch bei Shakespeare manchmal vorkommt« (Ernest Jones). Könnte man diese Theorie, die jeder landläufigen Ehe-Psychologie widerspricht, auf die Dorrances anwenden?

54

Ich erwachte am nächsten Morgen, Sonntag, den 18. Oktober 1970, auf einer Art Feldbett, angezogen, mit einer Wolldecke zugedeckt, in einem sonst leeren Zimmer und blickte, weil ich mich im Schlaf auf die Seite gewälzt haben mußte, auf einen Fußboden aus grau gealterten Tannenriemen. Meine Hände waren mit Handschellen aneinander gefesselt. Als Eliza hereinkam, um nach mir zu sehen, sagte ich: »Falls dies ein Fall von Kidnapping sein sollte, so mache ich Sie darauf aufmerksam, Mrs. Dorrance, daß Sie niemanden finden werden, der bereit sein wird, für mich ein Lösegeld zu zahlen.«

55

»Ich heiße Eliza«, sagte sie. Dunkles Frühlicht. Sie erkundigte sich nach meinen Frühstückwünschen.

56

Überlegen, ob das Drogen- (Elizas Rum-Tee!) und Handschellen-Motiv albern ist. Wie, wenn die Dorrances es gar nicht nötig hätten, mit so groben Mitteln zu arbeiten? Sollten nicht einige Worte ausreichen, um T. zu ihrem Gefangenen zu machen?

57

Allerdings wären die Dorrances dann juristisch nicht zu belangen. Und genau das wäre falsch. Der Leser muß, wenn er es wünscht, den Vorgang auch als Verbrechen betrachten können.

58

Außerdem sind Drogen und Handschellen sehr einfache Symbole, deren Bedeutung der Leser sofort erkennt. Er ist, mit Recht, eher geneigt, der Verwendung solcher Requisiten zuzustimmen, als ihrer Entmaterialisierung im metapsychologischen Dialog. Im Mantel- und Degenstück müssen Mantel und Degen tatsächlich vorkommen.

59

Die Motive der Dorrances würden einleuchten, wenn es gelänge, darzustellen, d. h. zu erzählen, wann und unter welchen Umständen Eliza Dorrance den Entschluß gefaßt hat, einen Gefangenen zu machen, und wie sie es bewerkstelligt hat, ihren Gatten zum Komplizen zu gewinnen. Also neues Umkreisen der Vergangenheit des Ehepaars. Transposition von Analyse in Erzählung; die Erzählung ist ebenso wahr wie die Analyse, doch reicher an Bedeutungen; die Erzählung legt nicht fest, sondern plaziert die Fest-Stellung in einen Spiel-Raum; die Erzählung gibt keine Antworten, sondern stellt Fragen – lauter alte Kamellen oder Bauernregeln, an die man sich beim Schreiben aber fortwährend erinnern muß.

60

Beim (gemeinsamen) Frühstück nahmen sie mir die Handschellen ab. Auch ins Bad und auf die Toilette mußten sie mich schließlich ungefesselt gehen lassen. Danach wartete ich, wieder in Stahl geschlossen, was sie mit mir anstellen würden, während ich in den Garten hinausblickte, in dem die Ahorne nicht mehr so rot, die Eichen nicht mehr so gelb waren wie gestern.

61

Warum hat T. sich nach dem Frühstück die Handschellen wieder anlegen lassen, anstatt aufzuspringen und aus dem Haus zu laufen? Hat William vielleicht wortlos eine Pistole neben sich auf den Tisch gelegt? T.s Kassiber gibt darüber keinen Aufschluß.

62

William zeigte mir, wie er es versprochen hat, das Haus. Ich ging mit gebundenen Händen hinter ihm her. Er führte mich zuletzt in das Zimmer, in dem ich wohnen würde, und ließ mich dort allein.

63

Ich brauche das Haus nicht zu beschreiben, da jeder Kenner von Providence längst weiß, daß ich das Stephen Hopkins-Haus aus dem Jahre 1707 als Modell für das Haus der Dorrances benütze (die rote Farbe! Ecke Benefit- und Hopkins Street!). Es ist heute ein Museum; Sie können es besichtigen! Stephen Hopkins gehörte zu den Unterzeichnern der amerikanischen Unabhängigkeits-Erklärung (1776).

64

Für meine Zwecke umgebe ich das Stephen Hopkins-Haus nur noch mit einem größeren Baumgarten oder kleinen Park, weil sich in ihm die ersten Liebesszenen zwischen T. und Eliza abspielen sollen. In Wirklichkeit besitzt das Haus nur den von T. schon erwähnten Kräutergarten mit der Sonnenuhr, die der alte amerikanische Rebell und Staatsmann aufstellen ließ. Es ist, außer zur Straße hin, von den Bäumen angrenzender Gärten umschlossen.

65

Sie hatten das Zimmer schon vollständig für mich eingerichtet. Ein Bett von kolonialer Einfachheit, präzis mit blütenweißen Leintüchern und Militärdecken aufgemacht, ein großer Tisch in der Nähe eines der beiden Fenster, auf dem Schreibpapier lag und eine Schreibmaschine stand, eine ziemlich alte Underwood Noiseless, wie ich feststellte, sowie ein Glas mit zehn scharf gespitzten gelben Bleistiften. In einer Ecke ein Lehnstuhl mit einem Lese-Tischchen, darauf eine Packung Tabak – allerdings eine Marke, die ich nicht rauche – sowie die Sonntagsausgabe einer hiesigen Zeitung.

66

Nach einigen Mühen gelang es mir, meine Pfeife aus der Jackentasche zu holen, zu stopfen und anzuzünden. Ich setzte mich in den Lehnstuhl und betrachtete ein noch leeres Bücherregal und die angenehm blaugraue Streifentapete der bilderlosen Wände. Ich hatte festgestellt, daß die Fenster auf den Garten blickten, nicht auf die Straße, so daß es wohl zwecklos gewesen wäre, sie zu öffnen und um Hilfe zu rufen.

67

Ich blieb sitzen und rief »Herein!«, als Eliza anklopfte. Sie teilte mir mit, der Schrank für meine Kleider und meine Wäsche stän-

de draußen in der Diele. »Aber er ist ja noch leer«, sagte sie, »wir müssen erst ein paar Sachen für dich besorgen, was hast du denn für eine Kragenweite?«

68

»Einundvierzig«, sagte ich, »aber damit kannst du nichts anfangen.« Sie holte ein Bandmaß, legte es mir um den Hals und nahm mir das amerikanische Maß. Da ich noch immer saß, blickte ich beim Messen aus nächster Nähe auf ihren heute früh mit einer dunkelblauen Bluse bekleideten Oberkörper.

69

T., der sich doch entschlossen hat, beim Vorlesen nichts auszulassen, wagt es nicht, William anzusehen, nachdem er solche und ähnliche Szenen seinen Zuhörern zur Kenntnis gebracht hat. William wirft, wenn T. geendet hat, lediglich technische Fragen auf, oder er erörtert allgemeine literarische Probleme; Persönliches übergeht er. Dame Eliza hört sich die Arien ihres Troubadours huldvoll an.

70

Am Nachmittag ließen mich die Dorrances allein, weil sie einen Besuch zu machen hatten. Sie stellten mir das ganze Haus zur Verfügung, schlossen mir aber, ehe sie gingen, die Hände auf dem Rücken zusammen. Ich hörte, wie sie in ihren Wagen stiegen und abfuhren.

71

Ich stellte mich an ein Fenster im ersten Stock, das zur Benefit Street hinaus ging, und beobachtete die Straße, auf der sich aber kein Mensch sehen ließ. Von Zeit zu Zeit fuhren Autos vorbei. Wenn jemand gekommen wäre, hätte ich mich nur durch Klopfzeichen bemerkbar machen können, denn es gelang mir nicht, das – offenbar verklemmte – Schiebefenster zu öffnen; die Hebelwirkung meiner hinter dem Rücken gefesselten Hände war zu gering.

72

Nach einiger Zeit gab ich es auf. Ich verbrachte die Zeit, in der ich auf die Rückkehr der Dorrances wartete, stehend, gehend oder auf dem Sofa im Wohnzimmer auf dem Bauch liegend. Ich konnte nicht einmal lesen oder den Fernsehapparat anstellen oder Gegenstände, die mich interessierten, zur Hand nehmen und betrachten.

73

Immerhin hätte T., mit nicht allzu großer Mühe, einen Gegenstand, beispielsweise eines der eisernen Kamingeräte, ergreifen und ein Fenster im Erdgeschoß zerschlagen können. Die dünnen Holzleisten der Fenster-Kassetten hätten ein paar Fußtritten nicht widerstanden. Wenige Minuten später wäre T. frei gewesen.

74

Nach dem Abendessen unterbreiteten mir die Dorrances ihre Vorschläge. Ich sollte zwar als ihr Gefangener leben, jedoch völlig frei schreiben können, ohne auf irgendwelche Lebensumstände, wirtschaftliche Verhältnisse, Abhängigkeiten, Beziehungen, Traditionen, Strukturen, in denen ich bisher als Schriftsteller ›erschienen‹ war, Rücksicht nehmen zu brauchen. Es würde mir an nichts mangeln.

75

Ich fragte, wie sie mit mir verfahren wären, wenn ich kein Schriftsteller wäre. »Wir haben schon einmal jemand geschnappt«, erzählte Eliza unbekümmert, »es stellte sich heraus, daß er Handlungsreisender war, wir haben ihn wieder laufenlassen, ohne ihn überhaupt erst, wie dich, gefangenzusetzen.« Sie sah mich an und sagte: »Du bist für uns ein Glücksfall.«

76

Ich machte zur Bedingung, daß sie mir zwei Synonymen-Lexika (Dornseiff und Wehrle-Eggers), Kluges Etymologisches Wörterbuch, Heuers Grammatik und die zweibändige DDR-Enzyklopädie der deutschen Sprache besorgten. William schrieb die Titel genau auf, und ich nannte ihm die New-Yorker Buchhandlung, bei der er sie bestellen konnte. Danach nahmen sie mir die Handschellen ab.

77

Es ist als sicher anzunehmen, daß die Dorrances an jenem Sonntagnachmittag keinen Besuch gemacht, sondern von einem strategisch gut gewählten Punkt aus, im Wagen sitzend, das Haus beobachtet haben. Beim Erscheinen T.s auf der Benefit Street wäre das Spiel für sie aus gewesen. »Wir hätten dir dann für dein Schweigen so viel Geld angeboten«, hat Eliza später einmal T. erzählt, »daß du nicht hättest widerstehen können.«

78

Im Sinne des Strafrechts liegt hier also ein nur sehr geringfügiger Fall von Freiheitsberaubung vor. Ein geschickter Anwalt könnte ihn als Scherz hinstellen und auf vollständigen Freispruch der Dorrances plädieren. Demgegenüber müßte geltend gemacht werden, daß T., obwohl er keinen Fluchtversuch gemacht hat und auf die Vorschläge der Dorrances eingegangen ist, seine Gefangenschaft nicht frei gewählt hat und daß es sich um eine reale Gefangenschaft handelt.

79

T. beschließt, die Lage zu nützen, und beschäftigt sich mit dem Problem frei assoziierender Satzfolgen, wie er sie schon seit langem plant. Diese Tätigkeit führt zu den überraschendsten Ergebnissen: beispielsweise sieht er sich gezwungen, die Stuttgarter Brauerei Wulle nach Dellbrück zu versetzen, was später, als er die Stücke in Max Benses Schriftenreihe *rot* veröffentlicht, zu einem erregten Einspruch von T.s treuem Leser Jürgen Becker aus Köln führt. Ende Februar (1971) läßt er diese Arbeit fallen und beginnt mit der Niederschrift von ›Mein Verschwinden in Providence‹.

80

Selbstverständlich kommt es schon nach den ersten Vorlesungen zu Gesprächen über das Problem einer späteren Veröffentlichung. William, Eliza und T. sind sich darüber im klaren, daß auch eine anonyme Veröffentlichung den Aufenthaltsort von T. verraten würde. Es gibt schließlich nur einen Schriftsteller, der in Providence verschwunden ist und von der Polizei gesucht wird.

81

Bei der für das abendliche Vorlesen nötigen Übersetzung läßt T. sich von Eliza beraten, indem er ihr die englischen Sätze zeigt und sie sowohl auf ihre linguistische Möglichkeit wie auf ihren Klang prüfen läßt. *Wenn ich an Passagen geriet, in denen ich meine Gefühle für Eliza andeutete, lasen wir nicht weiter, aber nicht aus den Gründen, die Dante mit diesem Situations-Satz ahnen läßt. Eliza stand dann einfach auf und behauptete, sie habe im Hause zu tun.*

82

Als es Frühling wurde, verbrachte ich manche Stunde des Tages im Garten. Ich half Eliza beim Setzen der Dahlien-Knollen und grub die Himbeer-Beete um. Ich gewann den Eindruck, daß es ihr im Garten mehr auf die Effektivität der Pflanzenzucht als auf die Schönheit der Anlage ankommt.

83

Einmal, als wir nach dem Aufbinden einer Clematis nebeneinander standen und den Verlauf des dünnen Gezweigs prüften, ließ sie es sich gefallen, daß ich meinen Arm um ihre Hüfte legte. Sie zog sich mit einem leichten, zu nichts verpflichtenden Kuß aus der Affäre und ging ins Haus. Ich folgte ihr nicht, obwohl ich wußte, daß William nicht zu Hause war.

84

Nicht einmal auf die Bekanntgabe dieser Szene hat William reagiert. Er nahm sie zur Kenntnis, als läse er sie in irgendeinem Roman. Auch Eliza benahm sich so, als ginge sie das Gehörte persönlich nichts an; unbefangen reichte sie den Tee herum.

85

Eliza wird T. nach seiner Frau ausfragen, warum sie von ihm getrennt lebt, wie er sie kennengelernt hat, ob sie Kinder hätten, und wenn ja,ob er manchmal von München – T. lebt also in München! – nach Berlin fahre, um sie zu sehen. Wiederum ergibt sich aus Fragen Elizas ein Teil von T.s Geschichte. Der Aufbau des Romans wird T. ziemlich klar.

86

T. träumt, er rufe vom Flugplatz Tempelhof aus seine Frau an, um ihr mitzuteilen, daß er früher als geplant aus Amerika zurückgekommen sei. Erst nachdem er eingehängt hat, fällt ihm ein, daß die Maschine, mit der er flog, über dem Atlantik abgestürzt ist. Als ein Angestellter der Fluggesellschaft seine Frau informieren will, streitet sie die Tatsache ab und behauptet, es müsse ein Irrtum vorliegen: sie habe gerade mit ihrem Mann telefoniert.

87

T. wird Eliza von dem Lyrik-Seminar erzählen, zu dem ihn Professor Carver eingeladen hatte. Dreizehn *graduate*-Studenten, unter ihnen zwei Neger, die sich mit der redaktionellen Veränderung befassen mußten, welche Goethe zwei Zeilen in einem seiner Sesenheimer Gedichte hatte angedeihen lassen. Die erste Fassung hatte gelautet

»Du gingst, ich stund und sah zur Erden
und sah dir nach mit nassem Blick«,

während die zweite, dreißig Jahre später, in das Goethe vorteilhafter erscheinende

»Ich ging, du standst und sahst zur Erden
und sahst mir nach mit nassem Blick«

gewendet worden war.

88

Ich hatte für Eliza eine Interlinear-Version der beiden Fassungen angefertigt. Sie lachte. »Euer Goethe muß ein eitler Mann gewesen sein«, sagte sie.

89

»Und wie war es mit deiner Frau?« fragte sie dann. »Hat sie dir oder du ihr mit nassem Blick nachgesehen?« – »Oh«, fügte sie hinzu, »ich werde dafür sorgen, daß du in der ersten Fassung gehst, wenn du einmal Providence verläßt!«

90

Obwohl William der Erzählung T.s gespannt folgt, ist er doch grundsätzlich unzufrieden. »Es ist merkwürdig«, wird er eines Abends bemerken, »daß du, als Gefangener unter den Bedingungen vollkommener künstlerischer Freiheit lebend, die es dir erlauben würden, deine größten Pläne zu verwirklichen, statt dessen nach dem dir augenblicklich dringendsten Thema greifst und es in der direktesten Form vorträgst. Du bleibst subjektiv, schade!«

91

William wünscht also eine objektive Literatur. Es ist mir immer noch nicht gelungen, ihn zu definieren, doch wird es allmählich deutlich, daß seine Neigungen ihn auf das Feld der exakten Wissenschaften verweisen. Verfolgt er ein Experiment?

92

An welchem Punkt haben sich die wissenschaftlichen Intentionen Williams und das – sagen wir – Unterhaltungsbedürfnis seiner Frau getroffen? Neue Rückblende also – zweifellos werden die Motive der Dorrances das sperrigste Element des Romans bilden, wenn man den sich hier billig anbietenden sadomasochistischen Banalitäten ausweichen will. Es führt kein *direkter* Weg von der infantilen Sexualität zu dem Traum, den William und Eliza sich verwirklichen wollen.

93

T. gelingt es nicht, die Dorrances hinsichtlich einer künftigen Veröffentlichung des Romans zu beruhigen, obwohl er ihnen versichert, daß er sie juristisch völlig decken würde. »Das ist nicht der springende Punkt«, sagt William, »sondern daß wir Providence verlassen müssen, wenn diese Geschichte bekannt wird.« T. bietet ihnen an, den Schauplatz und die Namen zu verändern, doch glaubt er selbst nicht daran, daß es ihm möglich wäre, Providence für, beispielsweise, Savannah auszutauschen.

94

Obwohl er mit der Wahl des Stephen Hopkins-Hauses bereits ein Element der Fiktion in den Roman gebracht hat! Sind auch die Dorrances vielleicht gar nicht die Dorrances? An Providence allerdings ist nicht zu rütteln.

95

Meine Begierde nach Eliza brachte mich dahin, daß ich manchmal nachts die Türe meines Zimmers öffnete und in der Dunkelheit wartete, ob sie kommen würde. Vielleicht hatte sie doch das Knarren der Türe gehört, und die Stille, die dem Geräusch folgte? Das Zimmer, in dem Eliza und William schliefen, befand sich auf dem gleichen Flur.

96

Erster Ausgang: zum Tabakhändler. Da sich unter den Utensilien, die ich in Gardner House zurücklassen mußte, auch meine Pfeifen befanden und die von William als Ersatz besorgten nicht meinen Geschmack trafen, bestand ich darauf, mir selber einige passende Stücke besorgen zu dürfen. Ich begab mich also an einem Vormittag im Mai zu dem Tabakgeschäft Ecke Thayer- und Waterman Street, ostentativ den Weg über den Campus einschlagend, ab und zu stehenbleibend und das Leben und Treiben der Studenten betrachtend, doch ohne erkannt zu werden.

97

Vielleicht hat mein Bart es verhindert, daß ich von irgendeinem Studenten wiedererkannt wurde. Ich habe mir nämlich wäh-

rend des Winters einen, wenn auch kurz geschnittenen, Vollbart wachsen lassen. Ernst und bärtig sitze ich an den Nachmittagen im living room des dunkelroten Hauses, lese die Zeitung, sehe fern oder lausche den brütenden Akkordblöcken von Paul Gonsalves' Tenorsaxophon in ›Mood Indigo‹ oder ›Come Sunday‹, meinen Lieblingsstücken aus der Diskothek der Dorrances.

98

Dann kommt manchmal Eliza herein, bleibt neben mir stehen und legt ihre Hand leicht auf meine Schulter. Sie kommt von den Tennisplätzen im Blackstone Park und ist noch etwas erhitzt. Sie trägt irgendein Parfum.

99

»Eliza«, sage ich, ohne mich umzuwenden. »Was ist?« fragt sie mit ihrer dunklen Stimme, in der sich – ich habe es schon geschrieben – Wärme und Spott mischen. »Nichts«, erwidere ich.

100

Dennoch halte ich es für so gut wie ausgeschlossen, daß Eliza mir auf die Dauer widerstehen wird. Ich gehöre zu denen, die annehmen, daß keine Frau sich die Chance entgehen läßt, mit zwei Männern zu leben statt mit einem, wenn sie ihr geboten wird, und da ich Eliza physisch nicht unangenehm bin ... Aber sie zögert, denn sie vermutet, daß ich nicht mehr ihr Gefangener sein werde, wenn sie nachgibt.

101

Wenn die Dorrances Besuch bekommen, müssen sie T. bitten, auf sein Zimmer zu gehen. Sie besitzen ein Sommerhaus an der Küste von Cape Cod. »Es liegt ganz einsam«, sagt Eliza, »aber dort macht es auch nichts aus, wenn du bei uns gesehen wirst.«

102

Auf Cape Cod konnte ich sehr gut arbeiten. Gegen Mittag mußte ich immer die Läden schließen, weil die Dünen und das Meer zu flimmern begannen. Ich hörte dann das leise Gespräch meiner Gefangenen-Wärter, die unten im Schatten der Veranda saßen: Maecenas und seine Gattin.

103

Einige Male erwägt T., den Roman aus der Perspektive Williams zu schreiben. Das Buch geriete dann zur Geschichte eines wissenschaftlichen Experiments: des Versuchs Williams, die Bedingungen einer absoluten und abstrakten Freiheit herzustellen. Der Arbeitstitel dieser Version, die T. schließlich verwirft, lautet: ›Ein amerikanischer Traum‹.

104

In den sehr warmen Mondnächten auf Cape Cod badeten wir, einer Anregung Elizas folgend, nackt. Einmal, als wir nebeneinander lagen, in den Dünen, legte ich meine Hand zwischen Elizas Schenkel. Es schien ihr zu gefallen, denn sie schob meine Hand nicht weg, und William erhob keine Einwände.

105

T. hat den Roman nun vollständig exponiert. Eine erste Faustskizze ergibt den folgenden Aufbau:

1. Reise in den USA
2. Fort Kearney
3. Erinnerung an N. = an den Krieg
   (1. Rückblende)
4. Gang durch Providence
5. Verschwinden in Providence

6. Die Motive der Dorrances I
   (2. Rückblende)
7. Erlebnisse in der Gefangenschaft I
8. Die Motive der Dorrances II
   (3. Rückblende)
9. Erlebnisse in der Gefangenschaft II
10. Erinnerung T.s an seine Frau = an den Nachkrieg
    (4. Rückblende)
11. Erlebnisse in der Gefangenschaft III
12. Die Motive der Dorrances III
    (5. Rückblende)
13. Erlebnisse in der Gefangenschaft IV
14. Cape Cod
15. Schluß.

Wie vor jedem seiner Romane ärgerte T. sich, daß eine solche Verlaufsskizze ihn auf lineares Erzählen festlegen möchte, von der Arbeit des Verschmelzens der verschiedenen Zeit-Ebenen in eine einzige Zeit, die Zeit des Romans, keinen Begriff gibt.

106

Die Entscheidung über die Erzähl-Perspektive lasse ich T. noch hinausschieben. Mache ich ihn zum Ich des Romans oder zum erzählten Erzähler? Scheue ich den Vorwurf, ihn, wie ein Gott, erfunden zu haben und sich bewegen zu lassen, maskiere ich ihn also als *Ich*, oder greife ich ruhig nach *Ihm*, im Vertrauen darauf, daß meine Leser mich schon nicht mit göttlichen Attributen ausstatten werden, nur weil ich die dritte Person Singular verwende?

107

Über den Schluß, dieses Kreuz jedes Romans, ist T. sich diesmal im klaren. (Im Gegensatz zur Erzählung, insbesondere zur *short story* oder *long short story*, sollte der Roman ja nicht in einem sogenannten offenen Schluß enden.) Er wird die Entscheidung darüber bringen, ob T. den Roman im Hause der Dorrances schreiben wird – er schätzt die zur Herstellung nötige Zeit auf zwei bis drei Jahre – oder in Freiheit.

108

Eines Tages also steckt T. diese Entwurfszeichnung, zusammen mit den Ausführungsproben, in einen großen Umschlag aus orangefarbigem Packpapier, den er in Williams Schreibtisch gefunden hat, und schreibt darauf: *To whom it may concern.* Es wäre natürlich richtiger und den Dorrances gegenüber fairer gewesen, wenn er ihn mit der Adresse seines Verlegers versehen und ordnungsgemäß am Schalter des Postamts an der Kennedy Plaza aufgegeben hätte. Aber er ist ein Schriftsteller, und so wünscht er, was sich aus dieser Mystifikation unvermeidlich ergeben wird: das Erscheinen der Polizei-Jeeps vor dem Stephen Hopkins-Haus, die Auffahrt der Fernseh-Übertragungswagen, die Vernehmungen, die Pressemeldungen, die Interviews, die Bilder – kurz, den Skandal.

109

Die Sache hat nur den Haken, daß die Polizei – da T. das Stephen Hopkins-Haus als Modell des Hauses der Dorrances benützt hat – ratlos dieses Museum durchsuchen wird. T. muß sich also ganz wo anders befinden – vielleicht doch in Savannah? – Roland Barthes wird in einer strukturalistischen Zeitschrift zu dem Vorfall bemerken, es sei nur logisch, daß der Roman zu seinem Verschwinden die Museen benütze.

110

Nach unserer Rückkehr aus Cape Cod gehe ich häufig in der schönen Oberstadt von Providence spazieren, die in ihrer Art ja ebenso geschlossen, ebenso bedeutend ist wie Dinkelsbühl oder

San Gimignano. Von Gefangenschaft kann kaum noch die Rede sein. Eliza macht manchmal noch den schwachen Versuch, mich daran zu erinnern, indem sie mir, wenn sie hört, daß ich das Haus verlasse, zuruft: »Paß auf, wenn du ausgehst – man könnte dich erkennen!«

Alte Peripherie

I

In der Leonrodstraße stand der Dezember, graubraun um fünf Uhr nachmittags. Franz Kien wartete damals auf die Arbeitslosigkeit. In drei Monaten, Ende Februar, war seine Lehrzeit zu Ende. Der Chef hatte gesagt, daß er ihn nicht über die Lehrzeit hinaus behalten würde, nicht einmal zu einem Taschengeldlohn. Rudi Melzer hatte schon seinen Wintermantel an, grau, Fischgrätenmuster. Otto Raab trug einen schwarzen Schal um den Hals und hatte den Kragen seiner Windjacke hochgeschlagen. Sie gingen auf die Ruprecht-Oberrealschule, Untersekunda, während Franz Kien schon arbeitete. Rudi Melzer war schlank, guter Leichtathlet, gut bei Kasse, Windhundtyp, studierte später an der TH, wurde Textilingenieur, heiratete in der Nazizeit eine sächsische Fabrikantentochter, wurde sicher reich, hat sicher die angeheirateten Fabriken verloren, als die Russen Sachsen besetzten – wenn er nicht vorher in Rußland gefallen ist, denn das Letzte, was Franz Kien einmal über ihn hörte, war, er sei Soldat und in Rußland –, ist jetzt (aber vielleicht ist er ja in Rußland gefallen) sicher wieder reich, falls nicht seine Windhundnatur durchgebrochen und er infolgedessen für nicht kreditwürdig erklärt worden ist. Otto Raab, groß, stark, zuverlässig, breites Gesicht, fast in allen Fächern eine Drei, ging später zur SA, höhere technische Laufbahn bei der Stadt, nie wieder hörte Franz Kien etwas von ihm, ist vielleicht gefallen. Von diesen Jahrgängen sind die meisten gefallen. Es war kalt. Sie standen an der Ecke, wo sich Griebls Delikatessengeschäft befand, in dem Kiens Mutter hatte anschreiben lassen, ehe Kiens Vater gestorben war, vor einem Jahr. Seitdem schaffte Kiens Mutter die Familie wieder hoch. Die Leonrodstraße hatte schon elektrische Beleuchtung, während in der Neustätterstraße der Laternenanzünder von einer Gaslaterne zur anderen ging. Rudi Melzer hatte zu Franz Kien und Otto Raab gesagt, er habe jetzt das Geld. Sein Gesicht war schlank und lässig. Dunkelblonde Haare, dunkelblonde Wimpern. Er hatte zu Hause siebenhundert Mark verschwinden lassen können, ohne daß es vorläufig auffallen würde. Sein Vater war Kaufmann, erfolgreich, vorsichtig, ein stiller Herr, der mit niemandem sprach, selten auch nur mit seinem Sohn. Rudi Melzer war einziges Kind in einer polierten Wohnung. Die Mutter war still wie der Vater, eine schüchterne Dame, aber freundlich. Eine Trambahn, Triebwagen mit Anhänger, fuhr durch die Leonrodstraße, verwischt und blau durch den graubraunen Dezember um fünf Uhr am Nachmittag. An der Ecke Albrechtstraße konnte Franz Kien eine Gruppe junger Arbeitsloser stehen sehen, schwarz, manchmal in Bewegungen ausbrechend, dann wieder zu dichten Gesprächen zurückkehrend. Rudi Melzer schlug vor, sie sollten sich am Samstag um drei Uhr am Hauptbahnhof treffen und dann irgendeinen Fernschnellzug nehmen. Keinen Koffer natürlich, nur das Allernötigste, aber den besten Anzug. Franz Kien und Otto Raab stimmten ihm zu. Samstag um drei war der früheste Termin, an dem sie zu Hause wegkamen, nach der Schule, nach der Arbeit, erst spät abends würden die Familien unruhig werden, erst in der Nacht sich die Eltern schließlich an die Polizei wenden. Heute war Donnerstag, Anfang Dezember. Franz Kien hatte einen Botengang machen müssen und war früher als sonst aus dem Büro nach Hause gekommen. Er hörte den beiden anderen zu, wie sie noch über ihre Mathematikaufgaben sprachen. Rudi Melzer erklärte Otto Raab irgend etwas aus der Algebra; er war ein guter Mathematiker. Sie sprachen miteinander so, als würden sie noch weiter auf die Schule gehen. Franz Kien hatte die Mathematik nie begriffen. Jetzt arbeitete er schon, nachdem er vor zwei Jahren die Obertertia verlassen hatte. Er trug einen billigen rotbraunen Anzug, gestreift, und darüber eine Windjacke, wie Otto Raab. Er fror, aber es machte ihm nichts aus. Doch er hatte Hunger, weil er seit Mittag nichts gegessen hatte, und er sah gierig nach den Sachen im Schaufenster von Griebls Delikatessengeschäft, aber er ging nicht nach Hause, weil er noch mit seinen Freunden zusammen sein wollte. Er war mit ihnen auf der Schule gewesen und mit ihnen befreundet geblieben. Manchmal, wenn er ihnen zuhörte, wie sie über Algebra sprachen, fragte er sich, was er eigentlich noch mit ihnen zu tun habe. Gegenüber lag die Lacherschmied-Wiese, blaugrau und nebelig; sie unterbrach die jenseitige Häuserreihe der Leonrodstraße. Es war noch nicht ganz dunkel, so daß Franz Kien hinter der Lacherschmied-Wiese die Bäume der Landshuter Allee sehen konnte. Franz Kien mochte Rudi Melzer sehr gern. Es war fabelhaft von Rudi Melzer, daß er die siebenhundert Mark nicht für sich allein verbrauchte, sondern mit ihm und Otto Raab zusammen wegfuhr, daß er nicht daran dachte, am Samstag mit ihnen zu fliehen. Er war sich ganz im klaren darüber, daß er nicht die geringste Absicht hatte, am Samstag um drei Uhr zum Hauptbahnhof zu kommen, obwohl er das Unternehmen wochenlang mit ihnen beraten hatte. Rudi Melzer hatte die Idee aufgebracht, aber Franz Kien hatte sie verfolgt, weil sie radikal war und eine Verschwörung ergab. Ohne Franz Kien hätte Rudi Melzer die Idee vielleicht aufgegeben. Otto Raab machte einfach mit. Von den jungen Arbeitslosen Ecke Albrechtstraße besaßen einige keine Mäntel; sie hatten die Hände in die Hosentaschen gesteckt. Im Westen war der Himmel über der Lacherschmied-Wiese noch immer korkenhell; rauchig zogen die Nebel sich unter ihm zusammen. An den Samstag um drei denkend, begriff Franz Kien, daß ihr radikales Geheimnis, dem eine Verschwörung gedient hatte, aufhören würde, ein Geheimnis zu sein. Er zweifelte daran, daß die beiden anderen kommen würden, denn was für Gründe hatten sie überhaupt, eine Flucht zu unternehmen, die, wenn das Geheimnis gelüftet war, mit dem Wort Ausreißen bezeichnet werden würde? Sie kapierten Formeln wie

$$s_n = \frac{a_1 - a_{nq}}{1 - q} \text{ oder } \frac{s = \lim}{n - \infty} \; s_n = \frac{a_1}{1 - q},$$

die Franz Kien nicht mehr hatte begreifen können, weil sein Gehirn nicht genügend zur schnellen Kombinatorik abstrakter Werte veranlagt war. (Seine Intelligenz hatte noch für die Geometrie ausgereicht, denn es war nicht abstrakt, darzustellen, wie der Rauminhalt des Quadrats über der Hypotenuse demjenigen der Quadrate über den beiden Katheten entsprach.) Rudi Melzer hatte in Mathematik eine Eins und Otto Raab schob immerhin seine Drei heraus; also gehörten sie dorthin, wo sie waren. Sie gehörten dazu. Wenn sie ausrissen, schlugen sie nur eine Volte, die sie auf den geraden Weg wieder zurückbrachte. Franz Kien grüßte Frau Zander, die an ihnen vorbei in Griebls Delikatessengeschäft eintrat, wobei sie sich im Gegenlicht für eine Sekunde in einen schwarzen Umriß verwandelte, denn es war nun fast dunkel auf der Straße geworden. Noch ihr Umriß enthielt eine Nachricht von ihrem kranken Sohn, dem kleinen Beamtengehalt ihres Mannes. Kalte Dunkelheit; aus ihren Mündern stieg Rauch auf. Franz Kien hatte überhaupt keinen Grund mitzumachen; während er in den letzten Wochen diese radikale Sache mit ihnen besprochen hatte, war ihm aufgegangen, daß etwas viel Besseres auf ihn wartete: die Arbeitslosigkeit. Er würde frei sein. Seine Mutter bekam eine Rente, und sie würde immer das Essen und etwas Taschengeld für ihn bereit halten; er würde die Zeit ganz zu seiner Verfügung haben. Er hatte allerhand vor. Das war viel besser, als mit Rudi Melzers siebenhundert Mark irgendwohin zu fahren.

2

Das Mädchen, von dem sie nichts wußten, als daß es Edith hieß, kam die Leonrodstraße entlang, von der Landshuter Allee her. Franz Kien und Otto Raab hatten es schon von weitem beobachten können, wie es zum erstenmal unter dem Lichtkegel einer elektrischen Lampe schmutzigweiß aufglomm. Rudi Melzer konnte es nicht sehen, denn er stand mit dem Rücken zu der

Richtung, aus der es kam. Es näherte sich, und auch Rudi Melzer wandte sich um, ohne daß die beiden anderen ihn aufmerksam gemacht hätten. Diese Edith war im ganzen Viertel bekannt; sie trug immer einen schmutzigweißen Trenchcoat mit Achselklappen. Sie ließ ihre Knie sehen. Diese Edith hatte einen herausfordernden, zögernden und wehrlosen Gang. Sie ging immer allein. Jetzt wurden die jungen Arbeitslosen Ecke Albrechtstraße unruhig, sie stellten sich in Gruppen zu zweien oder dreien locker auf und erwarteten die Edith. Sie ging auf der anderen Straßenseite, und als sie an der Kreuzung der Neustätterstraße anlangte, wo die drei standen, konnte Franz Kien ihr blasses, von Schatten grundiertes, traumhartes Gesicht unter ihren glatten, unbestimmt dunklen Bubikopfhaaren sehen. Otto Raab begann ihr zu folgen, mit einem Schritt trat er aus dem Lichtschein von Griebls Delikatessengeschäft heraus und folgte dieser Edith, ohne die Leonrodstraße zu überqueren; er ging mit ihr auf gleicher Höhe und ließ sie nicht aus den Augen. Rudi Melzer und Franz Kien gingen hinter ihm her, sie machten sich über ihn lustig, aber auch Franz Kien wurde ungeduldig, als ein blauer verwischter Wagenzug der Linie 22 ihnen für einige Sekunden die Sicht auf das Mädchen nahm. Es kam bei den Vorposten des Arbeitslosentrupps an und ging kreiselnd, zögernd, wehrlos durch die aufgestellten Gruppen von Figuren, Rufen und Pfiffen. So ging das immer zu, wenn diese Edith im Viertel auftauchte. Sie passierte die Waldung aus jungen Männern, die ihr folgten wie Otto Raab, ein wanderndes Gehölz aus schwarzen, struppigen, mageren Umrissen. Rudi Melzer und Franz Kien blieben Ecke Albrechtstraße, wo das Arbeiterviertel begann, stehen; nur Otto Raab folgte den Arbeitslosen und dem Mädchen weiter, die Leonrodstraße entlang. Franz Kien blickte auf die Trambahngleise, die in der Nacht eisern schimmerten. Auf der rechten Seite der Straße standen hier keine Wohnhäuser mehr, sondern die langen fensterlosen Mauern der Wagenremisen, die zur Max II.-Kaserne und zur Artilleriekaserne gehörten. Hinter diesen Remisen lagen, wie Franz Kien wußte, weite, leere, leblose Plätze. Das Gras, das zwischen den Fugen ihrer Steine wuchs, wurde gejätet. Franz Kien erinnerte sich, daß Otto Raab einmal zu ihm gesagt hatte, wenn wir wieder Soldaten hätten, gäbe es keine Arbeitslosen mehr. Aber Franz Kien liebte den Gedanken an weite, leere, regungslose Plätze zwischen großen, verlassenen Gebäuden. Die Vorstellung, München sei von allen Menschen verlassen und er, Franz Kien, ginge ganz allein in den von seinen Schritten widerhallenden Straßen umher, war eine seiner Lieblingsvorstellungen. Otto Raab kam zurück und erzählte, diese Edith sei in die ›Frische Quelle‹ gegangen, wo sie an der Theke ein Bier getrunken und mit einem Mann gesprochen habe. Er atmete heftig; es schien ihm unendlich wichtig, dies erfahren zu haben. Franz Kien wußte jetzt, warum Otto Raab die Flucht mitmachen wollte: er hoffte, ihr Ausbruch würde seinen starken, großen, dummen Körper von einer Last befreien. Er war derjenige von ihnen, der am dringendsten eine Frau brauchte. Rudi Melzer brauchte sie noch am wenigsten, obwohl er sie am leichtesten bekommen würde. Er war leicht, locker athletisch, gut bei Kasse, seine dunkelblonden Wimpern bewegten sich mühelos auf und nieder. Sie sprachen noch eine Weile miteinander, ehe sie sich trennten, an der Ecke Albrechtstraße, an der jetzt keine Arbeitslosen mehr standen. An einem rotbraunen niedrigen Eckhaus fluoreszierten kalt die Fetzen abgerissener Parteiplakate. Nach dem Abendessen fläzte Franz sich auf dem alten Kanapee und las in der Zeitung die Berichte über den Krantz-Prozeß. Die Hilde Krantz war eine berliner Primanerin, die mit zwei Klassenkameraden gegangen war. Der eine von ihnen hatte den anderen erschossen. Franz betrachtete immer wieder alle Bilder von Hilde Krantz, die in den Illustrierten erschienen. Es kam ihm vor, als habe diese Edith Ähnlichkeit mit der Hilde Krantz – das gleiche blasse, zarte, fordernde Gesicht, ein Gesicht, an das man sich nur schwer erinnern konnte, weshalb der heftige Wunsch, sich an es erinnern zu können, etwas Quälendes bekam. Franz hätte sich gern mit seinem Bruder Matthias über den Krantz-Prozeß unterhalten, aber das war unmöglich. Matthias saß am Tisch, er hatte ein großes Kanzleibuch vor sich aufgeschlagen und übertrug aus Weyers Taschenbuch der Kriegsflotten Tabellen auf das Aktenpapier. Mit Tinte, in einer vollkommen ausgebildeten, kleinen, in sich geschlossenen Handschrift ordnete er Schiffsnamen, Typenbezeichnungen, Tonnagen, Seemeilenziffern und Bestückungsangaben sorgfältig nebeneinander, so daß blaue symmetrische Zeichenfelder entstanden. Matthias war vier Jahre älter als Franz, also zwanzig. Er war nicht arbeitslos, sondern Gehilfe in einem Musikaliengeschäft am Odeonsplatz. Er spielte Klavier. Sein Gesicht war klein, von einem matten Dunkelbraun, auch im Winter; manchmal wirkte es fast javanisch. Er konnte nicht einmal zur Handelsmarine, weil er kurzsichtig war, Brillenträger. Gelegentlich zeichnete er auch Karten, unendlich liebevoll. Sein Hauptwerk war ein großer Stadtplan von Wien gewesen, mit Tusche und Farben, maßstabgetreu, als Geschenk für ihre Mutter, die aus Wien stammte, begonnen, aber Franz hatte ihn während seiner Entstehung zerstört, indem er, bei einem Streit mit Matthias, ein Glas Tusche über die schon weit fortgeschrittene Arbeit ausleerte. Matthias hatte nicht einmal etwas gesagt; er hatte nur schweigend das vernichtete Blatt vom Reißbrett gelöst, und seither hatte er keinen Karten-Entwurf mehr begonnen. Franz hatte die Zeichnung gar nicht im Jähzorn beschädigt, sondern einem kalten, boshaften Entschluß folgend, insgeheim lachend. Seine Mutter war betroffen gewesen; auch sie war fast stumm geblieben. Die Platte des Tisches, auf dem Matthias schrieb, war rotbraun poliert, aber die Politur war an den Rändern hell abgewetzt. Es war der gleiche Tisch, an dem Franz' Vater mit seiner Mutter und zwei befreundeten Damen jahrelang einmal in der Woche Tarock gespielt hatte. Neben dem Tisch stand das Klavier, Marke Kirchheim-Teck, gleichfalls braun. Ein eiserner Dauerbrandofen verbreitete Hitze im Zimmer. Die graugrüne Seide des Lampenschirms über dem braunpolierten Tisch war zerschlissen. Als Franz mit der Zeitung fertig war, begann er ein

Buch zu lesen, einen Kriminalroman von Edgar Wallace, Die grünen Augen von London.

3

An der Haltestelle Albrechtstraße war die Trambahn am Morgen, wenn Franz einstieg, nur wenig besetzt. Erst an der nächsten Haltestelle, Rotkreuzplatz, wurde sie voll. Franz stellte sich immer auf die hintere Plattform des Triebwagens, weil er dort seine Ledermappe auf dem nicht benutzten eisernen Lenkungsgehäuse abstellen konnte. Er lehnte sich an das Gehäuse und las. Es hatte keinen Zweck für ihn, sich ins Wageninnere zu setzen, weil während der Fahrt zu viele ältere Leute einstiegen, denen er Platz hätte machen müssen. Dann hätte er gedrängt gestanden. Es war besser, sich gleich einen bequemen Stehplatz zu suchen. Er hatte wieder seinen rotbraunen Anzug an, darüber die Windjacke, unter dem Jackett trug er einen dicken Pullover. Franz war damals 1,76 Meter groß; er wuchs in diesen Jahren noch und erreichte 1,79 Meter Größe. Sein Gesicht war länglich und blaß, seine Haare – er trug keine Kopfbedeckung – dunkelbraun und kurz gekraust. Im ganzen wirkte er lang aufgeschossen, aber nicht mager und knochig, sondern eher weich und unbestimmt. Damals hatte die Linie 22 noch keine schließenden Türen, sondern, wie alle Peripherie-Linien, aufklappbare Scherengitter. Nur bei den Linien, die ins Stadtzentrum fuhren, konnten die Plattformen durch Türen geschlossen werden. Franz machte der kalte Zugwind nichts aus, weil er den dicken Pullover anhatte. Obwohl er gespannt Die grünen Augen von London las, schloß er manchmal das Klappgitter. Es ärgerte ihn, wenn der letzte, der eingestiegen war, das Gitter offenließ. Er fuhr immer um Viertel vor sieben, das war im Dezember die Zeit, in der es gerade hell wurde, aber die Trambahn war immer noch erleuchtet, so daß die Gegenstände und die Luft draußen dunkler erschienen, als sie es waren, wenn man ausstieg. Die

Trambahn war eine von innen illuminierte Glasraupe, die sich durch das finstere Laub und Gras der Vorstädte fraß. Aus dem Buch von Wallace stiegen englische Namen auf wie fremder Rauch: Golders Green, Barkerley Station, Inspektor Saunders. Als der Wagen sich füllte, kamen auch Mädchen herein, und Franz mußte dann seine Lektüre unterbrechen, um ihre süßen Gesichter beobachten zu können. Wenn sie aufmerksam wurden, wandte er seinen Blick ab und las weiter. Am Rotkreuzplatz stiegen viele Leute ein. Franz blickte zur Wendlstraße hinüber. In der Wendlstraße hätte er gern gewohnt, ohne genau sagen zu können, warum, vielleicht weil ihre Häuser lichter verputzt waren und die beiden Straßenseiten weiter auseinander standen. Mit der Wendlstraße begannen die ruhigen Viertel, die beim Schloß Nymphenburg endeten, Viertel, die ruhig waren, ohne direkt langweilig zu sein, hellgraue Straßen, noch im Herbst von gelegentlichen Blumenreflexen, Gartengeraschel und Erwartungen durchflossen. In diesem Viertel gab es, je nach der Jahreszeit, Schlittschuhläufer, Prozessionen und Einladungen zu Kakao und Kuchen. Aber die Linie 22 wandte sich von dieser Gegend ab und fuhr die Donnersberger Straße entlang. Während die kahlen Bäume der Donnersberger Straße an den ungepflasterten Rändern der Gehsteige standen, folgte Franz einem jungen Mann, der gelassen durch eine gefährliche Straße im Londoner East End ging. Später, als er arbeitslos und Kommunist geworden war, drang Franz Kien in das Viertel um die Donnersberger Straße ein, in dem Fabrikarbeiter, Eisenbahnbeamte, Handwerker, Verkäuferinnen, Hausfrauen und Kinder wohnten, in die zementfarbenen Gevierte von flachen Blöcken, die große Höfe umschlossen, Höfe mit Wäschestangen, Karren, Fahrrädern, Kehrichttonnen und alten Zeitungen. Die Wohnungen, die er kennenlernte, unterschieden sich wenig von den Wohnungen, die er bis dahin gekannt hatte; sie waren nur verwohnter, zweckmäßiger und um eine Spur weniger hoffnungslos, und ihre Bewohner waren leichter bereit, auf die Straße zu treten. Dort, wo Franz Kien wohnte, gingen nur die

Kinder und Jugendlichen gern auf die Straße. Während diese Blöcke grau und einförmig waren, standen auf der linken Seite der Donnersberger Straße hohe und ärmere Häuser mit farbig abbröckelndem Verputz in Rotbraun und schmutzigem Gelb, in denen sich unten Wirtschaften, Kramläden, Gemüsegeschäfte, Bäckereien und Metzgereien befanden. Nur die Milchläden hatten schon auf; in ihnen herrschte kaltes weißes Licht. Da Franz in Neuhausen wohnte und in Sendling arbeitete, kam er in jenen Jahren nur selten aus den Vorstädten heraus. In den Vorstädten veränderte sich damals nichts. Stumm, in sich gekehrt, schlaflos hörten sie auf den dünnen, immer wieder aussetzenden Atem der Fabriken. Weil das Pflaster ihrer Straßen in Bewußtlosigkeit versunken war, herrschten auf ihm Elend und Freiheit. Vor dem Schund der Häuserfassaden, der Tafeln aus verschmierten Ziegelfronten eilten die Arbeitslosen hin und her. Ihre Bewegungen wurden vom Zufall gelenkt. Es war eine Zeit starker Leidenschaften und alter Trambahnen, regungsloser Kasernen und Anarchie, dazu bestimmt, in ein Schicksal zu münden. Nachdem es erfüllt worden ist, erheben sich neue Häuser, in denen nur noch schwache Leidenschaften glühen. Gelenkte Bewegungen verbrennen in Motoren. Die Donnersberger Brükke unterbrach Franz' Lektüre, weil auf ihr das Fahrgeräusch der Trambahn hohl und dröhnend wurde. Er blickte auf die Eisenbahngleise hinab, auf denen Züge standen. Eine unter der Brükke rangierende Lokomotive hüllte für Momente den Wagenzug der Linie 22 in eine weiße Dampfwolke. Die Leute standen jetzt eng aneinander gepreßt auf der Plattform, ein Bündel Existenzen, das durch eine weiße Wolke zur Arbeit fuhr. An der Haltestelle Landsberger Straße stiegen viele aus und viele andere kamen herein. Franz dachte an den Mann, den er fast jeden Tag beobachtete, wie er vor dem Haus an der Theresienwiese stand und wartete. Dieser Mann mußte irgend etwas vorhaben. Franz wollte ihn heute wieder beobachten. Er mußte es so einrichten, daß er den Hund des Chefs vor der Mittagszeit auf die Straße führte, auch wenn Fräulein Gehring dann gerade eilige Arbeit für ihn hatte. In der Zeit vor Mittag stand der Mann sicher vor dem Haus. Daran dachte Franz, während er an die Verabredung für morgen nachmittag am Hauptbahnhof mit Rudi Melzer und Otto Raab nicht dachte. Das Viertel um die Schwanthaler Straße, durch das die 22 jetzt fuhr, war genauso wie das Viertel auf der anderen Seite der Eisenbahn. Im Wagen waren die Lichter gelöscht worden, und draußen war es jetzt hell. Manchmal empfand Franz den Wunsch, aus der Peripherie ins Zentrum zu gelangen. Einige Punkte in der Münchner Innenstadt hatten für ihn eine gänzlich andere Bedeutung als das ganze Feld der Vorstädte. Solche Punkte waren für ihn das Schaufenster des Herrenschneiders van Hees und der Innenraum der Dreifaltigkeitskirche. Um die Berührung mit diesen Punkten nicht abzunützen – denn er wußte, daß ihre Bedeutung für ihn abnehmen würde, wenn er sie zu oft aufsuchte –, schob er Gänge in den Stadtkern immer wieder auf. Übrigens war das Schwanthaler Viertel doch ein wenig verschieden von den Bezirken um die Donnersberger Straße, weil es Industrie-Anlagen besaß, große Areale aus Bretterzäunen und Rost. Das Kino gegenüber der Waggonfabrik Rathgeber zeigte den Film Unterwelt mit Wallace Beery. Franz hatte ihn schon gesehen, aber er würde ihn sich noch einmal ansehen, nicht wegen der Szene am Schluß, in der Wallace Beery, in die Enge getrieben, sich schließlich mit einem Maschinengewehr verteidigte, ehe er starb, sondern wegen der Szenen vorher, Szenen aus wilden amerikanischen Straßen, Schritten, Lichtschein und Rauch. Franz wollte weder Detektiv noch Verbrecher werden, aber er wollte Kriminalfälle beobachten; in nächtlichen Städten umhergehen; lange und bewegungslos vor Häusern stehen, in dunklen Mauerwinkeln, neben Laternen und Pfützen; aus der geringfügigen Bewegung eines Lichts und eines Schattens, aus einem gedämpften Geräusch, dem Eintritt eines Mannes in ein düsteres Haus, dem Aufleuchten eines Streichholzes unter dem Gesicht eines Mädchens, das so aussehen würde wie diese Edith, aus Nebeln, Bierlachen und Messern etwas herauslesen, die Entstehung eines Verbrechens, die gemessenen Zeichen eines sorgfältigen Mords. Die Kinos ließen ihn jetzt herein; noch vor einem Jahr hatten er und seine Freunde ihr Alter angeben müssen, und oft waren sie abgewiesen worden; dann gingen sie an den regnerischen Sonntagnachmittagen zum nächsten Kino und versuchten es dort. Noch früher waren die Stummfilme an ihnen vorbeigezogen, flimmernd und von Klavieren begleitet und verboten in kleinen, von Ödnis umregneten Sälen. Schale Unterwelten, die sie in die Landshuter Allee entließen. Am Sonntagmorgen war Franz während der Jahre, in denen sein Vater noch lebte, in der Christuskirche gewesen. Die Nummern der Gesangbuchverse standen weiß auf schwarzen Tafeln, die man in ihre Rahmen hineinschieben konnte. Einige der Lieder waren schön, Franz sang sie gern, aber ohne Überzeugung. Der Hauptpfarrer der Christuskirche hatte ein kraftvolles zartes Gesicht unter weißen Haaren. Die Linie 22 geriet mit einemmal an den Stadtrand, zwischen Schrebergärten und Wiesen, ehe sie Sendling erreichte. Franz stieg an der Sendlinger Kirche in die 6 um. Hier standen noch Häuser ländlichen Charakters mit weißen Giebeln. Der Wagenzug der 6, zwei Anhänger, war schwer und modern; er fuhr durch die Lindwurmstraße ins Stadtinnere. Aber Franz gelangte nicht bis dorthin, weil er an der Haltestelle bei den Großmarkthallen aussteigen mußte, um das Büro zu erreichen, in dem er seine kaufmännische Lehre abmachte. Die Fahrzeit in der 6 war zu kurz, um die Lektüre des Romans von Edgar Wallace noch einmal aufzunehmen. Franz steckte ihn in seine Mappe. In der Mappe befand sich ein Päckchen mit Frühstücksbroten, das Buch, ein feststehendes Messer, sonst nichts. An den Tagen, an denen er in die Berufsschule mußte, waren auch noch seine Schulbücher darin. Da die Büros damals noch keine durchgehende Arbeitszeit hatten, machte Franz diese Straßenbahnfahrt jeden Tag viermal. Er kam oft zu spät ins Büro.

4

Fräulein Gehring öffnete ihm die Türe. Sie war immer schon eine halbe Stunde früher im Büro, um die Arbeit vorzubereiten. Sie hatte ein Verhältnis mit dem Chef, der Junggeselle war. Der Chef war klein, in erstklassige Maßanzüge gekleidet, im Winter trug er Gamaschen; er hatte ein rundes, teigiges Gesicht. Fräulein Gehring war etwas größer als er, messerschmal, in ihrem dünn zugeschliffenen Gesicht saß als zweite Schneide eine Nase wie ein Vogelschnabel, habichthart und scharf. Sie hatte Launen. Wenn sie schlechter Laune war, strich sie im Büro umher, ordnete neue eilige Arbeiten an, wies Franz Fehler nach, jagte den Packer. Am Morgen begann Franz mit der Kontenführung. Er trug Lieferungen und Rechnungsbeträge in die Kundenkonten ein und steckte Reiter auf die Blätter; grüne auf Firmen, die vier, gelbe auf Firmen, die sechs, rote auf Firmen, die acht Wochen nicht bezahlt hatten. Das war Arbeit, die – obwohl sie keinerlei Intelligenz, sondern nur ein wenig Aufmerksamkeit erforderte –, insofern sie Arbeit war, sich von der Zwecklosigkeit der Algebra-Rechnung, mit der Rudi Melzer und Otto Raab noch beschäftigt waren, deutlich unterschied. Und obwohl Rudi Melzer und Otto Raab Algebra-Rechnungen bewältigten, die Franz Kien nicht bewältigt hatte, waren sie, weil sie noch nicht am Arbeitsprozeß teilnahmen, sondern auf der Schule zweckfreie Intelligenz-Kunststücke vollbrachten, doch nur spielende Kinder und ihre Flucht ein Ausreißen von Kindern, an dem Franz Kien sich nicht mehr beteiligen konnte. Die rot bereiterten Karten reichte Franz zu Fräulein Maschler, der Stenotypistin, hinüber, damit sie die Mahnformulare ausschreiben konnte. Fräulein Maschler war fünfundzwanzig, während Fräulein Gehring schon über dreißig war. Fräulein Maschler war eine Hübsche, mollig, dantschig. Sie saß den ganzen Tag an der Schreibmaschine. Um neun Uhr kam die Post. Fräulein Gehring sortierte sofort die Bestellungen heraus, und Franz begann, Lieferscheine und Aufklebe-Adressen zu schreiben.

Das Büro war ein kleines Versandgeschäft für Drogerie-Artikel, hauptsächlich Pharmazeutika. Der Chef, zwei Angestellte, ein Lehrling, ein Packer. Der Prozeß der Warenverteilung in Zwischenhandelsgeschäften. Vom Büro aus kam man in einen dunklen Lagerraum mit Regalen, dahinter war der Packraum. Am Nachmittag mußte Franz dem Packer Lechner helfen, was er gern tat, denn er konnte sich mit Lechner über alles in derben Witzen unterhalten. Außerdem hatte er das Packen gern, das Herrichten der Ware, das Abmessen der Wellpappe, ihr Einknicken mit dem Rücken der Scherenschneide, das Umlegen und Einfalten des Packpapiers, das Aufkleben der Adresse, das Verschnüren mit dem exakten Sitz des Anfangs- und des Zwischenknotens, das zufriedene Betrachten des fertigen sauberen Pakets. Das war produktive Arbeit. Außerdem führte Franz die Portokasse, und von Zeit zu Zeit mußte er mit Fräulein Gehring in den Lagerraum gehen, um die Bestände zu kontrollieren. Die Portokasse ergab häufig Differenzen, und er saß dann an den Spätnachmittagen lange und rechnete, bis er den Fehler gefunden hatte. Franz hatte damals einen ungenauen Zeitbegriff. Obwohl er ungeduldig auf die Arbeitslosigkeit wartete, kam er nicht auf die Idee, seine Lehrstelle vorzeitig zu verlassen, sondern füllte seine Lebenszeit damit aus, zu erlernen, wie man die Felder blasser Verteiler-Funktionen dünn schraffiert. Bestellungen, Lagerbestände, Lieferscheine, Konten, Kartenreiter, Mahnverfahren, Porti, Pakete. Aus der Zeit, die sie verkauften, um zwischen Chemikern und Leidenden Pharmazeutika hin und her zu schieben, sprengten die Angestellten Bruchstücke für Privatgespräche heraus, unter denen die Grundtatsachen ihres Lebens sichtbar wurden, zum Beispiel, daß Fräulein Gehring an der Last ihrer großen Nase trug, daß Fräulein Maschler süß und dantschig war und infolgedessen aufs Kinderkriegen wartete. Am Vormittag um halb zehn waren die ersten Eilbriefe auf die Post zu bringen und Backwaren fürs Frühstück zu besorgen. Franz ging die breite Lindwurmstraße entlang bis zum Postamt am Goetheplatz. Viele Leute bewegten sich auf dem grauen Boulevard, der fast schon zur Innenstadt gehörte. In einer Bäckerei kaufte Franz für Fräulein Gehring, Fräulein Maschler und sich selbst eine Tüte mit Zuckerhörnchen. Er aß seine zwei Hörnchen gleich auf der Straße, weil er gierig nach ihrem frischen, süßen, weichen Geschmack war. Zurückgekehrt, aß er dann die belegten Brote, die seine Mutter ihm mitgegeben hatte, hinten im Packraum bei Lechner, der trotz seines schlechten Lohns eine gewaltige Brotzeit verzehrte und dazu Bier trank. Der Chef kam regelmäßig nach der Frühstückspause, gegen zehn. Sie hörten, ehe er eintrat, das Gebell seines Dackels. Der Chef ging zuerst in sein Büro und besprach mit Fräulein Gehring die Post und die laufenden Geschäfte, ehe er ins große Büro kam. Er warf einen feindlichen Blick auf Franz. Franz war ihm von Anfang an zuwider gewesen. Er war ihm nicht fix genug. Er spürte, daß Franz die Arbeit, die er tun mußte, lässig und gelangweilt verrichtete. Dann diktierte er in seinem Büro Fräulein Maschler Briefe. Fräulein Gehring war nicht eifersüchtig auf Fräulein Maschler; sie hatte den Chef fest in der Hand. Nach außen ließen sie und der Chef sich von ihrem Verhältnis nichts anmerken, sondern sprachen sachlich über die Vorgänge im Büro, redeten sich mit Sie an. Fräulein Gehring deckte Franz gegen die Feindschaft des Chefs meistens ab; sie mochte Franz ganz gern, und vielleicht haßte sie den Chef, weil er sie nicht heiratete und sie nicht in die Gesellschaft der Kaufleute mitnahm. Der Chef hatte ein Teiggesicht und trug Gamaschen, hielt sich aber für einen straffen, modernen Geschäftsmann. Er nahm die Arbeit im Büro völlig ernst. Er arbeitete wenig. Zum Mittagessen ging er ins Weinhaus Schwarzwälder, eines der führenden Restaurants der Stadt. Wenn Fräulein Gehring mit Franz in den Lagerraum ging, blieb sie oft lange bei ihm, zog die Bestandsaufnahme hinaus. Sie stand dann nahe bei ihm, streifte ihn mit ihrem weißen Kittel, den sie im Büro trug.

Franz mochte den Geruch, den sie an sich hatte, nicht. Einmal, als sie einen schweren Fehler, der ihm bei der Kontoführung unterlaufen war, aufgedeckt hatte, sagte sie im Lager zu ihm, er solle sich hinknien und sie um Entschuldigung bitten, dann würde sie die Angelegenheit dem Chef verschweigen. Franz durchschaute das Verhältnis, das sie zu dem Chef hatte; er lehnte verlegen lachend ab, und Fräulein Gehring wandte ihrerseits die Zumutung ins Spaßhafte, denunzierte ihn auch nicht beim Chef. In Wirklichkeit hatte ihre Aufforderung ihn durchfahren wie ein Schlag; die Erinnerung an diesen Vorfall erregte ihn noch lange danach. Mit Fräulein Maschler hätte er gerne einmal geknutscht; das war die Vorstellung von etwas Weichem, Angenehmem, aber auf ganz andere und schärfere Weise erregte es ihn, wenn er an Fräulein Gehrings Wunsch, ihn zu unterwerfen, dachte. Es wäre ihr sicher lieber gewesen, ein Verlangen, das sie nicht unterdrücken konnte, bei dem jungen, ihr sympathischen Franz zu befriedigen anstatt bei dem teiggesichtigen Chef, der dafür, daß er seine tüchtige Angestellte hörig machte, indem er ihr gehorchte – was ihm überdies Lust bereitete –, den Vorteil einhandelte, niemals mit ihr ins Weinhaus Schwarzwälder gehen zu brauchen. So durchzogen merkwürdige Verhältnisse aus Herrschaft und Unterdrückung, aus Gewinnen, die gezogen, und aus Schulden, die nicht ausgeglichen wurden, das Büro des Zwischenhändlers. Fräulein Gehring war Franz physisch unangenehm; nicht auszudenken, in welcher Weise er verdorben worden wäre, wenn seine körperliche Abneigung ihr gegenüber nicht so stark gewesen wäre, daß er sich in ein verlegenes Lachen retten konnte. Es genügte ihm noch, sich selbst in Lust zu versetzen. Er hatte keine Zukunftsaussicht als die, auf die Zeit ohne Arbeit zu warten, denn so weit konnte er immerhin vorausdenken, daß er sich eine Zukunft in solchen Büros nicht vorstellen mochte. Aber er hatte damals einen laxen und unreifen Begriff von der Zeit. Er wartete. Er war noch nicht ungeduldig genug.

5

Er wartete bis halb zwölf, ehe er den Hund auf die Straße führte. Fräulein Gehring befand sich im Chefzimmer, als er das Büro verließ, sonst hätte sie ihn vielleicht zurückgehalten. Zu Beginn seiner Lehrzeit hatte Franz versucht, sich dagegen zu sträuben, daß der Chef von ihm verlangte, er solle jeden Vormittag den Hund ausführen, aber Fräulein Gehring hatte gesagt: Lehrjahre sind keine Herrenjahre. Später, als Franz ihr sympathisch geworden war, verhinderte sie manchmal den niedrigen Dienst, besonders an Tagen, an denen sie schlecht aufgelegt war und ihre Macht über den Chef zeigen wollte. In letzter Zeit, seitdem er angefangen hatte, den Mann zu beobachten, der immer vor dem Haus am Bavaria-Ring stand, ging Franz gern mit dem Dackel fort. Auf der Straße nahm er ihn an die Leine, damit er nicht von einem Auto überfahren werden konnte. (Anweisung des Chefs.) Am Halsband hantierend, berührte er nur ungern das harte, glatte, heiße Fell des Kurzhaar-Dackels. Der Hund zog ihn von einer Stelle zur anderen, und Franz mußte stehenbleiben, wenn jener stehenblieb, schnüffelte und das Bein hob. Die Straße, in der sich das Büro befand, endete an der Theresienwiese.

Voller Ekel betrachtete Franz den immer wieder schnuppernden und spritzenden Hund. Manchmal riß er ihn ungeduldig weiter, aber es dauerte lange, bis er das Ende der Straße erreichte. Franz überquerte den Bavaria-Ring und nahm dem Tier die Leine ab; es begann, in dem kurzen grauen Wintergras hin und her zu springen. Erst dann wandte Franz sich um und stellte fest, daß der Mann wieder vor dem Haus stand, an jenem Platz, wo Franz ihn schon so häufig erblickt hatte, vor einer der zweistöckigen Villen am Bavaria-Ring. Er stand auf der Wiesenseite der Ringstraße, an einen der kahlen Alleebäume gelehnt, welche die Theresienwiese säumten, dem Eingang der Villa gegenüber, ein Mann mittleren Alters, mager, er trug eine Brille, sein grauer Mantel schien einmal elegant gewesen zu sein. Es war kalt, und der magere Mann mußte in seinem schäbigen eleganten Überzieher frieren, doch bewegte er sich kaum, gab kein Zeichen des Fröstelns von sich. Daß Franz ihn beobachtete, konnte ihm nicht auffallen, denn wenn er ihn überhaupt bemerkte, so war Franz für ihn nichts weiter als ein Junge, der einen Hund ausführte; auch waren genug andere Leute auf der Wiese unterwegs; sie gingen die ausgetretenen Fußpfade über die Wiese hin, nach Süden auf das Denkmal der Bavaria zu, oder nach Norden, zur Schwanthaler Straße hinüber. Als schwarze, sich entfernende Figuren bewegten sie sich über die sehr weite Fläche aus Asche durch den Dezembertag. Wie oft auch Franz den Mann am gleichen Platz hatte stehen sehen – niemals hatte er so lange warten können, bis sich etwas ereignete. Vielleicht ereignete sich heute etwas, weil es auf die Mittagszeit zuging? Franz wollte heute so lange warten, bis etwas geschah, gleichgültig, ob der Chef seines langen Ausbleibens wegen – es würde ihn daran hindern, rechtzeitig zum Weinhaus Schwarzwälder aufzubrechen – in Zorn geriet. Da er Franz nicht über die Lehrzeit hinaus behalten würde, hatte er sich des wichtigsten Mittels seiner Macht über den Lehrling beraubt. Auf der anderen Seite der Theresienwiese, in großer Ferne, lag der Steilhang; jeden Tag konnte es jetzt schneien, und dann würden die Kinder auf dem Hang Schlitten fahren. Bis vor zwei Jahren, ehe er kaufmännischer Lehrling geworden war, hatte auch Franz noch dort gerodelt, unter Hunderten von Kindern, die den Schnee schnell abfuhren, so daß die Schlitten sich nur noch langsam und knirschend bewegten, in den Schmutzspuren, in denen die feuchte Erde die Enttäuschung der Kinder auf das Weiße zeichnete. Der Mann hatte eine Aktentasche neben sich auf den Boden gestellt, eine, wie es schien, vollgepackte und schwere Mappe. Franz hielt sich so weit entfernt von ihm, daß er seinen Gesichtsausdruck nicht beobachten konnte, doch hatte er ihn auch schon aus der Nähe betrachtet, war ein paarmal dicht an ihm vorbeigegangen und wußte, daß er ein spähendes und nachdenkliches Gesicht besaß. Nicht einmal die Gesichter von Rudi Melzer und

Otto Raab kannte Franz so gut wie das Gesicht dieses Fremden, der noch nicht alt aussah, aber auch so, als sei er niemals jung gewesen. Die Augen des Unbekannten blickten hinter der Brille nicht böse, aber auch nicht harmlos. Franz hätte ihn brennend gern kennengelernt. Der Dackel verrichtete endlich sein großes Geschäft; Franz sah es mit Widerwillen. Er mußte den Vorgang beobachten, weil es der Zweck seines Ausgangs mit dem Hund war, das erwünschte Ergebnis festzustellen und zu melden. Das Halten von Hunden in Städten. Hunde überhaupt. Als der Dackel gesprungen kam und gelobt sein wollte, gab Franz ihm einen Tritt. Es war gleich zwölf. Franz besaß keine Uhr, aber er konnte die Uhr unter der Kuppel der Paulskirche sehen, am nordöstlichen Rand der Theresienwiese. Täuschte Franz sich, oder schien Bewegung in den Mann zu kommen? Löste er sich nicht von dem Baum, an den er sich gelehnt hatte? Was würde geschehen, wenn das, worauf er wartete, sich zeigte? Der Unbekannte wirkte selbst in einigem Abstand noch wie einer, der zu allem fähig ist, aber er sah nicht wie ein Verbrecher aus. Franz empfand nicht das gleiche wie in den Stunden, in denen er, zusammen mit Inspektor Saunders, die Spur der grünen Augen von London verfolgte. Nicht nur unterschieden sich Zeit und Ort gänzlich voneinander, sondern es war auch etwas ganz anderes, anstelle eines Verbrechers einen Menschen zu beobachten, der zu allem fähig war, und sei es zu einem Verbrechen. Und so, wie sich jener Mann von einem Verbrecher unterschied, so wenig ähnelte Franz einem Detektiv, denn im Gegensatz zu Inspektor Saunders kam es ihm nicht darauf an, ein Verbrechen zu verhindern, als vielmehr darauf, eines zu beobachten. Franz wünschte sich in diesen Minuten nur, das Verbrechen des wartenden Mannes möge geschehen. Der Hund war nun ruhig geworden und hielt sich, trotz des Fußtritts, in Franz' Nähe auf. Die Glocken der Paulskirche läuteten endlich zwölf Uhr. In dem Viertel, wo die Kirche stand, begann die Innenstadt, während die übrigen Ränder der Theresienwiese von Peripherie umstanden waren: Mittersendling, dem Schwanthaler Viertel, dem

Bezirk der großen Brauereien an der Landsberger Straße. Eine Frau kam durch die Gartenpforte der Villa, und es geschah zunächst nichts weiter, als daß der graue Mann die Straße überquerte und auf sie zutrat. Die Frau blieb stehen und erwartete ihn, nicht überrascht. Wenn sie die ganze Zeit über in der Villa gewesen war, so mußte sie ja den Mann und sein Warten bemerkt haben. Die beiden schienen sich zu kennen. Eine Liebesgeschichte. Dennoch nahm Franz die Verfolgung auf, weil er überlegte, wie seltsam es war, daß der Mann an vielen Tagen stundenlang vor dem Haus wartete, wenn er die Frau doch kannte und also Gelegenheit hatte, sie zu sehen und mit ihr zu sprechen. Das Paar ging den Bavaria-Ring entlang in die Richtung der Innenstadt, und der Mann, der seine schwere Tasche trug, sprach auf die Frau ein, nicht ununterbrochen und leidenschaftlich, sondern eher zögernd, mit langen Pausen, in denen er sie unverwandt anblickte. Manchmal blieb er stehen, weil die schnelle Gangart der Frau ihn anstrengte, dann wartete sie, nicht gerade unhöflich, aber doch spürbar ungeduldig. Franz mußte sich rasch und unauffällig fortbewegen, weil er auf dem äußeren Radius der Kreislinie ging, die er und das Paar beschrieben. Der Hund folgte ihm, erstaunt und zögernd, weil es nicht nach Hause ging. In der Absicht, Franz ins Büro zurückzuzerren, blieb er immer weiter zurück. Die Frau war jung und um eine Spur größer als ihr Begleiter, sie trug ihre dunklen Haare hochgesteckt über einem Gesicht von einer etwas vulgären und wütenden Schönheit. Im Gegensatz zu jener Edith hatte sie nichts Wehrloses und Zögerndes. An einer Straßenecke hielt sie endlich als erste inne; sie sprach kurz und heftig mit dem Mann; dann ging sie in der Seitenstraße davon, während der Mann an der Ecke zurückblieb und ihr nachsah. Franz ging sehr schnell, die Kreisbewegung in einer geraden Linie abbrechend, auf ihn zu; er hatte nur den einen Wunsch, das Gesicht des Mannes so schnell wie möglich aus der Nähe sehen zu können, und er war in wenigen Sekunden bei ihm, indessen der Dackel sich auf die Wiese setzte und zornig bellte. Franz machte zum erstenmal die Erfahrung, daß man in den Gesichtern vieler Menschen nur wenig lesen kann. Das Gesicht dieses Herrn von so unbestimmbarem Alter, der aber doch wohl ein schon älterer Mensch sein mußte, war unverändert: mager, traurig und klug. Aber während es sonst zwar nicht böse, doch auch nicht harmlos war, überzog es in diesem Augenblick eine tiefe Geistesabwesenheit, denn obwohl Franz den Fremden fast unhöflich anstarrte, schien er davon nichts zu bemerken. Wäre er ohnmächtig gewesen, so hätte er nicht abwesender sein können. Er hatte seine Tasche, die seine linke Schulter hinabzog, nicht abgestellt, sondern stand nur da, blickte übrigens nicht einmal mehr in die Richtung, in der die junge Frau gegangen und verschwunden war, und es schien ihm schwerzufallen, sich zu einer Bewegung zu entschließen. Franz entfernte sich so schnell, wie er gekommen war, weil er begriff, daß er fort sein mußte, wenn der Mann zu sich kam. Zu dem Hund zurückgekehrt, der sich vor Ärger fast heiser geschrien hatte, stellte er fest, daß auch der Mann schließlich weiterging, mager in seinen Mantel gehüllt – der einmal elegant gewesen war –, trotz seiner schweren Mappe wahrscheinlich ein Arbeitsloser, einer von den gebildeten Arbeitslosen, denn wie konnte er so viel Zeit zum Warten auf eine Frau aufbringen, wenn er Arbeit hatte? Wie die Frau ging er in Richtung Innenstadt, nur auf einem anderen Wege, noch immer den Bavaria-Ring entlang. Schließlich entschwand er aus Franz' Gesichtsfeld. Es war kein Verbrechen geschehen, aber Franz war trotzdem nicht enttäuscht.

6

Am folgenden Tag, dem Samstag, schloß das Büro um eins, Franz war um halb zwei zu Hause, aß hastig und verließ die Wohnung. Seine Mutter hatte ihn gefragt, warum er schon wieder fortginge, aber sie konnte ihn nicht zurückhalten, weil er kein Schüler mehr war, sondern schon arbeitete und verdiente, wenn auch nur vierzig Mark Taschengeld im Monat, während des letzten Lehrjahrs. Das war damals immerhin etwas. Als Arbeitsloser würde er keinen Pfennig mehr bekommen (man bezahlte den jugendlichen Arbeitslosen zur Zeit keine Unterstützung mehr; unter der Zahl der Erwerbslosen war das staatliche Versicherungssystem zusammengebrochen, und der Staat selbst näherte sich dem Bankrott), aber auch dann würde seine Mutter ihre frühere Macht über ihn nicht wiedergewinnen, denn indem er die Schule quittiert und zu arbeiten begonnen hatte, bezog sich sein Leben auf die Teilnahme an der Arbeit oder den Ausschluß von ihr, so daß er im Grundverhältnis des Daseins seiner Mutter gleichgestellt war. (In anderer Hinsicht war er – und blieb es auch später – abhängig von ihr wie jeder Sohn. Doch das ist eine andere Geschichte.) Er ging zum Rotkreuzplatz und nahm die Linie 1. Die Tage unterschieden sich nun nicht mehr voneinander; sie blieben eintönig grau, zwar durchsichtig, aber lichtlos. Der Dezember wartete auf den Schnee. Die Trambahn fuhr eine lange Zeit durch die Nymphenburger Straße und erreichte in der Dachauer Straße die Innenstadt. Als sie auf dem Bahnhofsplatz hielt, blickte Franz Kien auf die Stelle vor dem Eingang des Hauptbahnhofs, an der er sich mit Rudi Melzer und Otto Raab um drei Uhr treffen sollte. Es war jetzt zwei vorbei. Franz stieg am Marienplatz aus. Er konnte den Platz mit seinem flach verschrobenen Rathaus nicht leiden und verließ ihn hastig. Erst vor den Schaufenstern der Buchhandlungen und der Feinkostgeschäfte in der Theatiner Straße blieb er stehen. Er begann damals gerade, die Literatur und die Speisenkarten zu entdecken. Weniger Autos als heute fuhren durch die Straßen, und die vornehmen Läden dekorierten sich als zurückhaltende Wappenschilder ins Grau der Krise, als noble Erinnerungen an eine Tradition der Wollust und des Glücks. Die Preise waren billig, aber Franz konnte sich nichts kaufen. Die Arbeitslosen hielten sich von der Theatiner Straße und dem Odeonsplatz fern oder mischten sich so vorsichtig unter die Passanten, daß sie nicht zu erkennen waren. Um sich zu tarnen, legten sie in der Theatiner Straße ihre freie und ungebundene Haltung ab und gaben ihren Gesichtern jenen Ausdruck von Sorge, mit dem das gute Publikum die feinen, preiswerten Waren betrachtete, die es gern gekauft hätte. Franz gehörte noch nicht zu den Arbeitslosen, aber auch nicht zu der Gesellschaft, die sich schämte, nicht mehr wohlhabend zu sein, und sich in die Theatiner Straße drängte wie in einen verstaubten Salon. Das Preysing-Palais zeichnete ein paar schwarze Kurven auf Umbra in den verwitternden Tag. Der Odeonsplatz gab den Blick auf die kahlen Baumkronen über den Hofgarten-Arkaden und auf die Ludwigstraße frei. Paläste staffelten sich in die durchsichtige Isabellenfarbe des Winters. Franz spürte wieder, wie jedesmal, wenn er in der Mitte der Stadt herumlief, wie gänzlich er in ihr der Peripherie entrückt war: die Straßen-Perspektiven wiesen auf nichts hinaus, sondern waren ausschließlich dazu bestimmt, Veduten zu stellen. Aufs neue nahm er sich vor, die Geheimnisse von München zu ergründen, wenn er arbeitslos sein würde. Er wußte, daß München, wie jede Stadt, Geheimnisse besaß, die noch nicht ergründet waren, und daß sie nur in der Innenstadt verborgen lagen. Er konnte noch nicht wissen, daß er kurze Zeit später Kommunist werden und infolgedessen die Innenstadt nur selten betreten würde. Auch als Arbeitsloser, wie jetzt als Lehrling, sollte er sein Leben in den Vorstädten verbringen. Vielleicht hätte er sein Schicksal in den Jahren, die kamen, geahnt, wenn er sich selber, das heißt, seine Art, auf die City zu reagieren, genauer beobachtet hätte. Der Befriedigung, die der geschichtliche Stadtkern von München seinen Sinnen gewährte, war nämlich ein Gefühl wie von Verräterei beigemischt. Nicht viel, aber immerhin, es war da, wie ein Schmerz, der noch nicht ins Bewußtsein gedrungen ist: die Empfindung, er verriete die Vorstädte, indem er den Kern der Stadt liebte. Er bog in die Brienner Straße ein und gelangte an das erste Ziel seines Weges, das Schaufenster des Herrenschneiders van Hees. Auf Mahagoniholz hatte der niederländische Schneider Stoffe und Kleidungsstücke drapiert. In der großen Glasscheibe spiegelte sich der Wittelsbacher Platz, mit seinem Reiterstandbild und dem Palast, in dem der Sohn des abgesetzten Königs von Bayern als Fürst ohne Thron residierte. Ein Schal aus kamelhaarfarbenem Flanell fiel Franz zuerst auf, dann ein schwarzer Mantel mit einem Astrachan-Kragen. Van Hees wechselte die Waren, die er ausstellte, häufig. Der Winter hatte ihn veranlaßt, einen Gehpelz, einen Jagdanzug und Gewebe aus schweren Wollen oder Cheviot ins Fenster zu legen, dazu ein paar Cachenez und Sweater. Alle diese Dinge waren für Franz gänzlich unerreichbar, so unerreichbar, daß er sich mit dem Gedanken, ob er sie eines Tages besitzen würde, nicht beschäftigte. Er betrachtete schließlich ein Stück Tweed, vielleicht aus Shetland-Wolle, Haupteindruck ein bläuliches Grau, eine kalte Farbe wie Torffeuer-Rauch in einem Hochland-Moor, dem aber ein brauner Wollfaden eingewirkt war (Durchschuß und Kette), ein Braun, als sei es von einem alten Flintenschaft abgenommen oder von der dunkelsten Feder eines Bekassinen-Flügels. Er konnte seinen Blick lange nicht von dem Stoff abwenden, von dem Gewebe aus Macht und Reichtum, aus Dichte und Tiefe. Er ahnte, daß, wenn er nur lange genug davor stehen blieb, wenn es ihm gelänge, sich ganz darauf zu konzentrieren, der Stoff sein Geheimnis preisgeben würde. Aber er blieb nicht lange genug stehen, sondern ging weiter, die Ostseite des Promenadenplatzes entlang, an den Hotels vorbei, und betrat die Dreifaltigkeitskirche. Der Innenraum der Dreifaltigkeitskirche war, genau wie das Schaufenster des Schneiders, einer jener Orte, an denen Franz das Gefühl für die Zeit verlor. Übrigens war die Kirche in fast genau dem gleichen Grau gehalten wie der Stoff vorhin, aber ohne den Einschuß von Braun; statt dessen waren ihr einige goldene Akzente aufgesetzt. Ein sanftes Grau, zwischen Hell und Dunkel spielend, nahm Franz auf, hüllte ihn ein wie ein Etui. Auch hier der Eindruck von Reichtum, den Franz nicht besitzen konnte, niemals besitzen würde, der nur zur Betrachtung hergeliehen war. Wenige Menschen hielten sich in der Samstagnachmittag-Kirche auf. Uhrenloses Schweigen. Zweckloses taubengraues Verhältnis zur Gottheit. Irgend jemand mußte übrigens diese Farbe auf die Mauern und Säulen aufgetragen haben. Es gab hier keine Einstecktafeln für Gesangbuchverse. Ein Ort, der keinem erkennbaren Zweck diente; man war in ihm so frei wie im Zustand der Arbeitslosigkeit, auf den Franz damals wartete wie auf eine unverdiente Gnade. An solchen Orten, in solchen Zuständen blieb alles in der Schwebe, wurde alles für die Zeitspanne, in der man sich in ihnen befand, aufgehalten: die Entscheidungen und der Fortgang der Zeit. Die Revolution und die Hörigkeit verhofften in ihnen einen Augenblick, von der plötzlichen Vorstellung der Ewigkeit betroffen, ehe sie ins Freie brachen, um zu sterben. Als Franz die Kirche verließ, hatte es zu schneien begonnen, in einzelnen langsamen und schweren Flocken. Am Bahnhofsplatz verbarg er sich hinter einem Mauervorsprung im Eingang des Warenhauses Tietz und beobachtete Rudi Melzer und Otto Raab, die weit entfernt von ihm vor dem Eingang zur Schalterhalle des Bahnhofs standen und auf ihn warteten. Der Bahnhof stand ziegelrot und trostlos im Gestöber von Menschen und Schnee. Rudi Melzer war genau so gekleidet wie gestern, aber Otto Raab hatte keine Windjacke an, sondern trug einen dunklen Mantel. Er hielt eine Aktentasche in der Hand. Franz Kien sah ihnen zu, wie sie frierend nach ihm Ausschau hielten. Von Zeit zu Zeit sprachen sie miteinander. Wenn sie zu Tietz herüberblickten, trat Franz Kien hinter die Mauer zurück. Gegen vier Uhr gaben sie das Warten auf und gingen in den Bahnhof hinein. Sie wurden zehn Tage später von der Polizei in Breslau aufgegriffen, in einem Nachtlokal und fast mittellos. Rudi Melzer wurde als Anstifter und wegen des Gelddiebstahls von der Ruprecht-Oberrealschule relegiert, konnte sein Abitur aber auf einer anderen Höheren Schule machen. Er und Otto Raab sprachen mit Franz Kien nie wieder ein Wort. Franz ging durch die Dachauer Straße nach Hause. Der Schnee fiel durch die beginnende Dunkelheit in die Straßen, auf denen wieder die Arbeitslosen zu erkennen waren, wie sie unruhig hin und her eilten. Als er den Platz am Ende der Straße überquerte, spürte Franz, wie die Türe zur Innenstadt sich hinter ihm schloß.

Die Inseln unter dem Winde

Franz Kien war viel zu früh dran. Gestern, am späten Nachmittag, vor dem Ausgang des Deutschen Museums, hatte Sir Thomas Wilkins ihn gebeten, heute um zwei Uhr ins Hotel ›Vier Jahreszeiten‹ zu kommen, aber es war erst ein Uhr, als er schon am Odeonsplatz aus der Trambahn stieg. Er besaß eine Mark siebzig und beschloß, im Café Rottenhöfer eine Tasse Kaffee zu trinken. Gegen Abend würde er von dem Engländer den Lohn für zwei Stadtführungen erhalten; er hoffte auf zwanzig oder dreißig Mark.

Er ging nicht direkt in die Residenzstraße hinein, in der sich das Café befand, sondern er machte den Umweg durch die Theatinerstraße und die Viscardigasse. Auf diese Weise vermied er es, an dem Mahnmal der Nationalsozialisten vorbeigehen und den Arm zum Deutschen Gruß erheben zu müssen.

Das Café war um diese Zeit fast leer. Ein paar Frauen. An einem Tisch saßen zwei SA-Leute. Franz Kien hatte nicht erwartet, hier Bekannte zu finden. Noch im vergangenen Herbst war das Café Rottenhöfer der Treffpunkt ›seiner‹ Clique im Jugendverband gewesen. Franz Lehner, Ludwig Kessel, Gebhard Homolka und ein paar andere, dazu die Mädchen: Adelheid Sennhauser, Sophie Weber und Else Laub. Franz, Ludwig, Gebhard und alle anderen saßen noch immer in Dachau; von den Mädchen befand sich Adelheid in irgendeinem Frauengefängnis. Franz Kien hatte einmal den Versuch gemacht, Else Laub aufzusuchen, aber ihre Mutter hatte die Wohnungstüre nur einen Spalt aufgemacht und wütend und leise zu ihm gesagt: »Was wollen Sie? Gehen Sie weg. Wir werden von der Polizei überwacht!«, in einem Ton, als trage Franz Kien die Schuld an dieser Maßnahme der Gestapo. Plötzlich erblickte er Wolfgang Fischer. Er saß an einem Tisch im Hintergrund des Cafés, im Gespräch mit einem jungen Mann, den Franz Kien nicht kannte.

Erfreut ging er auf Fischer zu und streckte ihm die Hand entgegen.

»Mensch, Wolfgang!« sagte er. »Das ist ja fabelhaft, dich zu sehen!«

Wolfgang Fischer war nicht Kommunist, sondern Mitglied des Internationalen Sozialistischen Kampfbundes gewesen. Franz Kien dachte bereits ganz selbstverständlich das Wort *gewesen*, obwohl er wußte, daß kleine Überreste kommunistischer und sozialistischer Gruppen noch illegal existierten. In den Augen der Jungkommunisten war der ISK eine seltsame Sekte gewesen; die ISK-Leute aßen kein Fleisch, tranken keinen Alkohol und lebten überhaupt sehr rein. Sie waren keine Marxisten, sondern Anhänger eines Heidelberger Philosophen namens Leonard Nelson. Es war offenkundig, daß sie sich als Elite fühlten, aber sie traten zurückhaltend auf, gaben sich unauffällig; das machte sie anziehend. Sie hatten engen Kontakt mit den Jungkommunisten gehalten, waren mit ihnen gemeinsam auf Fahrten gegangen und zu ihren Versammlungen gekommen, um zu diskutieren.

Wolfgang Fischer hob den Kopf und sah ihn an. Er ergriff Franz Kiens Hand nicht.

»Ja, nicht wahr«, sagte er, »es ist fabelhaft, einen Juden zu sehen?«

Wolfgang Fischer war ein paar Jahre älter als Franz Kien. Er studierte an der Münchner Universität Chemie. Er war ein nicht ganz mittelgroßer, kraftvoll rechteckig gebauter Mann mit kurzgeschnittenen fuchsroten Haaren und der rötlichen, sommersprossigen Haut der Rothaarigen. Alles an ihm war hart: die kleinen blauen Augen mit den roten Brauen darüber, die Art, wie sich seine Haut fest über seine Muskeln und Knochen spannte. Er hatte als Langstreckenläufer eine Rolle im Arbeitersport gespielt; Franz Kien hatte einmal zugesehen, wie er die zehntausend Meter lief; er lief sie wie eine Maschine, zog nur während der letzten fünfhundert Meter das Tempo an, um alle anderen, die schon eine oder mehr Runden zurücklagen, noch einmal zu überrunden, ehe er, ohne ein Zeichen der Erschöpfung zu zeigen, den Lauf beendete. Sozialist war er aus ethischer Überzeugung. Im Gespräch mit Franz Kien vertrat er die Ansicht, der Sozialismus werde siegen, nicht weil er sich aus dialektischen Prozessen zwangsläufig entwickeln würde, sondern weil er im Recht begründet sei. Sachlich, bescheiden, ruhig trug er Franz Kien einen Extrakt aus den Lehren Kants und Leonard Nelsons vor. Franz Kien, achtzehn Jahre alt, Anfänger in Marxismus, war ihm in der Diskussion nicht gewachsen; er hatte nur gefühlt, daß, wenn Wolfgang Fischer recht hatte, die Entscheidung für den Sozialismus eine reine Willensentscheidung war, und vom reinen Willen hielt er instinktiv nicht viel. Aber er fühlte sich zu Wolfgang Fischer hingezogen: zu diesem energischen Willensmenschen, der sich geduldig, freundlich, leise mit ihm befaßte.

Einen Satz wie diesen hätte er niemals von ihm erwartet. Er war so überrascht, daß er nicht wußte, was er erwidern sollte. Langsam zog er seine Hand zurück, während er spürte, wie sein Gesicht vor Verlegenheit rot wurde.

»Wie meinst du das denn?« fragte er schließlich.

Er hatte sich auf den freien Stuhl am Tisch setzen wollen. Das hatte er für ganz selbstverständlich gehalten.

»Wie ich das meine?« Der Ton, in dem Wolfgang Fischer mit ihm sprach, war Franz Kien völlig neu. »Spiel doch nicht den Ahnungslosen! Ihr Deutschen seid euch doch jetzt alle einig über uns Juden.«

Er sprach jetzt an Franz Kien vorbei, sah ihn nicht mehr an. Aus irgendeinem Grund, den er sich erst später erklären konnte, brachte Franz Kien es nicht fertig, ihm zu erzählen, daß er das Frühjahr im KZ zugebracht hatte und sich noch immer jede Woche einmal bei der Gestapo melden mußte.

Vielleicht, dachte er, wäre es möglich, Wolfgang Fischer davon zu erzählen, wenn er bei ihm am Tisch säße. Aber so, im Stehen, das Gesicht von Blut übergossen, brachte er nur die Worte heraus: »Ich glaube, du spinnst!«

»Zu einem Juden kann man das ja jetzt sagen«, antwortete Wolfgang Fischer unverzüglich. Er deutete mit einer Schulterbewegung auf den jungen Mann, der neben ihm saß und ein ratloses Gesicht machte, weil ihm die Szene offensichtlich peinlich war. »Ich bitte dich, zu verschwinden. Wir gehen in den nächsten Tagen nach Palästina und haben noch viel zu besprechen.«

Franz Kien wandte sich jäh um und ging hinaus. In seiner Verwirrung bog er zuerst nach links ab, aber er sah noch rechtzeitig die SS-Männer, die unbeweglich neben dem Mahnmal standen, und kehrte um. Während er die Residenzstraße in Richtung Franz-Joseph-Platz entlangging, erinnerte er sich daran, daß er eigentlich eine Tasse Kaffee hatte trinken wollen. Statt dessen hatte ihn Fischer aus dem Café Rottenhöfer gejagt. Nach und nach fiel ihm ein, was er ihm hätte erwidern können. Beispielsweise hätte er zu Fischer sagen können: »Die ISK-Leute hat man nicht verhaftet. In Dachau sind keine ISK-Leute. Nicht einmal jüdische ISK-Leute. In Dachau sind nur Kommunisten, Kommunisten, Kommunisten.« Dann erinnerte er sich an die bürgerlichen Juden aus Nürnberg, die auch schon in Dachau waren.

Er ging in ein anderes Café, in dem er noch nie gewesen war. Es lag gegenüber dem Hoftheater und bestand aus einem einzigen winzigen Raum. Er hätte zu seiner Tasse Kaffee gern ein Stück Bienenstich gegessen, aber dazu reichte sein Geld nicht. Damals war er noch Nichtraucher. Nach einiger Zeit gelang es ihm, über den Vorfall mit Wolfgang Fischer den Kopf zu schütteln. Das war ja irre, einfach irre! Nachdem er den Kaffee getrunken hatte, spürte er, weil ihm der Kuchen versagt geblieben war, einen schwachen, aber nagenden Appetit, zu dem eigentlich kein Anlaß bestand, denn er hatte zu Hause ausreichend zu Mittag gegessen. Er wußte, daß er den ganzen Nachmittag, während er mit Sir Thomas Wilkins in der Stadt herumzugehen hatte, dieses Hungergefühl spüren würde. Er würde die ganze Zeit über hoffen, daß Wilkins die Stadtführung unterbrechen und ihn zu Tee und Kuchen einladen würde. In der Bäckerei neben dem Franziskaner kaufte er zwei Semmeln und aß sie, in einem Hausgang stehend, auf. Danach fühlte er sich satt.

»Engländer, die den Titel ›Sir‹ tragen, werden immer mit diesem Titel und dem Vornamen angeredet«, hatte ihm sein Bruder eingeschärft. Infolgedessen hatte Franz Kien es gestern im Deutschen Museum vermieden, im Gespräch mit Sir Thomas Wilkins die direkte Anrede zu gebrauchen. Sir Thomas Wilkins hatte vorgestern bei Franz Kiens älterem Bruder eine Wagner-Partitur gekauft und ihn dabei gefragt, ob er einen Studenten oder irgendeinen gebildeten jungen Mann kenne, der ihm München zeigen könne. Franz Kiens Bruder hatte eine Stellung in einem Musikaliengeschäft in der Maximilianstraße, während Franz Kien immer noch arbeitslos war. Er war seit drei Jahren arbeitslos.

»Ich habe keinen blassen Schimmer, wie man jemand München zeigt«, hatte er eingewendet. »Und ich kann nicht Englisch.«

»Der Herr spricht Deutsch«, hatte sein Bruder erwidert. »Und du kennst München sehr gut. Nimm dich zusammen! Sir Thomas ist hoher englischer Kolonialbeamter. So jemand lernst du nicht alle Tage kennen. Außerdem ist es eine Gelegenheit.« Man sagte damals noch *Gelegenheit*, nicht *job*. Danach war die Belehrung über die Anrede gekommen. Franz Kien merkte seinem Bruder an, daß er am liebsten selber die Begleitung des Engländers übernommen hätte.

»Ich hab aber keine Lust«, sagte er.

»Ich hab dich schon angemeldet«, erwiderte sein Bruder. »Morgen vormittag um elf im ›Vier Jahreszeiten.‹« Er sah seinen jüngeren Bruder prüfend an. »Deine Haare sind wieder lang genug. Kein Mensch kann dir etwas ansehen.«

Franz Kiens Haare waren ihm in Dachau abrasiert worden, und es hatte merkwürdig lang gedauert, fast den ganzen Sommer, bis sie wieder gewachsen waren.

Er hatte den ganzen Abend darüber nachgedacht, wie man

jemandem München zeigen könne, aber es war ihm nichts eingefallen; er war wie vernagelt gewesen.

Unbeholfen hatte er vor dem Fremden einige Möglichkeiten ausgebreitet, die Stadt zu besichtigen. Wilkins hatte plötzlich den Kopf gehoben, durch ein Fenster der Hotelhalle in den Regen hinausgesehen und erklärt, er wolle ins Deutsche Museum. Übrigens hatte sich herausgestellt, daß er schon ein paarmal in München gewesen war, wenn auch zuletzt in den zwanziger Jahren. Er sprach so sachkundig von München, daß Franz Kien sich fragte, warum er überhaupt einen Führer brauchte. Obwohl bei dem Regen tatsächlich nichts anderes zu machen war, hatte Franz Kien doch den Eindruck, als wolle ihm der Engländer aus seiner Verlegenheit helfen. Er war erleichtert, begann, sich zu verabschieden, weil zu einem Museumsbesuch ja nun wirklich kein Begleiter nötig sei, aber der alte Herr sagte freundlich und bestimmt, sie würden natürlich zusammen ins Museum gehen. Er bestellte ein Taxi. Franz Kien fuhr zum erstenmal seit sehr langer Zeit in einem Taxi. Er war froh darüber, daß Wilkins keine Lust hatte, die Bergwerke zu besichtigen. Es war langweilig, im Deutschen Museum durch die Bergwerke zu laufen. Wilkins erklärte ihm die Wattsche Balanciermaschine mit Wasserpumpe von 1813, den Vorgang der Gewinnung von reinem Stahl in der Bessemer-Birne sowie einige andere naturwissenschaftliche Prozesse, von denen Franz Kien keine Ahnung hatte. Er sprach ein ausgezeichnetes Deutsch, wenn auch mit englischem Akzent. Er sagte, er habe im Jahre 1888 in Dresden studiert. Im Herbst 1933 erschien Franz Kien die Jahreszahl 1888 wie eine Sage.

Um zwei Uhr schlug Wilkins vor, etwas essen zu gehen. Er wolle »in einem Münchner Gasthaus etwas Münchnerisches essen«, meinte er, »Leberkäs oder Schweinswürstl«, zwei Gerichte, an die er sich erinnerte. Franz Kien überlegte: in der Nähe des Museums war schwer etwas zu finden; dann fiel ihm eine Wirtschaft am Paulanerplatz ein, die ein Parteilokal gewesen war. Unter dem großen schwarzen Schirm des Engländers gingen sie zusammen im Regen über eine Brücke, unter der die Isar grün schäumte, und durch einige Straßen der Vorstadt Au. Die Wirtschaft war um diese Zeit völlig leer. Der Wirt erkannte Franz Kien wieder und sagte: »So, bist du wieder da!«, aber mehr auch nicht. Vielleicht war es ihm so unangenehm wie Else Laubs Mutter, daß Franz Kien wieder da war, aber er ließ es sich nicht anmerken, berührte nur einfach das Thema nicht weiter, und Franz Kien war es natürlich recht, daß er in Anwesenheit des Engländers keine Fragen stellte.

Es gab weder Leberkäse noch Schweinswürste, aber der Wirt hatte frische Milzwurst in der Küche, und so aßen sie an dem gescheuerten Tisch gebackene Milzwurst mit Kartoffelsalat und tranken Bier dazu. Beim Essen erzählte Sir Thomas Wilkins, er sei zuletzt Zivilgouverneur von Malta gewesen, vorher Gouverneur der Windward-Inseln, und davor Richter in Ostafrika. Er schien großen Wert darauf zu legen, daß Franz Kien den Unterschied zwischen einem Zivilgouverneur und einem Militärgouverneur begriff. Am längsten sprach er über die Windward-Inseln. »Ich hatte mein Haus in St. George's, Grenada«, erzählte er, »und fuhr auf meiner Yacht von einer Insel zur anderen. Aber es gab wenig zu tun. Wenig Streitigkeiten.« Er schwieg, schien zu träumen. »Aber sehr heiß ist es dort«, fügte er dann hinzu. »Meine Schwester strickte immer, und wenn ihr der Knäuel Wolle auf den Boden fiel und ich mich bückte, um ihn aufzuheben, war ich in Schweiß gebadet.«

Die Erwähnung der Schwester fand Franz Kien so merkwürdig, daß er es wagte, Wilkins zu fragen, ob er verheiratet sei.

»Oh, natürlich«, antwortete Wilkins bereitwillig. »Ich habe zwei Kinder. Sie sind erwachsen. Meine Frau lebt in London. Wir sehen uns manchmal. Seit ein paar Jahren führt meine Schwester mir den Haushalt.«

Beiläufig, doch ohne Ironie, erläuterte er: »Man muß unbedingt einmal verheiratet gewesen sein. Aber man braucht es nicht bis an sein Lebensende zu bleiben.«

Sie gingen wieder ins Museum zurück. Wilkins war begeistert

von den Planetarien. Er ging immer wieder zwischen dem ptolemäischen und dem kopernikanischen Planetarium hin und her, erklärte Franz Kien die Unterschiede und stellte sich mit ihm zusammen auf den Wagen, mit dem man unter einem beweglichen Modell der Erdbahn folgen konnte. Franz Kien hatte den Planetarien im Deutschen Museum bisher nie viel abgewinnen können. Trotz der Schwärze und der Lichteffekte, die in ihnen herrschten, fand er die Räume eigentlich nüchtern, langweilig. Auch hatte er sich noch nie für das Auffinden von Sternbildern am nächtlichen Himmel interessiert. Seit seinem sechzehnten Lebensjahr hatte er sich fast ausschließlich mit Politik beschäftigt. Er war Arbeitsloser. In Dachau war es den Gefangenen verboten gewesen, nach Eintritt der Dunkelheit die Baracken zu verlassen.

Am Abend holte er den Atlas hervor und suchte die Windward-Inseln. Er stellte fest, daß sie in seinem deutschen Atlas als ›Inseln unter dem Winde‹ bezeichnet wurden. Sie bildeten den südlichsten Archipel der Kleinen Antillen.

Er hatte sich vorgenommen, Wilkins heute mit den Worten »Guten Tag, Sir Thomas!« zu begrüßen, aber als der Engländer in die Hotelhalle kam, brachte er wieder nur eine stumme Verbeugung zustande. Wilkins hatte ihn, ohne daß es herablassend klang, ganz einfach ›Franz‹ genannt.

»Was zeigen Sie mir heute, Franz?« fragte er jetzt.

»Als ob ich Ihnen gestern was gezeigt hätte!« sagte Franz Kien. »Sie haben mir das Deutsche Museum gezeigt.«

Wilkins lächelte. »Heute ist schönes Wetter«, sagte er, »heute sind Sie dran.«

Der Tag war wirklich sehr schön, ein früher Nachmittag im späten September. Franz Kien führte Wilkins durch fast verlassene und schmale Straßen, die gleich hinter dem Hotel begannen, zur Kirche Sankt Anna im Lehel. Er wußte nicht, ob Wilkins sich für Kirchen oder Kunst interessierte, aber er hatte sich entschlossen, dem Fremden ein paar Dinge zu zeigen, die ihm, Franz Kien, in seiner Heimatstadt gefielen. In der Kirche redete er wie ein Reiseführer über Johann Michael Fischer und die Brüder Asam. Er konnte nicht feststellen, wie das bairische Barock auf den Engländer wirkte. Auf einen Mann, der Wagner-Partituren kaufte! Sir Thomas Wilkins setzte sich in dem ovalen Raum auf eine Kirchenbank, betrachtete aber nicht eigentlich die Asam-Fresken, sondern blickte geradeaus. Franz Kien blieb neben der Bank stehen und wartete. Der Engländer mußte seine langen Gliedmaßen zusammenklappen, um in der engen Bank Platz zu finden. Er trug einen grauen englischen Bart über der Oberlippe. Sogar jetzt, im Zustande leichter Abwesenheit, blickten seine Augen noch freundlich. Weiter vorn kniete eine Frau.

Durch die Galeriestraße klingelte eine blaue Trambahn. Sie gelangten in den Hofgarten, in dem die Linden damals noch nicht gefällt waren. Der Musikpavillon verwitterte gelb unter dem Spätsommerlaub. Sie gingen unter den Arkaden entlang, und Franz Kien blieb vor den Rottmann-Fresken stehen. Die griechischen Landschaften vergingen in Flächen aus dämmerndem Blau, Braun und Rot. Es war ihnen anzusehen, daß sie nicht mehr lange halten würden. Wilkins sagte, Griechenland sei tatsächlich so. Er erzählte von Ausflügen, die er von Malta aus zu den griechischen Inseln gemacht hatte.

Sie traten auf den Odeonsplatz hinaus, an den Wilkins sich gut erinnern konnte. Dort erblickten sie zum erstenmal wieder SA-Männer in ihren braunen Uniformen. Auch im Deutschen Museum waren welche gewesen. Franz Kien hatte erwartet, daß Wilkins etwas über sie bemerken, vielleicht sogar die politischen Verhältnisse in Deutschland betreffende Fragen stellen würde, aber er hatte nichts gesagt. Er hatte Franz Kien gefragt, wie lange er schon arbeitslos sei.

»Auch in England haben wir eine schwere Wirtschaftskrise«, hatte er gesagt, nachdem Franz Kien ihm Auskunft gegeben hatte. »Aber sie ist jetzt im Abflauen. Es wird bald besser werden, überall. Sie werden bald Arbeit finden.«

Er schien die braunen und schwarzen Uniformen zu betrachten, wie er alles betrachtete, gleichmütig und geraden Blicks. Franz Kien fragte sich die ganze Zeit, ob er ihm von seinem Aufenthalt in Dachau berichten solle, aber er konnte sich nicht dazu entschließen.

Es gelang ihm, ihn an der Feldherrenhalle vorbei in die Theatinerstraße zu lotsen, ohne daß Wilkins des Mahnmals ansichtig wurde. An der Perusastraße angekommen, blieb er stehen und sagte: »Wenn wir geradeaus weitergehen, kommen wir zum Rathaus. Es ist scheußlich. Und wenn wir rechts abbiegen, kommen wir zur Frauenkirche.« Nach einigem Zögern fügte er hinzu: »Sie ist eigentlich auch scheußlich. Wollen Sie sie sehen?«

Wilkins lachte. »Nein, natürlich nicht, wenn sie scheußlich ist«, sagte er. »Zeigen Sie mir etwas Schönes!«

Franz Kien führte ihn durch die Perusastraße und an der Hauptpost vorbei in den Alten Hof. Er war schon lange nicht mehr im Alten Hof gewesen und hatte ihn bedeutender, geheimnisvoller in Erinnerung, als er in Wirklichkeit war. In Wirklichkeit war der Alte Hof doch nicht mehr als ein Geviert aus Häusern, die wie ältere, relativ anständig gebaute Mietshäuser aussahen, in denen Behörden untergebracht waren. Immerhin gab es den Erker mit dem ›Goldenen Dach‹. Franz Kien stand verlegen neben Wilkins. Er hatte das Gefühl, sich blamiert zu haben, obwohl Wilkins den Alten Hof hübsch fand und sagte, die Häuser erinnerten ihn an gewisse mittelalterliche Häuser in Edinburgh. Vielleicht dieser Unsicherheit wegen, die ihn verwirrte, trat er mit Wilkins auf den näher gelegenen Franz-Joseph-Platz hinaus, anstatt ihn, wie er es eigentlich vorgehabt hatte, zum Alten Rathaus und über den Viktualienmarkt zu führen. Zu seinem Bedauern begann Wilkins sich dort für die Residenz zu interessieren; er betrachtete ihre Südfassade, und Franz Kien konnte ihn nicht daran hindern, ihre Westseite entlangzugehen.

Als sie bis vis-à-vis zum Café Rottenhöfer gekommen waren, blieb Franz Kien stehen. Er deutete auf die andere Straßenseite hinüber und sagte: »Das da ist das Preysing-Palais. Es ist das schönste Rokokopalais in München. Weiter vorn, an der Mauer der Feldherrnhalle, haben die Nationalsozialisten eine Gedenktafel angebracht. Dort, wo die SS-Männer stehen.«

Wilkins betrachtete die Vedute des Ausgangs der Residenzstraße, an deren linker Seite die Szene mit den beiden unbeweglichen Figuren aufgebaut war. Sogar ihre Stahlhelme waren schwarz.

»Gedenktafel?« fragte er. »Woran soll sie erinnern?«

»An den Hitlerputsch 1923«, sagte Franz Kien. »Damals haben die Nationalsozialisten zum erstenmal versucht, die Macht zu erobern. Sie machten einen Demonstrationszug, und die Polizei schoß hier auf sie. Es gab ein paar Tote.«

»Ich erinnere mich«, sagte Wilkins. »Auch General Ludendorff hat sich daran beteiligt, nicht wahr?«

»Ja.« Franz Kien wußte nicht, ob seine Stimme spöttisch klang, als er sagte: »Er ist der einzige gewesen, der aufrecht stehen blieb, als die Polizei feuerte.«

»Die Polizisten hatten sicher Anweisung, nicht auf ihn zu feuern«, sagte Wilkins. Er fügte hinzu: »Ich möchte damit nicht sagen, daß General Ludendorff kein tapferer Mann ist.«

Franz Kien sah zum Eingang des Café Rottenhöfer hinüber. Wolfgang Fischer war sicherlich längst fortgegangen. Franz Kien hätte Sir Thomas Wilkins von der Nacht des Hitlerputsches erzählen können. Sein Vater hatte mitten in der Nacht die Uniform eines Infanterie-Hauptmanns angezogen und war fortgegangen, um sich als Anhänger des Generals Ludendorff am Hitlerputsch zu beteiligen. Wie grau und leblos die Wohnung, eine Mietwohnung in einer bürgerlichen Vorstadt, zurückgeblieben war! Franz Kien war damals neun Jahre alt gewesen. In jener Nacht hatte er gehofft, sein Vater würde als Sieger zurückkehren, den nachtblinden Garderobenspiegel im Flur mit Leben erfüllen. Aber als er nach drei Tagen zurückgekommen war, hatte er schweigend seine Uniform ausgezogen. Ein paar Jahre später war er gestorben. Er hatte noch erlebt, wie

Franz Jungkommunist wurde. Franz dachte an seinen toten Vater. Was würde sein Vater zu Dachau gesagt haben? Er gab sich manchmal der Täuschung hin, sein Vater würde Dachau nicht gebilligt haben, besonders nicht, wenn er durch ihn, seinen Sohn, erfahren hätte, was dort geschah. Aber sein Vater hatte die Juden gehaßt. Er war ein Antisemit à la Ludendorff gewesen. Und Wolfgang Fischer würde nun also auswandern, nach Palästina.

»Alle Leute grüßen die Tafel, wie ich sehe«, sagte Wilkins.

»Es ist Befehl«, erwiderte Franz Kien.

Da er es für selbstverständlich hielt, daß der Engländer keine Lust haben würde, das Mahnmal zu passieren, wies er zur Viscardigasse hinüber.

»Wir brauchen da nicht vorbeizugehen«, erklärte er ihm. »Alle, die nicht grüßen wollen, gehen durch die Gasse zum Odeonsplatz. Es ist nur ein kleiner Umweg.«

Er versuchte ein Lächeln, als er sagte: »Die Gasse heißt in ganz München das Drückebergergäßlein.«

»Drückebergergäßlein?« wiederholte Wilkins. »Ah, ich verstehe.«

Nach kurzem Nachdenken sagte er: »Nein, ich möchte doch lieber geradeaus weitergehen.«

Erst einige Zeit später, immer wieder seine Erinnerung an den Nachmittag mit Sir Thomas Wilkins prüfend, machte Franz Kien sich klar, daß er in diesem Augenblick mit der Sprache hätte herausrücken müssen. Vielleicht hätte er nur zu sagen brauchen: »Entschuldigen Sie, wenn ich Sie das kurze Stück nicht begleite. Wir sehen uns gleich wieder auf dem Odeonsplatz.« Vielleicht, nein sicher, hätte Wilkins sofort begriffen und entweder keine Fragen weiter gestellt oder ihn ausgefragt. Franz Kien hatte allerdings keine Ahnung, wie Wilkins auf seine Mitteilungen reagieren würde. Es war ja möglich, daß er die Herrschaft der Nationalsozialisten in Deutschland ganz in Ordnung fand. Es war nicht ausgeschlossen, daß er mit ihnen sympathisierte. Für die Kommunisten hatte er sicherlich nichts übrig.

Aber Franz Kien war nicht geistesgegenwärtig genug gewesen.

Er hatte weiter geschwiegen und war infolgedessen gezwungen gewesen, neben Wilkins weiterzugehen. Anstatt geistesgegenwärtig zu sein und auszupacken, hatte er die müßige Überlegung angestellt, was geschehen würde, wenn Wilkins, am Mahnmal vorbeigehend, nicht den Arm zum Gruß erhöbe. Franz Kien wußte, daß dann die beiden Gestapo-Beamten in Zivil, die in der Toreinfahrt zur Residenz gegenüber der Tafel standen, auf Wilkins zutreten und ihn zur Rede stellen würden, um sich unter Entschuldigungen zurückzuziehen, wenn dieser – hoffentlich so hochmütig wie möglich! – seinen englischen Paß vorgewiesen hätte. Die Überlegung war müßig, denn noch während Franz Kien sich den billigen kleinen Triumph ausmalte, sah er bereits, wie der Engländer seinen rechten Arm zum Deutschen Gruß erhob und ausstreckte. Er tat es ihm nach, ganz mechanisch übrigens, wobei er nicht zu der Tafel auf der anderen Straßenseite hinüber blickte, sondern, zur Linken von Wilkins gehend, dessen Gesicht beobachtete. Er stellte fest, daß es den gleichen Ausdruck von Ausdruckslosigkeit annahm, den es in der Sankt Anna-Kirche im Lehel gezeigt hatte, während der Minuten, die Wilkins in einer Kirchenbank zubrachte, mit zusammengeklappten Gliedmaßen und geradeaus gerichtetem Blick.

Sie ließen gleichzeitig die Arme sinken. Wilkins schlug vor, im Annast den Tee zu nehmen. Sie bekamen einen Fensterplatz, mit Blick auf die Theatinerkirche und die Einmündung der Briennerstraße.

Während Franz Kien noch überlegte, ob der Engländer vielleicht deshalb den Deutschen Gruß entrichtet hatte, weil es ihm als eines Gentleman unwürdig erschien, durch das Drükkebergergäßlein zu gehen, hörte er, wie Wilkins sagte: »Ich mache in einem fremden Land gerne alles, was die Bewohner machen. Man versteht sie besser, wenn man ihre Sitten annimmt.«

»Ich habe gehört«, sagte Franz Kien, »die Engländer blieben Engländer, wo sie auch hinkämen.«

»O ja, wir bleiben Engländer«, sagte Wilkins. »Wir wollen nur verstehen.«

Franz Kien betrachtete den ehemaligen Zivilgouverneur von Malta, Gouverneur der Windward-Inseln, Richter in Ostafrika. Ein Engländer, der mit ausdruckslosem Gesicht die Sitten der Eingeborenen studierte. Die Sitten der Eingeborenen von Malta und den Windward-Inseln, von Ostafrika und München. Dieser hier wollte wahrscheinlich nicht einmal mehr herrschen. Es genügte ihm, mit seiner Gouverneursyacht von einer Insel zur anderen zu fahren und Streitigkeiten zu schlichten, wenn man ihn darum bat. Vermutlich konnte er sich keinen Streit vorstellen, der nicht zu schlichten war. Es kätte keinen Zweck gehabt, ihm von Dachau zu erzählen.

Es hätte doch Zweck gehabt, dachte Franz Kien, als es zu spät war. Sir Thomas Wilkins hätte wahrscheinlich aus dem, was er ihm erzählt haben würde, einen vertraulichen Bericht an seine Regierung gemacht.

Wilkins schob ihm einen zusammengefalteten Hundertmark-Schein hin.

»Das ist zu viel«, sagte Franz Kien.

»Es ist nicht zu viel«, erwiderte Wilkins in dem gleichen Ton, in dem er bestimmt hatte, daß Franz Kien ihn ins Deutsche Museum begleitete. Er reichte Franz Kien seine Karte. Darauf stand nur sein Name, und in der rechten Ecke: St. James's Club, London S.W.1.

»Ich bin viel unterwegs«, sagte er. »Falls Sie mir einmal schreiben wollen, Franz – unter dieser Adresse erreichen mich alle Briefe.«

Franz Kien schrieb ihm nie. Nach dem Krieg, als er zum erstenmal in London war, suchte er den St. James's Club auf. Der Mann am Empfang holte das Register des Clubs herbei, dann sagte er: »Es tut mir leid, Sir, aber Sir Thomas Wilkins ist am 5. März 1941 gestorben.«

Auch Franz Kien tat es leid. Auf den St. James Square hinaustretend, konnte er sich vorstellen, wie Sir Thomas – jetzt nannte er ihn im Geiste so – an der runden Gartenanlage inmitten des Platzes entlanggіng, bis er an der Öffnung zur Pall Mall seinen Blicken entschwand. Auf ganz ähnliche Weise war er damals in München fortgegangen, durch die Anlage auf dem Promenadenplatz, ein hochgewachsener alter Herr in einem dünnen Regenmantel, der einen eng gerollten schwarzen Schirm trug. Franz Kien war mit der Trambahn nach Hause gefahren. Er hatte noch einmal den Atlas hervorgeholt und versucht, sich den Wind vorzustellen, der so stark war, daß er den Inseln, die unter ihm lagen, trotz der Hitze, die dort herrschte, den Namen gab.

Lin aus den Baracken

I

So ungeduldig hatte Franz Kien noch nie auf den Zellen-Abend am Donnerstag gewartet. Der Himmel über der Leonrodstraße war noch ziemlich hell; zwischen den Arbeiterhäusern, an denen er entlangging, und der endlosen roten Backsteinmauer der Max II.-Kaserne auf der anderen Straßenseite stand eine warme Luft. Er hatte die Hemdsärmel aufgekrempelt. In der alten Ledermappe aus seiner Schulzeit, die er mit sich trug, befanden sich nur die Entwürfe für die Flugblatt-Texte und ein paar Nummern der ›Internationalen Presse-Korrespondenz‹, in denen er sich die Stellen angestrichen hatte, auf die sich seine Texte stützten; er würde sie den Genossen vorlesen, falls es in der Diskussion Einwände gab. Immer beauftragten sie ihn, die Flugblätter zu schreiben, die besprochen wurden, wenn das Referat und die Diskussion darüber vorbei waren. Heute abend würde ein Genosse von der Bezirksleitung der Partei über den ersten Fünfjahrplan in der Sowjetunion referieren. Franz war früher dran als sonst. Er wollte unter den ersten sein und einen Platz neben sich frei halten, damit Lin sich neben ihn setzen konnte. Er hatte schon einen bestimmten Platz im Auge, auf der Bank an einem der Eßtische in dem Nebenzimmer des ›Leonrod-Hof‹, in dem sie ihre Zellen-Abende abhielten. Er würde die Mappe so neben sich hinlegen, daß der Platz frei blieb. Sie kam immer erst, wenn der Abend schon begonnen hatte, und immer zusammen mit diesem Sepp Furtner, einem Schlosser bei BMW, der gar nicht aussah wie ein Schlosser, niemals etwas sagte und eigentlich zu alt war für den Jugendverband. Heute würde sie vielleicht etwas eher kommen, und sicherlich nicht mit diesem Furtner, denn sie war ja auf der Fahrt am letzten Wochenende Franz Kiens Mädchen geworden. Alle würden sehen, daß Lin Radvan sein Mädchen geworden war, wenn sie hereinkam und er ihr ein Zeichen gab und sie sich neben ihn setzte. Dieses Zeichen mußte unauffällig und selbstverständlich gegeben werden, nicht angeberisch, wahrscheinlich würde ein Blick genügen. Die Anderen würden nichts sagen, auch nachher nicht; darüber, daß ein Junge und ein Mädchen sich zusammentaten, wurde nicht gesprochen. Vielleicht würde über Sonja Hallers Gesicht ein Schatten gehen. Möglich, daß Ludwig, der Zellenleiter, an einem der nächsten Tage zu ihm sagen würde: »War ja wohl auch höchste Zeit für dich!« Franz bedauerte, daß er Lin nicht allein getroffen hatte, in der Zeit zwischen Sonntag und heute. Es wäre besser gewesen, einmal mit ihr allein zu sein, sie nicht erst auf dem Zellen-Abend wiederzusehen, unter all den anderen. Nach der Heimfahrt aus dem Dachauer Moos hatte es am Sonntagabend, in der Schleißheimerstraße, ehe sie auseinander gingen, einen verfitzten Haufen von fünfzig Fahrrädern gegeben, und als er sich entwirrte, war Lin verschwunden gewesen. Franz wunderte sich, daß sie weggefahren war, ohne sich von ihm zu verabschieden. Schon den ganzen Sonntag über hatte sie kaum noch ein Wort mit ihm gewechselt, obwohl sie doch in der Nacht vorher sein Mädchen geworden war. Und er wußte nicht einmal, wo sie wohnte. Er ließ sich von Ludwig ihre Adresse geben. Sie wohnte in der Baracken-Siedlung am Oberwiesenfeld. Er ging am Montagabend hin, ziemlich spät. In der Nacht fand er die Baracken schön. Aus fast allen Fenstern fiel Licht auf den Lehmboden der Straße. Hier zu wohnen mußte besser sein als in dem bürgerlichen Haus, in dem er, Franz Kien, wohnte. Neben der Türe, auf der die Nummer stand, die er suchte, war ein Klingelzug. Die Klingel machte ein scheppernde Geräusch. Eine Frau öffnete.

»Ist Lin zuhause?« fragte er.

»Nein«, sagte die Frau, kurz angebunden.

»Wann wird sie kommen?«

»Weiß ich nicht«, erwiderte die Frau, vielleicht Lins Mutter. »Die sagt mir doch nie, wann sie heimkommt.«

»Ich schau später nochmal vorbei«, sagte er, aber er ging nicht wieder hin, auch nicht an den folgenden Tagen. Vielleicht war es Lin nicht recht, wenn er sie zuhause aufsuchte. Er würde sie ja heute, nach dem Zellen-Abend, heimbegleiten. Nur drei Tage, dachte er, aber es wurden schwierige Tage. Er fühlte sich unsicher. Er hatte keine Vorstellung davon, wie es sein würde, mit einem Mädchen zu gehen. Auf jeden Fall war es toll, daß es Lin war.

2

Das Stück ödes trockenes Moorland in einer Amper-Schleife bei Mitterndorf, auf dem sie lagerten und abkochten, war einer ihrer Lieblingsplätze. Der Boden war torfig, gelbes Gras wuchs auf ihm. Der spitze Fichtenwald im Norden verbarg ihnen die Häuser von Mitterndorf, gab ihnen ein Gefühl von Wildnis und Einsamkeit. Ein paar Fichten und Laubbäume standen weit verteilt auf dem Grund. Die Amper, in der sie badeten, war ein olivgrauer und stiller Fluß. Auf dem jenseitigen Ufer lagen die weiten Flächen des Dachauer Mooses unter dem Sommerhimmel, unter den Vogelschreien. Die Leute vom ISK, die sich an ihren Fahrten beteiligten, kochten Gemüse- und Kartoffelsuppen; sie brieten niemals Würste, wie die Jungkommunisten, nichteinmal Eier. Die Jungkommunisten teilten sich auf in Gruppen, in denen Jungen und Mädchen miteinander schmusten, und solche, in denen politisch diskutiert wurde. Die Schmusenden – man nannte sie verächtlich ›die Woigler‹, Franz Kien konnte nie herausbringen, woher dieser Ausdruck stammte –waren auf solchen Fahrten politisch unansprechbar; auch wenn sie sich während der Woche in der Stadt an der Agitation beteiligten – in der Natur hatten sie nichts im Sinn, als sich in den Armen zu liegen, während Franz und andere miteinander über die Arbeitslosigkeit und die Revolution und den herannahenden Faschismus sprachen. Die ISK-Leute kamen zu ihnen herüber und breiteten ihre Argumente vor ihnen aus, die darauf hinausliefen, daß man nicht nur die Gesellschaft sondern sich selbst verändern müsse. Vor allem sich selbst. Man merkte ihnen an, daß sie sich als etwas Besseres vorkamen. Während Franz mit ihnen diskutierte, sah er sich in dem großen Kreis der auf dem Boden Hockenden um und fragte sich, warum sie eigentlich immer an den Wochenenden auf Fahrt gingen; sie waren doch alle arbeitslos und hätten infolgedessen auch an Werktagen Wanderungen machen können. Stattdessen verhielten sie sich so, als gäbe es noch eine funktionierende Arbeitswelt. Später hörte er auf, sich mit den ISK-Leuten zu streiten, und betrachtete unauffällig die Mädchen, die sich an dem Gespräch beteiligten, weil sie entweder keinen festen Freund hatten, oder keine Lust, weiter nichts zu tun, als mit einem solchen auf dem gelben Gras, auf dem trockenen federnden Torfboden zu liegen. Das Lagerfeuer knisterte. Franz, achtzehn Jahre alt, empfand nicht nur, quälend, sondern wußte, gequält, daß er ein Mädchen brauchte, und daß er nur zu schüchtern war, um sich einem zu nähern und ihm zu sagen, daß es ihm gefiele. Sonja Haller zum Beispiel, die sich neben ihn gesetzt hatte, gefiel ihm. Sonja hieß eigentlich Sophie, aber sie sah so slawisch aus mit ihrem breiten, wie ein freundlicher Mond schimmernden Gesicht, daß ihr der Name Sonja wie von selbst zugefallen war. Sie trug eine schwarze Russenbluse, deren Kragen rot eingefaßt war, und ihr schwarzes Haar war in der Mitte gescheitelt. Sie war eine sehr gute und aktive Genossin, die vielleicht nichts als gutmütig gewirkt hätte, wenn in ihren Augen nicht dieses schwarze lustige Blitzen gewesen wäre, mit dem sie ihn, Franz Kien, manchmal streifte. Sie hatte ihn einmal hitzig gegen Minna Neuffer verteidigt, als Minna zu ihm gesagt hatte: »Mensch, du mußt immer alles analysieren!« Das war am Königssee gewesen. Sie saßen unter den starren Felswänden, über dem unergründlichen Wasser, und Franz hatte den beiden Mädchen erklärt, warum er den Königssee, in dessen Tiefe die durch die Kälte und den Wasserdruck konservierten Leichen lagen, nicht mochte und es vorgezogen hatte, ins Dachauer Moos zu fahren. Sonja fuhr auf und sagte mit einer Schärfe, die Franz ihr gar nicht zugetraut hätte: »Ist doch viel besser, wenn einer nachdenkt, als wenn er nichts denkt!« Minna hatte hochmütig und unüberzeugt geschwiegen. Sie gefiel Franz noch besser als Sonja, stumm saß sie heute ihm gegenüber im Kreis, eine feste kleine Person mit blauen Augen in ihrem schönen herrschsüchtigen Gesicht unter blondbraunen Haaren. Sie hatte ihre Beine angezogen und umklammerte sie mit ihren Armen. Sie würde schwerer zu haben sein als Sonja, die nicht zögern würde, mit ihm einen Spaziergang die Amper entlang zu machen, wenn er sie dazu auffordern würde. Aber öfter als zu ihr oder Minna blickte er zu Lin Radvan hinüber, verhakte sich mit den Augen in sie. Einmal erwiderte sie seinen Blick, so gleichgültig, daß er rot wurde und wegsah. Was ihr Aussehen betraf, so konnte sie es mit Sonja und Minna nicht aufnehmen. Als Franz sie einmal einem Genossen gegenüber erwähnte, so beiläufig wie möglich, hatte dieser geringschätzig erwidert: »Mein Gott, an der ist doch gar nichts dran!« Und wirklich – an ihr war nichts dran. Sie war bloß ein mageres kleines rothaariges Mädchen mit Sommersprossen in einem blassen Gesicht, hellbraunen Augen. Ein Skelettchen fast, mit einem Fähnchen aus verwaschenem Grün darüber, doch Franz fand, daß um sie herum etwas Ungewisses und Zitterndes entstand, das sich wie eine vibrierende Kontur um ihre Magerkeit legte. Nichteinmal ihre Haare waren von jenem Rot, das unmittelbar einleuchtet, sondern stumpf hellrot; immerhin trug sie diese Farbe zu einem glatten Bubikopf geschnitten, der wie ein Helm um ihre darunter fast verschwindenden Wangen und über ihrer Stirne lag. Auch heute, wie immer auf Fahrten, war sie ohne Sepp Furtner erschienen; dieser fast dreißigjährige Metallarbeiter ging niemals auf Fahrt. Franz überlegte, daß ihre Bindung an ihn nicht sehr eng sein konnte, wenn sie ihn über das Wochenende im Stich ließ und lieber mit der Jugendbewegung ins Dachauer Moos zog, anstatt mit ihm am Samstagabend ins Kino zu gehen. Als es dunkelte und sie zu singen begannen, von

Gitarren begleitet, während die Lagerfeuer wieder angefacht wurden, ertappte Franz sich bei dem Wunsch, daß auch er jetzt lieber ins Kino gegangen wäre, als sich diese kindischen Lieder, diese elenden Gitarren anzuhören, die ein paar alte Gefühle aufwärmten. Sie hatten über den Marxismus gesprochen, und jetzt sangen sie ›Über die Heide geht mein Gedenken‹ und ›In Celle steht ein schwarzes Haus‹. Er schüttelte sich und wünschte sich in ein Kino, vor ein stummes Lustspiel mit Charlie Chaplin. Auch Marx würde sich lieber bei einem Chaplin-Film von der Arbeit am ›Kapital‹ erholen, unvorstellbar war es, daß er Löns-Lieder sang. Damals wußte Franz noch nicht, daß Marx, wenn er mit seiner Frau und den Kindern am Sonntag aus der hampsteader Heide in die finstere Dean Street heimkehrte, deutsche Volkslieder sang, am liebsten ›Oh Strassburg, oh Strassburg, du wunderschöne Stadt!‹ Aber nur ich denke, dachte Franz, daß die Genossen Kitsch singen, weil ich ein bürgerlicher Intellektueller bin, den jungen arbeitslosen Arbeitern macht es gar nichts aus, Gefühle in die Nacht der Natur hinauszusingen, nachdem sie sich lange genug den Kapitalismus erklärt haben. Sie haben ja auch keine Hemmung, eine Genossin anzureden, wenn sie sich mit einer anfreunden wollen, nehmen es auch gleichgültig hin, wenn sie abgewiesen werden. Nein, das stimmt nicht, dachte Franz, wir haben Fälle von schwerem Liebeskummer im Jugendverband, aber jedenfalls trauen sie sich, es zu versuchen, während ich es mir noch nie getraut habe. Er überlegte sich Formeln, mit denen er Lin Radvan ansprechen könnte; zum Beispiel könnte er sie fragen, wie sie zu ihrem ungarischen Namen käme, ja, das wäre ein guter Anknüpfungspunkt, und wenn sie ihm Auskunft gab, konnte er anfangen zu flachsen und sagen, sie sähe überhaupt ziemlich ungarisch aus, er hatte keine Ahnung, wie Ungarinnen aussahen, aber das war ja egal, Hauptsache, es käme eine leichte, doch mit allerlei Bedeutungen geladene Unterhaltung zustande, in deren Verlauf sie sich wie absichtslos in die Dunkelheit hinein bewegten, auf die Schwärze des Waldrandes zu. Theoretisch war das alles ganz einfach. Mit Genugtuung stellte er fest, daß Lin nicht mitsang. Sie ging zwischen den Gruppen hin und her, störte auch manchmal ein ineinander verstricktes Paar, indem sie sich unbekümmert neben den beiden auf den Boden setzte und sie ansprach, wurde weggejagt, tauchte wieder bei den Singenden auf. In der Nacht, im Widerschein der Feuer, flatterte ihr verwaschenes grünes Fähnchen wie ein Irrlicht über dem Grund, phosphoreszierend. Franz begann zu frieren, vielleicht weil er unbeweglich stand und darauf hoffte, Lin würde auch einmal zu ihm kommen, die Hoffnung eines Feiglings, sagte er sich, der auf das Wunder wartet, daß ein Mädchen ihn anspricht, ihn von dem Mut dispensiert, der dazu gehört, es ansprechen zu müssen. Schließlich suchte er Ludwigs Zelt auf. Nur wenige von ihnen besaßen Zelte, die meisten schliefen im Freien, in Decken gewickelt. Ludwig hatte ihn eingeladen, in seinem Zelt zu schlafen. Von draußen schimmerte Licht matt durch die dünne Zeltwand, die anderen lagen schon drinnen, links Ludwig und sein Mädchen, in der Mitte zwei Jungens, sie hatten den Platz rechts für ihn frei gehalten, seine Decke lag dort, er hatte sie schon am Nachmittag von seinem Fahrrad genommen und ins Zelt gelegt. Während er sich einrichtete, vorsichtig, um die anderen nicht zu stören, die vielleicht schon schliefen, während er noch saß und die Decke entfaltete, kam Lin herein, glitt schnell und gewandt neben ihn an die Zeltwand, flüsterte: »Rutsch ein bißchen!« und »Gib mir was von deiner Decke ab!« Als sie nebeneinander lagen, begannen sie fast auf der Stelle, sich zu küssen. Das ist es also, dachte Franz Kien, besinnungslos in seiner Überraschung. Lin streichelte seine Zähne mit ihrer Zunge. Franz hatte sich vollständig angezogen hingelegt; während er Lins Schultern umfaßt hielt, spürte er, daß sie unter dem grünen Fähnchen fast nichts anhatte, sie mußte furchtbar gefroren haben, draußen. Er begann, ihren Rücken zu streicheln, um sie zu wärmen, worauf sie sich enger an ihn schmiegte. Es war eine ungeheure Sache, daß dieser magere Körper sich an ihn preßte, daß über sein Gesicht sich Strähnen aus diesem Helm von Haaren legten, die hellrot waren, wie er wußte, auch wenn er ihre Farbe in der Dunkelheit des Zeltes nicht mehr wahrnehmen konnte. Er hatte sich nicht geirrt – es war die ungeheuerste Sache, die es auf der Welt gab, wichtiger als alles andere. Er dachte aber nicht: wichtiger sogar als die Revolution. So konkret dachte er in diesen Augenblicken nicht. Sie flüsterten nicht miteinander, es gab nichts zu flüstern zwischen ihnen. Die beiden Jungen, von denen abgewandt Franz lag, mußten schlafen; sie bewegten sich nicht. Trotzdem ist natürlich nicht mehr möglich, als daß wir uns küssen, dachte Franz, erleichtert. Er kam nichteinmal auf die Idee, daß Lin vielleicht wünschte, er würde wenigstens anfangen, mit ihr zu spielen, indem er seine Hand zwischen ihre Beine legte, so sehr genügte es ihm, sie zu küssen. Er überließ sich völlig dem Glück, ein Mädchen gefunden zu haben; obwohl er sein Glied spürte, war er dem Zelt dankbar dafür, daß darin mehr nicht möglich war. Unter der Bedingung dieses Zeltes brauchte er Lin nicht zu offenbaren, daß er noch gar nicht wußte, wie Vögeln ging. Er wußte, was dabei mit ihm geschehen würde, denn er hatte sich schon selbstbefriedigt. Zum erstenmal hatte er sich in einem Lagerraum befriedigt, auf einem hellen Bretterboden liegend, umstanden von hellbraunen Holzregalen; seitdem hatte der Vorgang für ihn etwas Helles, Bleiches behalten, die Farbe des Samenstrahls, über dessen Gewalt er erschrocken war. Aber er wußte nicht, wie Vögeln sich bei einem Mädchen ereignete, was er genau tun mußte, damit es zustande kam, er wußte nichteinmal, wie ein Mädchen zwischen den Beinen wirklich aussah. Zu jener Zeit, in der Jugendbewegung, badeten Jungen und Mädchen nicht nackt miteinander; ehe sie in der Amper badeten, zogen sich die Mädchen hinter Gebüsch aus und ihre Badeanzüge an. Da er Lin gefunden hatte – oder eigentlich sie ihn! –, da sie von jetzt an miteinander gingen, würde sich die körperliche Liebe schon finden, in den nächsten Tagen, heute nacht durfte nichts sie dabei stören, daß sie sich, unter Küssen, nahe waren, unmöglich war die Vorstellung, er würde die Gewalt eines bleichen Samenstrahls gegen sie richten. Nur ein einzigesmal streifte ihn der Gedanke: meine gute Erziehung, meine verdammte bürgerliche Erziehung! Er begnügte sich damit, durch den Ausschnitt ihres Kleides nach ihrer Brust zu fassen, legte seine Hand auf sie, die eigentlich gar nicht vorhanden war, bloß eine kaum spürbare Erhebung aus einer heißen, unscheinbaren Magerkeit, die aber am Tage, mit verwaschenem Grün bekleidet, im Licht flirrte. Lin kam ihm nicht weiter entgegen. Sie ermattete; nach einiger Zeit schlief sie ein. Franz konnte nicht schlafen, weil ihr Kopf auf seinem Arm lag, aber er fand es leicht, unbequem und schlaflos zu liegen, wenn man darüber nachdenken konnte, wie es sein würde, mit Lin zu gehen. Als es hell wurde, wachte Lin auf und schlüpfte, ebenso schnell und gewandt, wie sie gekommen war, hinaus. Franz wartete fast eine halbe Stunde darauf, daß sie zurückkäme, dann stand auch er auf und trat vor das Zelt. Er sah sie drüben am Feuer der ISK-Leute sitzen – die ISK-Leute waren natürlich Frühaufsteher – und Tee trinken, wahrscheinlich Pfefferminz-Tee, denn die ISK-Leute tranken keinen schwarzen.

3

Schon nach fünf Minuten war es Franz klar, daß der Genosse von der Bezirksleitung der Partei es gut meinte, aber daß es ihm nicht gelingen würde, die Turbinen des großen Dnjepr-Kraftwerkes zum Dröhnen zu bringen oder seine Zuhörer ahnen zu lassen, wie über den Baumwollfeldern von Turkestan die weiße Hitze der Hoffnung eines Landes flimmerte, in dem es niemals Arbeitslose geben würde, und wie die Boote der Prospektoren der *piatiletka* sich aus der endlosen Trägheit der Lena-Mündung der Unendlichkeit des arktischen Meeres in den Rachen schoben. Er referierte nur die Zahlen aus dem Buch von Kirsanow über den Fünfjahrplan, das Franz Kien schon gelesen hatte, so daß er gar nicht zuzuhören brauchte, was ihm heute ohnehin schwerfiel, denn er wartete darauf, daß Lin erschiene. Sie kam also auch heute, sogar heute, wieder zu spät. Als sie endlich, lautlos, die Türe öffnete, erstarb die Bewegung, die Franz machen wollte, um sie auf den Platz neben sich hinzuweisen, schon im ersten Ansetzen des Hebens seiner Hand, weil hinter ihr sich dieser Sepp Furtner durch den Türspalt schob und die Türe hinter sich schloß, nicht so lautlos, wie Lin sie geöffnet hatte. Franz starrte gelähmt auf das Paar, das sich auf zwei Stühle im Hintergrund setzte; Furtner legte seinen Arm auf die Lehne des Stuhls, auf dem Lin saß. Hoffentlich, dachte Franz, hat niemand bemerkt, daß ich Lin ein Zeichen habe geben wollen; dieser Gedanke war der einzige, den er in seiner Verwirrung klar denken konnte. Aber es war ihm in den ersten Minuten nach dem Auftritt von Lin und ihrem Begleiter unmöglich, von den beiden wegzublicken; auch hoffte er, Lin würde mit einem Blick zu ihm hin die Sache erklären, ihm mit einem unauffälligen Achselzucken zu verstehen geben, daß sie dem Furtner nur draußen, vor dem ›Leonrod-Hof‹, begegnet war und daß dies alles nichts zu bedeuten hatte. Aber sie sah keinen Augenblick lang zu ihm hin, und dies nichteinmal ostentativ, sondern, wie Franz fühlte, offensichtlich gleichgültig, so, als würde sie sich erst erinnern müssen, wenn sie seiner gewahr würde. Besonders schlimm war es, daß sie dasselbe dünne grüne Baumwollkleid trug, das sie am Wochenende angehabt hatte; vielleicht hat sie kein anderes, dachte Franz und verlor sich in der Farbe, die in dem trüben Wirtshauslicht stumpf wirkte, indessen ihre Haare dunkler waren als sonst, der Helm ihres hellroten Bubikopfs war von Schatten durchwirkt. Um hinter das Geheimnis zu kommen, brachte er die Kraft auf, Furtner zu studieren, einen stämmigen großen Mann, der trotzdem nicht wie ein Schlosser aussah, sondern eigentlich wie ein Soldat in Zivil, in seiner braunen Jacke, die sich über ein Hemd spannte, das wie ein Militärhemd geschnitten war. Auch seine dunkelgraue Hose schloß sich eng um Beine, denen man ansah, wie kräftig sie waren. Er war nicht arbeitslos, sondern ungekündigt bei BMW, mehr wußte man von ihm nicht, denn er sprach niemals; in den Jugendverband kam er sicherlich nur Lins wegen, aber er hörte immer aufmerksam zu, auch heute. Franz sah, wie Lin und Furtner eine Einheit bildeten, während sie konzentriert dem Redner lauschten. Nach dem Referat gingen sie zusammen weg, was nicht ungewöhnlich war, denn es gab auch andere, die nicht bis zur Flugblatt-Diskussion blieben. Daß Lin fort war, erleichterte es Franz, seine Texte vorzulesen und sie gegen Einwände zu verteidigen. Es gelang ihm, davonzueilen, ehe sich ihm wie sonst andere Genossen anschlossen, die den gleichen Heimweg hatten wie er. Wenn er schon zu sich heimzugehen hatte, anstatt Lin heimzubegleiten, so wollte er wenigstens allein sein. Fast weinend vor Enttäuschung trabte er durch die Nacht. Er konnte sich Lins Verhalten nicht erklären; verwirrt, ratlos, unglücklich, fand er sich nicht damit ab, daß er jetzt nicht, wie er für selbstverständlich gehalten hatte, mit Lin zusammen zu den Baracken am Rand des Oberwiesenfelds ging, wo das Licht aus den Fenstern auf den Lehmboden der Straße fiel, sondern in genau entgegengesetzter Richtung auf das Viertel aus bürgerlichen Häusern zu, in dem er wohnte. Er geriet in eine Wut, wußte aber schon, daß es keinen Zweck haben würde, Lin zur Rede zu stellen. Dabei schaute nichts heraus.

Brüder

Die Kien-Brüder schlenderten durch den Jenisch-Park, verließen ihn und überquerten die leere Straße.

»Schau mal, keine Autos!« sagte Jakob. »Heute sind alle Leute zu Hause geblieben, damit sie die Sondermeldungen nicht verpassen.«

Auf dem Strandweg zwischen der Straße und der Elbe schlug Franz Kien die Richtung den Strom abwärts ein. Jakob folgte ihm. Das Wasser zog nach draußen.

»Ebbe«, sagte Franz.

»Ja«, sagte Jakob, »ich hab's schon gewußt. Ich hab zuhaus im Tide-Kalender nachgesehen.«

Er schwärmte für Hamburg, für Norddeutschland. Franz auch, aber nicht so sehr wie Jakob.

Sie begegneten Gruppen von Sonntagsspaziergängern.

»Weniger als sonst«, sagte Jakob.

»Trotzdem sind's noch zu viele.«

»In der Haseldorfer Marsch ist heute sicher kein Mensch.«

Sie dachten an die flachen Wiesen, die Kopfweiden, die Schilfkanäle, in denen Boote verrotteten.

»Wir hätten rausfahren sollen«, sagte Franz.

»Dann hätten wir früher losgehen müssen«, sagte Jakob.

Sie bedauerten es jetzt, daß sie den ganzen Vormittag vor dem Rundfunkapparat gesessen hatten, in der Wohnung von Franz.

»Hier ist es auch ganz schön«, sagte Jakob.

»Ach, Mist!« sagte Franz.

Die Sonne stand halbhoch jenseits des Stroms. Sie blieben stehen, weil Jakob fotografieren wollte. Er machte zwei Aufnahmen, eine nach Südwesten, ins Gegenlicht, die andere, mit der Sonne im Rücken, von den Hafenanlagen im Osten. Er blickte dabei nach unten, auf die Mattscheibe seiner Rolleiflex; bei der ersten Aufnahme lag die Horizontlinie, der weit entfernte Deich des Alten Landes, als dunkler Strich hoch im Bild, zwischen der grau schimmernden Wasser-Ebene und dem flachen Rechteck eines Himmels, der fast weiß war; bei der zweiten standen die Öltanks am Petroleum-Hafen, die Hellinge auf Waltershof und die Dockwände tiefer drinnen im Hafen gut ausgeleuchtet, rot, rostig und schwarz, unten am Rand eines monochrom blauen Herbstes.

»Das Bild gibt in Schwarz-Weiß nichts her«, sagte Jakob. »Schade daß es noch keine guten Farbfilme gibt.«

Franz betrachtete seinen Bruder, wie er entschlossen auf die Mattscheibe starrte. Jakob war kleiner als er, fester, stämmig, seine Haare waren rötlich, auch sein Gesicht, das immer wie entzündet wirkte. Sein Kinn war ein kräftiges Quadrat, das sich vorschob, wenn Jakob über etwas nachdachte oder wenn er einen Gegenstand untersuchte, wie jetzt. Wir haben in der ganzen Familie sonst kein solches Kinn, dachte Franz.

»Du mußt eben malen«, sagte er. »Warum gehst du nicht in eure Malklasse?«

Jakob beobachtete das Bild auf der Mattscheibe länger als nötig, ehe er auf den Auslöser drückte. Dann klappte er den Sucherschacht zu.

»Man kann nicht einfach malen«, sagte er, während sie weitergingen. »Du hast keine Ahnung.«

Er ging auf die Landeskunstschule, nahm Unterricht in Schrift, Typografie, grafischen Techniken.

»Wenn du wenigstens zeichnen würdest«, sagte Franz. »Eure Aktklasse soll ausgezeichnet sein.«

»Laß mich doch in Ruhe damit!« sagte Jakob. »Ich hab keine Lust dazu.«

Sie blieben wieder stehen und beobachteten eine Flugzeugstaffel, die von der Stadt her über die Elbe nach Süden flog. Unter ihrem schnellen Flug hingen die Fesselballone, die seit ein paar Tagen aufgezogen worden waren, reglos im Kreis um den Hafen. Erst nachdem die Flugzeuge verschwunden waren, begannen sie wieder sich zu bewegen; gelb schwebten sie im blauen Äther.

»Vielleicht hat der Krieg schon angefangen«, sagte Jakob.

»Möglich«, sagte Franz.

»Wir hätten doch am Radio bleiben sollen.«

»Wir erfahren es noch früh genug.«

»Bin gespannt, ob wir schnell eingezogen werden, wenn es losgeht.«

»Du mußt auf deiner Tbc rumreiten, bei der Musterung«, sagte Franz. »Außerdem bist du überhaupt noch zu jung.«

Jakob war siebzehn. Er hatte zwei Jahre mit einer Knochentuberkulose im Bett gelegen, von seinem zehnten bis zu seinem zwölften Jahr.

»Im November werd ich achtzehn«, sagte er. »Und die Tbc ist ganz ausgeheilt.«

Franz widersprach ihm nicht weiter. So, wie Jakob aussah, stabil, fast vierschrötig, würden sie ihn bestimmt kriegsverwendungsfähig schreiben.

»Jedenfalls kommst du zu einer motorisierten Einheit. Mich ziehen sie garantiert zur Infanterie.«

»Vielleicht ziehen sie solche, die im KZ waren, überhaupt nicht ein?« sagte Jakob.

»Das wär zu schön, um wahr zu sein«, sagte Franz.

Vor sieben Jahren, als er so alt gewesen war wie Jakob jetzt, war er Mitglied des Kommunistischen Jugendverbands gewesen, in München, wo die Kien-Brüder damals gewohnt hatten. Über die Fläche des Stroms blickend, erinnerte er sich an die Jahre, die er in gewissen Vorstädten Münchens verbracht hatte.

»Hamburg ist doch besser als München«, sagte er.

»Klar«, sagte Jakob.

»Aber wir werden nicht mehr lange hier sein«, sagte Franz.

Sie hatten Blankenese erreicht und gingen die Strandstraße entlang. In den Cafés saßen heute nur wenige Gäste. Die kleinen Kapitänshäuser weiter oben am Hang waren mit weißer Ölfarbe dick überstrichen. Dick und weiß hockten sie im dunklen Spätsommergrün ihrer Gärten.

»Vielleicht fang ich mal an zu malen«, sagte Franz.

Er sagte immer solche Sachen, die Jakob erbitterten und unruhig machten. Franz wollte malen, Franz wollte schreiben. Statt dessen war er Angestellter in der Werbeabteilung einer Papierfabrik, schrieb Anzeigentexte. Außerdem war er schon verheiratet, hatte ein Kind. Malen würde er nie, dachte Jakob. Nicht mit dem Kopp! Franz war einen Kopf größer als Jakob, schlank, sein Gesicht war blaß, flächig, seine Stirne war sehr hoch, er trug eine Hornbrille mit scharfen Gläsern, minus zehn Dioptrien. Obwohl sie sehr verschieden aussahen, ähnelten sich die Kien-Brüder doch. Zum Beispiel hatten sie die gleichen braunen, ziemlich kleinen Augen und die gleichen kurzen, drahtigen Haare, nur daß sie bei Jakob rötlich waren, bei Franz dunkelbraun.

»Was hast du morgen früh?« fragte Franz.

»Handsatz«, sagte Jakob .

»Muß interessant sein!«

»Es ist ziemlich langweilig.«

Er wollte es Franz gegenüber nicht zugeben, daß er seit einiger Zeit Geschmack an den grafischen Fächern gefunden hatte. Es war Franz gewesen, der die Idee gehabt hatte, er solle Grafiker werden. Er gab ihrer Mutter einen Zuschuß zu ihrer Rente, damit sie das Studiengeld für Jakob bezahlen konnte.

»Vielleicht kannst du mal ein Gedicht von mir setzen«, sagte Franz.

Er stellte sich vor, wie es wäre, einmal etwas von sich gedruckt zu sehen.

Jakob hatte noch nie ein Gedicht seines älteren Bruders zu Gesicht bekommen. Er freute sich wie ein Stint.

»Da mußt du noch ein paar Monate warten«, sagte er. »Ich bin noch nicht so weit.«

»Schade«, sagte Franz, »bis dahin sind wir schon wer weiß wo.«

»Na, ich kann's ja mal versuchen«, sagte Jakob.

»Machen wir, daß wir aus den Häusern rauskommen!« sagte Franz.

Jakob hätte gern Kaffee getrunken und Kuchen gegessen in einem der Cafés, aber er sagte nichts. Sie wollten ja noch bis zum Fuß des Hochufers, wo der Strand breit wurde, besonders wenn Ebbe war wie jetzt. Sie hatten darüber nicht gesprochen, aber es war von vornherein klar gewesen.

»Es ist schon fünf Uhr«, sagte Franz.

Das Licht kam nun flacher, durchleuchtete horizontal die Leere über dem Wasser. Es gab kaum Wind.

»Der Ehemann muß rechtzeitig zu Hause sein«, sagte Jakob.

Jenseits des Schweinesands liefen zwei Finkenwerder Fischkutter mit dem Strom aus.

»Weit raus können die sicher nicht mehr«, sagte Franz. »Die ganze Nordsee soll schon vermint sein.«

Sie hatten während ihres Spaziergangs kein einziges ausfahrendes Seeschiff gesehen wie sonst an den Sonntagnachmittagen, wenn sie in der Haseldorfer Marsch umherstreunten. Dort schienen die Schiffe durch die Wiesen zu fahren, wenn man sie vom Land hinter dem Deich aus erblickte, weil man dann die Elbe nicht sehen konnte. Hier, hinter Blankenese, gab es keinen Deich, sondern ein Hochufer, das der Strom aus der Geest geschaart hatte. Jakob blickte nach oben, wo einzelne Kiefern sich über die Abbruchkante neigten; einige ihrer Wurzeln hingen schon in der Luft. Er überlegte, ob er eine Aufnahme machen sollte, ließ es dann sein, obwohl die Sache grafisch gut aussah.

Als sie bis dorthin kamen, wo die Ebbe Sandflächen freigelegt hatte, setzten sie sich zuerst auf die niedrige Böschung, zogen ihre Pfeifen heraus und stopften sie. Jakob besaß einen ledernen Tabaksbeutel, während Franz den Tabak einem Fabrik-Päckchen entnahm. Er benutzte ein Feuerzeug. Jakob brauchte ziemlich lang, bis seine Pfeife brannte, weil ihm die Streichhölzer immer wieder erloschen. Franz sah ihm dabei zu.

»Gestern hab ich mir ›Die Niederelbe‹ von Linde aus unserer Schulbibliothek geholt«, sagte Jakob, als sein Tabak endlich stetig zog. »Ein erstklassiges Buch! Die Fotos sind veraltet, aber trotzdem prima, weißt du, so alte Plattenaufnahmen, wie man sie heute gar nicht mehr macht. Du, es muß ganz wunderbare Marschen geben, besonders auf dem rechten Elbufer. Hast du mal was von der Wilster Marsch gehört?«

»Natürlich«, sagte Franz. »Das ist die Marsch, wo es noch die alten Windmühlen gibt, die das Wasser von einem Kanal in den anderen schöpfen. Sie stehen in Reihen an den Kanälen.«

Er weiß immer schon alles, dachte Jakob.

Nach einer Weile fragte er: »Aber dort gewesen bist du noch nicht?«

»Nein.«

Franz Kien war vor zwei Jahren nach Hamburg gezogen. Im ersten Jahr, ehe er seine Mutter und Jakob nachkommen ließ, ging er auch sonntags meistens in die Fabrik. Er konnte dort besser schreiben als zu Hause, besonders während der Zeit, in der seine Frau das Kind austrug. Manchmal verließ er seinen Tisch in der Werbeabteilung und blickte in den leeren Fabrikhof hinab, oder er ging in die Maschinenhalle. Das Papier hing starr in breiten Bahnen von den Rollen.

»Wir müssen einmal zusammen hin«, sagte Jakob. Er hatte noch kein Mädchen.

»Ich weiß nicht«, sagte Franz, »wenn Krieg ist, werd ich wahrscheinlich keine Lust mehr dazu haben.«

»Ich schon«, sagte Jakob. »Und wenn er vorbei ist, mach ich einen Bildband über die Marschen. Oder vielleicht nur über die Wilster Marsch. Falls ich heil rauskomme.«

Die Kien-Brüder kamen aus Süddeutschland, aber ihre Vorfahren waren Norddeutsche gewesen, Norddeutsche und Slawen und Franzosen.

»Du mußt unbedingt Joseph Conrad lesen, ›Spiegel der See‹!« sagte Franz. »Das Kapitel, in dem er die Themse-Mündung beschreibt. Nach dem Krieg will ich mir die Themse-Mündung anschauen. Und London und ein paar andere Sachen.«

Die Themse kann gar nichts haben, was die Elbe nicht auch

hätte, dachte Jakob. Man muß sich auf eine Sache konzentrieren.

Im Freien brannten ihre Pfeifen schnell aus. Sie standen auf und schlenderten über den Sand bis zur Wasserlinie. Das Wasser lief noch immer ab.

Sie suchten nach Muscheln, hoben ein paar kleine, weißliche Schalen auf. Jakob fand eine grün-gelbe Donax mit feinen, radialen Rippen.

»Auf Amrum werden wir ganz andere finden«, sagte er. »Nächsten Sommer.«

»Daraus wird nichts mehr«, sagte Franz.

Die Sonne stand jetzt tief über dem Alten Land. Die Sände, auf denen sie gingen, schimmerten rötlich.

Als sie im Blankeneser Bahnhof in den Zug stiegen, waren sie ziemlich müde. In Altona mußten sie umsteigen. Dort gab es Zeitungen, Extrablätter, aus denen sie erfuhren, daß der Krieg ausgebrochen war. Alle Leute lasen die Nachrichten, falteten die Blätter, steckten sie ein und gingen zu ihren Zügen. Franz stieg am Dammtor aus, er wohnte in Eppendorf. Jakob fuhr bis zum Berliner Tor weiter, wo er in die Straßenbahn umsteigen mußte. Er wohnte mit seiner Mutter am Horner Weg.

Festschrift für Captain Fleischer

I

Das Licht in der Ladehalle war sehr hell, aber nicht kalt, sondern gelb. Hinter dem offenen Tor drang die Nacht dunkelblau in gläserne Tiefen. Vor dem Quadrat aus virginischem Indigo stand ein Marine-Offizier mit einer weiß leuchtenden Mütze.

Sie bekamen die bequem geschnittenen, olivgrünen Drillichuniformen der amerikanischen Armee, mit großen weißen Prisoner-of-War-Zeichen auf den Rücken. Franz Kien beobachtete Frerks, wie er seine deutsche Uniformjacke sorgältig faltete und auf dem Boden des Seesacks verstaute. Einige warfen die schweren Tuchjacken weg. Franz Kien überlegte eine Weile, ob er die seine behalten solle. Sie roch nach Schweiß. Die Nacht sandte Wellen aus Wärme und Duft in die Ladehalle. Schließlich trug auch er sein Zeug zu dem Haufen gebrauchter Kleidungsstücke und Stiefel, neben dem ein amerikanischer Soldat stand, der von Zeit zu Zeit rief: »Schmeiß alles weg, kriegst alles neu!« Es war besonders angenehm, in den leichten Schuhen mit den geriffelten Gummisohlen zu gehen. In den tiefen Außentaschen auf der Brustpartie der neuen Jacke brachte er alles mögliche unter: einen Block Schreibpapier und Bleistifte, zwei Pfeifen, ein Päckchen Tabak, einen Umschlag mit Briefen und Fotos.

Ein Zug wurde in die Halle geschoben. Sie fuhren noch in der Nacht ab. Richmond war unverdunkelt. Am Tage sahen sie Fredericksburg, Alexandria, Washington, Baltimore. Ehe sie nach Harrisburg kamen, überquerten sie den Susquehanna, einen weiten grauen Fluß mit Inseln, Reihern, einer Hängebrücke aus geflochtenen Ästen; in den Uferwäldern wanden sich parasitäre Gewächse um die Baumstämme. Auf dem Bahnsteig in Washington hatte ein alter Mann gestanden, den Franz Kien den

Senator nannte. Der Senator war schlank, hochgewachsen, trug einen rechteckig geschnittenen grauen Bart, einen breitkrempigen Hut, eine goldene Uhrkette, hielt zwei irische Setter kurzgeschlossen. Neger gingen an ihm vorbei.

Nachdem es Franz Kien gelungen war, aus dem Krieg zu flüchten, hatte er eines Morgens den Felsen von Gibraltar gesehen, sandfarben unter einer gelbgrauen Wolke. Die afrikanischen Berge gegenüber trugen weiße Burgen auf ihren Höhen.

In den Nächten schliefen sie auf den schwarzen Lederbänken der Couch-Waggons. Der Zug wurde immer kürzer, zuletzt blieb nur noch ihr Waggon übrig. Er wurde in St. Louis an einen fahrplanmäßigen Schnellzug gekoppelt. Daß Frerks sich in ihrem Wagen befand, war sicher ein Irrtum. In den anderen Waggons waren die gewesen, die ihre deutschen Uniformjacken eingepackt hatten. In dem Waggon, in dem Franz Kien fuhr, waren die Seesäcke leichter.

In St. Louis hing Nebel über dem Mississippi. Die Amerikaner lebten in Holzhäusern, in Schaukelstühlen auf Veranden. Bei einem Ort namens Cairo floß der Ohio in einem flachen Bogen dunkelgrau durch dunkle Laubwälder in den helleren Mississippi. In einem Ort namens Carbondale wurde ihr Waggon abgehängt, mußte zwei Stunden auf einen anderen Zug warten; während dieser Zeit wurde ihnen ein Waschkorb voll Orangen hereingereicht. »Von den Damen von Carbondale«, sagte der Sergeant, der sie begleitete, »sie haben gehört, daß hier ein Gefangenen-Transport steht.«

Er hatte in St. Louis eine amerikanische Zeitung in deutscher Sprache gekauft, die er herumgehen ließ. Jeder wartete ungeduldig darauf, daß die Reihe an ihn kam; nur Frerks gab sie ungelesen weiter.

»Hoffnungslos, der«, sagte Maxim Lederer halblaut zu Franz Kien.

Seine Stimme klang immer rauh, er räusperte sich oft, schloß seine fanatischen Geschichten aus der Emigration immer mit einem kurzen Auflachen. Er behauptete, in Prag in der Emigration gewesen zu sein; er habe zurückkehren müssen, weil er sonst verhungert wäre. Durch ihn erfuhr Franz, was in den vergangenen Jahren aus der Kommunistischen Partei geworden war. Es interessierte ihn nur halb. Während er die Landschaften und Städte betrachtete, hatte er genug damit zu tun, über die phantastische Tatsache nachzudenken, daß er aus dem Krieg hatte flüchten können und jetzt durch Amerika fuhr. Maxim Lederer sah selten aus dem Fenster.

In der folgenden Nacht kamen sie durch Memphis. Am Morgen überquerten sie den Mississippi auf einer hohen Brücke bei Jackson. Die Ufer des Mississippi bestanden aus Sandbänken und niedrigem Sumpfwald. Hinter den Deichen wieder feuchte Wälder mit verlandenden Gewässern, an denen Reiher und Pelikane hockten, aufflogen, sich wieder setzten. Der Zug fuhr langsam. Das Holz der Häuser in den Siedlungen der Neger war so verwittert wie die Gesichter der alten schweren Männer, die vor den Türen standen und zu dem Zug hinaufblickten. Später gelangten sie auf die flachen Trockenböden von Louisiana, leeres Land, Land für lange, eintönige Wanderungen, wie Franz Kien sie liebte, über trockenes Präriegras, das knisterte, durch brüchigen Kiefernwald. In Ruston, wo sie ausgeladen wurden, hingen weiße Reiter in ihren Sätteln, gekrümmt zwischen Texashüten und silbernen Sporen. Ihre samtbraunen leichten Pferde hoben kaum die Köpfe, denn der Septembertag war heiß und still.

2

Der Adler, der unter den schleierigen Schlierenwolken seine Kreise zog, flößte Franz Kien nicht den Wunsch nach Freiheit ein. Nach allen Gesetzen der Metaphorik, dachte Franz Kien, ist dieses Vieh dort oben dazu da, mich verrückt zu machen; doch er empfand nur die Lautlosigkeit des Flugs über dem Lager, über der ebenen Landschaft, während er auf den Stufen des hinteren Eingangs der Hospital-Baracke saß und von seinem Buch aufblickte, im milden Sonntagnachmittag-Licht des südlichen November. Der Stacheldrahtzaun in der Ferne war nichts als ein filigranes Gitter ohne Bedeutung.

Er wollte weiterlesen, als er aus dem Inneren der Baracke Schritte hörte, Stimmen. Er klappte das Buch zu, stand auf, ging die Stufen hoch und stieß die statt mit Glas mit einem Fliegengitter versehene Schwingtüre auf. Sie knarrte zweimal in den Scharnieren, ehe sie hinter ihm zufiel. Im Mittelgang des *ward*, zwischen den beiden Reihen Betten, standen zwei amerikanische Wachsoldaten, zwischen ihnen Frerks. Seine Hände waren mit einem Strick zusammengebunden. Franz Kien hatte noch niemals einen gefesselten Menschen gesehen. Einer der Amerikaner fragte, wo sie Frerks hinlegen könnten, und Franz Kien bezeichnete ihm ein Bett. Die beiden Patienten, die sich in der Baracke befanden, hatten sich in ihren Betten aufgesetzt. Jetzt kam auch Maxim Lederer herein. Die Soldaten drängten Frerks zu dem Bett hin und gaben ihm einen Stoß, als er nicht begriff, daß er sich hinlegen sollte. Er fiel, wegen der Fesseln, unbeholfen auf das Gesicht, den Bauch, blieb reglos liegen. Der Amerikaner, der redete, sagte, er würde den Doktor schicken, ehe er dem anderen folgte, der schon gegangen war.

Franz Kien und Maxim Lederer drehten Frerks herum, konnten ihn aber nicht ausziehen.

»Sollen wir ihm die Fesseln nicht abnehmen?« fragte Franz Kien. »Was ist denn eigentlich los mit ihm?«

Maxim Lederer schüttelte den Kopf. Sie deckten Frerks zu. Er starrte ins Leere, war offensichtlich nicht anwesend. Er hatte über dem Hemd einen Pullover an, trug nicht seine berühmte und verhaßte Jacke, obwohl Sonntag war.

»Frerks hat endlich durchgedreht«, berichtete Maxim Lederer mit seiner heiseren, unpersönlichen Stimme. »Er lag den ganzen Tag auf dem Bett, ging nicht zum Essen, auf einmal fing er an zu toben. Er riß Bilder herunter, dann griff er den Barackenführer an. Sie hielten ihn fest, bis die Wachen kamen.«

Er schloß jeden Satz mit seinem kurzen, kehligen, freudlosen Auflachen. Er war nicht schadenfroh. Maxim Lederer hatte nichts gegen Frerks, außer das, was alle gegen ihn hatten.

»Und wieso kommt er hierher«, fragte Franz Kien, »nicht in die Arrestbaracke?«

»Weil ich gesagt habe, er sei krank«, sagte Maxim Lederer. »Ich war unter denen, die ihn festhielten, und ich hab's ihm angesehen.«

Franz Kien nahm Frerks' Temperatur. Frerks hatte 41,5 Grad Fieber.

»Na bitte«, sagte Maxim Lederer.

»Er muß schon den ganzen Tag krank gewesen sein«, sagte Franz Kien.

Maxim Lederer blieb im Hospital, obwohl sein Nachtdienst erst um acht Uhr begann. Er und Franz Kien hatten den September über Baumwolle gepflückt, wie alle, ehe sie sich zum Sanitätsdienst meldeten, als die Jobs im Gefangenen-Hospital ausgeschrieben wurden. Die Arbeit auf den Baumwollfeldern war nicht schwer gewesen; sie gingen zwischen den endlosen Reihen der Stauden und pflückten mit beiden Händen die weißen Flocken aus den geöffneten Fruchtkapseln in die Säcke, die rechts und links von ihren Schultern hingen. Mittags lagen sie im dichten Schatten der Bäume, die das Farmhaus umstanden, und dösten vor sich hin. Das Haus brütete stumm in der Mittagshitze. Der Neger, der das Eiswasser gebracht hatte, saß an einen Baum gelehnt und schlief. Übrigens war er der einzige Neger, mit dem sie in Berührung kamen; nicht einmal in der Ferne sahen sie Neger auf den Feldern arbeiten, die Neger sollten nicht sehen, daß es Weiße gab, die Baumwolle pflückten. Am Nachmittag arbeiteten sie weiter; wenn Franz Kien aufblickte, sah er die Gefangenen als blaue Flecken, die sich inmitten des flimmernden Meeres der Baumwollbällchen bewegten. Später hielten er und Maxim Lederer die Monotonie dieser Tage nicht mehr aus. Inzwischen waren auch die Baumwollfelder abgeerntet, die Gefangenen schlugen jetzt Zuckerrohr, mit breiten, an der Spitze gekrümmten Messern, Macheten. Wenn sie ins Lager zurückkehrten, sprachen sie über die Negermädchen, die sie während der Fahrt gesehen hatten, von den Lastautos aus, auf denen sie zu den Plantagen gefahren wurden.

Es dauerte zwei Stunden, bis der Arzt kam. An Sonntagen waren die Ärzte immer schwer zu erreichen. Franz Kien fühlte manchmal Frerks' Puls, spürte das rasend schnelle Klopfen. Daran konnte er sich erinnern, zwanzig Jahre später, an das Gefühl, das ihm Frerks' Handgelenk einflößte, während er sich an Frerks selbst nicht mehr erinnern konnte. Es war äußerst merkwürdig, aber er wußte nach zwanzig Jahren nicht mehr, wie Frerks ausgesehen hatte. Captain Fleischers Bild hingegen hatte sein Gehirn gut auswendig gelernt. Beispielsweise konnte er die Szene, wie der Arzt im Offiziersrang, Captain Fleischer, in der Abenddämmerung jenes Sonntags am Lagertor aus dem Jeep stieg, die Wachen passierte und in seinem schmalen, genau geführten Gang auf das Hospital zukam, jederzeit hervorholen und ablaufen lassen wie einen Film. Vielleicht, weil er Fleischer damals, an einem Fenster nach ihm ausspähend, so ungeduldig erwartet hatte? Fleischer hatte die linke Hand in die Tasche seiner Uniformjacke gesteckt, mit dem rechten Arm schlenkerte er ein wenig, wobei er die Hand krampfhaft nach hinten bog. Franz Kien wußte, daß er mit der linken Hand nach einer Zigarette wühlte, und wie immer zog er die Zigarette heraus und schob sie zwischen seine Lippen, ohne sie anzuzünden. Weiß hing sie in seinem braunen Gesicht, unter dem schwarzen, sorgfältig geschnittenen Schnurrbart. Zwischen dem Bart und der Oberlippe war ein Abstand von drei Millimetern ausrasiert. Alles an Captain Fleischer war schmal und genau, auch seine Nase über dem Bart und die goldene Einfassung seiner Gläser. Innerhalb dieser Genauigkeit war er dann schlenkernd, lässig, mit Verkrampfungen da und dort, zum Beispiel wenn er seine Hand im Gehen nach hinten bog.

Jenseits des Hospital-Geländes lagen die niedrigen langen Baracken in Reihen unter einem grünlichen Helldunkel, wie es immer entstand, wenn der klebrige Südwind aufkam. In einigen von ihnen brannte schon Licht. Die Kies-Straßen zwischen den Baracken waren fast leer. Um diese Zeit wuschen sich die Gefangenen, ehe sie zum Abendessen gingen.

Franz Kien war froh darüber, daß nicht der ranghöhere Arzt kam, Major Moulton, sondern Captain Fleischer. Fleischer war Internist, nicht Chirurg wie Moulton. Moulton war Armee-Arzt, während Fleischer eine Privatpraxis in New York City hatte. Aber er trug die Uniform mühelos. Franz Kien vermutete, daß er sich seine Uniform von einem Schneider anfertigen ließ. Er fing Fleischer im Vorraum ab und erstattete ihm Bericht.

"Oh, it's him", sagte Fleischer, als er Frerks erblickte.

Franz Kien wunderte sich, daß Fleischer Frerks kannte, obwohl er kaum je das Wohnareal des Lagers betrat, niemals am Sonntag in der Suite des Kommandanten erschien, wenn Oberst Taylor die Front der zum Appell angetretenen Kriegsgefangenen abschritt. Er muß wohl von diesem Gefangenen gehört, sich ihn einmal angesehen haben, dachte Franz Kien. Frerks war der einzige, der zu jedem Sonntagmorgen-Appell in seiner deutschen Uniformjacke antrat. Er hatte sie, gleich nachdem sie ins Lager gekommen waren, gewaschen und gebügelt, und er trug sie mit den Obergefreiten-Winkeln, dem Fallschirmjäger-Abzeichen, dem schwarz-weißen Bändchen des EK II, dem Adler mit dem Hakenkreuz. Sie hatten ihn ins zweite Glied geschubst, aber Oberst Taylor stellte ihn sofort ins erste, winkte den Dolmetscher herbei und unterhielt sich mit ihm über seine militärische Vergangenheit. Es verging kaum ein Sonntag, an dem der Kommandant nicht mit Frerks ein paar Worte wechselte. Er machte ihn zum Leiter eines Arbeitstrupps. Frerks wurde im Lager geschnitten. Es gab niemanden, der mit ihm sprach.

Fleischer war erstaunt, als er sah, daß Frerks angezogen im Bett lag. Er schlug die Decke zurück und erblickte die Fesseln.

»Gee«, sagte er.

Er nahm die Zigarette aus dem Mund. Manchmal war in der

Art, wie Fleischer seine ärztlichen Anweisungen gab, eine leise, gefährliche Schärfe. Diesmal sah es so aus, als würde er sich gehenlassen. Aber er fing sich wieder, befahl, die Fesseln abzunehmen und Frerks auszuziehen. Franz Kien ärgerte sich, weil er nicht gewagt hatte, es selber zu tun, ehe Fleischer kam. Er wußte, daß Fleischer ihn dafür verachtete.

Frerks war kaum bei sich und fühlte sich heiß an. Fleischer untersuchte ihn, als er wieder im Bett lag. Er sagte, Frerks habe eine Lungenentzündung. Er bereitete die erste Penicillin-Injektion selbst vor. Sein Gesicht war wieder ruhig, fast gleichgültig, als er die Nadel ins Licht hielt und prüfte; die Zigarette hing wieder in seinem linken Mundwinkel. Ehe er ging, sagte er, Frerks müsse viel zu trinken bekommen.

Franz Kien blieb noch zwei Stunden im *ward* und hörte Maxim Lederer zu, wie er seine fanatischen Geschichten aus der Emigration erzählte. Maxim Lederer behauptete, die Kommunistische Partei habe ganze Zellen in Deutschland hochgehen lassen, der Gestapo ausgeliefert, wenn sie nicht mehr der Generallinie aus Prag gehorchten. Wenn seine Erzählungen stimmten, dann war die Kommunistische Partei verkommen. Wenn sie nicht stimmten, so war der, der sie erzählte, mit Vorsicht zu genießen. Er redete nicht gern über seine Rückkehr aus Prag nach Deutschland, wich aus, wenn Franz Kien ihn fragte, was damals mit ihm geschehen war. Franz Kien wußte, daß mit Menschen, die in gewisse Verhöre, zwischen gewisse Fronten geraten waren, alles mögliche geschehen sein konnte. Eine Nacht in einem Untersuchungsgefängnis entschied da oft über ein Leben. Es wäre besser, sich von dieser undurchsichtigen Existenz fernzuhalten, dachte Franz Kien manchmal, aber er mochte Maxim Lederers hoffnungslose, unpersönliche Stimme, die mit jedem ihrer Sätze die Revolution liquidierte. Maxim Lederer sprach niemals über sein Privatleben, äußerte keine Zukunftspläne, wie alle anderen im Camp. Es war auch charakteristisch für ihn, daß man das Gespräch mit ihm einfach abbrechen konnte; er hörte dann sofort und ganz unbeleidigt auf zu reden, wandte sein kleines bleiches Gesicht, die Augen hinter der Brille aus schwarzem Horn ab, griff wieder nach der Zeitung.

Als er in seine Wohnbaracke ging, spürte Franz Kien die zerrenden, plötzlich aufflackernden Windstöße, die unter dem wolkigen Nachthimmel aus dem Golf von Mexiko kamen. Er dachte an die Revolution als an etwas Gleichgültiges. Es würde Kriege geben, Gewalt, auch Revolutionen, sicher, aber das alles war ziemlich gleichgültig. Nicht gleichgültig war es, daß es die Nacht gab, den Wind, Wolken, Adlerflüge, einen Golf, Schlafende in Baracken . . .

Am Morgen hatte Frerks noch immer über vierzig Fieber, aber er schlief ruhig. Maxim Lederer sagte, Fleischer sei in der Nacht noch einmal gekommen und habe Frerks eine zweite Penicillin-Injektion gemacht.

»Ich hab ihm erzählen müssen, welche Rolle Frerks im Lager spielt«, sagte Maxim Lederer. »Wahrscheinlich überlegt er«, sagte Franz Kien, »ob er ihn in psychiatrische Behandlung geben soll.«

»Er schien außer sich zu sein, als ich ihm erzählte, daß niemand von uns mit Frerks zu tun haben will. Ich hab versucht, ihm klarzumachen, daß Frerks sich selbst isoliert hat. Er gehört einfach nicht in dieses Lager, hab ich gesagt.«

Er räumte die Bücher und Zeitungen weg, in denen er nachts gelesen hatte. Durch die Glasscheibe des Sanitätsraumes überblickte man den Bettenraum der Baracke, in dem Frerks und die beiden anderen Patienten lagen und schliefen.

»Diese Juden mit ihren Illusionen«, sagte Maxim Lederer. »Weißt du, was Fleischer sagte, ehe er ging?« Er wartete Franz Kiens Gegenfrage nicht ab. »Er stand da am Bett von Frerks und sagte: 'It's easy to hate, easier than to love.'«

Nicht einmal nach diesem Zitat klang Maxim Lederers Auflachen böse, höhnisch, sondern so wie immer: kurz, rauh, feststellend.

Franz Kien hätte etwas darum gegeben, zu erfahren, ob Fleischer den Satz, daß es leicht sei zu hassen, leichter als zu lieben, an Maxim Lederer gerichtet hatte oder an den bei diesen Worten sicherlich noch schlafenden oder halb bewußtlosen Frerks. Hatte er dabei einen von den beiden angesehen oder keinen, sondern vielleicht auf die Wand hinter dem Bett geblickt? Es war zwecklos, Maxim Lederer danach zu fragen, der darauf sicherlich nicht geachtet hatte. Nach allem, was vorher gesprochen worden war, mußte er Fleischers Bemerkung auf sich beziehen. Wie aber, fragte sich Franz Kien, wenn Fleischer weder den einen noch den anderen gemeint hatte, sondern sich selbst?

Der Hospital-Tag verlief ruhig, mit den üblichen Beschäftigungen: Betten richten, Temperaturen nehmen, Essen holen. Einer der Patienten hatte eine Blinddarmoperation hinter sich, durfte noch nicht aufstehen, bekam die Bettflasche, was Franz Kien nichts ausmachte. Der andere war Syphilitiker, erhielt alle zwei Stunden eine kleine Dosis Penicillin, intramuskulär. Er war wehleidig, spannte vor Angst sein Gesäß, anstatt es zu entspannen, so daß Franz Kien einen unkontrollierten Moment abwarten mußte, ehe er ihm die Nadel ins Fleisch senkte. Nach dem Mittagessen meldeten sich zwei ambulante Fälle, Männer vom Holzfällerkommando, die mit Gifteiche in Berührung gekommen waren; Franz Kien bestrich ihre entzündeten Beine und Hände mit einer Tinktur.

Im Laufe des Vormittags war Frerks einmal so weit bei sich, daß er die nötigsten Angaben für das Krankenblatt machen konnte. Er war 1923 geboren, in einem Dorf bei Eutin, hatte noch keinen Beruf, er war bei Kriegsausbruch sechzehn gewesen, sie hatten ihn Ende 1940 eingezogen. Er sagte, er sei Offiziersanwärter. Sein Vater war Angestellter im Landratsamt. Diese Mitteilungen erschöpften ihn.

Am Nachmittag hatte Franz Kien wieder Zeit zum Lesen. Er ging auch einmal eine Viertelstunde spazieren, zwischen dem Hospital und dem Stacheldrahtzaun, in südöstlicher Richtung, wo es Partien gab, auf denen Kiefern standen, die das Camp verdeckten. Er sammelte einen Strauchzweig mit weinroten und grünen Blättern, zwei Gräser mit Blättern wie Lanzenspitzen, ein Gewächs mit traubigen roten Blüten und einem grünen Stengel, in dessen Mitte eine violette Blüte saß. In Louisiana gab es selbst im November noch Blüten, unter dem bedeckten Himmel, in der warm-feuchten Luft, die manchmal von Windstößen aufgeregt wurde.

Um fünf Uhr, als er Frerks weckte, um ihm Orangensaft einzuflößen, eine neue Spritze zu geben und sein Fieber zu messen, erinnerte er sich daran, wie er einmal im Lagerkino neben ihm gesessen hatte, während eines Films mit dem Titel *The Great Flamarion*. Der große Flamarion war ein ehemaliger französischer Offizier, und es war unheimlich gewesen, zu sehen, wie in Erich von Stroheim eine Figur der alten europäischen Kriegsgeschichte aufstand und durch die fremde amerikanische Welt ging. Als das Licht wieder anging, hatte Franz Kien den ekstatischen Ausdruck in Frerks' Gesicht wahrgenommen. Diese Erinnerung war es übrigens, die ihm später beinahe dazu verhalf, sich Frerks' Gesichtszüge vorstellen zu können, aber sie entglitten ihm dann doch wieder, lösten sich in dem ungenauen Eindruck auf, wie ihn magere, hartknochige Jungen gewöhnlich hinterlassen.

Ehe Maxim Lederer ihn wieder ablöste, betrachtete er in einer Zeitschrift Bilder von Marsden Hartley. Die Reproduktionen waren schlecht, aber Franz Kien spürte doch, daß *Der Berg Katahdin im Herbst* ein Bild war. Marsden Hartley hatte geschrieben: »Es gibt nicht mehr als zwei Leute im Land, die Berge verstehen.« Er hatte nicht geschrieben: ». . . die etwas von Bergen verstehen.«

Fleischer kam zur Abend-Visite. Er war schon am Vormittag dagewesen und hatte Kien gezeigt, wie man Penicillin intravenös spritzt. Franz Kien fand es verflucht schwierig, und bei zwei Spritzen hatte er Frerks erhebliche Schmerzen zugefügt. Fleischer war mit Frerks' Zustand zufrieden; das Fieber war auf 39,5 Grad gefallen. Er fragte, ob Frerks Englisch spreche; Franz Kien wußte es nicht, aber er hatte beobachtet, wie Frerks, wenn Oberst Taylor ihn anredete, seine Antworten gab, noch ehe der Dolmetscher ihm Taylors Worte übersetzt hatte.

Fleischer war Anfang Oktober zum erstenmal ins Lager gekommen, als ein fremdartiger, leiser, raffinierter Mensch. Major Moulton wirkte neben ihm vierschrötig und militärisch. Der Kommandant und Major Moulton hatten es sicherlich nicht gern gesehen, daß Captain Fleischer seine Frau mit ins Camp nahm, ihr die Häuser und Einrichtungen zeigte, sie durch das Hospital führte. Captain Fleischers Frau war fabelhaft hübsch, weder ein Mädchen noch eine Dame, sondern eine junge Frau, ein schwieriges, elegantes Geschöpf. Die Gefangenen waren benommen von ihrem Anblick. Es ging das Gerücht, sie sei ein New-Yorker Mannequin. Sie trug ihre weichen, blond gefärbten Haare halblang. Übrigens schien sie das Ungehörige der Situation eher zu empfinden als ihr Mann, denn Franz Kien bemerkte, daß ihr schöner, zart herausfordernder Gang etwas Unfreies bekam, wenn sie neben den wie immer eng geführten Schritten des Arztes, neben seinem locker schwingenden und doch in der Verkrampfung der Hand endenden Arm – die andere Hand wühlte in der Tasche nach einer Zigarette – auf das Hospital zukam.

Nach einem Besuch des Paares im *ward* hatte Franz Kien mitangehört, wie sich zwei Patienten über Captain Fleischer und seine Frau unterhielten.

»Die geilt sich ganz schön an uns auf«, hatte der eine von ihnen gesagt.

»Irrtum!« hatte der andere erwidert. »Er ist es, der sich dabei aufregt, daß er uns seine Frau vorführt.«

An diesem gemeinen Kommentar war so viel wahr, daß Fleischer wahrscheinlich wirklich den Gefangenen eine Freude bereiten wollte, wenn er seine allzu anziehende Frau mit ins Lager brachte. Eine unerhörte Fehlleistung für einen Mann von dieser Intelligenz, dachte Franz Kien, nur zu erklären aus blinder Verliebtheit. Er bemerkte, wie enttäuscht Fleischer war, daß seine Frau nicht mit den Patienten sprach, ihnen nicht die Hand reichte, immer halb abgewendet hinter ihm stehenblieb, in der Haltung eines Menschen, der entschlossen ist, bei dem geringsten Zeichen von Gefahr zu fliehen. Sie kam nach ihrem zweiten Besuch nicht wieder.

Erst am Dienstag konnte Fleischer mit Frerks sprechen. Zwar lag Frerks auch dann noch in einem Zustand von Apathie, aber er war doch bei klarem Bewußtsein. Sein Fieber war weiter gefallen, und Fleischer setzte das penicillin ab und verordnete statt dessen Sulfonamid-Tabletten. Er zog sich einen Stuhl heran und setzte sich neben Frerks' Bett, erzählte ihm, daß er am Sonntag erst so spät habe kommen können, weil er am Mississippi gewesen sei, um sich den Dammbruch anzusehen. Es habe in Tennessee viel geregnet, erzählte er, und die Wassermassen, die der Strom mit sich führte, hätten bei Vicksburg die Deiche gesprengt. Er schilderte die Wasserwüste. Frerks sah ihn unverwandt an, aber Franz Kien konnte nicht herausfinden, ob ihn die Erzählung des Arztes wirklich interessierte. Er selbst hätte Fleischer gern über den Mississippi ausgefragt, er hatte das Gefühl, daß Fleischer den Mississippi verstand, aber er begriff, daß dessen Erzählung nur für Frerks bestimmt war, auch wenn es sich um ein ganz zufällig herausgegriffenes Thema handelte und Fleischer ebensogut über irgend etwas ganz anderes hätte sprechen können, über New York vielleicht oder über den zu Ende gehenden Krieg. Fleischer redete flüssig in seinem leisen Sprechstil; wenn er sich manchmal unterbrach, dann nicht, weil er nicht mehr weiter wußte, sondern weil er sich die Freiheit nahm, darüber nachzudenken, was er gesagt hatte oder sagen würde.

»Can we go a way together?« fragte er nach einer dieser Pausen.

Gleich nachdem Fleischer gegangen war, erörterte Franz Kien mit Maxim Lederer, der im *ward* erschienen war und Fleischers Monolog an Frerks' Bett mitangehört hatte, das Problem, ob sich diese Frage auf deutsch stellen lasse.

»Nein, Gott sei Dank nicht«, sagte Maxim Lederer. »Wir sind nicht so sentimental wie die Amerikaner.«

»Es klang aber gar nicht sentimental, so, wie er es sagte«, wandte Franz Kien ein.

Er mußte aber zugeben, daß der Satz *Können wir ein Stück Weges zusammen gehen* in der Situation, wie sie zwischen Fleischer und Frerks bestand, auf deutsch unerträglich gefühlvoll klang. Den deutschen Satz *Es ist leicht zu hassen, leichter als zu lieben* konnte Franz Kien sich zur Not vorstellen, er war bloß pathetisch, und etwas Pathos konnte man schlucken wie eine bittere Pille, wenn es gar nicht anders ging, während es unter keinen Umständen zulässig war, etwas locker und freundlich Hingesagtes durch Übersetzen in etwas Klebriges zu verwandeln.

Maxim Lederer ging zu Frerks' Bett hinüber. »Hast du eigentlich verstanden«, fragte er, »was Fleischer dir alles erzählt hat?«

Frerks gab keine Antwort. Er lag da, mit geöffneten Augen, und blickte geradeaus.

»Captain Fleischer ist Jude«, sagte Maxim Lederer zu ihm. »Huh, huh, huh, richtiger Jude! Ich sag's dir nur, falls du es vielleicht nicht weißt.«

»Hör doch auf damit!« sagte Franz Kien.

Fleischer hatte keine Antwort auf seine Frage an Frerks abgewartet, sondern war aufgestanden, hatte sich mit den anderen Patienten beschäftigt, ein paar Anweisungen gegeben, ehe er ging. Franz Kien konnte nicht feststellen, ob Frerks enttäuscht war, als am nächsten Tag Major Moulton zur Visite erschien, weil Fleischer ein paar dienstfreie Tage hatte.

Er hörte die Schwingtüre mit dem Fliegengitter in ihren Angeln knarren, als er wieder einmal auf der Treppe hinter der Hospitalbaracke saß. Natürlich stand er auf, obwohl Fleischer sagte, er solle sitzen bleiben. Der Arzt stand in seiner lässigen und genauen Haltung, die Hand des rechten Arms nach hinten gebogen und verkrampft, auf der obersten Stufe und sprach sich gegen den Stacheldraht aus, auf dessen in der Ferne sich hinziehende Linie er blickte. Er sagte, man sollte solche Lager ohne

Stacheldraht einrichten. Dann kam er wieder auf Frerks zu sprechen, wandte sich erbittert gegen dessen unfaire Behandlung im Lager. Franz Kien notierte sich am Abend in sein Tagebuch, das er damals führte, einzelne Sätze, *Nobody talks to him* beispielsweise, und *He must be taken into the crowd, not segregated.*

Er selber sah nicht, wie Fleischer, den Stacheldrahtzaun, sondern das Tälchen dahinter, mehr eine Geländefalte, ganz in Braun und Gelb getaucht, mit den Bäumen am Horizont, zwischen ihnen das Negergehöft mit der bunten Wäsche, die immer da hing, und den schwarzen Kühen, die in dem hohen gelben Steppengras weideten.

3

Als Frerks wieder gesund war, zog er sonntags weiter seine deutsche Uniformjacke an; erst nachdem man ihnen Filme aus den Konzentrationslagern vorgeführt hatte, legte er sie ab. Er befreundete sich mit einem Kleinbauern aus der Eifel, einem alten Mann, der als primitiver Anarchist und Eigenbrödler vor dem Kriegsgericht gestanden hatte. Man sah die beiden lange Spaziergänge den Zaun entlang machen, miteinander redend. Das war schon nach dem Waffenstillstand.

Franz Kien verlor ihn, Maxim Lederer und fast das ganze Lager aus den Augen, weil er, zusammen mit zwanzig anderen, in ein Lager im Norden versetzt wurde. Wieder reisten sie in einem Waggon, der an reguläre Züge angehängt wurde. Sie überquerten bei Monroe den Red River, fuhren hinter Memphis wieder eine Strecke den Mississippi entlang, dann in die Ebene von Tennessee hinein.

Franz Kien überlegte manchmal, wo er, wo Maxim Lederer, wo Fleischer und Frerks zwanzig Jahre später sein würden. Oder der Neger, der ihnen das Eiswasser gebracht hatte, mittags, beim Baumwollpflücken. Wie würden sie leben, jeder für sich, zwanzig Jahre später?

Er dachte niemals an die Revolution, sondern nur an die Länder. Amerika, Tennessee, Gibraltar, Europa. An die Einsamkeit der Länder.

Er hatte einen ruhigen Herbst und Winter in Louisiana verbracht, in dem alten Sklavenland.

Ein betagter, schwerer Neger, ein Streckenarbeiter, stand neben dem Gleis, als sie an einem frühen Morgen auf einer Station in Tennessee hielten. Er trug ein Hemd aus verschossenem Ziegelrot. Als Franz Kien ihn betrachtete, sah ihn der Neger lange an, ohne sich zu bewegen, ohne zu lächeln.

Auf einem Holzhaus jenseits des Bahnhofs stand in abblätternder Schrift *Moses Playhouse Nice clean rooms Meals Cold drinks*. In der Frühe waren alle Fenster und Türen verschlossen. Hier wäre Franz Kien gerne ausgestiegen, um ein Zimmer zu nehmen.

Nachweis

Der vorliegende Band vereinigt sämtliche Erzählungen, die Alfred Andersch in der Zeit von 1951 bis zu seinem Tod, 1980, geschrieben hat: die Geschichten seiner Erzählungsbände *Geister und Leute, Ein Liebhaber des Halbschattens* und *Mein Verschwinden in Providence*, die in den Roman *Die Rote* eingefügten selbständigen Erzähl-Stücke *Grausiges Erlebnis eines venezianischen Ofensetzers, Folgen eines Schocks* und *Das Meer*, zwei Fragmente historischer Erzählungen *Die Existenz des Lodovico Gonzaga* und *Die Arktis Seiner Lordschaft* sowie die Geschichte *Lin aus den Baracken*. Die Anordnung der Erzählungen folgt den Ersterscheinungsdaten, mit Ausnahme der fünf Franz-Kien-Geschichten, die auf Wunsch des Autors in chronologischer Folge der erzählten Zeit am Schluß des Bandes versammelt wurden.

Weltreise auf deutsche Art. In: *Geister und Leute*, Walter, Olten/Freiburg 1958; Diogenes, Zürich, detebe 20158, 1974.

Diana mit Flötenspieler. In: *Geister und Leute*, Walter, Olten/Freiburg 1958; Diogenes, Zürich, detebe 20158, 1974.

Die Letzten vom ›Schwarzen Mann‹. In: *Geister und Leute*, Walter, Olten/Freiburg 1958; Diogenes, Zürich, detebe 20158, 1974.

Ein Auftrag für Lord Glouster. In: *Geister und Leute*, Walter, Olten/Freiburg 1958; Diogenes, Zürich, detebe 20158, 1974.

Vollkommene Reue. In: *Geister und Leute*, Walter, Olten/Freiburg 1958; Diogenes, Zürich, detebe 20158, 1974.

Blaue Rosen. In: *Geister und Leute*, Walter, Olten/Freiburg 1958; Diogenes, Zürich, detebe 20158, 1974.

Cadenza Finale. In: *Geister und Leute*, Walter, Olten/Freiburg 1958; Diogenes, Zürich, detebe 20158, 1974.

Mit dem Chef nach Chenonceaux. In: *Geister und Leute*, Walter, Olten/Freiburg 1958; Diogenes, Zürich, detebe 20158, 1974.

In der Nacht der Giraffe. In: *Geister und Leute*, Walter, Olten/Freiburg 1958; Diogenes, Zürich, detebe 20158, 1974.

Drei Phasen. In: *Geister und Leute*, Walter, Olten/Freiburg 1958; Diogenes, Zürich, detebe 20158, 1974.

Grausiges Erlebnis eines venezianischen Ofensetzers. In: *Die Rote*, Walter, Olten/Freiburg 1960; Neufaßung Diogenes, Zürich 1972, detebe 20160, 1974.

Folgen eines Schocks. In: *Die Rote*, Walter, Olten/Freiburg 1960; Neufaßung Diogenes, Zürich 1972, detebe 20160, 1974.

Das Meer. In: *Die Rote*, Walter, Olten/Freiburg 1960; Neufaßung Diogenes, Zürich 1972, detebe 20160, 1974.

Ein mieser Typ. In: *Gesammelte Erzählungen*, Diogenes, Zürich 1971; *Sämtliche Erzählungen*, Diogenes, Zürich 1983.

Ein Liebhaber des Halbschattens. Drei Erzählungen. Walter, Olten/Freiburg 1963; Diogenes, Zürich, detebe 20159, 1974.

Opferung eines Widders. In: *Ein Liebhaber des Halbschattens*, Walter, Olten/Freiburg 1963; Diogenes, Zürich, detebe 20159, 1974.

Die Existenz des Lodovico Gonzaga. In: *Aus einem römischen Winter. Reisebilder*, Walter, Olten/Freiburg 1966; *Gesammelte Erzählungen*, Diogenes, Zürich 1971; *Sämtliche Erzählungen*, Diogenes, Zürich 1983.

Die Arktis Seiner Lordschaft. Roman-Fragment. Zuerst als Privatdruck aus Anlaß des fünfzigsten Geburtstags von Alfred Andersch, Walter, Olten/Freiburg 1964; in: *Gesammelte Erzählungen*, Diogenes, Zürich 1971; *Sämtliche Erzählungen*, Diogenes, Zürich 1983.

Tochter. Diogenes, Zürich 1970; in: *Mein Verschwinden in Providence*, Diogenes, Zürich 1971, detebe 20591, 1979.

Die erste Stunde. In: *Mein Verschwinden in Providence*, Diogenes, Zürich 1971, detebe 20591, 1979.

Jesuskingdutschke. In: *Mein Verschwinden in Providence*, Diogenes, Zürich 1971, detebe 20591, 1979.

Ein Vormittag am Meer. In: *Mein Verschwinden in Providence*, Diogenes, Zürich 1971, detebe 20591, 1979.

Noch schöner wohnen. In: *Mein Verschwinden in Providence,* Diogenes, Zürich 1971, detebe 20591, 1979.

Mein Verschwinden in Providence. Neun neue Erzählungen. Diogenes, Zürich 1971, detebe 20591, 1979.

Alte Peripherie. In: *Ein Liebhaber des Halbschattens,* Walter, Olten/Freiburg 1963; Diogenes, Zürich 1969, detebe 20159, 1974.

Die Inseln unter dem Winde. In: *Mein Verschwinden in Providence,* Diogenes, Zürich 1971, detebe 20591, 1979.

Lin aus den Baracken. In: *Das Alfred Andersch Lesebuch,* Diogenes, Zürich 1979, detebe 20695; *Sämtliche Erzählungen,* Diogenes, Zürich 1983.

Brüder. In: *Mein Verschwinden in Providence,* Diogenes, Zürich 1971, detebe 20591, 1979.

Festschrift für Captain Fleischer. In: *Mein Verschwinden in Providence,* Diogenes, Zürich 1971, detebe 20591, 1979.

Alfred Andersch im Diogenes Verlag

Efraim
Roman

Die Kirschen der Freiheit
Ein Bericht

Hohe Breitengrade oder Nachrichten von der Grenze
Ein Reisebericht mit 48 Farbtafeln nach Aufnahmen von Gisela Andersch

Sansibar oder der letzte Grund
Roman

Wanderungen im Norden
Ein Reisebericht mit 32 Farbtafeln nach Aufnahmen von Gisela Andersch

Mein Verschwinden in Providence
Neun Erzählungen

Die Rote
Roman. Nach der vom Autor revidierten Fassung von 1972

Hörspiele
Fahrerflucht / Der Tod des James Dean / Russisches Roulette / In der Nacht der Giraffe

Winterspelt
Roman

Geister und Leute
Zehn Geschichten

Ein Liebhaber des Halbschattens
Drei Erzählungen

Neue Hörspiele
Die Brandung von Hossegor / Tapetenwechsel / Radfahrer sucht Wohnung

Der Vater eines Mörders
Eine Schulgeschichte. Mit einem Nachwort des Autors

Flucht in Etrurien
Zwei Erzählungen und ein Bericht

Erinnerte Gestalten
Frühe Erzählungen

Gesammelte Erzählungen

Meistererzählungen
Nachwort von Lothar Baier

Das Alfred Andersch Lesebuch
Herausgegeben von Gerd Haffmans. Mit Lebensdaten und einer Bibliographie

Über Alfred Andersch
Essays, Aufsätze, Rezensionen von Thomas Mann bis Arno Schmidt. Interviews, Chronik, Bibliographie der Werke. Auswahlbibliographie der Sekundärliteratur.
Erweiterte Neuauflage 1980

Stephan Reinhardt
Alfred Andersch
Eine Biographie. Mit zahlreichen Abbildungen, Anmerkungen und Zeittafel

Stephan Reinhardt
Alfred Andersch
Eine Biographie

»Ein Buch über die Interna des westdeutschen Kulturbetriebes und zugleich über die Entwicklung der deutschsprachigen Literatur, das mit dieser 768 Seiten umfassenden Andersch-Biographie vergleichbar oder ihr auch nur annähernd ähnlich wäre, gibt es nicht. Wer sich für die aufgewühlte Zeit nach dem Zweiten Weltkrieg (die seltsam verzerrt in der DDR gegenwärtig variiert wird) und für die Geschicke der westdeutschen Nachkriegsliteratur interessiert – hoffend, immer wieder enttäuscht, von allem irgendwie Gelungenen betroffen wie von etwas Belangvollem –, muß diesem Buch erliegen. Er wird es nicht brav durcharbeiten als Pflichtlektüre oder materialreiche Spezialstudie, sondern wird sich in ihm verlieren, wie man sich in einem Haufen alter Briefe verliert, bei der Suche nach etwas ganz anderem. Gelebtes Leben zieht in Bann, Streitereien von einst schütteln den Staub ab. Gräber öffnen sich. Ungewöhnlich und faszinierend an dieser Biographie ist, daß sie Literaturgeschichte gleichsam ›von unten‹ gibt.«
Joachim Kaiser/Süddeutsche Zeitung, München

»Auf solche Lebensbeschreibung, so anschaulich und penibel, so aufschlußreich und unterhaltsam, trifft man nur selten.«
Klaus Bellin/Die Weltbühne, Berlin

»Eine umfangreiche Biographie über den Publizisten, Kritiker und Erzähler Alfred Andersch schildert ein Stück deutscher Kulturgeschichte. Die minutiös belegte Biographie von Stephan Reinhardt spiegelt zugleich auch die jüngere (west-)deutsche Geschichte wider.« *Der Spiegel, Hamburg*

Hartmut Lange im Diogenes Verlag

Die Waldsteinsonate

Fünf Novellen

Novellen, die vom Zustand jener Unglücklichen erzählen, denen das Bewußtsein ein besonderes Verhängnis war. Novellen über Friedrich Nietzsche, die Goebbels-Kinder, Heinrich von Kleist und Henriette Vogel, den Nihilisten Alfred Seidel und über eine Jüdin und einen SS-Mann, ihren Mörder.

»Die Novellen dieses Bandes zählen ohne Zweifel zu den wenigen Höhepunkten der deutschen Literatur nach 1945. Gerade die extremen Stoffe zeigen, daß der Staub der Zeit abgestreift sein muß, wenn das Wagnis des Vollkommenen gelingen soll.«
Deutsche Monatshefte, München

Die Selbstverbrennung

Roman

»Selten fällt es in einer Prosaarbeit so leicht, sich die Menschen in ihren Aktionen und Reaktionen leibhaftig vorzustellen. Doch dies erhöht eher die Leselust, die Lange durch schön konstruierte Satzperioden von kleistscher Architektur noch erhöht. Durch sie gewinnen die Figuren Plastik und lebendige Kontur.«
Stuttgarter Zeitung

Das Konzert

Novelle

»Der Leser erfährt bereits im ersten Satz des Buches, daß es unter den Toten Berlins spielt. Alle Gäste des Salons Altenschul sind ermordete Juden, denen der

Autor für die Dauer seiner Novelle ihre frühere Existenz zurückgegeben hat. Hartmut Lange hat durch seine stilistische Zurückhaltung alle Einwände, daß ein Buch mit einem solchen Thema nur mißlingen kann, überzeugend widerlegt.«
Frankfurter Allgemeine Zeitung

Die Ermüdung

»Gewiß, es ist auf den ersten Blick ein höchst altmodisches Buch, es ist aber auch sehr sympathisch, wie Lange sich fern hält von den Wühltischen billiger, greller Gefühle. *Die Ermüdung* ist eine kleine Kostbarkeit in einem von Lärm nicht gerade verschonten Gewerbe.« *Die Weltwoche, Zürich*

»Lange hält sich an die Gebote und Verbote der großen Erzähler. Er will wie Čechov, wie Conrad, wie Fontane weder kommentieren noch analysieren, auch nicht urteilen. Seine Sprache verzieht keine Miene. Sie ist streng, lakonisch, gläsern. Sie erzeugt Atmosphäre, Spannung, Wohlgefallen.« *Kultur-Chronik, Bonn*

Vom Werden der Vernunft

und andere Stücke fürs Theater

Die Dramen dokumentieren einen doppelten Abschied: Ausgehend vom Hegelschen Rationalismus und Karl Marx' Sozialutopie, enden sie in der Melancholie über das Verschwinden jeder Vernunft und beschwören die Erinnerung an jene Gesellschaft, deren erklärter Gegner Lange war: an den märkischen Adel und an das Spätbürgertum.

»Lange ist fähig, Gedanken zu kritisieren, ohne dabei den Menschen, der sie äußert, zu verurteilen – es ist die kostbare Fähigkeit der Komödienschreiber.«
Frankfurter Allgemeine Zeitung

Die Wattwanderung

»In dieser schönen, ansaugenden Erzählung wandelt ein Doppelgänger von Büchners ›Lenz‹. Mit der *Wattwanderung* hat er sich eine Glaubenskrise von der Seele geschrieben und ein Zeitgefühl erfaßt. Der Ex-Marxist Lange traut Welterklärungsmodellen nicht mehr. Vernunft versagt vor dem ›Unheimlichen‹, ›Ungefähren‹, Chimärenhaften, dem Völlenklee ausgesetzt ist. Darum will der Sonderling auf den ›Grund des Meeres‹ steigen, das ist, frappantes Bild, das Watt, das Unheimliche und Ungefähre an sich. Mit seiner spröden, den Vorbildern Kleist und Büchner folgenden Sprache hält Lange seinen Weltschmerzensmann in kühler Distanz; keine neue Weinerlichkeit kommt auf, eine ungerührte Vivisektion findet statt, ›erbarmungslos‹ wie die Weite des Watts, in der sich Völlenklee schließlich verliert.« *Der Spiegel, Hamburg*

Die Reise nach Triest

Novelle

Die Reise nach Triest ist nach *Die Ermüdung* und *Die Wattwanderung* der Schlußpunkt der Berliner Novellen-Trilogie.

»Ein spannendes Buch mit großer psychologischer Intuition, erzählt in einer knappen, fast lakonischen Sprache, die ohne jedes Pathos auskommt.«
Rheinische Post, Düsseldorf

Die Stechpalme

Novelle

Manfred Eichbaum, Verleger von Kunst- und Fotobänden, erhält anonyme Briefe. Der Verfasser kennt sich sehr gut aus in Eichbaums Leben, privat wie beruflich. Eichbaum, der seit fast einem Jahr an einem gebrochenen Schienbein laboriert, wird zunehmend verunsichert. Wer steckt hinter diesen Briefen?

»Wieder einmal hat Hartmut Lange ein novellistisches Meisterwerk vorgelegt. Dieser Autor versteht es (beinahe einzigartig), die kleinen Katastrophen im menschlichen Alltag zu sezieren und die großbürgerlichen Wohnstuben mit Halogenstrahlern auszuleuchten. Kaum ein anderer zeitgenössischer Autor schreibt so konstant auf hohem Niveau. Ein literarisches Juwel.«
Deutsches Allgemeines Sonntagsblatt, Hamburg

Schnitzlers Würgeengel

Novellen

»Mit Harmut Langes stilistisch meisterhaften, abgründig schrecklichen Novellen hat der Leser Anteil an jener Hoffnung auf eine Veränderung in der Welt, die uns, wie Walter Benjamin sagt, nur um der Hoffnungslosigkeit willen gegeben ist.« *Die Woche, Hamburg*

»...eine heute seltene Meisterschaft. Literatur gegen den Lärm des Zeitgeistes.«
Westdeutsche Allgemeine Zeitung, Essen

Der Herr im Café

Drei Erzählungen

Ein Schriftsteller, eine Schauspielerin und eine Sängerin sind die Hauptfiguren dieser drei Erzählungen, in denen Lange sich wie in allen seinen Texten einen Schritt außerhalb des gewohnten Raumes und der gewohnten Zeit bewegt – jenen Schritt außerhalb, der ihn zum hellwachen Beobachter des Alltäglichen wie des Geheimnisvollen macht.

»Die Erinnerung an das verblichene Genre der Künstlernovelle spukt durch die drei neuen Erzählungen von Hartmut Lange, deren Reiz darin liegt, daß sie den Anschein erwecken, sich nostalgisch dieser Erinnerung hinzugeben, während sie versteckt mit ihr spielen.«
Süddeutsche Zeitung, München

Hans Werner Kettenbach im Diogenes Verlag

»Schon lange hat niemand mehr – zumindest in der deutschen Literatur – so erbarmungslos und so unterhaltsam zugleich den Zustand unserer Welt beschrieben.« *Die Zeit, Hamburg*

»Hans Werner Kettenbach erzählt in einer eigenartigen Mischung von Zartheit, Humor und Melancholie, aber immer auf erregende Art glaubwürdig.«
Neue Zürcher Zeitung

»Dieses Nie-zuviel-an Wörtern, diese unglaubliche Leichtigkeit und Selbstverständlichkeit... ja, das ist in der zeitgenössischen Literatur einzigartig!«
Visa Magazin, Wien

»Ein beweglicher ›Weiterschreiber‹ nicht nur der Nachkriegsgeschichte, sondern der Geschichte der Bundesrepublik ist Hans Werner Kettenbach. Seine sieben bis acht Romane aus dem bundesrepublikanischen Tiergarten sind viel unterhaltsamer und spitzer als alle Weiterschreibungen Bölls.«
Kommune, Frankfurt

Minnie oder Ein Fall von Geringfügigkeit
Roman

Hinter dem Horizont
Eine New Yorker Liebesgeschichte

Sterbetage
Roman

Schmatz oder Die Sackgasse
Roman

Der Pascha
Roman

Der Feigenblattpflücker
Roman

Davids Rache
Roman

Die Schatzgräber
Roman

Erich Hackl im Diogenes Verlag

Erich Hackl, geboren 1954, lebt, nach längeren Aufenthalten in Spanien und Südamerika, in Wien.

»Seine Fähigkeit, aus den zur Meldung geschrumpften Fakten wieder die Wirklichkeit der Ereignisse zu entwickeln, die Präzision und zurückgehaltene Kraft der Sprache lassen an Kleist denken.«
Süddeutsche Zeitung

Für *Auroras Anlaß*, ein »großartiges Debüt« *(Le Monde)*, erhielt Erich Hackl den Aspekte-Literaturpreis, nach *Abschied von Sidonie*, »einer meisterhaften Erzählung, ist er eine der großen Hoffnungen der deutschsprachigen Literatur« *(FAZ)*.

»Mit seinem nüchternen Stil tritt Hackl an die Stelle des Chronisten: er ermittelt, rekonstruiert, beschreibt. Auf ihn trifft García Márquez' Postulat zu, wonach ein Schriftsteller politisch Stellung beziehen, vor allem aber gut schreiben muß.« *Siempre!, Mexiko-Stadt*

Auroras Anlaß
Erzählung

Abschied von Sidonie
Erzählung

König Wamba
Ein Märchen. Mit Zeichnungen
von Paul Flora

Sara und Simón
Eine endlose Geschichte

In fester Umarmung
Geschichten und Berichte

Entwurf einer Liebe auf den ersten Blick
Erzählung

Meistererzählungen der Weltliteratur im Diogenes Verlag

● Jack London
Aus dem Amerikanischen von Erwin Magnus. Mit einem Vorwort von Herbert Eisenreich

● Carson McCullers
Ausgewählt von Anton Friedrich. Aus dem Amerikanischen von Elisabeth Schnack

● Katherine Mansfield
Ausgewählt, aus dem Englischen und mit einem Nachwort von Elisabeth Schnack

● W. Somerset Maugham
Ausgewählt von Gerd Haffmans. Aus dem Englischen von Kurt Wagenseil, Tina Haffmans und Mimi Zoff

● Guy de Maupassant
Ausgewählt, aus dem Französischen und mit einem Nachwort von Walter Widmer

● Meistererzählungen aus Amerika
Geschichten von Edgar Allan Poe bis John Irving. Herausgegeben von Gerd Haffmans. Mit einleitenden Essays von Edgar Allan Poe und Ring Lardner, Zeittafel, bio-bibliographischen Notizen und Literaturhinweisen. Erweiterte Neuausgabe 1995

● Meistererzählungen aus Frankreich
Geschichten von Stendhal bis Georges Simenon. Herausgegeben von Anne Schmucke und Gerda Lheureux. Mit Zeittafel, bio-bibliographischen Notizen und Literaturhinweisen

● Meistererzählungen aus Irland
Geschichten von Frank O'Connor bis Bernard Mac Laverty. Herausgegeben von Gerd Haffmans. Mit einem Essay von Frank O'Connor, bio-bibliographischen Notizen und Literaturhinweisen. Erweiterte Neuausgabe 1995

● Herman Melville
Aus dem Amerikanischen von Günther Steinig. Nachwort von Hans-Rüdiger Schwab

● Frank O'Connor
Aus dem Englischen und mit einem Nachwort von Elisabeth Schnack

● Liam O'Flaherty
Aus dem Englischen und mit einem Nachwort von Elisabeth Schnack

● George Orwell
Ausgewählt von Christian Strich. Aus dem Englischen von Felix Gasbarra, Peter Naujack, Alexander Schmitz, Nikolaus Stingl u.a.

● Konstantin Paustowski
Aus dem Russischen von Rebecca Candreia und Hans Luchsinger

● Luigi Pirandello
Ausgewählt und mit einem Nachwort von Lisa Rüdiger. Aus dem Italienischen von Percy Eckstein, Hans Hinterhäuser und Lisa Rüdiger

● Edgar Allan Poe
Ausgewählt und mit einem Vorwort von Mary Hottinger. Aus dem Amerikanischen von Gisela Etzel.

● Alexander Puschkin
Aus dem Russischen von André Villard. Mit einem Fragment ›Über Puschkin‹ von Maxim Gorki

● Joachim Ringelnatz
Ausgewählt von Winfried Stephan

● Joseph Roth
Ausgewählt von Daniel Keel. Mit einem Nachwort von Stefan Zweig

● Saki
Aus dem Englischen von Günter Eichel. Mit einem Nachwort von Thomas Bodmer und Zeichnungen von Edward Gorey

● Alan Sillitoe
Aus dem Englischen von Hedwig Jolenberg und Wulf Teichmann

● Georges Simenon
Aus dem Französischen von Wolfram Schäfer, Angelika Hildebrandt-Essig, Gisela Stadelmann, Linde Birk und Lislott Pfaff

● Henry Slesar
Aus dem Amerikanischen von Thomas Schlück und Günter Eichel

● Muriel Spark
Aus dem Englischen von Peter Naujack und Elisabeth Schnack

● Stendhal
Aus dem Französischen von Franz Hessel, M. von Musil und Arthur Schurig. Mit einem Nachwort von Maurice Bardèche

● Robert Louis Stevenson
Aus dem Englischen von Marguerite und Curt Thesing. Mit einem Nachwort von Lucien Deprijck

● Adalbert Stifter
Mit einem Nachwort von Julius Stöcker

● Leo Tolstoi
Ausgewählt von Christian Strich. Aus dem Russischen von Arthur Luther, Erich Müller und August Scholz

● B. Traven
Ausgewählt von William Matheson

● Iwan Turgenjew
Herausgegeben, aus dem Russischen übersetzt und mit einem Nachwort versehen von Johannes von Guenther

● Mark Twain
Mit einem Vorwort von N.O. Scarpi

● Jules Verne
Aus dem Französischen von Erich Fivian

● H. G. Wells
Ausgewählt von Antje Stählin. Aus dem Englischen von Gertrud J. Klett, Lena Neumann und Ursula Spinner